U0857217

建党百年百篇文学短经典

第三卷

劈波斩浪　新征程

下

贺绍俊
李云雷
丛治辰
主编

人民文学出版社

流　逝

王安忆

一

隔壁房间里的自鸣钟“当当当”地打了四点,欧阳端丽在黑暗中睁开眼睛,再不敢睡了。被窝很暖和,哪怕只多待一分钟也好,她拖延着时间。谁家的后门开了,又重重地碰上了司伯灵锁——“砰”,随后,弄堂里响起一阵又急又碎的脚步声。端丽咬咬牙翻身坐起,把被子一直推到脚下,似乎为了抵抗热被窝的诱惑。一团寒气把她包裹了,打着寒噤,迅速地套上毛衣、棉袄、毛裤——毛裤软绵绵的很难套上。五分钟以后,她已经围着一条黑色的长围巾,挎着篮子,拧开后门锁,重重地碰上门,匆匆走了,身后留下一串沓沓的脚步声。

天,很黑。路灯在冰冷的雾气里哆嗦。几辆自行车飞快地驰过去,三两个人缩着脖子匆匆走着,一辆无轨电车开过了。端丽把围巾没头没脑地包裹起来,只露出两只眼睛,活像个北方老大嫂。风吹来,刀子割似的,一下子就穿透了毛线裤和呢裤,她觉得似乎只穿了条单裤。俗话说:寒从脚底来。腿一冻,带得全身都打哆嗦。该做一条薄棉裤,她思量着。从没想到上海会有这么料峭的北风。因为她从来不曾起这么早并且出门，她也从不曾以为早起出门是什么难事。有时，阿宝阿姨没买到时鲜菜，她会说："你不能起早一点吗？"现在，阿宝阿姨走了，轮到她早起了。她叹了一口气。

穿过马路，赶上前边那个挎菜篮的老太婆，又被两个小姑娘从身后超过，街面房子的门里不时有人走出，提着竹篮，打着哈欠，碰上了门，袖着手向前走去。走向菜场的队伍渐渐壮大了。到了路口，转弯，前面就是菜场。昏黄的灯光像一大团浓重而浑浊的雾气，笼罩着熙熙攘攘的人群。地上潮漉漉黏搭搭的像刚下过一场细雨，这里那里沾着菜皮，鱼鳞。人声嘈杂，都在说话，都听不清在说什么。一辆黄鱼车横冲直撞地过来了，人流被劈成两股。一伙小孩子和妇女挤在黄鱼摊前，吵吵嚷嚷，推推搡搡，眼看着要打起来了。端丽赶紧站远一点。这种地方，大都是被这些野孩子和以专给人家买菜为职业的阿姨垄断着，旁人休想插脚。他们似乎有一个什么联合同盟。如你想买时鲜菜、热门菜，早早地去了，排在第三位，甚至第二位。然而一开秤，转眼间，你会发现自己已经到了第十七、十八人后面了，哪怕在你前边只是一块砖头，刹那间，也会变出这许多人来。他们互相拉扯，互相证明，结成一个牢不可破的堡垒。

端丽身不由己地走在人流中，心里盘算来、盘算去，总也没法子把这八角钱的菜金安排妥。公公的定息、工资全部停发，只给每人十二元生活费，还不包括已经工作了的大儿子，端丽的丈夫文耀。他自然是到了自食其力的年龄，可惜他从没这么打算过。他拿着六十元的大学毕业工资，早早地结了婚，生下二女一男。端丽没有工作，大学毕业后竟把她分到了甘肃，她不去，她不少那几个钱用。谁想到过会有这么一天呢？六十元，要供给五口人的衣食住行。

六十元，扣除煤气、水电、米、油盐酱醋、肥皂草纸牙膏等费用，剩下的钱全作菜金，也只够每天八毛。越是没有吃的，越是馋。三个孩子本来吃饭都需要动员，而如今连五岁的咪咪都能吃一碗半饭。一碗雪里蕻炒肉丝放在饭桌上，六只小眼睛一眨一眨，一会儿就把肉丝全啄完了。端丽狠狠心，决定买一块钱的肉，干菜烧肉，解解馋，明天吃素好了。

想好了，便挤到肉摊子跟前。人不多，只排了十来个人，她在末尾站上，一边细细打量肉案上的肉，经过衡量比较，看中了一块夹精夹肥的肋条。前边有两位指着那块肉，斩去了五分之二，可别卖完了！她的心有点跳。又有一个人要买那块肋条肉，只剩三指宽的一条了。好在，她已排到了跟前，紧张、兴奋，使她一时没说出话来。

"要哪块？快点快点！"卖肉的小师傅不耐烦地用一根铁条在刀口"霍霍"地锉了几下，后边的人直推端丽。

"要这块肋条，一块钱！"她怕被人挤出去，两手抓住油腻腻的案板。

小师傅拖起肉，一摔，一刀下去，扔上秤盘："一块两毛！"

"我只要一块钱的。"她抱歉地说。

"只多两角钱，别烦了好不好！"

"麻烦你给我切掉，我只要一块钱。"端丽脸红了。

"你这个人真疙瘩，你不要人家要！"

"给我好了，小师傅。"后面一个男人伸过篮子。端丽急了：

"我要的，是我的嘛！"她夺过肉，掏出钱包，点了一块两角钱给他。

肉确是很好，可是，把明天的菜金花去了一半。要么，就作两天吃好了。这么一想，她轻松了。走过禽蛋柜，她站住脚：买几只鸡蛋吧！蛋和肉一起红烧，味道很好。孩子的营养要紧，来来正是长身体的时候，不能太委屈了。她称了半斤蛋，四毛四分。作两天吃也超支了四分。不管它了，过了这两天再说吧！她吐了一口长气，转回头走出菜场。

天色大亮，路上行人匆匆，自行车“滴铃铃”地直响成一片，争先恐后地冲。有一些小孩子，斜背书包，手捧粢饭或大饼油条，边走边吃。端丽想起了多多和来来，加快了脚步往家走。

文耀和孩子们都起床了。多多很好，没忘了点煤气烧泡饭。这时，都围着桌子吃早饭呢！

“妈妈，买油条了吗？”来来问。

“妈妈买肉了，今天吃红烧肉烧蛋。”端丽安慰孩子。

来来欢呼了一声，满意地就着什锦咸菜吃泡饭。多多却噘起了嘴，没精打采地数珍珠似的往嘴里拣饭米粒。这孩子最娇，也许因为她最大，享的福多一点的缘故吧，对眼下的艰苦日子，适应能力还不如弟弟和小妹妹。

“别忘了给姆妈爹爹端一点过去。”文耀说，匆匆扒完最后几口饭，起身走了。

“好的。”她回答，心里却十分犯愁。

“我的语录包呢！”多多跺着脚，烦躁地叫。

“你自己找嘛！”端丽压制着火气说。她刚披上毛巾开始梳头，这么披头散发地在菜场上走了一早晨，简直不堪回首。

“咪咪，你又拿我的东西。没有语录包不能进校门的呀！”

端丽只好放下梳子，帮她一起找。咪咪也跟在后面找，她最小，却最懂事。最后在被子底下找到了。

“不是我放的。”咪咪赶紧声明。

“不是你，难道是我？”多多朝她翻翻眼，匆匆地检查着里面的“语录”“老三篇”等宝书，这是他们的课本。去年年底划块块分进中学，每天不知在学什么，纪律倒很严，不许迟到早退，多多这样出身不好的孩子，就更要小心才行。

“多多，在学校少说话，听到吗？”端丽嘱咐道，“人家说什么，随他的去，你不要响，别回嘴，听到吗？”

“晓得了！”多多下楼了。她很任性，不肯受屈，端丽最替她担心了。

“妈妈，我走了。”来来也跟着下了楼，他还在上小学，很老实，不大会闯祸。

这时候，端丽才能定下心继续梳头。她的头发很厚，很黑，曾经很长很长，经过冷烫，就像黑色的天鹅绒。披在肩上也好，盘在脑后也好，都显得漂亮而华贵。她在这上头花时间是在所不惜的。可是红卫兵来抄家时勒令她在十二小时内把头发剪掉。她剪了，居然毫不感到心疼。当生命财产都受到威胁时，谁还有闲心为几根头发叹息呢？她只求太平，只求一切尽快尽好地过去。只是从此，她再不愿在镜子前逗留，她不愿看见自己的模样。匆匆地梳好头，匆匆地刷牙、洗脸……她干什么都是急急忙忙，敷敷衍衍。过去，她的生活就像在吃一只奶油话梅，含在嘴里，轻轻地咬一点儿，再含上半天，细细地品味，每一分钟，都有很多的味道，很多的愉快。而如今，生活就像她正吃着的这碗冷泡饭，她大口大口咽下去，不去体味，只求肚子不饿，只求把这一顿赶紧打发过去，把这一天,这一月,这一年,甚至这一辈子都尽快地打发过去。好些事,她不能细想,细想起来,她会哭。

“妈妈,我到楼下后门口站一会儿好吗?”咪咪请示。

“好孩子,在家里。妈妈煮好蛋,帮妈妈剥蛋壳。”端丽央求咪咪。她怕咪咪和邻居孩子接触。一旦有了纠纷,吃亏的总是咪咪,碰到不讲理的大人,就更糟了。

咪咪没有坚持,有些忧愁地叹了一口气,不知怎么,这孩子会叹气。她走开了,趴在窗口往下看。

端丽洗碗,扫地,揩房间,把肉洗干净泡上酱油炖在砂锅里,另一个煤气煮鸡蛋。

“妈妈,”咪咪从窗口扭过头来说,“‘甫志高’又来找小娘娘了。”

“噢。”端丽答应着。“甫志高”是小姑文影学校里高她两级的同学,长得和电影里的“甫志高”活像。这男孩子出身也不大好,父亲开私人诊所,两人都没资格参加红卫兵,逍遥在家,不知怎么开的头,来往起来了。

“他俩出去了,”咪咪又报告,“‘甫志高’走在前头,小娘娘在后边。”

“咪咪,来剥蛋!”

“噢!”咪咪来不及地跑了过来。能有点事干,她很高兴。

砂锅里飘出肉的香味,十分馋人。可是,肉却缩小了。端丽惶惑地看着它们,不晓得该如何阻止它们继续小下去。

“嫂嫂。”文光拿着一只碗一双筷子走到水池子跟前,拧开水龙头冲了一下,收进碗柜。

“这么就算洗过了?”端丽恶心地说。看他那么懒洋洋的邋遢样子,她不晓得他当年和父亲划清界线的革命闯劲上哪儿去了。

“并没有油腻。”他和蔼地解释道,走出厨房,顺手摸了摸咪咪的脑袋。咪咪毫不理会,全神贯注地看着手里的鸡蛋,她轻轻地敲了几下,跷起小手指头,小心地揭着,像是怕把它揭痛似的,神情很严肃。

端丽在剥好的光滑的鸡蛋上浅浅划了三刀,放进肉锅,对边上神情关注的咪咪解释:“这样,味道才能烧进去。”

“肯定好吃得一塌糊涂,妈妈。”咪咪说。

端丽心里不由一酸,这种菜是乡下粗菜,过去谁吃啊!难得烧一小钵,直到烧化了,也很少有人动筷子。她看了就发腻,可现在居然真觉得香。

肉煮好,连同干菜、鸡蛋,有大半砂锅。端丽找了一个样式好看的小碟子,先在底下铺上一层干菜,然后放上几块方方正正的肉、一只蛋,送到隔壁房间去。他们原本是同婆婆一起吃的,公公停发工资后,婆婆说分开好安排,就分开了。

“端丽,你们自己吃好了,让来来吃好了。”婆婆客气着。

“一点点东西,姆妈,给爹爹尝尝味道。”端丽放下碟子赶紧走了。这么一点东西再推来让去的,她要羞死了。

她准备吃两天的计划,在中午就破产了。她先用筷子在砂锅里划分了一下,勉强够三顿,可一顿只浅浅一碗,分到五张嘴里,又有几口了呢!她毅然把碗盛满:要吃就要吃畅,明天的事明天再说。

午饭后,是一天中最清闲自在的时候。端丽松了一口气,打开衣柜,想找几件旧衣服拆拆,翻一条棉裤。找出两条旧裤子,可做里子,又找了一件咪咪小时候的旧棉袄,把棉花拆出来可做心子。

材料找全，就坐下开始工作。第一道工序是拆，拆比缝还难，很枯燥，又急不得。正拆着，小姑文影来了。文影不算十分漂亮，但举止有几分恬静，很讨人喜爱。她们姑嫂以前的感情并不怎么好，常为一些小事叽叽咕咕。文影见端丽做了新衣服要和妈妈吵，端丽见文影买了新东西也要和丈夫生气。现在，所有的东西一抄而空，再没什么可争的了。加上文影学校停课，整天很无聊，常来嫂嫂房间坐坐，倒反和睦了许多。

"嫂嫂，你在拆什么？"

"两件旧衣服，改一条棉裤。"

"这件也要拆吗？我帮你。"文影找了一把小剪子，也拆了起来，"棉裤太笨重了，应该用丝绵做。"

"几斤丝绵都抄掉了，还都是大红牌的呢！几件丝绵棉袄也抄了，全放在楼下，连房间一道封起来。只剩你哥哥的一件驼毛棉袄了。"

"再加一条厚毛线裤还不行吗？穿棉裤难看！"

"我老太婆了，难看就难看，随它去了。"端丽半真半假地笑着说。

"瞎三话四。嫂嫂你是最不见老的。不过，那时你真漂亮，我至今还记得你结婚那天的模样。"

"是吗？"

"真的。你穿一套银灰色的西装，领口上别一朵紫红玫瑰，头发这么长，波浪似的披在肩上，眼睛像星星一样，又黑又亮。那时我五岁，都看傻了。"

"是吗？"端丽惆怅地微笑着。

"我觉得你怎么打扮都好看。记得那年你妈妈故世，大殓时，你把头发老老实实地编两根辫子，还是很好看，怪吧！”

“有啥怪的。人年轻，怎么都好看。”端丽决计打断小姑的追忆，她不忍听了，越听越觉得眼下寒碜，寒碜得叫人简直没勇气活下去，“你现在是最最开心的时候，人生最美好的阶段。”

“可是我们只能穿灰的，蓝的，草绿的，只能把头发剪到齐耳根，像个乡下人。”文影叹了一口气。

“就这样也好看，仍然会有人爱你。”嫂嫂安慰她。

“但愿……”

“你那同学对你有意思？看他来得很勤。”

“嫂嫂，你又瞎三话四！”文影脸红到脖子根。

“我说的是实话，你也有十七岁了吧！”

“我才不想那些事呢！我还想读书。”

“想读有什么用。再说，真读了又怎么样？我大学毕业还不是做家庭妇女。”

“那是你自己要做家庭妇女。我就不！”

“说得好听！如果要你去外地，你去吗？我是怎么也不去外地的，在上海吃泡饭萝卜干都比外地吃肉好。”

“都传说，我们毕业了，有分配去外地的名额。”文影忧愁地说。

“端丽，”婆婆来了，一脸的惊恐不安，“楼下来了十几个人，都是你们爹爹单位的，戴着红袖章。”

“真的？”姑嫂二人顿时紧张起来，文影脸色都发白了。端丽站起身，把门关好，强作镇静安慰婆婆，“别怕。最多是抄家，东西也都抄完了。”

“我就怕他们上来缠，问这问那。不回答不好，回答错了，又给你爹爹添麻烦。”

“别说话。”文影低声叫,眼睛充满了惊恐。她很容易紧张,有点神经质。每次抄家之后,她都要发高烧,“别说话,让他们以为楼上没有人,就不会上来了。”

于是,三个人不再出声,静默着,连出气都不敢大声。只听见楼下传来拆封开门的声音,有人吆喝:“再来两个人,嘿——扎!”好像在搬东西。

不知过了多少时间,房门忽然开了,三个人几乎同时哆嗦了一下。有人走了进来,却是来来。大家松了口气,婆婆直用手抚摸胸口以安抚心脏。

“你怎么上来的?”端丽不放心地问,似乎楼下布了一道封锁线。

“我走上来的。”来来实事求是地回答。

“楼下那些人没和你说话?”

“没有。他们在搬东西呢,把东西都搬到卡车上。小娘娘的钢琴也搬走了。”

“让他们搬吧!我什么都不要了。只要他们别上来。”文影疲倦地说。

大家又静默了一会儿,听见下面钥匙哗啦啦的锁门声,然后,是汽车的启动声,“嘟”——走了。

“妈妈,我肚子饿。”来来说。他十一岁,正是长的时候,老感到饥饿,随时随地都可进食。

“自己去泡一碗泡饭。”端丽随口说,可立刻觉察到婆婆极不高兴地看了自己一眼,便改口说,“给你一角钱吧。”

来来高兴地跑过来接了钱,把这张小钞票摊平夹在书里。仍然爬上椅子继续做功课,没资格参加红小兵,只好闷头做做功课。

他是长孙，是阿奶的命根子。

过了一会儿，多多也回来了。端丽一边和小姑、婆婆闲聊，一边听见来来轻声得意地对姐姐说："妈妈给我一角钱。"

"稀奇死了。"多多嘴巴噘起来了。

来来讨好地趴在姐姐耳朵边说了些什么，多多的脸色才和缓下来。端丽放心了，一旦孩子当着婆婆的面闹起来，就是她的过错了。

"你们爹爹置这份家业，是千辛万苦，你们不晓得。"婆婆唠叨，"当年他一个铺盖卷到上海来学生意，吃了多少苦头，才开了那爿厂……"

"那都是剥削来的。"小姑不耐烦地顶母亲。

"什么剥削来的？你也学文光。我的陪嫁全贴进去了，银洋钿像水一样流出去……"

"你不要讲了好吗？给人听到又不太平。"

"文影，你不可以这么凶的，"端丽制止小姑，"姆妈，你心里烦就对我们说，这话可万万不能对外人讲。"

"妈妈！"多多在叫，"我们出去玩，一歇歇就回来。"多多搀着咪咪，来来走在前边，一只脚已经下了楼梯。

"去去就来噢！"端丽嘱咐道，"人家说什么都不要搭腔啊！"

"晓得了！"多多回答，三个人扑通扑通下了楼。

淘米烧晚饭时，三个人才回来，一脸的心满意足，嘴唇一律油光光的，咪咪的嘴角上还残留着一些黄黄的咖喱末。

"你们吃什么了？"

"吃牛肉汤，妈妈。"咪咪兴奋地说。

端丽吓了一跳，一毛钱如何能吃到牛肉汤，简直不相信自己的耳朵："不要瞎讲。"

"是吃牛肉汤，一人一碗。"来来证明，妈妈的惊讶叫他更觉着得意了。

"多少钱一碗？"

"三分钱。还多一分钱，给咪咪称了重量，咪咪有三十七斤呢！"

"这么便宜？"端丽更加吃惊，"在啥地方吃的？是淮海路上吗？"

"不是。要穿弄堂的，一条小马路，角落里有一爿点心店，名字叫红卫合作食堂。"

"你们怎么找到那里去的？"端丽不知道那个地方，她只知道红房子西餐馆、新雅粤菜馆、梅龙镇酒家……

"我们慢慢走，一边走，一边看。姐姐说要买合算的东西吃。"

"多多，"端丽叫道，"你们吃的那些地方卫生不卫生？可别吃出毛病来。"

"有什么不卫生，好多人在那里吃呢！"多多说。

"我们吃得很合算，是吧，姐姐。"咪咪说，"我们对面那人吃一碗牛肉汤是两毛钱呢，其实和我们的汤一模一样，就是有几片肉。"

"你们的汤里没有牛肉？"

"我才不要吃牛肉呢！"多多说。

"我也不要。"来来和咪咪异口同声地响应。

端丽一阵心酸，说不出话来了。接连吃两天素菜的决定便在这一刻里崩溃了。

她每天上菜场，总要被一些荤菜、时鲜菜所诱惑，总是要超过预算。她不会克制，不会俭省，不会瞻前顾后，却很会花钱，很会享受。她习惯了碗橱里必定要存着虾米、紫菜、香菇等调味的东西,她习惯每顿饭都要有一碗像样的汤。她觉得自己克得很紧,过得很苦,可是钱,迅速地少下去,没了。她苦恼得很,晚上和文耀商量,文耀比她还发愁,最后仍然得由她来想办法:

"有些用不着的东西,卖掉算了。"

"对,就这么办!"文耀高兴了,刚才还山穷水尽,这会却柳暗花明,他以为可以一往无前,于是翻了一个身,呼呼地睡着了。他在学校以潇洒而出名,相貌很好,以翩翩风度吸引了不少女孩子。有一次电影厂借学校拍电影,也把他拉去充当群众。他学的是土木,功课平平,却很活跃。学校乐队里吹蛇形大号,田径赛当啦啦队,组织学生旅游,开晚会,都很积极。他会玩,和他在一起很快活。高傲而美丽的端丽委身于他,这可算是一大因素。而到了如今这个没得玩了的日子,端丽发觉他,只会玩。

后门轻轻地吱嘎了一声,开了,又轻轻地咯嗒碰上了。然后,楼梯上响起轻轻的脚步声。是文光回来了。他就像个幽灵,神出鬼没的。出去,进来,谁都不知道,谁也不注意,更不知他在想什么。"文化大革命"刚开始的时候,他站出来同父亲划清界线,将被子铺盖一卷,上学校去住了。可是不到两个月,却又灰溜溜地回了家。不知是红卫兵仍不愿意接受他,还是他自己不愿参加。回来时,又黑、又瘦、又脏,据说身上还长了虱子。总之,像个叫花子。父亲没骂他,没赶他,却不再搭理他,连正眼也不瞧一下。母亲呢?只是一个劲儿地说:"前世作孽,前世作孽!"

真是前世作孽,好好的一家人,变成这么一摊子,端丽只觉得自己命苦。

二

端丽翻箱倒柜，将穿不着的衣服找出来，准备送到寄售商店去。

多多的东西不能卖，她穿了还都能给咪咪穿，来来的衣服也可以给咪咪改。只有咪咪的衣服可以卖掉一些。她拣出一件橘红的小大衣，一套奶油色的羊毛衫裤。文耀的西装可以卖，只是怕卖不出价钱，这年头有谁穿西装？眼下最时髦的服装是草绿的军装。这件自己的织锦缎小棉袄也可拿去，还有几条毛料裤子，都是纯毛的，做工极考究，全是在“新世界”“培罗蒙”“朋街”“鸿翔”做的，剪裁合体，每件都经过很仔细的式样。她翻检着这些东西，心里隐隐地作痛。她喜欢穿好衣服。穿着不合身、不合意的衣服，她会难受，会不自在，好像自己不再是自己，而是另一个人了。她骄傲不起来，整个心绪破坏了。记得有一次，参加文耀表妹的婚礼。两个月前她就开始做准备，这在她的生活里是很重大的内容，她买了一段黑红碎花图案的料子，去“新世界”做一条连衣裙。她皮肤白而光洁，穿深色的衣服特别迷人。取衣时间正是婚礼那天的早上，她以为很巧，正好。可是早上去取，却回说还没从工场里出来，要她下午五点去取。下午，她穿着家常的裤子衬衫和文耀一起去“新世界”，取了衣服直接乘二十六路去和平饭店，虽说要稍迟到一点，可出席这种场合端丽总是要迟到的，这是身份。衣服是取到了，可却很不合身，胸围宽了一点，原来工场的裁剪师傅将二尺八寸误认为二尺九寸了。胸围一宽，整体都松松垮垮，没了线条。她几乎要哭了。文耀安慰她：“倘若人家说你衣服大了，我们就告诉他们说，这是新兴的样子,时髦!”他是很能说笑话的,可这会儿端丽却一点也笑不出来。整整一晚上,她都无精打采,不说话,不动弹,也不太吃菜,只盼着宴席早散。

她把这件连衣裙也拣了出来,连同其他衣服,一起打成包裹。

“妈妈,”趴在窗口看弄堂作乐的咪咪叫道,“楼下来了两部卡车。”

端丽丢下包裹,也跑到窗口往下看。果然,小花园前的铁门敞开了,门口停了两辆卡车。车上跳下几个人,卸下一些破破烂烂的家什,往屋里搬。

“有几个小孩子。”咪咪说。

“是新搬进来的人家。”端丽自言自语。这是常有的事,弄堂好几幢房子搬进了新住户。插进来的都是住在杨树浦、普陀区等边缘地带的工人,举止和这里的老住户大相径庭。

楼下,一个妇女捧着一口米缸叫嚷着:“放在哪块?”

“江北人!”咪咪笑了起来,学着说,“放在哪块?”

端丽把咪咪扯过来,关上了窗:“别看了。江北人都凶得要命,千万别招他们。听见吗?”

咪咪不再趴在窗前看了,可端丽自己却没事找事地老跑到窗户前,隔着玻璃往外看。车上的东西渐渐地卸完了,只剩下一筐筐煤球和劈柴。然后,连这些东西也慢慢地都卸完了,卡车开走,留下两个男人,两个女人,以及一群穿着一色改制的工作服的、大大小小的男女孩子,在底下忙进忙出。端丽渐渐地认清刚才那捧米缸的大块头女人和瘦小的、只顾埋头干活不大说话的男人是一家,那女人被称作“阿毛娘”。另一个武高武大的男人和戴一顶纱厂工作帽的女人是一家,至于那一帮孩子,她没能搞清谁是谁家的,她觉得他们彼此没有什么明显的差别,都很邋遢和粗野。端丽心里很乱,不知该如何同新邻居相处才好。这些人的脾性,她不了解,因为从来不曾与他们打过交道。隔壁弄堂里有几家不怎么样的人家,那些孩子常常过来捣蛋,对着端丽他们的背脊叫"阿飞!"甚至扔石头。"文化大革命"开始后,这些孩子又都跑来把小花园围墙上插的碎玻璃统统砸光。然后骑坐在上面,呼口号,骂人,朝玻璃窗扔砖头,每日必来,十分尽职。楼下房间封掉后,才太平了下来。这些是端丽对这些人家唯一的经验。她担心得很,平添了一层烦恼。转而又想到封掉的三楼,要是再搬进这么两家,便可联合成战斗队,每日都可开斗争会了。正发愁,多多回来了。

"妈妈,楼下搬来两家人家,才好玩呢!他们把地板拖干净,进门就脱鞋。"

"这有什么好玩?"端丽心绪烦乱地说。

"他们真的赤脚在地上走?"咪咪极有兴趣,追着姐姐问。

"不相信你自己去看。"

"妈妈,我下去一歇歇。"咪咪来不及地要走。

"不许去!"端丽气汹汹地叫道。咪咪委屈地扁扁嘴巴,抽回了脚步,却并不走回来,靠着墙站在门口。

"妈妈,你怕什么?他们又不吃人。我上来时,一个大块头女人还朝我笑呢!"多多说。

"你不懂!来抄家,来斗你爷爷的,当初岂止是对你爷爷笑。"端丽叹了一口气,"咱们家如今是谁都能欺负的了。"

多多不说话了,坐在桌子前,从语录包里掏出一本红封面的小书,咕噜咕噜背着,这是他们的功课。

端丽站起身,看看摊了一床的东西,强打起精神,收拾着。

“多多！”端丽叫。

“做啥啦？”

“多多，你来一下，妈妈有事对你讲。”

“人家在背‘老三篇’呢！明天学校里要抽查。”多多噘着嘴过来了。

“多多，你帮妈妈去寄售商店走一趟，拿着这些东西，给。”

“去干吗？”

“这，这都是没用的东西，放在家里也占地方，卖掉算了！”端丽连对孩子都羞于承认目前的贫困。在她看来，贫困如同罪恶一般见不得人。

“让我去卖东西？我不去，你自己去好了。”

“妈妈去不好，要让人看到，会以为咱们家还有什么东西，又要来抄家了。”

多多不响了，她对抄家十分惧怕。可是让她去卖东西，她是无论如何不干的。停了一会她又说：“那就不要卖好了。”

“你这个小囡怎么这样不听话！”端丽火了，“大人叫你做点事情，真吃力。”

多多嘴一撇，眼泪掉下来了：“你让我干别的事情好了。”

端丽心软了，不得不说了实话：“多多，妈妈没有钱用了，真的。后天要收水电费，妈妈没钱了。好孩子，帮帮妈妈的忙。”她脸涨红了，觉得自己也要哭了。

“要是人家……看见我了，怎么办呢？”多多抽泣着问。

“你是小孩子，不显眼。”端丽重又把包裹和户口簿塞在她怀里，“咪咪，陪姐姐一起去。”

“好的！”咪咪一直靠在门口墙壁上，这会儿听见允许她下楼，精神来了。她过来牵着姐姐的手,来不及地拉她走,多多一边走一边擦眼泪。

端丽松了一口气,其实她和多多同样地不愿去干这事,甚至比多多还害羞。她怎会沦落到这个地步了呢?

隔壁传来了婆婆的说话声,很响。老太太一定又在生气了,否则她绝不会忘形到这个程度,在这时候大声地说话,让楼下的新房客听见岂不又惹麻烦?端丽决定走过去劝解一下。

"姆妈,你怎么生气了?"端丽说。文影在给母亲泡茶,文光半躺在角落里的折叠床上。

"端丽,你听听!这个冤家自说自话在学校里报名参加什么战斗队,到黑龙江去开荒种地。黑龙江是啥地方,你晓得吧!六月里落大雪,鼻头耳朵都要冻掉。"

文光一声不吭,根本不打算解释什么,仰天躺着,对着天花板发愣。

"姆妈,你消消气!"端丽接过文影手里的茶杯递给婆婆,一边扶她在高背藤椅上坐下,"也许人家一定要他报名,他也是不得已。"

"不,是他自觉自愿的。"文影说,她和二哥同校,"甫志高"又是和文光同级,看来消息可靠。

"报名也不要紧,"端丽宽婆婆的心,"现在都兴这样,动员大家统统报名,但批准起来只有很少一部分人。"

"我们这种成分,不自愿还要来拉呢!"

"也不一定。说不定就因为我们成分不好,人家不批准呢!虽是去黑龙江,也是战斗队,政治上的要求一定很严。"

"去黑龙江还要什么条件?"婆婆困惑了,"五八年,一号里小老虎爸爸当了右派,不是把一家门都发配黑龙江了吗?”

“此一时,彼一时,变化大了。”

婆婆喝了一口茶,脸色好一点了。这会儿,她倒是有点庆幸自己有个极坏的成分。

“端丽,楼下搬进两家江北人,你知道吗?不晓得人怎么样。”

“我们横竖不和他们搭界。”端丽安慰道。

“江北人,也许是厚道的,”文影抱着幻想,“阿宝阿姨不就是江北人吗?”

“她吃我们的饭,狠得起来吗?”婆婆不以为然,直摇头。

“爹爹!”文影叫了一声,赶紧去拿拖鞋,端洗脸水。老头子干了一天的杂务工,一身灰,一脸阴云地回来了。

端丽站起身,问候道:“爹爹回来了?”

“回来了。”他敷衍着。这是一个身材高大的人,往日里谈笑风生,很有气派。文耀的风度就是承他而来,只是一点没将他的精明能干学来。老头子穿了一身灰拓拓的人民装,比旁人更显得邋遢,也许他生来是为了穿好衣服的。

“爹爹好好休息吧,我走了。”端丽走出房间,轻轻地关上门。文影却前脚跟后脚地出来了。

“六六届的毕业分配方案下来了。”文影轻轻地说。

“还好吗?”

“有百分之四十的比例留上海,照顾家庭经济困难、长子、成分好的;第二等是上海郊区农场,然后有苏北大丰农场,最差的是插队落户,有安徽、江西,真的就是扛铁锆种田。”

“文光即使不报名,也难留住。”端丽沉重地说。

“就是呀!不晓得我们六八届的方案如何。”

“别想那么远。凡事恐怕都有定数,愁也没用,躲也是躲不掉的。”

“天晓得我是个什么命,真想找人去算算。”文影忧郁地说。

“妈妈!”多多回来了,“我们——”

“噢,回来了!”端丽打断了多多,“要烧晚饭了。文影,别发愁,趁现在年轻的好时候,和‘甫志高’多玩玩。”

文影扑哧一声笑了。

端丽把两个孩子推进了屋,关上房门,轻声说:“不能让阿奶他们知道我们在卖东西,阿奶阿爷要生气的。”

孩子听话地点点头。其实端丽并不是怕婆婆生气,而是……怎么说呢?总之是僧多粥少。想想过去,公公婆婆也并不那么顾这里。那年,端丽想买一套水曲柳家具,婆婆说没钱,等明年吧。可不久却给文影买了一架钢琴。想到这里,端丽坦然了。

“卖多少钱了?”

“一共一百零五块钱。”多多把钱和单据交给妈妈。

“一百零五块?”端丽一愣,光她那两条毛哔叽裤子,当时就花了七十多元。

“可不是,这么多。开始我都不信。”多多兴奋得很,“那营业员说,如果寄卖,就是放在他们那里卖出以后再付钱,还可以卖得更贵。我想一百块已经很多了,再说你不是讲后天就要付水电费吗?”

“对的,对的。不过照理还可以再卖多点钱的。”

“那你自己去卖好了。”

端丽不再响了,心里却思量,下次确实要自己去办,人家有点欺负小孩子。

“妈妈,楼下新搬进的人家,真的赤脚在地上玩。”咪咪说。

“哦。”

“那个大块头阿姨说,他们从来没见过这么好的房子。他们以前住在哪里?是怎么样的房子呢?”咪咪很纳闷。

“住在棚户区,草棚棚房子。”

“作孽。”咪咪老气横秋地说。

吃过晚饭,端丽下楼去倒垃圾。对着楼梯的那间房间大敞着门。果然,那大块头女人坐在地板上做针线,四五个孩子在地板上滚成一团,嬉笑着,快活得很。门口放着一溜鞋子。屋里空荡荡的,没什么家具。当她倒掉垃圾回来的时候,发现那大块头女人正打量她,睁着一双很大的、有点突出的眼睛。端丽低下头,赶紧上楼了。

晚上,夜深人静了,端丽把今天的收入告诉了文耀。文耀本已沉沉欲睡,一听骤然间有了一百多元,立刻清醒过来。

“一百零几?”

“一百零五块。”

“给姆妈五十块吧。”

端丽不作声。

“明天买只鸡,买只母鸡,炖汤。”

端丽不作声。

“再买两斤广柑,长远没有吃水果了。”

端丽仍不作声。

“买点火腿摆在家里。”

端丽“扑哧”一声笑了:“你怕我不晓得花钱?要教我花。”

“有了钱,吃掉最合算。吃在肚子里,谁也看不见。像爹爹,辛辛苦苦置份家业,到头来成了资产阶级。吃掉干净。"

"你指望一百块钱能置家业?"

"我是打比方的。"

"来来十岁生日,在国际饭店请客,一桌就是一百元。"

"不错。"

"不当家不知道,现在我可知道钱是最不经用的。"

"不错。"

"我想来想去,这一百块钱不能全吃掉,要留点备用。万一孩子病了,或者出了什么要紧事,到时候就不会发愁了。"

"不错。"

"后天要付水电,大后天要来抄煤气,离你发工资有十来天,菜金还没着落,这前后算算起码需要三十块钱,才能挨到发工资。发了工资又怎么? 还是不够,所以还要留三十块补贴下月。"

"这么算下来,不能给姆妈了?"

"你看着办吧!"停了一会儿,端丽又缓和了口气说,"姆妈那里也有不少穿不着用不着的东西,说不定她也会想到走这步棋。咱们往那里送,他们也不好意思白收,还得再送还过来。这样客气来客气去反成了彼此的负担。"

"唉!"文耀叹了一口气。到了如今,他只会叹气。端丽发现自己的丈夫是这么无能。过去,她很依赖他。任何要求,任何困难,到了他跟前,都会圆满地得到解决。其实,他所有的能力,就是父亲那些怎么也用不完的钱。没了钱,他便成了草包一个,反过来倒要依赖端丽了。他翻了一个身,紧紧地抱住了端丽。

唉,轮到端丽叹气了。她甚至希望自己有个工作,哪怕是教书。嫁过来的第二年,附近的民办小学缺少师资,上门来请她去代课。她一口回绝了。她怎么能去教书？而且是当一群小娃娃的老师。尽管，正是由于那么多老师的辛苦，才使她完成了高等教育，为她的嫁妆镀了金，然而，在她看来，教书却是卑下的职业。她不去。她不愁吃，不愁穿，何苦去干那个？

如今，吃也愁，穿也愁。她想到，要是当初去代课，也许早已转了正，每月也有五六十元工资了。哦，五六十元。她不由激动起来，甚至忘了以往五六十元，甚至更多的钱在她手里，南京路上走一遭就可以花个精光。时过境迁，人民币都增值了。

楼梯上又响起轻轻的脚步声：笃、笃、笃！老二回来了。他究竟在想什么？究竟为什么要报名去黑龙江？他好像竭力要离开这个家，这个家怎么对他不起了？给他吃，给他穿。他说一声想学画，立刻请来一位家庭教师。学学不高兴了，说会一门外语有好处，又请了一位外语教师，结果什么也没学出来，倒反把功课落下了许多，连中学都没考上，再读了一年毕业班。这一年，家里请了两位家庭教师，补语文，补算术。老师比他更急，拿了人家的钱总要出成果，不为人家子弟负责，也得为自家的钱负责。文光倒像没事人一样，疲疲沓沓，笃笃定定，还常常逃课。家里怕他用坏了脑子，像侍奉月子似的，牛奶、鸡蛋、桂圆，也成了每日里的功课。第二年算考上了，逢到考高中，又如此这般地折腾了一番。还争气，也考上了。眼看着要考大学了，不知别人怎么认为，端丽是为他捏了一把汗。这当儿搞“文化大革命”，废除高考制，简直是救了他，只可惜也并没给他另一条路走。

端丽想起阿宝阿姨的一句话，她说：“你们家的人不是长的，是用金子铸的。”

是的，是用金子铸的。倒是贵重，却没有生命力。

三

端丽夹在买鱼的队伍中，紧紧挨着前边那个男人宽阔的背。她居然有勇气来买鱼了。大人孩子都想鱼吃，鱼又是较便宜的荤菜，她豁出去了，半夜三点钟就跑了来，她不信这样的诚意还感动不了上帝。前边的人越来越多，不断地把她往后边挤，离柜台越来越远了。还好，卖鱼的营业员出来写号头了，这是防止插队的有效办法。那人走到队伍跟前，先摊开胳膊，把队伍推了一遍，将凸出来的人全推进队伍，使之整齐了，也更挤得难忍了。然后从耳朵上取下半支粉笔，开始写号。直接就写在人们的胳膊上，一边写，一边大声地吆喝：

"三号，四号……"

端丽心里很不舒服，有一种屈辱感。衣服上写了个号码，叫人想起犯人的囚衣。

"二十号，二十一号……"

眼看号到她了，她决定和那人商量一下：

"同志，请你写在这里好吗？"她揭起夹袄前襟的一角。

"当心蹭掉！二十七，"那人很好说话，嘱咐了一声，继续往后号，"二十八，二十九……"

端丽松了一口气，好了，现在什么也不用担心，只等开秤。

"五十九，六十！好了，好了，走吧，买不到了，后面买不到了，别白排了！"那人叫嚷。

这说明，号上的人就都能买到鱼。端丽换了换脚，心里很踏实，很高兴。没料到，吃条鱼还这么难，她想起过去对阿宝阿姨的种种责难,有些歉疚。

“一人两斤！一人两斤!”柜台上宣布。开秤了,队伍慢慢地往前移动,虽说挪动很慢,但毕竟是在往前动了。终于,她到了跟前。围着沾满鱼鳞的大围裙的女人,唰唰地抓起几条鱼,往秤上一摊,叫道:

“两斤一两,七角八分。”

端丽赶紧把篮子送过去,那女人正要往篮里倒鱼,忽然停住了:“你的号码呢?”

端丽提起夹袄衣角:“喏,在这里。”

“啥地方有?”那女人怀疑地盯着她,“人家都是起三更来排队,插队不作兴的。”

“我有号!”端丽把夹袄前襟又往前扯扯,这下子连自己都呆住了。夹袄的羽纱里子上,只有几点白粉笔灰,什么号码也没有。羽纱本来就很滑,写不上字,再加上人挤人,在毛线衣上蹭来蹭去,果真擦掉了。

“出去！出去!”后面有人叫嚷,还有人过来推她,拉她。

端丽绝望地扒住滑腻腻的柜台,却一句话也说不出来,她马上要哭了。

“她排在这块的!”忽然响起一个沙哑的苏北口音,“我证明,她排在这块的。”

大家都循着那声音回过头去,端丽看见,说话的正是楼下那个阿毛娘。她排在端丽后边十几个人远的地方,这时,探出身子对着大家说话:

“她把号头写在褂子里面。大家可以查查看,她前头那人是几号。后头那人又是几号,查得出的!”

前面的是二十六,后面的是二十八,她正是二十七。而且,大家也确实想起这个年轻女人一直老老实实地站着,连窝都没挪。掌秤的女人把鱼倒给她,一边教训道:“以后晓得了哦?别把号头写在衣服里面,要什么好看?要好看就不要吃鱼。”

端丽提着篮子,仓皇地挤出队伍,连头都不敢回,她从来没有这么狼狈过。可是,不管怎么,鱼,总归买到了。当她又买了点雪里蕻、土豆,转身走出菜场时,遇见了阿毛娘和另一个妇女,这妇女给弄堂里好几家买菜,大家都叫她金花阿姨,端丽也有点面熟。她认为应该向阿毛娘表示一点谢意:

“刚才,多亏你了。”

“实事求是嘛!”她爽快地说。

旁边的金花阿姨插嘴道:“你自己出来买菜啊?不容易呵!”

端丽觉得她话里有些讥诮的意味,没搭腔,阿毛娘却搭了上去:

“买菜还不容易?没得钱不买菜才是不容易哩!”

金花阿姨对着端丽的篮子瞧瞧说:“买这么点菜,够吃吧?”其实她并无恶意,只是好奇罢了。端丽家那两扇老是关闭着的门,对弄堂里的一般居民,都是个谜。

端丽为被人看出了窘迫,很难堪,脸红了,将菜篮换了只胳膊。

“有鱼吃还不好?皇帝也不过是吃鱼吃肉。”阿毛娘说。

“你不晓得,他们过去享的是什么福。”

“不就是资产阶级那一套!”阿毛娘不以为然地撇了撇嘴。

端丽听不下去了,加快脚步,谁知她们也跟着加快了脚步。

“现在靠不了老头子了,苦啰!”

“苦什么?自己工作就是了。”阿毛娘把一切都看得简单,这是一种幸福。

端丽把脚步放慢了,轻声说:“要有工作就好了。”

金花阿姨说:“我看你这样的情况,最适合给人家看个小孩。不要出门,在家里就把钞票赚了。”

“怎么个看法?”端丽心动了。

“早上送到你家,晚上领回去,给他吃两顿。”

“哦。”端丽心里活动开了。家用实在紧张,每月都需贴补进三四十元,那一百零五元早已用完。变卖东西已成为公开的事情,婆婆屋里也卖了好几包衣服。前些日子,“甫志高”借了部黄鱼车,帮忙拉一张红木八仙桌去寄售,端丽也让他把一张三面镜梳妆台拉走了。苦日子过过,孩子们懂了不少事。多多不再为跑寄售店掉眼泪了,放学以后常常和几个要好的小朋友一起到寄售商店逛逛,看寄卖的东西卖出了没有。如已卖出,她就极高兴地回来报告,端丽便松松手买一些水果、熟食、点心,最多不过三天,就能收到邮局寄来的领款通知单。然而,坐吃山空,靠卖东西维持,终究不是长远之计。找个孩子带带,不会耽搁家务,又有收入。咪咪在家很寂寞,也可帮着照看,倒是个两全的好办法。走了一段,她吞吞吐吐地开口了:

“金花阿姨,你,是不是帮我留心一下,有没有这样的人家。我反正没事,也便当……”

话没说完,金花阿姨就领会了:“好的,好的,包在我身上。”

端丽出了一口长气。

金花阿姨晚上就给回音了,她很卖力,很热心,端丽家虽已败落到这程度,她依然很有兴趣来打打交道。请她进屋坐,她不肯,只肯站在楼梯口,却不时伸长脖子往房间里瞅。

她给我的是个一岁半的男孩子,名叫庆庆。父母双职工,三十八岁才得了这么一个宝贝,不舍得送托儿所。知道了端丽的情况,虽顾虑她家成分不好,怕会招惹麻烦,但也觉得这种人家生活习惯好,讲卫生,有规矩,孩子交过来可以放心。反复权衡,终于同意了。工资一月三十元,包括两顿饭一顿点心。另外,他们自己订半磅牛奶,每天就让送奶工人直接送这边来。

第二天一早,上学的、上班的都还围着桌子吃早饭,庆庆就被送来了。这是一个不认生的孩子,很白很胖,有一双黑葡萄似的眼睛。端丽抱着他,他挣扎着要下来,站在地板上。文耀、多多、来来、咪咪,站得远远地看着他,神情都很严肃,好像在看一个小怪物。端丽也觉得有点紧张,她从来没接触过别人的孩子。连自己的三个,也都是请奶妈带的。她虽有奶,却不喂,因为喂奶是很容易损害体形的。面对着大家的审视,庆庆并不畏惧,他也在审视着他们,看看这个,看看那个。忽然之间,他蹲下来,只听哗哗一阵水声,撒尿了。

"龌龊煞了,"多多叫道,"要死了!"

文耀皱了皱眉头。

"他怎么在地板上小便?"来来问端丽。

端丽也不知道,沉默着。

这时候,庆庆"哇"的一声哭了。他感觉到了大家的指责和不满。

咪咪走过去,拉起了他:"你们不要讲他了,他还小呢!"咪咪是唯一欢迎他的人,她实在太寂寞了。她最小,没有弟弟妹妹,常常对端丽要求道:"妈妈,再给我生个小弟弟,妹妹也行,好吗?"如不是"文化大革命",端丽是还要生的,总还应该再有个儿子吧。她的职责就是养儿育女,而到了眼下,就这三个,她还愁养不活。

咪咪把啼哭不止的庆庆搀到浴室,指着抽水马桶:"尿尿在这里。"然后一扳抽水的扳头,哗哗哗地冲下一股水,庆庆不哭了。端丽松了一口气,赶紧去拿拖把拖地板,拖干净地就煮牛奶。沸腾的牛奶是这么迅速地溢出钢精锅,把她吓了一跳,险些儿把手指头烫坏了。

喂庆庆吃东西是一桩顶顶伤脑筋的事情,他拒绝进食,不时地用胖而有力的手推开勺子或玻璃杯。连哄带灌,总算喝下半杯牛奶,不料他喉咙口咕噜了一声,"哗"的一下,又全部吐了出来,前功尽弃,奶腥味搅得端丽也想吐。中午吃饭,一口饭含在嘴里可含上半天,饭不是糖,含含就溶化了。须用尽力气动员他嚼,用舌头搅拌,最后劳驾喉咙往下咽。端丽说尽了好话,简直要求他了:

"好庆庆,乖,咽下去。庆庆真乖,咽了吧,咽了,咽了,乖!"

庆庆包着一嘴的饭,只顾摆弄前面的积木,毫不理会端丽的奉承。端丽绝望极了,不晓得他为什么要绝食,她不知道自己那三位小时候比庆庆要难伺候一百倍。

咪咪饶有兴趣地站在旁边看,忍不住要求道:"妈妈,让我试试看好吗?"

"这又不是喂洋囡囡吃饭,有什么好试的!"端丽烦躁地拒绝帮助。

咪咪不响了,过了一会儿,她伸出手指头,在庆庆紧锁着的嘴巴上轻轻敲了三下:"笃笃笃,开开门,我要进来了。"

庆庆眨眨大眼睛,喉咙口"咕咚"一声,咧开嘴笑了。里面空空荡荡,端丽赶紧将一勺饭趁机送了进去,门又关上了。

"笃笃笃,小白兔在家吗?"咪咪换了个花样。

门开了。

“飞机大炮轰轰轰！”

门开了。

“汽车开进来了！”

门开了。

半碗饭下肚，却又听到喉咙口“咕噜噜”地响，像是呕吐的先声。

“阿弥陀佛！”端丽念佛了。

咪咪忽然拿起一只锅盖，用一只骨筷乒乒乓乓敲起来，敲得他不知所以，惊慌失措，晕头转向，继而又兴奋起来，欢天喜地地手舞足蹈。饭，终于没吐，端丽却再不敢喂他了，就此打住。以后，端丽便把咪咪的先进方法全照搬过来：将庆庆的嘴假想成一扇门，用出其不意的响声压制倒食。于是，喂饭就成了一桩十分热闹的把戏。

值得庆幸的是，这孩子除了这个毛病，还有个极好的习惯，他上下午都各有一次相当长时间的睡眠。当他睡去的时候，端丽便感到从未有过的轻松和安静，她甚至在这乱七八糟的生活中感觉到了幸福。

这天，当她正尽情享受那难得的幸福时，文影却惊慌地跑来了：

“嫂嫂，二哥去黑龙江批准了，还有一个星期就要走。姆妈在哭，爹爹在骂，你快去劝劝吧！”

端丽也很吃惊，赶紧跟着文影往外走，走到门口又回头嘱咐咪咪：

“看好小弟弟，别让他摔下来啊！”

隔壁房间里天翻地覆地乱。床上放了一堆草绿色的东西，是大棉帽、大棉裤、大棉袄，文光在打铺盖卷。婆婆哭得直哆嗦，什么话也说不出来，公公病假在家，坐在唯一一张红木太师椅上，脸板得铁青，对着婆婆发脾气：

"他不是去死，这么哭法子做啥？"

"不是死，是充军！"婆婆说，"冤家，你是自讨苦吃，总有一天要后悔，后悔也来不及了。"

"你让他去！我看他是忒无聊了。"公公说罢，站起身走了出去。

"你到啥地方去？"婆婆对着他叫，"让人家看见又要说你装病！"

"我上班去！"

"前世作孽，前世作孽！"

端丽看看床上的棉帽棉裤，知道这一切已是不可挽回了。想了一想，她弯下腰扶住婆婆：

"姆妈，你不要太伤心，你听我讲。弟弟这次被批准，说不定是好事体。说明领导上对他另眼看待，会有前途的。"

婆婆的哭声低了。

"你看，这军装军裤，等于参军。军垦农场嘛……"

"不是军垦，是国营。"文光冷冷地纠正她。

"国营也好，是国家办的，总是一样的。"

婆婆擦了擦眼泪："一下子跑到那么远的地方，喊也喊不应了。好好的一份人家，一下子拆成天南地北的。"

"这些就不要去想了，文光是有出息的，出去或许能干一番事业。"

"我不要他干什么事业，只要人保保牢就行了。"说着又潸然泪下，文影跟着哭了。端丽一阵心酸，不觉也掉下泪来。

相对着哭了一阵，端丽冷静下来，心想：难过归难过。走，总是走定了。一个星期一眨眼工夫就过去了，很多具体的事都要一件件办起来才好。婆婆年高，又伤心，办不了什么事，文影年轻，从没经过什么，也不能指望。看来，要靠自己了。这么想着，她把眼泪擦了擦，对文光说：

“你先把铺盖松开，被里、床单都要拆洗一下才行。文影，帮二哥洗一洗。”

文影跑过来把被子抱走了。

“文光，你列张单子，看需要带些什么东西。”

文光愣了半天神，只在纸上写下“被子”两个字，便再也想不起什么了，似乎一条被子可以闯天下。端丽叹了一口气，接过笔，帮他列了下去：脸盆、箱子、帐子……这两兄弟怎么都这样没有用?!

列好单子，端丽又划分一下，哪些家里是现成的，哪些则需要去买。毛估估，起码要两百块钱才能把他送上“革命征途”。

“学校里给没给补助?”她问文光。

“没有。说凭通知能买帐子、线毯什么的。”文光回答。

婆婆说：“要么赶快到寄售店去，将那只寄售的八仙桌折价卖了，不管多少，总是现钱。”

“姆妈，先别忙。我想可以到公公单位里去申请一下，去黑龙江是革命行动，理应支持。他们给，很好；不给也没什么，再作别的打算不迟。”

“端丽啊，这事只能拜托你了。”

“你别发愁，姆妈。我去。”端丽这么回答，心里却也有些发怵。

趁着庆庆睡觉，端丽跑了一个下午，去了公公的单位，又去了文光的学校。两边都还通情达理,单位补助了五十元,学校补助了二十。本来没有什么大指望,得了这些钱如同发了横财一般高兴。端丽将自家卖梳妆台的钱拿了出来,她明白了,这年头想要存钱是不可能的,她打消了这念头,倒也舍得往外拿了,人穷反倒慷慨了。七凑八凑总算有了两百多块钱。星期天,庆庆不送来,端丽陪着小叔子上街买东西。商店里人很多,不少商品上面贴着字条:“凭上山下乡通知购买”。不少人都是在买出远门的东西。文光在拥挤的人群面前很怯懦,不敢挤,挤了几下就退了下去,永远接近不了柜台。端丽心中不由升起一股怜悯,这样个娇生惯养、金子铸成的人,出门在外,如何能不受欺负。他为什么要报名呢?端丽忍不住对他说:

“文光,我看你是多心了。当初你划清界限有你的原委和苦衷,家里并没记恨,何苦赌气?”

“我不是赌气,嫂嫂。”

“那又是为什么?”

“我自己也不大清楚,也许爹爹倒说对了,是忒无聊!”

“这么样解闷,不是开玩笑吗?”端丽吃了一惊。

“不,嫂嫂,你不懂。”

端丽不响了。

走了一段,文光轻声说:“不知怎么搞的,我常常感到无聊呢!我不晓得人活着是为了什么。真的,人活着究竟为了什么?”

“为什么?吃饭,穿衣,睡觉。”

“不,这是维持生存的必要的手段,我问的是目的。”

“天晓得。”端丽说。

“生活没有意义,好像我这个人没什么用处似的。”

“当初你和家里划清界限也是因为无聊?”端丽觉得他这样的想法很古怪,暗暗好笑。

“或许吧!”

“为什么又要回来呢?不在那里坚持着。”端丽不无讥讽地说。

文光神色黯淡了:“他们太野蛮了。我受不了,实在吃不消。”

端丽又开始可怜他了,不再说话,心里却仍然为他感到没事可做而奇怪,不觉自语道:“我可真想无聊几日,我实在累坏了,真担心会一下子垮下来。”

一个星期,确实一眨眼就掠过了。文光要走了,婆婆哭得昏天黑地,端丽一定不让她去火车站送,让多多请半天假在家看庆庆,自己和文影去火车站送行。

文光胆怯地靠在车窗口,一会儿便被从窗口挤开了。端丽愣愣地看着,不知他哪一天又会吃不消,想着回家。然而这一去几千里路程,回来就不易了。端丽的眼泪滴了下来,而身边的文影早已哭成泪人儿了。火车启动时,文光眼圈儿红红的,别转头去,不再转过脸来。火车越开越快,越开越快,在极远极朦胧的地方拐了一个弯,不见了。

端丽挽着红肿着眼睛的文影默默地走出站台,上了四十一路汽车后,文影出了一口长气,轻声说:“二哥走了,我也许就可以留上海。”

“怎么?”

“政策是‘两丁抽一’,”文影解释,又悄声说,“我那个同学分在上海工矿了,他是独子,特殊照顾。”

“哦——”端丽明白了,“你喜欢他吗?”

文影脸红了,却没回避,“他已经向我表示过好几次了。”

“这人还好吗?”

“他能力很强。和他在一起,我感到挺有依靠的。”

“这就好!”端丽简直羡慕起小姑了。要是她的丈夫能力强一点,可以减少她很多疲劳了。

“嫂嫂,你觉得他怎么样?”文影征求意见。

“只见过几面,印象不深。听多多他们都叫他‘甫志高’。”

文影打了嫂嫂一下。

“我看过那电影,甫志高并不难看,挺斯文。”

文影又打了嫂嫂一下:“难听死了。”

端丽微笑着端详小姑,发现她长大成人了。宽阔而白净的前额,给人明朗的感觉。鼻子很秀气,嘴角的线条很可爱,眼睛虽已哭肿,但却流露出一种少女才有的热望,显得极有光彩而又动人。端丽不觉感动了,但愿她能幸福。有一桩如意的婚姻,也可补偿其他的不足了。

回到家,已经六点钟。多多抱着庆庆正跳脚,说同学刚来通知她,今天晚上,要下达最新最高指示,七点钟就要到学校等着举行庆祝游行。可妈妈还不回来烧饭,庆庆家里也不来接人。她把庆庆塞到妈妈怀里,背着语录包就走。端丽叫:

“才六点,吃了饭再走。”

“不高兴,晚了!”多多带着哭音嚷,还是跑掉了。她是最受不得一点委屈的。

夜里九点多钟,多多才回来,端丽端出晚饭让她吃,一边问:

“什么指示?”

多多狼吞虎咽着,含混不清地回答:“知识青年到农村去……”

四

早上，端丽买菜回来，照例弯下腰拿牛奶，送奶的把牛奶都放在门口地上。可是地上却只有一摊碎玻璃，一摊乳白色的水迹。一定是那些野孩子干的，他们常常来和张家捣蛋，在楼下大声喊："张文耀，敲图章！"让人白跑一趟。或者学着红卫兵吆喝着打门，让人虚惊一场。甚至，在夜里将石头砖瓦扔进二楼窗口。大家都已经很习惯，认为这是生活中正常的插曲。然而今天的玩笑，有点过分了。这牛奶是庆庆的，要赔偿！一瓶牛奶一角七分，再加上瓶子两毛。咪咪一直想要的一盒彩色蜡笔，可以买两盒……端丽看着碎玻璃，发起呆来。

后门开了，阿毛娘提着煤球炉出来生炉子。他们搬来这里是强占私房，房管处开不出房票，没房票煤气公司就不给装煤气。所以他们一直在烧煤球，每天生炉子，搞得弄堂里烟雾弥漫，昏天黑地，人家都不敢开窗、往外晾衣服。

"怎么了？"阿毛娘问。

"牛奶瓶被小孩子砸掉了。"端丽醒过来，弯下腰收拾玻璃片。

"哪家小伢子这么捣蛋？找他去，要他赔！"

端丽摇摇头，苦笑了一下。

"不知道哪家？那你骂，对着弄堂骂，骂他十八代灰孙子！"

端丽又摇头。

"你不会骂，还是不敢骂？怕什么！你公公是你公公，你是你，共产党的政策重在表现，不能把你们当一路人看。"她开导端丽。

端丽不响，笑笑。

“做人不可太软,要凶!”阿毛娘传授着她的人生哲学。

端丽抬起头看看她,心里倒是一动,似乎领悟了什么。

“就像上班挤汽车,越是让越是上不去,得横性命挤。”

端丽点点头。

文耀和孩子们都起来了,多多在打扫房间,她现在已将一部分家务接了过去。干得不坏,就是有个毛病,牢骚大得吓坏人。有时,端丽实在受不了,就说:“我宁可你不干,也不要听你发脾气。”“那我就不干!”她气得气都短了。可等到第二天,就看不下又动手做了,牢骚还是依旧。见多不怪,端丽随她去讲,好在她确能帮自己分去一点负担了。

“妈妈,买油条了吗?”来来问。

“买了,买了。”端丽把油条从篮子里拿出来。

“妈妈,我不吃油条!”多多说,“你把四分钱给我。”

“买都买了,没有钱给你。”

“不,给我嘛!油条我不吃,给我四分,公平合理。”多多固执地说。

“妈妈,庆庆要吃牛奶了。”咪咪搀着庆庆过来。

端丽猛地想起了牛奶,不由抬起手拍了拍脑袋:“牛奶被小赤佬敲碎了。咪咪,你快吃早饭,吃过了到食品店门口排队买一瓶,去晚了就买不到了。”

零售牛奶十分紧张,每天只卖很少的几瓶,必须在九点半钟开门之前就等着。咪咪排队买东西是好样儿的,不急躁,不擅离岗位,乖乖地站着,无论排多久都没有怨言。而且这孩子很仔细,小小年纪出去买东西,大至交付五六元钱的水电,小至两分一盒的火柴,从没错过账,丢过钱。她比哥哥姐姐都更知道生活的艰辛,谁让她生不逢时,刚懂事就遇乱世。

这会儿去排队,起码九点半才能买回牛奶,庆庆九点就该睡上午觉了。好歹得给他吃点东西,吃什么呢?端丽低头看看小家伙,他正半张着嘴愣愣地瞅着咪咪吃泡饭。咪咪把油条放在一边,光吃酱瓜,津津有味,很是馋人。端丽灵机一动:“咪咪,你给他吃一口泡饭看看。”庆庆居然吃了,而且咽了。端丽赶紧盛了小半碗泡饭,把油条撕碎,然后坐下来喂他。

“端丽,”文耀叫她,“妹妹学校来通知,晚上要召开家长会。姆妈耳朵不好,叫我去。我想恐怕是要动员上山下乡的事。我不大会应付这些事,你去吧,啊?”

“你怎么这样没用场?”端丽艾怨地说。

“现在又不比爹爹那时候,人要能干才能生存。托共产党福,一人一份工资,省心省力,没有肉吃,也有饭吃。”

“我看是爹爹的钞票害了你,什么事都不会干。”

“我是有爹爹的钞票。没钞票的人我看也不见得有能耐,不过比我多几句牢骚。”

“你的嘴倒能说。”端丽说不过他,这时候方能记起他在学校里是个辩才。

“好,不说了。晚上,你去开会啊?”文耀把碗一推,温存地抚摸了一下端丽的头发,走了。咪咪吃完了泡饭,手里拿着没舍得下饭的油条,一点一点咬着跑去排队了。来来还没吃完,悄悄地对多多拒绝的那根油条进行蚕食。多多站在自己的小床跟前,低着头不知在干什么。端丽好奇地望望她,见她在往一个泥罐子里丢钱。

“多多,你在存钱?”

“嗯。我同学送我一个扑满,钱放进去就拿不出来了,最后存满就把它砸碎。”

“你存钱干吗?”

“我要买一双松紧鞋。”多多说。目前,女孩子中间很流行男孩子穿的松紧鞋。

端丽发现女儿长大了,胸脯开始丰满,衣服绷在身上,显小了。姑娘大了,就知道要好看,知道打扮。端丽感到对不起女儿,心想着应该给她做几件衣服。自己在她这个年纪,有多少衣服哪!

多多把扑满小心翼翼地放在床底下,以免被庆庆顽皮碰碎:“这样才能存住钱呢!”

这给了端丽一些启示。当然,她不是小孩子了,自己能管制自己,用不着拿个扑满来强行节约。她找了个旧日用过的珠花小手提包,决定将一些可用却没用去的钱放在这里,虽是极少的几个钱,可总是在积起来。炒菜时,味精没了,她刚要张嘴喊咪咪去买一袋,转念一想:这完全可以省下,鲜与不鲜之间,本没有一道绝对的界线。她把省下的六毛二分钱丢进了钱包。上街买牙膏,她毅然摒弃了从小用惯的美加净,而买了上海牙膏,又省下两毛八分。她尝到了节约的乐趣,并且一发不可收拾,心心念念想着如何装填钱包,以致文耀也讽刺她是“葛朗台”。

趁庆庆睡觉,她打开箱子,想找几件旧衣服给多多改两件衬衫。家里本来有着成堆成堆的各色料子。买料子,是她往昔生活里的一大乐事。走在街上,逢到绸布店必定进去,不管用得着用不着,她总要买几段。有时因为花样别致,有时因为料子质地优良,有时因为自己喜欢,有时仅仅因为想买。不少衣料买回来便忘在了一边,都被虫蛀了。抄家时把这些东西全翻出来,集中在院子里开“阶级教育展览会”,连她自己都吃惊怎么会积存了这么多东西。

端丽找出两件半新的旗袍，花色都很好看，一件是咖啡底色上奶黄碎花，一件是天青色的。她摆过去，摆过来，不明白该如何下剪刀裁。想了一会儿，她取出多多的一件衬衫，先用报纸照样儿放大一点，剪了几个衣片。然后把衣片放在拆开的旗袍上，尽力使衣片全部被容纳，再用画粉画下来，最后才用剪子。她慢慢地做着这一切，像小孩子做拼板游戏，颇有兴味。当她先用大针脚把衣片连上的时候，心中的高兴是无法形容的。她很佩服自己，多么聪明啊！居然想出这么个主意，她尝到了创造的滋味。多多放学回来，她立即要多多试样。多多穿上以后，就再不肯脱了，兴奋得红着脸，在镜子前左照右照。在她新衣服穿不完的时候，还是个不懂事的小娃娃，当她长成大姑娘，真正爱美了，却从没穿过一件新衣服。她没什么可以修饰的，只能在两根短辫子上下功夫，一会儿系紫色的玻璃丝，一会儿系红色的玻璃丝，不同颜色玻璃丝能带来的微妙的变化，只有她自己才能觉察。端丽告诉她，衣服还没最后做成，需用细针细线缲起来方可穿着。多多恋恋不舍地脱下衣服，就嚷着要自己缲。端丽不愿意，这件劳作这么吸引她，也许因为这是头一件从她手里创造出来的成果吧！这一个下午，母女俩都很兴奋。端丽一边密密地缝着，一边思忖着接下去，还要为来来和咪咪改做什么。

文影学校的家长会真是谈分配问题的。这届毕业生是插队落户一片红，百分之百的外地农村，简称“外农”。去向有黑龙江、云南、内蒙古、贵州、安徽、江西。经济困难者，独生子女者，统统不予照顾，统统接受贫下中农再教育。

回家商议，大家决定屏住不走。姆妈说：“我已经把她养到十八岁，不信这会儿就少你一口饭了。”端丽也表态：“没什么了不起，我大学毕业还不过做家庭妇女。”文影从头至尾一直在掉泪，搞得大家好心酸。端丽很可怜她，也许只有她知道文影伤心的更深一层原委。“甫志高”已经正式上班了，在闵行一家大工厂做工。想想自己当年，这正是最开心、最无忧虑的时候，而文影这些姑娘，却在豆蔻年华承受这么多的忧愁。想到这里，她更下了决心，要帮助小姑赖到底。方案定了，可落实起来却不那么简单。

先是班主任来动员，端丽几句话就把他戗出去了。她虽不大晓得外面的形势，但看他那破破烂烂的一身便知他目前的地位不高，人人都可欺得。接着里弄里打着锣鼓来宣传，野蛮小鬼趁机砸碎两扇玻璃窗。然后，学校里开学习班，端丽出席，让文影在家带庆庆。名曰学习班，就是逼着表态，不表态不让回家，吃饭时给每人送来一碗开水一只面包。第一天端丽没吃，但第二天仍向她收钱，一气之下，索性吃了。这一关挺过来了，但学校和爹爹单位接上关系，将文影的生活费停发，爹爹因此挨了批斗。婆婆、文影成天啼哭不止，文耀只是连声叹气，一无所措。端丽和他说说，他反而不耐烦，说：“妹妹也是太娇气，我不信外地是地狱，那里不也有千千万万人在生活。”胸怀一下子广大了许多。最后，学校来了最后通牒，再不报名，就要强行将户口在总册上注销。并且，越往后去的地方越糟，只有内蒙古、云南，甚至还有西藏。这些地方在只知道天井上方一块云的上海市民听来，就像是外国，想都不敢想的。实在无奈，文影决定去了江西。江西总比安徽远了一些，可安徽吃杂粮，那是绝对受不了的。

家里倾其所有，为文影准备一份行装。她远不如文光好将就，什么都要带，什么都要买。马桶、木盆、火油炉、钢精锅、上海大头菜、香肠、罐头，仅牙膏就带了十条，卫生草纸带了一肥皂箱。如没有钱满足她的需要,她就哭,哭得人肠子都揉碎了。后来,只得又卖了几件东西。端丽把钱包里攒的钱也奉献出来,多多空前地懂事,将扑满递给妈妈,转过脸说:“你摔好了,松紧鞋我不买了,现在反正已经不兴了。”端丽不忍心,收了起来,可是到最后,文影还要买十斤卷子面,端丽只好把扑满砸了。数数,已有四元多钱,超过一双松紧鞋的价值了。她留了一点钱,准备去买一块直贡呢鞋面,自己学着做一双。她深感到这家的子女都是无用且自私。楼下阿毛娘的大儿子也去安徽插队,运行李那天她看见,只有一只板箱一个行李卷放在自行车后架上一捆就驮走了。

给文影送行的场面极其凄楚。因是上山下乡的高峰季节,北站压力太大,所以是在彭浦货车站发车的。没有月台,送行的人站在很低的碎石路基上,伸长了胳膊也摸不到车上人的手,给人一种咫尺天涯的感觉。文影从未离开过上海,也从没想过要离开上海,尽管她的父辈是出生在浙江一个依山傍水的小镇上,十八岁才来上海学生意的。而说到了底,上海究竟又才有多少年的历史?但她只属于上海,上海也应属于她。尽管没去过外地,却听来了很多外地的坏话。包括端丽,也是对上海以外的一切地方既惧怕又憎恶。然而看到文影那种几不欲生的失态样子,端丽伤心之余又有些奇怪:外地究竟有那么可怕吗?究竟是谁也没去过那里呀!她有点觉着好笑,附带着把自己也嘲笑了。

公公也去送了,他以为文影走有他的责任。如果他当年不做老板,只老老实实当一个伙计,文影就可以屏到底了。火车开了,“甫志高”先走了,他还要上夜班。端丽陪着步履蹒跚的公公慢慢走出站台。默默走了一段,公公怆然说道:

“都怪我作了孽,带累了你们。”

“爹爹,你不要说这个话,我们都享过你很多福。”

公公不响。

“爹爹,你别忒担心了。文影很娇,没出过门,想得很骇人。也许真到了那里也不过如此。”

“文影是很娇,我们家三个孩子都很不中用啊!”公公说。

端丽以为自己说话造次,公公生气了,不敢再作声。公公却又道:

“端丽,我看你这两年倒有些锻炼出来了。我这几个孩子不知怎么,一个也不像我。许是我的钱害了他们。他们什么都不会,只会花钞票。解放前,我有个工商界的老朋友,把钱都拿到浙江家乡去建设,铺路,造桥,开学堂,造工厂,加上被乡下人敲竹杠,一百万美金用得精光。我们笑他憨,他说钞票留给子孙才是憨。果然还是他有远见。”

端丽不知道该怎么搭腔,不响。

“幸亏是新社会,每个人总有口饭吃。无能就无能,罢了!只愿他们老老实实,平平安安,我也闭眼睛了。”公公凄楚地说。

“是呀,只求大家都太太平平。”端丽轻声附和。

五

庆庆要进幼儿园了,就要离开端丽的家了,全家都有些恋恋不舍。多多不再提起为他所受的委屈:炎炎夏日,自己的汗来不及擦,却要给他扇风哄他入睡,他却偏偏不睡。她手扇酸了,最后是声泪俱下。她抱着庆庆上街走了一圈,用难得的一点零用钱给他买了根雪糕。来来对庆庆撕坏他邮票的罪行,重新采取了既往不咎的宽大态度，并且画了好几艘航空母舰送给他。咪咪本来就和他很好，但曾经因他用手捞菜吃，打了他的手心，于是就老问他："庆庆，你恨我吧？"连老是叨叨庆庆太难弄的文耀都赏了他几句好话："这孩子还是很乖的，不爱哭，不哭的孩子好。"最后的几天里，大家都抢着给庆庆穿衣，喂饭，抢着抱他。庆庆是个很有感情的小孩，经过这两年的共同生活，已经完全站在端丽他们的立场上了。有野小鬼来闹事，他会简洁而严正地指责："坏！"家里带来水果，他会送到端丽嘴边说："娘娘吃。"多多发脾气，他会和咪咪一起害怕，一声不吭，悄悄进，悄悄出。离开的那天，他居然抱着端丽的脖子放声大哭起来，哭得端丽心里酸溜溜的，好一阵难过。他走后，有很长一段日子，端丽不习惯，心里总是空空落落。买菜回家，她常常下意识地弯腰去寻牛奶；烧饭时常常把锅倾斜一点，使低处的饭能烂一些可供庆庆吃；坐着缝东西，她又会莫名其妙地一惊，以为庆庆睡醒了在哭。逢到这种时候，她就感到又好笑又不解。

自己有了三个孩子，却从没在孩子身上尝到这么多滋味，甜酸苦辣，味味俱全。她的孩子跟着奶妈长大，不跟她吃，不跟她睡，只要奶妈，不要她。她以为很正常，并不见怪，孩子是跟着奶妈长的，自然同她亲，跟自己疏了。

庆庆走了一个月，端丽才发现更实际的一块空白，每月突然少了近二十元收入。她不得不去找金花阿姨，请她再找一个孩子。去之前，她想到屡次麻烦人家，很不过意，买了一盒水果蛋糕带了去。金花阿姨一口答应帮她找人家，却死也不肯收蛋糕，连连说："罪过，罪过！"要说过去她对端丽家的窘迫还有些怀疑，以为他们是"真人不露相"，哭穷；而如今，她是真相信了。她说："像你这样的盘房小姐，少奶奶，居然帮人家领小孩，必定是山穷水尽了。"过了两天,金花阿姨来了,并没带来确切的回音,却带来了一斤三两毛线。

“张家媳妇,”她总是这么称端丽,“你会织绒线衫吧?”

“绒线倒是会的,不过不一定拿得出去。”

“不要客气,不要客气。有个老太太想织件绒线衫,只要暖热,不要好看。送出去织吧,全是机器摇,可惜了好绒线,想找人手织。”

“我试试看好了。”

“尺寸在这里,样子就是一般老太太套在外面的开衫。平针,上下针,随便你。工钱嘛……”

“我不要工钱,我横竖没事情,织织玩玩。”

“这有啥客气的?这是人家托我的事。工钱我去打听过了,四块钱,好吧?”

“我不要工钱。”

“你不要我就不给你织了。”金花阿姨说着丢下毛线就走了。

端丽专心专意,日赶夜赶地织了一个星期不到,完成了。收入四元,正好赶上付掉煤气账。她觉得自己狼狈,可又有一种踏实感。她感觉到自己的力量,这股力量在过去的三十八年里似乎一直沉睡着,现在醒来了。这力量使她勇敢了许多。在菜场上,她敢和人家争辩了,有一次排队买鱼,几个野孩子在她跟前插队,反赖她是插进来的。她居然夺过他们的篮子,扔得老远。他们一边去拾篮子,一边威胁:“你等着!”可结果却并没发生什么。来来刚升中学,在学校受了欺侮,她跑到学校,据理力争,迫使老师、工宣队师傅让那孩子向来来道歉。她不再畏畏缩缩,重又获得了自尊感,但那是与过去的自尊感绝不相同的另一种。

自从织过这件毛衣后，她去找了本《绒线编结法》，学了好几种花样，又去找金花阿姨，想请她再帮着介绍一点毛线生活。可是她一眼看见上次织的毛衣正罩在金花阿姨自己的身上，她再也说不出话来了。

其实不用开口，金花阿姨也知道她的来意，歉然说："我一直在打听，没有合适的人家。不过，我听讲街道工场间最近缺人手，你可以去申请一下嘛！"

"工场间？"

"生活很轻的，当然钞票也不多，我也不大清楚。"

"这事该找谁去说呢？"

"先找找你们弄堂的小组长。"

"好的，谢谢你。"

"谢什么？"

"我走了，"端丽走了两步又回过头，抚摸了一下金花阿姨身上的毛衣，轻声说，"我不该……"

金花阿姨推开她的手："那老太太穿了嫌小，卖给我了。只要毛线钱，手工费就算她蚀的老本。"

端丽眼圈红了。

一路上，她考虑着金花阿姨的提议，越想越觉得是个好主意。咪咪马上要上学，不能在家帮忙了。多多下乡参加三秋劳动，去时只说两周便回，可忽然说是要备战，为疏散起见，暂不返沪，要作半年一年的打算。战争在端丽眼里太遥远了，她只知道多多不在家，不能搭搭手了。带小孩，非要有一双眼睛长在他身上，否则就会出事。这不是一瓶牛奶，碎了可以赔，这是性命交关的事啊！如今家里离得开人了，完全可以出去工作，生产组收入虽不多，可总是有一定保障的。在这一系列的考虑中,她居然一点都没想到自己的出身和那张大学文凭。她只想着生活的实际:房租、水电、煤气、油盐柴米。要是文光知道了这些,又会如何地悲哀啊!本是维持生存的条件,结果反成了生活的目的。他以为生存是用来为一个极伟大的终极目的服务的。然而,左右前后观望一下,你,我,他的生活却实在只为了生存,为了生存得更好一些。吃,为了有力气劳作,劳作为了吃得更好。手段和目的就这么循环,只有循环才是无尽的,没有终点。唉,说不清楚,人生就像一个谜。有人说,生,为了吃苦;有人说,生,为了享乐;有人说,生,为了赎罪;有人说,生,为了牺牲……让那些吃饱穿暖的人去想吧,这会儿端丽满脑子里,只有一个念头——设法进工场间,争得一份固定收入,维持家里的开销。这个念头占据了她,充实着她。她没有回家,直接往里委会去了。

不知道是因为工场间缺人已到了不可拖延的地步,或者是为了好好改造端丽这位"资产阶级少奶奶",回音很快来了,同意她进生产组做临时工。

端丽上班了。

工场间设在一幢石库门房子的底层。弄堂太狭窄,两排房子之间距离很近。因此,房间里每天只有很少时间能照进太阳。很阴冷,而一旦太阳照进来,又很潮热。房间不大,约二十平方左右,从这头到那头摆了一长条木板台子,上方是一长列日光灯,人就坐在木板台子两侧工作。端丽在指定给她的位置上坐下,环顾了一下周围的同事们,大都是四十岁上下的妇女,有一些年纪很老的老阿姨。还有一部分小青年,有男也有女,都是因为身体不合格,不能去插队落户才分到这里的知识青年。另外还有一个看不出年龄的人,他总是憨厚地微笑着,笨拙地转动身子,跑上跑下,送活取料,喘着粗气,十分巴结。大家都叫他阿兴,对他动手动脚地开些极不礼貌的玩笑,他只是笑,口角慢慢地沁出一处口涎。是个傻子。

做的生活是绕一种装在半导体收音机上的线圈,很简单,不需要技术,只要细心,耐心。如金属线绕得稍有点不匀、不齐,或松了或紧了,都要作废重来。

端丽仔细而努力地工作,做了一个小时还没有报废过一个。她感到兴趣,看见从自己手里绕出了一个个零件,整整齐齐地躺在纸盒子里,又兴奋又得意。当那阿兴来收活儿时,她都有点舍不得让他搬走。十点钟,墙上的有线广播响了,开始播送工间操音乐。大家放下手里的活儿,伸着懒腰纷纷起身往外走。邻桌的梁阿姨告诉她,上下午各有十五分钟工间操的时间,愿做操就做操,不愿做也可以休息休息,总之,这十五分钟是不用再做生活的。端丽放下手里的活儿,可是却不知干什么才好。她坐在板凳上,无聊地看着自己的指甲。小青年在弄堂里嬉闹,疯笑着,笑得很粗鲁。阿姨们都倚在门框上,东看看,西望望,扯着山海经。端丽感觉到她们不时好奇地回头看看她。

“是那边大弄堂里那资本家家里的大媳妇吧?人样生得蛮好看,像姑娘似的。”

“小囡都有三四个了。会保养呀,显得多少后生。”

“……搞得真结棍,少奶奶也出来做生活了。”

…………

端丽本想出去和她们一起站站的,可是听到人家这么议论,她不好意思走出去了。手脚都无处可放,干脆,她又埋下头绕起线圈来。

“欧阳端丽!”梁阿姨叫她,“这么巴结干吗?出来玩玩。”

端丽尴尬地笑着站起来,走过去。

“生活做得惯吗?”一个小矮个子阿姨问她。

“还好,蛮好!”她回答,她认出这阿姨曾经来家里破过“四旧”,几个四尺高的明代青瓷瓶全都是她打碎的。

“早上出来还来得及?”又一个高大壮实的女人问。

“有点紧张。早起点还是来得及的。”她回答。今天半夜里她就起来了,扫地、烧早饭、买菜。在菜场上听到喇叭里“嘟嘟”响了六点,她就再不敢逗留了,怕错过了时间。很久以来,她没被时间严格地约束过,七点钟的事放在八点钟做也可以。现在可不行了,七点半上班,晚半分钟也不行。

“小囡大了吗?会得帮忙了吧!”一个脸很黑,上唇汗毛很浓的阿姨问。

“老大已经十五岁了,会做点了。不过跟学堂下乡备战去了。”端丽认出这女人的儿子时常来与她捣蛋作对。

“伲阿囡也去了,我叫她阿哥跑到乡下把她拉回来了。打仗就打仗,打起来,一家人死在一道。现在没死都得吃饭,她回来拆纱头可以拆点钞票来。”梁阿姨大声说。

“花样经透唻!一歇歇剪尖头皮鞋,一歇歇插队落户,一歇歇打仗。花样经翻下去,翻得没有饭吃才有劲!”

“小菜难买唻……”

端丽默默地听着阿姨们谈论时事,很有同感,但一句也不敢插嘴。心里却奇怪这些当初那么起劲地来她家破“四旧”的人,对生活也有着和她一样的叹息。看来,她们过得也不好,“文化大革命”

也并没有给她们带来什么好处。

中午，有一个小时的吃饭时间，多数人不回家，他们早上把带来的饭盒子送到居民食堂蒸热，这时就在工场间里吃。端丽匆匆忙忙往家里赶，心想，以后最好也在工场间里吃午饭，省得这么奔来奔去，吃完饭，还有时间打个瞌睡呢！只是中午文耀和两个孩子吃饭该怎么安排呢？唉，文耀是一点忙也帮不上。

下午的四小时就不如上午好过了。这一系列的动作，重复得毕竟太多了，并且她已经很容易很轻松地掌握了。新鲜感消失，只觉得很枯燥，很闷气。她的腰有点酸，她累了。脖子有点酸，眼睛呢，老是在日光灯下盯着看，也有点酸，她累了。她不断地看表，越看表越觉着时针走得慢，她怀疑表停了。

好容易挨到工间操时间，她赶紧放下活儿，站起来同大家一起走出工场间，站在弄堂里，她觉得很惬意。几个青年在捉弄阿兴，一会儿叫他唱歌，一会儿叫他跳忠字舞，十分恶劣。大家都呵呵地乐，连端丽也乐。她既觉得很缺德，想到人家家里人知道了，会如何难受，可又从心里想笑。她笑得很响，很放肆。

两个女青年学着骑黄鱼车，一直骑到马路边上，不时尖声惊叫，以为要翻车了。一个小伙子奔过去趁机找便宜："叫我一声阿哥，我教你们踏黄鱼车。"

"叫你阿弟！"

"好极了，再叫叫看！"

"阿弟！"

不知他采取了什么具体的行动，只听得麻雀窝被捣了似的一阵叽叽喳喳的聒噪，然后便是乖乖的叫"阿哥"声音。接着，便看见那小伙子踏着车，两个女孩子坐在后面，三个人脸上都带着满足和兴奋的神情，慢悠悠地骑了回来。

也许仅仅是昨天，端丽还会觉得他们又无聊，又轻浮。可今天，她同大家一起笑，觉得很有趣，很开心。工作太枯燥了。一点点极小的事情会使人振作。简单的劳动使人也变得简单了。

十五分钟极其迅速地过去，工作又开始了。端丽感到手指头的每个小关节都酸了，她已经是下意识地机械地操作。她清楚地听见时钟的嘀嗒嘀嗒。弄堂里有小孩子的嘈噪声，几个小孩背着书包噔噔噔地穿过工场间上楼了，这是楼上人家的孩子。终于，放工的铃声响了。端丽走出工场间，一身轻松。夕阳很柔和，天边染了一层害羞似的红晕。马路上自行车铃声丁铃铃地响着，像在唱一支轻松而快乐的歌。一个一定是被老师留了晚学的调皮孩子，头顶书包，在行人的腿间钻来钻去，招来一阵怒骂。生活像流动的活水，端丽是水中的一滴。她心情很好，很开阔，她从来没体验过这种心情。

回到家，咪咪告诉她，姐姐来信了。端丽忙着淘米做饭，让来来念给她听。多多的信写得十分懂事，一上来就写："亲爱的妈妈、爸爸（她把爸爸排在妈妈后面）、弟弟、妹妹：你们好！"然后又向爷爷、奶奶问好。接下来就写他们的生活，她说他们基本上不大干活，每天睡懒觉，很开心。这个星期吃了一次肉，老师带他们一起走了二十里路，去一个叫什么陈水桥的小镇上吃了馄饨和大饼油条，很开心。晚上，大家早早钻进被窝，吹灭了灯，讲鬼故事，吓得夜里不敢起来上马桶，也很开心。只是有一点，很想家，每个人都哭过一次。不过，老师悄悄对他们说，可能很快就可以回家了，似乎这消息是来自一个很遥远很神秘的指令。老师叫他们不要说出去。所以多多也叮嘱妈妈千万不要说出去——然而这却被来来十分响亮地念了出来,端丽赶紧让他小声点——最后,多多又让妈妈保重身体,不要太劳累,叫弟弟妹妹听话。端丽听到这里,眼泪汪汪的,觉得自己这么多辛苦没有白费。甚至觉得吃了这么多苦而听来女儿这么几句话,是非常值得的事情。

这天夜里,非常意外地,文影回来了。和另一个女生一同来的,那姑娘坐都没坐,和文影一起将带来的花生、竹笋、香菇分了,说了声"明天见",便提了自己的一份回去了。

文影虽只去了五个月,但大家都觉得如隔三秋,全家老小都披衣起床了。文影黑了,瘦了,却还精神。婆婆先是高兴,跑进跑出打水潽蛋、倒洗脸水,忽又想起文光,远在北国,不知何时才能见面,不觉又落下泪来。文影情绪倒很好,有说有笑,反比过去话多了,也活泼了。她谈到那里的山,山上的树和泉眼;谈到集体户里为一顿饭一担水的拌嘴;谈到那里的乡下人都叫做老表。大家饶有兴趣地听着,听了半天,才想起问她,是怎么回来的,出差还是探亲?文影回说看病。什么病?大家一愣,文影诡秘地眨眨眼睛,不回答,大家只以为是妇科病,便也不追问。一看,时间已过两点,就此打住,都回去睡了。

端丽却睡不着了,想想觉得有些奇怪,推推丈夫:"文耀,你觉得文影有点怪吧?"

"有啥怪?"文耀莫名其妙。

"话多得很,同她平素很不一样。"

"出去见过点世面了,锻炼出来了嘛!脾气又不是生死了不能改的。"

"我总觉得不对头,她到底是来看什么病呢?"

"我看你有点神经病了!"文耀翻了一个身,睡了。撇下端丽一个人胡思乱想了好久,不知什么时候蒙蒙眬眬睡着了。

第二天,她下班回来,正遇那与文影同行的女同学从家门出来,浅浅地打了个招呼,擦肩而过了。回到家,见婆婆坐在她屋里,愁容满面,叫了声端丽,连连说:"前世作孽,前世作孽!"

"怎么啦?姆妈。"端丽慌了,心中那不祥的疑云浓重扩大了。

"端丽啊!妹妹生的是这里面的毛病啊!"婆婆点点太阳穴。

果然。端丽的心往下沉了沉。

"文影本来就不情愿去,心里不开心,夜里老是在被子里哭。后来,她上海的那个男朋友写信去,意思说不谈了。她看了信反倒不哭了。发毛病了呀!"

"这个人真不讲仁义,当时他横追竖追,是他主动的呀!不过,一个在上海,一个去乡下,确实也不好办!"

"这种毛病叫花痴,老法人家讲,要结婚才会得好,这哪能弄啦!"婆婆捶捶桌子又哭了。

端丽赶紧跑去把门关严:"姆妈,万万不可被妹妹听见。这种病不能受刺激,一刺激就要发。"

"你说怎么办呢?端丽啊!我一个老太婆,不中用了,你爹爹现在也是自身难保,走出走进都不自由,文耀只会吃吃玩玩,就靠你了。"

"姆妈,这种话没什么讲头。眼下,给妹妹看病是要紧的。"

"我怕去看了毛病,传出去,害她一生一世。"

"毛病总要看的。我先去打听一下,你不要急。"

"打听的时候,只说为别人帮忙,万不可漏出真情。"

"你放心,姆妈,你放心。"

文影的症状一日日明显起来,老是听见"甫志高"叫她,就奔到楼梯口等着，等了半天等不来，就叹气。回到屋里坐坐，又坐不定。过一会儿又洗澡换衣，梳妆打扮，说晚上分明同“甫志高”有约会，去逛马路或者看电影。同行的那位女生将文影送到家就算完成任务，再不来了。于是，一家人为着她忙得团团转。端丽已去打听了精神病院的情况，可婆婆犹豫着不愿送去看病，怕事情传开，对文影将来不好。

端丽要上班，烧饭，洗衣，还要帮着劝慰文影，忙得焦头烂额。正烦乱着，多多回来了，一看到妈妈就扑上来，亲热得要命。她长大了一截子，稍黑了些，却不瘦，反显得很健康。端丽看着女儿，十分高兴，她还是头一回尝到离别和重逢的滋味。她毫不犹豫地煎了几个荷包蛋，慰劳多多，别人也跟着沾了光。文耀趁机让来来去打了一两黄酒，他是很会抓住时机享受的。晚上，多多一定要和端丽睡一个床，于是文耀被赶到屏风后头多多的小床上去，咪咪也挤了过来。母女三人叽叽呱呱谈了一夜，什么话都讲了，连同多多她们夜里讲的鬼故事都讲了。来来不能参加，很妒忌，不时地说一声：“疯子！”文耀睡醒一觉听见她们在笑，以为天亮了，坐起来看看月亮，摇摇头又躺下。

说着，笑着，多多和咪咪终于睡去了，端丽一手搂着一个女儿，心里充满了做母亲的幸福。她忽而又想起了过去的好日子，那日子虽然舒服，无忧虑，可是似乎没有眼下这穷日子里的那么多滋味。甜酸苦辣，味味俱全。多多翻了个身，细长而丰满的胳膊绕住了妈妈的脖子。端丽感动地想：我们再不分开了。一家人永远在一起，无论发生什么也不分开。她这会儿比以往任何时候都更爱她的家庭，家庭里的每个成员：任性的多多，馋嘴的来来，老实厚道的咪咪，还有那个无能却可爱的丈夫。她觉得自己是他们的保护人，很骄傲，很幸福。

六

星期六晚上，婆婆把文耀、端丽找来，要同他们商量文影的事，让大家想想办法，然而她一上来就定了调子：

“精神病院，我想来想去不能送。”

于是，文耀和端丽也不好发表意见了。

“进了医院，要绑起来住橡皮房间，还要坐电椅，没有毛病也要作出病来了。”

关于精神病院的传说确实十分可怕，虽然谁也没去过那里，但越是没有事实依据想象就越自由。文耀、端丽只好沉默着。

“我们宁波乡下，有过一个花痴，什么药也没吃，结过婚以后好得清清爽爽。”

端丽听到这里，开始明白婆婆的用意了，便小心翼翼地说：“文影年龄不小了，照理说是可以考虑婚嫁大事。只是现在人在乡下，一没户口，二没工资，恐怕难找到合适的人家。”

“是的，姆妈。再说有这种毛病，瞒人家是瞒不过去的，不瞒人家吧，人家说不定……”文耀没说完，就被母亲气汹汹地打断了：

“所以要请你们哥哥嫂嫂帮忙呀！要你们来做啥？不就是想办法。文影会得嫁不出去？真是笑话了。”

“嫁怎么会嫁不出去，总要找个靠得住的人啊！”端丽打圆场，“姆妈再让我们好好想一想，好吧？”

夜里，端丽和文耀商量来商量去，觉得只可能在乡下找个婆家。文耀凄楚地说：

“想不到,我们家的姑娘落到了这个地步。”

“怪谁?怪你自己姆妈老脑筋。有毛病不看,要结婚,自己要跌身价。”端丽没好气地说。

“姆妈活了六十多岁,会没有你我懂?进了精神病院,等于历史上有了一个污点。你懂吗?”文耀振振有词。他只敢在权威已经确定的理论前提下,坚持意见,发挥见解。学校里,权威是工宣队;家里,权威则是父亲母亲。

“那你就从命,不要怨天怨地。”端丽说毕,不再出声。

“动气了?”过了会儿,文耀不放心地问。

“没有。我在想,既然注定找乡下人了,总要找个好的。还有,能不能找个近处的,比如绍兴、昆山,结了婚以后还好调过来。离上海近,生活习惯好一点,也叫得应一点。”

“对,对!”文耀直点头,觉得妻子很聪明。

婆婆对此建议也十分赞成,当即决定给她宁波乡下一些娘家的远亲写封信。虽是“文化革命”至今没来往过,可从前,没少给他们好处,想来不会不帮这个忙的。并且是把一个上海姑娘送上门去做媳妇,她认为该抢着要才合理呢!信,是由文耀写的,严格地说,是端丽口授,文耀记录。先寒暄了几句客气话,再把文影的情况写了一些,并附上一张相片,然后转入正题——找份人家。只说想往近处调,距上海近点。关于病,就写了极含蓄的一句:“受了点刺激,身体不大好。”信寄走了,以后的日子,便是在盼望回信中打发了。每日两班邮差,成了大家最欢迎的人。盼过上午盼下午,盼过下午盼明天,文影的病症似乎越来越严重了。

一件事未了结,又来了一件。多多的中学三年混过去,要分配了。同六八届一样的一片红,据市乡办的人说十年后、百年后,仍是一片红，这样才能代代红。天天上班，工场间里常常谈论这话题，看来上山下乡影响到了每一个家庭。

“女儿学校里上门来动员了，”梁阿姨说，“我对他讲：你放心好了，我们不会去的。讲过一句再不和他啰嗦，让他一个人坐在房间里，横竖他也不会偷东西。他坐了一歇就走了。”

“伲囡也要分配，她姐姐刚去安徽，学堂里不好意思来动员。我不让她去，她和我吵，我说我养活你，你还有什么可吵的！”

“跑得去插队落户，还是要养她。他们又养不活自己，反倒在火车上贴掉钞票。”

“在家里也不见得一生一世没有工作。上两届讲‘两丁抽一’，这两届一片红，下头两届又不晓得如何了。我们国家的政策不过夜，人就不好太呆了。”

端丽不好插嘴，可听听这些牢骚，能出出气，也能得到启发。她心里活动起来，是不是再应该试一试，把多多留住。当初文影分配时，如再硬硬头皮咬咬牙，说不定也就赖下来了。从感情上来说，她舍不得和女儿分开。女儿大了，和妈妈贴心多了，想到要把她送走，好比在心上剜了一刀。从经济上来说，她也无力再准备一份行装。小叔和小姑相继下乡，把家里最后一点老底都挖尽了。

“欧阳端丽，”梁阿姨叫她，“你家小孩挨着插队落户吧？”

“老大是六九届的，一片红呀！”

“你让她去？”

“讲心里话，真不愿，她读书早，读的是五年制，现在十五足岁都不到。但是我们家这个成分恐怕赖不下去。”端丽忧心忡忡。

“有啥赖不下去？你怕啥？插队落户么最最推板了，再坏也坏不到哪里去了。”

“到时候再讲了。”端丽说,心里却好像定了许多。

回到家里,多多就告诉她,晚上学校要来家庭访问,让她等着。

吃过晚饭不多久,果然有人敲门,正是多多学校的工宣队师傅和一位老师。他们坐下来先是环顾了房间,接着便和蔼地询问家里的情况:

多多的父亲多少工资,母亲多少工资,弟弟妹妹多大年龄,多多的身体好不好,等等。然后就开始了动员工作。端丽心里别别跳着,早就在做着回绝他们的发言准备。这会儿,不等他们把话说完,就气急败坏地说:

“多多年龄很小。参军年龄,工作年龄都是十八岁,她不到十五,不去。”

“李铁梅也很小……”那工人师傅说。

“多多比李铁梅还小三岁呢!”

“早点革命,早点锻炼有什么不好?”工人师傅皱皱眉头,那老师只是低头不语。

“在上海也可以革命,也可以锻炼嘛!再说她是老大,弟弟妹妹都小,她不能走。等她弟弟到了十八岁,我自己送到乡下去。”也许精神准备过了头,她说话就像吵架一样。

工宣队师傅和老师相视了一眼,说不出话来了,转脸对着文耀说:“多多的父亲是怎么想的呢?”

文耀摸着下巴,支吾道:“上山下乡,我支持。不过,多多还小……”

“多多的出身不太好,她的思想改造比别人更有必要。”

端丽火了,一下子从板凳上跳起来:“多多的出身不好,是她爷爷的事,就算她父亲有责任,也轮不到她孙囡辈。党的政策不是重在表现吗？你们今天是来动员的，上山下乡要自愿，就不要用成分压人。如果你们认为多多这样的出身非去不可，你们又何必来动员，马上把她户口销掉好了。”

这一席话说得他们无言以对，端丽自己都觉得痛快，而且奇怪自己居然能义正辞严，说出这么多道理，她兴奋得脸都红了。

他们刚下楼梯，多多就从箱子间冲了出来。刚才一听妈妈吵起来，她就吓得躲进了箱子间，关上门，也不怕闷死。多多冲着妈妈说：

“什么什么呀！你这样对待工宣队，我要倒霉的。”

“倒什么霉？最最推板就是插队落户了，再坏能坏到哪里去？”

文耀抱着胳膊看着她，摇着头说：“真凶啊！怎么变得这么凶，像个买小菜阿姨。”

“都是在工场间里听来的闲话，”多多嘀咕，“真野蛮！”

“做人要凶。否则，你爷爷这顶帽子要世世代代压下去，压死人的。”

文耀同意了：“这倒也是。”

“那我怎么办呢？”多多发愁。

“怎么办？在家里，爸爸妈妈养你！”

来来忽然说：“刚才妈妈一下子站起来，那两个人吓得往后一仰。”来来学着，大家都笑了，连多多也止不住笑了。

待了一段日子，多多自己不定心了，说她的同学都走了，常常和端丽闹。端丽只说：“让他们走，你还怕没有地方给你插队？”也就随她闹，不理会。多多从没见过妈妈这么有主意，这么强硬，心里倒也安定了，太平了许多。整天在家买菜，烧饭，管理弟弟妹妹，她戏称自己是“小家庭妇女”“小劳动大姐”。她分担了妈妈很多劳动，使妈妈在工场间里工作得很安心，很好，常常受到表扬，每月总可有四十元上下的收入。端丽每月补贴婆婆十五元，充作文影的生活费。

宁波方面早已接上头，只是介绍的人家总不称心，直到八月才初步选定了一家。这家姓王，父亲是当地的大队会计。儿子今年二十六岁，比文影大三岁，年龄很合适。文化程度是高中毕业，这点也合适。现在是生产队会计，姊妹很少，只一个十八岁的妹妹，口舌是非便能少了许多，这也中意。全家商量，又问了文影的意见，对她说只说是结了婚可往南方调，女大终要当嫁。文影也同意了。然后再由端丽给宁波的王家写信，表示同意见面，同意考虑。

立秋这天，那人来了，由端丽婆婆的一个亲戚陪同。小伙子长得不错，身高体阔，一双眼睛虎虎有神。头发三七开分得很整齐，青年装的上口袋里插了三杆钢笔。正巧是星期天，端丽想方设法弄了一桌小菜待客。

婆婆对小伙子还满意，公公只轻轻地说了声“粗坯”，也没发表不同意见，文耀和端丽自然也不能有意见。只是端丽总有点觉得那人生相不太厚道。文影自己倒挺喜欢，精神好了许多，而话又比往日多了数倍。人家不知道内情，只当是生性如此，活泼而已。只有自己家的人暗暗担心，怕她发病。而实际上，这终是瞒不过去的，但此时此刻，谁都不那么想，一门心思地自欺欺人。

中午吃饭了，因为来客是乡下人，也就不必讲究。公公没有陪客，倒是多多等三个孩子一本正经地坐去三个座。端丽在厨房里炒菜上桌，正忙着，忽见三个孩子冲进厨房，把门关上就憋不住地笑了起来。多多笑得眼泪都掉下来了，咪咪捂着肚子蹲在地上。

“发什么人来疯！没有规矩。”端丽斥责道。

“妈妈,那人的吃相真好玩。”多多忍住笑报告。

“怎么好玩?”端丽好奇起来。

“就像前世没有吃过似的。”多多说。

“他一边吃,一边眼睛瞪这么大,在菜碗上看来看去。”来来学着。多多和咪咪又笑瘫了,蹲在地上。端丽也笑了,可笑过之后,心里却酸酸的,很为文影难过。

吃过饭,婆婆打发文影去睡觉,对客人抱歉道:“这孩子身体不好,不能太吃力了。”然后,向端丽使了个眼色,端丽会意地把孩子们赶出去。她知道婆婆要和客人正式谈判了,自己也识相地走出去带上门,可婆婆叫道:

“端丽,你也来坐坐吧!”

她走进房间,见婆婆的表情有点张皇,知道她是怯场了,这事少不了又落在自己身上了。端丽心里也是一阵为难,不知该怎么开口才好。她故作镇静地泡来两杯茶,心里紧张地思忖着。

“阿娘,吃茶。”她把茶端过去。

“噢,嘿,罪过,罪过!”那老太太连声客气着。

“弟弟,吃茶。”端丽坐下,聊天似的说,“乡下年成还好吗?”

“一个工一元两角。”小会计报账道。

“那就很好了。文影插队那山里,一个工只值四五角,她又做不了一个工。”

“太穷了,太穷了!”老太太说。

“所以妹妹心里不开心呀!身体也不好了。心情是很影响身体的。”

“自然,自然。”

“张文影到底生的什么病?”那年轻人发问了。

端丽和婆婆不由交换了一个眼色，停了一停，端丽说：“她这个病也不算什么病，只要开心就像没有病。就怕生气、伤心，就要发作了。”

“发作起来什么样呢？是癫痫吗？”他刨根问底。

“不是癫痫，不是癫痫。发作起来不过是闷声不响，或者哭哭，或者笑笑。”

年轻人和老太太交换了一个眼色，不再问了，神色却黯淡了许多。

端丽扯开了话题：“你们一个大队多少人家？”

“总有百十来户。”他敷衍。

“主要种点什么东西？”

“稻哇。”

气氛冷了许多。这么又坐了一会儿，婆婆起身出去找咪咪买点心，端丽也起身去拿热水瓶来斟茶。当她拿着热水瓶走到门口，听屋里传来轻轻的说话声：

“这种病结了婚就会好的。”那老太太在劝小伙子。

“我又不是一帖药。”小伙子闷闷不乐地说。

“她毛病好了，有你的福享了。张家是什么人家，你知道？”

“现在还有什么？不都靠劳动吃饭。”

“你年纪轻，不懂。有句老话道：瘦死的骆驼比马大……”

端丽的心冰凉冰凉，站在门口怔住了。

“端丽，做啥？”婆婆过来了，奇怪地瞅着她。

“姆妈，你来。”端丽转过身，不由分说地拉住婆婆的手，走到厨房，关上了门。

“啥事体？端丽。”婆婆莫名其妙。

“这门亲算了吧！嫁过去，对谁也不会有好处，”端丽压低声音急急地说，“且不说结了婚，妹妹的病不一定能好。那里虽是姆妈你的老家，可那么多年不走动，人生地疏，妹妹在那里举目无亲。万一婆家再有闲言闲语，只怕她的病只会加重。再说，人家好端端一个小伙子，为何要到上海来找媳妇，恐怕也有别方面的贪图。”接着端丽就把刚才听来的话一一转述了。

婆婆怔怔的，过了一会儿，眼泪下来了：“前世作孽，前世作孽！”

“姆妈，你听我一句话，我和文影虽不是亲姐妹，但我决不会为她坏的。她的病不能再耽误了，要看病。”端丽恳切地说。

婆婆哭着：“我老了，也有些糊涂了。这事全靠你了。虽说你只是个媳妇，可比我儿子还强，爹爹昨天还夸你呢！”

这次是正式的权力下放。端丽立即行动起来，带文影去看了病，医生说需要住院治疗，可是病床很紧张，去家等医院的通知吧！端丽又设法托人找关系。她如今工作了，有了新的社会关系。工场间的阿姨虽粗鲁，却很热心，热心中掺了点好奇，因此促进了热心。七转八转，居然和精神病院住院处的护士长联系上了。十一月时，终于得了一张床位。

端丽送文影住院去了。

女病房是一间很大的房间，足有二三十个床位，一个个身穿白衣服的病人，坐在各自的床上，神态各异。有的极其冷淡，有的十分粗鲁，有的兴奋地动个不停，有的懒懒的昏昏欲睡，还有一个像幽灵似的从这头飘到那头，从那头荡到这头。文影沉默着，沉默中含着恐惧。她紧紧地依着嫂嫂，像个孩子似的需要保护。端丽搀着她的手，轻声安慰着，实际上也是安慰着自己：

“这里倒蛮静的。好好休息,什么也别管,下午,我和姆妈就来看你。”

文影听话地点点头。

办好了住院手续,听护士交代了探病的规章制度,服侍文影换了衣服。白色的,染有几块黄色药渍的病员服罩在文影消瘦的身体上,像套了一只口袋,把人都显小了。文影好像一下子小了十岁,脸色苍白,眼神怯怯的,每一转眸都像是在寻求保护。她又好像突然苍老了十岁,眼角、额头有了细细的皱纹。背有些佝偻,走路行动透出迟钝、蹒跚。

端丽走的时候,让她躺着别动,可她不声不响,仍然站起身,默默地跟在嫂嫂身后,走到门边。端丽回过头:

“进去吧!”

文影不说话,倚着门,凄楚地看着嫂嫂走下楼梯。在这一瞬间,端丽几乎对自己的做法动摇了,她怀疑自己是不是错了。在这里,她感到每个人都是精神病,而独独自己的小姑不是。她了解小姑发病的原委,她认为小姑的发病是合理的,她是极清醒极正常的,她不该和这些反常的人在一起。她这么认为,更加觉得把文影送进去是桩错误了。

下午,婆婆去看了文影,回来就哭。以后,每个人去看望回来都唉声叹气的,言语之间,不免有些责备端丽心狠手辣,似乎她把妹妹送入了地狱。端丽压力很重,而且有些负气。于是更加觉得对文影有着不可推卸的责任,这责任压得她很疲倦,很紧张,可却也使她精神大振。

她从来没对谁负过什么责任,自己生下那三个孩子,如果生了病,她只需向奶妈问罪,自己心灵上是没有一点负担的。这会儿,却要为文影及其全家负责任了,她觉得这是个很沉重的负担。

她几乎每天下班跑医院,看望文影,向医生询问情况。多挣点钱为文影买营养品,她请金花阿姨又找了一个孩子带。这个孩子,基本上由多多负责。

这当儿,文光回来了,是探亲。然而半个月过去了,他又去信续了半个月假。一个月过去了,他又续假。这么拖了三个月,他干脆连续假都免了,毫无走的打算。每日里睡睡懒觉,逛逛马路。和插队前一样,百无聊赖,闷闷不乐,进进出出没有一点声响,只多了一个抽烟的习惯。他回来不走,本在端丽意料之中,可暗地里又总希望他不至于那么糟糕。这会儿,是真正认定他没出息,从心里可怜他又瞧不起他。

这么过到了七三年,忽然下来一个文件,凡有医院证明有病的或独养子女,均可办理回沪手续。端丽行动起来,到处奔波,为文影办理病退。她的病已是人所共知的事情,手续办得十分顺利,只是最后还须去一次江西。

"让二弟去吧!他在家横竖没事,并且又是出过门的人,总有数些。"文耀提议。

"我?不行,江西话我听不懂,如何打交道。"文光很客气。似乎除他以外,其他人都懂江西话似的,"还是哥哥去。哥哥年龄大,有社会经验。"

"我要上班呢!"

"请假嘛。你们研究所是事业单位,请事假又不扣工资。"

"扣工资倒好办了。正因为不扣才要自觉呢!"文耀顿时有了觉悟,"弟弟去嘛!你没事,譬如去旅游。"

"我和乡下人打不来交道,弄不好就把事办糟了。"

兄弟俩推来推去，婆婆火了：

“反正，这是你们两个哥哥的事，总不成让你们六十多岁的爹爹跑到荒山野地去。”

“哥哥去，去嘛算了！”

“弟弟去，弟弟去，弟弟去了！”

端丽又好气又好笑，看不下去了，说：“看来，只有我去了。”

“你一个女人家，跑外码头，能行吗？”婆婆犹豫着。

端丽苦笑了一下：“事到如今，顾不得许多了。总要有个人去吧！”

最后，还是端丽出马，去了十天，回来了。带来了户口、粮油等关系，还把文影的箱子衣物带了回来。另外，她把文影没用完的草纸、肥皂、毛巾、牙膏和不易携带的热水瓶、钢精锅、火油炉，在当地处理了。变卖来的钱，正好抵偿了来回路费，还剩两块三角。

回到家，大家都很欢喜，婆婆告诉她，文影的病情有了好转，就怕复发。医生说，再巩固一段时间便可以出院了。端丽一阵轻松，腿却软了，不由瘫坐下来。一家人惊慌地围住她，问她怎么了。她疲倦而幸福地微笑着，噙着眼泪喃喃地说：

“总算一家人平平安安，团团圆圆。”

七

三年的时间，一分一秒地熬过去了，回过头看看，又好似只有一眨眼工夫。公公婆婆老了一些；端丽转正了；文影作为病退知青分在街道幼儿园做老师；来来中学毕业分在隔壁弄堂口小烟纸店站柜台；咪咪升了中学；多多终于赖下来，进了街道一爿做洋娃娃的生产组,交了一个男朋友,人品模样都好,出身工人阶级。虽总难免有屈就之感,但想到多多的孩子可不必再戴资产阶级帽子,也就心安了。独有文光、文耀两兄弟,依然如旧,一个在家里睡睡懒觉,逛逛马路,发发呆,不想前也不想后,得过且过;另一个省心省力地捧着国家铁饭碗,碗里饭不多也没少,六十元,倒是一点没有显老。

到了一九七六年年底,世道发生了翻天覆地的变化。反映到张家的,首先是知识青年的回沪,文光立即抖擞起来,跑回黑龙江,把户口办了回来。然后,政策落实了,退回了抄家物资——实际上只是幸存的一小部分,十年里停发的定息和工资补发了,存折还了,三楼的房间启封了,楼下那两户,也受到了房管处的催促。他们趁机向房管处提出条件,当房管处给予满足时,那条件忽又提高了,水涨船高,不知何时能解决。这是他们改善自己居住条件的最难得的机会,确实不能轻易放过。而张家惨淡十年能有今天,只认为是天赐洪福,千恩万谢,心满意足,并不要求百分之一百的偿还。

一家人,个个欢欣鼓舞,公公婆婆像是年轻了几十年,容光焕发。孙子孙女也是欢天喜地。他们中间除了文耀,都是在最低级的小集体单位,看不到前景,加工资轮不上,找对象也难排上号。如今,就是不工作也能过得舒舒服服,十年的艰辛终于得到了补偿。

父亲拿到了十年强制储蓄起来的一大笔钱,豁达地说:“我老了,钱是带不到棺材里去的。”他将钱分给了每个子女一份,另外,又给了端丽一份。他说:

“端丽在这十年里,很辛苦。这个家全靠她撑持着。在文光、文影身上花的心血是不可用钱计算的。”

“爹爹,我不要!”端丽说。这半年来的迅疾变化,使她觉得像在做梦。如今,这一厚沓钞票放在面前,日光灯下,票面上每一道细巧的花纹都清清楚楚,她才感到真切。然而,这么厚的一沓十元票面的钞票,又叫她有点莫名其妙地骇怕,“十年里兵荒马乱,我就算是有心也无力,并没有做什么。我不能拿这钱。况且孩子都大了,我也有了工作,我们不缺钱用。”

“爹爹既然已经讲了,你就不要客气了。”婆婆说。

端丽还想推辞,却感觉到文耀在轻轻地踢她的脚,又把话咽了下去。可心里却定了主意,决不收那钱,她认为多拿了钱会难做人的。

回到三楼——三楼归还,他们住上去,公公婆婆独自住二楼。关上房门,文耀立即就说:

“你的主意真大,也不和我商量,当场就回脱爹爹的钞票。”

“是爹爹给我的,当然由我做主。”

“我是你的什么人啊? 是你丈夫,是一家之主,总要听听我的意见。”当家难的时候,他引退,如今倒要索回家长的权利了。

“那么现在我对你讲,我不要那钱,要这么多钱干吗?”

“你别发傻好吗? 这钱又不是我们去讨来的,有什么好客气的?”

“我不想……”

“为啥不想要? 你的那个工作倒可以辞掉了,好好享享福吧!”

“不工作了?”端丽没想过这个,有点茫然。

“好像你已经工作过几十年似的。”文耀讥讽地笑道。

端丽发火了:“是没有几十年,只有几年。不过要不是这个工作,把家当光了也过不来。”

“是的是的，”文耀歉疚地说，“你变得多么厉害呀！过去你那么温柔，小鸟依人似的，过马路都不敢一个人……”

他那惋惜的神气使得端丽不由得难过起来，她惆怅地喃喃自语道：“我是变了。这么样过十年，谁能不变？”

文耀温柔地将端丽一绺夹着银丝的额发撩上去：“你太苦了，老了许多。我是个没用场的人，只有爹爹的钱，可以报答你。”

端丽不响，慢慢转过脸，对着五斗橱上的镜子。很久没有细细地打量自己，镜子里的形象生疏了——头发的样式俗而老气。眼睛下面不知什么时候悄悄地垂下了两个泪囊，嘴角鼻凹又是什么时候刻下了细而深长的纹路？面颊的皮肤粗了，汗毛孔肆无忌惮地扩张开来，她情不自禁地抬起手抚摸了一下脸庞。这时，她看见了自己的手，皮肤皱缩了，指关节突出了，手指头的肉难看地翻过来顶住又平又秃的指甲，指甲周围，长满了肉刺。

“我是老了。”她沮丧地垂下手，呆呆地看着镜子里那个丑陋而陌生的形象，那确定无疑的正是自己。

文耀走到她身后，抚摸着妻子的头发，轻声说：“别难过。这十年，我们要赎回来。”

端丽从镜子里端详着丈夫，她似乎又看到了十多年前那个风流倜傥的丈夫，他潇洒自如，谈吐风趣而机智，浑身洋溢着一种永不消逝的活力。她爱他。

当天夜里，他们就把钱存进了银行的通宵服务处，让它毫不耽搁地生利、生息、变本、再生利、生息……可是，工作她没舍得退。这是不容易争取来的，再说，天有不测风云，说不定哪一天……一切都是不可靠的，唯有职业是铁打的，这是社会主义的优越性。她考虑了一下，决定请病假，工资全扣完了不要紧，只要保留这个职业。这些年的辛苦,她得了轻度的腰椎间盘突出症。里弄里的合作医疗,很容易开出病假,只要你自己舍得钱。

她去送病假条时,梁阿姨看都没看,就爽快地说:"你休息吧!这种生活本不是你做得长远的。"

也许梁阿姨确有弦外之音,也许只是她自己多心了,端丽涨红了脸,急忙解释说:"其实不休息也可以,不过就是想治疗得彻底一点。好了以后,我还是要来做的。"

"可以,可以。你啥时候想来就啥时候来。"梁阿姨说。

旁边的小矮个子阿姨插嘴道:"你也是有福不会享。叫我是你,真不来做这种短命生活,每日里不歇一口气地做,也只有一块六角。"

大块头阿姨说:"张家媳妇,想穿点,有钞票不吃不用,真是'阿木林'了。"

"靠工场间这点工钿不会发财的……"

"不不,话不能这样讲。毛病好了我还是要来做的。"端丽红着脸说,赶紧出来了。走出石库门,穿出弄堂,到了马路上,一阵风迎面吹来,她才感觉到背心出了一层汗,衬衫都湿了。她出了一口长气,往家走去。走到路口,看见金花阿姨迎面走来。

"张家媳妇!"金花阿姨叫她。

"哎,金花阿姨,这一向还好吗?"

"蛮好!昨日碰到你家先生了,他说你们家要找个阿姨。你们要半日的?全日的?还是光洗衣服或者买小菜的啊?"

端丽忽然窘起来了。这事虽是这几天家里商量的,她也觉得有必要找个保姆,可是她坚决不同意请金花阿姨推荐。不知为什么,她认为拜托金花阿姨帮这个忙是极不合适,极不应该的。为了这,还和文耀吵了嘴。他为她不服从自己很觉气愤,很是怀念十几年前不敢过马路的端丽。

“我倒认识一个人,五十多岁,人蛮清爽,蛮老实。不过就是临时户口,你们要看看人吗?”

“究竟用不用人也还没说定呢!”端丽支吾着。

“你回去和你家先生商量商量好吧?不要想不穿,有钱就过过惬意日子嘛!”金花阿姨开导她。

“好的,我回去商量商量。过几天给你回音,让咪咪到你那里去。”

“我来,我来。”

“咪咪去,咪咪去。”

她们客气着,然后分手了。端丽背心上又出了一层汗。

以后的十几天里,端丽就跟着文耀一起跑商店:添置家具,买电视机、电冰箱、电风扇,买衣料、衣服、皮鞋,买种种护肤、护发的面霜,还有染发水、洗发精……端丽烫了头发。

她坐在理发店的镜子前,心别别地跳着,想象不出自己会变成什么模样。当头发一绺一绺地卷起,放下,做好,吹好,整理完毕以后,她对着镜子出了好一会儿神。镜子里的形象,她既感到陌生,又感到熟悉。她欣慰地发现,自己还没老到不可收拾的地步。

“蛮好,蛮好!”文耀站在她身后,满意地说,把她从迷茫中唤醒了。她羞涩地一笑,站了起来,下意识地挺直了腰。无意中瞥见橱窗里自己的影子,她很满意。自我感觉变了,变得十分良好。她想,还可以再好好地生活一番呢!

南京路上,人来人往,十分拥挤。人们像排成队似的慢慢行走着,绝不可能快步如飞,也无必要快步如飞。在这里,人们就只是为了走走，看看，买买东西。这是一条没有目的地的道路，或者说，这道路本身就是目的地。端丽走在人群中，耐着性子慢慢挪着，手不能甩，腿不能迈，不觉有些急躁起来，总想快点穿过人群向前走。难免挤着了几个人，于是人们便都回头看她，皱眉，撇嘴。

“你干吗这么快？难道去赶火车？”文耀拉住了她。

“这么慢吞吞，肚肠根都痒了。”她说。

“急什么！家里有什么事，有阿姨在，又不要你回去淘米烧饭。”

“我晓得。不过，我们也没什么事呀。”

“没有事慢慢逛逛玩玩呀！你看，这块料子很雅致。”

“我穿太嫩气，多多穿又有点老气。走吧！”她极力往前走。

“难道非要买才可以看吗？欣赏欣赏玩玩嘛！”文耀极力挽住她的脚步。

“这皮鞋也挺好，后跟还有点样子。”

端丽细细瞧了一回，说：“要三十张专用券呢，真棘手！”

“看看嘛！”

好久好久没有来南京路了，她感到路上行人比十几年前多出好几倍，每个店里都挤得满满腾腾，头都发昏了。从东走到西，一边走，一边不时地需要吃点东西增加动力。这么走着吃着，就只为了看看。挤来挤去，好不容易挤到柜台跟前，也就为了更贴近地看看。也许这走、挤、吃的本身就是目的，就是乐趣吧。这太浪费时间和精力了，端丽实惠地想。然而再静下心来细想想，她如今有的是时间和精力，总要有个出处吧！这样使用未尝不可。她想起，过去自己憎经很希望有一天能悠闲地走走、逛逛，不要再像赶火车似的往家赶——家里总有那么多的杂事在等她：晚饭、脏衣服、庆庆……她又想起更远的过去：自己时常在南京路、淮海路逛的，那时候一点不急躁，常常能得到意外的收获：一双样式新颖少见的皮鞋，一块五分钟之内便会抢光的衣料，那时候，常常有亲戚朋友，或者是擦肩而过的路人，羡慕地看着她，问她："你这件衣服在哪儿买的？""现在还能买到吗？""这皮鞋不是外面带进来的吧？"……

"端丽，"文耀在叫她，"这个电视柜和咱们那套家具很协调，是吗？"

"让我看看。"端丽细细地打量了一下橱窗里的电视柜，乳黄色，水曲柳木料，一排七个抽屉，样式朴素而华贵。

"喜欢吗？"

"确实很好，多少钱？哟，一百块，太贵了。"

"贵什么？喜欢，就买嘛。咱们也需要个放电视机的东西。"文耀拉着她走进家具店，挑中一个。然后走到付款处，唰唰地点出一百元钱，轻轻巧巧地往小玻璃窗里一递。那派头，那风度，大方而优雅。文耀花起钱来总是很漂亮。端丽满意地抚摸着电视柜，心想：今天一下午终究不是白逛的。

以后，她时常出来逛了。偶尔真能买到一点新鲜的东西，就算买不到什么，也能了解市面上的商品情况，服装流行款式，所谓情报吧！因此，每一回她都不认为是白逛的。渐渐的，她开始对走、挤、看的本身也感觉到了乐趣，于是，逛马路便成了她生活中的一大内容。

这时候，公公的一些工商界老朋友重又走动起来，其中有不少女眷是端丽很要好的小姐妹，社会交际频繁了。获得新生之际总要庆贺一番，不知是由谁领的头，开始走马灯似的设宴请客，新雅，美心，国际，和平，几乎每周都要赴宴。第一轮结束了，又开始第二轮:结婚宴席;第三轮:生日宴席;第四轮:为了宴席的宴席……赴宴,请客,又成了端丽生活的一大内容。而这一项又连带起了第三项——做衣服,做头发,修指甲,按摩面部皮肤肌肉。走进工场间,蓬头垢面都不要紧,而走在栗色的光亮的打蜡地板上,坐在杯盘碗盏闪闪发亮的餐桌前,便要有个同样发光闪亮的外表。工场间里要的是产品,这里要的却是文雅的态度,好的吃相,入时的衣装。大家都在互相打量,暗中比较。

这三项,使得她的生活丰满了,忙碌了。端丽感到自己青春勃发、精力旺盛,她觉得自己确能够再好好生活一番。她不仅想到自己,还想到孩子们,这十年里,他们跟着父母受了很多委屈,应该好好地补偿孩子。她决定给三个孩子各买一块进口表。咪咪还小,暂不买。等她中学毕业了再买,那时兴许又有更好的进口表呢。多多三天之内便打听到了表的一切行情,买了一块瑞士罗马女表。来来却不大热心,只顾忙着功课,准备考大学。七七年落第了,决定再考一次。端丽催他:

"明天礼拜,跟爸爸一起上南京路走走,看有没有你喜欢的表。"

"明天我要温课,不行!"他一口回绝。

"那么让爸爸做主买了。好吗?"

"随便!"

"英纳格,好吗?"

"随便。"

"欧米茄,好吗?"

"随便。"

端丽不高兴了:"你怎么这样随便?"

"是随便嘛！戴什么表不一样？要紧的是考上大学。"他埋下头，不再搭理妈妈。

端丽默默地看着来来，这孩子如今变得又瘦又高，跟小时候完全不一样了。对吃食的热心转移到了学习上面，但仍然是那么一副急鼽鼽、饥不可待的神气。每天在小烟纸店站了八小时柜台，晚上还要用功到十一二点。端丽让他请半天病假温习功课，不要开夜车了，错过子夜觉是极伤身体的。来来听从了，请了半天假，却比平日更加拼命。端丽以为还不如上班轻松呢！站柜台虽然是"站"，但无须用脑子。因此也不再劝他请假了。

"何苦呢！"端丽自言自语，"'文化大革命'苦了十年，现在还不享点福，自己和自己过不去。"

"妈妈，你真是！"来来不耐烦地抬起头，"'文化大革命'，我们这种人，拼死了也上不了大学，现在好不容易一律对待择优录取，你又来烦。"

"大学？大学有什么意思？妈妈正正式式大学毕业，又怎么样？'文化大革命'当中，给人当保姆，工场间当学徒，什么没干过？我想来想去也想穿了，只要有钞票，什么都有了。"端丽想起这些年身无分文的窘迫，她想起为了挣每一分钱所付出的辛苦和委屈，眼圈红了。

十年的苦难，留给每个人的经验都是很不一样的，而在一个人的每一个时期也都是很不一样的。这会儿，端丽从这十年的体验中吸取的只是一种实惠精神。她决心好好生活，像文耀所说的，赎回十年。她以为那十年是白过了。

八

端丽一个月一个月地开病假，但她自己不再亲自送去，总打发咪咪或者阿姨送去。有一次，阿姨带来了梁阿姨的一张条。梁阿姨说，现在待业青年很多，又有从外地回沪的青年要安排，工场间人手很够了。她身体实在不行，可以把工作退掉。如同意，让阿姨过去讲一声就行了。阿姨是刚从扬州乡下来的，很老实，规规矩矩站在一边等端丽回话。笑笑说："等会儿再说吧！"把阿姨打发走，准备等文耀回来再商量。可文耀回来时，带了一架日本索尼的四喇叭收录机，全家欢腾，多多为了邓丽君，来来为了英语，咪咪既为邓丽君，也为英语，心中尚有个不好意思说出口的所为，则是为听听自己说话的声音。这孩子不知怎么，土头土脑的，姐姐叫她"阿乡"。给她做一件衣服，她叠好收起来不舍得穿，让她一个人出去吃点心，她只吃一碗阳春面。端丽也高兴，是为了家用电器的日益齐全。大家商量着如何安置这个四喇叭，端丽便把要同文耀商量的事忘了。第二天想起时，又觉得这不是什么大事，无须这么认真。随他们去，将她除名，无所谓；给她留职，也无所谓。

家里事很多，都在为文影的婚姻问题忙。如今，有了一份数量可观的陪嫁的文影，已不乏追求者了，轮到文影挑挑拣拣。文影对自己的估价很高，却没想到自己年近三十，再如何保养，也要见出点老气。再加上前几年生的那场病，服的药似有些副作用，据说都含有一些激素的成分。她过早地发胖了，体形不再像过去那样秀气苗条，显出了蠢笨。因而造成了"高不成，低不就"的局面。前几天，端丽的一个小姊妹又为文影介绍了一个对象，男方是在某科研单位工作,长相很体面,魁梧,健壮,又很斯文,家里也是颇有些底子的。文影很喜欢,可那男的态度却不甚明朗。往来几次后,还是断了。文影很不开心,似有些要犯病的样子,家里人极担心,想尽一切办法让她散心,姆妈陪她去了一次苏州。回来后精神好了点,端丽趁机劝她:“妹妹,你快三十岁了,不要拖得太久了。”

“我也不想拖,可总要找个称心如意的。”

“当然。但眼光稍稍放平一点,要实事求是。”

“什么叫实事求是?我的要求并不过高,对男的条件总要对得起我自己才行。”

“那自然。不过,身外的条件究竟是次要的,主要是看人品。”

“人要好,条件也要好。”

“条件不是主要的,还是要感情好。”端丽想起文影曾经过的爱情波折,她应该懂得势利眼的可恶,怎么还如此看不破,实在是白白地病了一场。可端丽却忘了多多——她让多多与那位工人出身的男朋友断了关系,她对多多说:“凭你现在的条件,可以随你挑,随你拣。”果然,多多找到了个极好的——父母均在国外,早晚要出去接受遗产。

“条件为什么不重要?”文影说,异样地盯着端丽的眼睛,“你当初不也是看我哥哥有钱才嫁过来的?”

端丽的脸唰地红了:“妹妹,你可不要这样说话。我跟你哥哥享了福,可也受了苦。‘文化大革命’……”

“爸爸不是补偿你了?给了你那么多,我这个亲身囡也不过只比你多一半。”文影刻薄地说。

端丽脸白了,嘴唇动了动,却没说出话来。她站起来转身就走了。回到家里,她不由得哆嗦了起来。原来小姑这么在看待自己。

当然,她和小姑的这类纠纷,在“文化大革命”以前常常发生,虽没有这么粗鲁地面对面拌嘴,可私下却没少生气。可这会儿,她感到不习惯,无言以对,不知道该怎么辩驳小姑。她一整天都憋着气,胸口起伏着,焦灼地等待文耀回来,好向他倾诉这一切。然而她等不及了,等多多下班回来,统统告诉了多多。多多是任性惯了的,一听气得火冒三丈,一定要找小娘娘去讲清楚。端丽说过之后,气平了不少,倒反劝起女儿来:“算了算了,不和她一般见识。”多多不想算,找着机会把话说给娘娘听。

早上多多去上班,走到二楼文影门前,端丽趴在楼梯上嘱咐了一句:“骑车子小心。”多多新买了一辆台湾小轮子车,进进出出,哪怕只一百米距离也要以车代步,弄得端丽好不提心吊胆。

多多听了妈妈的话,站住脚,大声说:“妈妈,你又要多管闲事,管了也不会落好的!要是你不管,人家现在做乡下媳妇,多少有劲!”

文影在屋里隔着门说:“闲事不是白管的,有报酬,何乐而不为。”

于是一句来,一句去,没完没了了。

这样的摩擦越来越多,连端丽都觉得无聊了,可又无力解脱,心情十分不好。文影也忒气人,嫂嫂或是多多,每买一件东西,她知道了都要闹,闹过之后,总要得到一件同样的或不同样的东西才能解气。而每回她向父母要东西要不着,也必定迁怒到嫂嫂身上,用嫂嫂得到的那份额外的财产压父母。她越来越难伺候,越来越难满足,婆婆一个人都对付不了了。而端丽认定了,不再去管闲事,一句嘴不插,只是心里奇怪:文影为何不与插队落户那情那景比较比较,总该有一番忆苦思甜吧!当她责备着小姑时,却丝毫没想起自己。实也应该好好地“忆苦思甜”一番。她都把那十年忘了,那不堪回首的十年没有了。有时候,端丽常常会感到一种突如其来的怅惘,但她从不追究那怅惘从何而来。

面对着这矛盾,各人的态度均不相同。公公骂文影忘恩负义;婆婆责备端丽得了便宜还不肯让人;文耀很乐观,认为这是过渡时期的矛盾,等妹妹出了嫁便会解决;文光很淡泊,认定这是有闲阶级无聊生活的反映。看见嫂嫂为此烦恼,便劝说道:

“何必!这都是吃饱了饭撑的。生活没有意义,各自为自己的精神寻找寄托。”

“你又有什么寄托呢?”端丽没好气地顶他。

“没有什么。每天上下班,做满八小时,月初领工资。一切都不用费心,一切都是现成。我们只需吃了做,做了吃。”

“你不也一样的无聊!”

“当然,所以我想着,把工作退了。”

端丽点点头笑道:“是啊,吃饱饭了,又要想出花样来了。”

“爹爹给我的钱,足够做本钱了。现在政府不是鼓励个体经济吗?我想开个西餐厅。”

“发疯!”端丽想到他连炒鸡蛋都不会。

“我是觉着自己要发疯了。我们活着,就只为了活着。我们对谁都没有责任。”文光忽然变得忧郁起来。

端丽缓缓地劝他:“你能有今天,很不容易,要知足了。”

“是的,”他闷闷地说,“省心,又省力。吃了做,做了吃,平行的循环,而生活应该是上升的螺旋。”

端丽不理他了,只是摇头。

“嫂嫂,那年我去黑龙江,你陪我去买东西,还记得吗?”

“记得。”

“路上，你对我说的话，我这会儿感到很有哲理。”

她吓了一跳：“请你不要寻我的开心。”

“不不，是真的。我问你，人为什么要活着。你说：吃，穿！当时我觉得庸俗，可现在我想透了。就是为了吃，穿。我们劳动是为了吃穿得更好；更好地吃穿，是为了更努力地劳动，使吃和穿进一步。人类世界不就是这么发展的？”

“你想得总是很好。”端丽肯定他。

“所以我想，不要那铁饭碗，自己创造新大陆。”

端丽仔细地看看他，摇了摇头：“我劝你就这么想想说说算了，千万别动手去做，你做总是做不到底的。”

“何以见得？”文光不服气。

“你和爹爹划清界限，没划到底；去黑龙江建设边疆，也没建到底。”

“那时太幼稚，现在成熟了。”

端丽还是摇头。

“你等着看。”文光说。

等了不少日子，端丽见他并无什么动静，每天上下班，不高兴了就请半天病假，躺在床上捧着一大堆杂志看小说。如今文学刊物如雨后春笋，层出不穷，任他怎么看也看不完的。那开西餐馆的念头也许已自生自灭了，或许，这正是他成熟的标志。端丽心中暗暗好笑，但在内心对他倒有了一点好感，觉得这些年他毕竟有过一些思考，因此也有了一些长进，尽管只停留在口头，但总比连口头的长进也没的人强些。她想起了小姑，她这十年的长进，不过是从小姐脾气发展成了老小姐脾气，越发难弄。看到多多和她的男朋友走进走出，都要说几句闲话。多多完全能意识到自己的优越，索性不理小娘娘，不屑于和她拌嘴。她觉得自己迟早要离开家，有一种临时观点，经常迟到，早退，旷工。端丽看不过去，有时说她："你不去也要请个假，病假还是事假，总要有个说法。我在路上碰到你同事都不好意思说话了。"

多多噎妈妈："你自己不也不去上班？让他们把我开除好了。"

端丽气得说不出话来，发现多多的脾气和十年前一样的坏了，骄纵，任性，贪玩，爱打扮。她忽然十分想念"文化大革命"中那个下乡回来、皮肤黑黝黝，叫她"亲爱的妈妈"的多多。她叹了一口气，心想，这十年家里苦虽苦，感情上却还是有所得的。熬出头来了，该吸取一些什么经验教训吧！生活难道就只是完完全全地恢复？

生活在恢复，连更早一点的交谊舞会都恢复了。虽然没有舞厅，可是大学里，工厂里，机关里，甚至自己家里，都开起了舞会。文耀常常带着端丽和孩子去朋友家跳舞，有时在自己家里开。来来的复习迎考到了最紧张关键的阶段，他从不参加。咪咪只是坐在旁边看，土里土气地傻笑。她真土，居然还扎着两根牛角辫，穿着黑布鞋。新衣服，皮鞋，她总不穿，好好地收着。多多警告她："再不穿，式样就要过时了，想穿也穿不出去了。"她仍不穿，有点乡下人的派头，小家子气。

多多很快就学会了跳舞，但总有一些变异，肩膀，腰，随着节奏扭着，并觉得古典的交谊舞已满足不了，年轻人都去学新式的扭摆舞。端丽这一辈人是不欣赏的。端丽的舞姿是最最古典，最最标准的，含蓄、优雅，有点懒懒的，却又是轻盈的。当她随着圆舞曲旋转时，会忘了自己四十多岁的年龄，她以为回到了大学生的舞会上,她和文耀这一对,总是舞会中心的漩涡。

每一个舞会,都是欲罢不能,直到深夜、凌晨才能结束。人的兴奋有着惯性,当这惯性终于消失,随之即来的却是寂寥,这寂寥使人疲倦,疲倦得烦躁。端丽惧怕这种寂寥,因此总不愿舞会结束,而拖延得越久,则越感到寂寥,疲倦感也越发强烈。弄到后来,她简直怕听到人家邀请她参加舞会了。她既抵不住舞会的吸引力,又抵不住跳毕之后的寂寥和倦怠。真不知如何是好。

自从有了舞会以后,端丽养成了晚睡晚起的习惯,准确地应该说是恢复了这习惯,在"文化大革命"之前,她都是这么着的。十点钟才起床,喝一杯咖啡,两片夹心饼干当早餐。也不换衣服,只穿着睡衣在屋子里走来走去。她最怕这时候来客人了,于是感到房间不够用,就去找婆婆商量:

"姆妈,'四人帮'打倒有两年了,我们再去催催房管处,把楼下的房间要回来,可以做客餐厅。现在,爹爹、文耀的朋友都来往起来了,没个客餐厅不方便啊!"

"这几天,你公公也在叨咕这桩事,不晓得能不能要回来呢,下面人家不知足得很,条件提得越来越高。也不想想过去住的是草棚棚。"

"去催总比不催好吧!"

公公又去催了几次,房管处迫不得已,加紧与楼下两家谈判,又过了一个月,总算谈妥,楼下人家要搬了。

端丽想起阿毛娘对自己的种种好处,心里倒有点过意不去,买了一只蛋糕,表示恭贺乔迁之喜。阿毛娘不接蛋糕,眼睛望着别处,冷冷地说:

"还是老板有钱,住洋房,工人穷得响叮当啊!"

端丽不知说什么才好，站了一会儿，把蛋糕放在已搬上卡车的一张小桌子上，上楼了。她站在三楼窗前，默默地看着一筐筐煤饼、劈柴，一件件破烂的家什搬上卡车，最后，卡车“嘟”的一声，走了。

她走下楼，推进门去。房间很干净，地板拖得发白了，墙壁用石灰刷得惨白，墙上还留着一张新崛起的电影明星的照片。他们尽自己所能保护这房子，装饰这房子。她想起，阿毛娘说过：他们从没住过这么好的房子。她又想起，当咪咪听说他们原先住草棚子，老气横秋地说：“作孽！”这时，端丽心中升起一丝歉意，她想，他们现在搬到哪儿去了呢？但愿不再是棚户区。

不几天，房管处来人将两间房间打通，恢复原样。墙壁糊了贴墙布，地板上打了蜡。沙发买来了，三人的，双人的，单人的；茶几买来了，宽的，窄的，长条的；立灯，窗幔……都买来了。客餐厅重新建设起来了。

现在，“文化大革命”以前的一切，都恢复了。

当端丽重新习惯了这一切的时候，她的新生感却慢慢儿地消失尽了。她不再感到重新开始生活的幸福。这一切都给了她一种陈旧感，有时她恍惚觉得退回了十几年，可镜子里的自己却分明老了许多，于是，她惆怅，她忧郁。这是一种十分奇怪的感觉，她自己都没有意识清楚，也不知道这感觉从什么时候开始的。

她觉着百无聊赖：宴会，吃腻了；舞，跳累了；逛马路，够了；买东西，烦了。她想干点什么，却没什么可干的。这会儿，她倒开始羡慕文光。文光看小说看入了迷，居然学着动手做起小说来。他将他没有勇气实践的一切都交给小说中的人物去完成。这些东西居然发表了一二篇，还收到几个傻里傻气的中学生的来信。他越加起劲了，请了长假在家里写作。多少年来苦恼着他的问题解决了。经过这么些折腾，他总算为自己找到了一点事情做，这是一桩非常适合他的事情。他不再感到空虚，不再悲哀了。开始，端丽认为他是回避，可后来也服气了，他毕竟还能想出来，并能写下来，这也是不容易的。她读过他的小说，那只是一片透明的幻想，倒也给人一种安慰。端丽也很想找点事来做做，她太无聊了，无聊得烦闷。

在这烦闷的日子里，来来的大学录取通知来了，是全国第一流的重点大学。来来捧着通知的手直颤抖，半晌也没平静下来。其他人的高兴都很适当，不过分。张家并不缺少大学生，只要没有意外事故，每个人基本上都能受到大学程度的教育。到了八月底，来来要报到住校，端丽为他收拾行李。买蚊帐，买床单，买箱子，买卧式的录音机，一眨眼，三百元钱就出手了。她不由想起在那动乱的日子里，为文影、文光整理的两份行装。那时真难啊！多多把一分一分从嘴里挖出来的钱都奉献了。想起这些，端丽疲倦地坐了下来。光是想想，也吃力，也后怕。当时自己是多么能干，多么有力量。那个能干的女人这会儿跑到哪儿去了呢？而且，究竟那个能干的女人是不是自己呢？她恍恍惚惚的，心里充满了一种迷失的感觉。她像一个负重的人突然从肩上卸下了负荷，轻松极了，轻松得能飘起来，轻松得失重了。

人生轻松过了头反会沉重起来，生活容易过了头又会艰难起来。

来来欢天喜地地去了学校，多多欢天喜地地出了嫁，家里更加冷清了。文耀见端丽闷闷不乐，以为家里客人多，送往迎来的太累了，便提议趁国庆三天假去杭州玩玩。端丽也以为自己是累了，想出去散散心,或许情绪能好转。她同意了,并建议带咪咪一起去。

“人家都说咪咪小家子气重得很,怪我们不带她出去见世面。”

“这孩子命苦,一生下来不久就赶上‘文化大革命’,该让她多享点福。”文耀也说。

可是咪咪不愿意:“我不去,我要复习功课。这次测验,代数只得了八十分。”咪咪学习很巴结,可是也许学习方式有问题,成绩总是平平。端丽可怜她,认为她大可不必费那么大劲读书。

“功课回来也有时间复习的。你不是还没去过杭州?”

“回来又要上新课了。今年升高中要考,代数没把握考一百分,就没希望进重点中学高中。”

“进不了就不进,我们不和人家争。现在家里好了,不会让你吃苦的。”端丽说的是真心话,她觉得咪咪和来来不同,她不是个读书的料,读起来吃力不讨好,何苦拼命呢!她怜惜地抚摸着咪咪的头发,“你跟着爸爸妈妈吃了不少苦,现在有条件了,好好玩玩吧!”

咪咪抬起头,认真地看着妈妈:“妈妈,我们怎么一下子变得这么有钱了?”

“爷爷落实政策了嘛!”

“那全都是爷爷的钱?”

“爷爷的钱,就是爸爸的钱……”端丽支吾了。

“是爷爷赚来的?”

“是的,是爷爷赚来的。但是爷爷一个人用不完,将来你如果没有合适的工作,可以靠这钱过一辈子。”

“不工作,过日子有什么意思?”咪咪反问道。她从小苦惯了,是真的不习惯悠闲的生活。

端丽说不出话了,怔了一会儿,淡淡地说:“你实在不愿去就不去吧。"

"好的!"咪咪解脱了似的重又埋下头去做功课。端丽走到门口又回过头看了咪咪一眼,她后脑勺上两根牛角辫冲着天花板,一笔一画都贯注了十二分的兴趣和认真,她从来就是这样,干每件事都很认真,很仔细,很有兴味。她喜欢做事情,端丽无论让她干什么,她都欢天喜地,似乎这些琐事有着无穷的趣味。有一次,端丽让她排队买西瓜,队伍很长,太阳很辣,两小时之后,端丽才去换她。她汗流满面,却兴致勃勃,看到妈妈高兴地说:"只有九十八个人了。"九十八个人仍是一列很长的队伍,但总是在慢慢地缩短,接近目的地了。咪咪从小习惯的是在日头下,流着汗,一小步一小步地接近目标,获得果实。这十年的艰苦岁月,在咪咪身上留下了不可磨灭的烙印。岁月,毕竟不会烟消云灭,逝去得那么彻底,总要留下一些什么。要想完完全全恢复到"文化大革命"以前那情那景,是不可能的。端丽心里涌上一股说不出的滋味:好像是安慰,又好像是悲哀,她对杭州之行的兴趣淡漠了许多。

在杭州的三天,还是愉快的。跟着旅游车,凡事不用操心,可以尽兴地玩乐。三天之后,旅游车返回上海,车上那几对新婚夫妇,随之感叹:"好了,再会了,杭州。明天又要上班了,唉!"他们叹着气,但那表情却并不悲哀。端丽不由得羡慕起他们来。他们回去了还有事干,尽管也许是极苦极脏极费力的事。自己确不用辛苦,没有什么事等着她,她可以自由地安排时间,想干什么干什么。然而,干什么呢?她沉默地望着越来越远的西湖,心里空落落的。

"是呀,明天要上班了,"文耀也说,"你看,还是你惬意。"

端丽愠怒地看了他一眼,她以为他是在嘲笑她,气她。过后又觉得自己可笑,神经过敏。然而一想,自己难道已经无聊得有点神经质了吗？不觉又害怕起来，极力使自己愉快。她试图轻松起来：

“过年，我们到宁波去玩吧！”

“对了！宁波的小镇很有风味，还可以从普陀山绕道去烧炷香。”文耀对游玩的路线总是十分明确。

前后左右几个小青年把脑袋靠拢过来听着。

“普陀山是佛教圣地，据说现在又修复了，每日里，朝山进香的人络绎不绝……”

一个新郎官说：“我们也去。”

他的小爱人，一个很清秀的女孩子白了他一眼：“啥地方来这么多钞票？”

“加几个班，不缺勤，年终奖金肯定够去一次。”

新上任的小主妇认真地核算了一下，点头批准了：“这倒是够了。”

端丽又悲凉起来，她老是羡慕人家，使得自己心情越来越糟。

到家了，一进门，阿姨就告诉她，工场间梁阿姨来过了，讨她的回话，请她无论如何要在这个星期决定了。

“阿姨，去烧洗澡水吧！”文耀吩咐，转头对妻子说，“退了吧，爽气点。”

“退了，”端丽怔怔地看着丈夫，“就没有工作了。”

“没有就没有，不就几十块钱吗？”

“这倒不光是为了钱。”端丽说。

“不为钱是为什么？”文耀脱外套，换拖鞋。

“要是再来一次‘文化大革命’呢？”

文耀笑了起来：“要再来就亡党亡国了。”

“这倒是。”

“‘文化大革命’已经过去了，彻底过去了，再也不会有了。”

“是过去了。”端丽同意，可是她却想，要真是这么一无痕迹，一无所得地过去，则是一桩极不合算的事。难道这十年的苦，就这么白白地吃了？总该留给人们一些什么吧！难道，我们这些大人，还不如咪咪吗？

“你不要心有余悸了。”

“先生，水开了，浴缸也擦了。”阿姨说。

“好，好。”文耀答应着，“哎，阿姨，你去工场间，讲一声……”

“不！”端丽叫了一声。

“怎么？你还要去工作？有福不享。”

“你不要管我，”端丽心烦地说，“我自己的事自己解决。”

“你主意也太大了，什么都是你说了算！”

“过去我倒蛮想听听你的主意的，可你有过什么主意吗？”

文耀真的恼了：“好了，不要吵了。阿姨你去讲，欧阳端丽明天就去上班。”

“阿姨，我自己去讲。”端丽说。心里却有一点发虚，真要她明天就去上班，她能去吗？那阴冷的石库门房子，惨白的日光灯，绕不完的线圈，粗俗的谈吐，轻薄的玩笑，阿兴流着口涎的微笑……她软弱地又说了一声：“明天我自己去讲。”

晚上，她睡不着，一个人坐在客厅前的小花园里，望着天上幽远的星星出神。秋夜的天空又高远又宁静，给人一种空明的心境。

“嫂嫂。”有人叫她。

“哦，是文光，吓了我一跳，还没睡？”

“已经躺下了，可脑子里忽然升上一个念头，就再也睡不着了。”文光靠着落地窗，抽着烟，烟头一明一暗。

“是来了灵感?”

“也许。有一个人,终生在寻求生活的意义,直到最后,他才明白,人生的真谛实质是十分简单,就只是自食其力。”

星星在很高很远的天上一闪一闪,端丽忽然想哭,她好久没哭了,生活里尽是好事,高兴的事,用不着眼泪。

“用自己的力量,将生命的小船渡到彼岸……”

眼泪沿着细巧的鼻梁流入嘴中,咸而且苦涩。她好久没尝过这滋味了,她如今什么味也尝不到。

“这一路上风风雨雨,坎坎坷坷,他尝到的一切甜酸苦辣,便是人生的滋味……”

“你说得总是很好,可实际上做起来却多么难呵!”端丽在心里说。

端丽的头发湿了,天,开始下露水。夜,深了。丁香花香更加浓郁,客厅里的大钟“当当当”打着。时间在过去,悄悄地替换着昨天和明天。它给人们留下了露水,雾,蓓蕾的绽开,或者凋谢。然而,它终究要留给人们一些什么,它不会白白地流逝。

(原载《钟山》1982年第6期)

作者简介:王安忆(1954—),女,福建同安人。著有长篇小说《69届初中生》《纪实与虚构》《长恨歌》《启蒙时代》,中短篇小说《雨,沙沙沙》《小鲍庄》《叔叔的故事》等。

汉家女

周大新

日影在一点一点地移。待检的新兵排了队,准备工作已经做好。于是,接兵的副连长宗立山,便伏在桌前,带一缕困意缓缓地翻着一摞体检表。这时,一个农家姑娘走进来,拍了拍他的肩。他以为又是哪个待检新兵的姐姐来提什么要求,就起了身,随她走。他被领进体检站旁边的一间空屋里,一迈过门槛,姑娘便把门无声地关了。

“找我有什么事?”他的声音颇矜持。

“听着!”姑娘喘着粗气,“俺要当兵!俺晓得你们要接六个女兵。你不要摇头。俺家无权无钱,不能送你们东西,也不能请你们吃饭。可你必须把俺接去,你们既然能把公社张副书记那个近视眼姑娘接走,就一定也能把俺接走!俺不想在家拾柴、烧锅、挖地了,俺吃够黑馍了!你现在就要答应把俺接走!你只要敢说个不字,俺立时就张口大喊,说你对俺动手动脚。俺晓得,你们当兵的总唱‘不准调戏妇女’。你看咋着办?是把俺接走还是不要名声?!”

副连长的那点矜持早被吓跑,眼瞪得极大;白嫩的脸一会儿红,一会儿青,一会儿又白;两脚也不由自主地收拢,竟成了立正姿势。屋里静极了,远处的狗叫从玻璃缝里钻进来,一声一声的。不知道过了多久,他才张了口,微弱嘶哑地问:“你,叫……什么,名?”

“小名三女子,大名汉家女!”

这幕情景,发生在豫西南榆林公社的新兵体检站。时间是十六年前。

汉家女就这样当了兵。

刷痰盂,擦地板,揉棉球,给病号送饭,放下拖布抓扫帚,还总一溜烟儿地追着队长问:“有啥活?”老队长慈爱地笑笑:“没了,歇歇。”“累不着,送三天病号饭,顶不上在家锄半晌地。吃的又是白馍。”

人勤快了还是惹人喜欢。当兵第三年,她提了护士。领到的工资多了,除了给娘寄,也买件花衬衣,悄悄地在宿舍里穿上,对着镜子照。少了太阳晒,脸也就慢慢地白。早先平平的胸,也一天一天高起来。原先密且黑的发,黑亮得愈加厉害。于是,过去不大理会她的那些年轻军官,目光就常常要往她身上移,个别胆大的,还常常走上前极亲切地问一句:“汉护士,挺忙?”“挺忙。”她嘟起丰润的唇,冷冷地答。于是,那军官就只好讪讪地走开去。老队长见状,曾蔼然地对她说:“家女,中意的,可以和人家在一块儿谈谈。”但她总是执拗地摇头。

却不料突然有一天,家女红了脸,找到老队长:“队长,俺找了。”“找了什么?”队长一时摸不着头脑。“是三营的,叫宗立山。”老队长于是明白了,就含了笑说:“好!”

蜜月是在三营营部度的。

新婚之夜,客人们走后,家女推开丈夫伸过来的手,脸红红地说:“讲实话,你当初在体检站把没把俺当坏姑娘?”“没,没有!”丈夫慌忙摇头。家女这才把脸藏到丈夫的怀里,细软而庄重地声明:“除了你,没有一个男的挨过俺的身子!”

蜜月的日子过得真妙,但谁也料不到,就在蜜月的最后十天,家女会受个处分:行政警告!

处分来得有些太容易!那是一个早饭后,她在屋里打毛裤,听到隔壁七连长的妻子在哭,于是忙赶过去。一问才明白:有两个女儿的七连长的妻,还想再要一个儿子,就偷偷地怀了孕。风声走漏到团里,团里今天要派计划生育干事来“看看”她。怀了已经三个半月,一看自然要露马脚。女的于是就怕,就急,就哭。哭她的命苦,哭她家在农村,没男孩子就没劳力。不一会儿就把家女诉得心有些软,哭得心有些酸。于是,家女便把手一挥:“没事!这个干事刚从师里调来,不认识你,也不认识我。你去我家坐着,我来应付他!”

她在蜜月里穿的是便衣,就那么往七连长家一坐。待那干事来时,她便迎上去,开口就说:“你是不是怀疑俺怀了孕来检查?你看俺像不像怀孕的?!”边说边拍着下腹,一只手还装着去解衣服。那干事见状,慌慌地摆手:“没怀就算,没怀就算!”急急地退出屋去。这事儿自然很快就露了馅,第三天她就得了个行政警告。

家女当时对这个处分倒没怎么在乎,笑着对女伴说:“俺也是好心。”一年之后,她丈夫调到师里当参谋,她也提了护士长。料不到,后来调级时上级规定:受过处分的不调。要在平时,家女也许就罢了。可当时,她本打算和丈夫一块儿转业回河南宛城,这一级不调,一到地方,亏就要永远吃下去。她于是就吵,就闹,但级别到底没调。一怒之下,她下了决心:先让丈夫转业回宛城,自己把级争到手了再走。

也真是巧,就在她决定不转业的两个月之后,上边突然来了命令:全师去滇南参战!

那晚的月亮真圆。丈夫刚从宛城回来看她,一家三口正围桌吃饭,邻居刘参谋的妻子变脸失色地冲进来:“听说了没?部队要去打仗了!"家女听到这话,惊得好久都没把口中的筷子拔下。丈夫急急地催她:"还不快去问清楚!要是真的,就要求留守。我已经转业到地方,你一个人带个孩子咋去打仗?!"她愣了一霎,就拉了儿子星星的手,慢慢地向医院走。

见了院长,她刚说一句:"院长,俺星他爸转业了,星儿又正学汉语拼音,离不开我——"院长就打断了她的话:"我这会儿可没心听你说儿子学拼音,马上去通知你们科的人来开会。部队要打仗,你得把孩子交给他爸带回宛城去!"她顿时无语,就又拉了孩子回去。

进屋看到丈夫那询问的目光,她就叹了一口气:"罢了,该咱轮上,就去吧。这会儿要求照顾,说不出口,日后脸也没地方搁……"稍顿,又望了丈夫说,"我去了之后,有一条你要记住,你到地方工作,女的多,要少跟人家缠缠扯扯。给你说,俺的身子是你的,你的身子也是俺的,你要是敢跟哪个女的胡来,老子回来非拿刀跟你拼了不可!"

部队上了阵地不久,就爆发了一场挺激烈的战斗,伤员们不断地送进师医院,断腿的、伤胸的、没胳膊的,啥样的都有。这情景先是骇得家女瞪大了眼,紧接着,伤员还没哭,她倒先呜呜地哭起来,边哭边护理,边护理边骂:"日他妈,人心就这么狠哟!把好好的人打成这样,天理难容呀!"一开始她在骂敌人,后来,见伤员越来越多,她便骂走了口:"不是自己的娃,不知道心疼是不是?人都伤成这样了,还不快点抬下来!日他妈!……"这些骂声刚好被来看伤员的一个副政委听到,副政委气了个脸孔煞白,立时就朝她训起来:"你在胡骂什么?!你还知不知道这是战场?听着!马上给我写检讨!不然,小心处置你!"她被这顿训斥吓得有些呆。但当天晚上，她一边写着检查，一边挺不满地嘟囔：“哼！为几句话，就训这么厉害？”

这场激战结束不久，后方就送来了不少慰问品，其中竟有一批男式背心和裤头。那天中午，男同志们排队领背心和裤头，家女也毫不犹豫地挤进了队。男同志们见状，就笑，就问道：“你来干啥？”她理直气壮地答：“领背心和裤头！”“这是发给男兵的，你能穿吗？”男兵们笑声更高。“凭什么只发给男兵？你没看那背心上印着‘献给南疆卫士’吗？咋？就你们是卫士，老子不是?！我不能穿，晚点我儿子长大了给他穿！”领上东西回宿舍，几个女伴埋怨她不该去。她听后就很生气：“咋？背心裤头，在商店里买得三四块钱哩。凭啥只让他们男的沾光，不许咱沾？”女伴们直被她驳得哑口无言……

这之后，部队又打了一场恶仗。后方的亲属们便有些慌，接到前边亲人的信，也怀疑是别人模仿笔迹代写的。院领导就让每人都对着录音机向亲人说番话，再把磁带寄回去。

大家都觉这主意好，于是就轮流在院部的那台录音机前，向亲人说一磁带的话。轮到家女录音时，她把录音机拎到附近一个防炮洞里，谁也不让听到。助理员觉得好奇，收齐录音带准备去寄之前，悄悄地把家女的磁带放进录音机里听。这一听，使他又好笑又难受了几天。原来，那磁带上录的是：

> 星儿爸、星儿，你们可好？星儿胖了没？长高了多少？想我不想？平日闹人不闹？汉语拼音学得咋样？会不会拼出爸妈的名字？夜里睡觉前没吃糖吧？牙没有再疼吗？夜里撒尿知道喊爸爸拉开灯吧？这一段时间尿床了没有？早饭你爸都让你吃些啥？给你订牛奶了没？晌午饭能不能吃下一个馍？我去年给你买的那双皮鞋还能穿吧？你的裤头穿上小不小？

勒不勒屁股？你要觉着小了，就让你爸再给买一个！平日上街时要小心汽车！头发记着一个月理一回，理成平头就行！别玩弹弓，小心崩了眼睛！写字时看画书时记着头抬高一点！妈在这里很好，就是想你，（带了哭音）想得很！妈恨不得这会儿就回去看你，可是不行，仗还没打完，待一打完妈就回去看你。你好好在家，听爸爸的话。好了，星儿，你出去玩吧，妈和你爸说几句话。星儿爸，下边的话你一个人听，让星儿出去。（停顿）星儿爸，你说心里话，想我不？你要是不想我你可是坏了良心！我可是想你！除了刚来那几天和打仗紧张时不想你，剩下的日子哪个夜里都想，每个月的下旬想得特别厉害。告诉你，不知道是因为这里气候的关系，还是因为我护理伤员太累了，反正这两三个月的例假总是往后推，已经推到下旬了，而且量少了，有时候颜色也不大对劲。不过你不要挂心，我会吃药的。我守着医院，没事的。你最近的身体咋样？胃病犯了没有？记着少吃辣椒，少吸烟，书也少看点，把身体养好！彩电买了没有？告诉你，我们这里吃饭不要钱，我的工资基本上都攒着，回去时差不多够买个电冰箱。日他妈，咱们以后也洋气洋气，过它几天排场日子。你现在就开始为我在宛城联系工作单位。我想部队一撤回去就转业，咱不要那一级了。我这会儿想开了，人家好多人的命都留到这里了，咱还去要啥级别？日他妈，亏就亏一点，只要咱一家人在一起，就行了。最后还有一件事，我原想不说的，想想还是说给你。就是你现在宛城宿舍的隔壁，那家的女人好像不地道，两眼总在往你身上瞅。她男的在外地工作，你记着要少跟她说话，晚上不要去她家串门。我再说一遍，你要是胆敢跟哪个女人胡来，老子回去非拿刀杀了你们不可！你要把我这话记到心里……

仗，接二连三地打，医院也就紧紧张张地忙。家女身为护士长，自然忙得更厉害。看着那些血肉模糊的伤员，她常常流着泪给他们洗脚、擦身、喂饭、端大小便。有些伤员一点不能动，牙都不能刷，嘴老觉着没味。她就用棉球蘸了盐水，一颗牙一颗牙地给他们擦。累极了，她就倚墙坐在地上，垂了头睡。室内的伤员见状，便都涌出了泪，哽咽着喊一声："护士长，地下湿，快回去睡！"她吃力地睁开眼，笑笑，撑起身，晃晃地又去忙。听说医院要评功，十几个拄拐的伤员，就闯进院长的屋里叫："不给汉护士长记功，我们反了！"

危重伤员转走后，家女好不容易得个空闲，便到附近镇上买东西。才进大街，忽听邮局门口有人在哭。原来，一个战士的妈妈从后方给他寄来五斤熟花生米，包裹单早收到了，来邮局领几次都说没有。今日那战士无意中发现，邮局女职工的孩子拎着玩的一个布袋，正是妈妈寄花生米的包裹袋。于是那战士就来理论，就委屈地蹲在那里抽泣。家女一听，这还了得！三下两下拨开众人，冲着那女职工就骂开了："好你个没脸的东西！人家在前边打仗，老妈妈几千里寄点花生米，你还把它吃下去，你还有没有良心？你不怕吃下去烂了肠子烂了肺？不怕再不会生孩子?！……"

街上人越围越多，丢花生的战士早走了，她却从邮局吵到镇政府，东西也忘了买，回到宿舍还生了半天闷气。直到傍晚，院长通知女兵们收拾一下，准备第二天参加誓师会，给即将出击的突击队员敬酒时，她才算把这事丢开。

那天傍晚，破例地雨止雾消。于是，天就很蓝，西天晚霞映过来，树叶便很红。一个女伴就讲，天哟，这些日子咱们只顾忙，身子总没擦，内衣也没换，身上都有味儿了。明日给出征的突击队员们敬酒,叫人家心里骂:都是些脏女人!咱们是不是弄点水洗洗?于是,便分工,哪几个抬水,哪几个烧水,哪几个用雨衣遮门窗。水烧好后,天也就黑了。一人一桶,轮流到木板房里洗。

家女是最后一个洗的。进了屋脱了衣服,她就在那里看自己的身子,估量着是胖了还是瘦了。自从那次丈夫附了她耳说:我特别喜欢你的丰满!她便暗暗地希望自己胖上去。刚洗了几把,忽觉一丝风吹来,抬头一看,发现窗户上遮着的雨衣被掀了一条缝,缝里露出了一双眼睛。好个狗东西!家女只觉得气涌上心,呼地拿起旁边的一件雨衣穿上,猛地拉开门冲了出去。窗外那男的刚要扭头跑开,被她赶上,抓住耳朵,啪啪打了两个耳光。男的慌慌地挣脱逃走,但家女已认出:是七连二班长!狗东西!家女怕招人来,不敢高声骂,只好跺了脚在心里恨恨地咒:"狗东西,叫鹰叼了你的眼!"

熄灯前,她按惯例到病房巡视一周,回来开宿舍门时,忽见门底下塞着一封信,展开一看,竟是那个七连二班长写来的——

汉护士长:

求您原谅我!我本是去医院同老乡告别的,从那个房前过时,听到屋里有撩水声,便鬼迷心窍地把雨衣掀了个缝。我求您宽恕我,千万不要报告我们连长。我参加了出击拔点的突击队,明天喝罢出征酒就出发。您知道,突击队员能活着回来的很少。倘您报告了连长,那我死后,上级肯定不会再给我追记功了。一个无功的阵亡者,又落个坏名声,父母是很难得到政府照顾的,日子咋过呢?求您看在两个老人的分儿上,宽恕我吧!我当时也知道不该偷看您洗澡,可想想自己长到十九岁,临死还没见过女的身子是啥样,看一下也不枉活了一场，就忍不住了……

家女看着那张信纸，身子一动不动，怔怔地坐在那里。

第二天开誓师会敬出征酒时，她手抖着，捧了一杯酒走到二班长身边，默默地把酒递到他的脸前。二班长惴惴地接过杯，手也在抖，一口喝下之后，就垂下了头。她低低地说了一句："散会后去我那里一趟！"二班长恐惧地抬起头，眼中露出了哀求。但这时她已转身，去给另外的战士敬酒了。

会散了之后，二班长战战兢兢地推开了家女的宿舍门，他不知道怎样的惩罚要落到头上，但又不敢不来。

他进屋后，家女关上门，慢慢地朝他身边走。他慌慌地向后蹭着脚，以为巴掌立刻就要落到自己的脸上。"嗵"不料，家女突然伸臂把他揽到自己怀里，用颤抖的声音说："昨晚，我不该打你。现在，你可以亲我抱我，来！"他在一瞬间的惊怔之后，忙惶恐地挣脱着自己的身子。这时，家女那带了泪水的脸已贴在了他的脸上。"嗵"的一声，二班长朝她跪了下去……

那场出击作战过后，天气愈见热了，阵地上烂裆的战士也就更多。家女和另外一位男兵坐一辆救护车，去给前沿送治烂裆的药物。那几天战场比较平静，原本没有危险的，可她坐的车竟在一个山道转弯处翻了。车在山坡上滚了三下，家女的头撞在岩石上。

她死了。死在去前沿的路上，没有什么壮举，没有追记什么功。

女伴们收拾她的遗物时，发现了一封没写完的信。十二个女伴含泪传阅着——

星儿爸：

身子可好？

你上封信说，给我联系转业单位时，需要向人家领导送点礼。也巧，昨天我去师机关办事时，见管理科正在分发后方慰问来的“大重九”烟。这烟一般只送给师首长和最前沿的战士吸，很少分到我们医院里。我趁他们没留意，就偷偷拿了两条。反正我也在前线，慰问前线的东西我偷拿一点没啥不得了的。过两天我把烟捎回去，你拿上送给人家领导。听说这是好烟，会吸烟的人都喜欢。

下一步，还要打大仗，我们医院要上前沿开设救护所。我在想，万一我有个意外，对你可有一个要求：不要给星儿找后妈，有后妈的儿子太可怜。我一想到星儿有个后妈，心里就怕得慌。哪怕等到星儿能独立生活时你再找，也行。当然，我这只是说说，前线至今还没有死过一个女兵，领导不会让我们去很危险的地方。

另外，有一件事我想告诉你，半月前，我亲吻过另外一个男人，因为

信没完。女伴们看过之后，一致决定：为了维护家女姐的声誉，为了小星儿和星儿爸，把这封信毁了。

当那封信被火柴点着的时候，十二个已经结婚和将要结婚的女伴发誓：“谁要对外人泄露一句，让她的丈夫和孩子不得好死！”

（原载《解放军文艺》1986 年第 8 期）

作者简介：周大新（1952—　），河南邓州人。1970 年入伍。著有长篇小说《第二十幕》《湖光山色》《曲终人在》，小说集《汉家女》《蝴蝶镇纪事》等。

通 腿 儿

赵德发

一

那年头被窝稀罕。做被窝要称棉花截布,称棉花截布要拿票子,而穷人与票子交情甚薄,所以就一般不做被窝。

两口子睡一个被窝。睡出孩子仍搂在被窝里。一个两个还行,再多就不行了。七岁八岁还行,再大就不行了。

再大就捣蛋。那一夜,榔头爹跟榔头娘在一处温习旧课,刚有些体会,就听脚头有人喊:“哪个扇风,冻死俺了!”两口子羞愧欲死,急忙改邪归正。天明悄悄商量:得分被窝了。

但新被窝难置。两口子就想走互助合作道路。榔头娘找狗屎娘说了意思,狗屎娘立马同意,并说你家榔头夜里捣蛋,俺家狗屎捣得更厉害,俺家狗屎爹已经当了半年和尚了。两个女人就嘎嘎笑,笑后谈妥:两家合做一床被窝,狗屎娘管皮子,榔头娘管瓤子。

费了一番艰难,终于将皮子瓤子合在了一起。狗屎家有间小西屋,有张土坯垒的床,抱些麦秸撒上,弄张破席铺上,把被窝一展,让两个捣蛋小子钻了进去。

狗屎、榔头就睡在一起了,一头一个,通腿儿。“通腿儿”是沂蒙山人的睡法,祖祖辈辈都是这样。兄弟睡,通腿儿;姊妹睡,通腿儿;父子睡,通腿儿;母女睡,通腿儿;祖孙睡,通腿儿;夫妻睡,也是通腿儿。夫妻做爱归做爱,事毕便各分南北或东西。不是他们不懂得缠绵,是因为脚离心脏远,怕冻,就将心脏一头放一个给对方暖脚。现如今沂蒙山区青年结婚,被子多得成为累赘,那就怨不得他们改动祖宗章法,夜夜鬼混在一头了。

五十年前的狗屎、榔头就通腿儿睡,睡得十分快活。每天晚上,榔头早早跑到狗屎家,听狗屎爹讲一会儿傻子走丈人家之类的笑话,而后就去睡觉。小西屋里是没有灯的,但没有灯不要紧,狗屎会拿一根苘秆,去堂屋油灯上引燃,吹得红红的,到小西屋里晃着让榔头理被窝。理好,狗屎便把苘秆去墙根戳灭,二人就同时登床。三下五除二褪去一身破皮,然后哎哎哟哟颤着抖着钻进被窝。狗屎说:俺给你暖暖脚。榔头说:俺也给你暖暖。二人就都捧起胸前的一对臭东西搓,揉,呵气。鼓捣一会儿,二人就互搔对方脚心,于是就笑,就骂,就蹬腿踹脚。狗屎娘听见了,往往捶门痛骂:两块杂碎,不怕蹬烂了被窝冻死?二人就怵然生悸,赶紧老老实实,随后把对方的脚抱在怀里,迷迷糊糊渐渐睡去。

就这样睡,一直睡到二人嘴边发黑。

后来,二人睡前便时常讨论女人了。女人怎样怎样,女人如何如何。但是尽管热情很高,他们却始终感到问题讨论不透。榔头说:“好好挣,盖屋娶媳妇。”狗屎说:“说得对,娶个媳妇就明白啦。”于是,二人白天就各自回家拼命干活。

十八岁上,二人都说下了媳妇,都定下腊月里往家娶。

这一晚,狗屎忽然说:“娶了媳妇,咱俩不就得分开么?咱通腿儿十年,还真舍不得。”

榔头想了想说："咱往后还是好下去，一、盖屋咱盖在一块儿；二、跟老的分了家，咱们搭犋种地。"

狗屎说："就这样办。"

榔头说："不这样办是龟孙。"

二

人生的重场戏是结婚。

重场戏中的重要道具是床。床叫喜床。一要材料好。春是好光景，春来万物始发，因而喜床必须是椿木的。二要方位对。阴阳先生说安哪地方就安哪地方，否则会夫妻不和或子嗣不蕃。

狗屎的喜床应该靠东山顶南，榔头的喜床应该靠西山顶南。于是，俩人的喜床就只隔一尺宽的屋山墙。

墙是土坯垛的，用黄泥巴涂起。墙这面贴了张《麒麟送子》，墙那面也贴了张《麒麟送子》。

夜里，这墙便响。有时两边的人听到，有时一边的人听到。

狗屎家的睡醒一觉，听那墙还响，就去搔耳朵边的大脚片子。搔不了几下，大脚片子一抖，床那头便问："干啥？"狗屎家的说："你听墙。"狗屎便竖起耳朵听。听个片刻，狗屎爬过来，也让墙响给那边听。弄完了，墙还响个不停。狗屎家的说："你个孬样！看人家。"狗屎便在黑暗中羞惭地一笑，爬回自己那头，又把个大脚片子安在媳妇的耳旁，媳妇再去搔他也不觉得。

狗屎家的仍不睡，认真听那响。一边听一边寻思：离俺尺把远躺着的那女人，长了个啥模样？黑脸白脸？高个矮个？这么寻思着就一心要见见她。但又一想，不行不行。老人家嘱咐得明白，两个女人都过喜月,是不能见面的,见面不好。

不见面就不见面,反正三十天好过。狗屎家的就整天不出门,只在院里、灶前做点活路。榔头家的似乎也懂,也整天把自己拴在家里。两家如发生外交事务,都由男人出面。男人不在家,偶尔鸡飞过墙,这边女人便也喊:“嫂子,给俺撵撵!”那边女人便答应一声,随即“欧哧、欧哧”地把鸡给吆过来。两个女人虽没见面,声音却渐渐熟了。榔头家的心下评论:她声音那么粗,跟楠棒似的。狗屎家的心下评论:她声音那么细,跟蜘蛛网似的。

中午,狗屎家的正做饭,忽听街上有人喊:“快出来看!过队伍喽!”狗屎家的忙舀一瓢水将灶火泼灭,咕咚咕咚跑向了门外。还真是过队伍。一眼就认出是八路。军装黄不拉唧,破破烂烂,比中央军差得远。可人怪精神,一边走还一边唱,唱几句就喊个一二三四。当兵的整天喊一二三四,准是好久不在家数庄稼垄,怕把数码忘了。好多人都别着钢笔,怪不得有“穷八路、富钢笔”这句传言。有些兵还胡子拉碴,看来是有家口的,不知他们想不想老婆孩儿……

不知不觉,队伍过完了。有人说,这是老六团,沂蒙山里最神的八路队伍,说打哪就打哪,小日本最怕他们。狗屎家的听得一愣一愣的,不由得又追了队伍尾巴几眼。

又一眼撒出去,却撒到了一个女人身上。女人站在东院门口,穿一身阴丹士林,脸上几片雀斑,雀斑上方有一对亮亮的东西在朝自己照。

狗屎家的悟出:这是隔墙躺着的那女人。哟,新人竟见面了,这可怎么办?对了,娘说过,遇到这件事,谁先说话谁好。

说,赶紧说!

可是，向她说啥呢？

正思忖间，忽听那女人开口了："也看队伍？"

听着这细如蜘蛛网的熟音儿，狗屎家的浑身一抖：糟啦糟啦，这一下子俺可完啦。这个浪货，浪就货浪货！她就狠狠地戳了榔头家的一眼，狠狠地在鼻子里哼一声，转身回家了。

见她这样，榔头家的马上灰了脸儿。

一出喜月春老爷醒来，要人们用犁铧给他搔痒，但榔头与狗屎没搭成犋。狗屎的老婆不让，说她不愿见东院那爱走高岗的骚货。

榔头明白了缘由，就回家责怪媳妇。媳妇道："俺不抢先说话她就抢先。谁不想个好？"

榔头嘟噜着脸说："弟兄们不错的，都叫娘儿们捣鼓毁了。"

媳妇把嘴一噘："俺孬，俺回娘家。"说着脚就朝门外迈。榔头从后边一下子抱住，边揉搓媳妇胸脯边说："谁嫌你孬啦？谁嫌你孬啦？杂种羔子才嫌你孬！"

春耕时，两家都买不起牛，都用锨剜。

两个女人见面不说话，错过身都要吐一口唾沫。两个男人见面还说话，但也就是"吃啦喝啦"，不敢多说，生怕惹得自家媳妇心烦。

三

别看八路军吃穿不好枪炮不好，却在这一带扎下根了。小鬼子兵强马壮，可就是到不了沭河东岸。

八路扎下根，就开始发动老百姓。从那时活到现在的人都说：共产党就是会发动老百姓，不会发动老百姓的不是共产党。

先是唱戏。把戏班子拉来,连演两天。有出戏也怪,不唱,光说光说。说的是北京洋腔,听了半天才听出眉目:那个俊女人不正经,跟老头的前妻儿子姘伙。后来那小伙子不干了,又跟丫鬟好。后来一家几口人都死了,说是叫电电死的。电是啥玩意儿?那么毒?那么毒就拿去毒小日本呀!另外几出戏虽然唱几句,但也不懂。不懂就不懂吧,老百姓图个热闹就行了。所以有人一边看戏一边议论:还是八路好,五十七军啥年月给咱演过戏?

接着是减租减息。"工作人"把佃户叫到一起问:"你们为什么穷呀?孙大肚子为什么富呀?"佃户说:"人家命好呀,咱们命孬呀!"工作人气得瞪眼,瞪完眼又说:"不是的。是穷人养活了地主。"佃户说:"养活就养活呗。地是人家的,给咱种是面子,不给咱种是正好。"工作人气得骂:"贱骨头!活该受罪!"就散会了。第二天晚上又开,另一个工作人不发火,老讲老讲,一连讲了五六个晚上,把佃户讲转了筋,就合伙去找孙大肚子要他退粮。佃户们扛着粮食回家,见孩子的小肚子凸了起来,便伸手去摸,摸得孩子笑着喊痒也摸不够。

然后是办识字班。工作人说:妇女要翻身,要学文化。就叫大闺女小媳妇聚在一堆学起来。没有本子钢笔,就一人抱一块瓦盆碴子用滑石画。学一阵子还唱歌:

呜哩哇,呜哩哇。
呜哩哇,呜哩哇。
北风吹起落叶飘,冬来了。
湖净场光粮藏好,心不操。
上冬学又是时候了,
上冬学又是时候了。

不当游手的流浪汉，满街串，
别叫庄长会长催，挨户喊。
自动报名跑在前，
自动报名跑在前。

狗屎家的就是跑在前的。因为她去了一回就觉得那里热闹。原来，她晚上都是和狗屎拉呱，但大半年过去也没啥可拉了，一进识字班，晚上回来就又有呱拉了，所以她就很积极了。妇救会长看她积极，就叫她当了组长，负责后街的十几户，这一来她就更积极了，天天上门动员人家参加识字班。有的人家不让闺女出门，说是听人讲：办识字班是为了给八路配媳妇。过了阳历年，识字班里的大闺女都不准出嫁，跟八路排成两排抛手绢，抛着谁就跟谁睡。狗屎家的听了，骂一声“放狗屁”，立即报告了妇救会长田大脚。田大脚手拿铁皮喇叭筒，爬上村中的一棵大榆树，一遍又一遍地辟谣，大闺女们这才陆陆续续地走出了家门。

后街这片唯独榔头家的没参加，狗屎家的也没上门动员。她让别人去叫。榔头家的对来人说：“狗屎家的参了俺就不参。”狗屎家的气得不行，就找田大脚，要她召开妇女大会，狠狠斗争那个落后分子。田大脚没同意，说革命要靠自觉。

一入腊月，识字班就学扭秧歌。没有红绸，就一手甩一条毛巾，甩得满街筒子毛巾翻飞，让人眼花缭乱。有促狭汉子在一边看，就和着秧歌调唱：

哎哟哎哟肚子疼，
从来没得这样的病：
自从进了识字班，
奶子大来肚子圆……

姑娘们听见了,就一齐围过来要斗争唱歌的。唱歌的把手撑在额头上,连声说:“对不起,对不起,捏着眼皮打敬礼!”姑娘们便哈哈笑,笑完又去扭着腰肢甩毛巾。

狗屎家的也甩。但她腰腿不灵活,那“转身步”扭得太冒失,让人看了直想笑。于是又有人唱:

狗屎媳妇真喜人,
扭起秧歌大翻身。
肚子一挺腚一扭——
看你翻身不翻身!

狗屎家的听了也不恼,仍旧嘻嘻哈哈地扭,直扭得满头大汗。

狗屎家的整天不在家,狗屎就冷清了。一人坐不住,就溜达到东院。榔头家的说:“跑俺家干吗?宝贝媳妇呢?”狗屎咧咧嘴说:“那块货,疯疯癫癫的,可怎么办?”榔头家的说:“进步嘛。等去开模范会,又是大饼又是猪肉。”狗屎不再作声,就蹲到地上跟榔头下“五虎”棋。狗屎的棋子是草棒,榔头的棋子是石子。一盘接一盘,谁输了就气得要操这操那,榔头家的在一旁边做针线边笑。

狗屎家的从识字班回来,找不见狗屎,就知道是上了东院。她在院里使劲咳嗽一声:“呃哼!”狗屎听见了,就慌忙撇下一盘没下完的棋跑回来。媳妇熊他,嫌他找落后分子,他只是笑。

这一天,狗屎家的回来,在院里咳嗽了一声,但没见狗屎回来;又咳嗽了一声,还不见狗屎回来。于是,她把新铰的“二道毛子”一甩,噔噔噔去了东院。见男人正瞅着棋盘发愣,就一把拧住了他的耳朵:“叫你你不应,耳朵里塞上驴毛啦?天天跟落后分子胡混,有个啥好?”榔头家的听这话太损,就也开口骂起来:“你先进,让八路都先进你!”狗屎家的眼里顿时喷出火来,扔下男人就扑向榔头家的。榔头说:“甭闹了甭闹了。”把媳妇严严地遮在了身后。狗屎家的仍要揍榔头家的,不料狗屎去她身前一蹲一起,她就在狗屎肩上悬空了。男人扛着她朝门外走,她还在男人肩上将身子一挺一挺地骂,那架势活像凫水。

四

根据地的参军运动开展了,村村开会,庄庄动员。

野槐村也开了大会,可就是没有报名的。无奈,村干部就把二十多名青年拉出去,关到村公所里“熬大鹰”:不让吃饭,不让睡觉,由村干部日夜倒班训话。青年一个个都叫熬得像腌黄瓜。第三天上,村长又训话,青年说:“整天嘴叭叭的,你怎么不去?”村长脸一白,说:“你甭不死攀满牢。俺走了,村里的工作谁干?”青年便皱鼻子:“这话哄三岁小孩还行。”村长哑言半晌,而后把腿一拍:“那好,俺去!这回行了吧?”见村长带头,有三四个人也应了口。村里把他们放了,剩下的继续熬。但一个个都熬倒了,还是没有人再答应。

村干部私下里说:“看来光这个法子不行,得发挥识字班的作用。”

于是,识字班就开会,要求妇女们“送郎参军”。田大脚讲完,让大家都表个态度,狗屎家的第一个站出来说:“看俺的!”

当天晚上吃饭,狗屎家的说:“哎,你去当八路吧?”

狗屎说:“甭跟俺瞎嘻嘻。”仍旧往嘴里续煎饼。

“真的。”

狗屎的嘴不动了,左腮让一团煎饼撑得像个皮球:“俺连鸡都不敢杀,怎么去杀人?”

“那是去杀恶人。”

“杀恶人也不敢。”

“那就去当火头军,只管办饭。”

“俺也不。”

以后再怎么说,狗屎就是不应口。

狗屎家的火了:“开弓没有回头箭,俺已经保下证了,你去也得去,不去也得去。”

“俺舍不得你。”

“舍不得俺? 那好,从今天俺就不给你当老婆,叫你舍得!”

果然,当天夜里她就不让狗屎上身了。第二天,也不和他说话,也不给他做饭,晚上隔二尺躲上三尺。

第五天上,狗屎说:“唉,有老婆跟没老婆一样,干脆去当八路吧。”媳妇一笑:“俺就等着你这句话了。”立马就去村里汇报。田大脚说:“太好了,明日就往区里送。”

晚上,狗屎家的杀了鸡,打了酒,让狗屎好好吃了一顿。吃完,女人往床上一躺:“这几天欠你的,俺都还你。”

这一夜,榔头听见墙一直在响,但他与媳妇没有效仿。他披衣坐在被窝里,一声不吭老是抽烟,一夜抽了半瓢烟末。

第二天,野槐村送走了十一个新兵。十一个当中,有六个是识字班动员成的。识字班觉得很光荣,就扭着秧歌送。狗屎家的扭了两步却不扭了,说两脚怎么也踩不着点儿。就跟着走,一直走到村外。

狗屎是正月十三走的,二月初三区上就来人,说他牺牲了,还给了狗屎家的一个烈属证。狗屎家的不信,怎么也不信,说活蹦乱跳的一个人,怎么会这么快就死了?正巧当天本村回来一个开小差的,说狗屎第一次参加打仗就完了,他还没放一枪,没扔一个手榴弹,就叫鬼子一枪打了个死死的,尸首已经埋在了沂水县。狗屎家的这才信了,便昏天黑地地哭。

榔头家的一听说这事,心里立即乱糟糟的,便去了西院,想安慰安慰狗屎家的。不料,狗屎家的一见她就直蹦:"都怪你都怪你都怪你!喜月里一见面你就想俺不好!浪货,你怎不死你怎不死?"骂还不解气,就拾起一根荆条去抽,榔头家的不抬手,任她抽,并说:"是俺造的孽,是俺造的孽。"荆条嗖地下去,她脸上就是一条血痕。荆条再落下去再往上抬时,荆条梢儿忽然在她左眼上停了一停。她觉得疼,就用手捂,但捂不住那红的黑的往外流。旁边的人齐声惊叫,狗屎家的也吓得扔下荆条,扑通跪倒:"嫂子,俺疯了,俺该千死!"榔头家的也跪倒说:"妹妹,俺这是活该,这是活该!"两个女人抱作一处,血也流泪也流。

五

榔头家的养了一个多月眼伤。这期间又正巧"嫌饭"①,吃一点呕一点,脸干黄干黄。狗屎家的整天帮她家干活。推磨,她跟榔头两人推;烙煎饼,她自己支起鏊子烙。就是去地里剜野菜,回来也倒给榔头家半篮子。

一个月后,榔头家的拆了脸上的布,脸上大变了模样。以后狗屎家的跟她说话,从来不敢瞅那脸,光瞅自己脚丫子。

识字班还是办着,但狗屎家的不去了,她说没那个心思。

没处去,就去找榔头家的拉呱。拉着拉着,她常把话题扯到榔头家的眼上，骂自己作死，干出那档子事来。一次又这样说，榔头家的变色道："事过去就过去了，还提它干啥？你再提，咱姊妹一刀两断！"狗屎家的见她脸板得真，往后就再也不提了。

就拉别的。多是拉做闺女时的事。

榔头家的说，她娘家有十几亩地，日子也行，可就是亲娘早死了。后娘太酷，动不动就打她骂她，有一次下了毒手，竟把她下身抠得淌血。

狗屎家的说，她爹好赌钱，赌得家里溜光，把娘气疯了，他还是赌。没有兄弟，地里的粗活全由她干，硬是把个闺女身子累成了粗粗拉拉的男人相。

说到伤心处，俩人眼睛都湿漉漉的。

榔头家的会画"花"，鞋头用的、兜肚用的、枕头用的都会。村里女人渐渐知晓了，都来向她求"花样子"，榔头家的常常忙不过来。狗屎家的说："你教俺吧，俺会了也帮你画。"榔头家的说："行。"

榔头家的找出几张纸，一连画了几张样子："喜鹊登梅""鸳鸯戏水""金鱼串荷花""凤凰串牡丹"等。狗屎家的一看，眼瞪得溜圆："俺娘哎，难煞俺了。"榔头家的说："要不你先画'五毒'，小孩兜肚上用的，那个容易。"

狗屎家的就开始画，仍用识字班里学字的盆碴子。先画蚰蜒。两条长杠靠在一起是蚰蜒身子，无数条短杠撒在两旁是蚰蜒腿。榔头说："不孬不孬。"狗屎家的笑逐颜开，又接着学画蝎子、蝎虎、长虫、巴疥子。十来天把"五毒"画熟了，又去学其他的。

一天，狗屎家的画着画着停了笔，眼直直地发愣。榔头家的说："你怎么啦？"

狗屎家的听了羞赧地一笑:“嫂子,不瞒你说,这些日子,俺老想那个事,有时候油煎火燎的。”

榔头家的懂了,就说:“你想走路[②]?”

狗屎家的摇摇头:“他死了才几天?”

榔头家的思忖了一下,说:“要不,叫俺家的晚上过去?”

“你这是说的啥话?”

“不碍的。”

狗屎家的不抬头。

“今晚上就去?”

狗屎家的仍不抬头。

晚上,榔头家的就跟榔头说了这事。榔头说:“这不是胡来么!”媳妇说:“她怪可怜的,去吧。”

榔头忸怩了一阵,终于红着脸出了门。

榔头家的躺在被窝里睡不着,就隔着窗棂望天。

天上星星在眨巴眼儿。她对自己说:你数星星吧。

就数。一个两个三个。四个五个六个。

数到二十四,刚要数第二十五,那一颗忽然变作一道亮光,转眼不见了。

唉,不知是谁又死了。天上一颗星,地上一个丁。这个“丁”不知是哪州哪县?想到这里,榔头家的心里酸酸的。

门忽然响了。朦胧中,榔头低头弓腰,贼一般溜进屋里。

榔头家的忙问:“这么快?”

男人不答话,将披着的棉袄一扔,就钻进了被窝。

男人用被子蒙住头,浑身上下直抖。女人问怎么啦,问了半天,男人才露出脸战战兢兢地答:“俺不去!出门一看,狗屎兄弟正在西院里站着……”

“他？他还活着？”女人也给吓蒙了，“那俺得去看看。”她壮壮胆走出了屋门。

西院的屋里亮着灯，狗屎家的正披着袄坐在床上。一见榔头家的进来，笑了笑说：“嫂子，你两口子说的话俺全听见了，快别恶心人了。”

“……”

“说实话，这几天俺真起了走路的心，打谱过了年就找主。可一动这个心，俺就真真地看见他站在跟前，眼巴巴地瞅着俺。”

榔头家的明白了。

狗屎家的又说：“这辈子俺走不成了。你想，走到哪里他跟到哪里，俺不是活受罪？唉，‘狗屎家的’，‘狗屎家的’，俺只能让人家叫一辈子‘狗屎家的’了……”

一席话，说得榔头家的眼泪滢滢。

她找不着话说，想走。狗屎家的却说：“嫂子，你要是疼俺，就陪俺一夜吧，俺害怕。”

榔头家的就脱鞋上了床。

天明回到东院，榔头一见她就嚷：“毁啦毁啦。”

女人忙问什么事。榔头说：“俺一宿没睡着觉，一合眼，就见狗屎站在跟前，气哼哼地朝俺瞪眼。”女人说：“没事，过一天就好了。”

但一天两天、三天四天，榔头还是一合眼就见狗屎。

榔头家的说：“这死鬼还真是小心眼，俺去打送打送。”

她买了一刀纸，偷偷上了西北岭顶。在大路上，用草棍画个圈，只朝西北方留个口子，然后把纸烧了。一边烧一边说：“狗屎兄弟，你甭缠磨你哥了。”

打送了以后，榔头还是那样。

狗屎家的就笑着对她说：“嫂子，甭打送了，白搭。我倒是有个法儿治那死鬼。”

“啥法儿？”

“叫榔头哥去当八路。”

“当八路？”

“对。当八路使枪弄炮，狗屎怕那个，就不会再缠磨榔头哥了。”

榔头家的想了半天说：“那就去当八路！”

村长喜出望外，亲自抬轿，把榔头送到了区上。

这年秋天，榔头家的生下一个小子，取名“抗战”。

六

榔头家的坐月子，由狗屎家的服侍。狗屎家的白天做饭洗褯子，晚上就跟榔头家的在一床通腿儿睡觉。

满了月，榔头家的说：“你往后甭回去睡了。”

狗屎家的说：“行。咱姊妹在一块儿省得冷清。”

于是，两个女人没再分开。

两家一个是烈属，一个是抗属，地都由村里组织人种。两个女人只干些零活，大多心思都用在孩子身上。抗战爱尿席。尿湿一头，狗屎家的就叫榔头家母子到另一头，自己到尿窝里躺下。刚刚暖干，抗战在那一头又尿了，她又急急忙忙和那母子俩掉换过来。抗战掐了奶，两个女人就烙饼嚼给他吃。你嚼一口喂上，我嚼一口喂上，抗战张着小口，左右承接。抗战长得风快，转眼间会走会跑了。晚上,两个女人一头一个,屈膝屈肘撑起被子,让抗战“钻山洞”。抗战就在一条坎坷肉路上爬,嘻嘻哈哈。爬到头再拐弯时,狗屎家的亲亲他的小腚锤儿说:“嫂子,等抗战他爹回来,你再养个给俺!”

榔头家的说:“好办。”

鬼子跑了,榔头却没回来。

老蒋跑了,榔头还没回来。

两个女人仍旧通腿儿睡。这一晚,抗战忽然把脚伸到了不该伸的地方。

天明两个女人悄悄商量:得给抗战分被窝了。

七

刚给抗战分了被窝,榔头家的就接到上海的一封信。

是榔头的。榔头告诉她,因为革命需要,他又新建立了家庭,不能再和她做夫妻了。

狗屎家的气得一蹦三尺高,要拉榔头家的去上海拼命。榔头家的却说:“算啦,自古以来男人混好了,哪个不是大婆小婆的?俺早料到有这一步。”

晚间上床,榔头家的苦笑了一下说:“这一回,咱姊妹俩情管安心通腿儿,通一辈子吧。”

狗屎家的说:“只是你不能再养个给俺了。”

榔头家的说:“好歹还有个抗战。咱俩拉巴大的,他就得养咱俩人的老。”

狗屎家的擦擦眼泪,挪到床那头,紧紧抱住榔头家的。

不料，当年入伏这天，抗战却在村南水塘淹死了。他跟几个孩子摸蛤蜊，一潜下水就没再露头。等被人捞上来时，眼里嘴里都是黑泥。

抚着那具短短小小的尸首，两个女人哭得死去活来。

埋掉抗战已是晚上，狗屎家的拎一只筐在床上，里边放盏灯，再披上一件褂子，然后拉榔头家的到西院睡。她说，孩子死了，要偎三夜娘怀才去投胎转世。要是叫小死鬼偎了，大人就会得病。咱就叫那只筐当孩子的娘。

但榔头家的不干，依旧和衣睡在床上，狗屎家的只好陪着她。

第三个夜里，榔头家的突然坐起身喊道："抗战！抗战！"

她跟狗屎家的说：刚才梦里见到抗战了，他眼泪汪汪地叫了几声娘，转身走了，眼下刚走出门去。

说着，她像记起什么似的，下床跑到门口，冲那无边的黑暗喊："抗战，你投胎甭到别处投了，就投你小娘的吧！你小娘把你养大了，你再来看看俺！记住，你爹大名叫陈全福，在上海，听人说要一直往南走……"

这一夜，两个女人一直坐在门口，望着南方，流着泪。

八

若干年之后的一天晚上，有一老一少走进了野槐村。

一汉子遇见，认出那老的是谁，就急忙带他们去了一个破破烂烂的院子。

汉子心急，刚叫了一声就用肩撞门，竟把门闩啪地撞断了。

进屋，见壁上挂一盏油灯，灯下摆一张床，床上一南一北躺两个老女人。

汉子说："嫂子，看看谁来啦？"

俩女人侧过脸，眼一眨一眨地瞅。瞅见老的，她们没说话。瞅见小的，却一齐坐起身叫道："抗战。抗战。"边叫边伸臂欲搂。臂间的乳裸然，瘪然。

小伙子倏地躲开。他把老的拉到一旁，用上海话悄悄问："嗲嗲，伊拉一边厢一个头，啥个子困法？"

老的泪光闪闪地说："这叫通腿儿……"

注释：

① 嫌饭：妊娠反应。

② 走路：改嫁。

（原载《山东文学》1990 年第 1 期）

作者简介：赵德发（1955— ），山东莒南人。著有长篇小说《缱绻与决绝》《君子梦》《青烟或白雾》《双手合十》《人类世》《经山海》等。

砸骨头

铁　凝

会计坐在白茬柳木桌前打算盘,村长坐在他的对面,死盯着会计手下过来过去的算盘子儿。

入冬前,正是税收季节,乡税务所已经来居士村催过税款,税款仍然没有筹齐,还差六百块钱。来人说,全乡十二个村,就剩下居士,是居士拖了全乡的后腿。来人还给规定了三天的期限。

村长是个好脸面的人,说居士拖了全乡的后腿,他受不了。给他规定三天的期限,他更受不了。

村长亲自收税,来到于老茂家。于老茂有一小片苹果树,按比例,应纳林果税五十四元,那凑不齐的六百里,就包括着他这五十四块。

村长说:“纳税的道理我也不说了,取之于民用之于民咱们也别多讲了,好歹你得给我个面子,交了钱,一了百了。”

于老茂说:“不是我不给你面子,是老天不给咱们面子。伏天那场雹子可不是我瞎编的吧,树上剩的那几个果子,统共才卖了六十块钱。交五十四块钱的税,剩下六块还不够我买二斤蒜薹呢。你是村长,你应该反过来问问乡里,遭了雹灾怎么还不减税。”

伏天是有一场大雹子,村长想,他接过于老茂递上来的一支“春耕”烟,点上,抽抽,愣了一会儿,去了于喜开家。于喜开喂了几栏猪，下雹子也没砸死猪，他应该交割头税。

于喜开正歪在炕角的被窝垛上哼哼，村长问他怎么了，他说他正在拉红白痢疾。

村长说："这月份哪有闹痢疾的？"

于喜开说："刚才我还拉了多半碗呢。"

于喜开的媳妇从自来风炉子上拿下个水氽要给村长倒水喝，村长推开碗便说税。

于喜开哼哼得更厉害了，说他这红白痢疾就是猪传给他的，说他那几栏猪眼下都得了红白痢疾，说得了红白痢疾说死就死，不论是人还是猪。死猪又不能卖，不卖猪还交什么割头税。

村长说："于喜开，你拉痢疾有什么证据？"

于喜开说："半碗痢疾还在茅厕里，不信去看看。"

村长说："于喜开你他妈真不是东西！"

于喜开说："主要是这红白痢疾他妈的不是东西。"

村长去找光棍儿于海，于海在坡上有几棵花椒树。于海说："我把我自个儿当税交了吧，正愁没人给做饭哩。到了乡里叫干什么干什么，管吃管住就行。"

村长又去了几家，各家有各家的说法。最后到了于四嘎家。于四嘎不让村长进门，在门上贴了副对子："自古未闻屎上税，如今放屁也拿捐"。

会计还在打他的算盘，村长就给他念这副对子，一边咝咝哈哈地捂着腮帮子。他正在上火，牙床子肿着。

会计说："看，听你念对子，叫我打错了算盘。"

村长说："还有个什么打的，打来打去，也是差六百。"

会计说："大清早的你就这么大忘性，不是你非让打来着。"

村长苦笑着说:“我就那么一说。”

会计说:“当官的一动嘴,小兵子跑断腿。”

村长说:“我看你是吃了枪药。”

会计说:“我没吃枪药,我吃了半块月饼。”

村长说:“八月十五早过了,哪儿来的月饼?”

会计指指桌角一个黄纸包,说是于四嘎刚才送来的,头天没让村长进门,他表示歉意。

村长扒拉开纸包,拿出一块月饼送到嘴边咬,咬不动,这才开始端详这块被称之为月饼的月饼。月饼上的花纹模糊不清,只隐约地看出“提浆”二字;放在桌上磕磕,简直比做月饼的木头模子还硬,简直像从于四嘎家祖坟里刨出来的物件,村长想。他的牙更疼了。他扔下月饼看会计,会计手下的算盘噼里啪啦又一阵紧响,表演一般。村长烦躁起来,便说:“别耍把你那算盘了行不行?”

会计停住手说:“怕是你还耍把不了这几下子。”说着,脸上带出明显的不悦。

村长伸出巴掌把会计的算盘一拍说:“我要是会耍算盘就把你辞了。”

会计不紧不慢地说:“辞了我不打紧,你别拿算盘撒气,没看见快散架了。”

村长看看算盘,两头用细铅丝箍了好几道,是快散架了。可是,他听不得会计那不紧不慢的口气,那不紧不慢的口气像是故意激他。

会计这一激,村长的牙果然又疼了些,火气果然又盛了些。他抓起算盘哗啦啦地就摇,摇着说着:“散架就散架,不就是架算盘!”

会计扑上去夺算盘,说:“一架算盘也得十来块钱!”

村长把算盘背到身后说："居士村凑不上税钱还买不起一架算盘！"说着举起算盘就往墙上摔，算盘散了，算盘子儿溅得到处都是。

会计在这时才真正变了脸。他心疼这架算盘，他心疼这一盘被他摩挲了许多年的算盘子儿，这一盘光润如珠的算盘子儿显示着他的为人。虽然居士是个穷村，可会计从来没在算盘上做过对不起村人的事。现在村长摔了他的算盘，就好比模糊了他的为人，于是他决心要还击一下村长。他打算把桌上的一只暖壶投过去，转念想到一只暖壶也得七八块钱，何况村委会就趁这么一只，就放过暖壶找别的投村长。这空空荡荡的屋里实在找不着别的，除了桌椅就是一盘炕，炕上只有一领破了边的炕席。于是会计奔到炕边去掀炕席——炕席经摔。

会计掀起炕席，村长早抓起了月饼。这月饼不好吃，好用，放在手上沉甸甸的，像铁饼。

村长说着"看家伙！"一块月饼从他手上飞出去，正砸中了会计的膀子。

会计领略了月饼的分量，也奔到桌角去抓月饼。

他们相互投掷了起来，十几块月饼眨眼间就用光了，最后一块砸在玻璃上，"扑嚓"一声玻璃碎了，招来门外一些看热闹的人。为首的是光棍儿于海，他望着屋内两个愤怒的人说："稀罕啦，怎么共产党打开了共产党啦！"

村长和会计用完了月饼，或许想到就此罢手的，但是因了这些围观的人，他们变得欲罢不能了。他们各自把住桌子的一方高喊着，开始了战前的叫阵。

村长说："今儿个我豁出去了！"

会计说:“我也豁出去了今儿个!”

村长说:“有本事你出来!”

会计说:“不出来算你没本事!”

村长说:“出来呀你!”

会计说:“你出来呀!”

于是他们真的觉出了这屋子的窄小,真的觉出了出来的必要。于是他们奔到院里,面对面地望着,原来院子也狭窄了。

“咱们河滩上见,砸骨头去!”村长说。

“妈的砸就砸!”会计说。

“砸不烂你我不姓于!”村长说——村长姓于。

“砸不酥你我不姓李!”会计响应着——会计姓李。

“妈的砸!”村长叫着。

“砸个妈的!”会计叫着。

村长在前往河滩里走,会计在后走向河滩,河滩就在居士村西。

居士村里许久没有人砸骨头了。砸骨头是居士村男人之间战争的极致。每当他们由争吵到扭打,由扭打到打得不知怎么打的时候,便会从心底升发出砸骨头的愿望。一句砸骨头的过瘾宣言,会使他们的骨头缝里立刻迸射出寒气。这寒气能叫他们的眼睛冒火,嘴唇哆嗦。当他们真的在河滩里的鹅卵石上站定,他们在彼此的眼里便真的没了皮肉,眼前只晃动着一副骨头架子,亟待对方去砸酥。这便是砸骨头和上河滩之间的必然联系。

村长和会计来到河滩,一人抄起一块鹅卵石,开始了他们的战争。他们互相躲避着对方投来的石头,他们又互相伺机将石头砸向对方。鹅卵石穿梭般地在他们之间飞起来,很快他们都挨了对方的石头。村长砸破了会计的脸,会计砸了村长的额头。他们都流了血。血再次鼓荡起他们的激情。他们望着各自对面的血人儿,发出愤怒的呻吟:"啊哈!""啊哈!"

绿幽幽的河水哗哗地流向远方,太阳跃上山巅,照亮了河对岸那陡峭的黛色山壁,照亮了那满坡遍野金红的荐草。晨风吹拂着它们,像吹拂着女人热烈的头发。太阳照耀着河滩,河滩上聚满了村人。倘若有不知情的外人闯入其间,会以为人们正在这个灿烂的早晨欣赏两个男人豪迈的舞蹈。

村长和会计确也逐渐地砸出了章法,他们的喊声也逐渐地显出了韵律:

"我就不信我砸不烂你!"村长喊。

"我就不信我砸不烂你!"会计喊。

"砸不烂你我是大闺女养的!"村长喊。

"砸不烂你我是大闺女养的!"会计喊。

"砸你个大闺女养的!"村长喊。

"砸你个大闺女养的!"会计喊。

"砸你个大闺女!"村长喊。

"砸你个大闺女!"会计喊。

"砸你……"

"砸你……"

后来声音在他们中间突然消失,他们住了喝,只一门心思地砸下去,直砸得天昏地暗,直砸得眼花缭乱,直砸得赤身裸体,直砸得两个血人儿突然想搂抱在一起。于是两具遍体鳞伤的身子扭结了起来,扑通倒在了河滩上,朝着绿幽幽的河水滚去。

围观的村人这才关心起村长和会计的命运。于老茂连忙寻找起交战双方的女人，于四嘎想起应该给乡里挂电话。

村长和会计的媳妇正远远地站在一起，事情一开始她们就不曾劝慰她们的丈夫。她们就那么安静地站着，像是心中有数，又像是一无所思。只待她们的丈夫双双滚进了河里，她们才一前一后各回各的家，各自拿来了洗得干净、叠得平整的衣裤，拿来了撕成宽条的白布，拿来了烧酒走下河滩。她们各自的丈夫，在这时正搀扶着彼此的胳膊踉跄着往河岸上爬。

围观的村人退到了远处，只有这两个媳妇敢于面对鼻青脸肿的裸体丈夫。她们安抚着他们在河滩上坐下来，为他们擦净身子，穿上干净的衣服；她们用烧酒为他们清洗伤口，将撕好的白布缠在他们血痕斑斑的头上。

已近正午，河水变得白花花地刺眼，村长和会计互相看看，觉得对方很模糊，模糊得像个半截石碑。他们都笑了，觉得脸上头上很凉爽。

村长眯着乌青乌青的眼睛对会计说："上谁家？"

会计眯着乌青乌青的眼睛对村长说："上你家。"

会计的媳妇则对村长说："上我家吧，知道中午有用，刚才我买了驴灌肠。"

村长的媳妇就对会计的媳妇说："待会儿我把枣酒送过去。"

他们出了河滩往家走，村人也出了河滩往家走，于老茂、于喜开、于四嘎和光棍儿于海也一路沉默着往家走。

他们去了会计家。会计和村长在炕桌上就着驴灌肠喝枣酒，两个媳妇站在炕下照应。

两人先是用三钱的酒盅，后来换了五钱的酒盅，再后来改用了茶碗，再后来上了饭碗。村长捧着饭碗刚喝两口，就呜呜地哭了起来。他哭得是如此的伤心，如此的软弱，如此的无所顾忌，如此的没有出息，好像一个受了冤屈、无处倾诉的窝囊孩子。他哭着，抽抽噎噎地说："谁叫我没本事呢，生是要不出这六百块。"

会计没有劝阻村长的哭，只说他盘算了一下，想把给儿子定亲的二百先垫出来。他问了媳妇，媳妇在炕下说："嗯哪。"

村长不再哭了，说他也盘算了一下，把给儿子盖房攒的三百先垫出来。他问过媳妇，媳妇也在炕下说："嗯哪。"

"剩下的那一百呢？"会计问村长。

"也让别的干部们凑凑。"村长说。

村长和会计放下碗睡了，四仰八叉地打呼噜。

傍黑，乡长骑车赶到居士。从乡里到居士三十里地，尽是坎坷的山路，自行车好比是陪衬。只待进了村，乡长才把它骑了一会儿。乡长进了会计的家，会计和村长还睡在炕上。乡长闻着满屋子酒气，虎着脸问会计的媳妇："这是为什么，又砸骨头又喝酒的！"

媳妇说："也不为什么。"

乡长说："给我把他们叫醒。"

媳妇轻声说："怕是得明天了。"

明天了，又是一个阳光灿烂的早晨。乡长带着村长和会计要回乡政府，还说，这件事要在全乡通报，通报这两个不嫌寒碜的干部。此外，带他们去乡里还有两个目的，一是在乡里边检讨边学习，二是去乡卫生院打消炎针。

睡了一夜，村长和会计的脸更肿了，肿脸把眼睛挤得只剩下一条缝。

村长和会计头上缠着白布顺着河滩走，于老茂领着一伙村人追了上来，交给会计一个纸包，说六百块钱和一张清单都在里头，说正好顺便交到乡里。

会计眯着肿眼审核着清单，数了钱，钱和清单竟是分毫不差。会计和村长不约而同地看居士村，居士村口聚集着更多的乡亲。村长和会计都有点心酸，这纸包像是居士村给他们意外的馈赠。

村长和会计越走越远，站在村口的人渐渐看不见他们的身子，只见两个大白脑袋在太阳底下晃。

秋风吹拂着漫山遍野金红的荐草，像吹拂着女人热烈的头发。好山好水，居士村理应是个富裕的地方。

（原载《十月》1992 年第 6 期）

作者简介：铁凝（1957— ），女，河北赵县人。现为中国作家协会主席。著有长篇小说《玫瑰门》《无雨之城》《大浴女》《笨花》，中短篇小说《哦，香雪》《麦秸垛》《孕妇和牛》等。

赵一曼女士

阿 成

伪哈尔滨市的市立医院,如今仍是医院。不过,的确是有些破旧了,在太平岁月,看上去却像一家战时医院。我并不经常去那里,偶尔去那里,诚实地说,是为了巴结在那里住院的领导,目的是在心理上获得一种安全感。——有时候,突然莫名其妙地有了一种不安全感。有时候,则是出于情义,去探望在那里治病的好朋友。小人物的生活,大抵是如此的吧。

后来,得知赵一曼女士在日伪统治时期曾在这里住过院,我便翻阅了有关她的一些资料。

赵一曼女士住的这家医院,是一座欧式建筑(可能是巴洛克式吧)。她住在一病区。

哈尔滨这座优秀的城市里,欧式建筑是很多的,几乎随处可见。在冬季,这座别致的城市经常有着很美丽的大雪,纷纷扬扬,漫天飘舞,蔚为壮观。你会看到白色的雪在这座城市里无处不在。

在落雪的日子里,听一听巴赫的《意大利协奏曲》,或者莫扎特的《第九钢琴协奏曲》,是这座城市里普通市民的一种很好的享受。三四十年代的哈尔滨城,侨居着许多外国人。据统计,这里的侨民多达三十多个国家十几万人。

这些众多国家的侨居者，在这座城市里充当着各种角色，商人，西餐馆的老板或女招待，面包师，建筑师，小提琴师，马车夫，出租车司机，娼妓，神父或者嬷嬷，还有在街头拉着手风琴讨钱的乞丐，也有日本侨民。这些日侨，还不能等同于日本关东军及随军家属。前者是客人，后者是侵略者，并对这座优雅的城市，实施了长达十四年之久的统治。

这座城市，还有许许多多的教堂。曾有人称哈尔滨是“教堂之城”。离监禁赵一曼女士的医院最近的教堂，一共有三座，一座是二十世纪初德国人建造的基督教路德会教堂，属于典型的十二世纪哥特式建筑。另一座是中世纪拜占庭式建筑“东正教圣母教堂”。再一座教堂，如今已经不在了，就是世界闻名的圣尼古拉东正大教堂。躺在病床上的赵一曼女士能够清晰地听到从这三座教堂的钟楼上传来的大大小小的钟声。在三四十年代寂静的城市里，那是何等有韵味儿的钟声啊。

我无法猜测赵一曼女士听到这些钟声时有怎样的感想，但我能肯定一点，就是英雄热爱生活，热爱生命，对欧洲文化及建筑艺术有着很高的鉴赏水平。

她又是一个女人，仅仅三十多岁，这钟声也会令她流泪的罢——

赵一曼女士，是一个略显瘦秀且成熟的中国女性。在她身上弥漫着拔俗的文人气质和职业军人的冷峻。在任何地方见到她，你都能很快在众多的人当中看出她别于他人的风度。也正是由于这一点，大野泰治认定自己捕获了东北抗日联军的一个重要人物。

在赵一曼女士率领抗联活动的小兴安岭的崇山峻岭之中，在珠河县附近，也能够听到来自坡镇（一面坡）那座教堂的钟声。那儿的钟声，响在冬夜里，会传得很远很远，山壁还会有幽远的回声。钟声里，抗联的兵士正在森林里烤火，烤野味儿吃，或者唱着杨靖宇将军谱写的歌曲“火烤胸前暖，风吹背后寒……战士们哟”……这些都能给躺在病床上的赵一曼女士留下清晰的回忆。

在医院里，赵一曼女士单独一个病房，由南岗警察署派来的警察昼夜二十四小时轮流看守。

病房很干净，挡着乳白色的窗帘。白色的小柜上有一个玻璃花瓶，里面插着丁香花。当时正好是六月。六月里的哈尔滨，全城都弥漫着丁香花味儿。听说，丁香花现在已成为这座城市的“市花”了。赵一曼女士是一九三五年年初的大雪天进入医院的，到丁香花开，已经是半年多了。

赵一曼女士当然也喜欢丁香花。这座城市的市民是把丁香花作为友谊和爱的信使，插入千家万户的花瓶中的。

这束丁香花，是女护士韩勇义摆放在那里的。

赵一曼女士平平地躺在病床上。她是在山区中了日军讨伐队的子弹后，被抓获的。远间警佐用马车把赵一曼女士拉到珠河县公署门前，命令属下把她抬到县公署的正厅，交给了他的上司大野泰治。

当时，赵一曼女士流了很多血。

在场的日本人都感到这个女人的生命岌岌可危。

珠河一带，有着雄秀的景观和强悍的历史。我曾在一九九一年写的一篇小说《胡天胡地风骚》里，介绍过一个叫孙羽林的人在珠河升了县长的时候写的一副对联：

载酒赋诗溯白山王气黑水霸图胜迹蔚成新栋宇

先忧后乐看四境桑麻万家灯火放怀奚止快登临

此“白山黑水”之说，没有得到更多人的注意，一直是把“白山黑水”作为浅吟低唱之辞使用。可惜了。

从“四境桑麻”中，我现在似乎能理解，三四十年代流亡在关内的东北学生，为什么流着泪，唱那支《我的家在东北松花江上》的歌，我相信，歌词中那句“同胞啊，爹娘啊，哪年哪月，才能收回我家乡——”是发自他们肺腑的呐喊。

前面我说过，大野泰治从赵一曼女士很高的文化修养和激昂的抗日态度上推断，他们抓到了抗日联军中一个了不起的大人物。

大野泰治深感自己的幸运。

在审讯赵一曼女士的时候（“主要是问一些要点”——大野泰治语），他不断地用鞭子把儿捅她手腕上的枪伤伤口，是一点一点地往里拧，并用皮鞋踢她的腹部、乳房和脸。一共搞了两个小时左右。大野泰治没有获得有价值的回答。

他恨这个女人，他觉得很没面子，伤了作为一个日本军人的自尊。

大野泰治在向上司呈送的审讯报告上写道：

> 赵一曼是中国共产党珠河县委会委员，在党的工作上有与赵尚志同等的权力。她是北满共产党的重要干部，**通过对此人的严厉审讯**，有可能澄清中共与苏联的关系。

这里，大野泰治巧妙地暗示，他所以没有审出什么东西，是为了把功劳留给上司，上司只要酷刑审问就行了。

大野泰治不仅是一个军人，也是一个工于心计的政客。

大野泰治的报告书，成了决定赵一曼女士死刑的根据。

大野泰治非常兴奋，在他的办公室里痛快地舞了一阵军刀。

赵一曼女士是一九三五年十一月下旬被捕的。然后,从珠河县转到哈尔滨滨江省公署警务厅看押。滨江省警务厅司法科对赵一曼女士进行了严刑拷问和人格污辱。于一九三六年年初,以假名“王氏”将她送到哈尔滨市立医院监禁治疗。司法主任千叶警官是看守负责人,他的任务是要通过这个重要的“女思想犯”,了解哈东地区革命军外围团体的全貌,并获取思想对策上的重要参考资料。

《伪滨江省警务厅关于赵一曼女士的情况报告》,及南岗警察署司法警士松本英雄,哈市警察局特务科翻译周质彬等人,都曾扼要地介绍了赵一曼女士从市立医院逃走和被害的情况。

赵一曼女士是在六月二十八日逃走的。白天,这座城市下了一场暴雨。这是一场极为壮观的大暴雨,电闪雷鸣,声势十分凌厉。这场大暴雨把全城所有的建筑,包括市立医院和丁香树,都冲刷得干干净净。在每年的八月份,大雨经常光顾这座北方城市,使得这里的空气十分清新湿润。

这天夜里,看守警士董宪勋在他的叔父董广政的协助下,将赵一曼女士抬出医院的后门。后门外,是上古时代松花江的大堤,站在这里,可以俯瞰道里和道外两区的万家灯火。

出了医院的后门,一辆早已雇好的出租车已等在那里。开车的是一个白俄。几个人上了车,车立刻就开走了。白俄司机一边开车,一边叼着烟卷哼着俄国歌曲。他什么也不知道,他也不想知道什么,他只是为了钱。

夜风很凉,很湿润,马路上仍有残雨,车轮驶过去,便溅起了很高的水帘。一车人都沉默着,听白俄司机唱。

在三四十年代的哈尔滨,到处都可以听到洋人的歌唱。

出租车开到文庙屠宰场的后面,停了下来,客人下了车,白俄司机就把车开走了。

女护士韩勇义早就等候在那里,雇好了一副轿子,扶着赵一曼女士上了轿,然后,一伙人立刻向宾县方向逃去。

赵一曼女士住院期间,发现年轻的警士董宪勋似乎可以争取。经过一段时间的观察、分析,她觉得有把握试一试。

赵一曼女士躺在病床上,和蔼地问董警士:“董先生,您一个月的薪俸是多少?”

董警士显得有些忸怩,他说:“十多块钱吧……”

赵一曼女士遗憾地笑了,神态颇有感慨,她说:“真没有想到,董先生的薪俸会这样少,而且少得如此可怜。”

董警士更加忸怩了。

赵一曼女士端庄地说:“七尺男儿,为着区区十几块钱,甘为日本人役使,不是太愚蠢了吗?”

董警士无法再正视这位成熟女性的眼睛了,只是哆哆嗦嗦给自己点了一颗烟。

以后,赵一曼女士经常对董警士聊山区抗联的战斗和生活,聊小兴安岭的风光,五花山,飞鸟走兽。

赵一曼女士是一个善于表达,又善于捉摸对方心理的女人。与她接触过的人都十分信赖她。

赵一曼女士用通俗的、饶有趣味的小说体裁记述日军侵略东北的罪行,写在药纸上。董警士对这些纸片很有兴趣,对共产党如此活泼的文体十分着迷。

他以为这是赵一曼女士记述的一些资料,并不知道是专门写给他看的。

看了这些记述,董警士非常向往"山区生活"。他愿意救赵一曼女士出去,和她一道上山。

赵一曼女士对董警士的争取,共用二十天时间。

我非常佩服这位共产党的干部。

有人称共产党是"洪水猛兽",是不是也包括着对该党的"工作能力"的恐惧呢? ……

对女护士韩勇义,赵一曼女士采取的则是"女人对女人"的攻心术。

半年多的相处,使韩护士对赵一曼女士十分信赖。她对赵女士讲述了自己幼年丧母、恋爱的不幸、工作上的受欺负(她没有工薪,只是个见习护士),等等。

女人是有一种倾吐欲的。尤其是家庭不幸,恋爱受挫的女性。

赵一曼女士坦率地向她讲述自己和其他女战士在抗日队伍中的生活,有趣的、欢乐的生活。她的语调是深情的、回忆式的、甜蜜的。

韩护士真诚地问赵一曼女士:"如果中国实现了共产主义,我应当是什么样的地位呢?"

赵一曼女士说:"年轻人,你到了山区,一切都能明白了。"

赵一曼女士说:"要实现这个主义,就要到山区去。一切的疑问,到了赵尚志那里都能明白。"

韩护士卖掉了自己的两个戒指、两件大衣和其他衣服,共得六十元,准备作为逃跑时的费用。

赵一曼女士是一个细致，也很谨慎的女人。虽然她成功地与董警士和韩护士建立了极其秘密，也极其危险的关系，但只是到有了绝对把握之后，赵一曼女士才正式把两个人相互介绍给对方。

当时，他们都很激动，很兴奋，都有一种崇高感。

南岗警察署在赵一曼女士逃走后，很快从那个白俄司机处发现了线索，后来又从太古街的轿铺主人那里得知，赵女士是由他们抬到荒山嘴子附近去的。

松本英雄和千叶警官等几个人，马上乘车去追。

途中，必由之路上的阿什河桥被暴雨冲垮了。几个人只好到附近的村庄征到几匹马，骑马追。

追到阿什河以东二十多公里的地方，发现了坐在马车上的赵一曼女士、护士韩勇义、警士董宪勋及他的叔父董广政。

千叶警官命令松本英雄等六人，从路边的田地中包抄合围，用手枪逼迫着，将他们逮捕。

赵一曼女士淡淡地笑了。

赵一曼女士是在珠河县被日本宪兵枪毙的。

那个地方我去过，有一座赵一曼女士的纪念碑。纪念碑惊人地粗糙，并且十分简陋。但那儿的环境却十分幽静，周围种植着一些松树。

我去的时候，那里清静得几乎无人。旁边有一个年迈的老人看着我。

我看了看他，笑了笑。

他指着石碑说，赵一曼？

我说,对,赵一曼。

赵一曼被日军枪毙前,曾写了两份内容不尽相同的遗书:

宁儿:

母亲对于你没有能尽到教育的责任,实在是遗憾的事情。

母亲因为坚决地做了反满抗日的斗争,今天已经到了牺牲的前夕了。

母亲和你在生前是永久没有再见的机会了。希望你,宁儿啊!赶快成人,来安慰你地下的母亲!我最亲爱的孩子啊!母亲不用千言万语来教育你,就用实行来教育你。

在你长大成人之后,希望不要忘记你的母亲是为国而牺牲的!

一九三六年八月二日

亲爱的我的可怜的孩子:

母亲到东北来找职业,今天这样不幸的最后,谁又能知道呢?

母亲的死不足惜,可怜的是我的孩子,没有能给我担任教养的人。母亲死后,我的孩子要替代母亲继续斗争,自己壮大成人,来安慰九泉之下的母亲!你的父亲到东北来死在东北,母亲也步着他的后尘。我的孩子,亲爱的可怜的我的孩子啊!

母亲也没有可说的话了。我的孩子自己好好学习,就是母亲最后的一线希望。

一九三六年八月二日

在临死前的你的母亲

【附件】

《伪滨江省警务厅关于赵一曼女士的情况报告》

（一九三六年八月十一日滨警特密 8853 号）

姓名:赵一曼,现年二十九岁(三十岁)

职业:无职业

原籍:山东省济南府(四川宜宾县)

住址:不定

…………

四、意见

回顾赵一曼逃走事件,我们应加以考虑的是:

1. 对思想犯人的管理,是最需要慎重的。如急须设置拘留思想犯人的单人房间。

2. 有必要进一步努力,彻底普及警察精神。

3. 关于扑灭共产主义和抗日思想的王道主义的宣传工作,以前实在是只有讲理论或流于形式,因而有改进的必要。例如,宣传文件,要做到通俗易懂,富有趣味,无论什么人都去抢着看的地步才好。

档案:119—2,1151 第 13 号

（原载《人民文学》1995 年第 5 期）

作者简介:阿成(1948—),原名王阿成,山东博平人。著有小说集《年关六赋》《良娼》《空坟》等。

父亲是个兵

邓一光

父亲不是兵已经很久了。一九九二年父亲和一大批老兵一起摘掉了帽徽领章，彻底告别了职业军人生涯，成为一名普通得和大街上蹀躞而行的退休工人没有什么两样的老百姓。父亲因此而得到军委三总部颁发的一枚勋章。那枚勋章，据说含金量极高。

六十年代末期，那时候父亲五十多岁，身强力壮，思维敏捷，刚从南京军事学院高级指挥学习班毕业。父亲的各科目成绩非常优秀，他为这个得意万分，他说他过去在部队里扫盲时学习成绩就特别出色，他说他就算一天书也没读过又怎么样？他说那些知识分子算个鸡巴！不知道是弄错了还是根本就没弄错，父亲在拿到毕业证书后没几天就接到了离职休养的命令。一个月后，父亲带着他的妻子和五个孩子搬进了雾城重庆市一位彭姓买办留下的一座幽静的花园，从此再也没有走进过军营。父亲的身体很健康，直到三十年后的今天，他的身体状况依然良好。

父亲断断续续不戴领章帽徽的时间至少有十五年。十五年的时间绝对不算短。虽然父亲摘掉领章帽徽之后仍然穿着军装，那样子却有点不伦不类。我一直认为军装的威风神气，完全是领章帽徽的功劳。如果没有了领章帽徽，那身国防绿实在呆板压抑得很。

父亲永远穿着军装,风纪扣扣得一丝不苟,在最热的季节里,他也从不解开扣子。一任黑水白汗浸透军装。父亲也不是没有便服。七十年代后期母亲为父亲做过两套中山装,买的是最好的呢料,请的是最好的裁缝,衣服做好后,我见父亲试过,样子很呆板,一点也不像父亲。好在父亲并不常穿,他根本就不穿。那两套质量不错的中山装,后来基本上成为虫子和樟脑球的战场了。

父亲脱去了军装,已经不是兵了。但是时不常地还有是兵的叔叔伯伯到家里来看望他。他们大多来自很远的地方,匆匆地来,匆匆地走。那些年纪或大或小的兵走时都对送出大门的我说,你的父亲,他是真正的兵。

父亲脱去军装的那一天,他把自己一个人关在屋里待了很久。那一天,广州军区一位少将来干休所颁发勋章。那枚勋章家里人谁也没有看到过,仿佛它在一开始就被父亲埋葬了。父亲这一生得到过许多的奖章,其中他最看重的是红星勋章、独立自由勋章和八一勋章,这三枚勋章分别放在三只小盒里,小盒里铺着枣红色的金丝绒,许多年之后,它们已失去了新鲜的光泽。父亲一直闭口不提他最后得到的那枚勋章。母亲曾经问过这件事。母亲说:“老头,你是不是领了一块金牌?”母亲之所以这么问,并没有别的什么意思。母亲在很多方面和老式的家庭主妇没有什么两样,对鸡毛蒜皮的小事爱咋咋呼呼,而对严肃的话题却漫不经心,何况院子里都在传说,那枚勋章和以往的勋章不一样,是用纯金铸的,很值些钱。母亲对金子谈不上什么爱好。母亲年轻的时候热衷于工作,上了年纪以后迷上了老年迪斯科,另外还有中国画。母亲的葡萄画得炉火纯青,可见在大器晚成方面齐白石并非是唯一的奇迹。对于那枚勋章,母亲只是普通的好奇罢了。

母亲这么问,当时父亲说了一句很粗鲁的话,准确地说,那是一句骂人的话。母亲听了很生气。母亲仅仅是生气,也不能把父亲怎么样。这件事说到底本来就不关她什么事,她就是想吵架也没有理由。母亲是中专生,中专生属于知识分子,知识分子吵架是要有理由的。

父亲那一天一直把自己关在屋里,他待在屋里一声不吭。出来吃过一顿饭,什么话也不说,也不怎么向他一向喜欢的红烧肘子伸筷子,吃过饭之后又回自己的房间去了,把门咣当一声碰上。但也没有发生别的什么事。那天母亲去老年大学上课,回来晚了,回来以后就忙着做疙瘩汤。我对母亲说:“爸爸今天脱军装,咱们是不是买点菜回来,家里庆贺一下?”母亲诧异地看我一眼,说:“那是为什么?又不是逢年过节。”我想解释一下。我想说,对于父亲,今天比一百个年加起来还重要。但是我最终还是没有说。在母亲看来,父亲穿什么都是一回事,除了军装洗起来比较容易一些,别的没有什么损失。至少在母亲眼里,父亲脱军装算不上什么节气。

那天的天气差不多是一年中最好的,暖洋洋的。太阳在很长一段时间里都挂在那里一动不动。有点小北风,但也只能把院子里的干葡萄叶子吹到水沟里去,仅此而已。

父亲扛枪当兵这件事不是偶然,可以说它是顺理成章的。那个年头贫瘠的鄂东大别山区成了农民的天下,有好几种政治力量都派出火种手到千里大别山来煽风点火,使庄稼不景气的乡下呈现出另外一种欣欣向荣的朝气。农民们不知道点火的人要干什么,却知道自己想得到什么。一无所有的人无论怎样折腾都无所谓失去,这就使他们有了源源不断的动力和无所畏惧的勇气。父亲那时还是个半大的孩子,多半是为了聚众的习性,父亲参加了少年赤卫军,为成年人的武装组织做一些打杂的事,这些事带有一些打破常规的刺激。父亲那个时候没有参加白极会、红枪会、保安团或别的什么组织同样是必然,因为父亲的大哥是苏维埃政权的村主席,父亲少小年纪,自然不会和自己的大哥对着干的。父亲站岗放哨送信只是业余的,更多的时候父亲是在为一个比较富裕的远房亲戚喂牛,另外在农忙时节还得为主人打短工,年薪一石糙米。父亲喂两头牛,他承认那个活并不重,喂两头牛而且能挣得一石糙米使得父亲在家中有一种不吃白饭的自得。

促使父亲最终成为造反者的原因并非是赤贫,而是自尊心。那个富裕的远房亲戚对雇工们十分祥和,冬天的时候他们一块儿蹲在太阳下笑眯眯地抽着旱烟袋说话,说女人的邪话,哧哧地笑,那幅情景是很让人心暖的。那个富裕的远房亲戚和雇工们一起干活,他总是抢重活干。富裕的远房亲戚生了四个儿子,全都能干牛马活,又和人合开了一爿粉房,生产白而细的粉丝,这才是他致富的原因。对于这种原因没有人会觉得不应该。

那一年的阳光十分充足,十几把锋快的镰刀昼夜不歇地割刈也没能抵挡住见天熟透的谷粒一片片地撒落在泥里。主人十分焦急,赶着一家老小和十几个雇工没日没夜地忙活在地里。人们疯了似的用钢镰割倒稻秸,把它们拉屎似的东一堆西一堆扛进晒坝。那些天晒坝里黄尘滚滚,蒙蒙然不见天日。人们大颗大颗地淌着汗水,不停地咳嗽,朝粮食堆里吐痰。主人站在地垄边大声地吆喝着:“伙计们,尽力割呀!今晚有烧酒蒸肉犒劳!”主人说话算话,当晚果然就有烧酒蒸肉。醇香的烧酒里兑了不少水,喝起来甜丝丝的像是浸泡过麦芽,让人止不住地一边喝一边打喷嚏。雇工们都说酒是好酒。可是主人却不该让大伙儿吃蒸肉。不是大伙儿不想吃,相反地,大家都非常想吃,简直想吃极了。并不是一年到头都可以吃到蒸肉的,也不是每一家都可以端出蒸肉这道菜的。但是主人确实不该把那样的蒸肉端出来给雇工们吃。蒸肉一块块足有四指膘,白花花颤巍巍卧在喷香的霉干菜上,让喝酒的人眼珠子一个个几乎掉了出来。雇工们整齐地咳起嗽来,把嘴里的烧酒咳得像下雨一样。主人热情地说:“吃吧,快吃吧。”大伙儿就迫不及待地伸出筷子。慌乱中好几双筷子在空中碰到一起,弄得吱哩咔嚓一阵乱响。主人的两个儿媳妇在一旁看了,躲到一旁哧哧地笑。父亲在忙乱之中挟到了一筷子干巴巴的霉干菜,这使他十分沮丧。父亲的第二筷子准确多了。父亲当时想,他的速度比大人们慢了一拍,等到他吃完第一块肉,别人就该吃第二块肉了,这个念头让父亲在一瞬间显得灰心失望。可是父亲并没有在吃第二块肉的时候赶上大家。父亲并没有吃第二块肉。父亲连第一块肉也没能吃下。并非父亲一个人,所有的雇工都没能对付了他们夹进自己碗里的那块肉。那碗样子十分诱人的蒸肉根本就没有蒸熟,它只不过是被主人象征性地放进蒸笼里蒸了一下,完全还是生猪肉。主人笑眯眯地站在一旁招呼说:“吃呀,怎么不吃了?都愣着做什么,都吃。这足足一碗肉,够你们撑的。”雇工中打头的脸上带着尴尬的笑代表大家对主人说:“七爹,不是我们不吃,我们想吃。我们想吃但没法吃。肉没烂呢。”主人听了很生气。主人说:“这是什么话。你这是什么话。肉当然没有烂。肉当然不能烂。肉怎么能烂呢?要烂了,你们这些馋鬼,你们寻思一下也是不会的,叼住就滑溜进肚里了,哪里会知道肉是什么样的味道呢?”

父亲从来没有说过那块嚼不烂的生猪肉是促使他造反的原

因,这只不过是我的猜测。一九三二年秋天被还乡团通缉追杀的不只是我父亲一家人,还有不少人名字都在名单上,这些人中间有一些人并没有逃走,他们在别的什么地方躲上几天,到来年开春的时候就陆陆续续地回去了。他们中间有些人至今还好好地活着。父亲跑出家去参加红军,肯定有着类似自尊心受到了强烈伤害的原因。事过五十年之后,我随父亲回到顺河老家,父亲带着我去拜访过一位老人。老人是我家一位亲戚,论辈分我该叫七爷。七爷的绰号叫“地主”,因为他在五十多年前曾当过红四军经营处的军需主任,管过整箩的银洋和烟土,大家就这么叫他。一九三二年秋天七爷随撤退的队伍走出了几百里地,他放心不下将要临产的妻子,心里惦念着妻子给他生儿子还是生丫头,又跑了回来。七爷并没有被杀死,以后就守着老婆孩子种地过日子,一过就是五十年。我随父亲去看七爷的时候七爷正蹲在屋檐下抠鼻屎,唾水拉长线似的糊了一身。一个五十岁左右猥琐的汉子抱着一只鸡婆在捉鸡虱子,看见我们走来就傻乎乎地冲我们笑。我想他大概就是七爷当年放心不下的那个宝贝儿子吧。

在我们那个家族中,父亲是加入闹红队伍中年纪最小的,他只是看到他的两个哥哥,几个叔伯堂兄和他的七叔都这么忙碌着,他们在腰里扎着子弹袋的样子十分威武。父亲作为一个正在长大的男人是十分羡慕这份威武的。

我的大伯是东冲村的村苏维埃主席,三次反“围剿”的时候带着村赤卫队参加了红军,成为一名红军营长。我的二伯是麻城县独立团的敌工干事,专干铲奸“肃反”的事,两年后他万万没有想到自己也成了“肃反”的对象,做了自己同志的刀下之鬼。

大伯随着红四军撤离了鄂豫皖苏区,同时走的还有那几位堂伯堂叔,二伯的独立团此时正急急地躲进杨真山中。乘顺区满是穿着狗屎黄军装的皖系十七师的兵,还有头上缠着红布条的河南光山杨大山的三枪会会众。十七师的兵和三枪会的人在进入乘顺的当天就大开杀戒,到次年开春时整个乘顺地区有十几万人被杀掉,被杀掉的人有时候没人收尸,就被抛入举水河中喂了鱼,有人亲眼看见举水河中跃出足有小牛犊大的鱼来。

一位亲戚从镇上看女儿回到村里,带回了对东冲村三十八名红匪通缉的消息,我的大伯是头一个,二伯和父亲都在其中,悬赏的价码足以让任何一个种田人动心。父亲当天夜里离开了家乡,想投奔他的大哥。他第八天追上了红四军,成为军部手枪队的一名战士。父亲却最终没有见到他的大哥。一九三三年三月,在巴中保卫战中,大伯奉命带一个营驰援,死在战场上了。

父亲也没有再见到我的爷爷。一九五〇年当父亲怀里揣着一沓银元坐着一只小船渡过举水河,踏上家乡的小路时,我爷爷的坟头已经开过一茬白色的苦艾花了。

父亲的倔强脾气使我们一家人都吃尽了苦头,尤其是他偏狭的恋乡情结,几乎毁了我的整个前途。

父亲在他休息后的第十五个年头开始念叨他的“归去来兮”经。在这之前,他一直没有放弃过重新工作的期望。他一直以为那一纸休息的命令只是暂时的,他还有复出的希望。他就那么等待着,苦苦而又痴心不改地等待着。他等那份根本没有出现的命令等了整整十五年。父亲在重新工作无望后决定回到他出生的地方。他要回到他的麻城老家去,做农民或者做寓公。这个念头十分强烈地统治了我们家十年,直到父亲的预谋得以实现。父亲在休息前一直做军事指挥员，没有搞过政工，虽然在一九四五年国共和谈破裂以后父亲曾在极短的时间里当过几天参谋长，但这并不能说明他就懂得谋略。父亲的谋略才能是在他休息之后才被挖掘出来的。他那时有了大量的时间和精力来总结自己，同时也有大量未曾释放的欲念需要疏导，这就使父亲由一位勇士痛苦地变成了一位智者。父亲当然并不仅仅是自己回家乡，他还要把全家都弄回老家去。父亲甚至希望他的孩子中有一个能和他一道回到老家那根本就不怎么长草的土地上去种庄稼。在我的其他几位兄弟姊妹都当了兵之后，父亲把希望的目光对准了我。我在中学毕业后成了一名知识青年这件事使父亲的希望有了实现的可能。父亲怂恿我回老家当知青。父亲说："当农民哪儿不能当？守在四川这个穷地方干什么？"我说："四川怎么是穷地方，四川是天府之国。"父亲不屑地反驳我说："天府在哪儿？之国在哪儿？你拿出来我看看。连个鱼也吃不上，还什么天府之国。回家乡去，家乡的鱼吃得你哭！"父亲这么说。他不但说，还付诸考察，为此他专门带着我回了一趟麻城。

我发现一踏上家乡的路，父亲的忧郁心情就一扫而光。小船载着我们渡过举水河的时候，父亲敞开大衣双手叉腰昂首挺胸站在船头上，他心情极好地指点着告诉我，他在哪个沙丘上偷吃过四婶的花生，被爷爷打过屁股；他在哪个深潭里摸过鱼虾，差点没淹死。父亲敞开肺腑大口地呼吸着河面上腥潮的空气。父亲快乐地说："妈的，这儿一点也没变，还是老样子。"父亲眨巴眨巴眼小声对我说："小子，回家第一件事就是让你饱饱地吃一顿鲜鱼，不是一条鱼是一顿吃它几十条。"父亲从称呼他"三爹"的摇船后生的鱼篓中拎出一大挂鱼，对小伙子说："剖干净，洗一洗，回头给我送去。"我看到那些一寸来长的柳条鱼,哈哈大笑起来。我觉得父亲他实在是一个懂得幽默的人。

在爷爷留下的那栋干打垒小院外面,父亲被一个小石子绊了一下,差一点跌倒。父亲把他的皮大衣往我怀里一塞,跌跌撞撞往里走,一边大声叫道:“嫂子!嫂子!我回来了!”我的瞎了一双老眼的大婶战战兢兢地扶着门框走出,什么也看不见说:“是三毛?是三毛吗?三毛你回来了?”父亲冲过院子,抢前一步挽住了大婶,父亲就在二月的阳光下,在老邓家遍地麦秸鸡屎的老宅的屋檐下,扑通一声给大婶跪下了。大婶说:“三毛快起来,三毛你快起来。”父亲说:“不!”父亲他眼眶里涌满了泪水。父亲他就这么跪着,说什么也不肯起来。

我被那个场面给镇住了。热血一股股地往我脸上涌。我的父亲一生硬骨,他打了数百仗,负过多次伤,至今他的颅顶还残留着一粒黄豆大的弹片,腿肚里还有一粒子弹。一九三四年万源保卫战中,父亲中了三发子弹,三次被打倒在地,三次都爬了起来,血人似的在火海中跌撞冲杀,成为红四军美谈。我的父亲他从来没对人说过软话,他直到八十岁的时候仍然大跨步地走路,腰板挺得笔直。

大婶是大伯离开家乡前娶进门的。大婶那年十七岁,是东冲村最俊气的妹子。大伯离开家乡的时候并不知道大婶已经有了身孕。在这之后的几十年里,大婶始终盼望着大伯有一天能回到家来看一眼他的骨肉。在邓氏家族三个虎背熊腰的年轻后生亡命他乡之后,一个十七岁的小媳妇就脱下红色的新嫁衣,一声不响地走出她的新房,默默地操持起一家老小的苦日子。这个十七岁的小媳妇起早贪黑,没日没夜劳作,地里的活屋里的活全得靠她一个人。她有的时候累得晕倒在地里,但她从来不对自己的公婆说。

她毫无怨言地为邓家养小送老，把大伯的父母一个个安葬了，又把大伯的儿子一口口喂大了，然后为他娶来了媳妇，再安静地守在哔剥作响的灯火前，等待儿媳妇生产下大伯的孙子。这个当年十七岁的小媳妇偶尔也在黄昏的时候悄悄独自到村头的河边去等着，用她那么美丽的眼睛默默遥望着北边的那条大道。大伯当年是从那条大道上走的，他并不知道他的十七岁的女人在许多黄昏用怎样美丽而忧伤的目光期待着他的归来。她就那么把她的眼睛一天天地盼瞎了。但是大伯始终没有回来，连他的遗骨也葬在不知晓的异乡了。

父亲说，你的大婶她是咱们老邓家的功臣。

回到邓家老宅使父亲一直压抑着的情感得以释解。在许多场合，父亲都表现得像一个孩子。父亲在长久地给大婶下跪过后站起来，对站在院子里怯怯地望着他的侄儿媳妇大声说："明珍，给我杀鸡！给我杀最肥的鸡！"我的堂嫂那年五十多岁了，看起来，她比我的母亲还要显老。我的堂嫂恐慌地看着父亲的目光在搜寻着院子里那几只茫然无知的鸡婆，小声说："都是生蛋的鸡呢。"父亲说："吃就吃生蛋的鸡，不生蛋的鸡谁吃？"父亲说完顽皮地看着大婶笑，一副很得意的样子。我很同情堂嫂，在父亲去爷爷奶奶坟地的时候，我给了堂嫂五块钱，让她去别家买两只鸡来。但这种阴谋没有得逞。父亲在喝过第一勺滚烫的鸡汤之后狐疑地皱了皱眉头，抬起眼盯着堂嫂说："这味不对。这不是老邓家的鸡！"堂嫂吓得满脸惊恐，差一点打翻了汤碗。以后有好几天，堂嫂都躲着父亲，她一看见父亲就忍不住要全身发抖。

父亲回到家后一共办了三件事。头一件是给爷爷奶奶上坟。父亲去上坟，没有带我去。这是一件至今令我疑惑不解的事。无论于情于理,我从千里之外回到祖籍,我是邓家的一个子孙,说什么都该去给祖宗烧炷香,磕个头的。可是父亲却不叫我去。父亲换下了军装,带着一把长柄锄,他在走出大门的时候深深地吸了一口气。父亲在二月的阳光下给我的大婶下跪,他在他这一生中只给这么一个女人下跪,这个意义当然是非同寻常的。他是在替爷爷奶奶、替他的大哥、替他的二哥、替老邓家所有的男人下跪。父亲在邓家的老宅满是麦秸鸡屎的屋檐下倾金山倒玉柱扑通一声跪下去,无论是祖坟里还是异乡别土里的邓氏亡魂都长长地叹了一口气,从此安宁。父亲走出院子,独自一人去了祖坟,在那里整整待了一天。父亲在那里做了一些什么没人知道。我不相信父亲只做些拔草培土的事情。这不是他。我总觉得,父亲和邓家祖坟之间,一定还有一些别的什么秘密,而那些秘密,父亲是打算恪守到最后的,甚至连他曾一度信赖且寄托过重望的我,他也不打算告诉。

父亲做的第二件事是召集了邓氏家族中最亲近的人开了一个会。会是在夜里开的,这样就显得有点神秘。父亲要我来主持这个家族会议。这是父亲带我回乡阴谋中的主体部分。父亲对邓家的颓败和自甘衰败十分痛心,他处心积虑地要让邓家的威风重新得到发扬。他固执地认为,一切的不尽如人意都是由于邓家人缺乏一个有胆有识并且有文化的组织者。这是一个至关重要的人物,而这个人物的最佳人选就是他的第二个儿子我。父亲的阴谋在他强大和刚愎自负的自我中一步步得以实现。如果不是因为一个偶然场合中我得知父亲准备在家乡为我找一个身体结实的媳妇,让我在家乡死心塌地安家落户,那么他的一整套计划早就实现了。父亲差一点毁了我。他让我回家来组织和发动那些一点也不争气的邓姓农民。他斩钉截铁地说:“农民和你想象的不一样。农民什么也不是,他就是农民!”按照父亲的战略意图,我的文化知识和无牵无挂足以造成一种新的势力,它能为愚昧、自私自利并且目光短浅的邓家人提供一个新的家族核心。这很像几十年前发生在家乡的那场轰轰烈烈的大革命,它是需要有想法的人来充当火种手的。父亲肯定地认为,如果不出差错,他的二儿子将在他的有生之年夺取大队支部书记或者大队长的位置,如果这样,拿他的话来说:“邓家人就有救了。”父亲回乡怀着再度闹革命的强烈念头,他甚至为新一代造反者带去了他们的领袖。父亲正是怀着这样的复杂心情大声叱骂他的那些堂兄弟和叔伯侄儿们,挨个儿指着鼻子把他们骂得狗血淋头。父亲血压升高,心跳加剧,有一个时候他差一点倒了下去。而我的那些堂叔堂兄们则一边点头哈腰,一边唯恐落后地一支接一支吸着父亲带回去的“红牡丹”牌香烟,直到把它们全部吸光。我的直觉告诉我,他们谁也没有认真去听父亲骂了一些什么,他们也不管父亲他为什么要骂,但即使这样,因为有了“红牡丹”,他们是很喜欢听父亲训话的。

父亲干的第三件事最具有传奇色彩,它让我再度看到了父亲身上被岁月尘土掩埋了很久的光辉。我不由得肃然起敬。我吃惊地发现,父亲他作为一名军人的全部良好素质并没有消磨掉,它们只不过是在悄悄地潜伏着,等待着一切可能充分发挥的机会。

一百吨日本尿素在运往管理区的途中被一大群手执扁担打杵的东冲村人截住了。司机从驾驶台里钻出来大声喊道:“你们要干什么?你们疯啦?!”没有人听他的,东冲村男男女女老老少少举着扁担挑着箩筐没命地往前拥,从车上拖下成袋的化肥再把它们运走。在整个事件中指挥者只有一个,那就是我的父亲。

老区永远是贫困潦倒的,否则革命的火种就无法最早在老区燃烧起来。老区在老区人成为理论上的主人之后仍然顽固地保持着它的贫困潦倒,贞洁似的守护着这一份荣誉。老区对于源源不断地送到的各种救济物资采取了一种心安理得的接纳方式。整整两代人,几十万人的生命轰然倒下,把它们烧成灰,撒进土地里,土地也是可以变得肥沃起来。但这并不是父亲指挥那次抢劫化肥车的理论依据。父亲没有理论,他只有几十年屡试不爽的经验,那就是革命靠自觉。父亲从心底深处痛恨家乡人那种与前辈完全不同的逆来顺受和心平气和。打仗死掉了几十万人,难道造反的骨气也死掉了吗?既然管理区的那些土皇帝们不把化肥指标分给东冲村,那就抢嘛!

几百名脸上涂了锅底黑的农民突然之间出现在公路两旁,令司机和押送化肥的管理区技术员大惊失色,他们怎么也不会相信,打死也不会相信,在共产党领导的地方会出现这种揭竿而起拦路行覇的暴民行为。父亲完全像指挥一场战斗一样向大队干部布置了这场“化肥劫案”。一辆牛拉车歪倒在公路当中,赶牛车的小伙子躺在车上呼呼大睡,长长一溜化肥车只能停在公路上。司机目瞪口呆地看着疯了似的农民一拥而上,身手矫健地攀上汽车,踢死猪娃似的往车下踢化肥袋。车下的人则配合默契,肩扛箩挑,迅速将战利品运下公路,顺着羊肠子一般的田埂消失掉。空气中弥漫着浓烈刺鼻的尿素味,同时弥漫的还有老区久违了的同仇敌忾精神。司机如果对历史稍微有点兴趣,他就会发现,这个场面和五十年前发生在这一带的众多事件有着十分相似的共同处,他还会领悟一个道理,农民一旦被组织起来,就会发挥出最大的积极性和创造性。遗憾的是司机根本没能领悟这一点,除了节油标兵之外,他在哪一方面都表现平平。他只会一个劲地在那里喊:“你们这是干什么？你们疯啦?”没人理会他，人们全都处在一种极端的兴奋和突然产生的责任感中，唯恐做了群众运动的落后分子。司机并不知道，此刻，在远离公路几百米的一个高地上，一个指挥过数百场战斗的职业军人正披着一袭英国呢大衣冷静地注视着一切。当两辆八吨装的卡车被卸运一空之后，他在心里对自己说，这场战斗应该结束了。

父亲这一辈子杀人无数。

在具有远距离杀伤能力的火器替代了刀矛弓箭的捉对厮杀成为战争的主要形式之后，父亲说不清自己到底杀死过多少人看来是合情合理的。父亲从来不对我们提起战争的事，虽然这对我们做孩子的十分具有诱惑，但他从来不说。在重庆的那座彭姓买办留下的花园式林园里，我的一个小伙伴总是向我炫耀他的父亲。他得意扬扬地说：“我爸杀过人!”他说这话的时候脸上被阳光照耀着，灿烂夺目。从小学到中学，这份不曾拥有的荣耀一直刻骨铭心地纠缠着我，使我在许多梦中游弋在尸骨成堆血流成河的战场上，灵魂不得安宁。直到日后我长成了人，从另外的渠道知道了父亲保守那个秘密的原因，我才原谅了父亲。

父亲在成为一名职业军人的时候肯定知道自己这一生会杀人的，这毫无疑问，但是父亲绝对没有想到，他渴望要杀掉的第一个人却是他自己的同志。

父亲想要杀掉的那个人是手枪队副队长，云南人，名字叫向高。向高在朱培元手下当过连长，性格乖僻暴烈，对手下的兵轻则训骂，重则拳打脚踢，手枪队的兵几乎全被他收拾过。我的父亲在向高手下当兵实在是倒了大霉。从河南到通南巴途中，父亲至少挨过向高三次揍。有一次父亲牵的一匹骡子摔进小谷里了，向高把父亲吊在树上用擦枪条猛抽，抽得父亲皮开肉绽，好几天屁股不敢沾马鞍。父亲那天就暗下发誓，说什么也要杀掉向高。

杀掉向高最好的方式就是打黑枪。

战斗发生的时候，战场上一片混乱。在一望无际的草原地带和骑兵厮杀是最令人心怵的，那些圆臀细腿的骏马驮着它们剽悍的主人风驰电掣地朝着草地上撒豆儿似散开的步兵扑去，而那些步兵真是可怜之极，他们经过了漫长的流浪和被围剿，一个个面黄肌瘦、衣衫褴褛、步履蹒跚、提心吊胆，在没有遭受袭击的时候，他们像一条断断续续被风吹皱的线在一望无际的草原上移动，谁也不说话，从日头出来一直移动到月儿升起，除了荒凉的风吹动茅草的声音，头顶飞过的雁阵偶尔抛落的鸣叫声和千万双脚杂乱踢踏泥水的声音，这支队伍移动得毫无生气。马队一来，队伍立刻炸了，在经过短促的抵抗之后，便抛下辎重毫无目标地四下逃命，但是在一览无余毫无屏障的草原上，无论他们是勇敢地迎着马队冲上去还是撒丫子逃开都丝毫没有意义，因为凭着四条疾速的马腿，那些在草原上长大的勇猛的武装土著会轻而易举地抵近他们，用得心应手的柳叶刀从正面或者背后劈倒他们，让他们这些异乡人的鲜血来浇灌无人照料的野花野草。

父亲在最初的惊慌过去之后变得兴奋起来。父亲意识到，他杀掉向高的机会来到了。父亲下意识地逃出几步之后站住了，他紧握着他的奥地利生产的五连珠马枪，根本不管他的那些部下，而是回过头去，在四下溃散的人群中寻找他的目标，寻找向高。枪声在草原上空此起彼落，刀光剑影交织成一幅杂乱的画面，不时有人被击中或是被砍倒，发出瘆人的惨叫声，一些失去了骑手的马在人群中四下乱窜,将人撞倒在地再踏成肉泥。父亲躲避着那些马。他的运气不好,在毫无秩序的战场上,他根本无法找到他的仇人,他不知他在什么地方。要做到这一切,父亲必须花很大的工夫。战场上,尤其是短兵相接的白刃之地,敏捷的反应是保全自己消灭敌人的最好武器,要做到敏捷,你的思维中只能保留两个概念,敌人或友人。而父亲在这点上恰恰不是这样,他的思维十分混乱——自己人——仇人——向高,这种含混不清自相矛盾的意识妨碍了他,使他在一片混乱之中跌跌撞撞,完全弄不清方向。实际上,直到他被一柄染足了大草原黄昏时娇艳的晚霞的柳叶刀劈倒时,他也没能找到他的仇人向高。

那匹雪青马朝这边奔来。马背上瘦骨嶙峋的青脸汉子受到了父亲高大个子的刺激。青脸汉子根本没有想到,在这场血腥的追逐中,居然还有一位个头高高的少年敌人会迎着马队奔跑,这实在是有些与众不同。青脸汉子受不了这个,他放弃了原先追杀的目标,一提马嚼口,转身朝父亲扑去。那匹英俊的雪青马久经沙场,训练有素,它在迅速追上父亲之后并没有用四只有力的铁蹄踏倒他,而是灵巧地往斜里一晃,把杀戮的快乐留给了它的主人。杀伐的整个过程应该说是相当成功的,但是事情不知在哪个节骨眼上出了点差错,总之,事件的结果并不像推理那么令人满意。按照草原骑手的追杀方式,杀手本应该在超越猎物的那一瞬间回手一刀,从猎物的前颈割掉猎物的头颅,这有如下两个好处,第一是能够在结果对手性命的同时看清对手的相貌,做一个明白的胜利者,第二是证明这是一次面对面正大光明的厮杀,以保持追杀者的节气。可是这位青脸汉子在最后的时刻突然有点惊慌失措了,他被父亲的那种不顾一切的自我弄得有些慌了神,他的长长的柳叶刀提前地举了起来，劈了出去，锋如纸薄的刀刃不是劈在对手的脖颈上，而是砍在了对手的后背上。

父亲跌倒下去，跌得很重，身上的干粮袋和一块臭烘烘的羊毛毡子被刀砍成两截，散落到地上。血从父亲背上直迸而出，因为有羊毛背心的阻止，血在极大的冲力下被粉碎成无数的血雾，肮脏的卷曲的羊毛立刻被血水染成了粉红色，显出一种惊心动魄的温暖。那一刀造成的伤口至少有两尺长，从父亲的肩头一直延伸到臀部。父亲倒下去的时候，被刀砍开的军装在他身后像两面壮烈的旗帜飘扬开来。

青脸汉子在冲出几丈远之后勒住了缰口，他回过头来看着倒下去的那个无畏的少年。青脸汉子迟疑一下，同时略显惭愧地咧了咧厚厚的嘴唇。青脸汉子知道自己这次干得并不光明，甚至有些丢脸了。但是仍在草地上挣扎着爬动的父亲使他保持住了最初的热情。青脸汉子回过头来看了看，四下里没有人注意到他刚才不光彩的行为，大家都在忙着，各有目标。青脸汉子低声地骂了一声，策过马去，轻轻一磕马肚子，重新朝父亲冲来。青脸汉子根本不知道，一个名叫向高的敌人此刻正在朝着这边奔来，并且在奔跑之中举起了他的手枪。青脸汉子在重新接近父亲的时候感到自己的坐骑出了什么问题。云南人向高的枪法极准，头一枪就射中了雪青马的头，将马的头颅击得粉碎。雪青马在继续跑出几步后猝然倒下，将主人重重地摔在草地上，没等他爬起来，向高的第二枪就射进了他的胸膛。

父亲背上的伤口好得很快，从马唐到康克喇嘛寺的第五站，父亲已经强撑着从马背上爬下来，硬着一双腿跟着部队走了。十几岁的父亲生命力十分旺盛，轻易是不会死去的。但是父亲心里肯定还是有了一道别人无从知道的伤口,它在那里很长时间都无法愈合。向高是从哪里钻出来的?他怎么会那么巧地在最后一刻救了想杀死他的父亲?向高在枪声稀落的草原上把父亲从尸首堆中背了下来,父亲那时一直处在迷迷糊糊的状态中,当他稍微清醒一点之后,他甚至企图去夺向高手中的枪,被向高一巴掌打倒在地。向高救了父亲,也救了他自己,这事过后,父亲心里一定为着再不能杀死向高而终身遗憾了。

父亲被解除军职之后,开始大量地开荒种地。

我们住的那座彭家花园很大,但地都不曾荒芜,全都种满了花草果木。父亲走向花园,他把那些美丽的花草都挖掉了,将泥土深深地翻过来,改种成粮食,还有白菜萝卜。父亲整天都在地里忙碌着,固执地把花园改变成农庄的样子。他并不关心那些粮食和蔬菜生长出来干什么,生长和成熟对他来说似乎只是一个过程,他要的只是自己不终结的行动。有时候我觉得父亲不可思议,他是个行为的强者,却从来不善于思维。

那些粮食和蔬菜生长出来的时候,如果下过一场透雨,样子是非常好看的,在大城市里,居然生长着这么大一片绿色和黄色的庄稼,这本身就是一个奇迹。少年的我和弟弟在放学回家之后,便在这片奇迹的天地里跑来跑去追逐蝴蝶或者蜻蜓,追得满头大汗脸蛋通红,父亲远远地挑着一担肥料过来,父亲放下担子,站在那里一动不动地看着我和弟弟在奇迹里奔跑,他的目光里,常常有一种我们无法读懂的内容。

除了种地,父亲还喂鸭子。彭家花园有两个大池塘,池塘里有鱼,还有荷花。鸭子们成群结队地在荷花中游来游去,那真是一幅动人的田园风光图。父亲喂鸭子同样不考虑目的。他只是喂，只是要在风景美妙的花园里寻找一些事情来做。如果有可能，他甚至可以喂牛或者是羊，把自己变成牛倌或者是羊倌。

当然父亲并不是从来不考虑目的的。我的一个叔伯侄儿，我父亲的一个侄孙有一年进城来向父亲讨救济，父亲就有目的地建议过他喂鸭子。老区过去很穷，因为穷，人们才无所顾忌地起来闹红，闹得天翻地覆乾坤颠倒，但是老区在换了一个朝代之后仍然很穷，老区人当然不会再起来闹红了，因为在这个朝廷里，上上下下有不少老区的子弟在做着官，他们不能造自己子弟的反。但是他们有别的办法。最常用的，就是进城（省城或者京城）找自己的子弟讨救济。老区在相当长的时间里心安理得地成为国家的五保户，吃着国家粮库调拨的粮食，穿着国家军队支援的衣服，花着国家银行提供的钞票，老区应该算做“共产主义”的试验之地。一九七七年我的家乡大旱，连续一百多天没下过一场透雨，地里的庄稼全被日头烤成了赤色。县里的父母官对省里拨下的救灾款数目不满意，便直接去京城找一位在军队掌握实权的将军。将军在他宽大的会客厅里请县里的父母官吃水蜜桃。将军关心地了解家乡的民情。将军听完县里父母官的汇报，难过地流下了眼泪。将军说，政府管不了军队管。将军当下就拨电话。将军哽噎着喉咙对着话筒说:老百姓活成这个样子，那是我们的罪过！不管付出多大代价，必须保住老区土地上的庄稼！县里的父母官听着这话，扑通一声就给将军跪下了，将军见状，丢下电话扑通一声也跪下了，将军热泪纵横地说，你们快起来，要跪该我跪，我给家乡父老跪下！那年旱季，大量的军队设备源源不断运到老区，军队从百里之外挖通长江引来水源，几千台大功率抽水机日夜不停地工作。那年，老区的庄稼终于获得了大丰收。后来县里的一位宣传干部背地里对我说,抗灾用去的款项,是收获的几十倍,我为他不懂得怎样去算老区这笔账而遗憾。我只是委婉地对他说,老区已经学会了怎样对付他们的困境,他们甚至在省城和京城建起了相当气派的办事处来应付这一切,这难道不能算是一种进步?

父亲给了他的侄孙一笔钱,让他回家去喂鸭子。父亲详细地算了一笔账。按照父亲的算法,这笔钱加上侄孙两年的汗水,足可以使侄孙一家过上宽裕的日子。但是侄孙没过多久又写信来讨救济。信上说鸭子倒是喂了,也长得很活泼,特别是它们戏水的时候那个样子真是可爱极了,但是鸭子全被人药死了。侄孙说他打算喂种猪,他不会被灾难所吓倒。侄孙解释说种猪是圈着喂的,不会被药死。父亲觉得这个想法是正确的,父亲特别感动的是侄孙不被灾难吓倒的决心,于是父亲又寄去一笔钱。父亲在信中叮嘱侄孙多去管理区向技术员讨教,学习科学养猪的方法。父亲守着晨露把那封厚厚实实的信交给了邮递员。实际上这不是父亲写给他侄孙的最后一封信,在那以后他还写过好几封信,信的内容都有所变化。他的那个不成气候的侄孙不断地写信来,诉苦说种猪得了瘟疫,打算盘豆腐房,又写信说豆腐卖不出去,准备改办榨房,接下去是榨房收了一大批霉料,全亏进去了,想想还是不如开小卖店稳妥,就算小卖店一样东西也卖不出去,东西还是自己的,吃用不到别人头上去。

父亲长期以来一直热衷于遥控他的侄孙或别的有求于他的亲戚摆脱贫困。父亲在这方面有着百折不挠的精神,不管怎样的困难都无法动摇他。我十分佩服我的那些亲戚们,他们一个个都非常善于写信,他们在信上写一些人和事的名字,问父亲还记不记得这些人和事？他们在信上潦草而又言简意赅地写道：“三爹（或三爷），此信无他，只是家中困难。”然后他们就“敬祝三爹（或者三爷）身体健康，长命百岁！”他们源源不断地写来那些贴着八分钱脏兮兮邮花的信，用它们来瞄准我的父亲，老实说，它们的成功率通常都比较高。我的母亲在父亲赋闲之后企图慢慢控制他的经济支出，她对那些“此信无他”的乡下来信充满了厌倦，但是母亲无论怎样做，都不能使父亲屈服。父亲对母亲说：“别的钱你可以拿走，但是我的残废金你得给我留下。”在长达几十年的时间里，父亲的残废金都月月不断地汇往了家乡，变成了被药死的鸭子瘟死的猪卖不出去的豆腐或别的什么。

父亲当然并不仅仅满足于遥控，他有的时候还会亲自出马，去为家乡弄些电线柴油之类的东西。父亲在这种时候通常总能表现出他的果断和机智，他想向人们证明，作为一名军人，他并不曾衰老，他仍然具有所向披靡的战斗力。

有一次，父亲带我回家乡，一进县城，父亲就让车子驶进农机厂。父亲和一脸麻子的厂长很熟稔。父亲一下车就说，麻子，你又偷懒了吧，怎么最近在报纸电台上见不到你的消息了？麻厂长委屈地说，我怎么会偷懒，我都累得十盆血吐掉了七盆，我恨不得累死。父亲漫不经心说，你没偷懒，你就拿成绩给我看。麻厂长急得一脸通红，说，我当然有成绩。我当然拿给你看。你以为我拿不出来？麻厂长说着就带我们走进大门落锁的仓库，领我们看一辆辆崭新的手扶拖拉机。麻厂长得意地说，怎么样，这算不算成绩？省报都发了文章表扬我，满世界都知道了，怎么就你不知道？父亲点点头，慢吞吞说，谁说我不知道？我当然知道。正因为我知道，我才来找你麻子。麻厂长明白上当了，说，三爹你饶我。父亲说，我是想饶你，可我们村不饶你。我只要三台，多一台我不要。麻厂长说，三爹我都是有计划的，我要完不成计划，县里要罢我的官。父亲硬心肠说，我不管你的计划，我不管你罢不罢官，我只认你这个财主。你是财主，我就打你的土豪分你的田地，不打你打谁去？麻厂长哈哈笑道，三爹真有你的，三爹我就答应了，就给你三台，不过得等一段时间。父亲也哈哈笑，说，行，等多久都行，我就在你家住下了，什么时候给我拖拉机，我什么时候走人，我也好伺候，每顿四凉盘四热菜，外加半斤五粮液，麻子这不难为你吧？

我们并没有住在麻厂长家，我们当天就拿到了三台拖拉机。

父亲在赋闲之后自己喂鸭子当然不是出于摆脱贫困的考虑。父亲种地也好，喂鸭子也好，所收所获很少进入我们家的菜盘子。父亲总是把蔬菜和鸭蛋一担担地送到邻近的幼儿园。有时候，有素不相识的人从菜地边路过，父亲也会拉住人家，热情地不由分说地将人家的篮子或衣兜装满，他这样做，像个得了便宜的孩子似的。我后来一直认为，父亲把花园变成农庄，是一种新的生存表现。父亲他不愿意受冷落，不愿意人们忘记他。他一直生活在一种被抛弃的痛苦的恐怖之中。

鸭子在那一年突然受到了瘟疫的威胁。瘟疫是一只有着麻色斑点的漂亮母鸭最先兆示出来的。它先是老打瞌睡，然后在每天清晨独自躲在鸭圈中拒不外出。所有的鸭子一改往日快乐的嬉戏和闲游，全都待在圈里，守着它们的美人儿，它们窝在一处闷闷不乐，眼眶里充满泪水。母亲说这是鸭瘟。母亲说得赶快把鸭子们全都杀了。父亲便开始磨刀。

在院子里的水磨石阶梯下，父亲将磨得锋快的菜刀往地上一丢，便吩咐我和弟弟捉鸭子。父亲杀鸭子的方式是我从不曾见过的。父亲杀鸭子的方法极其简单,每只鸭子,他只用一刀。我和弟弟满圈扑腾去捉鸭子,然后交给父亲。父亲接过鸭子,用力掼在水磨石地上,一脚踏住鸭头,手起刀落,将鸭头剁下。鸭子惨遭不虞,美丽的鸭头被踢到一边,水汪汪的眼睛说什么也不肯闭上,无头的丰腴的身子却艰难地撑起,摇摇晃晃茫无目标地向花草丛中扑去。那真是一个令人震慑的场面,几十只生机盎然的鸭子在几分钟之内全部身首异处,鸭头像一枚枚奇怪的果实滚了一地,全都睁着眼睛,没有了头颅的鸭子一只只醉汉似的在盛开着百合花和满天星的花草中走动,似乎在寻觅着什么。空气中弥漫着浓烈的腥甜味,水磨石地上,落英缤纷似的洒满了桃红色的鸭血,只是风吹来时它们一动不动。父亲杀掉最后一只鸭子,立起高大魁梧的身子,手里提着滴着鸭血的菜刀,刀刃如锯齿。父亲站在那里,刚毅的脸膛直泛着冷冷的红铜色,清瑟如水的秋风从花园深处吹来,在父亲的脸上击打出一阵阵的金属撞击声。我和弟弟站在一旁,被那种肃杀的气氛惊慑得一句话也说不出来。

父亲一生杀过多少人,这显然是个秘密,父亲从来不提起。在我们这些后辈人面前,他绝少提及他的戎马岁月。我们喜欢看的战争影片、战争图书,喜欢玩且收藏的根据战争演绎出来的玩具武器,他都视而不见,似乎他对战争,对搏击厮杀性命予夺十分地茫然和淡泊。只有一次,父亲提到过杀人这个话题,那是为我小姑姑的儿子。我的这位表弟非常聪明,高中毕业之后到管理处当了一名文书,以后又做了乡里的办公室主任,如果不是因为受贿罪锒铛入狱的话,他也许还能往上升。父亲极喜欢我的这位表弟,当他知道表弟被判了三年徒刑之后痛苦得彻夜难眠。父亲那一次有些显得失态地说:我们邓家杀人太多,这是报应!

父亲肯定在他的后半生中长久地困惑于年轻时的杀伐经历,他闭口不提那些由飞溅的鲜血和被剥夺了生命权利的尸体组成的往事,一定有着更为深刻的原因。战争直到今天为止仍然没有摆脱以有效的杀伤生命为手段的初级阶段,但是早已从战场上退役下来的父亲,却在极力回避杀人这个战争无法回避的话题,这令我百思不得其解。

我的困惑,直到很多年以后,从我大舅的一篇回忆录里找到答案。大舅的那篇回忆录收在黑龙江省党史办编辑的一套丛书中。大舅回忆了他从苏联回国后参加的一场战斗。大舅在他的那篇回忆录中这样写道:

> 一九四五年六月,我随苏联红军远东方面军马利诺夫斯基元帅的坦克部队从蒙古进入东北,我当时担任一支骑兵部队的上尉联络官。东北解放后,我即转入东北抗日联军合江军区,任骑兵大队大队长,首次战役,就是围剿土匪李西江。李西江是谢文冬、李华堂、张黑子、孙荣久四大匪首剿灭后残存在东北的最大一股土匪,有一千四百多人,这股土匪在合江省嚣狂了两年多,虽经多次围剿,成效均不大,特别在谢文冬、李华堂、张黑子、孙荣久四大匪首被剿灭之后,剩余的骨干都归顺了李西江,使这股土匪的实力得到了加强。土匪们熟悉地形和民情,每人备有两匹马,当我们的骑兵眼看要追上他们时,他们就跳上另外一匹精力饱满的备马,眨眼将追兵丢得老远。如果用大兵团进剿,他们就钻进深山老林,在老林子里他们就像在自家炕头上一样自在,和围剿的部队捉迷藏,在大部队的身后打冷枪。这些土匪都是一些枪法极狠的家伙,个个

身怀百步穿杨的本事。他们开枪，并不把人打死，而是打腿，伤一个战士得用四个战士去抬，另外还得有两个战士，负责掩护，这种消耗的杀伤战十分有效，能使大部队很快陷入自顾不暇捉襟见肘的尴尬境地。军区首长对此十分恼火，下令不惜一切代价消灭这股土匪。这个任务交给了军区警卫团和三五九旅的两个连来完成，我们骑兵大队则负责配合完成这次剿匪任务。

我的父亲是这次剿匪战役的指挥官。

贺晋年司令员在部队出发前把父亲叫了去，两人围着火盆烤火。火盆很旺，父亲烤了一会儿就脱去了皮大衣。贺晋年司令员说："老虎(这是一九四六年之后父亲的绰号)，你别脱大衣。你脱大衣干什么？你得穿着。你得给我把李西江捉来。不是他一个人，是十六个。十六个惯匪炮头，你把他们的头都给我提来。"贺司令说着就掏出笔记本，要父亲一一记下十六个人名。贺司令一边说那些名字一边吹着热气吃烤山药。贺司令拍了拍山药上的木炭焦说："第一不准打跑了，第二不准打散了，老虎你记着。"他啃了一口山药，烫得嘴直咧咧，又笑眯眯地俯过身子来小声对父亲说："另外，别忘了给带点猴头回来。"

追踪李西江的行动连续进行了十天。有好几次，部队都咬住了绺子们的屁股，狡猾的绺子却不恋战，枪一响，这些血气方刚的汉子们就跳上另一匹马溜之乎也。有一次，部队已经将绺子的马队拦住了，可部队刚刚爬上两个对峙的小山包，架好机枪，绺子的快马就从山包之间的开阔地奔过，扬长而去，留下一片马蹄踏起的雪雾，气得战士们直骂娘。关外的冬天一片雪白，大雪给猎物和狩猎者造成了同样的困难。父亲在那个冬天实在算得上一个优秀的猎手,他的冷静像冻土一样,黑得沉稳和坚实。父亲知道弹药和粮草都不允许他和棋逢对手的绺子们长时间地耗下去,更为重要的是,如果一直观赏绺子们浑圆的马屁股,那么首先被拖垮的不是绺子们一万条马腿,而是无所建树的猎手。空手而归对所有的猎手都是极大的耻辱。父亲决定要玩一回逮黑瞎子的游戏。黑瞎子在整个白天都处于亢奋的状态,它力大无穷,独游的野猪也怕它。要捉住黑瞎子,必须守在它的窝里,黑瞎子一进了窝就充分显示出它痴拙的弱点。战争的生死哲学使出生于南方的父亲不学自会了北方的狩猎经验。父亲将战士四个人一组组成了侦察小分队,父亲派出了十几支这样的小分队。这些小分队不久之后就带回了情报,根据情报,李西江将在集贤徐家屯子夜宿,他们在徐家屯子预先号派了一千四百人和两千八百匹马的粮草。部队在当天下午进入徐家屯子,将屯子包围得水泄不通,屯子里的人只许进,不许出。屯子里有一个大围子,是伪满时警察署的驯马场,足有几亩地大。部队在围子当中埋好了几十堆炸药和手榴弹,再在上面架好篝火。部队全部左臂缠上白毛巾,两个连的人匿身于四下的马厩和厢房里,更多的部队则守在屯子四周的要道口。部队守株待兔。

天黑时分,绺子们人喊马嘶地进屯了。绺子们兴高采烈,在马背上哓哓叫唤着。烈性酒和猪肉炖粉条的憧憬使他们一个个热血沸腾,他们就像回家的孩子或者丈夫一样高兴。徐家屯子的维持会长和装扮成村民的侦察员殷勤地把绺子们引进围子里,并且立刻点上了篝火。熊熊的篝火迅速驱走了亡命者的寒意和劳顿,绺子们抵挡不住干牛粪烤热后散发出的芬芳,拴上马匹,像见了女人似的奔向火堆。马匹大声地打着喷嚏,吐出一股股热气,晶亮的汗珠子随着它们不停踢踏的马蹄滴落到雪地里,砸出一个个灰白色的小坑。冬天傍晚，焰火能制造一切奇迹，有不少绺子已经被篝火征服，开始敞开他们的熊皮袄子，让火焰直接烤烫他们年轻结实的胸膛。除了少数游动哨之外，一千四百名绺子全都进了围子。趴在马厩下的父亲看得真切，他像一头嗜血的老虎似的喘着粗气，他跳了起来，兴奋地咆哮了一声：打！身边的参谋长应声打出了三发信号弹。

关外冬天的寒夜是一个奇怪的景象。天上没有星月，地上白茫茫一片，白山黑水上下，天比地更显得深沉。世间万物，仿佛全被零下四十摄氏度气温冻结得失去了生命。突然之间，几十团巨大的火柱在黑沉沉的大地上升腾而起，震耳的爆炸声将几里外农舍房檐下的冰柱都齐齐震断了。炸药巨大的威力将整个土围子抬了起来，使一个好端端的冬夜完全变了形。越升越高的火焰之中，手榴弹像烤煳的苞米棒似的在空中翻飞起舞，不断地爆炸，人的身体的局部，裂成数片的马鞍子，断裂的枪支和点着了的皮大衣像一些奇怪的符号在火光中不断地升腾降落。篝火下事先埋着的炸药和手榴弹释放出大量死亡能量，这些能量在追逐着毫无防范的猎物的同时又引爆了他们身上的弹药，将已被炸死的人进一步炸得粉碎。一个英俊的壮实的机枪射手被第一声轰鸣抬上了半空，他的敞开怀的胸膛上所有的软组织都被炸光了，只剩下一副干干净净的腹腔，紧接着，火焰又燎着了他身上缠着的机枪子弹，那些本来预备给他敌人的子弹此刻却转过头来向他复仇，接二连三的爆炸将他切割成了至少上百块残缺不齐的碎肉，当他全部落到地上来的时候，他已面目全非。爆炸无疑是死亡形式中最为壮观的一种，火药和人的身体在顷刻之间便完全融为一体了，任何方式也无法将它们再度分别开来。爆炸持续了足足有五分钟，几十堆篝火在这五分钟里有足够的时间分解成更多的火堆,因为有那么多人的脂肪和马油,这些火堆完全不会担心在短时间内熄灭掉。接下来的密集扫射较之爆炸冷静得多。四下的马厩和厢房里,二十几挺日式歪把子机枪和苏式转盘机枪一齐吐出死亡的火舌,它们构成了一张密不透风的网,将围子当中四下奔命的绺子严严实实地罩住。子弹在空中毫不费劲地追逐着人的身体和马匹,把他们撂粮食包似的撂倒,不少子弹在半空中互相撞击后,发出刺耳的尖啸声。父亲差不多是第一个冲出马厩,他的手中紧紧握着一杆上了刺刀的三八式步枪。父亲在一冲出马厩时就被什么东西绊倒了,三八式步枪的刺刀划破了他自己的下颏。绊倒他的是一个被齐颈炸断的马头,马还睁着眼睛,嘴里吐着白色的泡沫。警卫员和马夫抢上来扶父亲,父亲咒骂着一把将他们推开,大步杀入混战之中。三八式刺刀的制造者对钢火和工艺的挑剔是举世闻名的,但这也不能阻止它的弯曲和变形。父亲在结果了第四个绺子之后气喘吁吁,他的刺刀被血烫弯了,再也无法使用,他左臂上的白毛巾也在肉搏之中掉到了地上,这就使他踩住了死亡的门槛。三五九旅的一位连长酷爱肉搏,在整个肉搏战中,他至少结果了八条绺子的性命,自己也伤痕累累。在混战之中,连长看见一个左臂上没有白毛巾的大个子,便一句话不说,挺枪朝那个大个子刺去,而那个大个子正是我的父亲。马夫眼明手快,一把推开我的父亲,冲连长吼道:“我日你姥姥!这是首长!”连长也不答话,回转身挺着枪又朝人堆里扑去。父亲在这个时候看见了十几个绺子正在朝土围子的一处断裂口爬去,他们打算从那里逃出去。父亲两个耳孔和鼻孔不断地流淌着鲜血,那是被剧烈的爆炸震出来的。父亲吼道:“拦住他们!别让他们跑掉了!”可是没人理会父亲,所有人都在忘我地厮杀。父亲扑进火堆中,捡起一挺被主人遗落了的机枪,踉跄着朝土围子断茬处奔去。父亲死死地扣动枪机,子弹将那十几个绺子打得在雪地里跳舞,一个个东倒西歪地躺下再也爬不起来,剩余的子弹则将深雪撒白面似的扬起,深雪下的冻土立刻呈现出不规则的蜂窝状。父亲直到打光弹匣里的所有子弹才住手,他回过头来,抹了一把脸上的血,朝土围子里看去。土围子里,火焰和鲜血四下里飞窜,雪水被烤化了,成了一洼又一洼五花八门的泥浆子,泥泞之中,到处都是人和马匹的肢体和五脏六腑。人们在泥泞中追爬滚打,杀人的人和被杀的人全都紧闭着嘴一声不吭,他们是连叫都不会了。

战斗持续了半个时辰,枪声在一刹那间戛然而止。一千四百具绺子的尸首和两千八百匹马的尸首堆满了整个土围子,血腥味直冲斗牛。血水在围子里四处流淌,火焰渐渐熄灭之后,血水结成了半尺厚的黑色冰层,人走在上面不断地打滑。胜利者毫不顾忌地坐在尸首堆中喘着粗气,他们累坏了,他们连包扎自己伤口的力气也没有了。然后他们慢吞吞地站起来,开始打扫战场。直到第二天凌晨,尸首堆成的小山还在轻微地蠕动,不时发出冰层脆裂的声音。战士们在尸首堆中逐一辨认,一共割下了三十个头颅,经过再次辨认,有十四个头颅属于名单上的,它们很快被分别包进几床被单中,驮上了马背。掩埋尸首的工作很繁重,它们被交给应召而来的保安团。部队在凄厉的军号声响过之后离开了徐家屯子,有一些老人和孩子站在远处看着部队撤离,他们把手袖在怀里,目光呆滞,菜色的脸上挂着不经意流淌出的清涕。无论是老百姓还是部队全都一言不发。

三十三年之后,我们家住的那个大院里有五个子弟作为新一代军人参加了南方的另一场战争。这是一场民族与民族之间的战争,中国年轻一代军人在这场战争中以自己的鲜血和生命捍卫了自己民族的尊严。战争时间之短促出乎所有人意料,但不管怎么说,战争的结束总是让人高兴的事。我们院子里参战的五个子弟回来了三个,其中一个被炮弹片切断了脊梁,成为终身瘫痪,另一个被步兵地雷炸飞了一条腿,坐在轮椅之中。他们和我是昔日的伙伴,我们经常在扫得干干净净的篮球场上打球,我们曾经把司令部球队赢得半个月没脸和我们打照面。可是现在,他们中间的四个人永远与球场无缘了,这使我很难受,有好长一段时间,我都因为我们不复存在的球队而闷闷不乐。

当院子里三位光荣的子弟在鲜花和掌声中被人抬着推着回到院子时,我发现父亲的情绪突然变坏了。父亲提前离开了英雄事迹汇报会,在那一天闭门不出。父亲的脸色阴沉得可怕,而且总是找着碴儿和我的母亲吵架。父亲把母亲刚种下的月季花连根拔掉,说月季开花时会有满院子残血似的花瓣,让人看着心烦。父亲这个样子,十足像一个坏脾气的孩子。父亲在晚饭的时候把自己关在房间里,拒绝出来吃饭。我们轮流去叫过他,他就是不开门。父亲在房间里高声说:“我不吃!我说了不吃!我说了不吃就是不吃!你们为什么非要我吃?你们究竟要干什么?!”父亲在房间里摔打着东西说:“我就不信,我看你们要把我怎么样!”我们心平气和地坐在饭厅里吃饭,我们几个孩子和母亲,谁也没有搭理父亲,我们都把父亲当作一个正发着脾气的坏孩子。我们吃蹄冻和东坡肘子,这是两道父亲平时喜欢吃的菜。我们还喝啤酒,让胃在冻冰的泡沫中痛快地淹没。我们谁也没有想过要把父亲怎么样。按照我的想法，想把父亲怎么样的人当然有，但那不是别的什么人，而是父亲自己。

那天吃过晚饭后我在厨房里帮着母亲收拾碗筷。我干得很利索，我干活的样子很像一个训练有素的家庭妇女。母亲夸奖我说："你比你爸强百倍，你会洗碗，你爸连筷子也不会捡。"但是过了一会儿母亲又补充了一句："你爸会打仗，还会骑马，这方面，你爸比你强一千倍。"我说："爸爸他怎么啦？"母亲说："你说什么？什么怎么啦？"我说："他怎么不出来吃饭？他应该出来和我们一起吃饭。难道是我们做错了什么？或者是妈妈你做错了什么？"母亲用力涮着锅。母亲说："我做错了什么？我什么也没有做错。我能做错什么呢？"母亲说："要怪只能怪他自己。他就是这样。他就是这个脾气。他犟。你们的父亲，他就是这样。"

一九四五年东北的战争态势呈现捉摸不定的变化，不可一世的关东军在是年夏秋季节遇到了他们的克星，苏军马利诺夫斯基元帅率领着他的贝加尔方面军在坦克军团的引导下冲入关东军的永久性工事，将大和民族的骄子碾成肉酱，曾经骄横一时的太阳旗颓然坠落。数日之内，东北绝大部分大中城市落入苏军之手，少部分为抗日联军占领，但这并不是最后的终局，楚汉两界开始频繁易动主帅，新的军事势力开始迅速果断地渗透东北。东北是什么？东北是中国最大的重工基地，钢铁产量占全国百分之九十，煤炭产量占百分之六十，发电量占百分之四十，同时还拥有全国最大的产粮区和军事工业。如此肥沃的黑土地，势必成为国共两党两军全力争夺的肥肉。一九四五年秋天，状似鸡头的东北便因为一时的权力真空变得热闹非凡起来。

一九四五年十一月，冀东八路军七师十九旅和国民党第十三军火力接触，国共双方终于为争夺东北拉开了战争的帷幕。

十一月七日，我的父亲怀里揣着十九旅代旅长兼山海关卫戍司令的委任状，带着几名参谋警卫星夜赶往山海关。在他们身后，相隔一天时间，父亲的老四十八团也以急行军的速度赶往山海关。与此同时，国民党十三军石觉的部队在美式道奇十轮卡车的运载下，已抵近山海关。石觉坐在黑色吉姆车上，用马鞭轻轻敲着锃亮的马靴，他若有所思地偏过头来问自己的参谋长："听说山海关有一座寺庙，里面的签灵得很，有这事吗？"参谋长说："慧觉和尚的签解得倒是特别灵，只是连年战乱，不知和尚今安在？"石觉听罢点点头，说："命令部队加快速度，十二日必须抵达山海关。"

父亲他们在秦榆公路上遇到了梁兴初进占东北的一支部队，征派了一辆日式吉普车，这就使父亲他们的进度加快了一步。正是这一步，使父亲在不知不觉中接近了他命运链条中最为关键的一环。父亲并不知道，他心急火燎地坐在吉普车上，不断地摊开一百五十分之一的军用地图来看，吉普车不停地颠簸使他眉头紧锁，老是忍不住要骂娘。那辆吉普车开出半天后就熄了火，父亲和他的部下不得不弃车再度爬上马背，这使父亲很是恼火。因为长期骑马，马鞍已将裆里磨得皮开肉绽，疼痛难当，父亲在更多的时间里只好半伏在马背上。接着，父亲他们又在沙河西岸的一个村庄附近与国民党八十九师的尖兵相遇，双方在仓促中胡乱开火，各有伤亡。父亲仗着马快，带着手下的人突出对方的包围落荒而走。那一场小小的遭遇战，父亲丢掉了他的通信参谋和一个警卫员，自己的左腿也被一发子弹击中。好在是贯通伤，子弹没有伤着骨头，仅仅是用止血带包扎了一下，父亲重新骑上马背，带着他剩余的轻便指挥部马不停蹄朝山海关奔去。

如果仅仅是上述这些小麻烦,父亲无论如何不会犯下他此生最大的一次错误。马鞍磨破了屌也好,丢掉了几个部下也好,在战争时期,这都是极正常的事,没有一个职业军人会为这一类小事皱一下眉头。问题的关键并不出在这里。问题的关键是,就在父亲星夜赶往山海关接受他的最高军事指挥权力的时候,山海关的军事局势已发生了根本的变化,国民党东北保安司令杜聿明亲自指挥石觉的十三军,意欲拿下这个进入东北的门户,继而攻克绥中、兴城、锦西,然后占领锦州这个东北的咽喉重镇。我方山海关守军仅八千,面对全副美式装备的三万国军优势兵力,无异于以卵击石。守军请求避免正面作战,东北人民自治军总部同意放弃山海关,部队在十一月十四日开始实施撤退。

所有这一切父亲都不知道。他只是心急火燎快马加鞭地往山海关赶。对整个战争局势的发展,他完全摸不着头脑,他根本就没想到,在他赶往山海关的同时,他奉命要去指挥的那支部队正在不顾一切地往下撤。

父亲碰到第一支大逃亡的部队时简直惊呆了。父亲让参谋拦住一位骑马的营长。父亲问:你们是哪支部队?营长喘着气抹一把汗说:十九旅四十六团×营的。父亲说:谁让你们撤下来的?营长说:还能是谁,当官的呗。父亲说:现在我命令你停止撤退,原地待命!营长说:你是谁?你凭什么命令我?父亲说:我是十九旅代旅长。营长不在乎地看了父亲一眼,说:代旅长怎么啦,代旅长也管不了我,我只听我们团长的。营长说完,跳上马背,朝马屁股上猛抽一鞭,快步去追自己的队伍。父亲怒气冲天,钢发奓立,一把拽出警卫员胯下的盒子枪,对准营长的坐骑就是一枪。马应声倒下，把马背上的营长摔了个老王抢瓜，营长从地上爬起来，糊里糊涂地看着父亲和他手中冒着青烟的盒子枪。父亲吼道：让你的人立刻停下来！再走一步，我打烂你的头！

父亲就这样在他的人生历程中走出了他最致命的一步。如果不是这样，如果父亲在这个时候根本不去做他自己的判断和决定，而是像任何一个听话的军人那样以服从命令为天职，那么他就不会在山海关战役后被指认为建制独立思想，受到行政撤职的处理，从此一蹶不振。实际上，父亲在命令部队停止撤退后不久就知道了摆在他面前的严酷局势，并且拿到了总部同意放弃山海关的电报，他完全可以要参谋长通知部队按原撤退方案进行，然后调转马头，轻轻磕一下马肚子，轻松地离开那个造成他人生误区的是非之地。这样做没有人会指责他。究竟是什么动机使父亲放弃了这个机会，反而做出了坚守山海关的决定？这是一个无人知晓的谜。若干年后，我曾苦苦寻找过这个答案，但我一无所获。父亲肯定不是因为水肿糜烂的阴部的疼痛或者是在前往山海关的途中丢掉了两名部下的耻辱而做出这个决定的，父亲一定不会这么肤浅。企图以八千之卒抗击三万大军的进攻（实际上，此后仅相隔两天，国民党五十二军的另三万主力也随后赶到），这也不该是已经拥有无数次成功或者失败了的指挥经历的父亲所为。从我日后收集到的所有资料来看，父亲就他个人的军人生涯而言，他所指挥的战斗胜多败少，他属于那种素质和运气都不差的军人。那么，究竟是什么驱使父亲做出了那个以卵击石的决定呢？在万般寻觅而又不得其解的情况下，我只能把它归结于男人的英雄主义和军人的荣誉感，除此最为简单的解释，我无法明白父亲的那种近似于自杀的行为。

十一月十五日上午，十三军在飞机大炮的掩护下进攻山海关，总指挥是名将杜聿明。

战斗进行得极其残酷。在飞机大炮的狂轰滥炸之后，十三军以整团的兵力实施强攻，潮起潮落，云卷云舒。十三军二十四团团长胡非成在两次进攻被打退后亲自上阵，率领一批青年军官抱着机枪冲在最前面。胡非成是东北人，他一面拼命扫射一面扯着喉咙高声喊道："弟兄们！拿下山海关，打回老家去！"二十四团的士兵潮水般地跟着他们的团长没命地往山头冲，那架势，极似一群去赴宴的饿鬼。

守军则苦多了。十九旅没有太多的重武器，这支部队一出关便奉命坚守山海关，大捞日军洋捞的好处半分也没得到，部队使用的基本上仍是抗战八年使用的装备。旅里的山炮营只有四门日式大炮，全部炮弹两辆驴车就能拉走。各团有几门八十二毫米迫击炮，炮弹少得可怜。连里才有重机枪，因为制式不一样，子弹无法通用。战斗一开始十九旅就用上了全部兵力，八千男儿，各据一隅，顽强抵抗。在十三军潮水般连续不断的进攻下，父亲根本没有可能留下一兵一卒的后备队。从上午一直到夜里，十三军一共发动了八次大规模的进攻，美丽宁静的山海关被飞机炸弹，一二〇毫米榴弹炮和八十二毫米坦克炮弹整整翻了一个个。

入夜时，进攻停止了。父亲命令部队抓紧时间清点伤亡人数、清理弹药和抢修工事。父亲也许在这个时候还抱有一线幻想，他派出一个连的兵力下山去袭击十三军的一个野炮阵地，企图扰乱敌方的阵脚。这个连一下山就撞上了敌方的戒严线，慌乱之中又钻进了敌方一个主力团营地，双方拼死搏杀，到半夜时分，这个连全军覆没。父亲没有等回那个派出去的连队，山脚下密集的枪声疏落之后，父亲知道，再不会有什么奇迹出现了。

十六日凌晨,父亲离开了他的指挥所,上了阵地。父亲提着一支卡宾枪,跛着一条伤腿从这条战壕跳到那条战壕。旅指挥所所有的人包括机要员警卫员全都充实到阵地上去了,父亲只要了一个俱乐部的宣传员跟着他。进攻比前一天更为猛烈,好几次阵地都被撕开了几条口子,靠着拼死反击才将失去的阵地夺了回来,伤亡由此而不断剧增。据守前沿几个高地的部队整排整连地被打光了,部队原有的建制已经失去,完全靠着前线指挥员临时协调才勉强拼凑出兵力,非常时期,中下级指挥员总是战斗在最前沿,伤亡也最大,这个时候,有谁站出来振臂高呼一声:“我是共产党员!现在听我的指挥!”那他就成为那个被烈火吞没的阵地的实际指挥官。旅指挥所几乎失去了存在的意义,父亲带着那个脸无血色的宣传员来往奔跑于各个阵地,父亲能够说的只有一句话:“不惜一切代价死守阵地!”父亲实际上已经成为一名战斗员。

我不知道父亲在一九四五年十一月十六日那天有着怎样的想法。事过半个世纪后,我已经知道了,就在父亲和他的八千兄弟顽强坚守山海关时,在他们身后不远的绥中守军已经开始撤退,绥中实际上已经变成一座空城。不仅如此,兴城、锦西、葫芦岛乃至锦州的守军也都放弃了抵抗至最后关头的信念。而延安此刻也在考虑“让开大路,占领两厢”的战略方针。这一切,父亲并不知道,他唯一知道的只是死死守住他自己的阵地,用他军人的荣誉、信念和十九旅八千兄弟的血肉之躯。父亲在马夫的搀扶下,拖着他那条肿亮的伤腿在战壕里移动。父亲在每一个战死或战伤的战士面前停下来,目光深沉地看着他们。父亲在一位十几岁的小战士身边停了下来,他蹲下身子,默默地为小战士缠紧被机枪子弹打断了的双腿,然后拾起被火焰燎煳了的军帽,弹了弹泥土,为小战士端端正正戴上。父亲浑身浸透了鲜血,每走一步,血水就顺着脚踝流淌进鞋子里。他想过什么我不得而知,实际上,守军在整整两天的拼死抵抗中已经把自己和阵地融为一体了,任何思想在那个时候都变得十分地虚弱。父亲在红得像血的夕阳之中缓慢地穿过整个阵地。阵地上,到处都是十九旅士兵安静的尸体。

撤退的命令在太阳落山的时候送到父亲手中。四边的枪声此刻已稀落了,远处的山头用力支撑着一大片令人心怵的铁青色积雨云,天空是那种摇摇欲坠的样子,部队这个时候正在抓紧空隙补充弹药、掩埋尸体。父亲从电文纸上抬起目光,看了看面前被打废了的山海关,良久,才沙哑着喉咙对身后的参谋长吐出两个字:“执行!”

十七日凌晨一时,山海关守军留下两千余具遗体,在夜幕的掩护下悄然撤离阵地。

十个小时后,十三军军长石觉在一大群参谋人员和马弁的簇拥下登上了山海关主阵地。石觉站在主阵地上,回过头来朝来时的路上望去,他看见的是遍地躺着的十三军士兵的尸体。石觉不知意味着什么地皱了皱眉头。他的参谋长站在他旁边,心里想,这个时候,也许没必要提醒军座关于慧觉和尚的事了。

随着父亲的日益老去,父亲的性格变得越发使人无法理喻。父亲是矛盾的。作为一名职业军人,一方面,他对军队有着痴迷的信赖和依存,他以自己的戎马生涯而自豪。父亲不止一次对我们说过,他当了几十年兵,打了几十年仗,从没投过敌,从没被俘过,从没掉过队,一句话,没有一天离开过军队,无论是组织上还是思想上,都是地地道道的忠诚者。他说这话时,脸上充满了骄傲的神色。父亲十分迷恋供给制的那些日子,那种吃穿用住行一切部队提供的日子使他每时每刻都能找到自己的感觉。父亲宁肯将自己的薪水寄去老家,或者资助亲戚和战友的孩子念书就业,也不愿用来添置一件不属于部队的家当。一九七四年我的母亲托人买了一部黑白电视,这件事让父亲十分不满,在很长一段时间里他拒绝看电视,宁肯守着组织发的那部老式红灯牌收音机度过一个又一个漫长的黄昏。可另一方面,父亲又时常表现出对军队和军队历史的不屑。他时常用一些十分粗鲁的语言来评价有关军队的事情。在我小的时候,有一次大院组织观看一部著名的大型历史歌舞片,父亲看了一半就甩手而去。父亲离去时说了一声"扯鸡巴淡"!父亲在他的如此评价中甚至没有丝毫顾忌。父亲对历史演绎出来的所有形式的文化都不感兴趣,不看电影和戏剧,不读小说和回忆文章,也不参加座谈会报告会一类的活动。"文革"期间,从我们家抄走的东西全是父亲的,其中有不少证章、信件,还有一支王树声大将送给我父亲的二号加拿大橹子。"文革"之后,母亲多次催父亲去要回那些私人纪念品,父亲却毫无兴趣。父亲说:"要那些破东西有什么用?有用吗?真是扯淡!"父亲明显对那些属于历史的纪念物无牵无挂。等我参加工作之后,父亲便交给我一项任务,要我为他收集各类战史。父亲整天整天地读那些由集体创作组整理出的书籍和图例,读得非常起劲。父亲因此而荒芜了他的菜地。读战史的父亲几乎没有什么表情,既不张狂欣喜,也不感慨叹气,到吃饭的时候,他就出来吃饭,坐到饭桌前二话不说操起筷子大口嚼红烧肘子。父亲一辈子没忌过嘴,他喜欢吃肥肉,喜欢吃动物下水,在肉食凭票供应的年代他享受部队提供的每月二十斤猪肉或牛羊肉,此外他还有办法从偷偷摸摸的小贩手中弄来蹄髈和猪耳朵,他丝毫不顾忌地把它们全部吃掉,对此十分地满意。父亲读完那些战史之后便把它们统统交给小阿姨去生火。有一次我从炉子旁边捡起一本由军事学院写作组编写的《红四方面军战史简编》，我看见书上全是父亲用红蓝铅笔粗粗画出的钩钩和叉叉，笔画恣肆汪洋，淋漓尽致。我尴尬地站在那里，不知道是该把手中的书丢回炉子边还是怎么办，心里充满了为那些浸透编写者心血和思想的著作被如此不恭地毁掉而产生的遗憾。

父亲自己这样，还影响他的子女们。他坚决反对他的孩子们当兵，在这方面，他丝毫没有子承父业的传统观念。在父亲失去了他的军职之后，他在家庭中的统治地位渐渐瓦解，我的哥哥、姐姐和弟弟们都在顽强突破父亲的铁幕统治后穿上了军装，远走高飞，这一度让父亲心神烦乱。父亲在那之后改变了自己的策略，他开始关心他当兵的孩子，比如入党、提干，在部队的各种表现，但真正关心的实质是最后一项——他们的转业。父亲采取了各种手段来达到他的目的，先是以身边无人照顾为由将在成都当兵的姐姐弄回了家，很快让姐姐转业到了地方，接着“绑架”了两岁的大孙子，再以此要挟逼迫我的大哥在天津脱去了军装，回家来当了一名技术员，最后一个是我在新疆当兵的弟弟，父亲干脆地说，弟弟根本就不是一块当兵的料，如果他只知道一个劲地写信回家里诉苦的话，他还不如干脆回家来做他的老小。父亲就是这样完成了他的整个计划，他使他的子女们在满腔热情地穿上军装之后并没有成为无所牵挂的军人，他用他自己强大的思维制约着他们，他设计了一个个圈套，然后从容不迫地引诱他们一步一步地钻进了他的圈套，他向他们证明了，无论他们怎样的聪明和有文化，在他面前，他们永远都是嫩得能掐出水的新兵蛋子，他坐在他那间全部由部队营具布置出的房间里，深邃的目光坚定地穿透砖墙投向看不见的遥远之处，显得沉着而冷静，直到他最后一个孩子穿着摘掉了领章帽徽的军装背着行李推门而入时，他便告诉自己，这个战役结束了。

对于父亲如此作为，我的母亲非常有意见。母亲是蒙古族，大漠草原的骁勇血统使我的母亲一直认定好男儿应该志在四方，只有挽弓挽缰、驰骋疆场的汉子才算得上真汉子。母亲当然是组织上的决定才嫁给了父亲，成为我的母亲的，但这并不能说明一开始她没有被伟岸的父亲骑在高头骏马上的威风所诱惑得怦然心动，花烛之夜父亲噔噔而至的脚步声肯定使母亲满面红霞，激动得喘不过气来。母亲嫁给了一个职业军人，她的大哥是军人，小弟是军人，她自己也曾经是一名军人，她把军队看得无上崇高便是十分合理的事情了。母亲希望她的孩子中能成长出几个好军人来，母亲坚信龙生龙凤生凤的理论，母亲关于好军人的概念十分简单，那就是当大干部指挥大队伍的军人，可是母亲的美好愿望没有能够实现，这不能不让她伤心难过。母亲也曾竭力反对过父亲对子弟兵的策反，但成吉思汗后裔的母亲却最终没能战胜由农民而军人的父亲。母亲在希望彻底破灭之后大声地对父亲说："你要怎么样呢？你自己已经这个样子了，你不求进步，难道还不让孩子们求进步吗?!"

我知道，母亲的这句话肯定是重重地刺伤了我的父亲，它像一柄钝而沉的矛，直接刺中了父亲伤痕累累的心创中最不该被触动的那一部分，我的父亲在那一刻肯定是在流淌着鲜血，并且疼痛得止不住地痉挛。但是父亲却什么也没有说，他转身回到他自己的房间里，关上了门。

父亲在接到休息命令后不久就和我的母亲分室而居了。

山海关战役之后父亲被行政撤职，调去合江省和土匪们打交道，这也许是最有讽刺意味的事。父亲继续被作为强有力的杀手，带领一个加强团在冰天雪地中到处游荡。从虎林的阿察河到西克林的库尔滨河，所有派系的土匪一听到我父亲的名字就闻风丧胆，不寒而栗。他们对父亲和他的剿匪部队咬牙切齿，视为眼中刺。他们之中不乏绿林高手，在东北长达数十年的战乱中，无论是老毛子、张府二帅、关东军还是朝鲜族敢死队都不曾把他们怎么样，管你天上飘着什么颜色的旗，他们腰里插着一水新的喷子，胯下骑的膘肥体壮的压脚子，身上穿着暖乎乎的山神爷毛叶子，进屯就嚷嚷着搬姜子、飘洋子，酒醉饭饱后还要去玩上一个俊俏的海台子，要多乐有多乐，可他们最终还是栽在了父亲残酷无情的剿杀之中。

父亲率领着他的剿匪队伍在北满的深山老林里长途跋涉着，所有的马匹都大汗淋漓，大口大口地吐着白色的热气，时刻不安地撩动着挂满冰凌的四蹄。父亲的胡子奓立如矛，目光凶狠，脸色铁青，身上长满了虱子。父亲大口啃着冻得嘎巴脆的猴头菇和肥腴的大马哈鱼，将带血的狍子肉整块整块地填进他的胃里。父亲灌凉白开水似的大口灌着劣性老白干，然后摘下熊皮帽子，硕大的头颅上开锅似的冒起大片热气。两只装满弹匣的大镜面匣枪挂在马鞍两旁，父亲就那么晃荡着双枪策马疾奔。大雪纷纷扬扬，部队在雪原中就像一捧滚动着的雪粒子，除了马匹偶尔发出的响嚏和脚步踩出的嘎嗞嘎嗞的雪响，没有人说一句话。父亲带着他的剿匪部队就这么没日没夜地走，固执地追逐着每一股土匪，恶狠狠地咬住他们，然后眼不眨心不跳地把他们变成冰冷的尸首。

熊熊的篝火在日本军用帐篷外面哔剥地燃烧着，松脂能使篝火彻夜不熄，父亲在帐篷里紧裹着虎皮酣然大睡，身下冰雪悄然无息。一头丢失了崽子的黑瞎子气鼓鼓地从林子里走来，与一群觅食的野猪擦肩而过,黑瞎子茫然无措地看了看篝火,摇摇头,笨拙地离去,它不知道,亮如白昼的黑夜之中,至少有两个暗哨都曾将顶上了火的枪口瞄准过它毛茸茸的心口。黑瞎子离去之后大雪仍然纷纷扬扬,在接近篝火之前便化成了水珠,给火焰带来了一些快乐和兴奋。高大的塔松支撑不住,轰然坍塌下一堆积雪,将帐篷砸得一晃悠。

父亲鼾声依旧。

浓睡中的父亲从来就不做噩梦。

赋闲之后的父亲为自己谋得的最后一个领地是一间唯独属于他自己的房间。

光阴荏苒,母亲早已习惯了随军飘移和颠沛,自从一九四八年母亲在东北嫁给了父亲之后,她就开始不断重复搬家这类事情。早些时候没有什么家当,父亲将调令往兜里一揣,叫警卫员拎上唯一的皮箱,带上母亲就出发了。慢慢就有了些负担。从东北入关的时候母亲怀里抱着我吃奶的大哥。调离南京的时候母亲怀里换成了大姐,大哥则由秘书牵着。进入湖南后我的二姐降生了,这就使调动的队伍变得臃肿起来。一九五六年,父亲调往四川时,我母亲怀我已足月,调动却并不因此而受阻。在长沙站,列车长知道母亲将要临产时说什么也不允许母亲挺着大肚子上车,他当然有足够的理由阻止我的母亲把婴儿生在隆隆开动的火车上。父亲在火车启动时开始大动肝火,他指挥警卫员把我的母亲硬从车窗口塞了进去,在列车员打算再一次把母亲抬下车时警卫员拔出了手枪,警卫员怒不可遏地用瓦蓝的枪口指住列车员的鼻子说:“你想活不想活?!”这样,我母亲和我才一路无虞地被“运”到了四川。母亲像大部分随军家属一样很快学会了搬家,她甚至能奇迹般地将十几口巨大的泡菜坛子无一损坏地托运到千里之外的新家。搬家使母亲从父亲的家属一跃而成为行动的总指挥,怎样将父亲几十套各个年代发配的军装打包,怎样将一家人的棉絮装进八二迫击炮弹箱里,带上什么丢掉什么,这都是母亲的事,父亲从来不管。父亲关心的只是每到一个新的宿营地,便自己挑选一间单独的卧室。父亲长久地坐在他那间紧闭房门的屋里,默不作声,有时候家里没有别的人,有外人在院子里叫门,他也一声不应。他的目光中再也没有了昔日的骁悍,花白的鬓角和松弛的两颊使他显出莫名其妙的慈祥,一双被火药燎灼得面目全非的大手安静地搁在老式藤椅的扶手上,只有他的腰,不管在任何场合任何时候都挺得笔直,即使他坐在那里,也从不塌陷下去。父亲守着他的房间,不允许任何人随意进入,有时候连小阿姨进去叠被子拖地板他也要大发脾气。母亲对我们说:"你们的父亲简直太不像话了。他自己不求上进,他还要怎样呢?"母亲这么说,但母亲仅仅是说说而已,她并不是要我们真的附庸她。如果我们不懂事,把母亲的意思弄拧了,表现出对父亲怪异性格的不满,那我们可就是自讨没趣。母亲会瞪着惊诧的眼睛盯着我们,仿佛她弄不明白她和我们的父亲怎么会生下我们这一群不肖的犊子。母亲斥责我们的口气比她说父亲的更激烈。母亲大声说:"你们有什么资格批评你们的父亲?你们难道有吗?嘿,别看你们一个个长得骠高马大的,也只有这点你们才多少有点像你们的父亲,别的任何地方,你们半点不如!你们配吗?还自以为什么似的,你们,连他的一个小拇指也够不上!"母亲这样说。母亲双手叉腰,高高地扬着下颏。母亲在这种时候绝对像极了一头护卫自己伴侣的骄傲的母豹,她的瞳仁闪闪发光,她站在那里训斥我们的样子美丽动人。

一九六七年秋天的时候，记不清是哪一天了，那天父亲匆匆地从外面回来，回来之后便去翻衣柜。父亲把十几套充满樟脑味的军装扔得满床都是，黄色和绿色的军装立刻就使父亲呆板的房间充满了生气。父亲在那一大堆压了多年箱底的军装中翻找着，像个小学生一样拿不定主意，他的举动使母亲感到蹊跷。母亲弄不清父亲在干什么，有很长一段时间，父亲都是早出晚归，整天待在由花园开垦出的菜地里，种白菜或者萝卜，父亲挑着晃晃荡荡的粪桶在菜畦里穿过，往手心里吐唾沫，然后捏紧锄柄用力锄地，他仍然穿着军装，那是用结实的卡其布做成的，上面满是黄泥、汗渍和粪水。锁在衣柜里的军装他原本是用不上的。母亲不明白，母亲便问。父亲抓着一件军装怔怔地盯着母亲，仿佛没明白母亲问的是什么。好半天父亲才哈哈大笑起来，把军装往母亲怀里一塞，洪亮着嗓门说："什么事？还能有什么事？大喜事！告诉你老婆子，我要进北京见毛主席了！"

一九六七年秋天真是一个美好的季节，毛主席突然想着要接见中国人民解放军全体军以上干部，这对休息了多年的父亲无疑是一件突如其来的喜事。毛主席是军队的统帅，统帅要接见他的兵了，父亲在如此巨大的喜讯面前无法抑制住他内心的喜悦。父亲也许还下意识地揣测过这次接见的重大意义，是毛主席要重新整顿军队了？是什么地方又要打仗了？是和苏联印度干还是要收复台湾？不管怎么样，不管和谁打，新兵蛋子总没有老兵好使唤。父亲激动得要命，他拿不定主意穿什么样的军装去朝见最高统帅，他吩咐母亲为他找出一副崭新的领章帽徽，他对母亲的针线活不满意得近乎挑剔，直到母亲用尺子量好位置憋住呼吸缝好领章帽徽，他又满脸严肃地认真检查了三四遍方才过关。

从此以后有了很长一段时间的不眠之夜，让父亲食不安睡不宁，他连一天也不愿等待，恨不得拔腿就去北京。好在晋京之前还有许多的事要做。有关部门组织老干部学习各种文件，大家畅谈对统帅的崇敬之情和幸福感受，回忆当年在统帅亲自指挥下不断打胜仗的革命历程；被服厂的老师傅来为每位晋京的人量尺寸统一制装，军医带着脸蛋红扑扑的小护士来为首长们检查身体，热情而又严格地写下诊断书，宣传队的男女文艺兵们送来一台台文艺节目，让首长们大饱眼福。院子里那些日子就像过年一般充满了喜庆的欢乐。

父亲在那段日子里变化极大。他开始荒芜菜地，在更多的时间里待在家中。他开始关心报纸上的事情，报纸一送来，他就抢在手中，从一版一个字不落地看到四版，然后锁紧眉头自言自语道："台湾风平浪静哪？一个字也没提，会不会是计？要不真是和老毛子干？"他变得爱说话了，大声地像个饶舌的孩子，即便在饭桌上也喋喋不休，和送报纸的小干事也聊个没完没了。阳光在那个秋天出奇地温暖和漫长，蛋黄色的太阳在整个下午都耐心地悬在空中，风从安谧的院子通过，抚动开始泛黄的葡萄叶，婆娑作响的声音让人联想起密集的红高粱和挺拔的白桦林前呼后拥的情景。父亲送走了送报纸的小干事回到他自己房里，不一会儿，房里便传出父亲响亮的歌声：

走上前去，
曙光在前途。
同志们奋斗！

用我们的刀和枪开自己的路，

勇敢向前冲！

……

同志们赶快起来，

赶快起来同我们一起建立劳动共和国！

战斗的工人农友,少年先锋队，

是世界上的主人翁，

人类才能大同。

……

母亲坐在院子里。母亲为父亲缝着衬衣上的扣子。母亲偷偷地抿着嘴笑。父亲在窗户里看见了。父亲越发大声地唱起一支小调：

青年你想去，

妇女来拥护。

参加红军要吃苦，

后方享幸福，

青年你走了，

吃苦又耐劳。

行起军来日夜跑，

红军士气高。

红军莫想家，

马上到黄麻。

占领地盘再请假，

请假看爹妈。

群众应关心，

要代家属耕。

他在前方把命拼，

为的是穷人。

父亲大声地唱着，他的嗓门直直的，丝毫未加修饰，但这并不妨碍他唱下去。父亲的心境就像没有一丝云彩的蔚蓝色的天空，他像孩子一样只有纯净的盼望和期待，在那片蔚蓝色的期待下，父亲似乎又有了一次生命的注入。

晋京的那一天终于来到了。老干部们一个个容光焕发，身穿崭新军装，脚蹬锃亮皮鞋，手拎一式黑色皮箱，依次登上披红挂彩的军用交通车。他们全都像新兵入伍一样地兴奋，已经不再年轻的脸上带着一丝羞赧。人们在他们每个人胸前都戴上了一朵大红花，就像当年他们打了胜仗参加庆功会一样，红花映红了他们的脸膛，使他们显得格外地英姿勃发。年轻的士兵们在车下拼命地擂动锣鼓，锣鼓声振聋发聩。

也许还有另外一个疑问，这个疑问就是，如果父亲真的去了北京，如果父亲参加了那次统帅对军队干部的接见，如果统帅和蔼可亲地告诉他的兵，天下大治，形势大好，没有什么仗需要你们打的，你们的任务就是好好休息。如果这样，父亲会怎么样？父亲会感到强烈的失望吗？我之所以这样设想，纯属是一种好奇，因为最高统帅根本就没有对他的老兵们说这些话，实际上，父亲他没有去成北京。事情在最后关头发生了意想不到的变化。

事件的肇事者是休息干部老王。

老王是一九三二年参加革命的，有过爬雪山过草地的经历。延安时期，老王在中央警卫团干过三年，在站岗放哨的时候经常能看见繁忙工作之余出来遛腿的中央首长，据老王说，毛主席当年还和他拉过家常。老王在解放以后戍守祖国的西大门,中印反击战的时候,老王上前线指挥战斗,被印军的一发炮弹从吉普车里炸了出来,丢了一只胳膊,从那以后他就离职养伤了。老王休息后并没有歇着,仍然时不常地被机关工矿学校请去作报告,报告的题目是他自己起的,叫做《我为伟大领袖站岗放哨》,说的是他在延安当兵的那三年经历,为此他被好几所学校聘为校外辅导。毛主席要接见军队干部的消息传出后,老王激动万分,逢人就说:"毛主席还记得我呢!毛主席要接见我了!"如有人要说,中国革命任重道远,世界革命方兴未艾,毛主席那么忙,怎么会记得你?他就急,一本正经说:"你以为毛主席是什么?他老人家心中装着全世界,怎么会不记得我!"院里的领导看老王那份喜悦的样子,不忍心告诉他,毛主席这回要见的是军以上干部,做为师职休息的老王不在圈圈里。老王被蒙在鼓里,一点不知道,整天喜气洋洋的,巴心巴肝地盼着去北京见毛主席的那一天。直到出发上京的前一天晚上,院里的领导才去老王家里通知了他。院里的领导懂得委婉,说主席很忙,那么多人一下子见不过来,这拨见了还有下拨,首长你就耐心一点,等。老王立时就蒙了,话都说不出来,等到能说话了,反反复复只有一句:我要去见毛主席。我要去见毛主席。院里的领导怎么解释也没用,后来急了,说,你这同志怎么这样?我又不是毛主席,我就答应你又管什么用?管用吗?老王听了这话,明白是绝望了,以后再不说什么。等院里领导离去,老王就站到客厅的主席绣像前,六十岁的人,竟呜呜地哭出声来。

载着晋京人们的军用大交通驶过院里的大白楼,交通车在人们一声惊呼中猛地刹住,车上的人都探出头去看,十几层高的白楼顶上,摇摇晃晃地站着一个人,那人是老王。

人们猛抽一口冷气,都憋住了呼吸。

老王迎风站在顶楼平台边上,他穿着五十年代部队发的蓝色军礼服,戴着大檐帽,胸前佩满了大大小小的战功章。强劲的风将他的礼服下摆掀起来,胸前的战功章不停地发出悦耳的撞击声。老王像一个梦游者,目光望着遥远的北方,凄楚的呼喊声随风而至:

"毛主席呀毛主席,你的老兵想见你……"

父亲原来是坐在座位上的,崭新的皮鞋和皮衣箱都发出悦目的光泽。父亲脸上的红晕突然消失了,他转过头来冲送行的院领导喊:"快去把老王弄下来!没看出他要干什么吗?让他和我们一起进京!"院领导脸都白了,但是脸都白了的院领导仍然知道什么是原则。院领导说:"这是不可能的。老王他没有资格进京。这是规定,我说也不管用!"父亲的声音都变了形。父亲喊道:"什么他妈的不可能!打仗的时候也没订这么多破杠杠!"院领导说:"老邓,你的心情我理解,可是这没有用!"父亲像一头狮子似的从座位上扑出去,一把揪住院领导,声嘶力竭地喊道:"你眼瞎了?!他说跳就跳了!"话音刚落,站在十几层楼高处的老王双臂大张开,像是要扑进谁的怀抱里似的扑向空中,在人们的一声惊呼里,老王如一片枯尽了的叶子晃晃悠悠地飘落下来,片刻之后水泥地上传来一记浊闷的响声。

车上的人全都惊呆了。在他们即将进京去朝见他们崇敬的统帅的时候,他们当中的一个人却死了,是自杀而死的,因为他没有资格见他想见的统帅,这似乎是一场白日梦。这些经历过太多死亡的老兵,此刻都默不作声。

父亲在那个时候是怎么想的?不远处变成肉泥静静躺在那里的老王让他感受到了什么?在长久的寂静之后他推开院领导,像喝醉了酒似的摇摇晃晃走到车门边，一脚踹开车门，跳下了车。父亲他一把拽下胸前的红花，仰头朝天吼道："我见谁？我他妈谁也不见了！"

父亲回到了他一度荒芜了的菜地里。父亲换掉了新军装，依然穿上旧军装，即便如此，风纪扣仍然扣得严严密密。他挑着满当当的粪水穿过菜畦，放下粪桶，操起粪勺，将粪水泼出一片片均匀的水扇。菜地好些日子无人料理，已经生长出一些杂草了。父亲冲手心里吐一口唾沫，然后捏紧锄柄用力地锄地。秋天最后的时刻，大自然总是消瘦得厉害，青天红地，给人一种被大肆掠夺过的感觉。父亲在秋天最后的阳光里一声不响地埋头劳作，旧军装很快被汗水浸透了。

父亲把他的菜地收拾得十分出色。有路过的人看了，会不由自主地停下脚步来，和那个种菜的老兵闲呱几句，说上一些夸奖的话。父亲的菜地确实经营得不错。

但是父亲的脸上就是没有笑容。

父亲十六岁时个头就长得很高了，而且父亲的胆子也大，富有冒险精神。很多人都愿意在农忙的季节雇他去做短工。村里人有时候和我爷爷闲聊，就说，这娃要是不当兵，那就亏了。我的爷爷不喜欢听这种话，他很反感。我的爷爷已经有两个儿子在红军了，他才不情愿再多一个儿子舞枪弄棒呢。但是父亲并没有听爷爷的，他还是当了兵。我的爷爷为此一定伤透了心，所以他决定不等到父亲这个逆子衣锦还乡就先奔黄泉路而去了。很多年之后，父亲休息了，他带着一身的伤痕住进了干休所，做了一名穿军装的寓公。又过了很多年，父亲和干休所的所有老兵们一起脱掉了军装，成为地地道道的老百姓。父亲整日在菜地里劳作,他从农民来,又还原成农民,事情就这么简单。还剩下一些什么让父亲固守着呢?父亲在那片菜地里究竟能种出些什么来呢?据我所知,在父亲那口从不开启的老式樟木箱里,还整整齐齐地叠放着一套领章帽徽俱齐的新军装,军装是加大号的,不曾下过水,散发出染剂和樟脑的芬芳。

父亲已经不是一个兵了,对我们家来说,这并没有什么,他仍然是丈夫、父亲、爷爷和姥爷,任何时候都没人取消他的这个资格。父亲有一次对家人说:我要死在家乡。我哪里也不死,要死就死在家乡。父亲说了这话后就带着我们全家搬回了湖北。搬家那天,院子里有很多人来送行,大多是像父亲一样的休息老头,还有父亲的亲家以及吃过父亲菜的人们,他们都和母亲握手,说:"恭喜乔迁。"有的粗鲁老头还说:"妈的,你们倒是回去了。回去等死呀?"父亲没有加入那个依依难舍的告别。我私下里想,这大概是我们在父亲意志下最后的一次搬迁。

父亲习惯性地走出新居,到四周荒野去寻找和开垦他的菜地。在阳光明媚的日子里,父亲把地里的石头瓦片捡出来,把茂盛的野花野草深深地埋入地下,然后种上白菜萝卜。新鲜的泥土气息弥漫在空气里,蚯蚓细致的鳞片在阳光的反射下闪着银光,这一切都使父亲有一种归来的真实感。只是父亲再也挑不动粪桶了,骨头老化和静脉曲张使他再不能健步如飞地从菜畦中穿过,更多的时候,父亲只能拄着长锄,站在菜地旁,忧心忡忡地看着菜叶渐渐黄去,心里充满了悲怆。有时候有几只黄嘴麻雀从远方飞来,它们在泛黄的菜叶旁边休息、吵嘴或者奇怪地打量一番身旁那个呆呆站立的老人,当它们发现这块地里并没有什么值得它们留恋之处时,它们便一起飞走了。总之它们一点也用不着害怕那个像稻草人一样的老人。

不管父亲过去曾经怎样过,他如今已经无法阻止地衰老了。

今年夏天的时候,我带着儿子过江南去父亲家度周末。黄昏时分,我和大哥陪母亲在院子里的葡萄架下乘凉,一边说一些关于工资物价方面的事。我的四岁的儿子先是爬在一丛蕙兰边津津有味地观看一队红蚂蚁搬家,另一队黄蚂蚁列队从旁边走过的时候,他就试图挑动两队蚂蚁打仗。蚂蚁被他用小竹棍拨赶到一起,互相用触须嗅了嗅,又迅速分开,各行其道。儿子对两队蚂蚁的怯懦大为不满,跑进屋里取出他的电动冲锋枪对着阵脚大乱的蚂蚁群猛烈扫射,其状英勇无比。母亲对我儿子的行为十分欣赏。母亲抛开我们去问儿子。母亲说:“笑笑长大以后干什么?”儿子收了枪,毫不犹豫地说:“当兵呗!”我们都笑了。我们都觉得这个回答很妙。我们都觉得老邓家下一代再出一个当兵的也不是什么坏事。这个时候,我们突然都停止了笑声。我们突然都停止了说话。母亲、大哥、我、我的儿子,我们听到屋里传来父亲苍老但情有独钟的歌声:

走上前去,
曙光在前途。
同志们奋斗!
用我们的刀和枪开自己的路,
勇敢向前冲!
……
同志们赶快起来,
赶快起来同我们一起建立劳动共和国!

战斗的工人农友,少年先锋队,

是世界上的主人翁,

人类才能大同。

……

父亲在唱,他的嗓子直直的,丝毫没有装饰。父亲真的在唱,他唱的是那支六十年前许多人都在唱的歌。在炎烈夏季的黄昏,父亲的歌声一直持续着传出很远。

我们愣在那里。我们就愣在那里。过了很久很久,当过兵的大哥才轻轻地说:"今天是八一建军节。"

我没有转过头去。是什么东西使我无法转过头去。但是我知道,那个兵就站在他的卧室里。他是站在那里,挺着胸,风纪扣扣得严严实实。他就那么情有独钟地唱着那支歌。

父亲原名邓声连,一九一二年农历五月廿七日出生于湖北省黄麻县东冲村。十六岁那年他在河南省光山县参加工农红军,入伍后作战多次,负伤数次,二等甲级残废。曾受红军随营学校、抗日军政大学、党校整风等训练。一九四五年十二月因反抗上级闹独立性,受行政撤职处分一次。一九九二年在湖北脱去军装,时年八十岁。

(原载《上海文学》1995 年第 8 期)

作者简介:邓一光(1956—),蒙古族,湖北麻城人。著有长篇小说《我是太阳》《我是我的神》《人,或所有的士兵》,中篇小说《父亲是个兵》等。

潜　伏

龙　一

余则成是个老实的知识青年。

因为老实，年轻，而且有知识，上司便喜欢他，将许多机密的公事和机密的私事都交给他办，他也确实能够办得妥妥当当，于是上司越发地喜欢他，便把一些更机密的公事和私事也交给了他，他还是能够办得妥妥当当。一来二去，上司便将他当作子侄一般看待，命令他回乡把太太接过来团圆，并命令庶务科替他准备了新房和一切应用物品。

然而，余则成在家乡并没有太太，甚至连个恋人也没有。不过，在他的档案里，他却是个有太太的男人。六年前他在重庆投考国民政府军事委员会调查统计局干部训练班的时候，中共党组织曾为他准备了一份详细的自传材料，其中特别提到了他的太太还留在华北沦陷区，这是因为，只有这种有家室的男人才容易赢得国民党人的信任，特别是年轻的知识分子。

如今，日本人被打败了，他跟随上司来到天津建立军统局天津站，上司任少将站长，他是少校副官兼机要室主任。光复之后的财源广进和对美好生活的憧憬，让站长一连娶了三个女人，建了三处外宅，并且联想到他的心腹余则成已经离家六年，便动了恻隐之心，这才有了这次接家眷的事。

因为余则成近几年的身份、职位过于重要，组织上考虑到他的安全，甚至连与他的单线联系也掐断了，现在他只能通过秘密联络点把这个新情况向党组织汇报。他与组织上的同志们已经一年多没见过面，虽然心中时时思念，但他知道必须得抑制住这份感情，革命毕竟是一项有纪律的事业。很快，组织上回信说需要他的一张旧照片和五天的准备时间。到了第六天，他在联络点拿到了一个大信封，里边有一张已略显破旧的大红婚帖，另外一张是印着“百年好合”金字的结婚证，角上贴着“贰元陆角”的印花税，下边盖着当年日伪县政府的大印和县长的私章。结婚证中间贴着照片，男的是他的那张旧照片翻印的，女的粗眉大眼的不难看。一番检查过后，他发现这个证件制作得极其精致，联银券的印花税票是真品，县政府公章的雕工无可挑剔，照片的翻印和修版也做得非常地道，不会被任何人看出破绽。他很感激组织上为他的安全费尽心力，军统局的那班技术人员相当厉害，如果留下一丝破绽，他连逃跑的机会也没有。

到了第七天，站长说要给余则成派个司机，让他见面后踏踏实实地与太太说说话，边开车边说话毕竟危险。不想，特勤队的队长老马听见了，立刻自告奋勇，说是往日没机会巴结小余，今日总算逮着个茬口，不可放过。然而，余则成平日里防范最严密的就是这个老马，他是出了名的鹰犬，站里跟踪、搜查、抓捕、刑讯、暗杀等所有可怕的工作都归他负责，而且他是中校军衔，没有替余则成当司机的道理。站长却挺高兴，说你们俩都是我的心腹，正应该多亲近亲近。

于是，特务头子和中共地下党员便一同上路了，去接那个原本并不存在的女人。

车到宝坻县临亭口，路边停着辆马车。车夫抱着鞭子蹲在车后打盹儿，车上坐着一老一少两个女人，年轻女人怀里抱着包袱，粗眉大眼，比照片上要难看一些。余则成下车冲着老太太叫了声妈，这才给老马介绍说这是我的岳母这是我的同事。老太太攥着烟袋向老马拱了拱手，老马中规中矩地鞠躬，说您老人家可好，又从车里提出两匣子点心四瓶酒放到马车上，说这是小辈孝敬您的。

车夫从后边转过来，卸下行李往吉普车上装。余则成伸手拉住车夫的后襟，说你一切要当心，其实他是为了把车夫翘起的后衣角拉平。方才车夫躲在马车后边，手一定是未曾松开过插在后腰上的手枪。

回程的路上，余则成告诉老马他太太叫翠平，翠平也跟着叫了一声大哥。老马问，你婆家人怎么没来送？余则成说家中已经没有人啦。老马骂了一声日本小鬼子真他妈的不是东西，便不再开口。

在后座上，余则成伸手去握翠平的手，翠平瑟缩了一下，便任由他握着。于是，余则成在她的手掌中摸到了一大片粗硬的老茧，也发现她的头发虽然仔细洗过，而且抹了刨花水，但并不洁净；脸上的皮肤很黑，是那种被阳光反复烧灼过后的痕迹；新衣服也不合身，窝窝囊囊的不像是量体裁衣。除此之外，她身上还有一股味道，火烧火燎的焦臭，但绝不是烧柴做饭的味道。汽车开出去二十里之后，他才弄明白，这是烟袋油子的味道。于是，他便热切地盼望着这股味道仅只是他那位“岳母大人”给熏染上的而已。

余则成的嗜好只有一样，便是收藏文房四宝，而他最厌恶的也只有一样，就是吸烟的味道。他对吸烟的厌恶名声极大，即使是站长召见他也常会很体贴地把那根粗大的雪茄烟暂时放在烟灰缸里，而像老马这种出了名的老烟枪居然一路上一根香烟也没吸。但是，他与组织上分手的时间太久了，也许新接手的领导并不知道他的这个毛病。

虽说领导可能不了解他的生活习惯，但还不至于不了解他的其他情况。翠平很明显没有文化，只是一名可敬的农村劳动妇女，这样的同志应该有许多适合她的工作，而送她到大城市里给一个特务头子当太太就很不适宜了。他转过头来看翠平，发现她也在偷偷地看他，黑眼珠晶亮，但眼神却很执拗。于是他问，你饿了吗？她却立刻从包袱里摸出两只熟鸡蛋放在他的手中，显然她很紧张。这时老马在前边打趣道，我这抬轿子的可还没吃东西啊！老马从后视镜中可以看到他们的一切，这也是余则成不得不做戏的原因。

当天晚上，站长亲自给翠平接风，在贵得吓人的利顺德大饭店西餐厅。同事们要巴结站长和他的心腹，便给翠平买了一大堆礼物。反正光复后接收工作的尾声还没有过去，钱来得容易，大家伙儿花起来都不吝惜。

余则成很担心翠平会像老舍的小说《离婚》里边那位乡下太太一样，被这个阵势给吓住，或是有什么不得体的举止。如果他的“太太”应酬不下来这个场面，便应该算是他的工作没做好。任何一件小小的失误都会给革命事业带来损失，他坚信这一点。不想，等站长演讲、祝酒完毕，开始上菜的时候，翠平突然点手把留着金黄色小胡子的白俄领班叫了过来。众人的目光一下子都集中到她身上，只听她大大方方地说道，有面条吗？给我煮一碗，顺便带双筷子过来。站长听罢哈哈大笑，说我就喜欢你这样的孩子，好孩子，够爽快，我至今生了六个混蛋儿子，就是没有个女儿，你做我的干女儿吧！过几天还是这些人，去我家，我这姑娘那天正式行礼改称呼，你们都得带礼物，可别小气啦。众人哄然响应。余则成发现，翠平的目光在这一阵哄闹中接连向他盯了好几眼，既像是观察他的反应，又像是朝他放枪。他向她点点头，传达了鼓励之意。他猜想，翠平在这个时候最需要的应该就是鼓励。

晚上回到家中，余则成说你累了一天，早些睡吧，便下楼去工作。他们住的房子在旧英租界的爱丁堡道，是原比商仪品公司高级职员的公寓，楼上有一间大卧房和卫生间，楼下只有一间客厅兼书房的大房间，另外就是厨房兼餐厅了。这所住房并不大，但对于他来讲已经很不错了，接收工作开始之后，接收大员们首先争夺的就是好房子。这个时候能在几天之内就弄出个像样的家来，大约也只有军统特务能够办得到。

余则成知道自己必须得睡到楼上卧室中去，军统局对属下考察得非常细致，万万马虎不得，往日里他若是有过一丝一毫的疏忽，必定活不到今天。钟敲过十二点，他这才上楼。洗漱完毕，他将卫生间的窗子拉开插销虚掩上，又打开了从走廊通向阳台那扇门的门锁，也把门虚掩上。这样一来，他就有了两条退路。任何时候都要保证自己有两条退路，这是军统局干训班教官的耳提面命，他记得牢牢的，并用在了正义事业上。

翠平还没有睡，她将带来的行李铺在地板上，坐在上面打盹。他说你到床上去睡，我睡地下。翠平说我睡地下，这是我的任务。他问什么任务。她说保护你的安全。说着话，她挪开包袱，露出怀里的手雷。余则成一见手雷不禁吃惊得想笑，那东西可不是八路军或日军使用的手榴弹，也不是普通的美式步兵手雷，而是美国政府刚刚援助的攻坚手雷，粗粗的一个圆筒，炸开来楼上楼下不会留下一个活口。看来组织上想得很周到,余则成放心了,睡得也比平日里安稳许多。到凌晨醒来时,他发现翠平没在房中,便走到门口,这才看到翠平正蹲在二楼的阳台上,嘴里咬着一杆短烟袋,喷出来的浓烟好似火车头,脚边被用来当烟缸使的是他刚买回来的一方端砚,据说是文徵明的遗物。如果此刻被时常考察属下的军统局发现他太太蹲在阳台上抽烟,不论从哪方面讲都不是好事,但是,他还是悄悄地退了回来,他希望来监视他的人只会认为是他们夫妻不和而已。

果然,早上站长召见他,并且当着他的面点燃了一根粗若擀面杖的雪茄烟,笑道:没想到我那干女儿居然是个抽烟袋的呀!然后又安慰他,说那孩子在沦陷区一定吃了许多苦,你就让让她吧。你是个男人,可不能婆婆妈妈的,要是家中没意思你可以出去玩儿嘛,但不许遗弃我这干女儿,这样的孩子看着她就让人心疼,更别说欺负她。余则成对此只有诺诺而已,心想这位上司不知道动了哪股心肠,居然如此维护翠平。

余则成的日常工作是汇总、分析军统局天津站在华北各个组织送来的情报,多数是中共方面的,也有许多是关于政府军和国民党军政大员的,五花八门,数量极大,他必须得把这些情报分类存档,并将经过站长核准的情报送往刚刚迁回南京的军统局总部。除此之外,他还必须要将这些情报中对中共有用的部分抄录一份,通过联络点送出去。

他的另一项主要工作是替站长处理私人财务。天津光复后,军统局是最先赶回来接收的机构之一,为了这件大事,局长也曾亲自飞来布置接收策略,并满载了整整一架飞机的财物飞回南京。站长在这期间的收获也极大,但他毕竟是个有知识有修养的人,不喜欢那种抢劫式的方法，便主要对银行业、保险业和盐、碱等大企业下手，但对企业进行改组、重新分配股权等工作极为复杂，很费精力和时间，他便把这些事都交给了余则成，而他自己则一心一意地去深挖潜藏在市内的共产党人，而且不分良莠，手段冷酷无情。余则成曾几次提请组织上，要求让他对站长执行清除任务，不想却受到了组织上的严厉批评，说他现在的价值远远超过杀死站长数百倍，不能因小失大。

由于他的工作量极大，胃也不好，身体在不知不觉间便越来越差。翠平看着他一天比一天瘦，便提出来由她去送情报，给他分担一点负担。他问，组织上怎么给你交代的？她说组织上知道你一个人忙不过来，就想重新建立单线联系，让你写，让我送。他又问，你知道为什么会选中你吗？她说知道，组织上说，一来是因为女学生们都到延安去了，一时找不到合适的人；二来是因为我不识字。余则成点了点头，第二条理由最重要，组织上考虑得比他要周全得多。但是，他仍然不同意由翠平代替他去送情报，因为这项工作太危险，如果被抓，他的军统身份可以暂时抵挡一阵，能够争取到撤退的机会，但翠平却没有这机会，而是只有一条死路。

翠平许是看出了他的心意，便有些生硬地说，我被抓住也不会连累你，我的衣领里缝着砒霜哪。他只好笑道：你是我太太，站长的干女儿，抓住你必定会连累我。翠平当即怒道：你这样婆婆妈妈的，是对革命同志的不信任，依我看，你根本就不像他们说的那么英雄。从此后，一连几天翠平不再与他讲话，每日无聊地楼上楼下转悠，但抽烟还是到阳台上去，用那块文徵明的端砚当烟缸。

余则成心想，这便是他第一次望着她时，在她眼神中发现的那股子执拗。她是个单纯、不会变通，甚至有些鲁莽的女人。但是，他相信她一定很勇敢，会毫不犹豫地吞下衣领里的毒药或拉响那只攻坚手雷，为此，他对她又有了几分敬意。

然而，此后不久发生了一件事，让他发现，对于他的安全来讲，翠平的存在甚至比老马还要危险。

一九四六年八月十日，马歇尔和司徒雷登宣布对国共双方的"调处"失败，内战即将全面爆发。在这个时候，军统局天津站的工作一下子忙碌起来，余则成一连半个多月没有回家，到了九月二日，国民政府军事委员会的《国军在华北及东北地区作战计划书》终于下达了，与此文件一同送来的还有晋升他为中校的委任状。余则成这几年的工作确实非常出色，不论是对于中共党组织，还是对于军统局，所以，得到晋升是意料之中的事。

他将文件替党组织拍照了复本，将原件给站长送了过去。站长一见挺高兴，说工作终于告一段落，咱们总算可以松一口气了，晚上带你太太来我家，让那孩子认认义母，你也顺便给大家伙儿亮一亮你的新肩章。

于是，他急忙给家里打电话，是老妈子接的。翠平虽然来此已经几个月了，但仍然不习惯电话、抽水马桶和烧煤球的炉子。他让老妈子转告太太，说晚上有应酬，让她将新做的衣服准备好。他还想叮嘱一下让翠平弄弄头发，但最后还是决定回去接她时再说。这些琐事都是他们日积月累的矛盾，不是一时半会儿可以解决得了的。

果然，等他回到家中，翠平还蹲在阳台上抽烟袋，他安排的事一样也没做。老妈子赔不是，说太太这些日子心情不好，先生您要好好说话。他不愿意被用人看到他们的争吵，不管他是受命于军统局还是中共党组织，这些事被传出去都只会有害无益。

他努力让自己平静下来，对翠平说，晚上站长请你去见他太太，穿得正式才好。

站长虽然在本地安了好几处家，但始终与原配太太住在旧英租界常德道一号那所大宅子里。他对世俗的礼节非常重视，经常对手下讲，纲常就是一切，乱了纲常，一切也就都乱了。

翠平收拾起烟袋和“烟灰缸”，回到卧室，这才说，我不想去见那些人，他们明明是些杀人魔鬼，坐在一起却装得好像是一群小学校里斯文的先生，让我越想越恨，总忍不住要拉响手雷把他们都炸死。

余则成只好说，我跟你解释过许多次了，这是工作需要，是革命事业的需要。

他必须得说服翠平，这种应酬是无法推托的。军统局对属下的内部团结有着极其严格的要求，所以，不论是站长一级，还是侦探、办事员之类的下级人员，各种联谊活动以及私人之间的往来非常稠密，然而，翠平每一次参加这类活动，总是会给别人带来不快。当然了，她倒也没有什么特别的举动或言语，只是一到地方她便把那对粗眉拧得紧紧的，脸上被太阳灼伤的皮肤因为神色阴郁而越发地晦暗，有人与她讲话，她也只是牵一牵嘴角，既没有一丝和气的神色，也没有一句言语。这与军统局所谓的“大家庭”气氛格格不入，特别是让那些因为丈夫参与接收而一夜之间浑身珠光宝气的家眷们大为恼火，便忍不住回到家中大发牢骚，而这些牢骚的作用也已经对余则成的工作造成了极其不利的影响。

于是，他亲自动手替翠平拿出新做的印度绸旗袍、美国玻璃丝袜和英国产的白色高跟拷花皮鞋，又从首饰匣中挑出一串长长的珍珠。余则成不怕危险，也不怕牺牲，然而，做这些事却让他感到极度地屈辱。他从来也没有在心底埋怨过组织上对他不理解，但他有些埋怨组织上没有把翠平教育好。他从事的是一项极其危险的工作，在这个环境中翠平显然没有给他帮上任何一点儿小忙。

在他拿衣物时，翠平一直深深地低着头，坐在床边生闷气，这时她突然说道：你整天把我关在家中，根本就没有把我当作革命同志，更没有给我任何革命工作。

余则成只能好言相劝，你住进这所房子本身就是革命工作，另外，如果你想散心，可以出去玩儿嘛，抽屉里有钱，站里边有车，到哪去都行，干什么都行。

你是想让我跟你们站里那些阔太太一样混日子吗？我可是堂堂正正的游击队员。翠平抬眼盯住他，黑眼珠在燃烧。

对于女人的反抗，余则成无计可施，说道：那么你看该怎么办才好呢？

给我工作，正式的革命工作。翠平表现出当仁不让的勇气。

你又不识字，而且……余则成猛地咬断口里不中听的话语，转口道：现在正是党的事业最关键的时期，党要求你潜伏在这里，你应该很高兴地服从才是，潜伏也是革命工作之一呀！

从他进入军统局干训班开始，曾经有两年多的时间与党组织没有任何联系。那是一段痛苦不堪的回忆，要求他一边学习并实践对共产党人的搜捕、刑讯和暗杀，一边等待为党组织做工作的机会。因为经历过那么艰难的考验，所以他对翠平轻视潜伏工作的态度很不满意。他觉得，翠平之所以不能理解组织上的用意，主要是因为她不是知识分子。他这样想丝毫没有轻视农工阶级的用意，只是这种无知无识的状态，让翠平对党的革命理想和斗争策略无法进行深入的理解。然而，他又确实不擅长教导翠平这样的学生，无法将党的真实用意清楚地传达给她，因为他只会讲些干巴巴的道理，而翠平脾气硬，性格执拗，最不擅长的便是听取道理。所以，虽然他们是革命同志，但却无法沟通他们的革命思想。为此，余则成心中非常痛苦，而且是那种老老实实、刻骨铭心的自责。

无奈之下，他只好再一次对翠平妥协，表示今晚应酬过后，他一定提请组织上给她安排任务。

翠平却说，组织上早已安排过了，协助你工作就是我的任务。

那么好吧。余则成只得又退了一步。不过，这次让步总算是给他带来了一点儿工作成绩——翠平终于同意用香皂洗头了。

许是因为余则成答应了她的要求，翠平今晚还算合作，将清洁的长发在脑后绾了个光润的发髻，但看上去却有些显老，与时髦的衣饰也不般配。余则成止住了她往脸上扑粉的动作，只让她搽了一点润肤油和唇膏。她的皮肤黑得确实不宜扑粉。

站长见到装扮一新的翠平，笑得非常开心，说这才好嘛，打扮起来真是好看。又对余则成下命令说，你可不许苛待我的干女儿，要尽可能地给她买些好衣服。余则成咔的一声碰响鞋跟表示从命，却没有留意到站长的话只是玩笑。

站长夫人是位身材高大、性格粗豪的老太太，五十多岁，据说是北洋时期一位督军的女儿，那位督军是行伍出身，于是女儿便继承了家风，双手能打盒子炮。翠平向老太太行大礼认亲，老太太也为她准备了非常贵重的首饰和衣料作为见面礼。前来观礼的都是军统局的同事，老马紧跟在余则成身边，一个劲儿地恭维他有大运气，日后必定会升官发财，妻贤子孝，姬妾香艳，姻亲满朝。

余则成不即不离地应酬着老马，希望没有得罪他。这个家伙既有可能是杀他的刽子手，也会是他在军统局里的竞争对头。天津站在不久的将来会出现一个副站长的空缺,老马巴结这个位置已经许久了,而余则成这次被及时地晋升,便很自然地让他成为了这个位置的候选者之一。成为副站长之后,他便可以看到通过照相电报传来的蒋介石的亲笔手令等最高级的机密。这也是他必须要完成的任务,在军统局里职位越高,他对党组织作出的贡献就越大,因此,他与老马的关系便不得不势如水火。

老马今天的话很多,巴结得站长和站长太太都很高兴。他对翠平的话也很多,甚至主动带领她楼上楼下参观了站长豪华的住宅,而且是半弯着腰在前边引路,像个旅馆里的门童。这让余则成很是后悔没有事先提醒翠平,因为,老马的前任便是被老马这样给恭维死的。那人是组织上给余则成安排在军统局中的搭档,他死后,余则成便常常感到孤单。

这一晚,翠平在聚会的后半段突然高兴起来,与老太太有说有笑,她的宝坻口音与老太太的安徽口音相映成趣,却让余则成看着担心,他猜不透翠平这份高兴的缘由。

内战在即,所以聚会散得很早,众人纷纷告辞。翠平搀着老太太的手臂落在后边往外送客,余则成也跟在她身后唯恐她出错。突然,他发现翠平趁着众人不注意,朝他使了个得意的眼色,并提起旗袍的开衩处向他一抖,而他一见之下,立时被惊得险些坐到地上。他看到,在翠平的旗袍下,美国玻璃丝袜子里面,插着一份文件,字面朝外,正是那份《国军在华北及东北地区作战计划书》。他立刻抬头向门外望去,发现早已告辞的老马还留在院中,身后散落着他的七八个手下,不住地拿眼盯着走出来的客人。此时聚在门边等候与主人告辞的客人已经不多了。无奈之下,余则成从老太太身边抢过翠平说,你不是要上厕所吗?然后拉起她便跑上二楼。

站长的书房也在二楼，翠平一定是中了老马的奸计了。虽然老马并不一定知道翠平的真实身份，但圈套他是一定要下的，“有枣没枣打三杆子”，这是军统局传统的工作方法。

翠平却一边跑一边问，走出去就安全了，你干啥要回来？余则成只好吓唬她说你偷文件的事已经被发现了，他们正在门外等着抓你。跑进书房，他问，你在哪儿拿的？翠平一指书桌上已被打开的公文包，那是站长的公文包。他迅速从翠平衣下拉出那份文件，又放在书桌上用十根手指弹琴一般按了个遍，好用他的指纹盖住翠平的指纹。刚刚将文件塞进公文包，门外便响起了脚步声。翠平这时黑眼睛一闪，咬紧嘴唇，一下子扑到他的怀中，像一只小动物一般在他的胸前拱来拱去。但余则成知道这样解决不了问题，便猛地将翠平的旗袍撩到腰际，然后将她抱到书桌上，一只手搬起她的一条腿，另一只手迅速将站长的公文包锁好。同时他也留意到，翠平的脸已经红到了脖子和耳朵上。

冲进来的是老马和他的一班手下，见情形立刻愣在门口，笑道，小余，想不到你这个老实人也会干这调调儿！

为了翠平的这次无组织无纪律的冒险行为，余则成只能强压住心中怒火，在向站长告辞时故作随意地提起要请一天假，说是家中来信，老岳母身体不好，需要女儿回去伺候，明天他想出城把太太送回去。他这是在冒违抗组织命令的风险，因为，翠平毕竟是组织上派来的同志，他没有权力将她调离工作岗位。

站长听了他这话，当即将翠平留给他太太，把余则成拉到一边严肃地说，我好不容易给我太太找了这么一个玩伴儿，而且她们两个也很投缘，你不能带她走。余则成说家中长辈有话来，不能不听。站长说长辈有病可以花钱治嘛，多给他们些钱就是了，你若是把我干女儿带走了，我太太没人陪，还不得照旧每天缠住我不放。

原来站长并非真心喜欢翠平的鲁莽，而是他正在给太太物色一个能绊住她的女友，却恰好被翠平撞上了。于是，余则成为了避免翠平再犯错误的意图便被站长的私心给化解了。为此，余则成在心底有一点儿可怜这个大特务头子，他娶了那么多房太太，却又要做出正人君子的样子，真的很难。

通过事后的争吵余则成发现，翠平的鲁莽与大胆绝不是批评教育可以解决的，而他又无法将她送走。只是，把这样一个女游击队员长期放在身边，还得带着她参加特务组织各种各样的活动，当真是危险得很。无奈之下，他通过联络点给组织上写了份申请，请求组织批准让翠平在他的指挥下，不要参与任何有危险的工作。

组织上很快回信同意了，他便将这个决定传达给了翠平。翠平说你说话不算话，前几天还说要给我任务，结果却在背后捣鬼，想要把我关在家里或者支走。余则成说现在你想走也走不成了。翠平说我拔脚就能走。余则成说你若是丢下站长太太一走了之，便是对革命工作的不负责任……很快，他们的讨论便又被演变成一场惯常的争吵。

他们的这场争吵是在卧室中发生的，一个坐在床上，一个坐在地上，翠平一生气居然点起了烟袋，浓烟把卧室熏得像座庙。余则成张了几次嘴，却又把禁止吸烟的话咽了下去。与革命工作有关的事再小也是大事，与个人相关的事再大也是小事，他不能因为个人好恶，而让他们的协作关系进一步恶化。

倒是翠平猛然醒悟过来，拎着烟袋光着脚跑到阳台上。余则成也跟着她来到阳台，本打算劝解她几句，缓和一下气氛，不想他却突然发现，在街对面停着一辆小汽车，里边有两支香烟的火头在一闪一闪。他又向街的两边望去，果然发现远处还停着一辆汽车，但里边的人看不清楚。这是军统局典型的监视方法。于是，他伸出双臂，从后边搂住翠平，口中哈哈大笑了一阵，然后在她耳边低声道，你也笑。

翠平显然很紧张，笑声一点儿也不好听。他又将翠平的身子转过来，一手搂住她的腰，另一只手搂住她的头，将嘴唇贴在她的嘴角边上，做出热吻的样子。翠平口中没有喷净的烟气，熏得他泪流满面。

你看一眼街对面，现在知道什么是危险了吧！他悄悄地说。知道了。翠平仅止点首而已。

他接着说，我希望你能听从我的安排。翠平把头摇得坚决，不行。为什么？翠平这才小声说她必须得有正经的革命工作才行。他说你这是不服从领导。翠平说领导也得听取群众意见。他说非常时期得有非常措施。翠平说放弃革命不行。他说你做工作的方法不适合现在的环境。翠平说你可以教我怎么做但不能不做。他说我交给你的任务就是陪好站长太太。翠平说那个老妖婆让我恶心。他说你要跟站长太太学的东西还多着哪。翠平说打死我也不学当妖怪……

这一场争吵，直到翠平猛然甩手离开他才结束。她最后丢下一句狠话：我看你身上根本就没有革命战士的胆量。

翠平回房间去了，余则成却不能追上去继续这场争论，因为他不得不在阳台上打完一套太极拳，以表演家庭生活的幸福与安闲，给楼下的特务看。他知道，楼下这些人是老马的布置，为了除掉他这个竞争者，老马甚至可能会把他“诬陷”成共产党。

用余则成自己的话说，他们的这场发生在革命团体内部的争论,是以翠平的部分胜利而告终。第二天,他不得不又给组织上写了一封信,请求组织上批准翠平参与一项危险性不大的工作。如此朝三暮四,出尔反尔,让他觉得自己很对不起党组织,给领导添麻烦了。

他让翠平参与的所谓革命工作,是替他向组织上交纳他的党费。

他在军统局所做的是那种让人无法清廉的工作,因为总是有那么一些人挖门托房地给他送钱,目的并不一定是要他帮什么忙,而多半是希望他装一些糊涂,哪怕是少看他们一眼也行。到了天津站之后,他手中已经积存了一大堆十两的金条,但是,由于和党组织的同志见不上面,他一直也无法上交。现在这一堆金条倒是给了他一个替翠平安排革命工作的理由。

他对翠平说我已经与组织上联系好了,你每天陪着站长太太出去玩儿,组织上会派交通员与你联络,告诉你交接金条的方法。翠平横了他一眼说原来不是送情报。他只好说这是组织安排,是极为重要的革命工作。翠平问如果我做得顺利,是不是就可以送情报了?他说假如组织上同意,我们再商量。翠平说我不喜欢摸钱,更恨有钱人。他便说你现在就是有钱人,而且必须得让所有人都明白你是个有钱人,这样你才会安全。翠平啐了一声狗屎,但还是同意了。

这样一来,他们"夫妻"便分别担任起不同的工作,既互不干扰,也互不了解。余则成认为,秘密工作的基本原则就是知道得越少越安全,对革命工作更是如此。

在此后很长的一段时间里,余则成的工作和"婚姻"终于平静了下来,一切都走上了正轨。而这个时候,老马对他也表现出了极大的热情和善意,经常过来找他闲聊,拉他吃饭泡澡听戏然后再泡澡再吃饭再听戏,而且还常常向翠平赠送贵重礼品。时常挂在老马口头上的话是:站长太太对你太太比亲女儿还亲,娘儿俩出双入对,形影不离,日后那个副站长的位置必定是老弟你的,老哥哥将来还得请老弟多多关照提携才是。

除此之外,老马还给他介绍了一批倒卖外币和黄金的掮客。为了能够维持住翠平上缴党费的工作不至于间断,同时也是为了避免翠平再次要求参与到他的情报工作中来,他便顺坡下驴地把自己打扮成了一个贪财的特务,于是,军统局中便又多了一个贪官。为此,站长曾几次暗示他,说凡事都得悠着点儿,不能操之过急,钱财之事无小事,应该从大处着眼,与大人物共事才安全。

出事的那天,余则成因公跑了一趟塘沽,很晚才回来,却又被新的紧急公事给绊住脱不开身,便往家中打电话,不想没有人接。他并不知道翠平这天有没有任务,就派手下人到家中去看,那人回来说家中无人,他便立刻意识到翠平出事了,因为,他们在一起两年来,翠平总是早睡早起,从来也没有过夜不归宿的事发生。

他给站长夫人打电话,老太太说干闺女原本陪她去瞧戏,压轴的《牧虎关》刚开锣,她就不知道跑哪儿去了,而且再没见到她。然后他又给警察局长打电话,不一会儿那边回电说今晚没人报警发生绑架案件。他再给卫戍司令部打电话,让他们查寻各出城路口,并描绘了翠平的身形相貌。然后又打电话找老马,没找到,便又跑下楼找特勤队的其他同事,他们都说今天只抓了些闹事的学生,没见着中校太太。

其实他一点儿也不担心翠平被捕后会有什么不恰当的行为,他对她的勇敢和革命意志有信心。他也不担心翠平为了不泄露机密而临危自尽,因为,自从决定让翠平传送党费的那一刻起,他便命令她将毒药和手雷全都留在家中,绝不许带在身上。他认为,她不带这些东西会更安全,也会更小心,否则,以她的性格,她可能会有恃无恐,做出冒险的事情来。

他唯一担心的是,万一翠平真的被捕,她一定会咬紧牙关,绝不肯吐露她是他太太这一身份,也就难免会受刑吃苦头。为此他在心底不住地批评自己,他原应该在派她出门之前便将所有可能发生的情况与应对策略都替她设计好,而不应该因为俩人相处得不愉快和任务危险性不大便忽视了安全准备。你对革命同志关心得很不够啊!他很是生自己的气。

到了第二天中午的时候,这件事连站长也惊动了。他说,哪个混蛋会有这胆子?便抄起电话要通了中统局天津站的站长,那边也没有翠平的消息。直到傍晚时分,老马才回来说他把翠平给找到了。这不由得又让余则成多担了一份心,因为,本地任何人抓住翠平都不会有太大危险,唯独老马是个例外,这家伙可是个设局害人的高手。

翠平是被关在了税务局的拘留所里,老马陪着余则成前去领人。税务局大小官员排队在门口迎候,局长吓得面如死灰,就差磕头求饶了。翠平头发蓬乱,脸上有伤,却被人给换了一身新衣服。她一见余则成来接她,便把脸转了过去,脸色由白到红再到紫。

余则成问局长是谁把翠平抓进来的,局长只是一味地作揖,口中不停地说兄弟该死有眼无珠。除了退还翠平的金条,局长另外又送上一根金条说是给太太压惊。余则成不愿意理睬他,倒是翠平老实不客气地将金条抓在了手中。他知道,翠平一定是相信了他给她灌输的道理——革命事业同样需要金钱的支持。

他又问老马是怎样找到翠平的。老马说你老哥哥没别的本事,只是手下多几个耳目罢了。老马又劝慰翠平不必难过,等两天他一定会替她出气,要让抓她的那些家伙求生不得求死不能。然而,余则成却仍然在担心这出戏是老马的导演,因为,税务局抓捕黄金贩子的侦探可以不认得翠平,但不可能不认得跟翠平形影不离的站长太太。

回到家中他问翠平接头的同志怎么样了。翠平泪流满面,说已经服毒牺牲了,并且埋怨余则成不该禁止她带上毒药,以致让她被反动派抓了活口,而且有可能连累到他。但余则成却不这么想,他认为,如果他太太因为倒卖黄金被捕而服毒自尽,便是向所有人宣布她是在使用共产党人的秘密工作手段,反而会引来更大的怀疑,给他带来更大的危险。但是,他并没有把这话讲出口,因为翠平此时已经羞愧难过得死去活来了。

自此以后,翠平再没有向余则成提出过参与工作的要求,运送党费的工作也停止了,每天她只是蹲在阳台上抽烟袋,将牙齿熏得焦黑,再不出大门一步。站长为此也挺着急,说我太太很是想念干女儿。余则成只好替她遮掩说翠平病得挺厉害,等好一点儿立刻叫她去见义母。他也确实希望翠平能够尽快好起来,哪怕是再跟他不断地争吵也行,然而,翠平甚至连话都不愿意多说一句,慢慢地,她原本强壮的身体便被她自己折磨得有些形销骨立了。

正在这个时候,组织上突然来信询问翠平的工作情况,要余则成给翠平做一份工作成效和党性水平的鉴定书,说是要入档案的。

这件事把余则成推入了一个两难的境地。在他看来,翠平无论是从学识相貌,到脾气秉性,以及工作方法,都与她现在的工作大相径庭,更让他恼火的是,翠平几乎从来也不肯听从他的领导,不肯认同他的工作也是需要绝大的勇气和毅力的。然而,他却没有勇气将他的这些想法汇报给组织上,特别是在翠平出现了这次重大的失误之后。过去几年来,他一直在经手与中共有关的各项情报,早几年从延安传来的情报中,有多一半是报告中共整风运动和抓特务运动的情况,如果单从那些情报来看,确实有些吓人,然而,由于他与组织上没有直接的联系,他又无从判断这些情报的真实性有多大,也就无法辨别那些派遣出去的特务是不是在写小说,编故事。

但是,不管怎么说,他认为如实汇报都是不妥当的。翠平这孩子原本就够可怜的了,别的假夫妻一起过上三五个月便会向组织申请正式结婚,而他们在一起两年了,非但未能成婚,而且俩人的关系越来越冷淡,他认为责任在他自己。于是,他在鉴定书中写道:……该同志有着绝大的勇气和毅力。她对工作无畏无惧,热情之高令人钦佩;对同志严格要求,督责之严值得学习。建议对该同志予以表彰,以资鼓舞。

再读一遍给翠平写的鉴定书,余则成觉得还没有把工作做到家,便又提笔补充道:鉴于该同志的经验已日渐成熟,建议再开设一个备用信箱,并由该同志专责收发。

又过了一段时间,组织上回信了,同意由翠平负责一个备用联络点,并给翠平记了三等战功一次。

这是新的任务,你必须完成。余则成在传达完组织上的指示后说。

让我带上毒药和手雷。翠平已虚弱得无力讲话,但黑眼睛里却燃起了热火。

一九四八年十月十四日深夜,在东北战局最为紧张的时刻,站长紧急召见余则成，拿出一只国民政府军事委员会的大信封给他看。余则成立刻注意到，信是给卫立煌集团在长春的守将郑洞国的。站长说南京的意思是让咱们派几个生人把手令送进去，我推荐了你，另外还有一道给你的指令，一旦发现临阵畏缩或意欲降敌者，你有权力当即格杀。余则成指着信封问那么……站长说你的想法和我一样，咱们别当糊涂鬼，还是拆吧。

余则成用裁纸刀小心地敲碎封口的火漆，抽出蒋介石的手令铺在书桌上。手令内容很简单，蒋介石严令郑洞国率长春守军全力向沈阳方向突围，这样既可保存实力，也可以暂缓解放军对锦州和沈阳的压力。读罢手令，站长不禁长叹道：东北完了！

余则成知道他对这次任务根本就没有推托的理由，便说您尽管放心吧。然后拿出一根火漆棒点燃滴在手令的封口上，站长也从书桌中取出一方仿制的封印盖在火漆上。这种事情两个人做得多了，已然熟练而流畅。

站长说飞机已经准备好了，你这就动身吧，另外，你准备为党国尽忠用的东西……

余则成破例讲了句笑话：我把氰化钾药丸放在了手枪弹匣里，但我的手枪现在还放在装袜子的抽屉里呢。

站长听罢眼睛湿润了，说你跳伞的时候一定要当心，我可不想平白赔上我的左膀右臂。余则成说您老人家放心，您去南京当局长时，我还给您当副官。

余则成回到家中的时候，翠平还没有睡，因为她现在几乎整夜不睡，只是一味地抽烟而已。见他收拾出门的用品，她问：要去几天？余则成说很快就回来。其实他根本不知道这一次能不能回来，现在东北的战事打得像座熔炉，别说他带着几个人进去，就算是蒋介石再向里边投进去一个兵团,也如同往钢水里投入一颗铁钉。

收拾完行李,他迅速将蒋介石手令的内容写在一张字条上交给翠平,说你明天一早把它送到你的那个联络点,然后在所有该标示的地方都做上加急的记号,希望组织上能尽快拿到。翠平问,你出门就是办这件事吗?他说是的。到哪去?到长春。

翠平听到这话便坐回到地铺上半天不语。很久以来,每当翠平心绪烦乱而余则成又有一点儿空闲的时候,他便不停地对她讲话,希望能够缓解她内心的痛苦。然而他是个老实人,不善言辞,便只好把解放军在全国战场上的军事行动讲给她听,所以,对东北的战局翠平也很清楚,只是对地理方位时常闹不大明白罢了。

见翠平不语,余则成心中也很不是滋味。相处两年多来,他们几乎没有过快乐的时候,这可不像是革命同志之间的友谊,然而这又是事实。他提着行李走到门口说,我要走啦!

此一去就是生离死别。他心中清楚得很,那份情报一旦送出去,郑洞国的兵团便断无逃生之路。在相互厮杀的百万军中,他每时每刻都有被杀死的可能。不过,如果他回不来,对翠平倒可能是个解脱,因为她终于完成了任务,而且带着良好的评语,她可以回到熟悉的环境和战友们中间,到那个时候,她也许能找到快乐,至少比与他相处要快乐得多。

他又说了一遍我走啦。

这时,翠平突然说:跟你在一起住了两年,我已经没法再回去嫁人了,你一定要回来!

这是翠平第一次对他提出私人的要求,他无法形容自己此刻是个什么心情,只好实话实说:我很难再回来了,送出情报之后,你还是回游击队去吧。

他知道这些话过于决绝,但是他更知道不应该给翠平留下太多的期望,即使他此去九死一生活着回来,他也给不了翠平幸福,而他自己则会更不幸福。

三十多年之后,余则成为了庆祝自己终于被摘掉军统特务的帽子,炖了一锅牛肉,请一个名叫龙一的忘年之交一起吃饭,并给他讲述了这段往事。龙一问,翠平后来怎么样了?余则成摇摇头说,五十年代初我就曾回来找过她几次,没有她的任何消息。龙一问,那份情报送出去了吗?余则成说情报起到了关键的作用,但翠平当天便失踪了,一起失踪的还有老马。龙一猛地一拍脑门,自作聪明地安慰他说,她会不会见你不要她,就另外嫁人过小日子去了?

余则成却说:不会的,一定是她送完情报后被老马追踪了,抓捕时她拉响了手雷,那只手雷威力极大,足以让三五个人消失得无影无踪。

(原载《人民文学》2006 年第 7 期)

作者简介:龙一(1961—),原名李鹏,天津人。著有长篇小说《迷人草》《另类英雄》《借枪》,小说集《我只是一个马球手》《潜伏》等。

英 雄 血

蒋 韵

周仓,这不是水,这是那二十多年流不尽的英雄血。

——关羽(昆曲《单刀会》)

河边的宝生

下场那天清早,天还黑着,宝生出门时,姐朝他怀里偷偷塞了一颗烤山药蛋。从热灶洞里扒出来的山药蛋有一股好闻的草木烟火气,烫着他的身子。他把山药蛋掏出来放到灶台上,他说:“姐,你这是做甚?我又不是个讨吃的。”

姐眼圈登时红了。

后来,在他活着的每一天里,只要一想起这句话,他就恨不得嚼碎自己的舌头。

这个叫“石湾”的村庄离那个叫“碛”的地方只有七八里路。“碛”原本是河心中的一块大石头,可这里人说起“碛”,说的是河边的城,城和那块巨石同名同姓,也叫个“碛”。“碛”是个大地方,水旱码头。河中的船,皮筏,行到这里,要改走旱路,而高脚驮来的货物,则要在这里改换水路。“碛”的热闹繁华,一言难尽,没人说得清碛城有多少家商号货栈，酒肆饭庄。就连“姑娘场”这样的地方也是一家挨着一家。宝生就是在一个叫做“兴茂隆”的货栈里给人当驼工走高脚。

宝生除了姐姐，没有亲人。他三岁上死了爹，七岁上死了娘，为了给爹娘治病，拉了一身饥荒。娘一闭眼，要债的上门，家里的三眼“一炷香”土窑给人抵了债，七岁的宝生被扫地出门。那时姐姐已成亲嫁人，嫁给了石湾村高家。为了收养这个可怜的弟弟，姐姐一身重孝在婆家的院子里跪了三天三夜，两个膝盖直跪成血肉模糊的两个血团。姐姐的婆家，是平常的庄户人家，种了几亩坡地，日子也紧巴巴不宽裕，多一张吃闲饭的嘴可不是件小事。其实，宝生何尝吃过一天闲饭？自进了高家门第一天起，就是个不花钱的小长工。放猪放羊放牛，剜野菜拾柴割草，人比水桶高不了多少就爬沟过坡地去河里挑水，从来没有上桌吃过一顿饭。姐弟两人，在灶火间吃着一家人剩下的残汤剩羹，姐永远喝稀的，干的、稠的省给宝生吃。小的时候，不懂事，饥渴的眼睛只盯着自家的碗，从不知道顾惜姐。后来，慢慢大了，有一年，过冬至节，家家户户“熬冬”，吃胡萝卜熬羊肉，软米面豆馅枣馍，自然没有宝生的份。宝生出去砍柴，姐把自己那一份羊肉偷偷省下了，扣在碗里。晚上，宝生蹲在灶前端着大碗吃胡萝卜羊肉，羊肉太香了，香得让宝生心颤。姐的碗里则一如既往是一碗清澈见底能照见人影的稀米汤。吃着吃着，宝生的眼泪噗嗒噗嗒掉进了菜碗里，半晌，宝生哽着嗓子叫了一声“姐——”宝生说，“姐，我以后，让你顿顿能吃上胡萝卜羊肉——”

姐听见这话，一愣，别过脸去，用巴掌捂住了嘴，泪如泉涌。姐想，宝生长大了。

那是个雪天,雪下白了天地。三五里外,河结了冰,雪落在结冰的河上有一种特别温柔的凄怆与荒凉。河是黄河,唯一的黄河,此地人没有人连名带姓地喊它,就叫它河。河像一条被囚的银蛇僵卧着,巨大的无助是漫天大雪盖也盖不住的,让人看了恓惶难过。

开春后,宝生就被姐夫送进“兴茂隆”去当小伙计了。“兴茂隆”是碛城中最大的一家骡马骆驼过载客栈,六亩多地的大院子,紧贴卧虎山根,院子两侧的马棚,能拴下百十头骡子,而院子正中的骆驼槽,能同时容二百多峰骆驼卧下吃草。二百多峰骆驼咀嚼谷草的响声,沙沙沙沙,听来像一场骤雨。这响声是有诱惑力的。三天后,宝生就跟着骆驼队走了,他成了“兴茂隆”高脚队拉骆驼走高脚的。十四五岁的小少年,跋山涉水,风餐露宿,像候鸟一样从北到南,又从南到北,这样颠沛的生活是他喜爱的。从前,一二百年前,碛城的大商号,在南边,在长江以南徽州、福建一带,都有自己的茶山和茶园,那里的茶采下来,制成宜于存放的茶砖,由高脚队一直贩运到蒙古草原,甚至,更远的地方,比如,贝加尔湖以西的伊尔库茨克,比如,俄罗斯腹地秋明、莫斯科,一路镖旗招展,好不威风。这样荣耀的时光宝生自然没有赶上,他像听故事一样听前辈们无限眷恋地回忆从前的光荣,却也并不觉怎样遗憾。能够这样像个汉子似的活着,在人前从从容容理直气壮端一碗自己挣来的饭吃,他已经很知足了。

他们的驼队,七八个后生,一人拉“一练”骆驼,一练六峰,四五十峰骆驼,排起队来,浩浩荡荡足有半里之遥。尾驼鞍子上的驼铃声,清脆,细碎,银子似的闪着光亮,是女人家一样珍贵美好的声音。骆驼身上,除了货物,还驮着米面袋、酒葫芦、马皮制成的水袋,以及锅碗家什和铺盖卷,不是所有的路上都有“站口”,常常,他们要在前不着村后不着店的地方安营扎寨,起火做饭。这是宝生最喜欢的时刻,太阳坠落了,月亮升起了,荒野沉入无边的黑暗,一堆篝火熊熊燃着,像黑夜的心,把驼工们的脸映成金色。火上架着锅,锅里咕嘟咕嘟煮着小米稠饭加山药蛋,也是诱人的金黄色。他们每人捧一只酱色的陶碗呼噜呼噜吃出惊天动地的响动。宝生庄重地、尊贵地捧着属于他自己的碗,火光在他脸上跳跃,感动就是在这时油然而生:这种时候人活得才像个人。

下　场

这天是个大日子,“兴茂隆”十几练骆驼要下场去了。头一天就已经给它们服下去了用苦瓜蔓、金银花、蜂蜜水加鸡蛋清熬成的解暑药,剪去了它们身上还没有褪尽的长毛。骆驼这牲畜,耐寒,却怕热,夏天要把它们赶到深山里放牧躲暑,叫“下场”。宝生这还是第一次和驼队下场,听人说这营生如何如何遭罪辛苦,宝生却一点也没把辛苦放在心上,他觉得放牧的生活一定很新鲜。只是这一走,就是三个月,三个月姐姐一定很惦记他,牵挂他。昨夜他特地告了个假回家看姐姐一眼,却没想到清早临出门时就惹了一肚子的不痛快。

他气姐姐,一颗山药蛋,值当个偷偷摸摸吗?怎就不能光明正大当着人面递给他?他也是个五尺的汉子了,他是个就要去下场的汉子了,这几年也没有白吃他高家的饭,怎就不能光明正大吃他一颗山药蛋?

天渐渐亮了,他远远看到了河,河上笼着雾气,静静地泊着几只船筏，亮起来的天边有一颗星星还缀在那里，像一大滴眼泪。他突然一阵不忍，回头瞭瞭，瞭见了山坡上的石湾村，刚刚醒来的村子，像一幅画，高低错落的窑洞，袅袅升腾的炊烟，皮影一般，和平，安静。姐姐的气味扑面而至，让他眼热。

两天后，驼队来到了下场的吕梁山深处，一个叫车鸣峪沟的地方，那已是黄昏时分，太阳说话就要沉下去了，山坡上密匝匝的林梢被夕照涂染得金灿灿的，像一片金色的海子。宝生还从来没见过这样大的林子，他被这辉煌寂静的美景迷住了，那些橡树、黄栌、桦树、栎树、山杨树、楸树、槲树、野山楂树，这些平日里田头地畔庄户院里见惯的寻常的树们，忽然没有了人间的烟火气，变得庄严神秘，像山魂。这时，十几练百多峰骆驼被驼工们拉着，围成了一圈，驼工们也正着脸色呼啦啦都跪下了，一只香炉摆在了地上，驼工头四喜叔走上前，点起三炷香，朝着东西南北四方，恭恭敬敬拜了几拜，然后跪下，嘴里大声说道：

“山神爷爷，俺兴茂隆驼队，借爷爷的宝山下场，求爷爷保佑水草通顺，槽头平安！”

宝生随着众人，虔敬地磕头。下场的严峻，此时他隐隐意识到了一点。这一晚，他们就住在树枝和茅草搭起的茅庵里，三五个人挤睡在一搭。外面，百多峰骆驼，每一峰脖子上都让他们吊上了一只铜铃。一夜，铜铃的声音，东一下，西一下，蓦地响起，清脆、细碎、悠远，越发衬托出大山的深邃和不可测。宝生躺在茅草铺上，久久睡不着，心里祈祷着，山神爷爷啊，这是我常宝生头一回下场，求你老保佑，千万不要“传槽”，不要让野物伤人，也不要让骆驼把水错喝到罗筋皮外得腹胀病……宝生把从前辈那里听来的灾祸一一都想到了，他悄悄爬起来，在铺上又磕了三个头，“山神爷爷啊，你老别怪俺贪心，俺还想求你，让俺能多刨点草药，刨点党参、黄芪，卖了钱，能给俺姐扯一件衣裳……”其实，私心里，他想要的还更多一些，他想给姐打一对银手镯，姐活了半辈子，两只手腕上还是光光的。

初入山的兴奋，折腾着他，一直到下半夜，宝生才算睡稳了。起了山风，林涛的声音如同波浪，“哗——哗——”，茅庵就像是一条黑灯瞎火的小船。忽然，外边响起了脚步声，很沉重，还有咳嗽的声音，吭吭吭吭，脚步停在茅庵门前，刚好是宝生的头顶，只听来者瓮声瓮气说道：

“借借你们的罗子。”

宝生心里十分奇怪，深更半夜的，借罗面的罗子干什么？“俺们是下场放骆驼的，没带罗子。”宝生回答。

“带烟没有？”来者追问。

“烟倒有。”宝生起身，摸摸索索，去摸旁人的烟荷包和烟袋杆，他自己不抽烟。黑暗中摸索半天，摸到了，一伸胳膊递了出去。来者接过来，鼓捣着，宝生听出他是在用火镰打火。“呸呸！”他吐了两口，说道，“这是甚的烟？一点劲也没有！有劲大的没有？”

“没有了。”宝生惶恐地回答。

“咳——”只听外面长叹一声，“这世道！”说完，又吭吭吭吭咳嗽着远去了。

到早晨，茅庵外，活生生扔着烟袋杆和烟荷包，宝生惊骇不已，才知道那原来不是梦。几个庵子里的人都围上来听他细说缘故，驼工头四喜叔一拍巴掌，说：

“宝生呀，你是碰上‘山气’了！”

“山气是甚？”

没人说得出“山气”是个什么，有人说，他其实就是山神爷爷的化身。有人说，他是山妖。没有人见过他的脸，只知道，他就喜欢这样在黑夜的山里游走，有时也窜到林外的村子里去，问人借罗面的罗。他不借别的，只借罗子和石碾。还喜欢问人要烟抽，又总是嫌那烟不够劲大。有胆大的人曾隔着门将火枪捅到他嘴里，让他噙住，然后扣动扳机，“轰——”的一声，他非常快活，说：“这烟够劲！”

“宝生啊，你个实心眼子，他不是问你要烟，是问你要枪里的火药哩！”四喜叔对宝生说。

一连许多日子，宝生都忘不掉他那一声失望甚至是悲伤的长叹，“咳——这世道！”他猜不透那里面隐藏了什么征兆，这让他忧心。他甚至盼望能再见到这神秘的“山气”，向他问个清楚明白。可整整一个夏季，小暑，大暑，处暑，一直到白露后“起场”，“山气”却再也没有露面，也没有到他的梦中。

这一年夏天，不管山神爷爷是不是就是“山气”，他一定是听到了驼工们的祈祷，日子过得顺风顺水。最可怕的“传槽”没有发生，喝错水得腹胀病的牲畜也只有那么三五峰。宝生跟着四喜叔们学会了不少东西，比如，学会了治这“腹胀病”：将一种特制的槽针刺进病驼的腹部，力道要拿捏得准，刚好刺到皮与肉之间也就是罗筋皮外，这就要看本事了。然后，轻轻插一根鸡翎子进去，让里面的积液顺翎子流出来。还有，一入伏，林子里各种灰蝇小咬铺天盖地，而此时又是骆驼毛最后褪尽的娇嫩时辰，成千上万只灰蝇小咬扑上去，能活活将一只不设防的庞然大物吸死。这时，就要早早上山采来柏籽，剥些柏树皮，将柏籽和树皮熬炼成柏油，将这臭烘烘的油涂抹在骆驼身上，像穿了铠甲，就没有灰蝇能近身了。

宝生很上心地学习着一个驼工安身立命的本事。他喜爱这样的生活，危机四伏却又无拘无束。他们这十几号人，分成两班，轮换放牧，照看驼群，轮到宝生歇班的时候，他就和人相跟着进山刨药。他人聪敏，眼睛又清亮，童男子的干净眼睛在山林里看东西总比别人看得远看得真。一夏天过去，他刨到的党参、黄芪竟是最多的一个。到后来，再进山，他就不和人相跟了，他越走越深，渐渐走到了那些人迹罕至的地方。他单枪匹马，手里只有一把伙夫用的切菜刀，一把锋利的小锄，一路走一路用心做着各种记号，却也从来没有迷山的时候。他和这山像是有种天生的灵犀。那个大茯苓就是这样让他撞上的。那一天，他东走西走，不觉走进了一片松林里，松林很深，遮天蔽日，在一棵参天老松的根部，他看到了一朵弱不禁风的小红花，伶仃细瘦，却像是就要开口和他说话似的。他蹲下来，打量它，心里一阵心疼。忽然他心里一动，心里喊一声，妈呀！忙开始用小锄刨，刨下去一尺多深时，他看到了那个宝贝，山给他的宝贝。

那个茯苓，重五六斤，他把它刨出来捧在手心时，两只手因为狂喜哆嗦得捧都捧不住。那份狂喜呀，是他此生空前绝后仅有的一次，唯一的一次，可是他不知道。他狂喜地捧着宝贝跪下，朝着东南西北四方拜了好几拜。他想，这山，这山林，真是有情有义啊。

宝生知道，姐的手镯有了，新衣裳也有了。他成竹在胸，想起很久以前那个冬至夜对姐的许诺，“姐，我以后，让你顿顿能吃上胡萝卜熬羊肉……”这样的日子，这样温暖腥膻的好日子，扬眉吐气的日子，不会远了。宝生几乎被那逼近的热气和辛香熏出眼泪。

六月二十三

六月二十三，在河边碛城一带，是个大日子。

六月二十三，是马王爷的生日。这马王爷，相传是家畜们的守护神。到这一天，凡养骆驼的人家，都要在家中设立马王爷牌位，烧香烧表，摆供祭祀。最要紧的，是要许“神书”三天，请艺人来酬神说唱。养骆驼的人家，从这一日算起，你家三天，我家三天，他家再三天，差不多要连说一两个月，是河边最热闹的一段日子。

石湾村也有养骆驼的人家，不过都不是“兴茂隆”那样的富商大户，少则一峰两峰，多则三峰五峰，这样的人家自然雇不起驼工，都是驼主自己拉骆驼跑买卖，把黄河里运来的油、盐、碱、皮毛、莜面等贩运到晋中平川、临县三交，或者是吕梁山深处石楼、永和一带，挣几个辛苦脚钱。到下场的日子，这些养骆驼的小门小户，不用说都是把骆驼看得比自家的命还重，一家出一人，大家相跟着结伴拉骆驼进山躲暑，留守在家里的人，就要张罗着给马王爷说书酬唱过生日的大事情了。

说书的艺人都是盲人，弹一手好三弦，两条腿也不闲着，一腿绑书板，一腿绑小铜镲，面前桌子上还横着惊堂木，说打弹唱，一样也误不下。说的都是大书，《彭公案》《施公案》《包公案》《刘公案》这一些公案故事，要不就是“大小八义”这些侠义掌故。自然也唱酸曲，叫“小段”，小段里常常是荤素交加，让爷们儿汉子乐不可支，笑翻了天，而婆娘女子们则宽谅地怜惜地笑着，就当他们是玩闹的孩子。这一来，这粗鄙的快乐反倒显出了一种赤子的天真干净，是大河的品格。

高家没养骆驼，也不办祭祀。宝生姐夫春天种完自家的地，就出门揽工去了。六月二十三，一清早，天将微明，宝生姐就挎着篮子来到村口五道庙。那五道庙，说是庙，其实已荒颓多年，坍塌得只剩一座神龛，满地荒草。宝生姐就在荒草尘埃中跪下了，先摆供品，一掀篮子的盖布，里面是一碗热气腾腾的蒸山药蛋。她将山药蛋双手捧出来，摆到神龛前，一低头，泪落在山药蛋上。她没有香，也没有黄表纸，两手空空，一头磕到地上，嘴里说了声："马王爷爷呀，你替俺家宝生，吃上颗山药蛋——"泪水就把下面的话哽回去了。

她悲伤地哭了许久，泪流如雨。她不知道该对马王爷爷说些什么，许些什么。她有一肚子的话，就是不知道该怎么说。她可怜的、无父无母的兄弟下场去了，临走没吃上她一颗山药蛋！别人家下场去的人，临行要吃粽子，吃糕，吃莜面饺子，她却心虚气短连一颗山药蛋也没让宝生吃上。"马王爷爷，俺没有好吃好喝，你替俺兄弟，吃上颗山药蛋，俺连夜没合眼蒸下的——"她抽泣着，翻来覆去念叨这一句话，哭得喘不上气。

这一天，石湾村好热闹，养没养骆驼的人家，都觉出了喜庆。盲艺人已经进村了，背着弦子，带着全套家伙。今年请的是临县有名的一个说书先生，外号"果子红"。上午办完祭祀，下午就开场。第一家，是村东头"碗秃"家。他家骆驼算是村里最多的一家，整整六峰，刚好一练。他家的窑，也比旁人家的"一炷香"土窑气派一些，是"四平起混石窑"。书场子就设在他家窑院里，一棵大榆树，洒下浓荫，女人们早早洒水扫净窑院，在树荫下摆好桌凳。一村子人，除了下场去的男人，能走动的，老少男女，差不多全都来了，挤了一院子，算是给马王爷爷庆寿。"果子红"让人牵着，一出场，人们就笑起来：先看见了一个醒目的大酒糟鼻头，红如海棠。“啊呀呀，怪不得叫个果子红哩！”女人们笑得用巴掌捂住了嘴。

“果子红”也不怪见，脸上挂着谦和、宽容、澄明的笑意，“啪嗒”一声，踏响了腿上的竹板，一仰脸，开口自报家门：

“山丹丹开花背洼洼红，难活不过咱没眼人，无父无母无亲人，人送个好名果子红——”

人们静默下来，不笑了。人人觉出了刚才那笑声的轻浮。有个女人突然抽泣起来，人们很惊讶，一看，原来是宝生他姐。她婆婆搂着孙子坐在旁边，登时垮下了脸，吼她道：

“马王爷爷过寿哩，看不吉利的！就你眼窝子浅，存不住个马尿！”

“果子红”还是谦和温暖地笑着，“这位大嫂，想是家里有人下场去了，心里想得难活，先听我果子红唱个小段，排解排解愁烦。”说罢，嘣棱棱弹起了弦子，开口唱道：

家住陕西米脂城，
四沟小巷有家门，
一母所生二花童，
奴名冯彩云——

男人们“哦——”一声，叫起来，“哦，冯彩云！冯彩云！”

这一下，男男女女，大家都会心地笑，这是个人人皆知的故事，却百听不厌。说的是一个貌美如花的好女人，怎样从陕西流落到这碛城地面，最后做了妓女，给一城的男人带来了欢乐。“果子红”是条“云遮月”的嗓子，略有些沙哑，却分外结实，是千锤百炼过来人的声音，唱这种酸曲小段儿，竟也有着黄钟大吕的苍凉。宝生姐听他唱，止不住地鼻酸。她觉得他似乎是专门唱给她听的，字字句句，话后面还有话，这让她分外动心。

恓惶不过我出门人，
举目无亲苦伶仃，
好人叫做这赖事情，
老天不公平……

这个下午，又快乐，又忧伤，又红火，又空净。村子几乎成了一个空村，只有一个场院是喧腾的，就像一颗分外壮硕、鲜灵的心脏。谁也不知道，灾祸正在向他们逼近，枪声响起时，人们还以为是谁在放炮仗。一只白公鸡扑扑棱棱跌跌撞撞飞进了碗秃家窑院，扑腾一阵，痉挛着咽了气。这时人们才惊讶地看到那鸡身上的白羽毛被血染红了。

一村人，几十口子，叫鬼子堵在了这洒满树荫，宽敞、凉爽的窑院里。是一小股部队，三五十号人，荷枪实弹。后来才知道，这不过是一伙过路的鬼子。石湾村有史以来第一次和鬼子遭遇了。这个干干净净、本本分分的村庄，还从来没有应付侵略者的经验。人们还没有从惊愕中回过神来，碗秃他大，想起了自己主人家的身份，分开人群哆哆嗦嗦朝这群不速之客走过去，嘴里寒暄地说着："来啦？——"

话没落音，一把雪亮的刺刀就捅上来，"扑哧"捅穿了老人的肚子。那锋利的刀刃潇洒漂亮地一划，老人就开了膛。活了七十年与世无争的老人倒下去时，脸上还挂着温良谦和的笑意。肠子和血流出来，腥热地流了一地。他家的大黄狗见主人被伤，疯了，呜咽着扑上去就撕咬那凶手，"砰"一声，枪响了，大黄狗呜咽着倒地，眼珠子被枪打飞了，成了一个血洞。刹那间，刚刚还狂欢的院子里，眨眼躺下了两具尸体，鲜血冒着缕缕热气。石湾村被这血气笼罩了。

“天杀的呀——”碗秃他娘，白发苍苍，捣着两只小脚，就要冲上去拼命，让身旁的女人们死死拽住了。“天杀的呀——”她悲痛欲绝地嘶叫，愤怒地跺着她的小脚，两只眼睛里流出了血，人昏死过去。女人们架着她，鬼子笑嘻嘻地朝着人群中的女人们扑上去。大闺女小媳妇，霎时发出尖叫，不年轻的媳妇也被他们撕扯着往人群外拖。有的女人抱着孩子，孩子让他们劈手夺下扔在地上。宝生姐被一个紫面皮小胡子揪着小纂儿倒拖出好远，一只鞋也在挣扎中掉了。她嘴里乱叫着救命，她喊爹，喊娘，喊男人的名字，喊宝生，男人和宝生都不在跟前，救不了她。混乱中她突然听见了儿子荞麦尖厉的哭喊，一声迭一声，“娘！娘！娘——”她拼了性命似的大叫说，“荞麦子你闭上眼！闭上眼！——”她嘴里咸丝丝的，喉咙喊出了血，她不能让她的亲儿眼睁睁看着她受糟蹋。就在这时，忽然有人扑上来一把抱住了她的腿，一个颤巍巍沙哑的声音，云遮月的声音开口说道：

“行行好吧！求求你行行好！她是有儿有女，做娘的人啦，行行好给她留点脸面——”

“八格！”小胡子被这意外的抵抗激怒了，他松开手，回身抽刀，“嗖——”一声，“果子红”的一条胳膊应声飞落在了地上。这条胳膊，刚才还弹着弦子，飞落下去时，细长的五个手指上还套着弹弦子的假指甲。方圆百里，没有谁的手，比这只手更灵巧，更珍贵了。河边最有才情的一只臂膀，此刻，残缺地躺在血泊中，像个假肢。“果子红”长叹一声，仰天笑了，那笑容，有着明眼人所不能了悟的奇怪的澄明和悠远，“果子红”说道：

“你呀！你把我吃饭的家什毁了，罢，我跟你们拼了吧！”

说完，他敛起笑容，一头朝那小胡子撞去。小胡子冷不防竟被这凶猛的决死的一撞撞倒了。他就像开了天眼一样在最后的时刻看见了这世界，他准确地一口叼住了小胡子的鼻子，“咔嚓”一声，传来一声狼嚎般的惨叫。枪声响了。接下来十几把刺刀戳到了这手无缚鸡之力的盲艺人身上。他倒在血泊中，嘴里咬着敌人的鼻子。

宝生姐吓傻了，瘫坐在了地上。发了疯的鬼子“呼啦”一下拥上去，眨眼工夫，她的衣裳就成了碎片。几十号人，当着一村人的面，当着她公婆、儿女，当着几十岁的老人不懂事的娃，当着壮年的汉子、花苞般还没开放的姑娘，当着这些喊她婶子、嫂子、大姐或妹子的乡亲邻里，当着黄土高原最洁净仁义的蓝天白云，开始轮番作践这女人，糟蹋这女人，凌辱折磨报复这女人。这一场折磨，比一百年还长……阳光白亮亮的，像是有一百个太阳，悬在人头上，石湾村人世世代代，还从来没有经历过这样一个让人无法容身的白昼。等他们再散开时，地上的女人，早已没有了人形，哪里还是那个温顺羞涩的农家媳妇？高原上玉米一样饱满的媳妇？只是一堆污秽不堪的血肉，赤条条的，身上连一丝丝遮挡都没有剩下，一丝丝余地都没有留下。肿胀的一张脸，看不清眉眼五官，只听见她出气的声音，像呼啸一样，尖厉、刺耳，令人惊心。

男男女女，一村人，都把眼睛闭上了。

石湾村血案

这一天，六月二十三，马王爷寿诞日，石湾村的女人们，闺女媳妇，二三十号人，被鬼子驱赶进村中花厅院，糟蹋了。

花厅院是石湾村最气派的建筑，明柱厦檐的砖石窑洞，背山面水，依着山势，建在山坡高处，看上去像是窑上叠窑。这家的主人，不是买卖人，也不种庄稼，是行伍之人，行踪不定，原只有一个老娘住在这里，后来老娘去世了，这窑院就一直空着，住着几个看门照户的底下人。当初他家盖这窑院，据说请了几个南方来的石匠、木匠，所以这窑院所有的窗棂门楣上，木雕、砖雕，雕的都是细巧精制的花样：富贵牡丹啦、喜鹊登梅啦、兰花菊花啦、木樨海棠啦，色色都是花事。村人就把这院叫做“花厅院”。

花厅院，算是石湾村的一个制高点，站在这院里，瞭山、瞭坡、瞭河，甚至瞭得清河心中那块雄奇的“碛”，风光尽收眼底。只是，这一天，河和“碛”都被糟践了。花厅院变成了人间地狱。

这一天，干干净净的石湾村，脏得不成样，污秽得不成样。血流成了河，人血，牲畜的血，浸透了黄土。腥热的血气笼盖了村子，几天几夜不散。

猪、羊、鸡、牛，能杀的都让杀了。临走，顺手又点了几座窑院。碗秃家窑院让点了，那几具尸首，都烧成了黑炭。

宝生姐让人抬回家，还有一口气。当晚，这口气，让她挣扎着爬，爬下炕，爬到水缸边，一头栽进了水缸里。那水，是黄河的水，她喝了三十年……她婆婆在那厢，其实听到了动静，却忍住泪没有过来。她婆婆想，“孩儿啊，死吧，死了干净，死了就不遭罪了，死了就能给众人一个交代了……”

这一晚，被凌辱的女子媳妇们，都思谋着寻死，投河的投河，上吊的上吊，好在人们搭救得及时，没再出人命。这一夜，是一个不眠的长夜，一夜长于百年说的就是这样的夜晚，石湾村被女人们绝望的哭声折磨着、煎熬着。到早晨，村里说得上话的几个老人家，不约而同来到了村中心“高圪台院”，去见这石湾村最年长也是最有威望的老人陈卯根。于是，这天清早，七十八岁的陈卯根老人出现在石湾村血污未干的村街上，手里拿着一面平素里戏台上用的铜锣，身后跟着那几个老者。陈卯根一边走，一边“咣——”地敲响了铜锣，锣声远远划破了河面上的雾气。他用苍老沙哑的声音仰天喊道：

“日本鬼子来了——是遭了天年，乡亲们大家——不要怪见——”

一语喊罢，他老泪纵横。

那一天，他爬坡下沟，走遍了石湾村，一边走，一边敲，一边喊。他用他七十八岁的老脸，为那些受凌辱没有勇气没有脸面活下去的女人们，恳求着世人的宽宥。

鲍仇出世

“白露”过后，起场的日子到了。

这一个夏天，宝生变了不少，人壮实了，性子也开阔了，话也多了。性子一开阔，眉眼也变得宽展舒朗。伙计们开着宝生的玩笑，说：“宝生呀，你发财了，回去小心‘姑娘场’里的姑娘们，掏空你的身子，再掏空你的钱褡子！”

宝生笑而不答，心想，你当我是你们哩。

党参、黄芪，还有蘑菇这些山货，都叫他装进了来时装粮食的口袋里，捆扎结实。那宝贝大茯苓则背在他自己身上。这些宝贝呀！他抚摸着口袋，骄傲地微笑。有经验的驼工们给他估算过，这些草药、山货，差不多能淘换回半峰骆驼了。照这样干下去，明年再干一个夏天，兴许宝生就能有一峰自己的骆驼。“宝生呀，”四喜叔含着烟锅子对他说，“山神爷另眼看顾着你哩，你可要知足。”

宝生知足。他不贪心，他不急着要自己的骆驼，他只要够给姐打一对银镯子，给姐的公婆各扯一件衣裳就心满意足了。剩下的钱，给外甥子们买些点心冰糖，若还有富余，就把它们一分不剩当着姐面都交给姐夫，也算他们收养他一场。

不知不觉，宝生变得宽厚了，心里有了地方，念起高家的恩情。高家对宝生是有恩情的呀！到底没让一个七岁的孤儿讨吃流浪，流落他乡，或是落到人贩子手里，从此和姐天各一方。不管怎么说，苦也罢，委屈也罢，他们让他和姐厮守着长大了，让姐把他亲着、疼着疼了这么长远。宝生这样想着，眼眶子就发热了，心变得很绵软，像被太阳照暖的一池山水浸泡着。

碛城可真是热闹。在深山里钻了三个多月，猛一回来，不由得让人想起那句老话，“山中方一日，世上已千年。”人走在狭窄的街上，喧嚣的市声像河浪一样一涌一涌，涌得人东倒西歪，几乎站不住脚。一连几天，宝生忙着出手他的山货宝贝，忙着跑银楼，逛布店，晕乎乎的，乐陶陶的，吃醉了酒一般，乐过了头。在银楼里，他拿不定主意，该选个什么款式，左思谋右思谋，正在为难，只见一个女人，水一样荡进来，说：“掌柜的，取镯子。”

这女人，一看，就知道是“姑娘场”的，解放脚，穿一双绣花鞋，满鞋帮绣的是秋海棠，猩红欲滴。虽说已是过了“白露”的节气，身上却仍然是一件单洋布衫，袖口宽宽的，倒是素净的月白。她站在那里，不声不响，并不张扬，可银楼却分明变得逼仄了，逼仄得让人气都喘不均匀。镯子取来了，她随手套到了腕子上，试着大小。是一种绞麻花的银镯。银镯在她水葱似的腕子上上下滑动，指尖涂了凤仙花,也是滴血的。她随意一抬手,霎时,满屋子波光潋滟,风生水起。

宝生的心扑腾扑腾一阵乱扑腾,像囚了一林子的鸟。

就选这种绞麻花款式了。镯子揣在怀里,迈过银楼的高门槛,站在秋阳下面,宝生忽然觉得有些心虚,给姐买了和这种女人一样的东西,这是怎么说?

知情的人,看宝生这样快乐地忙,都不忍心告诉他实情。东家、掌柜、伙计,就连一块下场回来的生死弟兄们,现在也都知道那惨事了。没人再开宝生的玩笑,私底下,倒觉得还真不如让"姑娘场"的姑娘们掏空他的钱褡子好受些。四喜叔望着他春风得意一门心思奔光景的背影,告诉众人,"让这娃再高兴两天吧。"四喜叔这是第一回叫宝生"娃",他知道,这两天的高兴、欢乐之后,这娃,这苦命的娃,一辈子也不会再高兴了,永辈子也不会再高兴了。

东西置齐了,镯子、布料、冰糖、炉食、枣鼓仙,吃的,用的,一样也没落下。还专门到"祥记烟草行"买了两包"洋旱烟",一包"单刀牌",一包"大婴孩",是预备让姐夫年节款待亲朋的。东西扎裹停当,该背的背,该提的提,跟东家告了假,临出门,四喜叔叫住了他。四喜叔对他说:"宝生啊,听没听说过那句话,山中方一日,世上已千年?"

"听说过呀,"宝生点点头,心里却有些犯疑惑,"叔,咋想起问我这?"

"不咋,"四喜叔在窑墙上猛地磕了磕他的烟袋锅,"听说过就好,咱在山里钻了这些日子,谁知道这人世上有多少料想不到的事?叔是提点你一句。"

这话,让宝生心里一咯噔,可他的心让快乐塞得太满了,没有地方装别的东西，哪怕是先知的启示。他快乐得像匹青春的骏马撒欢出门，身后，十几双弟兄们的眼睛，怜惜地望着他渐渐远去的背影。

后来，宝生想，从天堂到地狱的路，原来只有不到八里。

他差一点认不出石湾村，烧焦的大榆树、大火熏黑的街墙、坍塌的窑院、空气中弥漫的哀伤，满街上，狗不见一条，猪不见一头，连鸡也不见一只，像走进了荒村，像走进了鬼村。宝生腿软了，忽然想起了四喜叔的话：山中方一日，世上已千年。他心慌得要命，拔腿朝家里跑，一边跑一边拼命喊叫，“姐！姐——”窑门开了，院门开了，姐夫、外甥、外甥女，迎出来，姐的公公婆婆，两个老人家，也迎出来了，唯独没有她，宝生最亲的亲人，这世上，独一无二的那个亲人。然后，他就看见了，外甥和外甥女，都戴着重孝。恐惧就是在这一刹那像最黑最深最绝望的黑夜一样把他吞没了。

河对岸，是边区。

这一天，边区招募新兵，一个风尘仆仆脸色阴沉的年轻后生来到了报名的地方。穿军装的文书，戴眼镜，毛笔字写得很流畅。文书捏着羊毫，问年轻后生：

“叫什么名字？”

“报仇。”

“鲍仇？”这文书是南边人，不大听得懂黄土高原上的土话，“哪个鲍？哪个仇？是‘丰鲍史唐’的鲍吗？鲍参军的鲍？”

后生不识字，也没有背过百家姓，他当然是要“参军”的。他重重地点头。从这一刻起，这世界上，就没有“常宝生”这个人了，从这一刻起，一个叫“鲍仇”的人出生了。枪杆子握在他手里的时候，他忽然想起了“山气”那一声长叹：“咳，这世道——”是，现在他终于明白了，这世道需要的是更有劲的东西：以血还血。

奥州的耕夫

一只饥饿的鸽子，在废墟上空盘旋。从前，炮火毁灭它之前，这里——闸北三义里，是它的家园。它飞，飞，再也飞不动了，差不多是倒栽葱栽了下来，冷漠地，等待着死亡来把它带走。

一个人走在了死亡的前边。他双脚停在它身边，救起了奄奄待毙的它，喂它水，喂它面包屑和饭团。这鸽子，它不知道自己是幸运的，多少生灵死于战火、饥饿的时候，获救的小小的它被当作了某种象征。后来，它被这个救它的人漂洋过海带到了一个叫“大阪”的地方。这个人，显然是个理想主义者，他希望它能在异国他乡幸福地生活，并恋爱、生子。可是这只闸北的鸽子，却一直是孤独的，对家乡故土同伴的想念，使它郁郁寡欢。它没能等来爱情，也没能完成使命，第二年，它就死了。那个理想主义者，非常遗憾，他把它埋葬在了自家院子里，并为它立了一个木头的墓碑，上面写着三个字：

三义塔

这个人就是大阪人西村真琴博士。而这只来自三义里的鸽子，被鲁迅先生比作了填海的精卫。

昭和十六年，一九四一年，一个叫吉田耕夫的年轻人被征召入伍。他和他的同伴在海上航行了七天七夜之后，抵达了中国的旅顺港。远远望见陆地的那一刻，他心里就咏叹般地回响起一句话，“你不要死去。”

你不要死去——是女诗人与谢野晶子一首著名的诗歌，副标题是“为包围旅顺口军中的弟弟而悲叹”。现在，旅顺口就在他们眼前，在他们这些青春的热血澎湃的生命面前——又轮上他们了。轮上亲人们为他们悲叹：你不要死去。

此刻，这些青春而狂热的年轻人，望着他们即将踏上的别人的国土，即将到来的杀戮和牺牲，激动地唱起军歌，“越过高山，尸横遍野；越过海洋，尸浮海面；为天皇而死，视死如归……”雄壮的歌声把一群围着轮船盘旋的海鸥都惊散了。只有吉田耕夫和这狂欢格格不入，这一路上，他就和他们格格不入。他的嘴里发不出这样激昂酷烈的声音，那些激昂的酷烈的声音，像大风，把他心里的声音吹得飘飘摇摇，那是一个柔软悲伤的女声：

啊，弟弟啊，我为你哭泣，

你不要死去！

刹那间，他的眼里涌出泪水。

这是他的祖国，这个悲伤缠绵柔情似水的声音，才是吉田耕夫的祖国。

吉田的家，在福岛，那是被人称为“奥州”也叫“陆奥”的东北地区，到处是火山、温泉和美如仙境的湖泊，到秋天，红叶把群山映照得就像点燃了熊熊山火。从前，象征文明世界的“白河关”就设在福岛的南边，而白河关以北，一路北去，就是文明抵达不到的“狭路”。这种比喻让幼年时的吉田耕夫常常以为，“文明”大概是种特别肥胖的动物，所以“白河关”挤不进它臃肿肥胖的身体。后来，长大后，有一个时期他迷恋诗歌，也喜欢偷偷写诗，他写的第一首诗的题目就叫“文明是个特别肥胖的动物”,写他对家乡的眷恋。那时,他已经是东京某医学院一年级新生了。

隔绝南北世界的“白河关”早就不存在了,但是和东京这样的都市比起来,东北仍旧是一条现代文明无法深入挺进的“狭路”。那里的河谷,仍旧是传说中“河童”出没的地方,那里的山林,仍旧藏着那些不知何时就会和你遭遇的雪女、山姥、山男这些妖异。那里仍旧要在炎炎夏季举行盛大仪式驱赶睡魔。那里有一个岛,是新年妖魔“生剥”的家乡。除夕之夜,男人们头戴面具,身披海草,手执出鞘的铁刀,嘴里发出“嗷——嗷——”的怪叫,敲开家家户户的大门,一边祈祷来年的丰收,一边要厉声发问:

“家里有没有不听话的孩子?”

三百年前,松尾芭蕉游历东北,写下了不朽的篇章《奥州小道》,他笔下北方神奇不朽的美丽和宁静,那些沃野、山峦、村庄、河流、幽静的禅院、与美景浑然天成的插秧少女、雨里的花朵、声声入心的蝉鸣,这些,是耕夫心中日本的象征。在喧嚣的东京,在战争到来的狂热骚动的前夜,耕夫尤其感到了和这帝国心脏的隔膜。耕夫从小没有父亲,他在女人们的教养中长大,家里的几亩田地,在父亲死后就被变卖了,母亲和两个姐姐,用卖地的钱经营起一家小小的温泉旅馆。那旅馆,朴素无华,却细致洁净,处处流露出女人的细心。母亲和姐姐们,就是靠着这小小的旅馆,含辛茹苦,将这唯一的儿子,弟弟,抚养长大,养成男子汉,出“白河关”,南下东京读书,刚刚毕业,做了一名见习医生。然后,送他去往别人的土地上,杀人或者被杀。

两个姐姐,一直没有嫁人,特别是大姐,她的美丽聪慧远近闻名,为了养家,她从中学辍学时所有的教师都为她惋惜不已。如今,她三十二岁了,细细的鱼尾纹已经爬上了她美如凤目的眼角。她最美的岁月,最娇媚妖娆的岁月,已经悄悄逝去了。她盛开然后兀自凋谢,就像一棵寂寞的樱树。耕夫曾经有过冲动,他想毁掉自己的手,这样,他就能逃避征召了。可是,毁掉他的手,也就毁掉了他作为一个外科医生的前程——他的理想是做一个出色的外科医生。就在他犹豫的时候,结局到了:入伍通知书寄到了他手里。

大姐特地从福岛赶来为弟弟送行。这是她平生第一次离家来到这么远这么繁华的城市。他们只有一小时的见面时间,就在军营外面一个小广场上。这一天,是五月五日,传统的男童节,东京上空飘扬着无数面鲤鱼旗。鲜艳的鲤鱼旗让大姐禁不住热泪盈眶。她从行囊中掏出用菖蒲叶包裹着的甜米糕让弟弟吃,这是每一个男孩子在男童节这天必吃的美食。耕夫本来想说:“姐呀,我已经二十四岁了,不是小男孩儿了。”可是看着姐姐殷切忧伤的眼睛,他咽下去了这句话。他剥开了菖蒲叶,一下子,糯米和红豆的清香扑面而来,童年和陆奥的气味、难舍难弃的家乡的气味扑面而来,他的脸白了,他抬起眼睛说道:

“大姐,以后,母亲就拜托你们了,我——”

大姐伸出一只手堵住了他的嘴,那只手,在初夏的天气里如同冰一样寒冷。大姐的脸,突然严峻得如同一尊石像。她慢慢从怀中掏出一样东西,一个锦囊,抽带的小锦囊,又从锦囊中取出一小卷折叠得整整齐齐的白绫,她说:“打开它。”

耕夫接过来,打开了,上面密密麻麻写满鲜红夺目的字迹。

“你念给我听听。”大姐说。

耕夫开始念:

弟弟呀,我为你哭泣,

你不要死去!

你是咱家最小的弟弟——

耕夫震撼了,这是日俄战争时与谢野晶子那首著名的诗歌《你不要死去》,姐姐把它一字一字用血,写到了白绫上,用她浓艳的亲人的鲜血,悲情万里的鲜血,怪不得它们红得这样怪异这样令人惊心。耕夫的声音颤抖了:

双亲何曾教你紧握利刃,

为了杀人到前线去?

双亲把你养育成二十四岁,

哪里是为了你先杀别人后葬自己……

他读不下去了。

"耕夫!"姐姐的声音斩钉截铁,像要把这些话钉进他心里,"你要起誓,你不能死,我绝不让你死!"

"哈依!"耕夫热泪滚滚,"我起誓,我一定不死!"

姐姐把这只装了血绫的锦囊,挂在了弟弟脖子上。其实,他们心里都清楚地知道一件事,对一个就要上战场的人来说,死比活下来容易。

吉 一 刀

越过高山,尸横遍野,

越过海洋,尸浮海面,

为天皇而死,视死如归……

他们就是唱着这样的军歌挺进到了大陆的深处,踏着成千上万的尸骨。死死死,可是耕夫不能死。

一年后,在一次对八路军根据地的大扫荡中,吉田耕夫神秘地失踪了。是阵亡还是被俘,或是被暗杀,没人说得清楚。一直到第二年,第三年,仍旧没有他的下落。那时,他家乡的母亲已经在对他无望的思念中生病去世了。他在福岛的姐姐,终于在第三年冬天,一个大雪纷飞的早晨,接到了军方的通知,他被正式列入到了失踪者的名单里。

北方山区,某所八路军后方医院,却多了一名非常杰出的外科医生。他医术十分高明,经他的手,不知救活了多少濒危的重伤员和重病号,人送外号"吉一刀"。这个"吉一刀",对工作舍生忘死,热爱那些血淋淋溃烂的伤口、残缺的肢体和器官,热爱那些冷冰冰的金属器械:刀、剪、止血钳。他纤细敏感的双手摆弄这些冷酷的玩意儿和血肉模糊的肢体,就像抚摸恋人一样温柔多情,而对真正的活人,他却不苟言笑,严肃,冷漠。

伤员和病人很信赖他,尊敬他,也没人计较他的冷漠和严肃:一个日本人嘛,说不了中国话。大家把他的不苟言笑理所当然地归结到了不会说中国话这个理由上。一年又一年,他的中国话其实已经说得很不错了,可他仍然沉默寡言。

他秘密投奔到八路军根据地之后,第一次公开了自己真实的身份:日本共产党员。这是一个连姐姐、母亲这些至亲的亲人都不知道的秘密。作为一个共产主义者,他是没有国界的,他亲眼看到自己的同胞怎样在别人的家园作恶,烧杀抢掠,一个共产主义者怎么能做军国主义和侵略者的帮凶?他别无选择。这是他背叛自己族群的唯一理由——为了信仰和正义。但是,他无论如何没有想到,"背叛"原来竟是这样痛苦,不管是为了多么高尚正义的理由。

是，他别无选择，因为，无论怎样选择，他最终都是一个背叛者，要么背叛信仰，要么背叛血脉相连的族群。

他忘我地、狂热地工作着，每当他治愈一个伤员，他们在重返战场前向医生护士告别并道谢时，人人兴高采烈，嘴里说："多杀几个敌人！"他心里总是一沉，他治好了他们，救活了他们，可以让他们去杀敌了。那敌人，是他的同胞，也许是他东京的同学、同事，也许是他冰天雪地陆奥的乡亲，也有一个姐姐、母亲，或者是恋人，在等他回家。

一次，医院送进来一个被俘的日本士兵，是一个军曹，被地雷炸断了一条腿，他是在昏迷后被俘虏的。他的伤口感染得很厉害，发着高烧，人始终昏迷不醒。高烧使他一直说着胡话。耕夫很震撼，他一下子听出了那是乡音，久违的、福岛县的口音。他听他用福岛话高声叫骂，大喊冲锋，更多的时候，则是不住口地叫着一个名字"弥生——弥生——"，和这个弥生说着一些没头没脑谁也不知底细的话。"三月呀？三月十八日吗？太美了！""月轮渡？哈依，我知道了，为什么要去阿武隈川？真热呀！弥生，真热呀，真热呀……"他默默听着这些无人能懂的谵语，他熟到骨缝里的乡音，强忍着，不让自己掉下眼泪。

他给他做了截肢手术，却仍然没有救活他。伤口感染引起了全身的败血症，那是无药可救的。三天之后，他死了。整理他的遗物时，从他贴身的衣袋里，掏出一张和服少女的照片，耕夫一眼就认出了他家乡少女那种特有的淳朴的娇羞和干净。他想，这一定就是那个弥生了。

这张照片，他仍旧放进了死者的衣袋里，紧贴着他的胸口，他的心。耕夫想，就让这个姑娘陪伴他吧，陪伴他留在这片被他蹂躏践踏又夺去他生命的陌生土地,这是他能为一个同乡做的唯一的事情。

他非常难过。

有一天,医院又送进来一个日本战俘,是一个少佐。他的肚子被子弹打穿了,需要立刻手术。那天,是耕夫主刀,在麻醉之前,他用日语向他解释了几句手术事宜。俘虏突然发问:“你是日本人?”

“是。”他犹豫一下,还是诚实地回答。

那个俘虏,那个少佐,陡地变了脸色,他挣扎着用力一滚,竟滚下了手术台,血突突突从伤口里朝外涌,像一眼血泉。他大口大口喘息着,鄙夷地瞧着耕夫,说道:

“走开!别拿你的脏手碰我!”

耕夫试图靠近他,他拼命狂喊、叫骂、挣扎,血在他身下奔涌着流成了小河。渐渐地他的叫骂变成了呻吟和呓语,等到人们手忙脚乱再次把他抬到手术台上,已经晚了,他因失血过多而死:他宁愿这样流尽鲜血也不愿让一个族群的叛徒来拯救他的生命。

这已经是一九四五年,一切就要见分晓了。苏联红军出兵东北,美国的原子弹扔到了日本国土上。日本已是一片焦土了。在最后的日子里,裕仁天皇写下了这样哀伤的诗句:

冬天的白雪犹如
五月绽放的樱花
无情的时光
将两者磨灭。

日本投降了。中国人万众欢腾喜泪狂流迎来了这一天,而在日本,这一天也是泪流成河。血也还在流,有人因为战败切腹自尽。为这样一个结局战斗了这样长久的反法西斯战士、共产主义者吉田耕夫，这一天，在中国人狂欢的时刻，却突然比任何时候都更强烈更深刻更切肤地感受到了一个大和民族子孙的悲伤。他身上流着日本的血，但他不知道，悲恸的日本还要不要他的眼泪。

姐姐送他的血绫，藏在锦囊里，像护身符一样挂在他脖子上，紧贴着他的胸口，贴着他的心。这心，怦怦怦跳着，多么幸运：他活下来了，遵守了誓约。但是他感到了这誓约的轻。他滞留着，一天又一天，一年又一年，他身上的军装，从八路军的换成了解放军的。他跟着部队，跟着医院，转战南北，走出太行山，渡过了黄河，再后来，长江都过去了。百万雄师过大江的壮丽奇观，让他激动，一个理想在眼前就要成为现实的美好愿景，让他激动。他想，这多么好啊，就这样活在理想之中吧。他又想，不要回头，不要回头，不要回头，有些人生来就是要背叛自己的族群的，这就是命运，没有办法。

他滞留着，不回头。因为他不知道该怎样面对那一片焦土，他的河山，他神奇美丽的陆奥，他的日本。

谁拾掇好了我

这一天，一个血肉模糊的重伤员被抬进了手术室。他是被敌人飞机空投的炸弹炸伤的，炸弹的碎片像匕首一样插在了他的肺叶里，情况十分危急。手术是耕夫亲自动手做的，除了这个致命的伤害，他身上，还有其他大大小小的伤口不下十几处，耕夫差不多是把这个炸零散的人重新连缀了起来。手术一连做了八小时，人人其实都已不抱希望，那些手术台前的护士和助手背着耕夫互相摇头。耕夫自己其实也没有任何把握，只是，他不放弃。

手术十分完美。

一天一夜后，病人从麻醉的昏迷中睁开眼睛，却又立刻陷入术后吸收热和感染的高烧之中。没有特效药，他在高烧中挣扎，就像一只小船在滔天巨浪中颠簸。耕夫站在他的病床前，默默望着他，在心里对他说：

“现在看你的了，伙计。”

十天后，这只挣扎颠簸的小船靠岸了，他度过了手术后最可怕的感染关。这个人，可真坚韧啊。打不死拖不垮说的就是他，刀枪不入说的也是他。他好像不是血肉之躯而是一具铁打的身子。他颠簸着活了过来，创造了奇迹。他们俩共同创造了奇迹。人们惊叹着他的复活，也惊叹着那神迹般的医术。他清醒过来后对护士说的第一句话就是：

“谁把我从阎王那儿拽回来的？”

“吉一刀！”护士骄傲地回答，“除了他谁还有这本事？”

第二天，耕夫来为他换药、检查伤口，他对耕夫说道：“听说是你把我拾掇好的？”

“是，”耕夫回答，“你还真不好拾掇。”

这个叫鲍团长的人，忍着周身的疼痛龇牙咧嘴地笑了，他说：“你真有本事，能让人二世为人。不像我们，只会打仗杀人。”

他没说“谢”字。这个字太轻。一个“谢”字怎么能担得起救命的大恩情？他知道，从今往后，他过的每一天，每一个日子，都是这个人给的。这份恩情，他要背负到死。

他不是个聒噪的人，惜话如金，这番话对他而言已经算是长篇大论。他躺在病床上，很安静，甚至，比昏迷时还要安静。昏迷时他还有过不自觉的呻吟，喊叫，清醒过来他就成了一个没嘴的人。这异样的安静，让看护他的护士很担心，也不习惯，这静默是有重量的，沉甸甸的，让她呼吸不畅。于是，她忍不住会小心翼翼发问：

“你疼吗，鲍团长？”

他总是对她笑笑，摇摇头。

但她知道他一定是疼的，没有特效的消炎药、止痛药，一个血肉之躯和如此惨烈的伤口搏斗是惊心动魄的。她见过太多太多，她听过从疼痛的身体里发出的非人的惨叫，那惨叫甚至让她有过作孽的想法：老天爷，让他死吧，别再折磨他了！这样的时候这个脆弱的姑娘就觉得自己不是一个合格的好护士。可面对一个如此隐忍沉默的病人，她仍然觉得自己是不合格的。

“鲍团长，疼得厉害，你就喊叫吧，这里离大病房远，没人听得见。”有一天，她给他换药时终于忍不住对他这么说。

他没有喊，瞧着她，突然没头没脑说了一句：

“你真像一个人。”

她有一张圆圆的、饱满的脸庞，洒满阳光，明亮、温暖、干净，像田地里寻常却好看的果实。这是他死里逃生重返人世睁开眼睛后看到的第一样东西，他最软弱无助的时候看到的第一样东西，那么美好，几乎让他产生错觉。他差点脱口喊出一声来，要不是那个称呼太重、太大、太珍贵，十年来在他心里山一样生了根，它也许就冲口而出了。这让他从此以后对这个姑娘有了一种不同寻常的感觉，觉得她……亲。

这姑娘，姓高，叫高暖，人人都叫她小高，其实她是个矮个子，一笑，两只深深的酒窝。小高没有想到这沉默的人竟迸出这么一句话，惊愕地望着他，问道：

“像谁？”

他没有回答，阴云笼罩了他，他血肉的脸渐渐又变成了冷硬的石头。她没有再问,一定是一个伤心的故事,她想,是他的恋人吗?这叫她隐隐觉到了不安。现在,笼罩着他们的沉默中,不知不觉,有了一点暧昧。小高借故走出了病房,来到院子里,山风吹着她的脸,是南方的风,温婉,缠绵,青翠欲滴,不像她北方老家的春风那样浩浩荡荡,她这才觉出自己的脸很热。

从这天起,他们两人独处时,小高变得很爱说话:她决心要驱赶走那让她不安的静默。她一个人,自说自话,换药的时候,打针的时候,喂他吃饭喝水扶他下地走动的时候,她的话,东一榔头西一棒子,像乱流河。这一天,她说:

"这里真绿呀,才刚刚三月,就这么绿,这要到五六月份,真就要绿得化不开了。鲍团长,听口音,你也是北方人吧?你也没见过这么绿的三月是不是?可惜呀,六号病房三十二床的那个战士,还是个孩子呢,十七岁,再也看不见春天了,他的一只眼睛让刺刀扎伤了!送他来那天,吉医生刚好不在,是——嗯,是别人给他做的手术,感染了,没办法,只好把另一只眼睛也摘除了。所以说啊,送到我们这里来的伤员,能碰上吉医生,是最大的幸运啊……"

再一天,她又说,"鲍团长,今天十六床的王营长出院了,跟大家告别……可惜吉医生不在,这几天他有一个重要任务出去了,王营长很难过,那是当然的呀,王营长的手术也是吉医生做的,做得真漂亮啊,吉医生的手,简直是神手……"

就像水流千遭归大海一样,她的话,不管怎样开头,到最后,都不知不觉流向同一个去处,同一片汪洋。那是一个能容纳她一切幸福的地方。她细细的眼睛,这时,盈满春水,她的声音也像是沉在水里被水泡得绵软。鲍团长,鲍仇,明白了一件事,这姑娘原来喜欢上了那个"吉一刀"。

战争、死、血污、被炸弹炸成零碎、被刺刀捅穿眼睛，无论多么残酷，多么惨烈，都不能阻挡一个姑娘破土而出的恋情。鲍仇深深感动了，他想，“那小子可真有福分哪！”可是他觉得心里有什么东西开始缓慢地往外流，流，心好像也要随这东西流走了，那是不舍，他深深地、眷恋地望着这个善良的姑娘，像离别一样不舍。

“你们快结婚了吧？”他突然打断了她的话，“什么时候吃你们的喜糖？”

她愣住了，这猝不及防近似粗鲁的提问，让她不知道怎么回答，她脸红了，说：“你说什么呀，鲍团长，仗还没有打完，全国还没有解放呢，哪能考虑个人的私事？”

这一年，吉田耕夫三十三岁了，一个三十三岁从战火硝烟中走来的男人，心深似海。十九岁的女护士是估量不出那心的深度的，所以她更想把自己当作一块石头投进那海中去探底。

起初，她并不知道他“国际主义战士”的身份。他的中国话已经说得很流利了，有一点点南腔北调，但是，在部队这样一个五湖四海汇聚的地方，南腔北调又有什么奇怪呢？那时，她刚刚参加部队，因为读过初中，有文化，就被送去参加了一个护士培训班，三个月后，分配到了这所野战军医院里。

第一天，她就赶上了一个腹腔的大手术，她站在手术台前，双腿打着哆嗦，几乎要虚脱，她没有想到人的五脏六腑袒露出来原来是那么丑陋、荒诞！而且，她也没想到血也会冒泡。“止血钳。”主刀医生头也不回地伸出一只手，她惊慌失措递上去的是一把剪刀。主刀医生一看剪刀，回头愤怒地瞪了她一眼，说了声：

“出去！”

这个主刀医生,就是耕夫。

她哭得很伤心,第一天上阵就让人轰下了战场。傍晚,耕夫来找她了,耕夫说:

"听说这是你当护士的第一天?"

她没说"是",也没说"不是"。她望着这个严厉的、严肃的、毫不留情面的医生,说了一句:

"我不是害怕,我是觉得,人的内脏,太丑了。"

这个回答,显然让耕夫感到了一点意外和有趣。

"是啊,所以神才不让它们暴露在外面。"耕夫这么说。他是从不开玩笑的,这是破天荒一次,"能够看到它们的人,是神信任的人。"

无论从前还是后来,高暖都没有再听到,有人用这样的语言来形容外科医生这个血污的职业。她很感动,她说:

"吉医生,你放心,不会再发生那种事了。"

就是从那个晚上起,她立志做一个世界上最好的护士,不辜负这信任:神的,还有,这个严肃的男人的。她很快就发现了这个男人的神奇,他创造了一个又一个起死回生的神迹。神信任他,她想。这里的人,一个军的人,上上下下,人人都十分尊敬他,但是他不快乐。以她十九岁涉世不深的眼睛,也能看出他不快乐来。

有一天,他们在三岔河边遇见了。那时他们的野战医院刚刚转移到这山里不久,傍晚,她去河边收晾晒的床单衣物,他刚好也在收自己的衣服,那些衣服,让他洗得很干净,一个男人能把衣裳洗这样干净,让她暗自惊讶。她不由得脱口说出一句话:

"吉医生,我们护士班的战士,为了你,打赌来着。"

"为我?打赌?"耕夫有些惊讶,"赌什么?"

“我们赌你到底有没有……爱人。”

他笑了,望着她,随口问,“你呢?你赌我有还是没有?”

“我不知道,”她老实地回答,“不过,我对她们说,我希望你没有。”

他愣了一下,这个姑娘,默默地望着他,那眼睛,温柔如水,却有一种沉静的执拗,让他产生错觉,多像他家乡姑娘的眼睛。他心里一揪,痛了一下。深秋的季节,河水变得清冽,山林里传来他熟悉的杜鹃的哀鸣。他想起一句和歌:“山鸟哀哀鸣,思念父母亲。”这里有哪个姑娘能和他这样一起思念呢?思念那片魂牵梦绕却又不敢面对的土地?或者,假如,仅仅是假如,有一天,他想回家了,可以回家了,又有哪个姑娘能抛开这里的一切,和他同行?

香草般的姑娘啊,他几乎是凭吊般地想,不是他的。

他笑了,“你可以告诉和你打赌的人,等世界革命胜利了,我会请她们吃喜糖。”

她仍然还是不知道,他有没有爱人,她只是更深地感到了,他是不快乐的,尽管他说的是光明的豪言壮语。他眼睛里有一种忧戚的神色,这让他像一个诗人。

这天,她去军部办事,碰上一个一同参军的小老乡,小老乡在军部做文书的工作。小老乡问她说:“嗨,怎么样,国际主义战士好不好相处?”她听不明白,说:“什么国际主义战士?”

“你的首长,吉一刀啊!你不知道他是日本人?”

天!原来他是个国际主义战士,原来他是个日本共产党员!怪不得呢,她想。她一下子觉得自己明白了他忧戚的缘由,他不快乐的缘由。她几乎是一路狂奔回到了野战医院,当她气喘吁吁来到耕夫面前时,她的心狂跳不已,她望着他,说了一句:

“您太像一个人了——小林多喜二!”

那是她知道的唯一一个日本共产党员。

妩媚的微笑

天气一天一天热起来,鲍团长能下地了,能拄着拐杖到囚室似的病房外四处走走了。果然,这里真绿啊,四周的山,绿得密不透风,山上的树,也大多是他叫不出名字的南方的树。到处是竹林,他们的医院,被竹林三面包围着,怪不得他们天天都能吃到新鲜竹笋。

山根下,有一条河,河水也是绿的,是让林子给映绿了。别人告诉他,这河也没个正经名字,就叫个三岔河,也不知道它到底在哪里分岔。河边长满野草,草丛中点缀着野花,五颜六色,仔细看,竟也有老相识,不知道这里人叫它什么,在他的老家,都叫它山丹丹。鲍仇望着它们,想起了遥远的、远如前生的岁月,竟出了一会儿神。

河边,有一块状如龟背的大石头,洁白干净,常常有人在上面晾晒衣裳。这天,鲍仇远远就看见小高好像在石头边寻找什么。他拄着拐杖过去,拐杖“笃笃”的声音居然没有让她抬起头来。他只好咳嗽一声,说:

“找什么呢?”

小高吃惊地抬起头,看见是他,笑了,说:“能走这么远了。”

“我要是敌人,抓你这个舌头,可太容易了。”他的话虽是开玩笑,却有着真的担心。

“这里是后方啊!”小高笑得很无辜,很天真,带着一点狡辩,这一刻她就像个黄土高原上娇憨的不懂事的小女子,她笑吟吟望着鲍仇,说道:“鲍团长,你认识不认识草?”

“草?”鲍仇这才看见,她手里,握着一大蓬野草,双手都让草汁染绿了,好闻的草腥气,他熟得不能再熟的气味,在阳光下翻腾着,就像酒香,“认识呀,你找啥草?”

“忍草。”她回答。

“忍草?”他摇摇头,“没听说过。”他朝脚下的野草望过去,“你还别说,这里的草,也和咱北边的不一样,好些叫不上名……哦,这是香茅,这是蒿子,野艾蒿,这有些像咱们的猪耳朵,荒年里是救命的东西。这是茵陈,这是线叶菊,这好像叫雷公根,”他用一只拐杖指点着,“忍草? 没听说过,是不是名字叫得不一样?”

“不知道,”小高摇摇头,“吉医生说,在他们老家,人们用那种草染衣服。他们老家,有一块大石头,和这块石头有点像,叫染衣石,就是专用来搓草汁在上面染衣服的,那石头是灵石,你想哪个亲人了,就拔下些麦草叶,在上面搓,搓着搓着,你就能看见你想见的那个人……”

“真的?”鲍仇很惊讶,“还有这种石头? 好稀奇! 吉医生老家在哪里呀?”

“远着呢,福岛,在日本。”

“哪里?”

“日本。”小高回答,“哦,你原来不知道啊,吉医生他是日本人。”

“日本人?”

四月的阳光仿佛砸下来一样,砸到鲍仇头上,他蒙了。

两天前,也是中午,午饭后,难得有点闲空,耕夫一个人来到三岔河边洗衣服。太阳将河水晒得又暖又香。他正洗着,一个人蹲下来,把他手里的衣服抢过去了。

是高暖,小高。

他坐下来,坐在那块洁白干净的大石头上,默默地看小高洗衣服。流水的声音汩汩地,很响,水很香,四周的草、树叶、竹林,都是香的。草香是耕夫最喜欢的一种香气。世界真静。他忽然就对小高说起了忍草,他家乡的草,古时候人们用它来染衣服。

“我老家,福岛,有一个村子,叫信义村,也叫忍村,那里有块巨石,有一丈多长,人们就在那块巨石上用忍草搓染衣服,所以那石头就叫染衣石……染衣石不光能染衣服,大概它吸纳了太多衣服上的人气,天长日久,它就成了一块灵石。你想念一个远处的亲人,就到田里去摘一些麦草,在石头上搓,搓啊搓啊,你思念的那个亲人,就在石头上浮现了……三百年前,松尾芭蕉来到忍村,听说了灵石的故事,写下了一首汉诗:少女拔秧苗,动作多灵巧,不禁思往昔,染布搓忍草……”

他的声音,轻轻的,慢慢的。小高觉得,他好像不是在说给她听,他是在说给风听、水听、云听、草木万物听。她也不知道那个芭蕉是干什么的,但是她不打断他,也不提问。这就是这个女孩儿最珍贵的地方,她和风、水、云、草木万物一样,会用整个身心听,投入地听。但是他戛然而止,迷茫地望着暖而香的河水。许久,他转过脸,碰上了高暖怜惜的眼睛。

“吉医生,你是想家了吧?”她轻轻地说,“你是想回家了吧?”

他深深地望着她,说了一句她不懂的话:

“你说我还回得去吗?”

这话，她琢磨了一生，她用一辈子的时间去琢磨那话中的无奈和怆痛。

后来发生的事，没有任何人能说得清楚，想得明白。

那一天，鲍团长突然无端地发烧，这让值班的护士和医生紧张又迷惑不解。起初，还以为是他身上某个伤口出了问题，可是并没有检查出什么异兆。傍晚时分，他的热度越来越高，用了很多的办法也无法让他的热度降下来。这无名的高热不知隐藏了什么样的危险，人们很担忧。终于，吉医生也被惊动了。他刚刚走下手术台，为一个伤员从颅脑中取出了积血。他很疲惫。他匆匆走来时，鲍团长的病房里没人，高烧让他昏昏欲睡。他轻手轻脚摸摸他的脉搏，他一下子睁开了眼睛，耕夫看见了一双血红的眼睛。

他身上，所有的伤口，拆了线，都愈合得很快，很出色，除了左腿关节上一处无法取出的弹片之外，他几乎是耕夫无可挑剔的一个杰作了。耕夫细细地查遍了他的全身，没有发现什么隐患，他放了心，对他说道：

“没事老弟。别想太多，别急，好好睡一觉就好了。”

他转身要离去的时候，鲍仇突然开口说话了，这是这一个下午他说的第一句话，发烧使他声音颤抖，他说：

“你是日本人?”

“哈依。”他脱口回答，转身而去。

这一声“哈依”，就像一根火柴，点燃了愤怒的导火索。鲍仇，宝生，被吱吱地无可挽回地点燃了。他腾的一下坐起来，抽出了压在枕下的手枪，高烧使他的手抖个不住，他没有犹豫，也许犹豫了，却没人知道，朝着这个背影，这个说“哈依”的人，这个给了他第二次生命的人,扣响了扳机。

枪响了,耕夫惊诧地回头,望着那个开枪的人。血从他的胸口、脊背,慢慢涌出——是一个贯通伤,他想。突然他嘴角上浮起了微笑。自从踏上这块土地,这是他第一次真心地快意地微笑,第一次也是最后一次。那微笑几乎是妩媚的,日本式的妩媚,他想,解脱了。

别说对不起

据说,在军事法庭上,鲍仇始终用一句话来回答那个生死攸关的提问:“你为什么杀一个国际同志?”他说:“我没办法。”

结局是必然的,他知道,所以他坦然。

军事法庭判决前一天,有人来禁闭室探望鲍仇。她赶了四十里山路,到达这里时已是午后。她一进来,整个房间都被照亮了,鲍仇呆呆望着她,不相信自己的眼睛。

高暖默默地向他敬了一个军礼。

她脸色苍白,圆圆的脸变长了,尖了,不再饱满,不再快乐,不再幸福——她的幸福让他一枪打碎了。在禁闭室中,只有这个,这一点,是他不敢去碰的一个伤口,一碰,就流血。

他匆忙站起来,向她还礼,“啪”的一下,那是一个最正规最标准的军礼。突然他们都感到了这仪式的不合时宜。他们互相望着,不知道该说些什么。

“鲍团长,”小高终于想起了什么,说,“你坐,你腿上有伤。”

然后,他们都坐下了,小小的禁闭室,很局促,有一张窄窄的床,一个小马扎。他坐床上,她坐在马扎上,仰着头,看他。看着看着，她的眼泪就流出来了，他的心一紧，他知道她马上就要开口说那句话了，那句所有人都问的“为什么?”他欠她一个“为什么”，可那是他最害怕的一句话。

“你还好吧?”她终于开口了，“你有没有忘记按时服药? 一天三次?”

他像刚刚经历了千里急行军之后突然瘫软下来，大汗淋漓，多少天来他第一次瘫软下来，柔软下来。这个姑娘，这个让人心疼的好姑娘。他望着她，想起四月的那个午后，草香像酒一样翻涌，她笑得那么好看，问他，“你认识不认识草?”……他慢慢慢慢地抬起手，犹豫着，小心翼翼摸了摸她的头发，柔软的、被太阳晒得很香的头发，就像把手埋进了四月的草中，一句话脱口而出：

“你真像我姐姐。”

他从怀里，从最贴身的地方，摸出了一样东西，一个粗布包，他轻轻打开，是两只银镯，两只绞麻花银镯，岁月使银子有了一种沉厚的乌光，还有，一个男子汉浓烈的体味。“这是我给我姐打的镯子，用我第一次下场挣下的工钱。”他眼望着银镯，往事，他的前生，那那叫做“宝生”的孤儿，那个小伙子，刹那间穿过了千山万水，来到这密不透风狭窄的禁闭室，扑进他心里，如同魂兮归来。

这一辈子，他还从来没有说过这么多话，他像是逆着岁月朝回走，他的话，很安静，疼，却是安静的疼。他说起了姐的一切，点点滴滴，从她跪在婆家院子里，把两个膝盖跪成血肉模糊的两个血团开始，说啊说，说自从收下这个弟弟，她是怎样忍气吞声，再也没有吃过一顿饱饭；说冬至夜，那个小孤儿怎样发下誓愿，要让姐姐日后能顿顿吃上胡萝卜熬羊肉……姐的恩情，一点一滴，全在他心里收着，就像珍珠藏在蚌壳。他说到了山林，北方的山林，第一眼看见它就像看见一片金色的海子，和这南边的山林，完全不一样，庄重，有神性，它们待这孤儿恩深义重。那些栎树、桦树、山杨树、槲树、柞树，那些云杉、落叶松、油松，那些虎榛子、绣线菊灌木丛里，到处藏着宝贝：山蘑、木耳、党参、黄芪，还有茯苓，他就是用它们淘换回了这一对绞麻花银镯。那一天，是他这辈子最高兴的一天，最最高兴的一天，那一天之后，他就再没有高兴了。四喜叔用话点拨他，“宝生啊，有句话，山中方一日，世上已千年，你听说过没？”可他这个榆木疙瘩让高兴冲昏了头，一点也没明白这话里的凶险。他一点不知道，前边等着他的，是一个地狱。

现在，六月二十三，他绕不过去了，他终于说到了这一天，他生命里最黑暗的一天，最疼的一天。这个不能触碰的伤口，现在他得把它撕开了，第一次，也是最后一次。他欠这姑娘这个，他得还。“最后一次”这念头，让他在心里对自己难过地笑了一下。

“六月二十三，马王爷生日，我们那里，养骆驼的人家，都要请盲艺人说书酬神。石湾村一村人，差不多都聚在一起听书，很红火，热闹。请来的艺人是果子红，河边一带最有名的说书人。鬼子进来的时候，正是乡亲们最高兴的时候，呼啦一下，他们把一村人，都围在那窑院里了——”

他说，眨眼间，窑院变成了杀场，书场变成了杀场，七十岁的老人，让开了膛。艺人果子红，一条胳膊被削飞了又让刺刀扎成了马蜂窝。窑院中的女人，几十个女子、媳妇，让他们一股脑儿抓进了花厅院，在最风光最敞亮的大敞厅里，几十个女子，被他们活活糟蹋、欺负、凌虐。他们杀鸡宰羊，血流满地，喝着烧酒，呜里哩哇啦唱歌，一边轮流糟蹋着、凌虐着这些农家女人，这些别人的女儿、姐妹、婆姨、亲娘……

“那天夜里，一村的女人，受糟蹋的女人，都不想活了，闹着寻死，投河的，上吊的，好在家里人紧紧守着，跟着，死不成。可死不成怎么有脸活？糟蹋得不是人了怎么活？还是闹。第二天一早，石湾村年纪最大也最有脸面的老人，叫个陈卯根，出面了，七十八岁的老人，手里敲一面大铜锣，身后跟着几个老汉们，从村东走到村西，趺趺绊绊，爬沟，上坡，为这些女人们，讨一个乡亲们的宽谅，好让她们日后能抬头做人。他‘咣——’地敲一声锣，扯开喉咙喊一声说：‘日本鬼子来了——是遭了天年，乡亲们大家——不要怪见——’这一喊，他喊得是老泪纵横……”他说不下去了。

姑娘已是泣不成声。

小小的禁闭室，陷落在南方汹涌的绿中，窄窄一扇窗户，流进来的不是阳光，是郁闷的绿，潮湿、隐晦、心事重重。但是鸟鸣声却是嘹亮的，和北方的鸟鸣一样，声声入心，他眼睛湿了。

“只有一个人，听不见老人的喊了，再宽谅也没有用了——我姐，”他终于说出了这两个字，低下头，迷茫地看着手里的银镯，另一只手，慢慢攥成了拳头，紧紧的，攥得指关节成了白色，“我姐，最惨，她是在那个窑院里，书场上，当着一村子的人，男女老幼，她的子女公婆，被几十个鬼子——几十个鬼子，轮流糟践了……几十个鬼子呀！当着日头，当着一村人的眼睛，活活地，糟践她，羞她，折磨她，强暴她……一村人都眼睁睁看着，日头眼睁睁看着，天也看见了，看见他们就这么欺凌一个女人……等他们散开后，我姐，一丝不挂，哪里还是个人？没有一点人形了！成了一堆污秽的血肉——”

“别说了！”姑娘喊出了这一句，双手捂住了脸，热泪狂流，“鲍团长，对不起！对不起！对不起——”

没人知道,她对不起他什么,她自己也不知道,她没有一点错,却深深深深对他不起。她喜欢的和喜欢她的男人,她都那么无辜地对他们不起。她痛哭失声,哭了许久,许久。他看她哭,他知道哭有时候是一种解药。

终于,她抬起头来,被泪水洗过的脸,有一种婴儿似的洁净和无助,让人无限心疼。他望着这无辜的、伤心的脸说道:“别说这种话……吉医生,”他艰难地说出了这个名字,“是个好人,他救了我的命,可是我不说——对不起,我不对他说对不起……”他流下了眼泪。

出事以来,他第一次流下眼泪。

他没有办法。

她告别时,他庄重地向她行了一个军礼。尽管他没戴军帽,衣服皱皱巴巴,满脸都是乱糟糟的胡楂儿,可那军礼,无可挑剔地尊严、完美。那是她见过的最悲壮的致敬:他是在向她永别。

草　海

几天后,他上路了。

他尽可能把自己收拾得更整齐一些,换了套干净军衣。头一天,特意让人来刮了胡子,他怕自己这样胡子拉碴地到了那边,姐认不出他来。手镯他贴身装好了,本来,他想送小高一只,想了想,这样不合适,他不能让这件事在她以后的生活中留下一个坚硬的物证,何况,那本来就是给姐的东西。

他被带到了一个河边。他不能确定那是不是三岔河。不过草依然是芳香的,花依然开着,太阳却比往日亮一千倍,他从没见过这样炫目的强大的太阳，一时间他觉得头晕脑胀，辨不清东西南北。河水没有声音地流，他喜爱没有声音的河，他喜爱这宁静，他想，还不错。

“北方在哪里？让我脸朝北方。”他说。

他们告诉了他。

他正了正军帽，站好了，他不能迷路，千山万水，他最终要回到北方，回到他雄阔的河边，和姐姐相会。

枪响了。

夏天的草，夏天的草海，大地上最卑微贫贱的生命：狗尾草、三叶草、野艾蒿、白莲蒿、黄花蒿、雷公根、油盐菜、痴头婆、草鞋根、红饭花、断肠草、独脚金、仙鹤草……它们在最后时刻拥抱了他，他的血把草海染红了。

（原载《北京文学》2008 年第 10 期）

作者简介：蒋韵（1954— ），女，河南开封人。著有长篇小说《隐秘盛开》《红殇》《你好，安娜》，中短篇小说《我的两个女儿》《心爱的树》等。

海军往事

陆颖墨

长　波

如果你走进海湾里那座长波台,就会被那一座座高耸的天线震撼。每座天线有一百多米高,战士们每个月都要爬到天线顶维护。更多的是你看不到的,全在山洞里面,据说山洞里的机房比一个电影院还大。潜艇在水下远航时,只有长波台发出的电波才能传到千里之外,再进入海底。指挥部也只有通过长波台指挥远航的潜艇。

在这里,有一件怪事,常常会听到官兵之间问候不是你吃了吗?而是照了吗?照什么呢,一问,说是照镜子;再细问,才知道他们说的镜子是一个人,这个人或者说这个镜子,现在长波台的官兵还都没有见过。

他姓霍,是建设长波台时的总指挥,大家都叫他霍总。

那是上世纪六十年代初,长波台刚要开工建设,援建的苏联专家到这片海滩点个卯竟撤走回国了,大大小小一千七百多箱设备零件就堆在工地上。

之前,刚组建的人民海军潜艇是依靠苏联的长波台,所以说,长波台的建立,关系到中国的主权。到现在这个份儿上,不管多艰难,中国人也要把自己的长波台建起来。海军迅速抽调力量组建了一个指挥部,一时,荒凉的海滩热闹起来,除了两个工兵团,还来了大批的知识分子,都是全海军挑出的宝贝疙瘩。别看住着工棚,随便抓一个,不是清华、北大的,就是哈军工、西军电的,手气好时还能碰上个刚刚留苏回来的博士、副博士。当时大家奇怪的只是,上级派来的一把手霍总却是一位在长征路上才开始识字的大老粗。

霍总在战争年代的传奇故事很多,如过草地时,他七天七夜不吃饭,居然没有饿得晕倒,出了草地,还能马上投入战斗,空腹空手夺来两支步枪;再比如,百团大战中,他能单身爬入炮楼,用一颗土制手榴弹让七个鬼子都举了双手。还有一些可能是传神了,说泸定桥十八勇士中有他,太行山用步枪打下日本飞机的也是他。不管怎么说,无论普通战士,还是知识分子,对老革命的尊重和对英雄的崇拜是毫无疑问的。

刚来那几天,几乎所有的人都是在仰视着霍总,他在指挥部的地位也无人可比。有一件小事可以为证,那时条件差,全指挥部的小车只有一辆,是苏联的嘎斯吉普。霍总左腿上留着弹片,在方圆十几公里的海滩转悠全靠着这辆吉普。他不坐的时候,那辆车就停着,没有规定别人不能坐那辆车,但没有人会想起去坐那辆车。

但是越来越多的人发现了霍总的文化水平。最明显的标志是经常说错别字,如果说把“造诣”说成了“造脂”还可以理解的话,那么在一次交班会上把“注意灼伤”说成“注意约伤”,在场的人只有面面相觑了。知识分子的嘴巴比一般的军人要活跃,渐渐议论就多了，霍总这样的文化水平能不能当好这个总指挥，确实叫好多人捏把汗，毕竟这个工程的科技含量太高，而且是那么重要。

开工誓师大会是在海边的一片沙滩上举行的，主席台也就是架起的几块木板。系在两根木杆上的会标，让海风吹得猎猎作响，两千多名官兵都坐着小马扎，黑压压的一片。大会开始前，全场起立，唱起了《义勇军进行曲》，当时，大家唱得都很豪迈，也很激动。指挥部参谋长宣布开会后，霍总开始讲话。他一张嘴，就让全场振奋起来。

他说："同志们，你们知道这个工程是谁批准的吗?!"台下一片寂静，大多数人都张大嘴巴等待结果。

他顿了一下，抬高嗓门儿说："是伟大领袖毛主席亲自批准的!"

顿时台下的人都挺身坐得笔直，好像长高了一截。

他又说："现在有人拿我们一把，只有靠我们自己了。如果我们完不成任务，毛主席就会睡不着觉。我们能让毛主席睡不着觉吗?"说着站起来用右臂猛地一挥。

台下传来了雷鸣般的吼声："不能!"

一时间，整个海滩让一股豪迈之气震撼，仿佛潮水也退了一大截。这时，霍总又是人们传说中的霍总了。他喝口水，坐下来，拿出准备好的稿子，开始部署任务。

麻烦来了。

他刚念到第二节，就出了个错别字。当时全场还沉浸在豪迈的气氛里，没有什么反应。等他念到那些专业名词时，那些知识分子竖起耳朵，拿着笔记本用心记录时，出错的频率一下子增多了，有时一句话中会念错两三个字。

台下出现了嗡嗡的议论声。霍总自己不知道发生了什么事，疑惑地停下来，看了看台下。由于他的目光，台下暂时又安静了，可他刚开口念了一会儿，台下又嗡嗡地议论起来。他忽然觉察到什么，右手翻开第一页时，翻了两次才翻过去。但他还是稳得住，清清嗓子又接着念了下去。下面记笔记的由于许多次听不明白，只好停下手中的笔，一个个满脸迷茫。

突然，他再一次念到了"频率"俩字，念的是"步卒"，终于有人听明白了，前排有个调皮的开发了艺术细胞，说了句"我们不是步兵是海军"，周边上的几个人忍不住哧哧笑了起来。

霍总自然听到了，脸上再也挂不住了。他是个直性子，突然把手中稿子朝前面用力一摔，大声说："写的什么破玩意儿，没法念。"

全场惊呆了。

稿子散了一地，让风吹得满地跑。主持会议的参谋长带着几个兵费了好大的劲，才一张张捉了回来。参谋长满头大汗地把稿子理好，用目光请示霍总。这时的霍总喘着粗气谁也不理，用手撑着脑门儿，满脸涨得通红。参谋长咳了一下，对台下说："我先做个自我批评。这稿子是我带人准备的，昨天晚上搞得匆忙了些。字体比较潦草，笔误也比较多。霍总年龄大了，眼睛老花，念起来不方便。现在由我来替首长念完。"然后，参谋长就念了起来。

霍总还是保持那个姿势，一直到参谋长念完。

参谋长收起稿子，请示霍总："是不是散会？"

霍总看了他一眼，突然说："我说几句，刚才参谋长有几句话讲得不对。"

参谋长一下子紧张了，在场的人也都紧张了。

霍总从参谋长面前把稿子又拿过去，然后面对台下举起来：

"哪有什么笔误？哪有什么潦草？大家都看看，这稿子写得很好，字体也很工整。"

参谋长一脸尴尬。

霍总缓了口气："同样的稿子，为什么我念不下去，而参谋长念得好好的呢？你们说。"

这时候，自然没有人会站起来回答他的这个问题。

他说："很简单，就因为参谋长上过高中，有文化；而我小学都没上过，没文化。这下好啊，大家都可以看到有文化和没文化的区别了吧。"他停了一下，又说："在座的，文化程度有高的，也有低的。我想啊，这长波台咱中国人没搞过，文化程度不论高低，都要拿镜子照自己身上的不足。低的自然要学。为了让别人不笑话我们，为了让毛主席能睡得着觉，高的也要学。从今天开始，我带头学，因为你们的文化都比我高，都是我老师。"

全场起立，自发地响起了雷鸣般掌声。从此以后，找自身的不足和抓学习成了这支部队的传家宝。一代又一代的人都把这个故事的主人公当作一面镜子。

彼　岸

要说这龙凤岛上的居民，海虎是老资格了。

海虎是一条军犬，纯种的德国黑贝。打从海军陆战队驻守龙凤岛以来，海虎就一直住在这里。兵换了一茬又一茬，海虎总是站在码头热泪盈眶地看着它那些身穿海洋迷彩服的伙伴消失在海天相连的地方，又含情脉脉地迎来了新的伙伴。

一晃十年过去了，海虎老了。

驯犬员王海生是七年前上岛的。前任把海虎交给海生时,他还是个新兵,如今已是三期士官。在岛上论资格,海生仅次于海虎。别看现在在礁盘上巡逻,是海生牵着海虎,海生刚上岛头一年,上礁盘都得要海虎带着。这龙凤岛在南中国海的南端,方圆大小不会超过两个足球场,四周都是白花花一片珊瑚礁。那礁石像花一样绽放在海面,可每个海石花缝隙之间多是几十米深的海沟,谁要是一失足掉进去,出来的可能性几乎没有。特别是涨潮时,不少珊瑚岛礁在水下,巡逻走上去,哪儿能不能落脚,哪儿要避开,一般士兵不摸个一年半载是不会清楚的。这种情况下,都是要靠海虎来做向导。

海虎退休的命令是一艘地方的水船带上岛的。一同上岛的还有一条军犬训练基地毕业的年轻黑贝,名叫金刚。海生虽然心里有准备,但没想到上级的动作这么快。他赶紧找到守备队长,要求他马上请示上级,把海虎再留下来一段时间,就当是超期服役。

队长是去年刚从军校毕业后上岛的,年龄比海生还小两岁,对老同志海生的意见自然不好当面否决,就劝他:“老王,我知道你和海虎感情很深,要不战友们怎么都把你们俩叫兄弟。”

海生不否认他和海虎的兄弟关系。海虎原来叫大宝,听起来像一个化妆品的名字,正因为战友们这么说,他索性把它改名叫王海虎,和自己一个系列。

队长装模装样地叹口气:“谁都讲感情。可你想过没有,就算这狗,王海虎同志,和你一样真是个人,人也要退休的呀。你放心,我问过了,海虎退休回大陆后,就进了军犬休养队,有人伺候着它,何苦让它在这吃这么大的苦。”

其实这些海生都知道,他想了想说:“我感情上不想让海虎走是一方面,主要还是咱龙凤岛现在离不开它。”

队长一愣,马上笑着说:“扯淡。金刚不是上来了吗?再说了,真没有军犬,咱海军陆战队就守不了这么个小岛了?”

海生说:“队长,你看咱们上岛的队员,现在基本上是一年一轮换,连几任队长也是两三年就高升走了,所以,你也快升了。”

队长笑着揍了他一拳:“哄我有意思吗?净拍不花本钱的马屁。”

海生一脸认真地说:“我听我师傅说,海虎刚到龙凤岛也是两眼一抹黑,有两次上礁盘也是差一点掉到沟缝里,一年半以后,它才完全熟悉地形。你说,要是我这兄弟一走,这礁盘上巡逻安全可要你伤脑筋了。你别看着我,我是指望不上的。大家说我是活礁盘,那才扯淡呢,没有海虎,我可不敢上礁盘。”

队长看海生不像是自我贬低的样子,还真有点疑惑了。忽然,他想起了什么:“好你个王海生,差点让你糊弄住了,前几天你这弟弟居然爬到我的床上,你说它老了,眼睛花了。咱们陆战队巡逻还非得让一条老花眼的军犬领着?”

这回海生心虚了,这狗确实眼睛老花了,其实他也早知道,队长只是刚发现罢了。不过,他有招,回头叫了一声:“王海虎同志。”

海虎马上跑了过来。海生说:“快去把视力表拿来。”海虎一溜烟不见了,不一会儿,叼来一张大家常见的视力表。不过,这视力表一看就是海生用钢笔描出来的,上面的 E 字都长得不太周正。他打开一个小木箱,笑着对队长说:“这也是水船刚带上来的。”说着,掏出一把眼镜,有十多副。

“你这是干什么?”队长纳闷了。

海生把视力表用饭粒粘在了椰子树上,让海虎在五米处坐好。

他拿起一副眼镜，用橡皮筋给海虎戴上，像模像样地测起视力来了。

战友们都觉得好玩儿，围过来看怎样给狗测视力，都说海生这么闹着玩儿太有创意了。

海虎戴上老花镜，像模像样地伸起前右爪上下左右地挥舞，等换到第五副眼镜时，它的视力达到了一点五。这小子肯定让海虎对着视力表训练好长时间了。

“好了，你不当飞行员，这二点零就不指望了。”海生拍了拍海虎脑袋说，转身问队长：“怎么样，你还能说它视力不行吗？这叫老狗伏枥，志在海疆；海虎暮年，壮心不已。”

队长又好气又好笑，但是完全被海生这番真情和心血感动，他不声不响去了趟队部，回来后对海生说：“请示一下，就让海虎在岛上再待一阵吧。我汇报了它的作用，让它带带金刚。”

海生惊喜地抱起海虎：“快亲队长一下。”

海虎似乎也明白了，还真张开了嘴，友好地露出白森森的牙齿。队长闪身连连摇手：“好好好，心领了心领了。”转身忙他的去了。水船上的船员看到岛上这条戴着老花眼镜的军犬，都感到新奇，围过来和它合影留念。

于是，礁盘上经常看到海虎领着金刚在熟悉地形。

水船走了没两个礼拜就出了事，还真亏得海虎。

是菲律宾来的三号台风。台风来的时候，巨浪滔天，大雨瓢泼。海虎测视力的那棵椰子树，一头秀发随风飞舞一下就成了板寸，战士们防台风都有经验，躲在钢筋水泥碉堡里没有出来。

事情出在台风刚走。防台风时两边窗户都要打开，风带着雨从这边进去再从那边出来，自然就有一些雨点落到桌子上，值班室的值班日志放在抽屉里让渗进的雨水淋湿了。通信员见台风走了，雨也停了，火辣辣的太阳又出来了，赶紧把值班本放在窗台晒干，没想到，忽然来了一阵怪风，把本子吹跑了。这风来得很不地道，一点征兆也没有，更不用说预报。这是南中国海上自生自长的土台风，常常跟着洋台风屁股后来偷鸡摸狗，小通信员没经验，一下子中了招。

那值班本像个方“轮胎”朝海边滚去，等几个战士追到海边，值班本已到了海里。情况非常紧急，要知道不少国家的侦察船只经常在这片海域出没，这本子要真落到他们手里，麻烦就大了。因为这时涨潮，太危险，没法行走，也没法游，战士们无法下水。就在这时，海虎一下子扑向海面，它优美地扭动着身子，熟练地在水面上跳跃，每一次都准确地踩上水下的礁石，不一会儿，就一口叼住那本日志，在大家的欢呼声中返回。突然，一个大浪打了过去。等它再从浪里出来时，行动有些迟缓。海生知道是海水把海虎的老花眼镜打模糊了，心一下子提了起来。但海虎没有让大家失望，它叼着值班本，凭着自己的感觉，又跳跃起来，很快回到了岸上。队长从它口里取出值班本时，激动而又深情地抱着它亲了一下。

第二天早上，海生发现海虎走路后边右腿有些瘸，一看，居然右腿根部有个一寸左右的口子，而且红肿了。海生急了，要知道，虽然现在是初春，可岛上的温度却有四十多度，要是伤口处理不好，海虎很危险。他赶紧从卫生员那里要来碘酒和消炎药，搬来一把椅子，让海虎坐上去，命令它抬起前爪直立起来，尔后，用药棉蘸上碘酒。

当碘酒涂上伤口时，海虎一阵惨叫，它是伤口部位被碘酒刺疼。慌乱中，海虎用前爪把海生推开，刚好抓到海生额头，划去了一块皮。不一会儿,鲜血顺着海生鼻梁流了下来。海生捂着额头朝门外跑了几步,又回过头来用另一只手拍拍吓呆了的海虎:“没事,没事。”

因为岛上没有狂犬疫苗,海生受伤的又是头部三角危险区,因为海岛到大陆有两天两夜的航程,上级很快派直升机把海生接走了。

海生一走,海虎开始不吃不喝了。

开始,大家也没太在意,觉得一时的事,虽然它知道自己误伤了海生后悔,虽然它想念海生,但毕竟是狗,肚子饿了吃东西是本能,饿极了还能不吃?

这样到第三天,大家知道了问题的严重性。队长让大家想办法,海生的战友们各自拿出自己珍藏的宝贝,有排骨罐头,有牛肉罐头,还有红烧肉罐头,一共十几种,放在海虎面前。任凭香味环绕,海虎的鼻子居然没有丝毫反应,更不用说喉结了。到天黑时,由于天气太热,这些罐头只好让金刚当自助餐了。

从军用长途里得知海虎已饿了三天,海生在医院里急得脸都白了,赶紧找到医生,要求出院。医生训了他一顿:“你没拆线就想着出去,再说还有一针狂犬疫苗没有打,你不要命了!上级批准用直升机救你来医院,你以为是闹着玩儿的?”

他只好偷偷溜到码头,到处打听有没有到龙凤岛的船只,一连三天,都没找到。他急得真想跳进海里游回去。第三天晚上,总算找到一只去金沙岛的水船。海生苦苦哀求终于把船老大打动,同意多绕半天航程,把海生送到龙凤岛。

那两天的航程,对海生来说,是两周,两个月,乃至两年,漫长而又焦虑。等两天后水船靠上龙凤岛码头,没等跳板摆好,海生就飞一样奔向海虎的住处。

犬舍里,队长和几个战士正在摇着一动不动的海虎,队长用手在试它的鼻孔。海生心里一阵激灵,全身都凉了,冲过去扒开他们,大叫:“海虎!海虎!”

忽然,海虎缓缓睁开了眼睛,耳朵也慢慢竖了起来,它看到海生,眼珠子顿时闪亮起来。海虎抬起身,居然,吃力地挣扎着站起来了,它没有停止,继续吃力地把自己的两个前腿抬起来张开,像人一样直立起来,一头扑在了海生的怀里。

海生紧紧地抱住它,眼泪止不住掉下来。他喃喃地说:“好海虎,想死我了,快吃东西吧……”忽然,他停住了,感到海虎全身重量都压过来,两只手没抱住,海虎整个身躯像泰山一样塌了下去。

舱　门

试验进行到四个半月的时候,上将来到了潜艇支队。

这是一次潜艇远航模拟试验,参加试验的官兵都在挑战生理和心理的极限。这艘远航的潜艇其实是一个模拟舱,五十名官兵要在里面待满五个月,所有的事情只能由他们自己处理,哪怕是像阑尾炎这样的简单手术,也要舰艇医生在艇内自己解决。模拟的潜艇并不在海里,是在离海边二十米远的大试验厅内。在已经试验的四个多月里,潜艇遇到了台风引起的涌浪,遇到了不可预测的暗流和礁石,甚至还遇到了敌方的跟踪和攻击,艇长带着大家都闯过来了。

但是,专家组从观察屏幕里看到,艇员们绝大部分时间是在面对寂寞和烦躁。他们还自办了远航简报,每期都以电报的方式传出来，最近的一期上居然有这样三篇小文章，是《怀念阳光》《梦中的月亮》和《在一片蓝天下》。专家们非常理解，阳光、月亮和蓝天已离他们非常遥远了。

将军此次是专门来海军部队调研的，因为首长忙，调研时间只有三天，在支队只停留半天。他的到来，让整个支队乃至海军、舰队都非常重视。因为像总部机关这样级别的首长下来调研，在支队历史上还是第一次。调研要求不要机关陪同，所以机关陪他最大的官就是舰队的作战处长。处长以前是这个支队的参谋长，他悄悄地打了支队长一拳，说："老兄，给你带个话。舰队首长交代，这次调研，潜艇部队就你们一家，你可得给海军露脸。"

将军在码头上一下车，就钻进了一艘新改装的潜艇。在艇员宿舍舱，他拍着狭小的吊床说："潜艇一远航，潜艇兵要在这儿住上几个月，艰苦是难以想象的。"他回头对支队长说："我是陆军出身，坦克经常坐，头一回钻进潜艇。刚才你还说我个子高大，怕进来难受，劝我不要进来。你看，不进来我能看到这些吗？"

支队长笑笑说："唉！再苦再累，我们这些搞潜艇的都习惯了。"

"你们是习惯了，可是好多人不仅不习惯，还不一定能理解呢。"将军说，"你们知道吗，两年前，全军部队伙食费调整时，有的部门还跟我提出来，说潜艇兵的伙食标准和飞行员的一样，是不是太高了，要有差距。说实话，我当时还真犹豫了一下，想了想还是让他们上潜艇体验了一回出海。他们回来后向我汇报说，潜艇兵确实太艰苦了，那点伙食费根本就不高。"

将军说的事情在场人都知道。那回，总部来的几个人听说真能跟潜艇出一次海，而且还能下潜，高兴得够呛。可也就下潜了一个多小时,在海底遇到了小小的涌浪,他们晕船晕得连胆汁都吐出来了,潜艇只好提前返航。

听支队长把这事又说了一遍,将军点头笑了笑说:“这些他们都回来说了实话,我问他们潜艇兵吐不吐,他们说也吐,不过我们吐完就躺着不能动了,而潜艇兵一边吐,一边还在战位上操作执行任务。多好的伙食吃下去,只要出海遇到风浪,都吐出来了。所以说呀,两年前我就想到潜艇上来看一看。”

大家不知道两年前那次总部机关来调研,出一次海的意义这么重大,更感动首长对潜艇兵的关心。其实潜艇兵都已经习惯了寂寞,这种寂寞包括远航几个月不出水面,更包括他们的艰苦不为人了解,更不为人理解。飞行员都被称作天之骄子,而他们呢,他们自己开玩笑,称自己为黑鱼,老在水下钻来钻去的,因为潜艇的形状与黑鱼有点像。

将军高大的身躯费劲地爬出潜艇,眯着眼睛看了好一会儿天空,然后上了码头,回头问作战处长:“你们现在最长能在水下远航多久?”

作战处长回答:“全舰队的潜艇最长的一次执行任务是在水下三个月。”

支队长说:“不对,应该说至少四个半月。”

将军一时间没有明白。作战处长明白了,赶紧说,“首长,支队正在进行一次时间为五个月的模拟远航试验,现在已经四个半月了。”说着,指指不远处那个试验大厅。

一行人很快就进了试验大厅。从屏幕上,可以看到艇员们在各自的战位上工作,他们丝毫没有也不可能知道舱外有一群人在注视他们。试验专家组组长王教授是海军著名的潜艇医学专家,他用简短通俗的语言汇报了潜艇远航时不同阶段对官兵生理和心理的影响,汇报了专家组得出的初步结论;而且简要地介绍了下一步对艇员训练更加科学化、人性化的设想,包括饮食结构和生活习性的培养和转变。

将军听着很新鲜,特别感兴趣。他若有所思拿起艇员自办的简报翻了起来,碰巧看到上面有一篇短诗,题目是《永远的黄桃》,再一看,内容是歌颂黄桃的。

他有些不解,问王教授:“黄桃?这个兵怎么会对黄桃有这么深的感情?还‘永远’。”

王教授还真没法回答这个问题。支队长想了想,说:“会不会这样,我们在远航的时候,主要是吃罐头,罐头有荤有素,还有水果。你要是吃上几个月,那罐头都咽不下去。还真是,我和这个作者一样,比较能接受的还就是黄桃罐头。”说着,脸上竟露出一丝孩子般的笑容。

边上的作战处长竟然也跟着说:“嘿,怪了,我出海时也最爱吃黄桃罐头。”陪同在边上的几个支队领导也都说自己远航时爱吃黄桃罐头,细心的人可以看到他们的喉结都在羞涩地滑动。

王教授一下子像捡了个大宝贝,激动地说:“你看你看,我看到这首诗,就没往这想。这可是个新发现,没准儿这黄桃会成为解开潜艇兵远航饮食课题的一把钥匙。”

将军当然非常高兴,想了想,对随行人员说:“计划改变一下,今天晚上我就住在这里,住到这个模拟舱里去,和潜艇兵们好好聊聊,今天运气不错,肯定还能摸到不少珍贵的第一手资料。”

大家都慌了神,将军这么大年龄,那么高个子,要在模拟舱中窝一夜,应该是非常难受的,而且按照训练计划,今晚潜艇要遇到涌浪,模拟舱要晃动起来,将军他能受得了吗?这个责任谁也不敢负。支队长把情况向将军汇报了,坚决要求他不要进舱。

将军笑了笑:“到了舱里,看不到天了,也不怕天塌下来了。我们总部机关来的那几个人都晕过船,我就不能晕一下?我想进去吃两个黄桃罐头,你们还舍不得吗?”然后他收起笑容,认真地说:“刚才,我想了很多。你们这个试验搞得很好,对广大潜艇兵来说是件大好事。对我来说、对全军来说意义还不仅仅如此,我们还有不少战士在雪山上一待半年,在无人区一待几个月,还有野外生存,还有在山洞里待很长时间,这些官兵的生理和心理,我们都要好好地研究。你们说,我今天碰到这么好的机会,再放弃走掉,不是太可惜了吗?”

边上的人听到这些,一时还真不知说什么好,王教授红着脸忽然冒出一句:“首长,你不能进去,不是怕你吃苦,是因为现在潜艇模拟的是水下航行,这种环境下外人是不能进去的,如果舱门打开,就意味这次试验结束。”

将军听了一愣,想了好一会儿,像下了什么决心似的说:“好家伙!你看支队长劝不住我,你想出这么个理由。有那么悬乎吗,你蒙不住我,我今天一定要进去。”

首长说得这么坚决,大家更不好说什么了。于是将军去换作训服,做进舱的准备了。支队长也要去准备,王教授一把拉住,再次强调说:“我必须对试验负责,我是不会打开这个舱门的,你下命令也没用。”

支队长自然明白这些,上个月,海政有个编导从北京来,死缠硬泡要进舱去体验生活,给王教授写了好几首诗,表达他对潜艇兵的真情,王教授感动地和他拥抱之后还是不同意,气得这位编导满怀遗憾走了,但支队长还是诚恳地说:“我知道你是在想我是势利眼,拍上面马屁,以牺牲试验效果来讨好首长。说心里话,开始,我和你的想法是一样的,坚决不能打开舱门,但是现在这个舱门必须打开。总部首长来参加我们这个试验,机会是可遇不可求的。为了总部决策部署好全军其他兄弟单位的试验,我们做出点牺牲,是应该的。”

王教授张了张嘴,也就不再说什么了。这时,将军已做好准备过来了,王教授用电报的形式通知艇长:“首长要进来,准备开舱。”

一分钟后,艇长回电:“请下达试验结束命令,否则不能开舱。”

支队长急了,又电:“是总部首长,上将。我命令你开舱。”

艇长很快回电:“我现在执行试验命令,任何违反试验规则的命令都是错误的命令,我拒绝执行。”

支队长一下不知道怎么办好,等在舱门口的将军说:“发电,立即打开舱门,如不执行命令,解除艇长职务。”

没想到,刚才和蔼可亲的将军一下子变了脸,而且这么严厉,在场的人都吃了一惊。支队长更加紧张了:“赶紧按首长指示发报。”而后,他对将军说:“这个艇长非常优秀,舰队已经上报提拔了。”显然看出他是怕这个事情影响到艇长的进步。

偏偏这时候,艇长回电:“我必须遵守试验纪律,没有试验停止的命令,我不会开舱。试验结束后,我愿意接受任何处理。”

支队长急得直冒汗,抓着头皮无奈地说了一句:“下达试验结束命令吧。”

这时,将军说:“停止下达命令。”

他笑了,笑得非常灿烂:“试验比我想象的还要成功,我们的潜艇兵比我想象的还要勇敢,还要优秀!我刚才是给他们出了个难题,我还真替他们捏把汗,真担心把他们难倒了。这样吧,我有个愿望,试验结束那一天,我还来,进舱内吃黄桃罐头。”

远 航

西昌舰要走了,是最后一次远航。

舰长肖海波下达起航命令时,眼睛像是飞进了小虫子,眨巴了好几下,细心的副舰长发现了,明白那是怎么回事,于是自己的眼圈也红了起来。

西昌舰悄悄地驶离了海军博物馆的码头,它走得很沉重,似乎满腹心事。在舰桥上的肖海波看了看手表,已是凌晨两点,他朝左前方张望了一下,整个城市都熟睡了,父亲这时候真的已经睡着了吗?会不会从梦中惊醒?

父亲叫肖远,今年七十多岁了,是西昌舰的第一任舰长。三十多年前,国产的西昌号驱逐舰刚刚服役下水,就参加了那一场著名的海战。激战中一颗炸弹在后甲板爆炸,不知震坏了机舱的哪个部件,引起高压锅炉管道着火和严重泄漏。当时情况很危急,一旦高压锅炉爆炸,西昌舰只有沉没。根据险情,剩下的时间只有九分钟,机电部门一片紧张和慌乱。要命的是能够处置这种情况的两位老水兵都是海战中的新手,他们更知道形势的危急,一时都蒙了。一个由于过度紧张,双手不停地发抖,工具都掉到地上;另一个脸色苍白,满头大汗,手里捏着工具在原地转圈。边上的人急得不知怎么办好,甚至有人提出赶快弃舰。这时,舰长肖远从舰桥冲到机舱,抓住两人的衣领,一人一个耳光,而后说:有我在这儿,不要急,慢慢弄。还真怪,两个水兵很快就镇静了,熟练地开始抢修。

突然,舱面又传来一阵爆炸声,头顶的一根横梁朝两个水兵砸了下来。肖远冲过去,用身体挡住了。西昌舰得救了,肖远在医院躺了三个多月。以后的日子,无论是他担任支队长,还是舰队司令,只要西昌舰一起航,肖远受伤的腰部就会隐隐作痛。

昨天上午,在海军博物馆隆重举行了西昌舰退役仪式。选定这个日子也是因为肖远,他在舰队医院已经住了一年多了,记不清的化疗和放疗,已经让他铁塔一样的身子虚弱不堪。本来,医院坚决不同意他再走出病房,但是,海军和舰队首长认真研究,觉得这个仪式必须有肖远参加,并要求卫生部门拿出保障办法。经过气象部门的预测,昨天的海边无风,温度终于达到二十八度,是三月份以来唯一的好天气,终于符合医院提出的要求。

肖远从救护车上下来时,身穿已脱下九年的海军中将军装,一群医护人员带着各种抢救设备,用轮椅把他推上了甲板。西昌舰的每一任舰长都跟在他的身后,依次走上军舰。现任舰队司令员宣布西昌舰退役命令后,肖远缓缓地站立起来,给后任的八位西昌舰长点名。而后,他用沙哑的嗓子慢慢地说了起来,讲得很平静,只是详细地讲西昌舰年龄、吨位、各个部位的尺寸,以及西昌舰执行的每一次任务和受过的伤。排在最后的肖海波看到身边的几位老舰长泪流满面。这么多年,父亲从来没有表达过他对西昌舰的特殊情感,他不明白父亲在和军舰作最后告别时,依然没有表达,甚至没有评价西昌舰。原以为父亲会流泪,但是没有。他命令自己也别流泪,但眼前还是模糊了……

不到半个小时的讲述,肖远喘着气停顿了十多次,护士用手绢不停地擦拭他额头上的虚汗。临下舰时,肖远摸着舰首的主炮喃喃地说:再见了,老伙计,我们都退了……等我出院了再来看你。

但边上的肖海波知道父亲不可能再看到这个军舰了,父亲的病情他很清楚,不可能再出医院了。正因为这样,大家才告诉他西昌舰要永远待在这个博物馆。父亲更不可能知道,这个军舰也马上要离开博物馆,去执行他最后一次任务。

肖海波已经被任命为新的西昌舰舰长,这是国产最新型导弹驱逐舰。新舰已经下水。最后一次试验成功后,就要服役。这个试验就是要验证舰上新型导弹的打击能力,如果仅用一枚导弹能击沉一艘驱逐舰,新西昌舰就合格了。而老西昌舰就是这次试验的靶舰。肖海波面临的是,他只有亲手击沉老舰,才能驾驶新舰进入人民海军的序列。

肖海波当然知道,过去,老西昌舰只要一起航,父亲腰部就会疼,所以担心老西昌舰离开博物馆无法瞒住父亲。为这件事,他专门与他父亲的主治医生商量多次,医生们研究了半天拍着胸脯说保证没有问题,因为首长的癌症已到晚期,浑身都在剧痛,每天晚上需要注射镇痛剂才能入眠。他腰部原来的隐隐作痛和现在的病痛相比,可以忽略不计,自然也不会再察觉了。肖海波还是不放心,为了万无一失,上级批准西昌舰选定在凌晨出发,这时候父亲已经在药物的作用下进入深睡眠了。

西昌舰缓缓地沿着海湾航行,除了左边远处海岸边偶尔冒出的点点渔火和航标灯,剩下都是漆黑一片,大海也仿佛睡着了。负责夜间值班的副舰长劝肖海波抓紧回自己的舱室休息,因为明天下午到了目的地,还要指挥新西昌舰参加重要的试验。

肖海波回到舰长室,躺在铺上,刚睡着没几分钟,就莫名其妙惊醒。这是以前从没有过的,他觉得有什么不对,赶紧起身穿衣奔向舰桥,问正在指挥驾驶的副长有没有异常情况。副长让他问愣了，说一切都很正常。肖海波看看确实没有什么事，但就是不想离开舰桥。他找了个理由，笑着对副长说：新西昌舰靠电子信息系统指挥，指挥室在舰艇中心舱室，外面什么情况都在屏幕上一目了然，上舰桥来的机会也不多了，我就在这再待一会儿。刚说完，信号兵报告左侧海岸边山头有信号。

副长说："是不是睡迷糊了，这个山头上没有信号灯塔。"

肖海波也知道信号兵肯定弄错了，这段航道他太熟悉了，左边山头是……忽然他身子一激灵，跳了起来，赶紧拿起望远镜朝山顶看去，马上呆住了。

山顶上有一个小亭子，亭子里有几个人，父亲肖远坐在轮椅上，正用手电朝军舰发着信号，反复只有两个字：去哪？

肖海波知道舰队医院就在山那边，医院离这个山脚有几公里，这倒并不要紧，因为有公路。问题是山脚到山顶的石阶路有一公里多，父亲是怎么上去的。无论是抬、背，医护人员固然辛苦，父亲的病躯要承受多大的痛苦和危险，更不用说现在夜里海风很大，很冷。这一切他没法细想，因为父亲的信号还在问他，他必须赶快回答。

父亲果然没有被瞒住，镇痛药能镇住癌症病痛，却无法割断西昌舰对他的牵引。他觉得关于西昌舰的一切，他是无法隐瞒父亲的，现在只有将全部真实情况告诉父亲。但是他遇到一个技术难题。因为这次导弹试验密级很高，信号灯的语言是全世界统一的，如果现在用信号灯告诉父亲，那就会严重泄密，怎么办？

他想起了自己小时候，常常和一帮小伙伴们光着屁股趴在沙滩上，等待着父亲们出海归来。那时，国产驱逐舰还没下水，父亲还是快艇艇长，记得有一次，因为小伙伴的父亲没有回来，父亲对那小伙伴说:“你爸爸远航去了,去了很远很远的地方。”多年以后,肖海波才知道那个叔叔在战斗中牺牲了。他马上对信号兵说回信:军舰要去远航,要去很远很远的地方,但只走很短很短的时间。

父亲似乎明白了什么,但依然不死心,又问:远航?

肖海波回答:是的,就像我小时候那个叔叔远航一样。

父亲那边又问:为什么? 真是最后一次了吗?

肖海波回答:是最后一次,也是第一次。

父亲那边停了一会儿,又问:第一次什么时候?

肖海波回答:很快,但是军舰变年轻了,就像您当年第一次见他一样年轻。

父亲好一会儿没有回信,军舰快要驶远了,肖海波命令放慢航速再等待一会儿,终于父亲回信:我真羡慕它,能在轰轰烈烈中远航。

军舰渐渐远去,山上再也没有信号发出,肖海波这才发现自己刚刚读懂父亲,这时,他在望远镜里惊讶地看到,父亲的眼角闪着亮光。这是他第一次看到父亲流泪。

一个月后,按照肖远的遗嘱,在我国最新型的导弹驱逐舰——西昌舰上为这位老舰长举行了海葬。

(原载《解放军文艺》2009 年第 5 期)

作者简介:陆颖墨(1964—),江苏常州人。著有小说集《寻找我的海魂影》《白手绢,黑飘带》《小岛》,话剧剧本《远岛之光》等。

散文纪实

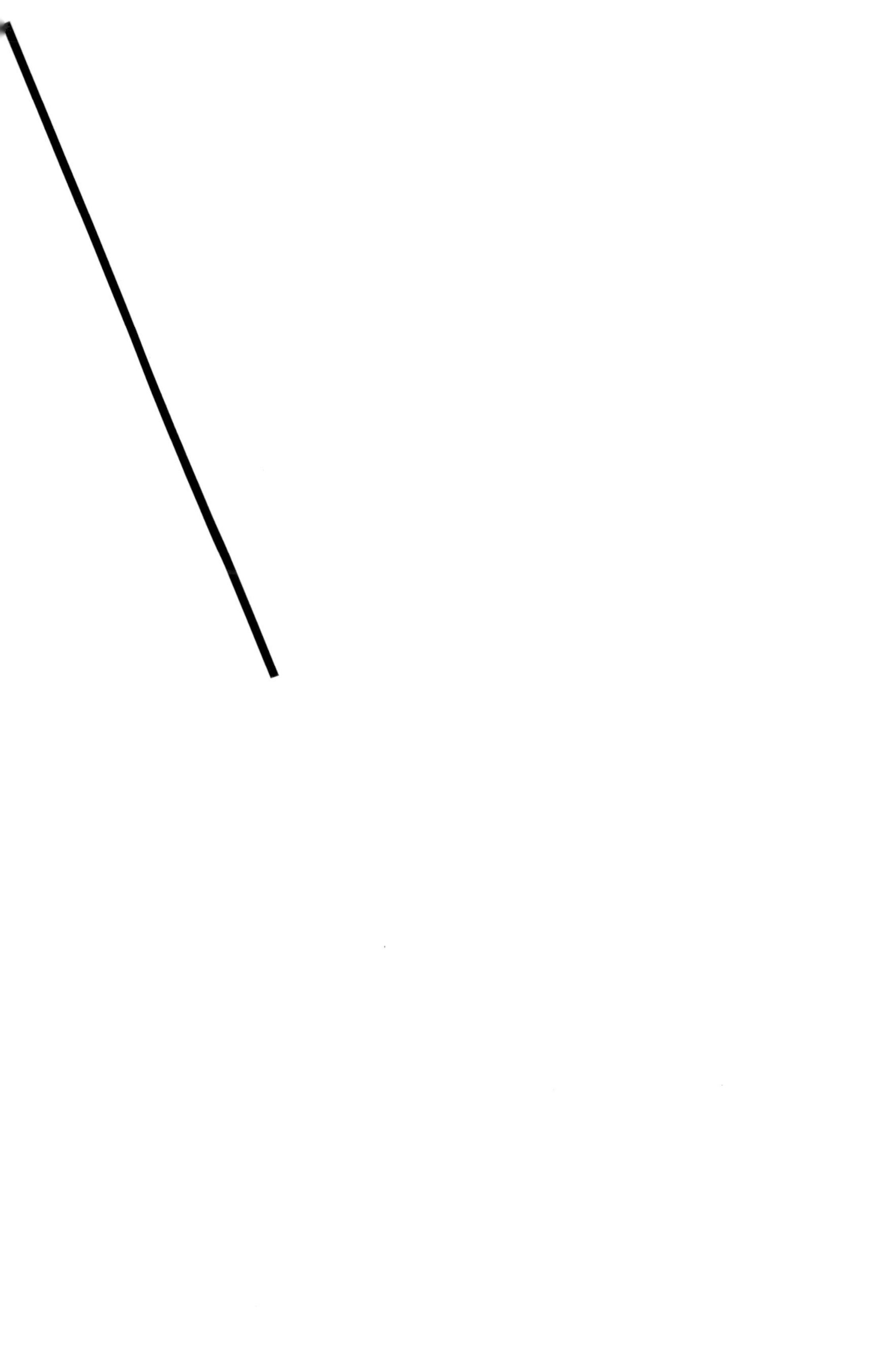

船　长

柯　岩

Master,直译是船长或主人;那么,对他,贝汉廷,怎样译更确切呢?

我站在“汉川号”的驾驶台甲板上凭栏远眺,深深地思索着。海风迎面扑来,新鲜而又湿润。远处,是神秘莫测的大海;近处,海鸥在我的脚下飞翔……

刚才,在和海员们的谈话中,有什么搅动了我的心,为了掩饰我的泪水,我才离开船舱。但现在,在这蓝天与大海之间,我仍然不能平静,思绪的波涛追逐着海水,去得很远很远……

不知怎么,我一下子离开主题,忽然想起二十多年前我给小读者写的一首诗,告诉他们什么叫作海员。

我不禁噙泪而笑了。那时我是那样年轻,在生活的海洋里几乎未经沉浮,我懂得海员么?那时的小读者今天该也是三十多岁的人了,他们怕也有自己的孩子了。经历过十多年的狂飙巨浪,他们还像儿时那样天真地向往海洋吗?天真,也许是消失了;但向往——还应该向往。那么,就让我再给他们讲一个海员的故事吧。

讲一个海员,一个水手,一个船长,一个 master 的真实的故事吧……

汉堡港的变奏

汉堡港是美丽的。岸上,一幢幢红色和黄色的建筑群;港口,碧蓝的海水翻卷着银白的浪花……

汉堡港是忙碌的。每天来来往往,穿梭着各国的船舶,码头上吊杆起落……但工人的脚步是稳重的,德国人原是出名的有秩序。一百多年来,汉堡港早就形成了自己的节奏——有条不紊,按部就班,寓丰富于单纯,多变化而又精密……就像成熟的乐队演奏熟悉的乐曲。

但突然,有一次汉堡港竟改变了它正常的节奏:港口、码头、装卸公司、服务公司频繁来往,电话不断;货主、代理、大小工头、理货组长和工人们都激动不已,甚至连正好停泊在港口、尊严而又自信的十几个老船长也打破常规,开了一条小艇,集体下海去了。

是什么引起了这骚动呢?台风吗?惊涛骇浪吗?都不是。一百多年的港口了,任何风浪也改变不了它的节奏。

使得汉堡港变奏的,说也奇怪,是一条船。就是中国远洋公司上海分公司的这艘远洋货轮——“汉川号”。

码头上人头攒动,指指点点,“汉川”“汉川”之声不绝。有的人还特地带了老婆孩子来参观,说是让他们见见世面。明媚的阳光,彩色的裙衫,童声稚气的欢笑,一下子使得汉堡港这支一百多年的古曲,焕发出青春的明丽,奏出了奇异而动人的旋律。

这是一九七八年四月的一个星期天。

故事却要从三月说起……

三月二十一日,“汉川号”在驶欧途中接到公司电报,返航时在汉堡港装运天津化纤厂成套设备,国内急用!

但抵港之后,港口却给安排了一些杂货。原来代理认为中国船根本运不了这套设备。因为这套设备极不规则,且又贵重。很多都是超长、超高、超重件。其中任何一个部件有任何一点损坏或漏运,都要误工误时,损失严重。何况按照惯例,港口从来都把贵重的成套设备交给他们认为工效最高的德国船运。当然,这些话并未直说,说的是:"这套设备任何一条船也装不下,'汉川号'尽可以运别的货嘛。"

但是,以贝汉廷为首的"汉川号"还认准了非装这批货不可!理由嘛:一是国内急需,二是成套设备运输费高,三是你外国人能做的,我们中国人就也能做,凭什么小看人!当然,这话也没直说,说的是:"谢谢你们的好意,但是我们可以一船装走。我们行。"

行不行,这可不像国内搞大批判,揪"走资派"那么容易,只要戴上袖章,抢过话筒,哇哩哇啦喊一通,谁帽子大,上纲高,谁就胜利。这可是国际港口,面对的都是专家,一张嘴就知道你有多少斤两,空话、大话引来的只有讪笑。何况这是航海,是科学,大海可不是被剥夺了一切权力的"走资派",大海是要发言的,稍有一点不实事求是,不科学,它就要惩罚你!就会让你船覆货沉,葬身鱼腹。因此,这个"行"字可是一字千斤,开不得半点玩笑!

贝汉廷是有名的老船长了,他坚持说"行",外国人也不得不掂量掂量。于是一伸手说:"拿来!""什么?""配载图。"贝汉廷微笑着摊开了图纸。行家搭眼一看就愣住了,不由得脱口说了一个"好"。

这是一幅何等详尽的配载图啊!图上布满了密密麻麻的图形和数字,成千上万个部件,不仅各有各的装载部位,而且件件有尺码、有重量、有体积，件件有标号。

可怎么有几件甲板货，高出了船舱，伸出了船舷，这可是不安全的吧？……

谁知贝汉廷笑嘻嘻地说出了到达、离港及航行中最佳、最差稳心的全部计算数字，同时还分析了四月的沿途气候：英吉利海峡怎样、北太平洋直布罗陀海峡如何；贝斯开湾及北大西洋的冬季风暴已过，地中海亦如此。印度洋虽长期平均六七级风，但此刻西南季风盛行的季节还未开始……沿途均属无风暴间隙，正是一年里航海的黄金季节。当然，也可能出现最坏情况，那就是印度洋阿拉伯海南部东经六十度以东提前开始西南季风，可能出现八九级大风，那也没关系。我们可以采取改变航向、变更航速、减轻正面迎风及开慢车等一系列技术措施嘛！

好一个贝汉廷！这哪里是什么配载图及其注释，简直是一份科学报告！德国人不由得伸出手拍着贝汉廷的肩说："祝贺你有个好大副。"贝汉廷彬彬有礼地躬了一下身说："谢谢。"

德国人哪里想得到，这张配载图早已超出了大副的业务范围，它是船长、政委、大副和所有技术力量二十七个不眠之夜的结晶。是他们，利用卸货期每天拿着尺子跑码头，将货物一件件量了过来，并根据船舱甲板所有部位的不同形状、结构及负荷，经过反复的核算和排列，求出了这种最合理的配载方案。

那些日子里，全船像要参加国际棋赛一样，把货舱、甲板的布置图纸（1∶100）贴在木板上，把货物按比例缩小做成硬纸模型，反复组合，这盘特殊的"棋"足足对弈了几百次……

代理不知道，但他被科学说服了，于是开始装货。

一号工头吉亚特是个有几十年工龄的行家里手，两撇小胡子，矮小而精明,极有本事却又看不起中国人。“汉川号”的大副根本指挥不动他。

在装第三舱时,吉亚特自作主张将其中两个大件不按配载图装,贝汉廷接到报告后匆匆赶到现场与他理论时,工头满不在乎地拍着胸脯说:“我有把握!”

贝汉廷再三劝阻他:“这样你会被动的。”

吉亚特翘着小胡子说:“我从来没有被动过。”

“如果最后装不下,由你重装,误工误期一切损失由你负责。”

“那是自然。”吉亚特说。

一天过去了,两天过去了,第三天吉亚特满头大汗地来找贝汉廷:果然一个十六米的大件放不下去了,硬放下去也关不上舱盖,而不关舱是不能启航的,何况舱盖上早已计划好了配载别的货物呢。贝汉廷早已有话在先,这一下,骄傲的工头可卡了壳啦! 支部动员了全船的技术力量,重新修正部分配载,在中德两国工人的共同努力下,最后把一个大件的包装木箱锯掉了一个角,用四个铲车斜着铲了进去,稳稳当当地盖上了舱盖。在场的工人都拍手称好,大叫“精彩”。小胡子吉亚特摊开双手,耸了耸肩说:“太奇妙了,这些货简直是按你们船舱的尺码定做的!”从此他客气得不得了,工人装货尺寸稍有出入,他立即纠正说:“不,不,请按配载图!”

货装妥了。代理等人纷纷上船祝贺。一致说:“像这样的货,我们德国有经验的老水手也绑不好,何况贵船海员多是新手。这么娇贵的货,弄坏一件可不得了哇。这船货,你们公司发财了,光运费就二百多万外汇。花几个绑扎费也值得。”

但是,感谢朋友们的关切,“汉川号”仍然决定自己来绑扎:一是自己绑的货心中有数,便于途中检查;二是我国远洋事业在飞速发展，正好借此锤炼海员；三呢，绑扎费用要好几万马克，船员们舍不得。于是一场绑扎大战开始了。

有的同志背拉着五十多米的钢丝绳爬上了六米高的圆锅炉；有的钻到货物下面仰身安装克莱姆；有的在装得满满的、侧身难行的货物间来回运送绑扎材料；有的用墨线一一记下货物位置，以便在风浪中随时检查有无移位……手勒肿了，不哼一声；人累瘦了，不肯休息；年轻的小伴磕掉了门牙也在所不惜。这一切的一切，都是为了在"四化"的储蓄罐里投下一枚枚外汇！

绑扎前验货师曾再三威胁说：绑扎不合格绝不发给证书。第一天，贝船长陪他检验一遭，共同找出了几处毛病，他摇了摇头，大不以为然。但是，从第二天起，他就再也找不出毛病了。第三天，他竟然未等绑扎完毕就开来了检货证明，并且声称他已不必再到船上来了，因为贝船长的要求比他更严格。他说："这样的绑法在海上船摇三四十度也不会出问题，我相信我的眼睛。"

"汉川号"就是这样引起了汉堡港的变奏，为我国的海员，为我们的祖国争得了荣誉。

于是就来到了四月的那个明媚的星期天。在妇女和孩子的欢呼声中，那个交通小艇坐得满满的，绕着"汉川号"转，为的是让行家的眼睛记下"汉川号"甲板配载的各个角度。他们是那样不断地发出赞叹之声，好像着迷的观众围在舞台四周为心爱的艺术家喝彩一样。

而引起如此轰动的"汉川号"船长贝汉廷不但没有频频谢幕，反而连面也没露，而是满头大汗地躲在船舱里和政委、大副们一起商量怎样婉谢一定要上船拍照的报社和电视台的记者。

"今天想起来，是多么愚蠢啊，拒绝人家给我们免费宣传。"贝汉廷笑着对我说,“可那会儿,思想就是没解放嘛!当然,后来在我们离港时,他们还是从雷达站上进行了拍照,而且登在报上说:‘这是汉堡港一百多年没有过的……’”

他挥挥手,不肯说那些赞美之词,怎么也不肯。

从南市来的孩子

人们说:搞远洋航行的人,应该像大海一样渊博,应该既是航海家,又是科学家,还是艺术家……

在没有见到贝汉廷时,我曾猜测过他的风貌。见了面之后,我觉得他——也像、也不像。像,他确实有点科学家的味道,讲起话来有根有据,像计算机一样精确,又像水银一样灵敏。不像嘛,那么小小的个子,穿着一件破衬衫,一条短裤(据说要一直穿到下雪),待人彬彬有礼,哪里像个威严的船长呢!

我知道他受过很好的教育,是老交通大学航海系的学生,是我们最早的几只远洋轮的船长之一。有很丰富的航海知识,能说很流利的英语,但他是怎样,又为什么走向大海的呢?

“我生在上海,从小在南市长大。南市,晓得哦?”

南市么?晓得的。那是解放前上海比较贫困的商业区。小商小贩很多,文化比较落后……随着他的叙述,我想起了那里泥泞的街道,狭窄的店铺,流里流气的白相人和衣衫褴褛、面有菜色的黄包车夫和苦力……

“我最小,哥哥姐姐都只上过一两年小学。后来哥哥做工了,他拼命要让我上学,为这,母亲十分不愿意呢。小学毕业了,在南市就不得了啦,还要上中学!亲戚朋友都没听说过。可是哥哥坚持,他后来在一个研究院工作,看见过科学家,他认定了科学和文化会给人光明。他一定要让我考中学,而且必须考有名的上海中学。”

于是这个从南市来的、瘦小而机灵的孩子就这样跨进了中学的大门。上海中学当时是鼎鼎大名的,来上学的多是书香门第和名流的子女。这些孩子学习基础好,文化素养高。小贝汉廷是多么惊奇地看着有的同学大笔一挥就写出那样优美的作文,老师拿来就在全班朗读。他又是那样羡慕那些数学动不动就拿一百二十分、年年考第一的同学。但是他,贝汉廷,惊奇而不泄气;羡慕而不妒忌。因为哥哥告诉他:身边老有需要追赶的人,就好像道路上老有遥远的路标。它永远召唤你,提醒你:人,是有潜力的,有使你自己都惊奇的潜力呢!于是,小贝汉廷一步步地追赶着,后来简直是奔跑起来了。

到了高中,学校分理、工、商科了。妈妈多么希望自己的小儿子能去学商呵!上海中学的商科,各大写字间都抢着要呵。一个从南市来的孩子能坐进任何一个写字间都是难以想象的幸福啊!因为那就意味着温饱。

但小贝汉廷又一次违背了母亲的意愿,毅然地选择了理科。因为奔跑得越快,视野就越开阔,知识给人以信心和力量。为什么飞机会飞、火车会跑?为什么瓦特要追求蒸汽机,哥伦布要寻找新大陆?为什么李斯特的《革命挽歌》那样悲怆,契诃夫的《海鸥》忧郁得那样令人窒息,而高尔基的《母亲》却又那样的有力……原来世界上除了老板和学徒,掠夺者和奴才之外还有一种人:这种人不断地追求光明,使人类摆脱愚昧,为生活插上彩色的翅膀,给历史创造奇迹……

世界因有这样的人而越加美好,人类因有这样的创造性劳动者而拉开了和低级动物的距离。小贝汉廷是多么希望也成为这样的人啊!既然生活还有另一个境界,他就要顽强地向那里迈步,拼了命也要飞跃到那里……

是的,生活和感情都是有不同的境界的,而攀登的每一步都要付出汗水、心血和力气。小贝汉廷那时是多么恨他的英文老师啊,每星期要背一课(不是读,而是背)。那么一年,就要背五十二课。真是头也背晕了。可是等一年、两年、三年过去,等他能直接阅读莎士比亚和惠特曼时,生活在他面前又展示了一个多么瑰丽的天地……

而到了现在,当他能用流利的英语、法语在各个港口向外国友人表达中国人民的情意,同德国人谈歌德、贝多芬、舒曼,同俄国人谈契诃夫、托尔斯泰、柴可夫斯基,同英国人谈拜伦、莎士比亚,同意大利人谈贝格尼尼……看着那些外国人的脸由淡漠变得凝重,由凝重转成钦佩,这个从南市来的孩子是多么高兴,多么满意。这时他是多么感激他的老师,又多么怀念那些顽强攀登的艰辛岁月啊!

吐血的水手

俄国一代名将苏沃洛夫有一句名言:“不想当将军的士兵不是好士兵。”我们的船长贝汉廷有一句与他互为表里的大实话:“没有了水手的船长就不是船长。”

贝汉廷是尊重水手、懂得水手的。他也是从一个水手开始他的海上生活的。当他在东北那艘小泵泵船上实习时,他不但领略了东北零下四十度那凛冽的严寒;他也深切感受到伟大祖国那彻骨的贫寒……

上海临近解放,这一百多个航海系的学生迅速分化了:有钱有势的去了美国或者香港、台湾地区。大部分穷学生在隆隆的炮声中最关心的一件事就是跑到外滩,看看可还有船?如果没有了船,他们可怎么办啊!

而外滩,那熟悉、桅杆林立的外滩,果真是一片寂静。滔滔的流水映着空空的蓝天,国民党把所有的船都迫驶去运送“撤退”人员和物资,把不能行驶的船都炸沉了。

什么都没有留下呵,留下的只是毁灭性的灾难……

有的同学改了行,而贝汉廷上了东北这艘小泵泵船。

为什么叫泵泵船呢?因为一共不到一百吨,蒸汽机整天泵泵、泵泵地响着,一条小船上只有六个人,还是条漏水的。每天吃的是咸菜、高粱米,却要日夜轮班用水泵把漏进来的水从船上抽出去。海上的风浪是颠簸的,贝汉廷先是吐食物,后是吐白沫,继而吐苦胆水,最后吐血了。但他一边和同志们面对面地、一下一下“拍打、拍打”地压着水泵,一边吐了吃,吃了吐地延续着自己的生命,并把生命给船……

“是日本人吧!”

大地回春,乍暖还寒。新中国大规模的建设开始了。贝汉廷开始到一艘大船上当实习二副了。船长是个老派的船长,十分严格,每天板着面孔,不苟言笑,穿一身笔挺的制服,右手捏着一副雪白的手套。多么大的风雪,见习生也只许站在驾驶台外巡视海面。

不许拿望远镜，又不许漏掉一个目标，否则就骂得你狗血喷头。姿势嘛！必须按照条例，手绝对不许插在兜里。零下二十度不许吗？是的，不许！零下三十度呢？也不许！

冬季里只有一条单裤的贝汉廷有一次实在受不住啦，回头看看没人，刚悄悄把手放进兜里暖暖，后边啪的一脚就踢过来了。

“打人当然是不对的，”贝汉廷笑着说，“可我也真从他那里受到了严格的训练，学会了一丝不苟。”

俗话说“严师出高徒”，而严师也多半是爱高徒的。那个老船长从来没正眼看过贝汉廷一眼，但在挑选二副时，他却点名要贝汉廷。他遭到了反对，但他力排众议：“贝汉廷。”又是一阵反对的浪潮，他却仍然是三个字：“贝汉廷！”

贝汉廷就这样当上了二副，然后就来到了广远公司，开始了远洋航行的那一天。

当船长的幸福贝汉廷今天已记不清了。他记得最清楚的却是当船长的痛苦——那就是：只要他在海外显示出一点文化教养和科学水平时，外国人就要问他：“是日本人吧？”

有一次，在鹿特丹港，一个领港员因为船上一水是中国人而有意刁难，把舵令用英语说得又快又流利时，贝汉廷就迎上去和他用英语对话。领港改用法语，贝汉廷也改用法语，然后有意识地用意大利语和西班牙语向他问话。

这个领港回答不上来了。说：“你的一水不行。”贝汉廷装没听见，他连说三次，贝汉廷火了说：“你怎么知道他不行？”

“反应太慢。”

“那是你没有必要地说得太快，舵令叫得不清楚。”

“我要求你换人。”

“他是我船上最好的水手。”

“中国人没一个操舵操得好的。”

“各国港口的领港员都说他好,只有你一个人说他不行。”

“我要求下船。”

“可以。三副! 立即送他下去。拿来!”

“什么?”

“你的派司。我要在你的引水单上注明,你是一个不合格的引水员,不能给船舶提供良好的协作。从此以后不欢迎你到任何一条中国船上领港。我很遗憾,但看来只好如此了,派司,请!”

面对如此强硬的船长,那个领港咕噜了几句,再也不响了。

船进了港口,贝汉廷签证了引水单,并没有加任何批注,那位傲慢的引水员十分感激;而那个被船长保护过来的一水,噙着泪水咬着牙,从此日夜念英文……

蓝色的梦

正当我国海员在全世界各个港口赢得尊敬、我国远洋事业蓬蓬勃勃发展的时刻,“文化大革命”开始了。

贝汉廷在休假中突然被通知到广州集合。以海员的速度他按时到达,去接受新的任务。

但是,没有任务,却让他进了学习班。

学习班都是熟人,我国开创远洋事业的不少老船长、老大副都来了。老朋友久别重逢十分开心,各路兵马摩拳擦掌,准备大干一场。可是——笑容慢慢冻结在脸上了。怎么? 走路要排队,吃饭也要排队;寄信要请假,说话还有人监督……军宣队宣布全面接管,难道成了国民党俘虏?

唉,贝汉廷哪里知道,林彪、“四人帮”的“革命理论”就是:越是有功越要整,越是有成绩越是修正主义,他们所谓的“革命”就是要“革”革过命的人的命。

现在看来,真是比绕口令还绕口令!迷信、愚昧到了令人抬不起头的程度。但那时,贝汉廷也像中国大多数革命者一样,十分虔诚地检查自己的不足,俯首赎罪……

首先出来抵制的又是我们的总理。总理说:“如果我们开创远洋事业的骨干都‘修’了,远洋事业的大好形势从哪里来的?”多么无可辩驳,多么义正辞严!可是人家哪里听总理的,总理正是他们要打倒的主要目标哩!

于是读语录,谈话;谈话,读语录;逼供,诱供;进隔离室,出隔离室……从追“拍照”到“送情报”,最后发展到追他“里通外国”。本来嘛,搞远洋运输的还能不里通外国?!

但世界上的事就是这么不可思议,事物的规律就是这样不可抗拒,他们纲上得越高,贝汉廷就越轻松,到追查里通外国的什么“照片”时,他早已从晕眩到清醒,由虔诚而呼呼大睡起来了……

总理毕竟是他们夺权不可逾越的障碍。就像文艺界的大批骨干被总理保护下来送到部队农场“改造”一样,远洋事业的这批骨干也被保护下来,送到航道局挖河泥去了。

挖河泥,上海人叫“罱河泥”,贝汉廷和他的伙伴们带着流血的心和解除隔离的欣慰,罱起河泥来……

贝汉廷毕竟是贝汉廷,在罱河泥的小船上当三副,专管伙食事务,仍然年年被评为先进。

他从来没过过这样清闲的日子,用他爱人的话说:结婚二十年，在家的日子加起来一共不到两年。现在，每天开开单据，报报账，下了班就可以回家，骑着脚踏车，路边上买点螃蟹鱼虾，晚上和妻子儿女一起听听音乐……

这在一般庸人看来是求之不得的幸福啊！可是，他却哭了。这个从来没哭过的汉子，他哭了。

他哭了，不是因为邻居的眼色，这个从南市来的孩子从小见惯了各种各样冷漠和怀疑的眼色。

他哭了，不是因为路人的歧视，这个在各国港口为中国争取到荣誉的海员，有的是对付歧视的办法。

他哭了，不是因为亲人们——妻子儿女，特别是哥哥，那个一心一意支持他走上这条路的哥哥的质问。虽然他们疑虑的视线在他心上织起了灰色的和有罪的雾似的迷网……

但，他不是为这些哭的。他哭，是为了他的梦，他的蓝色的梦。

他是这样地思念大海，他的梦也尽是蓝色的。当他坐在小船三副的办公桌前想起他的波涛汹涌的大海时，他心如刀绞。

他仍然喜欢独自在黄埔滩头倚栏沉思。每当他看见了他自己驾驶过的"桂林""友好""九江"号从他眼前驰过时，他的心狂跳，他像孩子一样地大哭了。他感到它们是那么的漂亮，真是美极了。在他当它们船长的时候，他从来没像今天看它们那样漂亮。而今天，当他被活活地从它们身上撕开，目送着它们仪态万方地姗姗远去时，他怎能不泪如雨下……

他的泪水在羞辱的愤怒中干涸了。那是当他听见"四人帮"改朝换代后派出的有的船员竟在外国人面前把"twelve"说成"one, two"的时候；是当他听说"四人帮"派出的"小兄弟"有失国体地在外国百货公司偷人一双袜子的时候；是当他知道那些打砸抢的"英雄"们竟在外国港口的垃圾箱里拾破烂的时候……

愤怒把泪水烧干了,但蓝色的梦依然是蓝色的。他怀着钢铁的意志,钢铁的决心,他要回到大海上去。他会回到大海上去的!于是他咬着牙在自己的航海笔记的扉页上写下了"勤笔密思"四个字。他重新挺起了胸,点燃了深夜的灯,通宵达旦地啃起了《海上保险》《国际海商法》《海上救助》和各种国际航运法规、各国港口资料来了……

伦敦港的友谊

"Who is the captain?"

"I' m the master."

他果然回到了大海,但这已是一个新的贝汉廷。

如果说过去他只是一个业务熟练的船长,那么,今天他是一个满怀信心的主人。Master 的含意在十年政治风暴的锤炼中,重心有了令人欣喜的转移,而这双重含意在他身上竟是如此和谐、统一。

这里,我只想讲一个小故事,那就是——伦敦港的友谊。

有一次,"汉川号"配载二百吨滑石粉到伦敦港卸货,途中收到公司电报:伦敦港最近规定,不卸滑石粉。为什么?不知道,这是新规定。

公司远在万里,可以不知道。但二百吨滑石粉压在贝汉廷的冷藏舱盖上,舱里还有伦敦的各种冷冻货。滑石粉不让卸,别的货也取不出来,到前边中转,运费要超过货物本身。贝汉廷决定,船仍直驶伦敦港。船一到港,他立即彬彬有礼地去拜访代理、卸货组长、工头、工人……摸清了不卸滑石粉的由来。原来是一个工人看报时偶然发现了一篇化学家署名的文章,分析滑石粉的结构:如此这般,这般如此,作用于人体,就要引起癌症。这个工人在他的工班一说,癌症,这还了得!几个工班一商议,向工会提出:从此不卸滑石粉。特别是中国的,因为包装不好,运输时又马虎,纸袋压得尽是裂缝,卸起来粉末飞扬,不要说卸,工人连手都不摸……

啊!原来如此!贝汉廷立即请代理到船上做客。畅叙别情,举杯问候夫人健康。谈英国绘画的新发展,从背诵莎士比亚的片段谈到流行的扭摆舞对青年的影响……谈得十分融洽。代理告别时说:"在港口,有什么困难,只管找我。"贝汉廷长叹一声:"困难是有哇,可不能告诉别人。"代理马上伸过手来,与贝汉廷紧握:"决不,到我为止。"

"我带来了滑石粉。"

"知道,不就二百吨吗?"

"可我因为怕压坏,装在了冷藏舱盖上。"

"糟糕!这可怎么办?"

"我想和工头谈谈。"

"交情深吗?不深——这样吧,我先和工会的负责人谈谈,请他来看你。"

"我去拜访他!"

工会的负责人把头摇得像拨浪鼓一样:"这是工人的权利,工会坚决支持。"

"别的港口都没这项规定呢!"

"本港对工人劳动保护特别注意。"

贝汉廷承认确实如此,并且列举了伦敦港工会的种种成绩,他是那样如数家珍,说得工会负责人心里热乎乎的,至于卸滑石粉的劳动保护么，“汉川号”愿意提供一切条件，口罩、面具……

工会负责人说：“那么……也许……我试一试！”

贝汉廷说：“只要先生愿意帮忙，一定成功。先生知道伦敦的商人为什么远程购买滑石粉么？”

“为什么？”

“因为我国青岛出产的滑石粉质量好，包装也好。我又装在舱盖上，一点没有破裂……先生知道滑石粉是做什么的么？是做化妆品的。香粉，脂粉，高级化妆品呀！贵国的妇女那么美丽，从古到今都擦粉，但她们是多么健康！”

工会负责人紧板的面孔开始有了一丝笑意。

“贵国亲友相会，都有接吻的习惯。算算，你们一天要接触多少香粉——多少滑石粉。而你们又是多么健康！”

“哈哈……”在场的人不由得都哈哈大笑了。

“那么，允许我去找工人们谈谈？”贝汉廷说。

“不，我去，还是我去好。”工会负责人匆匆走了。

贝汉廷提心吊胆地从窗口望着甲板，看见工会负责人到工人群中拍肩打膀地说着、说着……突然，从工人中爆发出那样舒心地大笑，他们简直笑得前仰后合了。贝汉廷这一颗心才落到了胸膛里。

代理对他跷起大拇指：“真行呵，Captain 贝！”

他说：“全靠你们老朋友。”

“为什么你还不高兴？”

“我还有事求你帮忙，又不好开口。”

“说！”

“我们还有好多艘船都载着滑石粉呢！”

代理双手齐摇:“就你这一船,我的脑袋差点没裂开。”

“但道理不是一样么?”

“你何必管别人的船呢?”

“因为都挂着五星红旗呀!”

代理挠挠头:“那……我去试试。”

“一定成功,英国工人是最讲道理的。”

经过反复磋商,终于成功了。从此,凡是挂着五星红旗船上的滑石粉,只要包装不破,伦敦港一律管卸。

我在这里不想叙述因此每条船每个航次为国家节约了多少外汇,因为读者们比我算得更清楚。那是数以万计十万计……我只想说:十年的政治风浪怎样使贝汉廷完成了从一个船长到一个主人的飞跃。因为我时时想着我们的人民——在各条战线上的每个主人十年沉思的伟大力量。正是它,在推动我不断地向前、向前……

“邓小平式的船长”

中美建交,邓小平同志访问美国引起了巨大的轰动。

中美航线打通了。好钢用在刀刃上,公司把首航美国的任务交给了贝汉廷,把他调到“柳林海号”。

但在“汉川号”的航线上,几乎各个港口都打听Captain贝。有的转达港口的问候,有的诉说朋友的思念,有的跷起大拇指,有的说:“你们中国的船长都像他就好了。”

“汉川号”实习船长、大副甄永祥同志告诉我:汉堡港的理货组长库克和装卸公司的威利先生干脆说贝汉廷是“邓小平式的船长”。

为什么库克先生们给他这样高的评价？只是因为邓小平首访美国，他首航美国的偶然机缘么？当然不是！

大副和水手们津津有味地给我讲开了故事：

有一次，“汉川号”将到亚历山大港卸货，这个港口在苏伊士运河入口处。经常停泊着上百条等待泊位的各国船只，搞不好一等就得几十天。于是，贝汉廷在途中就接二连三地给港口代理打电话，以便让“汉川号”这三个字一再冲击所有有关人员的脑细胞，加深他们的印象。并且翻检自己记忆的仓库和笔记本，理清了这个港口必须打交道的一系列人物的姓名、年龄、脾气秉性、特殊爱好、办事方式……

抵港后，他就直奔港务局，拜访港务局长。他是那样熟悉地称呼着局长的名字顺利地通过了门岗，又那样亲密地和港务局长谈着家常。当他最后提出要求快速装卸时，局长说：“怎么这样急？你们中国人从来不在乎船期。”他说：“谁说的？我们现在要搞四化，分秒必争哩！”港务局长像老朋友似的望着他笑。于是他熟练地和所有打交道的人交往着，尽快地办好一切手续，穿过各国彩色缤纷的泊船，用一句古话说：“扬帆远航”了，节约了二十多天船期。多么灵活，闪电也似的进击，不像个船长，倒像个军事家。

同“汉川号”一起，我们从国外一共买了四条船。保修期间，发现冷藏舱上有“汗水”，浸湿了货物。贝船长拍下了现场的照片，又请各个港口的验货师签署了证明，还用油漆在船上标出了“汗水”的位置，回厂要求返修。

船厂工程师抱着几尺厚的设计资料翻给他看，满嘴数字、专用名词，就是不肯返修。并说已有两条船来过厂，他们在冷藏舱内侧打了二百个洞，找不出问题，已签字同意不返修了。

贝汉廷说:“请你看我的船。”

工程师说:“你的船,绝缘体是举世无双的优质品。”

贝汉廷说:“举世无双的优质品却搞出了前所罕见的‘汗水’。”

工程师说:“理论上找不出任何错误。”

贝汉廷说:“实践上就是‘汗水’浸坏了货物。”

工程师有成百上千条理论根据,但贝汉廷有一叠一叠的现实照片,证人签单。

工程师火了:“找不出理论根据,就是不给修,这是国际惯例做法,合同上规定的。”

贝汉廷也火了:“放下你那几尺厚的资料,我拼上几夜不睡也要查出根据来,你吓唬不住我。”

工程师像海水一样莫测高深,但是贝汉廷却像礁石一样坚硬,于是海水退潮了,留下了资料。

于是贝汉廷顽强地用血肉之躯去迎战冷冰冰的数据。这毕竟是专而又专的船舶冷藏业务啊!热学、力学、钢铁、绝缘……几十门学科。但血肉之躯也自有它的好处,那就是它有主观能动性。贝汉廷分析着各个不同的数据,寻找着规律,终于抓住了矛盾的牛鼻子。为什么在冷冻舱的各个部位绝缘体都是一百八十毫米厚,而横梁部分的绝缘体只有九十毫米?差距一倍,这合理吗?贝汉廷一下子跳了起来,跑到冷藏舱实地对照,油漆的印痕条条排列。果然,“汗水”出在横梁部位……

把工程师请了回来,工程师先是点头后是摇头:“没想到啊!没想到问题出在这里!”

怎么办?返修呗!船厂工人连续开了几个夜班,加铺了一层绝缘体,加铺了一层甲板。

这条船修好了,其他的呢?工程师听也不要听。于是,贝汉廷去见总经理。

总经理说:“那两条船已经双方签过字,免修了。”

贝汉廷说:“但道理不是一样么?”

总经理说:“你知道你这一条船返修用了我多少美金,上二十万哩!”

“我很抱歉,”贝汉廷说,“我知道四条船索赔,工厂损失是很大的。但如果不修好,那三条船全世界航行,等于给你的厂做活广告。那样,你的损失不就更大了吗?”

总经理先是摇头,后是点头,最后抬起头来打量这个小小个子的 Captain 贝,欣赏起这个好当家人来了。真是:第一流的头脑,外加一副铁腕,好一个铁腕人物啊!四条船冷藏舱设备返修共花了船厂七十二万美金哩!

水手们还十分钦佩地讲起了大吊的故事:

在意大利,好像是热那亚港,港口当时正好没岸吊。过去都是借用船上的大吊,喏,用就用呗!好像是已成惯例了。但贝汉廷反复研究各港口的资料,发现那是不合理的。

于是他向代理提出:应由货主付费。代理说:“过去都不付呀!”

贝汉廷说:“但那是不合理的。”

“为什么?”

“你想,买这条船时,大吊是船价的十分之一。怎么,用了我的大吊,使了我的人工,磨损了我的钢缆……难道不付费是合理的吗?”

“是不够合理。那好,我去和货主谈谈。”第二天代理来讲货主同意了，因为他如不同意付大吊费，他就得到港口申请岸吊，同样得付费用，而且还得等着调配。

第一次大吊费拿到了，有好几万外汇呢！拿到之后，贝汉廷立刻要求以书面形式，将它作为制度固定下来。

拿到书面材料之后，贝汉廷代表公司和代理谈判，要求所有的中国船以后一律按此办理。

代理说："你的船，我保证每次如此，但别的船……"

贝汉廷说："道理不是一样的么？"

谈判的结果，是拿到了港方的书面合同。贝汉廷立即把这份材料寄回上海，由公司报总公司，向世界其他港口交涉，一律照此办理。

多么精细，多么科学！完全是科学家的逻辑！然而又多么灵活，多么有办法，简直像个出色的外交家。

有一次……

还有一次……

可惜，我无法在这里写下政委、大副、水手们向我讲述的所有的故事，我只能记下他们那钦佩的眼光、赞叹的话语——

在海里，贝汉廷像一块冲不动的礁石。

在岸上，贝汉廷是一块千锤百炼的钢铁。

开起船来，又多么潇洒。"汉川号"在他手里不像条船，倒像个芭蕾舞演员，是那样迷人的优美……

水手们都习惯了，多大的风浪也没有人去向他报告。因为你报告："九级风呢，船长！"他会不动声色地看看海面："有九级吗？我看还好嘛！""八级浪了，船长！"他仍不动声色地看看："有八级吗？我看还好嘛！"贝汉廷懂得一个船长镇定自若的意义，于是再也没有人和他谈风浪问题了。

只有我这个外行,反复问他:“你老是‘还好,还好’,可几级风浪船就会沉呢?”他沉思地看着我说:“多大的风浪也不会让万吨轮沉的,只有船本身的损坏才会沉船。而只有不懂得船也不懂得大海的船长才会把船搞坏,把船搞沉。”

好一个只有不懂得船也不懂得大海的船长才会把船搞沉。而船长,master,在作形容词用时,又意味着熟练、精通。

“He is master of his business.”可以这样说:作为国家领导人之一的邓小平和作为船长的贝汉廷,对自己的业务都是那样熟练、精通;面对各自的风浪又都同样镇定自若,勇于驾驭;偏偏在他们各自的航程中,又都具有那种百折不挠、鞠躬尽瘁的主人翁态度。这就难怪贝汉廷有了这样一个光荣的称号——“邓小平式的船长”。谁能说库克先生们没有眼力呢?

海员风度

“SOS”!“SOS”!!“SOS”!!! 塞浦路斯商船“艾琳娜斯霍浦号”不断发出紧急呼号。

船长伊柯优斯眼看这艘二十八年的超龄船,在九级大风袭击中主机不能运转,全船失去控制,海底阀裂损,大量海水涌入机舱,已齐人脖颈,决定发出弃船求救信号。

“SOS”!“SOS”!!“SOS”!!!

全体船员及一名家属已下到救生小艇,但小艇被悬崖似的巨浪颠簸得直上直下,完全没有行驶能力。在望远镜里看见远远一只船影,水手们用全部生命凝视着,但黑影渐渐消失。可能是风浪太大,他们自己也在危险之中,不能靠近。

又是一个黑影远远驶去,又是一个远远的黑影……也可能那只是自己希望的幻影吧,船员们已失去获救的信心……

“滴滴滴,答答答,滴滴滴!”“汉川号”一位年轻的报务员在呼啸的风暴声中突然收到了“SOS”的求救信号。贝汉廷一跃而起,到海图室查明了难船失事位置,他立即命令:“全体船员进入岗位准备抢救!”“满舵!全速进!”超高频无线电话从此不断呼叫:“艾琳娜斯霍浦号!我是中国船‘汉川号’!前来救助,请回答,请回答!!”

一片静默。遇难船早已失去全部通讯能力。

当“汉川号”驶近难船时,只见它船身已右倾三十多度,船尾下沉。在十分危险的状态里,正在狂风暴雪中哑然下沉、下沉……当“汉川号”好不容易驶近救生艇时,一个压顶巨浪把它打回遇难船的舷旁去了。四次驶近,四次打开,贝汉廷下令开车在它周围游弋等待。直到一个多小时后,第五次驶近时,老水手王敬元一直捏在手中的粗尼龙撇缆绳,才好像脱弦之箭顶风穿雪疾飞过去,被难船水手接住……

这时,只有这时,贝汉廷才腾出空儿来回答整个地中海东部塞得港、马耳他、雅典、塞浦路斯电台及附近船舶的互相呼号:“我是中国‘汉川号’,现在‘艾琳娜斯霍浦号’的船员已安全登上我船,请放心,谢谢……”

但是“艾琳娜斯霍浦号”船长伊柯优斯却迟迟不肯上到“汉川号”。他和三个船员留在他的小艇中一再坚持靠拢难船。贝汉廷在风浪中再三向他疾呼:“危险!危险!!”但看到他那样坚持,考虑到他仍坐在自己的救生艇上,他还是“艾琳娜斯霍浦号”的船长,有权做出自己的决定。因此只能劝慰他："作为一个船长，我很了解你的处境和心情。我一定在旁守护，在旁守护！在旁——守护!!"小艇时起时伏地在巨浪的峰波间摇晃着离去！"汉川号"始终在旁边巡回游弋……

十七点多，夜幕即将降临，九级的西北风把浪和雪卷上阴暗的高空，风在白茫茫的海上打转，海浪呼啸怒吼，贝汉廷开始忧虑地用汽笛和高音喇叭招呼那位守职的船长。

十七点二十四分，小艇终于再次靠近"汉川号"。贝汉廷特地到甲板上去迎接这位不幸的希腊同行。当他得知"汉川号"正在驶往伦敦途中时，他一再要求："请继续留在遇险船边，因为我必须守候她沉没。在她沉没后，请把我和我的船员送到希腊克利蒂岛登岸。"

贝汉廷，这位在他的航海日志上没有误过一天航期的船长，抢船期抢得没有一次是在港口休息日停泊记录的精细之极的船长，这时却毫不迟疑地答应了。考虑到这艘没有灯光漂泊在国际航线附近的遇难船，对附近的船只是个极大的威胁，他不但答应了伊柯优斯的要求，而且立即命令把甲板灯全部打开，守候在她旁边。并反复高声呼号："航行中的船舶，我是中国'汉川号'！请注意！在你的左舷三海里处有艘不点灯的遇难船，请注意远行，请注意不要碰撞……"就这样通宵守护，防止了一切可能发生的事故，直到难船最后沉没。他整整两天两夜没有合眼！

Seamanship，直译"船艺"，意译时，水手们却惯于把它称作海员风度。是啊！人有人的风度，船有船的风度，国有国的风度。"外国人不可能个个到我们国内来认识我们的国家，"贝汉廷常常对他的船员说，"他们就是通过我们每一个海员来理解中国的。中国，是五千年的文明古国,解放了三十年,有着崇高的威望……我们要牢牢记着这点,时时刻刻记住。”

他是这样说的,也是这样做的。因此无怪乎在“艾琳娜斯霍浦号”船员遇救后个个都感到了中国的风度。巴基斯坦船员穆罕默得说:“当我们完全绝望时,看见远远驶来一条船,但直到看见船上Mark 是波纹五星时才又重燃起希望之火……三个到过中国的船员说:中国人会来救我们的!你们果然来了。而且在那样的风暴中整整守护了两天两夜,多危险啊……”斯里兰卡船员比雷说:“我回去后,要告诉我的家人亲戚朋友,是中国人救了我!在你们围着我们游弋时,我们都明白不用怕了。中国人在等待和保护我们!我一辈子不会忘记,而且子子孙孙也不会忘记。”希腊轮机长阿松年底斯·康诺是全船年龄最大的船员,他要求我们用船上的无线电话和家中通话,当他从电话中听到他妻子的声音时,哭得讲不出话来,十几分钟后才断断续续讲出:“你一定听到我遇难了……放心……中国人救了我们……并且船长、政委和我们……同桌吃饭……”

希腊大管舱佛来季·本德里斯说:“你们不仅救了我,还救了我的妻子。她还有八天就要生育了,这次如果生个儿子,一定要取名‘汉川’,‘汉川’!……”

Seamanship,seamanship,人有人的风度,船有船的风度,国有国的风度!但愿——但愿我们每个人也能时时刻刻记住这一点吧!

船长的苦恼

我望着贝汉廷开朗的面容,他是多么幸福啊!这个精通自己业务、善于驾驭大海的能手，这个在国际远航线上有着很高威望的船长，他，可也有什么苦恼么？

他沉吟了一阵，竟叹了一口气说："我五十三岁了，正当年，正该大干一场呵，可有时，却不得不睁着一只眼，闭着一只眼过……"

旁边的同志——船员们，还有工作组的同志，纷纷补充说："现在，谁不想甩开膀子大干一场啊！可掣肘的事就那么多！"

比如：什么呢？

什么吗？大家也七嘴八舌地说开了。比如什么吗？俯拾皆是啊！就比如吧——

有的船员不合格，要求不听，严格一点吧，他就拿出打派仗的办法去反映你，而掌权的居然仍是他的"哥儿们"。"××号"不就有这么一位水手到处拍着胸脯讲吗："哼！船长批评我，叫我下船……三天后，下船的是他。闲话一句嘛！"

再比如：××省海运局通过香港招商局买了两条船，得招商局雇用外国水手接回来。这，要花多少外汇啊！而且人还不好找。贝汉廷和"汉川号"正在香港，听说这事立即提出：把"汉川"的六十二个船员分出二十八个来，替他们把船接回来。报告打上去，联系了再联系，请示了又请示，研究了再研究，最后终于拖过了时日……

又比如：我们每天运的货，人人都明白这是全国人民省下来的口中食、身上衣……"汉川号"因此也千方百计地为国家挣取外汇，节约外汇，像小伴那样磕掉门牙照样拼命的事多得很。可我们挣回来的外汇呢，是每一枚都用到"四化"上了吗？为什么有的人浪费起来那样抛洒，那样满不在乎呢？！

又比如，又比如……

哎,何必再说下去呢!难道每个要干点事的人,不都经过盖上十七八个图章,也解决不了一点问题的事例么?

人民多么希望我们能少有几个扯皮的干部,而多一些勇于承担重担的 master 呵!

因此,我讲了这个故事。

我讲了一个成长的青年的故事,可绝非只为了青年;

我讲了一个海员的故事,可绝非只为了海员;

我讲了一个船长的故事,可绝非只为了船长……

那么,我是为了谁呢?是你啊,我的祖国!啊,我的亲爱的,经历了巨大欢乐和痛苦的祖国,我的正在向四个现代化前进,而又困难重重的祖国!我是为你而讲的,你听见么?啊,我的祖国,生我养我的祖国啊……

一九七九年九月,为建国三十周年而作

(原载《人民文学》1979 年第 11 期)

作者简介:柯岩(1929—2011),女,原名冯恺,满族,河南郑州人。著有诗集《小兵的故事》《周总理,你在哪里》,报告文学集《奇异的书简》,长篇小说《寻找回来的世界》等。

三门李轶闻

乔　迈

在公元第一千九百八十年的早春时节，在我们国家九百六十万平方公里地面上的一个角落里，发生了一件很小的又是很大的，平平常常的又是非同凡响的，乍听之下似乎出人意料、细细想来却又尽在意料中的事。

好事不出门，坏事传千里。消息像插上了翅膀，随着料峭的春风，迅速传往四面八方，在不同的人们中间，激起了不同的反应：有拍案而起的怒责，有幸灾乐祸的冷嘲热讽，有庄严的沉思，有含着苦笑的悲叹……

昔日默默无闻的小村落——散漫地分布在东辽河左岸一片大盐碱滩上的吉林省怀德县十屋公社三门李第四生产队——因此名声大噪了。

这是关于五个共产党员和他们的一段奇异遭遇的故事……

我们共产党人在群众中的位置

旧历庚申年——猴年——的春节快到了。汗如流水苦累了一年的庄稼人，兴高采烈地忙着杀年猪，淘米做豆包，赶集买年画，换粉条子，买鱼，打酒。半天上零星地响着性急的孩子们提前燃放的鞭炮,空气中混合着淡微微的火药味儿,更使年关的气氛足了。

然而,这几天有一件事,比迎接春节更加吸引着三门李庄稼人的心,那是关于联产计酬、自愿结合划分作业组的消息。多少天以来,在积肥场上,在饭桌边,在月光和雪光照射得难以成眠的热炕头,干部们,老农们,父子、叔兄和小夫妻们,咕咕哝哝议论的都是这事。这可不是一件小事啊！包工包产到作业组,人合心,马合套,就不愁多打粮,多贡献,早富。但是,作业组怎么个划法呢?谁和谁在一组呢?人们在焦急地等待着。

终于,大队书记沈春亲自来村里主持召开分组会议了。他先召集本队的五名党员开小组会,要求大家认真贯彻执行党中央关于实行生产责任制的指示,特别提出,分组的时候,党员们不要聚堆,最好分散到各组去,以便加强党的领导。大家点头称是。然后,这才敲钟集合人。这是一个规模空前的社员大会,人们参加会议的踊跃程度可以同土改时候斗地主的大会相媲美。平时总是显得过大而空洞的"队屋子",此时显窄了。来的不但有劳力们,一家之长们,也还有爱凑热闹的小嘎子以及奶着孩子的妇女。大蛤蟆头烟像施放驱霜烟雾似的呼呼升起来,把临时换上的二百瓦大灯泡都熏暗了。然而,屋子里很静,没有往常开会那种没完没了的闲嗑和打趣儿逗哏。

书记宣讲了县委的有关文件,又讲了大队党支部的建议。那个建议很简单、就是根据本生产队劳力、土地和牲畜等情况,认为分成两个作业组比较合适。组划多了,人员不够角儿。

庄稼人心急嘴也急。沈春的话音刚落,有人就呼儿号儿地喊起来:"这个政策行啊！拥护！既是自愿结合,谁就插旗招兵吧！"一人喊,众人应。会场上,呼兄唤弟,喊朋叫友,乱成了一片。

沈春一看，大势所趋，人心所向，心里也觉着高兴，暗暗佩服中央的政策深得民心，作业组一定能划分得好，来年生产错不了，就又急忙讲了划组的注意事项，主要是希望把骨干劳力和弱劳力搭配好，避免出现一头轻的现象，别的地方是有这样的偏差。同时，作为党的领导者，沈春书记当然也没有忘记提醒大家发扬风格，团结友爱，互相照顾，等等。

报名开始了。有人喊："我们是田富组长！"接着，就哇哇地念了这个那个组员的名字。又有人喊："我们是王占河插旗！"接着，也哇哇地念了这个那个组员的名字。大队书记一看，更觉高兴，这不是事先就有串联了吗？可见人们对分组积极性之高，对党的政策拥护之热忱了。但是，刚才念名字的时候，会场太嘈杂，念的速度也太快，连汤水不落的沈书记也没有太听清楚都是谁和谁一组，只觉得恍恍惚惚好像田富那个组多数是姓冷的，王占河那组差不多都姓王，似乎还剩下了一些人没进这两个组。沈书记赶紧动员："既是基本有两个组了，也好，就以他们为基础吧，看看，还没入组的人，哪组要，要上哪组，抓紧时间报吧！"

听了书记的话，刚才热闹非凡的会场忽然安静下来，光剩下了人们使劲咂着嘴唇抽大蛤蟆头烟和分明是不那么自然的咳嗽声。沈书记感到有点诧异，便以诲人不倦的领导者风度，又讲了一遍政策条文，然后问："都还有谁没进组？举举手吧，先拢一拢，看哪个组欢迎，自己愿意到哪个组去。都有谁呀？"说着，就在人们中间仔细审视起来。

大蛤蟆头烟又使劲地鼓起来了，烟雾先是升到棚顶，再慢慢往下压，快压到人们头上了。人们的目光有点异样。沈书记越发奇怪。他猛然发现了，在大蛤蟆头的烟雾缭绕中，有五个低垂着的头。头垂得那样低，以致稍不注意就看不见他们，即使看见了，也无法看清他们的脸和眼睛。数九寒天，窗户上哈气成霜，可那五个人的发梢额角，却闪着亮晶晶的汗珠。

中共三门李大队支部书记沈春的脸腾地红了起来，好像被一只无形的手狠狠扇了一巴掌。他看清楚了，那不是别人，正是本生产队的五名共产党员。看：身材高大、年纪五十开外的党小组长王才，复员兵、年轻英俊的小伙子荣凤春和刘清洲，河北人、壮年汉子王汉周和他的妻子、剪短发的王淑梅。对啦，正是他们五个人没有进组。在惶惑中，沈春想起了不久以前改选生产队长的事。他们这里硬是把党员队长荣凤春选掉了，换上了一个非党员。那是不是今天这种事情的先兆呢？是的。可惜自己当时竟没有留心。

沈春无奈，只好等脸红过一阵以后，勉强把心稳一下，很委婉地说："我刚才看，还有几户等着入组的，都是社员，总不能甩出去几家，那样也不好。看看哪组愿意吸收他们？"

沉默。

沈春身上的不自在一分一秒地增长起来，好像浑身的血都在往外膨胀，再看自己那五个同志，脑袋越发垂得低了。

"看看……哪组……"沈春的声音越发微弱，以致连他自己都怀疑自己是不是还在说话。

沉默，还是沉默。

屋子里这样静，连小孩子吃奶的声音都停止了。也不知道这样过去了多长时间。

"我们组就这些人啦！"忽然有一个人说，声音很低，语气却很坚决，使得全屋的人都吃了一惊。所有的眼睛都转过去看，却是刚才插旗的王占河。

“我们组也够啦!”又一个红脸汉子跟着高声大嗓地嚷,“书记刚才不是讲让自愿吗? 我们就这些人自愿。”

这是封口了。眼珠不叫眼珠,真眼仁(人)呀!

五个共产党员是哪组都不要! ……

当天夜里,这几个被抛弃的布尔什维克不约而同地聚集到了党小组长王才的家里。王才是这几个人中间的长者,有着近三十年的党龄,又当过二十来年的生产队长。这位从八岁起就当半拉子、扛大活的老同志,当年曾是村里的一等棒劳力,后来又驰骋疆场受过伤,抗美援朝渡过江,在难忘的一九六七年,还戴着三尺长的“走资派”高帽子,在全大队被光荣游斗。如今,霜欺两鬓,英雄老矣!

但他真的老了吗? 今晚,王才望着默默聚拢来的同志们,心里边一阵酸楚。他一个个地看着大家的脸,有的垂头丧气,有的愤愤不平。那个唯一的女党员、河北人王淑梅两眼红红的,呼吸之间还有抽咽声在。他想安慰他们几句,却又觉得无话可说。这时候,他们中间最年轻的一个、二十七岁的荣凤春说话了:“这不是故意整人吗? 咋的,一个不要! 真把我们党员一碗凉水看到底了! 上公社、上县,也得说道说道。”

“不假!”王汉周接过来了,他在河北曾经当过大队团委书记,很有点理论功底,说话喜欢提到纲线上认识,这时就操着一口河北腔说,“共产党领导一切,分组不要党员,这就是阶级斗争!”另一个年轻党员刘清洲听了,也就着高往上拔,大声说:“可不是咋的! 这就是不要党的领导,不要四个坚持! 跟沈书记说说,他们自个成立的两个组不合法,得推倒重来!”

“我看倒不一定扯到阶级斗争上去。”还是女党员王淑梅实事求是些,“人家一多半怕是嫌咱们干活不行。咱也别强求人家,自己成立个组吧,架不住早点起,晚点歇,能总拉后?”刘清洲听了也说:“可也是!搞原子弹、人造卫星不行,真格的了,种大地,这么大个子,就干不了?”

七言八语,莫衷一是。王才听着这些议论,心里不住地翻腾。能扯到阶级斗争上去吗?当然是气话。真的是人熊、干活顶不上去吗?也不全对。他总觉得大伙没说到真正的原因上去。是没有看到?还是不肯那么认识?他想引导大家从自己身上找找原因,就说:“咱这五个人,除我过了五十岁,三十岁上下的多,就是汉周也才四十六岁,正是庄稼人下力气干活的好时候。可这些年咱们都咋干的呢?我是党小组长,我清楚。你们也不傻,能不知道?不讲别人,就说我吧。自个儿觉得年纪大了,在村子里边,没有功劳还有苦劳,如今两个儿子在城里工作,活泛钱儿多,光自留地一年就收四石粮。自家日子过好了,就想当老太爷享清福了,管大家的事少了,地也不下了。不像个共产党员。今天会上的事,我有责任,我对不起党……”

老王才这一说,其他人都耷拉下眼皮。荣凤春年轻,受不了这话,赶紧说:“你老上岁数了,要怪得怪我们年轻的。我复员回来,庄稼活生了,好当甩手队长,对人态度又不好,挺横的。我结婚以后那阵,听社员有反映,说我穿的溜光水滑,骑个小车,见天嘤儿嘤儿地,东跑一趟,西颠一趟,干拿补贴工分,当时我还有情绪。把我队长选掉了,也不是滋味。如今看,这不是给党抹了黑吗!”小伙子说着,流下了眼泪。

这一来,大伙都检讨开了。有说因为嫌前勤太累,甘心当了保管员的;有说年纪轻轻却操起鞭杆子当小猪倌的;有说利手利脚却不爱再下田的。是啊,我们这几个党员,除去淑梅不算,都当过兵,都当过生产队长,人人能说会道,可就是有一点,马列主义是专冲别人的,把"为中国人民和世界人民谋利益"变成为自己个人谋利益了。

"见椅子歇腿,见酒盅开胃,千里马也架不住恋栈。谁能拥护恋栈的千里马?"见大家说得差不多了,王才总结似的说,"我们党员啥时候变得这样了呢?"他在沉思中,想鼓励同志们几句话,但是找不到适当的词儿。他努力回想着当年在战场上遇到这种情况的时候,班长或连长是怎么鼓励自己来的。他终于没有想起来。当年的共产党人似乎没经历过这种失败。当年的共产党人,在人民群众中,如鱼得水,如鸟在林,从来没有听说过被人民群众抛弃不管的事。屡闻不鲜的,倒是老大娘或大嫂子,大伯和大哥们,有时甚至还有刚懂一点人间善恶的小嘎子和小闺女,为了保护一个党员,宁可在敌人的皮鞭和棍棒下,血肉横飞,宁可被烧了房子,填了水井,有时甚至不惜满村老幼面对敌人喷火的机枪口,也决不肯让党员同志受半点伤害。而我们的党员,也可以随时随地、为了人民的利益,极端自觉地献出自己的一切,乃至生命。党是人民的心,人民是党的命。

但是现在,我们五个共产党员不受欢迎了。

怨谁?怪谁?……

在这寒冷的冬天的午夜里,在这间孤零零的小土房的暖烘烘的火炕上,中国共产党的一个小组,以前所未有的郑重态度,讨论着这样一个极其严肃的课题:我们共产党人在群众中间的位置。这是何等发人深思的课题呀!月挂中天,星汉灿烂,大盐碱滩上闪耀着雪一样的色彩。那是使人望而生厌的涩碱，还是月轮的明洁的光辉？

三星歪了，夜已过半，中共三门李四队党小组的讨论得出了一个重要结论：不是群众冷落了我们，而是我们辜负了群众。不是人民不要我们这些共产党员了，而是我们不怎么像共产党员了。

我们怎么办？就此躺倒吗？沉沦下去吗？不！我们从哪里跌倒的，就还在哪里爬起来！

我们共产党人要做什么样的榜样

分组第二天的黎明时分，一个惊人的消息飞快地在村里传开了：党员们自己插旗建组了。

这个消息立即在村里引起了各种议论。一些人点头称是："这么样好，谁也不沾谁的，谁也不拐谁的。"有人把这意思就说得刻薄些："党员们也该自个劳动养活自个了。"一些老年人却觉得过意不去了。他们想起了党员的种种好处，办事公道啊，爱帮助人啊，肯自己吃亏啊，对老年人有礼节啊。缺点是有，特别是这些年，可谁没有缺点呢？再好的马也有失前蹄的时候，就一个也不要人家？他们便埋怨起那些分组的积极分子来了。

但也还有一个人很高兴。那是个老病号，本村的头等穷户，长得小身板像麻秆儿似的，小脸蛋像鸡蛋壳似的，只能放放猪，不能上趟子（下地）。他叫戴洪元，在那晚的分组会上，他曾经很兴奋地自报："我参加王占河组。"

"我们人够了。"王组的人赶紧说。

"那我报田富那组。"戴洪元有自知之明，因此很能将就，他的意思是有个组就行。

“我们再要就多了。”冷组的人也赶紧声明。

戴洪元干翻白眼说不出话来。现在一听党员单独成立了作业组，他赶紧跑回家，让孩子从南大甸子喊回了正在搂毛柴的妻子，然后紧紧闩上门，夫妻两个紧张地商量起来了。他的妻子——跟他青梅竹马、安贫乐处的苦难伴侣——一边从头发上往下摘草棍，一边听他说话。很快地，一个最庄严不过的家庭决议形成了：报名入党员这组。戴洪元飞起两条细腿，小脸兴奋得通红。他去找党小组长王才了，他很有信心。

这个戴洪元，三岁上被卖到戴家，如今四十七了，既不知道自己是从哪儿来的，也不知道父母往哪儿去了。他在贫困的境遇中挣扎着长大。二十五岁那年，得了一次严重的肠梗阻病，在四平和长春住了三个月医院。有二十一天，滴水不进，全靠打葡萄糖活命。结账时候，总共花掉了一千六百多元钱，都是集体给报销了。他总说：“我没有亲人，共产党就是我的亲人。我从小没娘，共产党就是我的亲娘。”划分作业组的会上，他寻思自己跟王家组是亲戚（他的养母姓王），跟冷家组是儿女亲家，哪组还不能要？可就偏偏哪组也没要。“谁要他那个累赘！”有的人说。这回他来找共产党员王才了，眼泪汪汪地，他喊：“三舅（他论的是屯亲，其实并非真的甥舅关系），我要参加你们党员这组。别人不要我，我跟共产党，共产党不能把我扔了吧？”

虽然来的是一个半残废人，王才也很感动，他觉得这时候来找他入组，是一种支持，是一种鼓励，也是一种信任，就赶紧说：“要是你不嫌乎，就来吧。我们吃干的，不能叫你喝稀的就是了。”戴洪元很自卑，他吭吭哧哧地说：“我顶不上个好半拉子，要了我，你们就得少打粮。"王才说:"放心。一粒也不兴少打的。还要比他们那两个组打得多。往年,我们党员没把劲使到生产上,光练嘴皮子了。教训了别人,自个不咋的,对不起乡亲了。今年,我们要把劲别过来。党员都下了决心,要在发展生产上起先锋作用,把我们作业组办成全公社第一等的。今年我们党员要出这个风头,哪怕先烂呢,也非当这个出头椽子不可。我们要拼命了,你不嫌累,就来吧。"

这以后,他们还另外吸收了两户没人要的职工家属,正式组成了作业组。大队党支部批准了他们的组成,同时把这几个组按顺序划定为第一、二、三作业组。但是三门李的庄稼人自有他们独特的命名法。他们把以王姓为主的称作"王组",把以冷姓为主的喊为"冷组",而把以党员为主的这个组,别出心裁地叫做"党组"。

啊,"党组"! 这是亲切的称呼,还是包含着某种揶揄?

总之,"党组"的旗帜就这样打起来了,最年轻的党员荣凤春抖擞精神,就任了第一任组长。好心人替他们捏把汗。有人给算了一下,论人头,他们组能有十几个人干活,其中除了三个党员是中青年以外,还有一个病号,三个老头,一个半拉子,六个小姑娘,忙的时候还可以动员起来五个家庭妇女(其中包括两个老太太)。年龄最大的七十四岁,最小的十六岁。这样,他们就集中了全村的老弱残兵。而另外那两个组则全是一色棒劳力。怪不得有爱凑热闹的人给编出顺口溜来:"王组强,冷组棒,'党组'真够呛!"另有好心人替他们发愁说:"到秋天,'党组'这台戏可咋唱?"

戏是可以唱的。事实上,自从"党组"正式组成那一刻起,这台戏已经开唱了。他们不怕拖累,肯于吸收半残疾人戴洪元和没有劳力的职工家属入组,显示了共产党人克己为人的宽广胸怀,赢得了善良的庄稼人的敬佩。现在,他们又克服劳力不强的困难,送齐了粪，虽然是跟头把式，连跑带颠干的。

“党组”真正经受考验是在春播时节。

严冬过去了。春风在人们的期待中染绿了柳树的梢头。大盐碱滩也在这里和那里悄悄地冒出一点绿芽儿。绿芽儿渐渐连缀起来，颜色由浅而深，阳光一晃，好像是在大地上镶嵌着一片片翡翠叶子。东辽河的坚冰解冻了，大车路过这里，牲口也总要停下来喝几口清凉甘洌的水，然后昂首向天，咴咴地叫几声再走。在土屋里闷了一冬天的老人们也走出来了，扶着柳条栅子，舒活舒活筋骨，眯起眼，长久地望着蓝天上的雁阵。春天来了，有的是希望，有的是时间。三门李人豪兴十足，他们要在八十年代第一春里，大干一场了。

三个作业组撒开人马，进到芳香的田野里。就像有人预言“党组”一春天送不齐粪那样，现在又有人预言他们的地要种不上了。当此时机，党小组长王才挺着高大的身躯下地来了。他抓起一把湿土，使劲攥着，宣誓似的说：“我不当舒服老爷子了，豁上这把骨头，干吧！”他早年生活不安定，落下个胃痉挛的毛病，一犯就疼得打滚。这时候，他就带着药瓶子下地，病犯了就吞一片药。每天，他第一个在朦朦胧胧的曙色升起以前就起来，挨家叫醒自己组的同志，踩着早霜下地。往年种拉拉稀苞米，今年他提出种单株密。他拄个小棍，在前边踩格子，不用度量，不用计算，一步一个脚印，步间恰好四十五厘米，好像他的脚上天然就带着一个电动钢卷尺似的。整个播种期间，他就是这样在走，十五垧苞米地，都是这么样走出来的。每天平均要走两万多米。但这不是在平坦的大路上悠闲散步，而是在疏松的垅台上，深一脚浅一脚，来来去去毫不变样地走。东辽河边上，既无山又无树，风沙很大，有时刮得人平地摔跟头，何况在一条窄窄的松土垅台上。风沙难撼志士身。共产党员王才就这样一步步向前走着。在他的身后，是“党组”的同志们。

王汉周是负责滤粪的，他从河北迁来没有几年，河北不是这样干活的。一方风土，一方活计，到哪随哪。但这些年他没有好好学活计，如今不会使巧劲就只好使笨劲，汗流满面地苦干不歇。荣凤春一春天没穿他那身油光水滑的新郎官礼服了，他早换上了从部队带回来的草绿色军装。经过春风和汗水的漂白，军装很快地褪色了，一张年轻英俊的脸也变得黧黑。他的媳妇心疼丈夫，偷着宰了一只老母鸡，炖上了她在娘家时候捡的油蘑。动筷子的时候，荣凤春对妻子说：“不用宰鸡，我累不垮，力气在心里边呢，使也使不完。”那个本来还很年轻，却被称作“老倭瓜，不起面了”的刘清洲，是除了王才以外最能起大早的一个了。他是怀德十八中的毕业生，说话好讲个遣词造句。“清洲哥，真早啊！”有人喊。“这也叫物极必反了。”他笑一笑说，“以前我是上工没一天不迟到的，现在不早点就达不到新的平衡啦。”

在春耕的紧张时刻，“党组”成员的家属们也都来了。那可真是有人出人，有力出力，出不了力的也来站脚助威。其中有小媳妇，有小学生，还有一位须发如霜、矮小驼背、身子几乎弯成一个圆圈的老人，那是王汉周的七十四岁的爹爹。这些家属们，他们有儿子、父亲、丈夫或哥哥“在党”。这些“在党”的亲人今年面临着一场严峻的考验。这场考验的成败似乎也和他们命运攸关。他们嘴上不说，但人人心里想的都是这个。“捧我们‘党组’！”这好像成了他们不言自明的行动口号。别组是一个点种的和一个滤粪的，他们至少有两个点种的和两个滤粪的。一副犁杖后边，常常跟着一大串人。他们好像不是在种地，而是在和他们的亲人一起，从事一种神圣的事业。这事业绝不是单纯用工分和经济效益所能表示的。这使他们的精神变得异常专注，情绪变得分外高涨。而人在精神专注和情绪高涨的时候，往往能做出平时做不出的事情来。今年，他们的地就种得又快又好又精细，一点也不像我们北方习惯的大犁划沟、大把扬籽的粗拉拉的干法。

这一年的春播，三门李四队的三个作业组上了劲，工效大为提高。去年种地，全队用了一个月工夫。今年分组，十五天就干净利索地完成了。

好雨知时节。慈爱的大自然母亲也为自己的儿女们及时地助了一臂之力。春播刚完，一场春雨就落下来了。种子发芽，小苗拱土，田野一派绿色。沈春书记组织了一次全大队的苗情检查，有大队干部、生产队干部和各作业组组长参加。他们沿着本大队的地面巡视，发现哪块地的苗齐苗全苗壮，哪里的苗色发绿发黑，那就一定是“党组”的。“你看人家‘党组’种那地，地头地尾都没扔，没一埯缺苗的。”“王组”和“冷组”的人说，有点佩服了。

见苗三分喜。“党组”更来情绪了。“王组”和“冷组”不敢怠慢，赶紧补苗。“‘党组’呛上了，向你们学习!”他们中的一些人诚恳地说。

“‘党组’的苗太密，以后怕不能结棒，要吃甜秆儿。”他们中的另一些人也是诚恳地说。

果然，不几天以后，“党组”满地的青苗泛黄了。这是脱肥了。为今之计，就是要赶紧追肥。化肥最赶劲。荣凤春组长火急奔往公社求援。公社机关立刻紧张起来。他们一直在关注着“党组”的命运啊！“你们这几个人代表着全公社的党员。”这是十屋公社党委书记的话。岂止全公社，就连县委的书记、地委的部长，心都被牵拽着啊！公社很想给“党组”吃一点偏食，可惜手头并没有化肥。十屋公社党委书记亲自出马，去友邻毛城子公社请求支援。毛城子一听是三门李“党组”需要，也紧张起来。“他们这个‘党组’也代表我们这些党员啊！”这是毛城子公社党委书记的话。他们立刻从自己手头分出了六吨硝氨。

硝氨拉回来了，“王组”和“冷组”眼巴巴地看着。这当口追化肥，可真追到点子上了。“到底是‘党组’，有党撑腰。咱这没有党员的老百姓组，可成了后娘的孩子了。”他们这样想着。

与此同时，“党组”也在想。共产党员能吃独食吗？我们能做那种光顾自己、不管群众的事吗？好事都归我，见便宜就抢，这是我们共产党员的风格吗？不，不是。我们宁可少打点粮，多吃点亏，也不能把党的性质改了。三一三十一吧。六吨硝氨，一组两吨，平均分下去了。这不是送化肥，是送成吨的粮食啊，这不是送粮食，是送去了党的传统啊！“王组”和“冷组”大为震动。庄稼人心肠软，受一点好处就不得了，何况是紧要关节时候成吨的化肥，他们的心和党员的心往一块儿贴了。

“嗯，三门李党小组，有点像那么个样子了。”十屋公社党委书记听到这件事，点头说。

“党组”把追肥的活包给了妇女。王淑梅动员起了五个家庭妇女，其中包括王才的老伴和荣凤春的老妈。妇女们干活心细，又不糊弄，组里是放心的。往年追化肥是拿锄头，直着腰板刨坑，大把抓肥往下扔，今年，“党组”妇女们一改常规，拿小木棍扎眼，用汤匙舀肥，弯下腰，一点一点往里放，就像给自个心疼的孩子喂奶。农村妇女生活条件艰苦，家务负担重，不少人都有难治的痼疾。荣凤春的妈妈年轻时候生过一对双胞胎，落下个病，俩肩膀总是酸疼酸疼的。王淑梅有肾炎，这些日子正犯病，两条腿浮肿，一按一个坑，半天不下去。可她们都坚持着干。在她们的丈夫和儿子面前，她们从来不说一个累字、苦字、疼字，她们汗水淋漓的脸上总是挂着笑容——只有在劳作不息而又家庭和美的劳动妇女的脸上才会有的那种笑容。到晚上，回到家里，男人们能蹲着或坐下抽支烟，揉揉腰腿，她们却还要趴在灶门脸前烧火，忙忙地淘米做饭。火光映着她们的脸膛，烟气熏着她们的眼睛，而她们粗心的丈夫和儿子总是很难发现她们的手和腿是在颤抖着的。这样一干就是多少天，她们到底抢在雨前，追完了全组的地。

转眼也就到了铲地的时候。三门李地方地多人少，铲地一向是北大荒干法，大夹板锄，两条胳膊悠开了，粗干毛撸，形同赛跑，轰轰隆隆，眨眼之间一大片地就完了，铲下来多少草就算多少草。河北人王汉周初来这里干活很不适应。他的老家就在万里长城脚下，离秦皇岛不到一百里。那里铲地的方法有点奇怪，最大特点是往后边退着铲。而且铲得非常精细，因为土地少、人口多，决不肯伤一棵苗，就像大姑娘绣花一样。王汉周来到三门李铲地，冷不丁由往后退改为向前进，觉得十分诧异，不仅干得很笨很慢，而且铲着铲着就又身不由已地往后边退了起来，引起人们一阵阵哄笑。加以他的口音太特别，这里的庄稼人又太好奇，听他把“昨天”喊成“夜个”，把“肚子饿了”叫成“肚子卧了”，无论小闺女和老头子都得笑出眼泪来。有些淘气的小媳妇和大姑娘爱没深拉浅地闹，远远见了他，总要停下步子，尖起嗓子，一齐大喊：“姐夫（谁知道从哪家宗亲论的），夜个你肚子卧了没？”这样一来二去，王汉周就不爱上前勤去了。

但王汉周也有他的好处。今年"党组"铲地要求质量,就是要保全苗、锄净草,"种十成保十成""丰收年不收无苗田"呀。这正是河北铲地法的优势所在。王汉周有用武之地了。他下了地,除掉仍对向前进感到有些别扭而外,他那种精细劲,那种认真的态度,那种一苗不伤的精神,都叫人打心眼里佩服。素来被人判为"不会铲地"的王汉周成为打头的了。一帮年轻人都跟他学,铲得又细,搂得又深。三门李因此出现了新的铲地法。等到沈春书记又带人来检查夏锄情况的时候,看了"党组"的地,他和检查组的人无不点头赞叹,说是这样的地铲一遍顶两遍了。

我们共产党人好比种子

满地庄稼比赛似的蓬蓬勃勃长起来了。大盐碱滩已经为一片壮观的青纱帐所覆盖。"党组"的庄稼继续拔尖,丰收已成定局。人们的态度也慢慢变过来了。但是"党组"仍旧战战兢兢,不敢有半点松懈。

"人家小看咱们,咱们可不兴小看人家。"还在"党组"处境艰难的时候,党小组长王才就常这样对同志们说,"大家一个屯子住着,哪能总是针尖对麦芒的!分组不分心,共产党员还要讲究风格。"

他们也真是这么做的。夏天,冬小麦黄熟时节,劳力很紧张。"种在冰上,收在火上","麦收三晌",火似的太阳一照,眨眼间麦子就勾头了。不及时收上来,就要掉粒。偏赶上天气预报说要有大雨。抢秋抢秋,真是和天老爷抢收成啊!"党组"劳力虽不硬实,但是能动员起来的人手多,干劲又大。人家一头晌歇两气,他们只歇一气,中午也不休息,忙忙地扒拉一口饭,就又下地了。他们很快就拔完了麦子,运回去了。这时候急坏了那两个组,特别是“冷组”。大片麦子在地里挺着,眼看就要颓秧了。三门李地方粗杂粮多,种一点麦子金贵得要命。来人去客,擀个面条,新年春节,包个饺子,全指靠着这点出产。“冷组”的人急得火上了房,不吃不喝不歇气,拼命干,越着急那麦子还越难拔了。抬头看看天边,黑云彩正由小变大,风也带出凉味了。正当这个时候,一群人轰一声涌进了麦地,立刻烟尘风扬,干起来了。“冷组”人抬头看,正是“党组”派人来了。他们很是激动,一迭声地感谢。“党组”却说:“这也是互相支援呗!”人们的心愈发贴近了。

分组以后,农具什么的也照样分了三份,但他们仍共同使用一个仓库,一家占了一个角,从来没发生过什么纠纷。不像有的地方,分了组,就在仓库里垒起高墙,开出几个大门,各走各的,如同路人,邻组相望,鸡犬之声相闻,老死不相往来。

柳枝泛红,北雁南飞,转眼间壮丽的秋天来到了。小杂粮上场以后,“党组”的领先局面以具体的物质成果显示出来了。无论是小麦、糜子、小豆和葵花子,“党组”的人均所得都超过了另外两组,其中有的超出了差不多一倍。四大作物(高粱、谷子、苞米、黄豆)的产量,“党组”也大大领先。全作业组产量高达五十五吨。“王组”和“冷组”也不错。全队三个组加在一起比去年多产粮四十多吨。

这是一个生产上的重大胜利。但引人注目的东西还不只这些。前不久,三门李重新选举了生产队班子,党员刘清洲被三个组一致推为生产队长,“王组”和“冷组”还称他为“总组长”,意思是刘清洲也是他们的组长。在沈春书记看来,这种情况很自然地又成了一个预兆,说明三门李三个作业组的构成将要有所变化了。

“王组”和“冷组”已经放出口风，要求“向‘党组’靠拢”。有人还有私下里活动，对某个党员说：“过年你得上我们组来。没有党领导哪行！”对此事反应最为强烈的是那两组中的一帮小伙子和大姑娘。青年人喜欢用自己的眼睛看生活，他们有自己的功利主义，不像上岁数人那样注重经济观点，他们更着眼于精神生活的需要。他们很不满意地说：“三门李的分组法大有问题。把党员都给分走了，我们入党、进步的事咋办？谁培养？未必你们这些长翅膀的（非党员）当得了介绍人吧？”对这样的埋怨，他们的父兄是难以作答的。就这样，经过近一年的艰苦奋斗，卧薪尝胆，三门李四队的共产党员们，同乡亲们一道，共同迎接了一个大丰收。他们在我们国家九百六十万平方公里地面上的这一个小小村落里（在五十万比一的地图上都查不到的），以党的一个最基本的细胞，重新恢复了党的威信，重新获得了人民群众的信赖。

这威信是怎样失去，又怎样重新获得的呢？三门李大队党支部书记一边谈着，一边陷入了深深的思索。以前不是没有发现过党员们的问题，也不是没有采取措施解决。批评啊，个别谈话啊，办学习班啊，学习“十二条准则”啊，可就是不起多少作用。这回用了什么办法呢？没有。没用什么办法。大队支部和公社党委甚至没有批评一声，指责一句，可党员们竟一个个奋起改正了缺点，这是什么巨大的权威力量做出的奇迹呢？是生活，是人民群众，是一种极严峻又极公正的社会现实。“我们共产党人好比种子，人民好比土地”，我们党的领袖老早就这样说过了。种子是不能离开土地而生存的，就像巨人安泰离开大地母亲就会被敌人击毙一样。这些年来，我们的教训有一千条一万条，归根到底，其实恰恰是这一条：我们作为种子脱离了人民这块土地。

当我们勇敢地正视这种现实，挺起胸来，不是靠宣言，而是靠行动，不是靠旁人，而是靠自己，去克服缺点，去发扬党的传统，去以我们自己的手，恢复我们自己的形象，则我们就必定能够重新开花结果，达到我们的目标，就像在三门李这块丰饶而又贫瘠、富裕而又荒凉的大盐碱滩上，我们五个普通党员所获得的成功那样。

1980年冬—1981年春

公主岭—长春

（原载《春风小说月刊》1981年第6期）

作者简介：乔迈（1937— ），原名乔国范，吉林海龙人。著有报告文学集《三门李轶闻》《爱之外》《森林大火灾》等。

中国姑娘

鲁　光

忠诚，就忠诚自己的土壤；
追求，就追求自己的理想。

——引自友人的诗

这是一曲振奋人心的搏斗之歌。它的主旋律，就是祖国的荣誉高于一切！

人们把体育比喻为一个民族精神的橱窗。那么，就让我们打开中国女排这个小小的窗口，看一看我们中华民族应有的精神风貌吧！

挥动黄手绢唱的歌

公元一千九百七十七年深秋。苍茫的暮色，笼罩着日本的商业都市大阪。

中国女排姑娘们乘坐的大型轿车，顺着五光十色的街道缓缓向前行驶。

多彩的夜景，与中国姑娘们喜悦的心境是相吻合的。今晚，一九七七年世界杯排球赛进入最后一个高潮——发奖。应该说，中国女排的战绩是值得庆贺的。一九七四年，中国女排在世界锦标赛中只得了个第十四名。而一九七六年六月由袁伟民组建的这支队伍，只经过一年多时间的训练，头一次参加世界比赛，就名列第四。这是我国女排自一九五三年建队以来所取得的最佳战绩。而且在世界杯的预选赛中，她们还打败过“东洋魔女”日本队。这给她们的启迪和鼓舞，也许比第四名的战绩本身还要深远得多。看来，只要努力奋斗，世界上没有打不败的对手！

靠窗坐的那位高挑姑娘，叫曹慧英，中国女排的队长。从外表看，她恬静、文雅，瓜子形的脸上，总露着几分淡淡的笑意。在赛场上，她可完全是一个“要球不要命”的姑娘，同伴们都称她为“铁姑娘”。

你看，中国队与南朝鲜队的激战正在进行。一个险球从曹慧英身边平飘而去。她飞身扑上去。球救起来了，而她倒在地板上，左腿肌肉拉伤，像撕裂似的疼痛。她用手使劲卡着受伤部位，疼得头上冒出了汗水。本来就偏袒的裁判，看到中国队的主将倒在地上起不来，急不可待地示意曹慧英退场。曹慧英瞥见裁判那种幸灾乐祸的神情，气不打一处出，蓦地站了起来，瞪圆了双眼，忍着钻心的疼痛，继续投入比赛。这局球，中国队虽然以二分之差输掉了，但这位中国女排队长的英勇顽强的精神，却赢得了全场观众的心。“三号！”“曹——慧——英！”观众们用欢呼，用掌声，用各自喜欢的方式，表达着对她的敬意。

她从场上下来时，腿一抬就疼得像刀割似的，伤处出现了紫红色的淤血。而第二天，中国队还有一场硬仗——对世界强队古巴。外国记者们议论纷纷。有的预测，如果中国的三号不上场，双方实力的均势就将发生变化，中国队的命运是凶多吉少。可是，第二天，当银笛长鸣时，曹慧英居然又英姿勃勃地率领众姐妹出场了，这不仅使许多记者和观众感到吃惊，也给古巴女排在心理上造成了压力。她的扣杀依然那么凶狠有力，救球依然那么奋不顾身。你简直看不出她是一位伤员。其实她的伤情还真不轻，上场前打了封闭针，在伤腿上捆扎了厚厚的几层绑带。她是一位挂了彩而冲锋不息的英勇战士啊！中国队终于以三比二击败了古巴队。

此刻，这位从小就爱唱歌的河北乡村姑娘，正在心里唱着一支欢乐的歌。今天是她运动生命史上光辉灿烂的一页，大会将颁发给她三个奖：拦网奖、敢斗奖和最佳运动员奖。

“噗哧”，她笑出声来了。不过，她倒不是为一人独得三个奖而笑。她想起了一件往事，一个挺逗挺逗的往事。

她还不到十六岁时，已经长到一米七七。在乡村里，每次走亲戚、赶集，都招来乡亲们好奇的目光。她那忠厚老实的父亲可犯愁了，心想，一个闺女家，手长脚丫大，再这么一个劲长下去，怎么得了！想来想去，终于想出了一个并不新奇的老办法：裹脚！

“裹脚？”曹慧英一听，乐得腰都笑弯了。一个高高大大的姑娘，配上一双“三寸金莲”，那成什么怪模样了呢！她嗔怪地对爹说：“你也不琢磨琢磨，如今是什么时代了，还兴这个！”

后来，她的妈妈上北京姐姐家串门。姐姐问：“妹妹长多高了？”妈妈说：“别提她了，高得要命，有个坑都恨不得让她踩进去。”接着，又感叹了一番：“那么个大姑娘了，走路没个走路的样子，走着走着就来个劈叉……”姐夫一听，倒高兴了：“怎么不叫她去练体育呢？”他认识体育学院的一位教练，写了一封推荐信。

于是，曹慧英进了体院青年集训队打排球。青训队的排球班开训已经八个月了，而小曹过去连排球都没有摸过。但好动、朴实、勇敢的性格，使她与排球一见钟情。入队不到两个月，她就上场打主力了。后来，她又到八一女排打主力。一九七六年重建国家队时，她又被袁伟民看中，调来打主力。她的成长，真可谓是一帆风顺。

爸爸呀爸爸，当初多亏没有听你的，要不“三寸金莲”怎么上场，怎么为国争光呀！她望望自己的那双大脚，心里有说不出来的喜欢。

坐在曹慧英前面的杨希，是小曹在北京体育学院青训队的同窗好友。她出生于干部家庭，从小就受到良好的教育。她长了一副高挑的身材，省体育队和体院的教练都看中了她，让她去打球。妈妈有点舍不得，因为杨希个儿虽高，但身子单薄，怕她吃不了那份苦。爸爸挺开通，说：“大家都说她是搞体育的料，那就让她去吧！”

一到排球班，她就天真地向别人打听：“练什么最苦？”别人告诉她，练长跑最苦。她想：“好，那我就练这个。”

起先，四百米的跑道跑一圈，脸就苍白，喘不上气来，头昏眼花。但她坚持跑，而且每星期加一圈。星期天，别人睡懒觉，她也早早起床，到运动场上跑步。最后，她竟能一口气跑下十七圈。她跟曹慧英一样，从青训队到八一队，然后调进了国家队。球越打越好，观众也越来越多。谁说排球没有人看呢？在日本，出现了一股“杨希热”，崇拜她的观众成千上万。比赛时，只要她一站出来发球，场上就发出有节奏的呼喊声：“唷要——希！唷要——希！”只要她扣杀了一个好球，场上就会发出雷鸣般的欢呼声、掌声。她在街头或旅馆里一露面，四周就会传来阵阵“唷要——希！”“唷要——希”的呼喊声。人们簇拥过来，跟她握手。握不上手的，哪怕摸到她的手一下,也感到欣慰。签名的纸板,一叠一叠送到她手上。她自己也记不清签写了几百、几千个名字了。有的日本青年挤到她身边,递给她一支粗大的油墨水笔,然后指指自己的胸前,让她就在他们崭新的衣衫上签名留念,弄得她不知所措。而那些日本青年就将她的手拉过去,往身上写。她也记不清,有多少痴情的日本青年穿着写有杨希名字的衣服,欢笑着狂奔而去。更令人感动的是,有两位日本小姑娘,由妈妈陪着,从几百里之外赶来大阪,目的只是请这位中国姐姐签写一个名字。还有许多球迷无缘见到这位中国女球星,就托人辗转送来对杨希的赞美和祝福的录音带,也有痴情的求爱的录音带……听说日本还成立过一个五十人的“杨希接待委员会”。从日本各地给她写来的信,装了一大麻袋。

日本为什么会出现“杨希热”呢?袁伟民曾经向一位日本报纸的记者打听过。原因有四个:第一,杨希是主攻手,球扣得有力,打得漂亮;第二,杨希球风好,风度潇洒,无论赢球还是输球,脸上总是笑眯眯的;第三,杨希的名字,在日本语里,是“有人缘”的意思,叫起来响亮;第四,杨希的长相酷似日本电影明星、《绝唱》的女主角山口百惠。

崇拜者们,几乎到处跟踪着她。中国女排到东京比赛,他们蜂拥到东京看;中国女排到大阪比赛,他们聚集到大阪看。

此刻,在她乘坐的轿车旁边,就有她的崇拜者紧紧相随。只要车子在十字路口碰上红灯停了下来,这些球迷们就从各种小轿车里伸出头来,向她呼喊,向她挥手致意。

作为一个运动员,何尝不希望有自己的观众和崇拜者。应该说,杨希是幸福的。

中国姑娘们步入体育馆大厅时,成千上万辆汽车已把广场堵塞得严严实实。身着艳丽和服的日本女郎,已经亭亭玉立在入口处。发奖仪式马上就要开始了。

发奖,本是激动人心的欢乐时刻,但对中国女排的姑娘们来说,却变成了一个巨大的刺激。第一、二、三名,站立在特制的高高的领奖台上,而中国姑娘却只能站在领奖台一边的地板上。在日本的国歌声中,太阳旗和第二、第三名所在国的国旗,在旗杆上徐徐升起。日本选手和第二、第三名的外国选手,高举着奖杯,向观众致意。而中国姑娘手上有什么呢?每人手里发了一块黄手绢,按规定,她们得不停地挥动黄手绢向得胜者庆贺。

中国姑娘们从刚才来路上欢乐的峰顶一下子跌落下来。如果地板有缝,她们真恨不得马上钻进去。轻柔如云的一方方黄手绢啊,竟重得把姑娘们的手臂都压得抬不起来了。胸前运动衣上的"中国"两个大字和闪闪发光的国徽,变成了两团火,烧得她们浑身发烧,脸发烫。过去,她们也常常听到这句话:"你们是代表祖国人民出去的。"但感受不深。此时她们才真正意识到,她们确实不是几个普通的女排运动员,而是一群中国姑娘,是中国人民的代表。她们深深感到,眼下的成绩,与祖国的地位太不相称。中国人不应该站在地板上,而应该站立到高高的领奖台上去。徐徐升起的应该是我们鲜艳的五星红旗,大厅里回荡的也应该是我们雄壮的国歌。

该曹慧英领奖了,但她仍然痴痴地站在那里。同伴们捅捅她,她才迈出了脚步。她的欢乐劲儿早已烟消云散。她真不情愿去领这个奖。她心里想:"我个人即使得一百个奖,也不如全队拿一个奖杯呀!"

而杨希呢,真恨不得马上离开这儿,不,离开日本,回到祖国去。练得再苦,她也心甘情愿!

发奖仪式其实才进行了短暂的一二十分钟。但中国姑娘们却感到在这儿站了漫长的一个世纪。她们不知道自己是怎么回到休息室的。她们默默地聚集在一起,没有人掉泪,也没有人说话,休息室里的空气仿佛已经凝固了。突然,沉寂中爆发出低沉、悲壮的歌声:

"没有眼泪,没有悲伤……"

这《洪湖赤卫队》的歌声,一遍又一遍地重复着。虽然没有任何人指挥,却唱得那么整齐;虽然没有一个人是真正的歌手,却唱得那么富有感染力。这种催人泪下的歌声,在音乐会上是很难听到的。

在歌声中,一位鬓发斑白的长者,慢慢地摘下眼镜,转过身去,匆匆走出了休息室。他就是中国排球代表团团长、国家体委副主任黄中同志。他事后说,如果再待上一会儿,眼泪就要流出来了。

姑娘们唱着这支悲壮的歌,走出体育馆,登上汽车;唱着这支悲壮的歌,穿过闹市街头,一直到踏上旅馆的台阶……

当姑娘们乘坐客机,飞翔在浩瀚的太平洋上空,飞翔在祖国辽阔的蓝天之下时,心里依然在唱着这支悲壮的歌。这歌声里凝聚着她们为祖国荣誉献身的崇高精神,凝聚着她们继续向排球运动世界高峰攀登的勇气和力量。

灵丹妙药

北京初春的傍晚。崇文门外,太阳宫体育馆门前的一蓬蓬迎春花,开得正闹。被簇簇小黄花压弯腰的枝条,竞相往前伸长着,仿佛随时准备迎接从馆里出来的女排姑娘们。

暮色由淡到浓,不久天就黑下来了。馆里灯火通明,姑娘们刚刚练完球,汗水湿透的衣衫紧紧地贴在丰腴的身上。白色的排球撒满一地,姑娘们正弯腰捡拾着。

“谁还想再加练一点?”教练袁伟民冲着这群疲惫不堪的姑娘大声问道。

“我加练一点!”一位灵巧秀气的姑娘抬起头来,抢先回答。她两只手抱着十来个排球,酷似一位杂技演员。

她叫陈招娣,家住西子湖畔,一位典型的杭州姑娘,是曹慧英和杨希在北京体院青训队的同窗,又是她们在八一女子排球队的球友。如果你在街上见到她,大概看不出她是一位女排运动员。其实,你仔细看,在她那江南女子的秀气中,却藏着几分野劲。那才是地地道道的运动员性格呢!

陈招娣把一大抱球放进粗铁丝焊成的筐子里,走到袁伟民跟前,用眼神说:“练吧!”

袁伟民用右手的五个手指,从筐子里抓起了一只球,猝不及防地向她扔了过去。招娣敏捷地往后退了几步,稳稳地将球垫了起来,不等她站稳,“砰!”一声,球又从教练手里飞到她的左边。她往斜里飞身迎了过去。球垫起来了,她却摔倒在地上,就势一个滚翻,又从地上爬了起来。

她的加练任务是救十五个球。如果救丢一个,就负一个球。她玩命地向球飞扑过去,滚翻起来,又飞扑过去。渐渐地,她的双腿发沉了,脸色苍白了。但她仍然不顾一切地奔跑着,滚翻着,飞扑着。当她救起第九个球时,倒在地上起不来了。

袁伟民可并不因此而停止扔球。他一边将球狠狠地扔过去，一边大声叫："快！""快起来！"

招娣趴在地上大口大口喘着气，眼看球从自己的身边、头上飞了过去。她不是不想去救，实在太累了，即使站立起来，也追不上那刁钻的来球。她负了两个球了。本来是自己主动要求加练的，练一会儿不就完了吗？谁知强度这么大，难度这么高。招娣心里嘀咕开了："袁指导呀，你也太苛刻了。"

袁指导却不动声色。他一边扔，一边不紧不慢地数着："负三！""负四！"……

招娣也冒火了，愣劲一上来，就不顾一切了。心里说："扔吧！扔吧！扔吧！"霍地从地上站起身，气冲冲地嚷道："我不练了！"走到场外拿起衣裤，就径自朝门口走去。

袁伟民这个人也挺有意思的。他不冒火，也不大声嚷嚷，只是不轻不重地说："想练就练，不想练就不练，那不行。今天练不完，明天开始就练你。"

招娣才走出几步，猛然转过身，向袁伟民快步走来，把衣裤往地板上一扔，气呼呼地说："练就练！"

请别误会，招娣不是一个吃不得苦的女子。她生性好强，从不甘心落后。在青训队时，有一次她的脚腕扭伤走不了路，从宿舍到训练房，有一段相当长的路，而且刚下过雪，但她拄着拐杖一瘸一拐艰难地往前走。到训练房时，拄拐杖的手上打起了许多紫红色的血泡。一位场馆的工人师傅看了感动不已，特地为她的拐杖包捆上一层厚实的海绵。有一段，她每天尿血，医生怀疑是肾炎，不让她吃盐。她自己到处找书看，发现是过度兴奋造成的，就对医生说："不碍事的，注意一点就是了。"仍然坚持进行艰苦的训练。她的腰伤相当严重,有时打完一场比赛下来,好像腰已经断裂似的,直都直不起来。有一位医生甚至不同意她继续打球,说搞不好会造成瘫痪。她含泪恳求医生:“打到这个水平,没有为国家作出贡献就下去,我不甘心呀!”她一边配合医生治疗,一边以巨大的毅力坚持锻炼,终于延长了自己的运动寿命。

这一切,袁伟民心里都一清二楚。顶撞一下他,向他发一顿火,他并不计较。说实在的,他非常喜欢招娣的这种泼辣性格。打起比赛来,她还真的拼得出,顶得住。他常说:“一个队十二个队员都应该有自己的个性,打起球来才有声有色。如果把她们性格的棱角磨平了,这个队也就没有希望了。”但此时此刻,他只是用严峻的目光瞧了她一眼,轻声地问了一声:“开练吗?”

招娣走到红十字箱跟前,撕了几条胶布,裹在手指尖上。不裹,手指尖裂开的口子,实在疼得受不了。如果从她打球算起,她用的胶布,拼凑起来至少可以做一身衣裤了。她裹好胶布,走回场去,把腰往下一猫,那意思是:“开练吧!”

袁伟民一个球一个球地扔着、砸着。招娣奋不顾身地向飞来的球飞扑着、滚翻着。好不容易把刚才的负球给补上。九个,她还是只救起了九个球!离十五个还有六个呢!很明显,招梯的动作变迟缓了。终于,她又倒下起不来了。

站在一边供球的姑娘,迟疑地不给球了。袁伟民瞪着眼,叫道:“给球!”他仍然不慌不忙地扔着球,冲着躺在地上的招娣喊:“球!喂,看球!”

一个,两个,她又负了好几个球了,她感到满肚子委屈,站起身,看也不看教练,拿起衣服,又径直向门口走去。她实在忍受不了了,世界上哪有这么狠心的教练呀!如果说,真有铁石心肠的话，我看他的心比铁还硬。想着想着，眼泪涌出了眼眶，洒落在光洁的酱黄色的硬木地板上。

"走也可以，还是那句话，明天一早就练你！"身后又传来袁伟民那不紧不慢、不软不硬的声音。在平日，袁伟民那夹杂着苏州乡音的普通话，在这位杭州姑娘听来是那么亲切动听，有时她还淘气地跟他说几句婉转似莺啼的苏州土话。但此刻，他的声音不但不亲切、不动听，而是那么冰冷和刺耳，字字句句都像从冰窖里蹦出来的。

她依然往前走着。不过，脚步显然放慢了，一步比一步迟缓。快走到门口时，她站住了。她那被极度疲惫和委屈情绪弄得热昏了的头脑，开始冷静下来，理智回到了她的心中。她像一截木头被钉在那儿，一动也不动。

袁伟民也站在原地没有动弹，目光盯着这位任性的姑娘，他像一尊石雕似的，手里还抓着一个球，一副随时准备砸出去的样子。

姑娘们用担忧的眼神望着他。她们恨他吗？恨！有时恨不得扑过去，狠狠地咬他一口。不过，事后冷静下来想想，又觉得他应该这样。不这样，怎么去赶超世界强队，怎么去为祖国争光呢！

一九七八年，简直是中国女排的倒霉年！从日本回国后不久，队长曹慧英在一次国际比赛中受了重伤，半月板撕裂，住进了医院。腿伤未愈，又发现有肺病，转到结核病医院治疗。在出访中，座车又不幸发生车祸，好几位姑娘受了伤。更惨的是，这年去苏联参加世界排球锦标赛，连第四名都没有保住，只落得个第六名。但她们没有在厄运面前屈服，既不怨天尤人，也不灰心丧气。她们从技术上、思想上进行了认真的总结。

她们明白，冲出亚洲并非易事，走向世界更是困难，中国女排的崛起，不能靠侥幸，只有靠自己苦练巧练！

看着招娣那汗湿了的背影，姑娘们的心情是很复杂的。她们深深地同情她，可又生怕这个任性的姐妹真的会离开自己的球场。有两位姑娘沉不住气了，迈动脚步向招娣走去……

正在这时，招娣也迈动脚步了。不过，她不是往前去“抢红灯”，而是来了个向后转，步子那么猛，动作那么冲地向球场走来。她回来干什么，不用问了。

加练，又继续下去了。

不知是喘息了一会儿，还是来了一股邪劲，招娣练得完全忘我了。

袁伟民见她那么奋不顾身地扑救来球，就笑着说：“招娣，可以减掉几个！”

招娣用泪眼瞪了瞪他，发狠地说：“不要你慈悲！”

袁伟民的话，其实也是一种激将法，因为他深知招娣的性格。

她终于以惊人的毅力，垫起了十五个球。

当她们淋浴后，走出体育馆大门时，那蓬蓬迎春，正在乍暖还寒的春风中，摇曳着黄灿灿的花枝，热情地赞美这群迟归的姑娘。但是，姑娘们拖着沉重的双脚，匆匆地从它们身边走过，压根儿就没有留意迎春花的多情。也许，它们何时发绿长叶，何时含苞，何时开花，她们也没有留意过呢！

回宿舍，她们得上五层楼。五层楼的楼梯有多少个台阶？姑娘们心里可清楚啦。她们用手扶着栏杆，慢慢地抬起腿，龇牙咧嘴的，有的还发出“哎唷”“哎唷”的呻吟声。每上一个梯阶，都这么艰难。上上停停，停停上上，凭借着淡黄色的灯光，互相瞧瞧，一个个都是这副狼狈相，真是哭笑不得。谁能想到，一群风华正茂的年轻姑娘，一群充满活力的年轻运动员，上个楼梯竟这么艰难！

在女排训练场上，像招娣今晚这样的“两走两练”的情景，倒不很多。这是由她那直率、坦然而又带几分愣劲的独特个性所决定的。但练得这样艰苦，甚至比这更艰苦的，却大有人在。

这里是湖南省郴州集训基地。这天，温文尔雅的杨希因为大腿肌肉受伤，躺在屋里休息，记者正好访问了她，打趣地对她说：“杨希，过去见你总是笑眯眯的，今天可见到你哭了。”杨希挺实在地回答说：“我哭得可不少，不过，你们不常来看我们训练，见不着就是了。”接着，她又补充了一句，“我们队上哪个姑娘没有掉过眼泪呀！你不知道，我们的指导呀，在训练场上从来没有说过满意的话，总是不满意，不满意。要我们往上呀，往上呀，去赶超世界强队呀。天天努力，天天达不到他的要求。还让我们天天斗争，天天打胜仗呢！一个人哪能天天打胜仗呀！就拿这二十来米的路来说吧，每天一步一步往训练房走的时候，心里都在斗争。今天身体实在太累了，伤也犯了，厚着脸皮请一次假吧，可到场上看别人都那么练，自己又不好意思开口了。忍着伤病练吧。一天练下来，浑身酸疼，饭也懒得去吃。晚上往床上一躺，是一天中最舒服的时候。可一想到明天，又犯愁了，明天该怎么练呀！人们都说，共产党人是钢铁意志，我们真是钢铁意志呀！只要你稍微松一点，就会被他盯上，抓住你补课……”

杨希就给补过一次课，而且还是在国外访问期间呢！她一口气练习滚翻救球四十分钟。两层裤子都磨烂了，两只大腿都磨破了皮，渗出鲜红的血来。夜里，随队医生给她敷药时，说：“如果让你妈妈看见，该心疼了！”也不知怎么搞的，她听了这话，眼泪就禁不住刷地流了出来。

杨希扬扬两道细长眉毛，咬了咬嘴唇，又对记者说："我们从来都不让爸爸、妈妈看我们训练的。他们看到自己的宝贝女儿练成这副模样，非哭着把我们领回家去不可。平时回到家里，也从来不告诉他们练得如何如何苦，只是说，练的时候累一点，练完了就不累了。他们去看过我们打比赛。我们在场上摔了几下，他们就担心得不得了。回到家里总问：'摔得疼不疼？'我们就说：'不疼。'说真的，人都是肉长的，能不疼吗？不过，比起训练来，比赛算是我们最轻松的时候。还有一次，我回家去，妈见我这么瘦，一个劲地追问我，是不是练得太苦了。我告诉她：'妈，我们运动员不能胖，胖了就跳不起来，打不了球。'妈信了，后来街坊邻居问我为什么这么瘦时，我妈还帮我说呢！"她突然想起什么别的事似的，话题一转，问起记者来："你说，人有多怪呀？"其实，她并不需要别人的回答，自己笑了起来，接着说下去："练得苦时，真想休息半天，哪怕受点轻伤休息半天也好。可是等你真受了伤，这么躺在床上，心里就不是滋味，又想马上跟大伙儿一起去练。不过，平时真休息半天时，那可宝贵了，又想美美地睡上一觉，又想写封信，又想看场电影，又想看篇小说……真不知道该怎么过才好呢！"

的确，中国女排姑娘们的生活节奏是紧张的。清晨，朝阳还没有从东方升起，她们像一片美丽的朝霞，从宿舍飘向训练房。傍晚，夕阳已经西沉，她们才像一片绚丽的晚霞，从训练房飘回宿舍。她们常常紧张到没有闲情逸致欣赏大自然的美景。有时候，她们会突然发现马路两旁光秃的树木绿荫如伞，花木葱茏，于是像哥伦布发现了新大陆似的，惊讶地欢叫起来。有一天晚上，陈招娣对记者感叹地说："人家的青春，是在花前月下度过的，而我们的青春却在流汗、疲惫、困倦、头脑发胀之中度过，在紧张、激烈的旋律中度过。”记者回答她说:“但你们的生活过得那么有意义啊!”招娣颔首笑道:“那倒也是。我们站在高高的领奖台上,当庄严的国歌在我们耳畔回响,灿烂的国旗在我们头上冉冉升起的时候,我们是感到自己所付出的一切代价都是值得的。将来,当我们都变成白发苍苍的老太婆时,回想起今天的生活,将会感到自豪,因为,我们的生活过得很充实,我们的青春年华没有白白地流逝,它曾经为我们的祖国放射过光和热。”

道是无情最有情

如果说,袁伟民在对待陈招娣的加练问题上,有点“过分苛刻”的话,那么,他对待这堂训练课的态度,简直可以说“冷酷无情”了。

坐落在山坡上的餐厅,灯火明亮。餐桌上银白色的火锅,炭火红红,水已经沸腾,冒着缕缕的热气。伙房里,厨师们已切好菜,配好佐料,烧热锅,只等坐落山坡下的那幢训练房灯光一灭,就马上动手炒菜。但一直等到晚上七点多了,训练房的灯光依然那么明亮。管理员下去看了一趟,回来说:“看来一时还完不了,先退了火再说吧!”

厨师们等着也没有事干,干脆去看姑娘们训练。

训练是从下午两点开始的,绝大多数姑娘都已练完,场上只剩下新手汪亚君没有完成任务了。四川姑娘朱玲和上海姑娘周鹿敏为她垫球、传球。她的任务是扣杀二十组快攻球。三个好球为一组。如果三个球中扣坏一个或扣出一个一般球,这组球就不算数。如果扣坏两个或扣出三个一般球,就得负一组。起先,小汪还不大在乎,心想到下课时总能扣完。谁知愈扣负得愈多。看到那么多人在一边陪着自己,她心里更不好受。扣着扣着,她弯腰站在那儿说:“指导,肚子饿了,练不动了。”

袁伟民将球放下,说:“休息一会儿再练吧!”

厨师们真想劝说大家先去吃饭。但他们知道,在训练场上,他们是不便插嘴的。他们用同情的眼光瞧了瞧小汪,无可奈何地摇摇头。

小汪喝了几口白开水,又开始扣球。扣了一阵,倒下起不来了,趴在地板上哭着嚷道:“今天我可完不成任务了!……”

厨师们一听,眼泪刷刷地流出来了。有的转过身,一边抹着眼泪,一边往外走。在场的记者看到这个情景,也禁不住掉出了眼泪。

袁伟民对站在一旁加油的几个队员说:“你们有谁愿意帮小汪扣的,可以上来扣。”

话音刚落,两位姑娘挺身而出。袁伟民一看,原来是四川姑娘张蓉芳和扣球手郎平。

可是,情况并不妙。扣到八点多钟,还剩下好几组。郎平举手喊道:“指导,休息一会儿吧!”她独自走到一边,偷偷抹着眼泪。而小汪因为自己连累了这么多人,心里更不好受,哭出声来了。

这时,几乎所有的队员都朝袁伟民瞪眼,虽然谁也没有骂出口,但心里一定都在骂他、恨他。而他呢,仍然站在发球线上,手里拿着球,笑眯眯地喊:“加油呀!加油呀!”实际上,这“加油”声何尝又不是为他自己喊的呢!他也已经在场上站了六七个钟头了!

扣杀再度开始时,场上出现了一个挺有意思的情景:所有的队员都把火气冲着袁伟民来了,垫得好,传得好,扣得狠。她们精神高度集中,团结一致,每球必争,达到了玩命的忘我程度,不知扣出了多少个罕见的漂亮球！

训练结束时，已经是晚上九点多钟了。

像这类事，绝不是偶尔发生，于是，袁伟民给一些观看过他训练的人留下的印象，就是“冷酷无情”的人。

不过，这位训练场上的“无情人”，一走出训练房，就判若两人了。你看，他和姑娘们一道汗水淋淋地从训练房走出来了。有一位姑娘，眼泪还挂在脸颊上，嘴噘得老高。显然，她还在生他的气。袁伟民笑嘻嘻地打趣道：“噘得太高了，都可以挂两个油瓶了……”姑娘先是把脸往旁边一扭，不理睬他，接着就猛冲过去，使劲捶他的背，然后是破涕为笑，骂他：“你这个人怎么这么讨厌呢！”

在这一捶一笑中，场上结下的“怨恨”，顿时烟消云散了。

其实姑娘们一点也不恨他，相反，那么愿意亲近他。他搬入新居时，淘气的姑娘们集体敲了他一次“竹杠”：“袁指导，恭贺你乔迁之喜。请——客，吃馄饨！”

袁伟民笑道：“晚上，你们自己动手！”他急忙给爱人打了个电话，因为他自己对烹饪术是一窍不通。

袁伟民的新居在新落成的高层大楼里，是个两间居室的套间。姑娘们人未到，声音先到，一进屋，就沸腾开了，先像走马灯似的在两间房里浏览一番，对房间的布置摆设，发表了一通评论，然后，就捋上衣袖，各显神通。陈招娣发现袁伟民插不上手，就过去跟他下象棋。

袁伟民的爱人郑沪英，在六十年代也是一名排球运动员。虽然她早已成了妈妈，性格还是有运动员的特点：坦率、热情。她一边招呼着姑娘们干这干那，一边也跟着说、跟着笑。

等姑娘们说了个够，笑了个够，吃了个够，告辞而去，袁伟民和妻子发现,糖盒空了,瓜子皮撒了一地,桌子上厚实的玻璃板也碎了。不知是哪位姑娘在上面切香肠,手头重,给切碎了。肉馅还剩了一大堆,显然是买得过多了……

如果要指责袁伟民"冷酷无情",他的妻子最有这个权利。

大年初二,外面到处是爆竹声声和穿红着绿走亲访友的人们。而"排球夫人"郑沪英却感冒发烧,躺在床上动弹不得。她把身边的唯一亲人——七岁的小儿子叫过来:"袁粒,妈病了,你去找男排的叔叔,到医务室给妈拿点药来!"

平时挺淘的儿子,这时突然变得懂事听话,点点头跑出门去。

第二天,小郑的病情不见好转,而孩子又发起高烧来了。娘儿俩躺在一张床上。亏得邓若曾教练的爱人蔡希秦来串门,看到这个情景,留下来照顾了她娘俩一天。

袁伟民呢?春节前夕就和邓若曾带着姑娘们南下冬训,正在衡阳为观众打春节表演呢!

一年四季,他什么时候把这个家放在心上啊!她在南京怀孩子时,反应重,呕吐难受,他工作忙,没有回去照顾她。生孩子时,他工作忙,没有回去看望她。孩子都牙牙学语了,还不认识这个爸爸呢!后来,好不容易把她调到北京,照理说,就在身边,可以多照顾照顾了,但她到北京三年,他竟然没有在家过一个团圆年。

忙,忙,忙!他总是没完没了地忙。平日里,早上顶着星星走,晚上顶着星星回。走时孩子还在熟睡,回来时孩子早已进入梦乡。他偶尔也陪夫人看一场电影,但总是那么心不在焉,往往看了后面就忘了前面。可过去他是一个电影迷啊!她交代给他的事,他往往忘到九霄云外,但对外国强队的那些女选手,对她们的长长的名字和身高、打法,却可以倒背如流。他对队里的十几个姑娘的脾性也了解得那么透彻,甚至每个队员在喜怒哀乐时的神情动态,他都可以模仿得惟妙惟肖。

是的,她有权利怨恨他!但是,说来也怪,她一点怨恨之意也没有。过去,她也为我国女排赶超世界水平流过汗。今天,虽然不打球了,她的心与女排姑娘们的心仍然是相通的。她把实现理想的希望寄托在年轻一代姑娘身上,而自己的爱人是这支年轻队伍的教练,所以,她全力支持丈夫的工作,默默地承担着繁重的家务,就连自己和儿子同时病倒的消息也不写信告诉他。而每当他带队出国打比赛,她又为他和她们担惊受怕……

朝夕相处的姑娘们了解他,相亲相爱的妻子了解他,也许,了解得最深的莫过于他的老搭档邓若曾。虽然,邓若曾到国家女排当教练是一九七九年的事,但他俩相识在六十年代初期。

一九六二年,袁伟民从江苏来到国家男排时,邓若曾是这个队的队长和著名的二传手。袁伟民也打二传。他们为了祖国的荣誉,情感交融在一起,汗洒在一起,共同尝过胜利的欢乐,也一道吃过失败的苦酒。一九六六年八月,当世界排球锦标赛在捷克斯洛伐克的布拉格举行时,他们曾用红卫兵的语言发誓:“誓把捷克(世界冠军)拉下马!”那次激战,起先,中国男排使人眼花缭乱的快攻,把捷队打蒙了,拿下了第一局和第二局,来了个二比〇的下马威。眼看,世界冠军的桂冠,就有希望落到中国队的头上。谁知形势急转直下,捷队加强了封网,钳制了中国队的速度,以十五比十一赢回第三局。第四、第五局,虽然打得难解难分,但中国队最后还是输掉了。当时,主要是怕输的包袱压得他们喘不过气来。输了,回国怎么向全国人民交代?方兴未艾的红卫兵会对他们采取什么“革命行动”?越怕输,就越输,事情就这么怪。

为了打这一仗，他们奋斗了多少年，吃了多少苦呀！攻球手马立克的左臂脱臼，掉了又捏上，捏上再打，先后掉过一百多次。攻球手祝嘉铭膝关节出水，凸起那么高，一抽就是20cc。抽完了打，打了又出水……袁伟民为了鱼跃救球，摔在地板上，碰掉了两个门牙……如今，这一切努力和心血，都付之东流了。不轻易弹泪的男子汉们，躲到浴室里号啕痛哭起来了。喷洒的热水和着忏悔的泪水，一直往下流淌。他们是沐着痛苦的咸涩和泪水洗了一个永生难忘的澡啊！

他们又背着怕输的沉重包袱出战南斯拉夫队，结果又以一比三惨败。中国队不用说夺冠军，就连前八名也无望了。南斯拉夫队为他们意想不到的胜利，高兴得抱成一团，在地上打滚。而中国队的年轻人傻在场上不知所措。他们输傻了。他们事后说："当时，真像得了一场大病似的，浑身上下没有了一点力气。"

应该说，袁伟民是这支失败队伍中的一个胜利者。由于他在赛场上的出色表现，大会授予他"最佳全面运动员奖"，发给他的奖品是布拉格的著名工艺品——一只雕花玻璃杯。然而，他一点也高兴不起来，全队都输掉了，个人得个杯子有什么意思呢！出于礼节，他还是上台把杯子领回来了。有能力拿冠军，却未拿到，这个滋味有多难受呀！世界排球锦标赛四年一届，一个人的运动生命有几个四年啊？什么叫遗憾终身？这就叫遗憾终身！后来，他把这个精美的雕花玻璃杯摔掉了。他不愿看到这个失败的纪念物！然而，理想的火焰，在他心底始终没有熄灭，在"文化大革命"中，当周恩来总理指示恢复排球队时，他毅然担任了国家男排的队长和二传手，一直打到三十五岁才下战场。

一九七六年六月一日，对袁伟民来说，是一个值得永生记忆的美好日子。这天，国家体委将来自全国各地的一群十八九岁的姑娘交给他，重新组建成国家女排，并委任他担任主教练。这天夜里，袁伟民失眠了。他是那么兴奋，兴奋得心儿都发颤了。他默想着："把自己没有实现的理想寄托在她们身上，让她们去实现我们的理想……"

袁伟民和他的同事们，开始了新的不遗余力的努力。

一天晚上，有人敲袁伟民的门。开门一看，站在他眼前的是壮壮实实的邓若曾。他刚从国外工作归来。在大动乱的岁月里，他失望过，感到自己为之奋斗了整个青春的理想破灭了。但后来，排球队恢复了，他又看到了希望。他振奋起来了。他想："我们不行了，但可以培养下一代去争、去夺，中国人总有一天要夺到世界冠军的。"只要有工作，他就抢着去干。他到基层体育学校辅导小孩子们打球，带青年女排出征。如今，他看到袁伟民挑起了女排这副重担，又主动找上门来了。

他一见袁伟民，就坦率而诚恳地说："小袁，我来当你的助手，咱们一道合作，把女排搞上去。"

说出来是这么简单明了的一件事，他却已经酝酿了好久了。邓若曾的妻子蔡希秦也是一位"排球夫人"，是六十年代国家女排的队员。她了解自己的丈夫，也了解袁伟民。她问邓若曾："你好强，袁伟民也好强。你们好比两条强龙。两条强龙的力量合到一块儿，咱们女排就有希望了。如果两条强龙相斗，那可不得了呀！……"

邓若曾虽然朴实憨厚，但他听懂妻子的弦外之音了。他说："这点，你放心吧！我一定全力协助小袁工作。我已经四十多岁的人了，不图别的，只图女排翻个身。需要出力时，我往前。有名的事，我往后。”

当时，国家队的教练韩云波已调往八一队工作，袁伟民正在物色一位新搭档呢，他想到了邓若曾。如今，这位老队长亲自登门来了，他是多么高兴啊！

说起来，他们俩搭伙也有不利的地方。邓若曾打球的资历要比袁伟民长。而且，“文化大革命”中，他们还分属于两派。但他们互相了解对方的为人，有着他们共同的理想和抱负。即使在派仗打得热火朝天的那些岁月里，他们俩也没有红过脸。

袁伟民紧紧握着邓若曾那双粗大厚实的手：“咱们一起干！”

从此，他们又开始了患难与共的生活。每当冬训时节，他们总住一个屋子。一天训练下来，姑娘们精疲力竭。这两位四十开外的指导，也背酸腰疼，浑身疲乏。但他们睡得很晚，一起琢磨新的战术、新的打法，一起研究第二天的训练计划。他们总是互相关心，互相体贴，互相支持。陪练、身体训练一些需要花体力的事，邓若曾总是主动揽起来，让袁伟民腾出手来，多观察队员们的技术、战术。而当队员们与邓指导发生矛盾时，袁伟民总是把责任揽过来，维护邓指导的威信。有几次，队员们练着练着与邓指导顶起来了，袁伟民就从邓若曾手里接过球：“我来！”于是，他把矛盾，把队员的火气和怨恨，都引到自己的身上来。他们总是这样互相补台，而从不互相拆台。

他俩的性格是截然不同的。袁伟民比较内向，喜欢思索，爱看书。邓若曾是个实干家，性格比较粗犷，喜欢钓鱼，爱好唱歌。他向姑娘们学了不少支优美的歌曲。吃完晚饭，他常常坐在桌前，戴上那副黑边的老花眼镜，对着歌片轻声哼唱起来。

“军港的夜啊静悄悄，海浪把战舰轻轻地摇，年轻的水兵头枕着波涛,睡梦中露出甜美的微笑……”

说实在的,他唱歌的水平并不高,唱着唱着就跑调了,有时调子还跑得挺远挺远的。淘气的姑娘们一边笑,一边拿录音机往邓指导面前一摆:“来一个!”

邓指导一本正经地问:“来个什么呢?”

姑娘们将他的军:“当然来个最拿手的。”

“好!”邓若曾在录音机跟前站得笔挺,像演员开唱之前一样,先酝酿感情。

“军港的夜啊静悄悄……”

姑娘们知道他迟早会跑调的,都躲到他身后偷笑去了。有时实在憋不住,就笑出声来。但邓若曾已经进入了角色,旁若无人地继续唱着,而且唱得那么动情……

就是敞开你的想象力,也很难想象得出,这么一位爱唱轻柔抒情歌曲的邓若曾,竟然就是在训练场上充当“打手”的那位一丝不苟的邓指导。要知道,他那势大力沉的扣球,不知把姑娘们扣哭过多少回啊!在“冷酷无情”上,他堪与袁伟民相比。他们同是一对“无情人”!但在他们的“无情”之中,却又包含着那么丰富的人类最美好的感情!

香港的鲜花

喧腾的九龙伊丽莎白体育馆,突然静寂下来了。中国女排与南朝鲜女排的决赛,已经打到最后一局的最后一个球。如果中国姑娘再赢一分,就将以三比〇的优势取胜,成为一九七九年亚洲排球锦标赛的冠军!

头一天，中国女排已经以三比一击败日本女排。日本女排自一九六二年登上世界冠军的宝座之后，一直称雄亚洲和世界排坛，被称为“东洋魔女”。从一九七六年中国女排重建以来，虽然也赢过日本队几场，但日本队认为，在重大的国际比赛中，日本队仍将击败中国队。这次，中国姑娘们团结奋战，立于不败之地。郎平漂亮的重扣，孙晋芳高超的传球，张蓉芳、陈招娣的顽强拼搏，周晓兰出色的拦网，使得成千成万观众眼花缭乱。外国记者评论说，中国女排的崛起，意味着“东洋魔女”称霸亚洲局面的结束。

最后一个球的争夺，是那么激烈！白色的大皮球忽儿飞到网的这一边，忽儿飞到网的那一边，紧紧地吸引着几千双观众的眼睛。

“砰”一声，郎平的一记重扣，激起了全场经久不息的欢呼声和鼓掌声，像海涛击岸，像山洪暴发，像飞瀑倾泻。观众们蜂拥到场子里，将一束束散发着馨香的鲜花，献给教练、领队和姑娘们。

中国女排的姑娘们为这个来之不易的胜利兴奋得紧紧抱成一团。两年前，她们唱着“没有眼泪，没有悲伤”离开日本；今天，她们在香港让欢乐的泪水尽情流淌。鲜花，是观众们送给她们的，她们又将鲜花撒给观众。鲜花撒向哪里，那里就激起一个欢乐的漩涡。人们都希望抢到一枝中国姑娘撒出来的鲜花带回家去，插到花瓶里，让家人分享这难忘的欢乐。

中国姑娘们手中的鲜花撒光了，她们高高举起双手，向沸腾的观众致意。

“亚琼，把这一束花送给你爸爸！”领队张一沛走到一位瘦高个的女排姑娘身边，将一束鲜花交给她。

陈亚琼好像刚刚从梦中惊醒，这才想起来，她在香港的父亲今晚特地来看她打球，此刻还在观众台上呢！

她用感激的目光望望领队，接过鲜花，就向观众台上飞奔而去。

观众都争相伸出手向她要花。亚琼赶忙用抱歉的口吻说："对不起，对不起，这束花，是送给我爸爸的！"

她的爸爸和她的小侄子看见她了！他们眼里闪动着泪花，双手向她伸过来，伸过来。要不是前头有拥挤的观众挡着，他们会向她飞扑过来的。小侄子很自豪地对周围的观众说："她是我姑姑！她是我姑姑！"是啊，有这么一位当中国女排主力的姑姑，他多高兴，多自豪啊！

"爸爸，你高兴吧！"亚琼将鲜花送给老人，"这是我们领队送给你的！"

老人高兴地说："打得好，打得真好！谢谢领队，谢谢大家！"

老人出神地打量着站在跟前的女儿。含着泪花的眼睛看着她，就像隔着一层水，女儿变得模糊起来了。他记得，自己离家时，亚琼才是一个六岁的娇女孩，想不到十七年后，她长得这么高，出落成这么一个有出息的国家女排运动员。

"爸爸，今天晚上我回家住，住几天再回北京去！"亚琼说完跟老人摆了摆手，就往场里走去。

夜已深沉。亚琼靠在汽车软垫上，闭上双目，长长地松了一口气。紧张、激烈的比赛，已经告一段落。女排的姐妹们，明天就将凯旋回国，而她将与在香港的亲友团聚，过几天与内地球队的集体生活迥然不同的香港生活。

四年前，她母亲从内地来香港与父亲团聚，家里就只留下她一个女孩子了。母亲想把女儿带走，对亚琼说："一块儿走吧！"亚琼态度是那么坚决:“你们走吧,我要留下来打球!”那时,她与排球结下姻缘实际上只有两年时间。

一九七二年深秋,十六岁的亚琼从侨乡永春到福州的亲戚家串门。福建体委的一位同志见到了她,连声说:“好,好。”亚琼也不知道好什么,疑惑不解地望着对方。

过了一会儿,那位体委的同志给她送来一套崭新的运动衣裤和一双运动球鞋,叮嘱她:“明天,你就到省女子排球队去!”

她瞪大了惊愕的眼睛,天真地问:“去干什么呀?”

那位同志诙谐地说:“你不是喜欢跑步吗?你就跟在她们后面跑步吧!”

第二天,福建女排的队尾,就出现了这个瘦高瘦高的姑娘。她每天准时到,从不迟到早退。队里见新来的这位姑娘为人纯真老实,就将保管室的钥匙交给她。这是一件不太有人愿意干的苦差事:每天练球前,她得先去打开门,拿出球来。而每天练完球,她得将球背回屋里去,没有气的还得打好气,然后上好锁。这件事,她一直干到一九七八年调往国家队前夕,才把钥匙交给另一个队员。

按照流行的体重计算法,一个人的标准体重,应该是身高减去整数,用零头乘二。亚琼当时的标准体重应该是一百五十二市斤,而实际上她只有一百零二市斤,太瘦弱了。所以,有的人怀疑她练不出来。但亚琼心里却挺有主见。她想,在队里,我年纪最小,个子最高,而且还在长,为什么就练不出来呢?她憋了一口气,非要练出来不可。

她练得确实太苦了。老队员练完了,省队的教练姚自立总要给她加点“小菜”,再练点防守技术。她的确太瘦弱,人们都戏称她为“钢铁将军”,因为滚翻救球,只要一倒地,就听到她的骨架碰撞地板发出的声响。疼痛是可想而知的，但她还是勇敢地往下倒。她的两条大腿的胯部，着地多，磨破了皮肉，鲜血渗流。过几天刚刚结上痂，滚翻几次，又磨烂了。就这样，烂了好，好了烂。有时，实在疼得无法着地，她就用男子的鱼跃动作救球。久而久之，她的拦网姿势竟然也形成了自己的独特风格：男子式的跨步上。但有谁知道，她的这一“绝招”是怎么得来的呀！

到了国家队以后，她的最大苦恼是扣球老慢半拍。二传手孙晋芳给她传来一个时机很好的球，但她常常扣不上。为这件事，她急得不知掉过多少眼泪。孙晋芳像位温存的大姐姐，把责任揽到自己身上，总是说：“亚琼，不要紧，这个球算我的！”越是这么说，她心里越是不好受。她明白，自己的扣球动作有毛病。毛病在哪里呢？队里专门把她的扣球动作录了像。教练跟她一起看，一起分析。同伴们也帮她“会诊”，她自己也朝夕苦思苦想。有一次，她往墙上甩打实心球，一口气甩打了几十个以后，又上场练扣杀。不知怎么搞的，这天她扣杀得比往日都顺手，受到了姐妹们的称赞。

“今天是怎么回事呀？”亚琼自己心里也挺纳闷，“兴许是刚才甩实心球甩的。”从此，每天训练完了之后，她总要一个人抱着沉重的实心球甩，一甩就是几十个、上百个，直甩得胳膊发酸发麻，甚至抬不起来。这样甩了一段时间，她扣球的动作协调起来了。

…………

父亲的寓所是舒适的。吃过夜宵，又与家人聊了一会儿之后，她躺下休息了。连日的劳累、兴奋、紧张积攒在一块儿，她是困乏了。但她并没有马上入睡，思想的野马又脱缰而跑了。她在想她的事业：打败了日本和南朝鲜队，冲出了亚洲，不过是实现了多年来最低的宿愿，中国女排的口号是“冲出亚洲，走向世界”啊。她在想她的姐妹们。她们此刻一定跟自己一样,也没有睡着吧?是啊,真正的目标还在前头。她们不会在掌声、鲜花和庆贺的酒浆中沉醉,她们将继续不懈地努力,奋勇地攀登,为祖国人民去摘取世界排球运动的王冠……

大松博文

在中国女排战胜了日本女排之后,应该写一写这位日本人。因为他在中国排球运动的发展过程中,曾经起过特殊的作用。

一九六五年四月十五日,一位中等个儿,健壮如牛的日本中年人来到了中国。他就是当时奥运会冠军日本女子排球队的著名教练大松博文。他应我国总理周恩来的邀请,来担任为期一个月的排球教练工作。

自从日本女排在头年荣获奥运会冠军之后,大松实际上已经不摸球了。当时曾有一位日本记者问过他:"大松先生,你现在想什么?"大松直率地做了如下回答:"我想美美地睡一觉,然后陪着我的妻子好好地吃一顿饭。"

但是,当他接到中国的邀请后,又拿起球来了,一个人到体育馆进行了半个月的自我训练,然后才来到中国。

对中国运动员的训练是在上海市南市体育馆进行的。这是一种马拉松式的大运动量训练。他分两班训练中国女运动员,先训练几个省队,然后训练联队。时间是从中午十二点到晚上十点,后来又延长到十二点,甚至翌晨一点。且不说他每天要打出几百几千个变化多端的球,光在场上站立的时间就长达十二三个钟头。

大松的训练是很严的,严得人们都骂他"魔鬼大松"。特别是他创造的那种滚翻救球,使中国姑娘们摔得浑身上下青一块紫一块,腿一瘸一拐的,连站都站不稳。有的姑娘练到后来简直是瘫在地上动不了了。但大松还是一边叫,一边将球猛砸过去。一些被他训练过的姑娘,至今回忆起来还心有余悸。一位当年北京队的队员这样回忆道:“练到后来,我头发晕,眼发花,房子也旋转起来了。但我还得不停地去飞扑大松打来的球。他穿的是条绿色的短裤,扣球时一动一动的,仿佛是两盏绿色的灯笼似的。我不顾一切地紧紧盯着那两盏绿灯笼,奔跑着,扑救着。这时,世界上除了那两只朦朦胧胧的绿色灯笼和模模糊糊的白色皮球之外,我什么也看不见,仿佛连我自己也不复存在了……”

有一位山东姑娘实在忍受不了了,瞪圆了眼睛,大声骂道:“你这个鬼大松,我跟你拼了!”

大松问翻译这个姑娘说什么。翻译机灵地告诉他:“她说,大松你练吧,我才不怕你呢!”

其实,大松已经从姑娘圆瞪的双眼里听懂了她骂什么了。因为,在日本,那些女排选手也这么瞪着怒眼骂过他。

但是,大松还是被中国姑娘的顽强精神感动了。姑娘们咬牙切齿地忍受着连做梦都想不到的“极限训练”。泪水忍不住流出来了,用手抹去,还在扑救来球,而且脸上还露出笑容,虽然是一种哭笑,但毕竟还在笑!有位四川姑娘练到昏倒在地板上,醒来后还让同伴扶着她去接大松不停打来的球。十八九岁的姑娘,正是爱打扮,爱美的时候,但她们在摔伤的背部和臀部绑上了厚厚的海绵,两个膝关节也套上了厚厚的护膝,变得臃肿不堪。大松事后在回忆文章中写道:“尽管变成了那样难看的姿势,但中国姑娘们用手敏捷地抹去眼泪和头上的汗水,仍然紧紧跟随我训练。她们这时已完全忘掉了自己，拼出去了，这可以说是一种庄严的悲痛。”

而那次意外的长跑，更使这位严峻的日本教练感动得眼圈发红。

那天，上海举行盛大的群众游行，通往体育馆的交通完全被堵塞。大松是上午十一点进体育馆的，当时游行队伍还没有完全展开。而联队下午三点多钟准备出发时，车辆已无法通行。

联队从上海市体委打电话到体育馆，告诉大松这个情况，说队伍可能要迟到一个半小时。大松一点也不通人情，固执地嚷道："我不管游行队伍堵塞交通还是大轿车开不过来。必须准时进馆，汽车开不动，那你们就马拉松跑过来！""好的，那我们就跑去。不过，就算拼命跑，也得跑一个钟头。"联队的人说。"一个钟头正够时间。说四点钟到，就必须四点钟到。你们马上开跑吧！"大松说。

一个小时以后，中国姑娘们汗水淋淋地跑到体育馆向大松报到了。

不容易动感情的大松，两眼发热，眼圈红了。他连忙询问她们是怎样跑来的。

姑娘们说，街上都是人，她们是穿过游行队伍的缝隙，绕小巷跑来的。大松打量着姑娘们，只见她们头发湿透贴着脸，身上热气腾腾，衣衫水淋淋的，流的汗比一堂训练课还多。他马上拿起电话，告诉他下榻的宾馆服务员，快送五十个苹果来。他要奖赏这些顽强的中国姑娘。他说："如果在日本，即使让跑来，也不会真跑来。最后只能说声'没办法才迟到'。而中国队员却穿过层层的游行队伍，不停地跑到球场。这些年轻人，只要想做什么，就无论如何要办到。这种精神是伟大的，是一种大有希望的惊人力量。"后来，他又在一篇回忆文章中写道："本来，中国人就有不屈不挠的性格。把这种性格带到了球场上,她们就有了一个绝不动摇的信念:为了国家,一切都要忍耐克服。”

中国姑娘的顽强精神,使大松感动;而中国观众盼望振兴中国体育事业的精神,又使他感到惊讶。

一千人的体育馆,每天座无虚席。许多人一直看到深夜才散去。看到中国运动员练不动时,满座的观众就一起拍手呼喊:“加油!加油!”

于是,练不动的姑娘慢慢挣扎着开始活动。于是,观众们的呼喊声更响,就像阵雷一般。这又给场上的姑娘们注入了神奇的力量,使他们重新站立起来。于是,掌声、呼喊声越发响了。这成百上千的观众不是旁观者,仿佛是自己在经受着一场严峻的考验。

大松深有感触地说:“一个人的斗志可以唤起千百人的呼喊声;而千百人的呼喊声,又能激起一个人的斗志;这种光景,在别的国度里是看不见的。”

在中国,最使这位日本教练折服的是周恩来总理,周总理日理万机,却以那么大的热忱关注着中国排球事业的发展。这个印象,他是从与周总理的一席长谈中留下的。

五月二日晚上,人民大会堂宴会厅。周总理坐到大松夫妇中间,难忘的长谈开始了。后来,大松在自己的一本著作中,对这次长谈做了详细的记载。

周总理兴致挺高地说,奥运会的时候,我在电视上看到你们拿冠军时的情况。你当时的心情,我是非常了解的。后来你的夫人哭了,你的两位千金也抱着尊夫人哭了。无论由谁来看,比赛以前的场上情况,都是苏联队赢的可能较大。可是一旦比赛开始,你的选手们是压倒的胜利。大松,我对于那些选手的力量,的确佩服。

总理这么一说，气氛就活跃起来了。接着，周总理问大松，我刚才听说，大松教练有时打选手，有的时候骂，这有点问题，能不能停止呢？

大松说："周总理，我没有恶意，不是恨她们。我像教训自己的妹妹或孩子那样对待她们。要是说，你们都快累倒了，休息休息吧。人在这种情况下一下子就会瘫下去。这，总理你是知道的。要加强意志品质，就要那样。就要刺激她们，干什么哪！别老发呆呀！再这样就给我滚回去！这样一骂，眼看要倒下的队员就会猛然振奋起来。不激起这样的精神，而在精疲力尽感到坚持不了的时候停止训练，到什么时候也改变不了现状。"

周总理默不作声，两眼炯炯有神地望着他。

大松继续往下说："我认为如果怜悯运动员，那练习就无法进行。骂的本身就是爱的表现。这和侮辱完全是两码事。不打屁股，就真要倒在地上不动了。这样做，总理也许想，这不是把运动员当牛马吗？但是并非如此。狮子把幼狮顶下山谷，不正是培养幼狮爬坡的本领吗？老麻雀在小麻雀长得差不多时，为了唤起它离开巢窝的精神，也是一连数日不给吃的，这不使人认为是残酷么？我就是抱着这种心肠训练运动员的。不管别人怎么想，怎么说，只要队员们能理解就行。"

周总理耐心地说，可是这样就不好办了。中国人民解放军有三大纪律，八项注意，里面就提到不许打人和骂人。还有一条是不许调戏妇女。无论如何对女队员是不许打骂的。

总理把军队的纪律拿出来了，但大松仍然不能接受。他说："周总理，我是你请来当教练的。我不会侮辱交给我训练的队员的。我只是全力以赴使她们提高技术，使她们成为有坚强意志品质的队员,是为了希望中国成为排球的世界冠军。正因为我是这样想的,所以我才做您要我别做的事情。我请总理对我所做的事不要作声。”

周总理说,那哪行啊,我们有那样的纪律,而我请来的教练破坏了这个纪律,我却对此保持沉默。大松,你想想,那能行吗?队员要拿着三大纪律八项注意来找我,怎么办呢?……

大松说:“周总理,我在您面前骂队员,您就把耳朵塞上;打队员,就请您把眼闭上,您就装没听见也没看见。”

周总理换了一个坐姿说,大松,你这话是从何讲起呢,能不能再解释一下?

大松说:“我曾经对中国的教练和医生们讲过,妇女和男子是有区别的。体质上大有不同。男子一开始练习,便拿出十分力量。所以,一垮下来,就是力量已经用到头了。然而,女选手在开始练习的前十分钟,虽然很有战斗精神,不久,也会倒下来。这不是她们惜力。这是因为女性的身体先天是如此的。过两三分钟,是会恢复的。过不久,她们又不行了,又要倒了。这时,如认为她们真不行了,那就不对头,还是要刺激她们起来。不这样锻炼,就不能有充分的训练。外表和实际是不同的。这是因为,精神方面较弱,体力也与男子有异。”

周总理又问,这样猛烈的训练,会不会对妇女的身体发生坏影响呢?这一点,有没有问题?曾经从医学观点研究过吗?

大松说:“完全没有问题,这并不是我信口开河。我曾经和一位详细观察选手状态的医生全盘研究过,不仅对于每一名女选手的脾气,就是对于她的体质,也比选手自己都认识得更清楚。甚至哪一位选手当时的状态是好是坏,也完全知道得清清楚楚。由于有了这一长期经验，在训练中国女选手的时候，从每一位选手的态度和动作，以及面颊、嘴唇的颜色等等，就可以了解，这位选手的疲劳程度如何……所以，周总理，您完全不必担心。绝对不会把选手练死或者练伤的。当然还有妇女们另外担心的事。我在十三年来，一共训练了近八十名选手，每一位都结婚了，都有了孩子。其中，还有生双胞胎的，母子都健康得很呢！”

周总理听到这里，突然哈哈哈朗声笑了起来，关切地问，生双胞胎的那一位，母子三人健在吗？

“都健在呀！”大松答道。

周总理又大笑起来。

大松在后来回忆起这次难忘的长谈时说：“周恩来这位先生非常平易近人，但他有惊人的观察力。在轻松的交谈中，他却看到问题的根本上。我到过世界上很多国家，见过许多总统和总理，却没有见过像中国总理周恩来那样关心排球事业的总理……”

一个月的时间，很快就到了。大松将离开中国回国。在离别的前夕，他还进行了最后一次训练。送别晚宴是在深夜举行的。在席间，他动感情地说，中国有这么多顽强好学的女选手，有这么好的观众，有这么关心排球的国家总理，不拿世界冠军是说不过去的。他送给每个中国姑娘一条毛巾，意味深长地说：“我送给你们毛巾，是希望你们今后流更多的汗水……”

前几年，这位闻名遐迩的日本教练，因心脏病突发与世长辞了。在岗山他的墓前，竖着一块小小的墓碑，是他的那些已经当了妈妈的排球队员送的，碑文只有六个字：“有志者事竟成”。

年轻一代的中国女排运动员，与大松并不相识。但她们常常听指导和老一代的女排运动员谈起他。的确，他是值得我们纪念的。

十五年前，中国姑娘曾经问过大松："你们是怎样练成世界冠军的？"

大松回答说："对人来说，最苦的莫过于战胜自己。运动员和我本人都牺牲了一切，集中精力于排球。一连多少年除了三天年假，一天也不中断练习；在奥林匹克运动会前，一天的练习时间长达十二小时；不断地想出了和做出了世界上谁也没有做过的事——结果就是世界冠军。"

这是一个多么有启迪的回答啊！

警惕翻船

一九八〇年五月十四日夜，上海飘洒着绵绵春雨。中国女排与日本女排的比赛刚刚散场，观众如潮水一般从徐家汇雄伟的体育馆里涌流而出。

场内的观众已经散尽，但体育馆门前依然簇拥着一堆一堆的人群。他们冒雨站在那儿等待中国女排的姑娘们。有的想靠得近些目睹她们的风采；有的想跟她们握一握手，表示一下祝贺胜利的诚意；还有一些姑娘们的亲友，想跟她们说几句亲热的话语。

今晚，中国女排着实使上万观众受了一场虚惊。三局球，每一局开始时中国姑娘都处于逆境：头一局以九比十三落后；第二局以九比十二落后；第三局，先是以一比八落后，接着又以九比十四落后。总之，这几局球，中国队只要再输两分、三分甚至再输一分，就要败北。许多观众的心都提到了喉咙口，连气都不敢大口喘。但是每一局都出现了戏剧性：中国姑娘只要一打到九分，就奋起直追，比分扶摇直上，一口气追上六分、七分；而日本队的比分，仿佛被钉死在电子显示牌上，再也动弹不得。最后，中国姑娘竟然以三比〇又一次击败了日本女队。

过瘾啊，看得实在过瘾！犹如乘一叶扁舟，在江河里穿风越浪，虽然担惊受怕，却能饱尝那种惊心动魄的情景。

一位署名“一个敬佩你们的人”当即给女排写信：“我对别人的要求严格得近乎苛刻，然而看了你们的球赛，却不能不赞不绝口。我从你们身上，看到了中华民族的宝贵品质。技术上的过硬固然难得，但精神上的过硬更难得。日本女队是以顽强著称于世的，而她们却遇到了比她们更顽强的人。你们的顽强精神，使我深深地相信，在你们的心目中，祖国荣誉高于一切。你们打出了队威，打出了国威。你们是中华民族的好儿女！”

一群工人在信中写道：“一个人，一个国家，贫穷落后并不可怕，怕的是失掉了方向和信心。只要敢于正视现实，立志赶超，艰苦努力，一步一个脚印地向前迈进，是没有攻不下的难关的。我们的党和国家是多么需要像你们这样不说空话，踏实苦干的实干家啊！”

……此时，相识的与不相识的人们，三五成群地议论着那些中国姑娘们。

“毛毛的球打得真嗲！”一个戴眼镜的小伙子说。

“毛毛场上的风度也穷嗲呀！”一个壮实的青年附和着。

“毛毛”是一个备受赞美的人物。

“毛毛”是谁呀？她就是十二号，四川姑娘张蓉芳。她从小就有一股“毛劲”，敢和男孩子一道爬树上房，敢跳进冬天的寒流中搏风击浪。直到如今，仍然保留着一股可爱的毛劲——泼辣顽强。

小时候,人们叫她“小毛毛”,如今长成姑娘家了,只好把“小”字去掉,叫她“毛毛”。

她刚上场时,你一点都看不出她的“毛劲儿”:微微地弓着腰,左手轻轻地放在背后,两只眼睛细眯着,好像刚刚睡醒,有点睡眼蒙眬的样子。她的个儿,跟陈招娣一样,一米七四,是队里最矮的。总之,她的神情没有什么惊人的地方。但是,只要球声一响,她就变了副模样,精神抖擞,眼观六路,耳听八方,像一位很有经验的老猎人,眯着眼,是为了紧紧盯住他的猎获物。无论是飞身垫球,还是跃起扣杀,动作都是那么敏捷、快速、准确。扣杀过去的球奇巧刁钻,往往使对方防不胜防。有时因扣杀过猛,摔倒地上,但只要一见来球,又会猛然一跃而起,杀对方一个神出鬼没的回马枪。她灵巧得像山野里的一只猴,勇猛得似丛林中的一只虎。在赛场上,她那张汗水涔涔的脸,总是那么丰满红润,那么光彩照人,透出一种特有的健美。用队长孙晋芳的话来说,“毛毛在场上那才水灵呢!”

……雨还在悄没声儿地飘洒着。在强烈的灯光照射下,这绵绵细雨,犹如从天上垂挂下来的千千万万条银色的彩线,在夜风中轻柔地摇曳飘动。日本客人已经出馆,乘车回下榻的宾馆去了。但仍然见不到中国姑娘的身影。人们开始不满起来。有人大声议论道:“想见一见都这么难,中国女排也太傲气了!”

突然,从体育馆门口走出一个人来。人们引颈而望,以为女排姑娘们开始往外走了。谁知,走出来的人是体育馆的一位工作人员。他站在台阶上,大声地对观众们说:“请同志们回家吧!中国女排正在馆里补课呢!”

“补课?”观众不解地嚷了起来。

工作人员说:“是的,是补课。她们说,今晚的球赛没有打好……”

“打得好！打得顽强!”观众不平地喊叫起来。

说句公道话,这场球应该说是打得很精彩的。

袁伟民、邓若曾也承认这场球打得不错。在补课开始之前,袁伟民对围拢过来的姑娘们说:“从某种意义上看,这场球比一路领先顺利赢下来还有价值。过去,落后时,我们就没有信心去追赶。而领先时,又怕人家追赶自己。现在,落后时不慌乱,能反败为胜,这是可贵的。这是我们的队伍走向成熟的标志。”

的确,中国女排这些年来经过挫折、失败、胜利的考验,已经成熟起来了。这次在南京举行的国际女子排球邀请赛中,她们先后以三比一和三比〇胜了美国队和日本队。在尔后的访问比赛中,再次以相同的比分,赢了这两支强队。今晚是第三次以三比〇胜日本女排了。

袁伟民望望不太情愿补课的姑娘们,心平气和地说:“但是,我们要很好想一想,为什么三局球开局时都落后呢？我看,还是我们轻敌了,骄傲了！虽然在准备会上大家也讲了要防止骄傲情绪,但是打起比赛来,还是提不起神。”他停顿了片刻,又语意深长地说下去,“今天补课,就是为了让大家记住,我们开始成熟了,但不能骄傲,如果骄傲了,将来总有一天会阴沟里翻船的。奥运会是四年一次,而我们一个人的运动寿命有几个四年呀？请大家好好想一想!”

本来,有些姑娘对这次补课,心里并不服。她们想,好输不如赖赢,不管怎么说,我们是赢下来了呀！但听指导这么一分析,也就没有再吭气,顺从地拖着疲惫不堪的身躯,又练上了,一直练到午夜十二点多。当她们淋洗完毕,回到上海市体委招待所时,黄浦江畔的海关大钟传来悠扬的钟声,已经凌晨两点钟了。天明之后,她们就将各奔东西,有的去杭州,有的上南京、苏州、无锡……

毛毛将回她的故乡——成都。她这趟回乡与别的姑娘心情不一样,既不是探亲访友,也不是重游故地。在那儿等待她的将是一个庄严的党支部大会。共产党员们将讨论她的入党转正问题。再过几天,她将成为中国共产党的正式党员了!一想起这件事,她的心情就那么激动,把睡意全赶跑了。

她是在十三岁的时候主动找到成都后子门人民体育场要求当排球运动员的。从此,失误、苦练、进步;再失误、再苦练、再进步,使她一步步走向了成熟。

她刚进四川女排时,五个老队员带她一个新队员。她们之中已经有四个成了妈妈了,但仍然和她这个十多岁的女娃娃一道摸爬滚翻。毛毛心里既感动又不安。她心里只有一个想法:“好好练,赶快接她们的班。”

有一场比赛,四川女排打得不顺,毛毛在场上该救的球不救,该扣死的也随随便便扣过去就算了。

回到住地,教练严肃地问她:“毛毛,你今天怎么啦?该救的球,为什么不救?”毛毛坦率地说:“我想,反正这场球要输,打好一个球也没有什么意思。”教练摇摇头,心想:“她呀,还不懂得每球必争的意义呢!”

后来,毛毛写了一个赛后总结,在认识上有了一个飞跃。

一九七六年夏天,她刚进国家队不久,就参加了一场与秘鲁女排的比赛。毛毛传了一个球给四号位的主攻手,没想到,传出了一个刚刚过网的“探头球”,自己的主攻手打不着,却被对方的攻球手一锤子打死了,而且打得那么脆。

一九七七年,在世界大学生运动会上,中国女排与美国女排交锋。毛毛怕美国大高个拦网,心里一直嘀咕。果然,她几次扣杀过去的球,被美国高大的队员挡了回来。打不死,心里不服,再打,又被挡了回来。虽然,这场球中国队以三比二险胜,但因为多输了两局球,而失去了争夺冠军的机会。

这两场球深深地刺激了这位四川姑娘。她苦苦思索着:“我的个子是爹妈给的,就这么高,再往上长是不可能的。但是,先天不足可以后天补呀!”

袁伟民对毛毛的要求也是格外严,分外高。他希望这个精灵的四川姑娘进攻上有绝招,防守上更娴熟,虽然毛毛自己已经练得那么刻苦,但他有时还要给她补“课”。

毛毛对传球有点“犯怵”,他就专拣传球练她。

球,一个前,一个后,一个左,一个右,变化多端地向毛毛袭来。毛毛不吭不响地奔跑着、抢救着,累得上气不接下气,袁伟民给的球难度却更大了。练到后来,毛毛火气也上来了,将球接住,狠狠地往场外一扔。

袁伟民严厉地说:“捡回来!”

毛毛犟着不动。

袁伟民问:“想不想练?不想练就下去吧!想通了再练!”

下去?我偏不下!毛毛与招娣在这一点上略有不同。你说不让练,她偏练。一边哭,一边练。哭是哭,练还是狠练。那神态是,我练死在场上,也不会下去的。

正是这种可爱的犟劲,弥补了她的先天不足,使她练就了一身好球艺:眼快,手快,脚快,球路刁,打吊结合好,防守垫球强。这次在南京国际女排邀请赛中，美国女排身高一米九六的海曼，在毛毛的扣吊面前也无可奈何。她不再怕高个，相反，高个被她制服了。

毛毛成熟起来了！在多少次激战的惊涛骇浪中，她像中流砥柱一样，稳稳地屹立其间！

第二天，在向故乡飞驰的列车上，她在沉思默想：一个球队在走向成熟的时候，应该警惕因为骄傲而翻船，那么一个人在走向成熟的时候，难道不也应该好好思考这个问题吗？

中国的“铁榔头”

世界上还有什么幸福能超过人民对自己的信任呢！

四十七次列车离开北京，冲进茫茫夜海，风驰电掣般向南，向南……

在卧铺车厢里，一位高挑个儿的姑娘，凭窗眺望。她颀长、结实、健美。微微卷曲的黑发拢在脑后，分扎成两绺，轻巧地垂挂着。深红色的运动衫领子，悄悄露在深蓝色的外套上，仿佛是一枝“出墙”的红杏。虽然我们看见的是她的背影，但可以感觉到，在这位姑娘的身上洋溢着青春的活力和蓬勃的朝气。

车窗外，一片漆黑，夜色正浓。只有点点灯火，偶尔从她眼前向后飞逝而去。郎平啊，你是在欣赏祖国大地的夜景呢，还是在沉思默想？也许是那瞬息即逝的灯火，把你带回到昨晚为全国十名最佳运动员授奖而举行的健美晚会上去了吧？

对这位刚满二十岁的北京姑娘来说，那确实是永生难忘的。当她接受鲜艳的花束和银色的奖杯时，座无虚席的首都体育馆里，爆发出海涛般的掌声。何止是到会的一万八千人在鼓掌呢，她仿佛还听到投她票的十几万球迷的掌声和没有投票机会的千千万万普通观众的掌声。她手捧鲜花和奖杯,激动得含泪欢笑了。

她欢笑,但并不沉醉。她深深地懂得,自己是代表女排集体来领奖的。排球运动是一个集体项目,赢得的每一个球都要经过几位同伴之手,都凝聚着战友的汗水和心血。个人球艺再高,如果没有同伴的合作,也将一事无成。她想起了朝夕相处的同伴们:风度翩翩的老大姐孙晋芳,沉着顽强的张蓉芳,敢打敢冲的陈招娣,文静果敢的周晓兰,憨厚纯真的陈亚琼,埋头苦干的曹慧英,和蔼可亲的杨希,沉静灵巧的张洁云,聪慧灵敏的周鹿敏,腼腆壮实的梁燕,活泼爱笑的朱玲,还有那严厉而又亲切的指导、领队……总之,她想起了队里的每一个人。

当她和妈妈随着潮水般的人流涌出体育馆时,她用一条驼色的拉毛围巾,几乎把整个脸都严严实实地遮掩起来,只露出那双明亮的眼睛。奖杯呢?它装在一只又长又大的橙黄色的提包里。她一点也不炫耀个人,把自己融进了普通观众的行列。

回家的路上,她的思绪像滔滔的江水在汹涌澎湃。

银杯啊,怎么这样沉?啊,那里面盛满了自己和战友的汗水。

银杯啊,怎么如此重?啊,那里面装着祖国和人民的殷切期望。

回到家里,已经夜深了。但郎平的爸爸、妈妈还围着银光闪闪的奖杯看呀看,总也看不够。郎平的爸爸,是个球迷。而她的妈妈,却一点也不懂体育。当初,女儿要去打球,妈妈投的是反对票。她看到女儿身体瘦弱,不放心让她去。而爸爸呢,却苦口婆心地说服她。女儿到了球队之后,只要在北京打的球赛,他总要去看。在外地打的比赛,如果他出差路过,那也非看不可。其实,开始时,他对排球的打法也不是很懂。只不过是为女儿打好而高兴,为女儿失误而焦急、惋惜。郎平开玩笑地对他说:“爸爸,你看球,真比我在场上打球还紧张呢!”而妈妈的关心,是别具一格的。她生怕女儿吃不好,每次外出都给她带吃的,什么凤尾鱼呀、糖果呀,总是一装就是一满袋。一九七九年夏天,郎平在四川打比赛,给她姐姐写信说身体不太舒服。妈妈知道了,悄悄给女儿寄去两斤巧克力。巧克力送到郎平手上时,已经化了。郎平手捧着滴着咖啡色糖水的包裹,心里比那炎夏的天气还热。妈妈呀,你可真是一片慈母心啊!近两年来,妈妈也开始看球了。她身体不是很好,多半是在电视里看女儿打球。

郎平回家时,妈妈问她:“哎呀,你们怎么老摔跟斗啊?”

郎平告诉她:“妈妈,那是打球需要,存心摔的。”

妈妈可不管存心还是不存心,心疼地说:“往后不许那么使劲摔!”

郎平跟妈妈说不清,只得笑笑说:“妈,我们以后摔轻一点……”

自从郎平到国家队打球以后,几乎没有机会跟妈妈、爸爸在一起过个团圆年。如今,离春节只有几天时间了,而且她又患着感冒,妈妈是多么希望女儿留在身边多住几天啊!但是女儿的心早已飞了。中国女排不在北京,前几天已经去湖南郴州冬训了。她决定明天就南行,去追赶自己的队伍。温暖的战斗的集体,像一块强大的磁石,深深地吸引着她。

南行的列车,呼啸着飞速向前。此刻,郎平已经困倦了。她曲着腿,躺卧在狭窄的铺位上,沉沉睡着了。乘她酣睡的时候,让我们掀开她打球的简历表看一看。

从孩提时代起，她练过绘画，迷过音乐，又幻想过当飞行员，还想过当工程师。十三岁那年，父亲带她去体育馆看了一场国际排球赛。她惊喜地发现，平日上体育课托不了几下就往地上掉落的排球，在运动员们的手上竟然那么听话，这简直是令人陶醉的艺术啊！于是心里萌生出一个新的理想：当运动员！

别看她现在身高一米八四，可当时还只有一米六几，长得又细又高，体重只有七十多斤，体质很孱弱。但她不管这些，自信自己能当一个好运动员。她跑到北京市第二业余体校报名。那儿的教练张媛庆觉得她太单薄了些，犹豫了片刻，竟然出人意料地同意收下了这个瘦弱的女孩。

她盼着有一天自己也能穿上印有“北京”字样的运动衣，代表首都人民参加比赛。于是，她夏练三伏，冬练三九，成千上万次地挥动长臂苦练枯燥乏味的基本功。有一次，她的脚脖扭伤了，怕回家后妈妈不让她来体校，就星期天也不回家。平时回家她也不忘带个球回去，对着墙壁托球，弄得墙头上印满了排球的痕迹。两年后，她跻身于北京女排的行列，而且成了主力队员。但是，她又多么盼望有一天胸前的运动衣缀上庄严的国徽，代表祖国人民去与世界强队争胜负啊！一年之后，她的愿望又实现了。袁伟民决定起用这位不满十八岁的年轻姑娘参加第八届亚运会，而且让她顶替著名的主攻手杨希，打四号位。

在泰国曼谷，郎平像一颗奇异的新星，在排球坛上升腾而起。在与南朝鲜队的比赛中，她那力大势沉的凌厉劈杀，森严凶狠的拦网，为中国队的胜利立下了汗马功劳。她被称为“中国女排的新兵器”。可惜在迎战“东洋魔女”日本女排时，她的脚扭伤，影响技术发挥，扣杀常常不能奏效。而且在日本姑娘的严密防守面前，她的扣杀也暴露出过于单调平板的弱点。没有打完一局,袁伟民就把她换下来了。比赛结果,中国女排以〇比三败北。一位观众来信指责说:“不该在这种关键时刻,起用一个没有把握的新手,这是中国女排的教练用人不当。”这对一帆风顺的郎平来说,是一个莫大的刺激。她感到委屈。于是,她又把目光瞄向世界几个强队的主攻手,发奋追赶。不到一年工夫,她的发奋努力就结出了成功之果。一九七九年末,在香港举行第二届亚洲女子排球锦标赛时,她为中国队荣获冠军立下了战功,被人们誉为中国的“铁榔头”。中央电视台播放比赛实况录像时,荧屏里是一片“郎平!郎平!”的呼喊声;荧屏外也是一片“郎平!郎平!”的欢呼声。她确实像一把当当响的铁榔头,发挥了振奋人心的威力。她的进攻力量,得到了世界排球界人士的高度评价。人们把她称为堪与美国身高一米九六的海曼和古巴的玻玛列斯媲美的世界三大主攻手之一。

列车急速南行,南行。郎平恨不得列车飞驰得快些再快些。经过三十来个钟头漫长的旅途生活,她终于在郴州与自己的队伍相聚了。她是那么高兴,才离别几天,宛若几年。

郴州的春天,细雨绵绵,无休无止,仿佛是穹窿漏了似的。训练基地坐落在北湖公园里。公园不算大,但有山有水,有楼台亭榭,有喷水池,有金鱼,有群猴,姑娘们的宿舍后面还有一片桂花树林。但郎平是无暇欣赏这一切的。除了饭堂、宿舍之外,只有在那座竹席棚顶的简易训练房里才能看见她挥汗如雨的高大身影。

对郎平来说,这是一次极为平常的训练课。暮色已经降临,姑娘们都已完成了任务,拖着疲惫的身子向宿舍走去。但她还在里面练习发球。袁指导给她的任务是再发三组球,每组三个好球,如发两个一般球或两个失误球,就得再加一组。场里除了郎平“砰”

“砰”的发球声,就只有袁伟民的裁判声:“一般!”“失误!”她发了好一阵,任务不但没有完成,相反又加了几组。郎平抚摸着酸疼的肩膀,有点发急了。她透过墨绿色的球网望了望教练,袁伟民不动声色地伫立着,双手紧抱在胸前。那神态是说:“完不了,别想下课!”没有一点商量的余地。

郎平自言自语地说:“我奉陪到底!”她发狠地拿起球,又“砰”“砰”地发了起来。

“停!”袁伟民神态严峻地走了过来,“不要发菜球!累了可以休息一会儿。”

什么叫菜球?郎平当然明白。顾名思义,菜球就是送给对方吃的小菜,即没有威胁力的“和平球”。比赛时,好不容易争回一个发球权,发菜球那是绝对不允许的。郎平暗暗责怪自己,怎么发出菜球来了呢?不行,绝对不行。她走动了几步,挥动了几下胳膊,又叉着腰沉思默想了片刻,重新开始发球。

“砰”“砰”的发球声,“好球——好球”的裁判声,一直响着,响着,响到很晚很晚。当郎平拖着沉重的步子走出训练房时,一位记者半开玩笑地悄声问她:“指导会不会存心整你?”她用手抹了把脸上的汗水,微笑道:“那可说不准。”袁伟民知道了此事,风趣地说:“今天没有。不过,‘整’过她不少次就是了。”

新春佳节来临了。宿舍的走廊上挂起了四盏古色古香的大灯笼,住屋外面的墙头的窗户上悬挂着缀满“梅花”的树枝。女排的姑娘们也休息了一天,开联欢会、放鞭炮、吃花生、嗑瓜子……这些瓜子哪里来的?是郎平用她所获得的、首都新闻单位举办的“十佳”运动员评奖的奖金买的。

大年初二,她们应衡阳市人民的邀请,去打表演比赛。打完比赛已经是晚上十点多钟了，但领队和指导却不让姑娘们走，说是要补一补课。

“郎平，你怎么不动弹呀？”指导点着名呼叫她。

郎平站在场地外边，依然不动。她正不舒服呢。

教练走过来，又一次问她：“怎么啦？”

郎平说：“指导，我有点恶心，想吐。”

教练心里明白，但他还是说：“想吐就吐，吐完了再上场补课！”

教练的心肠就是狠，不近情理！不过，郎平却没有埋怨的意思，你不让她上，她自己还想上呢！她清晰地记得，去年春天，她们出访美国，从香港到斯普林斯，坐了二十多个钟头的飞机。这座高原城市海拔两千多米，疲倦加高原缺氧，使她们非常不舒服。晚上练习时，八个姑娘边练边吐。吐还要练。当时她们真恨教练太不体谅人。但第二天打比赛时，她们却感到精神很好，以三比一赢了美国女排。在整个访美比赛中，她们取得了六胜一负的战绩，其中在旧金山一场，有一局还使美国队吃了一个“鸭蛋”。只有这时，她们才真正明白，教练为什么不顾她们呕吐还要狠心坚持训练。练为战啊！这天晚上，郎平也是怀着这种心情，坚持把课补完的。

这就是袁伟民的“整”。所谓“整”，就是有意制造困难，用各种意想不到的手段，来磨炼她。

说也奇怪，郎平却喜欢指导的这种“整”。虽然有时“整”哭了，觉得苦得受不了，但下来后又感激指导，希望指导以后再“整”自己。因为她明白自己在队里挑大梁的地位。世界上的几个强队，谁不研究她！他们把她的技术动作拍成电影，录了像，正在作为“强敌”，研究攻克的对策。要想使榔头继续敲响，就得不断锤炼。而教练的每一次“整”，不都是对自己的一次锤炼吗？

千锤百炼吧,中国的“铁榔头”!有朝一日,当祖国人民需要你“一锤定音”时,切盼你能够敲得重重的、响响的,敲出我们的国威来!

把掌声分给她一半

“外行看热闹,内行看门道。”一般人看排球比赛,往往把自己的热情,全部倾注在“一锤定音”的攻球手们身上。而内行的观众,却总把自己的掌声和欢呼声,分一半给场上的灵魂——二传手。

二传手孙晋芳,是中国女排的队长。身材匀称,体格壮实健美。在高个如林的同伴中,她的个头并不算高,也许还稍微矮了一点。两只眼睛是细眯着的,一流汗,就眯得更细。难怪同伴们都亲昵地称呼她“小眯”。不过,透过那细眯的眼缝,闪射出来的却是机敏、聪慧而又幽默的目光。她的神态从容不迫,颇有一种大将风度。

仔细的观众不难发现,场上每一个球,在杀向对方之前,几乎都得经过她的手。而她的传球技艺,高超得惊人。无论多么险恶的来球,只要经过她的手一调整,一缓冲,顷刻间就化险为夷,变得平和起来。对于她的球艺,一位体育记者曾经做过如下的描写:“如果说向她飞来的球像一团团熊熊燃烧的烈火,那么,从她手里飞走的球已经变成一缕缕袅袅青烟……”自然,这是艺术夸张,不过,看她打球时又确确实实有此种感觉。

孙晋芳是江苏人,说一口像音乐似的婉转动听的苏州乡音。小时候,人家都说她瘦弱得可以被一阵风刮跑。胳膊肘也细得像一掰就能折断。一位弱不禁风的姑苏少女,怎么会成为闻名世界的优秀运动员呢？是学校里的体育老师看中了她，把她推荐给青少年业余体育学校，此后，命运之神就使她和排球结下了不解之缘。

她朝夕苦练的动人情景，是难以一一描述的。让我们展示其中的一幕，而且是她在训练之余自我苦练的一幕。

石城南京，孝陵卫宿舍的走廊里。孙晋芳和她的球友张洁云正在练习托球。也许是走廊的廊顶过于低矮，或是两边的墙壁过于拥挤，托不了几下，球就碰落地上。但她们不泄气，拣起球，又一下一下托起来。三伏天，南京是闻名全国的大火炉，闷热得厉害。室外有的是空旷的天地，干吗非要在走廊里练球呢？这是大有道理的：在这又矮又窄的地方如果能传递自如，那么到空旷的球场上传球就更加得心应手了。汗，汗，如雨的汗！原来蓬松漂亮的头发，湿淋淋的，已经粘到一块儿去了。运动衣衫的颜色被汗水浸染得由浅变深，只要轻轻一拧就可以拧出一摊汗水。她们简直像两个刚刚从水里钻出来的人。一边托，一边数，一，二，三，四……一直数到五百多下。廊顶仿佛突然升高了，墙壁和门窗也似乎向两旁闪开，狭小的走廊啊，宛如变成了一个无边无垠的空间。更神的，还是孙晋芳的那双手，仿佛变成了两块磁石，吸引着飞舞的白球。

有一双挥洒自如的手固然是至关重要的，但作为一名优秀的二传手，还必须具有宽大的胸怀。用姑娘们自己的语言来形容，那就是心里要能撑进去一条船。二传手是无名英雄，掌声一般都冲着攻球手，而责怨却常常落到她的头上。而她的自尊心又强，脾气又倔，心海里还曾经有过不少阻挡船只撑进去的暗礁。

这是发生在一九七九年夏天的一件事。中国女排访日比赛的最后一场。中国队轻取前两局,从第三局开始,处于逆境。新手郎平的重磅扣杀,屡不奏效。孙晋芳提醒她:“郎平,注意攻球线路!”郎平竟然毫无反应。过了一会儿,郎平冲着她说:“给球高一点!”小孙心里掠过了一丝不悦的阴影。球,在场子里飞过来飞过去,仿佛是一个任人摆布的无情之物。其实,它还是有情有义的。运动员的喜怒哀乐,即使是瞬息的变化,都无不在它的身上反映出来。尽管袁伟民还不知道场上发生了什么矛盾,但从性格外露的苏州姑娘撅起来的嘴巴上,已经洞察到小孙心里有了不痛快事。他叫暂停,把她换了下来。因为场上的局势正吃紧,袁伟民不能离开指挥岗位,便叫坐在身边的邓若曾去跟她谈谈。

邓若曾心里窝了一肚子火。他是队里谁人都知的恨铁不成钢的婆婆嘴。心是好得没法子说,嘴上却数落你个够呛。他对孙晋芳说:“不管场上出现什么矛盾,你也得把球打好。有什么事,下来再解决,这是祖国荣誉攸关的事!……”

小孙重新上场时,嘴倒不撅了,也想扭转败局,但遗憾的是怎么也扭不过来,最后还是输掉了这场球。

回国后,领队和教练又相继找她谈心,党小组也开会帮助她。起先她心里还不服。心想,一个新队员,在场上竟然不理睬一个老队员和场上队长的提醒,而且还用那样冲的口吻要求老队员,未免太那个了吧!她跟郎平住一个屋,有几天进进出出都相对无言。但小孙毕竟是个心里藏不住事的姑娘,有天晚上,终于开口了:“郎平,那天场上,你对我的提醒怎么理也不理呀?”郎平惊讶地问:“你提醒我什么来着?场上吵闹得太厉害了,我一点也没有听见呀!”

糟糕,真糟糕!原来是自己误会了人家。当然,郎平年轻气旺,性子也直,老扣不死球,心里焦急,说话口气可能冲了一点,但郎平自己并没有意识到,何况这是一个误会呢。即使郎平真的责怪她,自己也应忍辱负重,以祖国荣誉为重呀!输球的原因,当然是多方面的,但她与主攻手配合失调是一个不可饶恕的过失。要知道,在二传手与主攻手之间,是不能有半点疙瘩的。她悔恨自己心胸不宽阔,决心继续磨炼自己,要把心海中的暗礁一块一块炸平。

看,她是用多么顽强的意志在磨炼自己啊!

明明她是忍受着腰伤坚持训练,但指导却一个劲地点她的名:“小孙,把大家的情绪调动起来!”她不知为此类事抱过多少委屈:又不是我不好好练,干吗老盯着不放呢?指导却说:“你是队长,是全队的灵魂,对你要求就是要不一样。”有时,袁伟民还存心找茬“整整”她。

那天是孙晋芳一个人练防守。不知怎么回事,她的嘴又撇了起来。袁伟民和邓若曾心想,今天就要整整你的这个倔脾气。他们对场上的其他队员说:“你们都不练了,过来看小孙练!”小孙一听,更不高兴。打了这么多年球,她还是头一次碰上这一招呢!我又不是没有完成任务,干吗要跟我这么过不去?但当着这么多队友的面,不好发作,只得强压着心里的火气。

袁伟民对围拢过来的姑娘们说:“今天小孙什么时候说练顺了,就完事。”他不停地给她扔球,小孙前后左右扑救。姑娘们站在一旁为自己的队长呐喊加油。小孙的脸仍然绷得很紧,一丝笑意也没有。

第二次休息之后,孙晋芳终于说了:“指导,我气顺了。”但脸上还是没有一丝笑容。

袁伟民心里也明白,嘴上说是顺了,心里并没有顺。不过,对孙晋芳来说,能当着这么多人的面说出这句话来,还是很不容易的。

当晚,袁伟民找这位同乡谈心。他推心置腹地对她说:“心里的疙瘩还没有解开吧?”小孙突然来了一句:“我的犟劲是向你学来的呀!人家都说你当运动员时,比我还犟呢!”袁伟民笑笑:“犟劲也有好坏之分。你不要学我不好的那种犟劲嘛!”小孙脸上终于有了笑容了。袁伟民语重心长地接着说:“不是我和邓指导要你小孙拜倒我们脚下,服服帖帖地顺着我们。不是的,这是场上的需要,事业的需要。你想想,你是场上队长,我们的指挥,我们的战术意图,都是要通过你去实现的。一局球,我们只能暂停两次,每次只有半分钟。我们的意见再好,你不去兑现,也等于零。况且,你的喜怒哀乐,你的情绪起伏,会直接影响队员,影响胜负……”

这些亲切、真诚的话语,像一股温煦的春风,吹进了她的心扉。她的气,真正顺了。

船呀,终于撑进了她的心海!她熟知每一个同伴的性格、脾气、身体和技术,比赛时总号着她们的脉搏给球。郎平的性格爽朗,兴奋时容易跳早,球要给高些。她身体疲惫时,容易跳不起来,球要给近网,不给远网。招娣敢打敢拼,是一员虎将,但有点愣,发急时,不能轻易给她球,而要提醒她:“招娣,别急!别急!”毛毛勇敢倔强,技术全面,什么球都能打,不过给球还是宁近勿远,宁矮不高,宁快不慢。晓兰性格内向,稳得住。亚琼不能埋怨,要多鼓励。梁艳年轻,眼疾手快,给球的速度要跟得上……

凭着她对每个同伴的这种细致的了解和充分的信任,也凭着每个同伴对她的了解和信任,六个上场队员默契得恰似一个人一样。你看,在发球前的一刹那,同时有两三个攻球手把手伸到身后，向她发出打什么战术的信号。她如电的目光飞扫而过，灵敏的头脑迅速进行分析，而且马上用手势回答同伴……于是，一套套令人眼花缭乱的快速打法：平拉开、短平快、交叉、背蹓……纷纷呈现在你的眼前；一幕幕惊心动魄的战斗场面，就由她导演出来；一支支悦耳的乐曲，由她指挥而生。

一位观众写信赞扬她："……看你打球，使人想起了听交响乐，在你的指挥棒下，可以演奏出各种各样旋律不同的优美乐章。"

现在，孙晋芳已经是一位"世界优秀的二传手"，是一个成熟了的沙场老将。但她的年龄也随着增大了，今年已满二十六岁。"老"与伤又往往是一对孪生姐妹。腰伤较重，病痛常常折磨着她。在赛场上，她始终是那样斗志旺盛、生龙活虎，一走出赛场就往往直不起腰来。去年南京国际女子排球邀请赛时，中国女排力挫日本队和美国队。为了打好这次比赛，她赛前打了封闭针。发奖那天，中国姑娘们高举奖杯向观众致意，孙晋芳不得不用手扶着自己的腰。

如果把中国女排的姑娘们比为一颗颗璀璨的珍珠，那么，孙晋芳就是一条闪闪发光的金线，把颗颗珍珠串连在一起，中国女排才成为闪耀着奇光异彩的战斗集体。

应该把欢呼和鼓掌声分一半给她！

爱情啊，请你晚一点来

人类的寿命在延长。而运动员的"运动寿命"，因为人才辈出的加速，却在缩短。对一个运动员来说，能创造优异成绩的"黄金时代"是很短暂的。

女排姑娘们深深意识到这一点，惜时如金，把自己的精力高度集中到心爱的排球事业上。

但是，她们并不是生活在“真空”的社会里。在那些雪片般飞来的观众的信件中，未免也夹杂着一些青年人的求爱信；在那千百万的球迷中，总少不了一些痴情的追求者。甚至，还有从异国送来的温情。但是，不适时机撒下的种子，是不会发芽开花的。面对着一封封情意缠绵的求爱信，面对着一件件别有一番情意的礼物，面对着一张张小伙子英俊的照片，姑娘们不知多少次虔诚地祈求：“爱情啊，请你晚一点来！”

不过，随着年岁的增长，爱情还是悄没声儿地降临到她们之中的几个老队员身上了。

社会上不是流传过姑娘找对象的“十条”吗？什么一套家具，二老倒贴，三转一响，四季服装，五官端正，六亲不认……还有什么收音机要带照片，缝纫机要带锁边，自行车要带冒烟……那么，我们女排姑娘交“朋友”有什么条件呢？

一位排球姑娘曾经这么考验过她的“朋友”。她显得很苦恼的样子，向她的“朋友”诉说：“唉，我老了，又有一身伤，打不了那么久了，你赶紧打‘报告’吧！”她的“朋友”一听，赶忙摇头，挺为难地说：“那怎么行呢！现在国家正需要你出力……”这位姑娘笑了，高兴地说：“你呀，凭这一条，就‘达标’了！”

当然，别的条件还有，但这是诸条件中至关重要的一条：她们的“朋友”必须在事业上全心全意地支持她们！

老队长曹慧英身体康复之后，已经二十四五岁了。在社会上正是青春妙龄，而在体育运动员中却已经列入“老”字辈了。如果讲名誉地位，她提了干，入了党，还当选过人大代表，应该说，一个优秀运动员所能得到的,她都得到了。况且,有的医生还不同意她继续打球,说搞不好造成肺穿孔,后果就不堪设想。见好就收,见台阶就下,这不正是有些人津津乐道的吗?但是,曹慧英却选择了另外一条艰难困苦的路。她对她的“朋友”说:“一个人的运动寿命本来就不长,我一住院一疗养,又耽误了许多宝贵的时间。我要尽量延长一点,哪怕再打两三年也是好的。过了这几年,要想再为祖国争光,那就没有机会了。吃点苦,流点汗,甚至冒点风险,都是值得的。这样做了,将来回想起来,自己就不会后悔。”她望着“朋友”问道:“你支持吗?”她的“朋友”早已听懂她说这番话的良苦用心了,爽朗地笑着说:“慧英,你打吧,打多少年,我都等你,等你哪一天不打球了,咱们再结婚。”

曹慧英归队时,周晓兰、郎平、陈亚琼等几位新秀已经成长起来。她虽然打不上主力了,但她甘心情愿当替补。她想:“到关键场次,哪怕能上去顶一局半局也好呀!”如今她已经二十七岁了,是队里名副其实的“老大姐”。她身上虽然有伤病,但英勇泼辣并不减当年,还是那副“要球不要命”的劲头。

二传手孙晋芳的“朋友”,对体育的爱好本属一般,但自从结识了小孙之后,仿佛受到了传染,也迷起排球来了。有一次,小孙拿着“朋友”来信,笑着对队友们说:“你们看,他多有意思啊,本来不爱看电视,放我们的‘网上群星’时他去看了,从头看到尾。”其实,何止去看电视呢!他还订阅了《体育报》,浏览各种体育刊物,见到有关排球的消息、资料,统统剪下来,贴成一本。他对小孙说:“你是搞体育的,应该搜集资料。眼下,你既然顾不上,我来帮你搜集。”

球队登上飞机出国访问。一位刚刚交了“朋友”的姑娘,从舷窗俯视着渐渐变小了的送行的人们，眺望着渐渐远去的美丽的首都，陷入了沉思默想：

“以前是自己孤身一人，到哪里都无所谓。现在不一样了，有个人牵着自己的心。要干一番事业，就必然得抛弃一些东西，做出一点牺牲。少见面或暂时不见面，也可以算是一点小小的牺牲吧！……人是要有点精神的。特别是一个青年人，要为实现自己的抱负和理想去奋斗。如果整天沉浸在绵绵的情意之中，就会丧失自己的理想，使精神空虚，甚至葬送自己的一生。要把爱情作为动力，更好地激发自己的干劲，更好地工作，这才是八十年代青年应取的态度……朋友，再见吧！任务的顺利完成，将会给我们以后的见面带来更加绚丽的色彩！让我们在广阔的天空里比翼齐飞吧！”

深深的海洋

炎热的夏天，女排的姑娘们到秦皇岛海滨作十天半月的休息和调整。比起训练馆和体育馆来，浩瀚的大海，是一个神奇的世界。往日，不断向她们飞袭而来的是白色的大圆球；而今，展现在她们眼前的，是大海上数不清的洁白的雪浪花；往日，她们脚下踩踏的，是坚硬、光滑的地板；而今，在她们脚下向远方伸延的，是潮湿、细软的沙滩；往日，在她们耳边响着的是“砰砰”的击球声；而今，在她们耳际轰鸣的，是大海的浪涛声。姑娘们爱大海！爱日出和日落的壮观，爱狂涛巨澜，爱辽阔和粗犷……

大海扬波，靠地球自转、潮汐和飓风；那么，姑娘们心海里的波涛，靠什么力量激荡呢？

这里，不妨展读几封观众的来信。

一位大苗山的瘫痪青年在信中写道："今天是我二十六岁生日。往年过生日，我都是在极度痛苦和悲伤中度过的。我是个患风湿瘫痪病的青年，已经在床上度过了十二个年头。可是，今天，当听到你们胜利的捷音后，我哭了，是幸福和激动的眼泪……"

北京的一位大学生在信中写道："现在我们才真正体会到，体育能激发人们的爱国热情。当五星红旗升起的时候，当国歌奏响的时候，作为一个中国人，谁能不为此感到骄傲，真恨不得对这茫茫的苍天，茫茫的大地，喊一声：'我是一个自豪的中国人！'而这一切一切令人感动不已的成绩的得来，全靠你们平时的汗水，战时的毅力和拼命精神，你们是当今当之无愧的最可爱的人。"

河北的一位省政协委员竭力赞扬排球队的那种"坚韧不拔"的精神。他在来信中说，全国同胞只要有这种坚韧不拔的精神，就能早日实现四化。这位老人向中央建议，将"坚韧不拔"的精神定为"国魂"。

一位年轻的教师在信中说："国家兴亡，匹夫有责。由于你们的胜利，为国家民族争得了荣誉，唤起了全国人民，特别是青年学生的爱国热情，也唤起了我对国家前途的信心，使我心灵深处的一潭死水重新荡漾起希望之波。我以前看不到出路，只是徘徊。现在我看到了，为了民族，为了中华之觉醒，我们这一代不能徘徊，要奋斗，奋斗！"

这些信件，是我国女排在香港世界杯排球预选赛获胜后收到的。不是几十封、几百封，而是成千累万，从祖国九百六十万平方公里的土地上，像雪片般向她们飞来。观众们除了表示庆贺之外，高谈阔论的并不是排球，而是"精神食粮""国魂""理想""信心"

"希望"……居住在首都的青年们,则把她们请去,尽情地向她们抒发被排球所激起的爱国热。她们永远忘不了,来到北京大学时,青年学生们一边高呼着"团结起来,振兴中华"的响亮口号,一边把她们裹进了人流。从西门到礼堂,只有一二百米的距离,学生们却抬着她们,簇拥着她们,走了一个多钟头。沿途,学生们挤掉的鞋,不下于上百只。

数不清的观众的来信,广大青年的爱国热情,犹如千万股滚滚的爱国热流,汇成了一个汹涌澎湃的海洋。观众们的每一句热情话语,少先队员们送来的每一条鲜艳的红领巾,幼儿园小朋友们寄来的几分硬币,港澳同胞语重心长的叮嘱……这一切无不在姑娘们的心海里掀起一朵朵雪浪花,姑娘们清晰地听到,每一个浪涛都在响亮地呼喊:"为国争光,振兴中华!"

当读者们读到这篇拙作时,引人瞩目的世界杯排球赛该已经结束了。笔者写作时,尚无法预测这次世界大赛的结果。赛前,中国女排的姑娘和她们的指导都十分清醒,争夺世界冠军桂冠的道路并不平坦,赛场上将是一连串翻江倒海般的大搏斗。当然,与四年前相比,中国女排的阵容更整齐强大了,技术、战术也有了显著的进步,她们堪称世界第一流的队伍。用运动员们自己的话来说,离顶峰只差一个台阶了。用徐寅生的话来形容,中国女排与世界冠军只隔着一层纸了。但要登上这最后一道台阶,要捅破这一层纸,并非易事。不过,不管征途上有多大的困难,我们的姑娘们都决心奋力去登攀。四年前,姑娘们唱着"没有眼泪,没有悲伤"的歌从日本回来。这次她们该唱着一支什么歌回来呢?

当今世界排坛强手如林,赛场的风云是很难预测的,会出现某些偶然的因素。但无论胜败如何,三十年来她们为"走向世界"所作的努力,她们代代相沿的为祖国荣誉而搏的精神,都是值得赞扬和讴歌的。使人欣慰的还有,就在她们身后,比她们更年轻的一批新手已成长起来,并且正迅速地走向成熟。她们将不间断地搏斗下去,追求下去……

她们追求的目标是世界冠军吗?是的,又不尽然。她们一代一代苦苦追求的,是祖国母亲的伟大前程啊!

(原载《当代》1981 年第 5 期,有删节)

作者简介:鲁光(1937—),原名徐世成,浙江永康人。著有报告文学集《东方的爱》《中国姑娘》《把掌声分给她一半》《中国男子汉》等。

延安梦寻

冯　牧

五十春秋弹指间
清凉山上思华年
征程迢递频回首
魂萦梦绕在延安

一

在时隔四十五年之后，我终于又回到了延安——那哺育我长大成人的延安，那曾经赋予我崇高的理想、信念和战斗勇气的延安，那多年来使我魂萦梦绕而又迟迟未归的延安！

暮霭四合，寒风凛冽，我站在我投宿的延安宾馆的台阶前，翘首四望，搜索着记忆中当年延安的痕迹。在朦胧夜色中，我惊喜地看到了：在我右面远山上是耸立入云的嘉岭山上的宝塔；在我左前方巍然屹立的是清凉山的陡崖峭壁；在我正前方的，是广阔的延安田野，但是它已经掩没在夜色之中，我只能想象，那就是我在半个世纪以前曾无数次地走过的地方。

然而，我记忆中的延安城在哪里呢？人们告诉我，我现在就站在和住在当年延安城的北门外。我环首四顾，不禁惊讶，我面前的这个城市,一点儿也不像我记忆中的延安!时光飞逝,岁月不居,我记忆中的那个荒凉而又纯朴、贫穷而又丰富、安静而又欢快的延安,那个古老而又充满着朝气、艰苦卓绝而又焕发着战斗豪情的延安,已经变成了一座超越我想象之外的繁盛的簇新的城市了。在我眼前,在宽广平直的纵横的街道上,灯火辉煌,行人如织。取代了过去年代那些断壁残垣和破城墙的,是林立的高大建筑,是拥挤的货物充盈的商店,是一派熙攘纷繁的热闹景象。

我惊奇而且愕然,然而随即为自己的鲁钝感到可笑:为什么我竟然料想不到延安在几十年间理应出现的发展和变化呢!半个多世纪以前,当我和一群青年男女背着背包走进延安古老城门时,这个被称作革命灯塔的地方,在我的思想里和心目中,正像诗人何其芳所描写的那样:对于一切爱国青年来说,“延安像是一支崇高的名曲的开端,响着洪亮的动人的音调。”而现在,我已经从一个不谙世事的热血青年,变成了老年人,我曾经满怀希望地投奔延安,又满怀豪情地离别延安,走上了万里征程。半个世纪过去了,我带着延安给予我的精神武装和坚定信念,已经进入了垂暮之年。我为什么会想象不到延安所应有的变化呢?为什么面对着这个和我们祖国社会主义建设步伐一道前进的崭新的现代化风格的延安,我会产生一种“相对如梦寐”的感觉呢?

阔别四十五年的延安,使我一下就陷入回忆和沉思之中。人生的久远的回忆,常常包含了种种复杂的情感:包含了对于往昔岁月的青春不再的感叹,对于长久蕴藏在心中的世事沧桑的缅怀,对于已经逝去的年代(正是那个历史年代以它的乳汁把我哺育成为矢志不渝的共产党人)的思念……

我们的东道主——热情的延安人把我安置在一间相当考究的

套房里，并且说，“过一会儿我们一起来吃延安饭！”我却还沉浸在这种恍然若梦的心境之中。我想告诉他们，“本来我以为会被安顿在一间窑洞里呢！”但是我没有说。直到我们围坐在饭桌前，看到我如此熟悉而又久违了的小米、红枣、稠酒、南瓜、荞面饸饹、糜面甜糕以及地道的羊肉杂碎汤，听到了如此亲切的陕北口音——清脆的绥德话和朴实的延安话，我这才确确实实地感觉到我真的回到了延安——我的革命生涯和文学生涯的摇篮！

我度过了一个激动而快慰的夜晚。人们像对一个久别还乡的游子似的向我叙说着许多我希望知道和意想不到的事情。我高兴而又不无伤感地听他们讲述着四十多年来延安人民所走过的艰辛多难的奋斗历程；这一切曾经使当年专程来探访这片对中国革命事业做出过重大贡献的土地的周恩来落下了辛酸的眼泪。人们激动而自豪地对我描述着那些记忆犹新的艰难岁月，描述着英雄的延安人在十几年前和那场百年不遇的洪水灾害进行搏斗的故事。洪水夺去了包括我所熟悉的劳动模范杨步喜在内的许多人的生命，洪水冲毁了城关和大桥，几乎使小半个延安城沦为废墟；但是，在短短的期间，这座英雄的城市，就好像涅槃后的凤凰一样，以新的丰采和面目展现在凤凰山下的这片受难的土地上了。

这就是我现在所看到的新的延安。

“那么，人民的生活呢？”我不禁急切地提出了我的问题。因为我早就听人们传说：延安人民至今仍然过着艰苦贫困的生活，正如我国其他某些革命老区一样。

“所幸这样的时期已经过去了！”朴实敦厚如同延安老农般的地委书记逄靠山同志，用平静缓慢的语调对我说，“这要归功于党的以经济建设为中心、坚持改革开放的方针政策。更重要的是，延安人民在战胜了那场摧毁性的洪水灾害之后，就逐渐改变了期待救济的倚赖思想，和全省人民一道，走上一条一心一意把经济搞上去的道路。”然后，他用自信的口吻告诉我：现在，延安的工业产值（主要是石油、天然气、煤炭、毛纺等）已经大大超过了农业的产值。而在粮食生产上，延安人也早已攀上了可以温饱的台阶。

地委书记为我描绘的图画，使我宽慰和高兴，同时，也引起了我的沉思。我的思绪回到了当年的延安。那时候，人们对于生活的最高向往，就是丰衣足食，并且曾为此而自豪；而在人们眼中的丰衣足食，其实也只不过是开始达到了可以生存的起码的生活标准。那时候，延安没有一条像样的公路，从西安到延安要徒步走上十多天；而现在，公路已经四通八达，一条铁路已经修到了延安南门外的杜甫川，在这个因杜甫居住过而得名的地方，开始鸣响着高昂的汽笛声。用不了多久，延安的丰富的液化气就可以很容易地运到西安，为西安人提供光和热……

当年，延安的天空可能比现在的要蓝，延河水可能也比现在要清澈而宽阔；但在整整八年中，正如我们不曾吃过一块糖、喝过一杯茶一样，我们从未看到过哪怕是一条小鱼的影子。偶然吃一顿大米和白面，会给我们带来极大的快乐。除了菠菜、洋芋、萝卜和西班牙教士引进的番茄以外，我们几乎忘记了其他蔬菜的形状。那时候，延安到了夜晚几乎就变成了没有灯光的城市，人们只能在一盏如豆的菜油灯光下工作。如果有足够的菜籽油供我们挑灯夜读的话，我们就会感到意外的幸福。那时候，我们还不懂得贫困并不是社会主义，匮乏也绝不是社会进步的标志。但即使如此，和延安普通劳动人民相比，我们的生活有时还显得有些近于奢侈了。

而现在我看到的是，延安城的夜晚有如繁星璀璨。整个延安地区的家家户户基本上都有了电灯。在延安东关外广阔而荒凉的旷野上,出现了像棋盘似的整齐的稻田和鱼塘;关于延河水因多含矿物质而不长鱼的传说被破除了,这里的鲤鱼和草鱼长得同南方的淡水鱼一样肥大。曾经有过那样的年代,延安人很少见过水果,娃娃们只有从红枣和南瓜中才能体察到什么叫做甜蜜;而现在,人们告诉我,居住在这片黄土高原上的一百五十万人已经拥有了一百五十万亩的果园;荒凉绵亘的黄土地也开始点染了片片浓绿;延安栽培的苹果的优良品种在全国名列前茅,成为出口的重要产品。我还注意到:黄昏时刻,在街道上漫步的青年男女的时装穿着,同西安和北京人没有多大的区别。唯一使我微有遗憾的是:我在人群中反复寻觅,再也找不到一个按照传统方式在头上扎一块“羊肚手巾”的青年人了。我一直感到,那种打扮使陕北青年具有一种独特的英武气概,就像诗人李季所描绘的王贵和杨高那样。

然而我确信不疑,延安人确实已经摆脱了世世代代的贫困命运。我衷心地祝福他们在走向富裕的征途中更加迅速地前进。怀着这种欣悦的心情,我度过了一个宁静的夜晚,我进入了我青年时代的美好的梦境,就如同五十多年前我刚来到心目中的圣地所度过的头一夜一样……

二

黎明之前,我就发现我碰到了好运气:一场纷纷扬扬的大雪洗净了延安上空的煤烟和灰尘,把大地变成了一片银色世界,使我感到眼前的延安比我记忆中的延安更加纯净和壮美。

我和我的同伴——《陕西日报》社社长骞国政和《延安日报》社

社长师银笙(他们也是在这片土地上茁壮成长的作家),一道去探访我半个世纪以前的足迹,去寻找青年时代的梦。

大地和群山,平静流淌着的延河和过去很少见到的道旁的丛林,都覆盖着厚厚的白雪,使我眼前和心中的延安,闪耀着一片晶莹澄澈的光辉。我们乘车驶过宽广的大桥(现在,这样的大桥又有三座),沿着河边的公路缓缓行进。我目不转睛地仔细寻觅着当年的旧游之地,我觉得自己的心在剧烈跳动。我在寻找当年“抗大”、“陕公”、“女大”、王家坪、青年沟……的旧址。我感到激动而又困惑;我发现延河两岸的山麓几乎都盖满了高高低低的有些是相当宏伟的建筑,遮掩了过去山坡上像蜂窝般密密麻麻的窑洞。人们为我指点着说:这是延安大学,那是延安纪念馆……我只是偶然间才在山沟中断续地发现了一些被白雪掩盖的有些已经坍塌了的窑洞和一块块参差不齐的平地。我突然想起,就在这些地方,五十年前,我曾经在那里参加过无数次集会,倾听过许多次从毛泽东、周恩来、刘少奇到任弼时、林伯渠、贺龙等人的讲话。我曾经在那里参加过由冼星海指挥的有五百多人参加的《黄河大合唱》。我甚至认出了远山间的一排窑洞,那是当年的中央医院,我曾经在那里治疗过我的结核病……那是一些曾经使我热血沸腾的地方。但是,这一切在我眼前突然又变得模糊起来。这些地方使我感到亲切而又陌生,似乎真的是走进了朦胧的梦中……但我随即又产生了一种自责的心情:我为什么老是沉浸在往昔的梦境之中呢?难道此刻展现在我眼前的这些标志着繁荣兴旺气象的新建筑,这些现代化的校园,这些正在运转着的工厂厂房,这些行驶在公路上的汽车和摩托车,这些在大雪中嬉戏的花团锦簇般的少男少女……这在我的思绪中似乎是不可思议的一切,难道不正是我们当年所梦想而不可能得到的吗？

不过，我很快就看到了一些同我的梦境完全相同的地方。梦境和出现在眼前的现实吻合为一了，这就是当年我所熟悉的枣园和杨家岭现在给我带来的第一个印象。枣园还是像过去那样肃穆而幽静，那片银装素裹的茂密树林，为这片被称做是中国革命指挥部的地方平添了更多的庄严而纯洁的气象。那几处居住过革命伟人的院落，除了树木长得更加繁茂以外，和过去几乎是一模一样，以至于使人感觉他们似乎仍然居住在这里，他们的心脏依然在这里跳动，仍然坐在那陈设简陋的窑洞中的小木桌旁书写着那些曾经震撼过世界的革命文献。在毛泽东和朱德居住的院落前面，那座小小的通常只站着一个哨兵的岗亭，虽然显得有些衰老，却仍然好像历史的见证人似的屹立在那里，守护着这个中国革命的心脏地带。

我站在这个岗亭中向外望去：在满披着晶莹的树挂的森林中，一位女教师，正在率领一队穿着漂亮服装的少先队员，踩着小径中厚厚的积雪，一边走一边在讲。我听不到她在讲什么，但我可以想象得到，她正在向这些幼小的心灵讲述着他们的革命先辈的光辉业绩，讲述着后代人应当如何沿着前人的足迹坚定地勇敢地走下去。

曾经是中共中央所在地的杨家岭也被修复和维护得同样准确和完好。五十年前，我曾经许多次地徒步往返于杨家岭和一二十里路外的清凉山和桥儿沟之间，有时是听报告、取稿件，有时是看戏、看朋友。我欣喜地看到那座被称为“中央礼堂”的简朴庄重的建筑，仍然保持着往昔的模样；礼堂中的陈设、装饰，甚至气氛，都使人回忆起当年的峥嵘岁月。我静坐在礼堂的长条木椅上，眼前仿佛闪过了许多历史图景和人物形象。我甚至可以为我的同伴指出:在一九四六年在此地举行过的一次具有历史意义的晚会中,毛泽东、周恩来以及马歇尔和张治中所坐的位置。在汽灯的光照下,舞台上正在演出一出诙谐的秧歌剧,毛泽东朗声大笑时的豪迈而天真的神态,周恩来的潇洒自如的风度,以及年迈的马歇尔的木然而又矜持的表情,都好像历历在目地闪过我的脑际。那天的晚会是在气势磅礴的《黄河大合唱》的歌声中结束的,那动人心魄的歌声,使那些来自异地的心境不同的客人们也不禁为之动容……

据说,杨家岭的主要建筑物:大礼堂和中央办公厅在那一年之后,便被国民党军队炸毁和焚烧了。现在耸立着的这两座建筑,是根据许多人的记忆和残存的一些照片重新修复的。这不能不激起我的感激之情。否则,我就无法实现我重返延安的一个重要心愿了。这个心愿,就是探访一下半个世纪以前产生了《在延安文艺座谈会上的讲话》这个指导中国文学发展方向的纲领性文献的故址。我高兴地看到:作为座谈会会场的那间不大的会议室不仅完整如昔,而且连室内的陈设,从毛泽东主持会议的长方木桌到排列在四围的木椅和条凳,都保持着当年的原貌。会议室外的庭院(就是拍摄大家时常看到的那张全体与会人员合影的地方),都似乎比过去更为整洁。稀疏的树木已经长成高大的树林,在皑皑白雪映照下,显得分外幽静。五十年前,就是从这个小小的庭院里,把《讲话》中的闪光的语句和庄严的号召,传向了祖国的天南海北、四面八方,使一切有志向有出息的文艺工作者的心中,都响彻着同样热情的召唤:到广大的劳动人民生活中去,到文艺创作唯一的源泉——火热的斗争生活中去!从那时起,我们的文艺事业,跨进了一个新的时代!

杨家岭的风光使人流连不舍，但是，我还要赶到别的使我朝思暮念的地方去。我还要赶到桥儿沟的“鲁艺”和清凉山《解放日报》的故址去。我曾经在那里生活过将近七年时间。我曾经在那里度过了我生命中最美好的青春岁月。我要到那里去寻找我青年时代的梦。

三

桥儿沟离延安只有八里路，当年只不过是一个普通的小村镇，却因本世纪初由来自欧洲的天主教传教士在那里修建了一座规模可观的教堂而驰名。从一九三九年起，那里便成了“鲁艺”的院址。这座哥特式的教堂还拥有几个由许多排石窑构成的庭院。在这些庭院和山沟两面的被称为“东山”和“西山”的窑洞群中，在整个抗战期间，曾经居住过许多全国著名的作家和艺术家。因而桥儿沟的“鲁艺”便成为从全国各地投奔延安的文艺青年热切向往的地方。我有幸在那里住过将近四年，在那里领受过许多革命家和文艺家的教诲。我曾经在一篇短文中写道：“‘鲁艺’的生活给我留下了许多美好的丰富的甚至是甜蜜的回忆。那里有一种宁静、和谐、热烈、纯洁、友善和好学的气氛。这种能够对知识青年产生相当强烈的精神感染力量的文化氛围和艺术气氛，是我在别处很难看到的。”在那几年中，我如饥似渴地读过很多书，从许多素所仰慕的革命家和艺术家那里汲取过很多使我终生受用不尽的思想和知识。使我铭记难忘的是：在那里，我写出了第一批被印成铅字的诗文；在那里，我学会了开荒、纺线、种菜、烧炭、缝制棉衣和织毛袜；在那里，我参加了使我开始有了自知之明的“整风”学习；在那里，我选择和坚定了自己九死不悔的生活道路和文学道路……

过去,从城里到桥儿沟“鲁艺”,要在荒凉的田野上沿着延河走上一个多小时。现在我们乘车缓缓而行(为的是让我享受一下故地重游的愉快),只用了十来分钟就来到了那座曾经是我们的礼堂、课堂和剧场的教堂门前。这座过去在方圆几十里内最为雄伟的建筑,在饱历了历史风雨的侵蚀之后,居然完好无恙地耸立在那里!虽然当年“鲁艺”的校门和那道镌刻着毛主席手书的“鲁艺”校训“团结、严肃、刻苦、虚心”一行大字的围墙早已荡然无存,虽然我在这里已经看不到有关“鲁艺”的任何标志,以致村镇上的很多人对于这所培育了数以千计的革命文艺家的学校已然茫无所知,但是,这座著有殊勋的“革命教堂”毕竟在濒临倒塌时被抢救下来并且修复得一如既往,仅仅凭这一点,我就应当感到满意了。

我像走入梦幻似的走进光线很暗的教堂。我看到,教堂里面也都按照过去的面貌恢复了原状。我想起了许多往事。我记得,一九四〇年我在这里第一次看到了神采奕奕的周恩来,并且聆听了他的讲话。他在院长周扬的陪同下走上台去为我们讲述了抗战形势。当他以亲切的口吻宣布,这次从重庆回来,特意为“鲁艺”带来了一部钢琴和一些别的乐器时,在教堂中引起了一阵欢声雷动。

我记得,一九四二年的春节,我们曾在这里和毛主席一起共度除夕之夜;这也是我头一次在这样近的地方看见这位革命巨人。他一面同我们一起吃饺子,一面和围在身边的“鲁艺”学员聊天,然后,用一种散步似的姿势和等在他身旁的“鲁艺”的女同学跳舞。

我记得,我在这里曾经听到过许多名家讲课:吴玉章为我们讲述中国近代史,茅盾讲的是“中国市民文学史”,周扬讲的是“中国新文艺运动史”和“艺术论”。那时,我们把这种全校学员都参加的课程，叫做“上大课”。我记得，我们曾经在这里观赏过无数次激动人心的令人难忘的戏剧和音乐会的演出；那些质量很高的演出，就是现在也是不多见的。

为了寻觅历史的痕迹，我在过去的“鲁艺”、现在的延安陶瓷厂的重重叠叠的院落里走来走去，为每一个发现而深为激动或是喟然感叹。我看到教堂西面的那排石窑和那个被用作排球场的小广场，还基本上保持着过去的原貌而感到意外的欣喜。我清楚地记得，毛主席在一九四二年为“鲁艺”所作的关于文艺工作的报告，就是在这里进行的。那一天下午，突然响起了紧急集合的钟声，把全校人员集合在广场上。我们都不知道发生了什么事情；因此，当我们看到毛泽东高大的身影，在周扬的陪同下缓步从石窑的拱形过道中（可惜这个过道现在已经被堵塞了）出现，并且走到我们跟前时，人们都感到意外，并且立即响起了热烈的掌声和欢笑声。那时，毛泽东所站的位置，就在现在幸存的第二间石窑前面。人们从三面环绕着他，安静地坐在自己手制的小木凳上，全神贯注地倾听着他的带有浓重湖南口音的讲话。他讲了将近两个小时，内容实际上就是他不久前刚做过的那次《讲话》的另一种语言表达方式的生动转述。可惜的是这次讲话的详尽的记录至今还没有被发现；尽管已有不少人对于这次讲话的部分内容（比如关于“大鲁艺”、“小鲁艺”的生动比喻）做过简略的片断的追忆，但这一具有同《讲话》几乎同等重大意义的讲话全文的佚亡，恐怕已经成为难以补偿的遗憾了。

但是，这位历史巨人的平易近人的神态，娓娓而谈的语调，幽默诙谐的表情，语重心长的寓意，都给大家留下了深刻难忘的印象。我那天恰巧坐在离他很近的头一排，至今，我还很清晰地记得他在引用柳宗元的《黔之驴》的故事，用以告诫人们不要自以为了不起、妄自尊大、借以吓人时的生动表情。他在讲到小老虎终于发现毛驴只会作空洞的喊叫和只有用后蹄踢人这点本领时，还做了一个把腿向后面踢去的跳跃动作，引起了全场一阵欢快的笑声。

在桥儿沟的这些原来被艺术家们修饰得相当整洁精巧而现在却变得破旧杂乱的院落中，我仔细地寻觅，不断地有所发现。我发现了当年我们张贴墙报的那座长长的拱形门廊还完好地存在着；现在许多出身于"鲁艺"的作家的一些才华横溢的"少作"，就是首先在这些墙报上发表的；有一种墙报的刊名叫做《希望与梦想》，多么富有浪漫色彩的名字！我还发现，当年"鲁艺"文学系的所在地——一座整齐的三合院，还完好无损地存在着。当年，这里是一个充满了好学与求知气氛的、时时回荡着欢声笑语的小小艺术天地；现在，这里变成堆积陶罐残品的仓库，碎砖破瓦狼藉遍地。故园虽在，人琴罔存！

我惆怅地步入校园的后门，意外地发现当年那棵悬挂着一口指挥我们作息时间的铜钟的老树，还硬朗地站立在那里，已经长得有合抱粗了。这简直像是个奇迹，经过漫长岁月风雨的侵袭，这棵曾经不断发出振聋发聩的钟声的老树，不但安然无恙，而且成长得枝叶繁茂，生意盎然，好像是站在那里的一位苍老而倔强的历史见证人……

我走到了"东山"脚下，想去探访一下当年茅盾、周扬、何其芳的旧居以及我曾经住过的窑洞，但是我未能如愿，道路被隔断了。我只能从远处观望那些地方。我看到，茅盾住的窑洞已经成为民居，门前，一群鸡正在乱草中觅食。而周扬住的那两孔窑洞，已经接近坍塌，门窗俱无，远远看去只剩下两个黑黑的洞口，好像一双忧郁的眼睛。

我就是这样怀着激动而怅惘的心情走出了桥儿沟的。我回首眺望,但见陶瓷厂的烟囱正冒出缕缕浓烟。我不禁想到:过去创造着精神文化食粮的地方,现在变成了生产物质产品的车间和仓库,这也许是历史变革中难以避免的现象;然而,为此而造成的重要历史文化遗迹的逐渐归于泯灭,却不能不引起人们的感叹……

同桥儿沟引人深思的历史遭际成为对照,清凉山的那些丰富多彩的历史和革命文化遗址,得到了令人欢欣鼓舞的保护。我吃力地沿着昔日每天都要上下两三次的陡峭小径,爬上了多年来常在我梦中出现的清凉山万佛洞——现在的延安旅游胜地、当年的延安印刷厂(也是我所工作的解放日报印刷厂)。在将近半个世纪前,大约有两年半时间,我常常从清凉山南侧的报社编辑部,沿着曲折小路走到这些放满了铅字架和印刷机的洞窟中来,同工人们一道校改清样上的错字。那些坐落在危崖陡壁之中的工厂车间,就是现在已经成为一处我国古代艺术瑰宝的万佛洞洞窟群。使我深为感动的是,这些洞窟虽然曾经充当过十年之久的印刷车间,却被维护得基本上完好无损,加上近年来对于山上那些早已废圮的亭台楼阁的精心修复和重建,使这座名胜重又恢复了昔日的丰采。山上的奇妙景色,早在北宋年间,就曾被古代名臣范仲淹热情赞美过,他写的诗,就刻在万佛洞边。被称为万佛洞主洞的那个大洞窟,过去是我们的排字车间,我虽然无数次地来过,却没有发现这里竟然蕴藏如此美妙丰富的令人赞叹不已的艺术珍品。洞窟的四壁和顶端,雕满了一万多尊栩栩如生、线条完美的浮雕佛像,使我感到,这些雕刻,即使是和著名的云岗、龙门的有些石窟相比,也应当是各具异彩、略无逊色的。从洞窟的门前远眺,但见延水环流,宝塔巍立,城郭如画,远山浩渺,一派使人顿生豪情的壮阔雄浑气象。

站在清凉山的峭崖边,使我蓦然想起了一件难忘的事情。当年,就是在这里,我曾经和《解放日报》的同志们一起,把许多重要的文章和文学佳作,从编辑部送到万佛洞的车间来排印,刊登在《解放日报》上,然后就成为传世之作。比如,赵树理的《李有才板话》、李季的《王贵与李香香》、孙犁的《荷花淀》以及其他一些佳作,从选稿、编排、校改、付印到见报的全部过程,都是通过我和另外一些同志(多半是黎辛同志)的手,在编辑部和这座万佛洞中完成的。当年在撤离延安之前,我曾经把包括这些作品在内的一些原稿,埋藏在我居住的宿舍旁的一间破土窑里。我曾经幻想找到那间破窑,我爬上了清凉山巅,甚至找到了我当年住过的现在已经残破的窑洞。但是,那间我曾经埋过"宝藏"的破窑,都已经迷失无踪,那些珍贵的原稿,肯定已经化为历史的灰尘了……

使我高兴的是,我很容易地就找到了过去我在清凉山工作过的地方。一切都几乎和往昔一样。我在那个我工作过两年半时间的石窑中静静地坐了一会儿,然后参观了清凉山上新建的内容充实的"延安新闻出版历史纪念馆"。这座精心设计的博物馆,和我前一天参观过的那所修建得十分宏伟壮观的"延安革命纪念馆"一样,每走一步,都会使我产生一种心灵震撼的感觉。它们打开和唤醒了我的记忆之门,使许多我已经逐渐淡忘了的往事如同清晰的画卷般地一一从我的脑中闪过。这种震撼人心的力量,可以概括地归纳到一句话中间,这就是:"延安精神,辉耀千秋。"

我是带着一种得偿夙愿的心情告别延安的。归途中,我的心情是振奋而充实的,同时也产生了一些不无遗憾和怅惘的思绪。

我为延安在建设社会主义的宽广大道上迅速前进而欢欣鼓舞。我对延安人民所做出的巨大历史贡献而充满敬佩之情。我为延安地区拥有的无限丰富的革命历史文化财富而感到自豪。但我也为这些珍贵的精神财富中的某些重要遗迹的逐渐消失而感到惘然若失。我渴望再来。我渴望像"中央党校""抗大""陕公""女大"……这样一些光辉的名字,不再是一团模糊的影子,至少不要像"鲁艺"那样,只有在人们的回忆中才是一个具体的存在。

看到了巍立在杜甫川前的那座别致而壮观的建筑——延安火车站,我不禁激动得想要喊出声来:真是了不起!而且立即想到:下次再来的时候,我就不必再坐在汽车上长途跋涉了。我将轻松地坐在火车上,在汽笛长鸣声中,从西安直达延安!那必将是一个更加富裕、更加现代化、更加富有文化光彩的延安!

1992 年 3 月 5 日

(原载《中国作家》1992 年第 3 期)

作者简介:冯牧(1919—1995),原名冯先植,北京人。中学时参加革命活动,后赴延安学习。著有文艺论集《繁花与草叶》《文学十年风雨路》等。

“希望工程”纪实

黄传会

第一章　一百万双饥渴的目光

又回来了,又回到了古老而现代的北京。仅仅是在两个小时前,我还站在黄土高原的中川机场上,挤拥着我的是焦旱赤裸的山峁和满目的苍凉。

明媚和煦的三月阳光,刺得我有些睁不开眼。

一切都显得不怎么和谐。

从首都机场开往城里的豪华型大巴的扬声器里,传来了《黄土高坡》,歌者唱得慷慨激昂。我想,唱我家住在黄土高坡的,必定没在黄土高坡住过,否则,她决不可能唱得这般潇洒。

大街上行人匆匆。大巴在东单路口停住,一队穿着天蓝色校服的小学生,从车头鱼贯而过。这些无忧无虑的孩子,不必为每学期几十元学杂费而发愁,不必为买一只文具盒或几本课外书或一件什么玩具而忧心。在中国,他们称得上为幸运儿。

刚进家门,便接到一位朋友的电话,她责怪我为什么不能早几天回来,否则,可以赶上她宝贝儿子的生日。她说,过生日那天,孩子爷爷送的那只蛋糕,是专门在一家四星级饭店订的;姥姥送的玩具枪是托人从香港买来的……面对琳琅满目的礼品，儿子对她说："妈妈，太多了，我都不知道先挑哪件好？"

那几天，我老爱痴痴地望着读小学六年级的女儿，女儿发现了，便问我："爸爸，你怎么老盯着我？"

痴痴地望着女儿，心头老在琢磨着那个古老的命题——什么叫命运？

生在北京楼房里的是北京孩子，降落在陕北窑洞土炕上的是陕北娃儿。对于命运的注释，还有比这更通俗、更准确的吗？

五个少女的灰色故事

切诺基驶进了平果县新安乡汤那屯，或许是难得有人开着小车到这里来，一大群孩子怯生生却又好奇地围了过来，村民们三五成堆，也远远站在一边指指点点着。

我的脑际闪过的第一缕思绪是：原来广西并非到处都是桂林山水，原来广西居然还有这么贫困的地方！

正赶上开学的第二天，小学校王尚松校长告诉我，全校一百二十九名学生，来报名的只有八十人，交了费的还不到一半。

我问："一名学生每学期收费多少？"

王校长说："一、二年级书本加学杂费是十八元，三、四、五年级十九元。不过，我们这里书本一般只买语文、算术、思想品德，像自然、地理、历史、音乐、美术都不买。不是不想买，是买不起。"

"那这些副课都不上了？"

"只能这样。"王校长叹了口气。

一二十元，对于城市的孩子来说，不过是买一件玩具的钱；但在这里，对于多数家庭却是不轻的负担。特别是那些同时有两三个孩子上学的家庭,负担更像山一般沉重。

“九分石头一分田”,恶劣的自然条件,使全村三百六十九户人家,去年的人均收入还不到一百四十元,人均粮食仅只一百四十公斤。解放四十多年了,村里至今不通电。普查人口时曾做过统计,全村二千零一十八人,四十五岁以上的除了村长、会计等五个人稍识几个字外,其余的全部为文盲。

我提议到几位交不起学费的学生家看看。

农加学家原先住的是土改时分的地主的房子,去年八月塌了,父子俩(农加学父亲农上团因贫穷至今未娶,加学是他领养的)四处打“游击”,亲友们实在看不下去,刚刚帮他们盖了一间木房子。

这里的木房子分上下两层,下层或养猪或养牛,上层住人。空荡荡的屋里四面透风,找不到一件能值十元钱的稍像样点的家具。农上团不过四十五岁,却满脸黝黑的皱纹,佝偻着背。我问他去年的总收入,他掰着手指头算给我听:承包的两亩山地打了六百斤玉米,卖了三只鸡得了十九元钱。

“除了这些再没其他的?”

农上团摇了摇头。

“六百斤玉米哪够吃一年?”

农上团说:“去年我们吃了三个月国家返销粮,修房子还借了四百元贷款。”

一旁的王校长告诉我,这里的村民一年到头都喝玉米粥,一般是早晨起来熬一锅粥,全家人喝一天。说着,他走到锅台前,掀开锅盖,果然可见半锅结着嘎巴儿的玉米粥。

我说:“老农,你才四十五岁,正是干活的时候,农闲时可以到外头找点活干嘛。”

农上团的头摇得像拨浪鼓,“山里人,做生意,不会,不会!再说,我走了,这个家怎么办?房子叫谁看?”

我们又来到梁盛炳的家。建在山脚下的两间木房子,有一面连山墙都没有,用几张破竹席围着。屋里最引人注目的是墙上贴着的一张毛泽东的画像和一位孩子得的奖状。

梁盛炳全家五口人,去年只收了八百斤玉米,加上乡里分给的五百斤返销粮,这才刚刚开春,就已经快断粮了。三个儿子,老大念小学五年,老二念四年,老三九岁了,还在家失学。

这时,老三躲藏在他父亲的身后,用一双惊奇的目光悄悄望着我们。

我对梁盛炳说:“老三都九岁了,得想想办法让他去念书。”

“念书是要紧,吃饱肚子比念书更要紧。老大、老二的学费已经够我发愁的了,老三,”低声说,“实在是顾不上了。”

回来的路上,我问王校长:“你这一百二十九个学生,估计最后要流失掉多少?”

“好好再做做工作,恐怕还得二三十名来不了,主要是女生。”

“为什么?”

“村民们重男轻女,觉得女孩子将来反正是人家的人,念不念差不多。一般女生念到四年级、五年级就不让再念了(这里的小学是五年制)。”

我又问:“上学期四年级的女生,这学期几个没来?”

王校长说:“一共就七个女生,来报名的只有两个。”

“那五个就不来了?”

“每家我都去了,家里都说缺钱,负担不起。”

我忽然闪过了一个念头,见见这五名已经流失的女学生。

屯子不大,王校长不一会儿便让人把她们喊来了。

梁红亮、王笑荣、王雪莲、农英明、王美爱,五个女孩儿站在我面前,显得有些拘谨。

她们当中最大的王美爱十四岁,最小的王笑荣才十一岁。早春二月,我穿着厚厚的羽绒服,可她们没有一个穿毛衣或绒衣,都只穿着薄薄的单衣。

王校长在一旁插话:"刚才,听说北京来的记者要见见她们,她们都换上了最好的衣服,这是过年过节穿的,平时舍不得穿。"

我问她们到过县城没有,她们都摇头。

我问她们坐过汽车没有,她们也摇头。

我问她们平时在家都干什么,梁红亮回答放牛,王笑荣回答上山砍柴,王雪莲回答打猪菜,农英明回答砍柴,王美爱回答一边放牛一边砍柴。

我说:"叔叔给你们出一道题:你们现在最想的是什么?"

梁红亮、王笑荣、王雪莲、农英明几乎异口同声地回答:"想读书!"

王美爱想了想,低声说:"我想读书,可是家里没钱,爸爸说:'没有饭吃,怎么读书。'要是读书不要钱就好了。"

我再也问不下去了。

走前,我还到王笑荣的家看了看,她的父亲王安壮对我说,他的四个孩子都该上学,加起来七八十元的学费实在负担不起,想来想去只好让笑荣停学。

切诺基起动了,要走了。一大群衣衫褴褛的孩子又围了过来,村民们用漠然的目光望着我们,算是送行。小车驶出了村口,将要拐弯时,蓦然,我看见那五位女孩子站在路旁,正向我们招手。

"停下,停下!"我喊了起来。

还没待车轮停稳,我便跳下车,急迫地朝她们迎去。

女孩儿们显然是哭了一场,一个个眼角挂着泪花,用一种渴望而又充满着企盼的目光凝望着我,她们的嘴角嗫嚅着,想说什么却又说不出来。

是该安慰安慰她们?还是该鼓励鼓励她们?一时,我也不知该说什么好?

沉思良久,我正欲说:"孩子们,现在,我们国家还比较贫困,过几年一定会慢慢富起来的……"却又止住了。要是她们说:"叔叔,过几年,我们就永远没有读书的机会了。"我该如何回答?

我摇了摇头,分别握了握她们的手,再也没有勇气抬头正眼看她们一下。我觉得我自己,还有我们,都欠了这些山里孩子一笔债,一笔永远无法偿还的债。于是,便逃也似的回到车上。

切诺基转了一道弯又一道弯,我禁不住往窗外瞥了一眼,天呀,五位女孩儿依然站在山头,依然在向我们招手……

雨中访瑶寨

到新民村瑶寨采访,得先坐车到海城乡,然后还得走十五里山路。车上,陪同的团县委书记小梁给我讲了这样一件事:六十年代,一位大学生分配到平果县,县里征求她意见:是留城关还是到海城?她琢磨了片刻,心想,海城顾名思义一定是建在海边的一座小城,于是选择了海城。待她到海城一看,却原来是穷乡僻壤,后悔不已。

春雨潇潇,从县城到海城乡七十公里,汽车走了快三个小时。

出乡政府行不多远,便开始爬山。山道崎岖,且又下雨,极不好走。

乡教委办覃主任向我介绍全乡的教育情况。这个贫困县里的纯少数民族乡(全部为壮、瑶族),学生的入学率仅维持在百分之八十五。全乡八十三所小学,一个教学点一名教师的就占了六十三所。其中离乡里最远的百潭村那定教学点,一名代课教师教了二十一名学生,到乡里开次会,来回要走一百里公路。

走了两个多小时,出了一身汗,近中午,我们来到了这个寂静的瑶寨。

一排低矮的平房(三间教室),便是村小学。学校前的几株桃花不畏寒冷,开得正艳。没想到的是,教室的窗户居然还贴出两幅鲜红的标语:"欢迎中国作家来我校采访""欢迎县团委、教委领导来我校指导工作"。

我禁不住心头一热。

本想先找村长谈谈,覃主任说:"村长没有文化,村里的情况还不如黄校长知道的多。"

黄校长介绍,新民村共有十个自然屯,人口一千一百三十八人。去年人均有粮不到九十公斤,收入不足八十元。这几年地没增多,人口却添了不少,所以,人均粮食反而少了。这里的山地,除了种种玉米,什么都不长。村民们想喂猪,可是人都吃不饱,猪吃什么?喂羊,山上光有石头不长草。

贫穷使许多家庭交不起每学期五元的学杂费(这里的学费比其他学校少),全村一百五十二名适龄儿童,只有九十九名能上学,入学率仅占百分之六十五。

来前,我在一份简报上看到,村里有三个孤儿卢秀金、卢兴海、卢兴兵,两年前父母相继去世,留下姐弟三人相依为命。今年才十五岁的姐姐卢秀金，不得不用瘦弱的双肩过早地挑起了生活的重担。为了支撑起这个家，她既当爹又当娘，没日没夜地干活。大弟弟卢兴海该上学了，学杂费该怎么办？思来想去，她只好拆掉围房子用的木条当山柴卖了；待到小弟弟卢兴兵也要上学时，她再也想不出办法，因为那些木条子已经差不多卖光了……

站在卢秀金家那间歪歪斜斜的茅草房前，真叫人担忧来一阵稍大一点儿的风，就会将它掀倒。

屋里光线昏暗，一个八九岁的小男孩儿，赤着脚，穿一件脏兮兮的单衣，坐在灶前，正冻得发抖。

黄校长用土话问了小男孩儿几句后，告诉我，他就是卢兴兵，他的姐姐和哥哥帮别人家干活去了。

“他们还帮别人忙？”我有些纳闷。黄校长说：“可能是过去人家帮了他们忙；也有可能他们借了别人粮食，用帮工交换。”

里屋是孩子们睡觉的地方，一张简单得不能再简单的木床上铺着半领破草席，草席上堆着几块黑乎乎的破棉絮，真想象不出姐弟仨是如何度过寒冷的冬夜的？

我的眼睛一阵酸涩。

我蹲下身子，拉过卢兴兵的手，问他：“兴兵，你想上学吗？”

卢兴兵木然地望着我。

“读书，想读书吗？”

他眨巴了下眼睛，很快朝我点了点头，显然，这句话他听懂了。

我留下点钱，请黄校长代卢兴兵把学费交了，剩下的再帮他买点学习用品。

我唯一能尽到的只有这么点力量。

寨子里像这样的孤儿还有三个，半孤儿（父母一方在）六个。

我们走进一间间破旧的茅草房,无一不是家徒四壁,空空如也。

阴雨翻飞,雨丝淋湿了我们的头发和衣服……

第二章　烛光里的忧思

当贫穷像潮水般涌来时,是谁,挺起自己的胸脯,为孩子们组成了一道防波堤?

当流失的儿童即将汇入文盲大军时,又是谁,最先伸出温暖的手臂,把孩子们拉进自己的怀抱?

是他们——生活、工作在贫困地区的教师们。

“师者,所以传道、授业、解惑也。”然而,贫困地区教师所付出的,却远远不止这些。论物质享受,他们清贫到不能再清贫的地步;论奉献精神,个个到了一种无私无我的境地。

都阳山镌刻着一个男人的名字

韦造祥急急火火从乡里回来,一进屋,先是捧起缸子“咕咕嘟嘟”灌了一肚子水,然后,朝妻子没头没脑甩了一句:“我辞职了!”

正在煮猪食的妻子抬头问了一句:“什么辞了?”

“我把村党支部书记的职务辞了。”

“你想做什么?”

“办学校、当教师。”

妻子有些急了,“这可当真?”

韦造祥说:“乡里和县里都批准了。”

妻子嘀咕道:“怎么也不商量商量?”

韦造祥激动地说:“还商量什么?孩子们实在是再耽误不得了!”

一提到孩子们,妻子也不吭声了。

二十八户壮族和瑶族人家,散居在都阳山深处的十二个弄场里,组成了这个“世外桃源”,组成了这片“文盲区”。

一九八四年秋,在村民的迫切要求和上级教育部门的支持下,这里开设了有史以来第一个民办教学点。可是好景不长,孩子们才念了一年书,那位老师却因为受不了大山的苦,走了。学校被迫停办。

家长找到了韦造祥,几乎是在苦苦哀求:“书记啊,可怜可怜孩子们吧,代我们下山去请个老师来!”

乡政府跑了,乡教育组跑了,他们都挺为难地说:“外地人不愿进弄场,你们本地又无人顶上,难呀!”

一个月过去了,两个月过去了,一学期过去了,教师却依然没有着落。

望着乡亲们一双双热切的目光,望着孩子们一双双渴望的目光,韦造祥比谁都着急。

山区穷,除了自然条件外,韦造祥觉得最根本的原因在于山里人没有文化,没有知识。如果这一代孩子再耽误了,作为村的党支部书记,自己将成为历史的罪人。没有其他办法可想了,唯一的只有自己顶上去。于是,韦造祥选择了辞职这条路。

听到这个消息,不少人为他惋惜:当村支书,即能分到责任地,领到村干补贴,享受公费医疗,将来还有可能转为国家干部。无论从哪点讲,都要比当民办教师强。

韦造祥决心已下,毫不动摇。

说是叫弄甫屯小学，其实只有一间不足十五平方米、四面透风、摇摇欲坠的茅棚教室。原来有十二名学生，现在一些家长听说韦造祥要办学又送来了几名。要想进行正常的教学，非建新校舍不可。

可要建校，钱从哪里来？向上级伸手，国家也不富裕；要群众集资，这里许多村民连温饱问题还没有解决，哪还拿得出钱？他同妻子商量，妻子非常通情达理，最后商定：钱自家拿，物自家献，力自家出，不管付出多大代价，也要把校舍建起来。

韦造祥把自己最好的一块自留地让出来，作为教室地基。他掏出多年来舍不得花的退伍费买了四千多斤石灰，两根横台，十多根横条；又利用节假日，早晚时间开了七十多方石头。最后，把家里养的两头猪全都杀了，所得的钱一部分用于买瓦片，一部分用于请人工砌墙。整整忙了一年，一九八六年五月，一座七十多平方米的教室石墙砌好了。上梁那天，附近的村民像过节日似的全都赶来了。

村民们被感动了，帮助开辟了一块小运动场。后来，又建了一间二十平方米的石瓦房作阅览室。

为了建校，韦造祥瘦了一圈，几乎到了倾家荡产的地步。但是，看到孩子们背着书包走进明亮的教室，坐在自己亲手为他们制作的课桌椅上，他和妻子欣慰地笑了。

弄甫山高岭峻，有人把弄甫小学形容为“挂在天边的小学”。

一场暴雨整整下了一夜，第二天上课时，韦造祥发现有五位离校较远的同学没来上课。这些孩子不知离开家了没有？他们要是被阻在半路上怎么办？他越想越不放心，同妻子匆匆交代了几句，抓过一只斗笠，转身便消失在雨幕之中。

山里的村民点远的相隔一二十里,韦造祥把五位孩子的家全跑了一遍,悬着的一颗心才放了下来。待他返回学校时,天都麻麻黑了。

夜里,韦造祥对妻子说:“山里老要刮风下雨,孩子们老来不了,日子长了要影响学习的,得想个法子。”

妻子也说:“是得想个法子。要不,以后刮风下雨,我们去接孩子,怎样?”

“路近的可以,路远的哪接得过来?”

妻子眼睛一亮:“要不,就在我们家准备几张床,让那些路远的孩子住家里。”

韦造祥高兴地说:“我们想到一块儿了!”

说干就干,两口子又绞尽脑汁筹备木材,做了十一张床铺。

一个星期后,十一个家离学校远的学生高高兴兴住进了韦老师家。吃当然也在学校吃,韦造祥只让学生从家里带些玉米面,其他的他全包了。

也够难为韦造祥的妻子,她不得不兼任炊事员,有时遇特殊情况,连路近的孩子都在学校吃午饭。

那天中午,县教委主任上山检查工作,他见四十名学生全在韦造祥家吃饭,感动得热泪盈眶,他拉着韦造祥两口子的手,说:“你们的心真比金子还金贵呵!”

里龙村有个孩子叫覃日努,父亲病故后,母亲又改嫁走了,他成了孤儿。常常是走东村逛西村,饥一顿饱一顿。

韦造祥听说了覃日努的不幸遭遇后,心里很不是滋味。他让人把覃日努找来,问他:“你想上学吗?”“上学?”覃日努回答,“饭都没得吃,还说什么上学。”韦造祥拍了拍他的肩膀,说:“从现在起,你就是这里的学生了。”

韦造祥收养了覃日努,并为他起了个新的名字覃志坚。

弄甫小学现有十二个孤儿、半孤儿,对于他们,韦造祥均给予特殊的照顾。他说:“他们都是山区的孩子,山区要想摆脱贫困,以后主要靠他们。”

当过兵的韦造祥是位能人,他能加工粮食和饲料,还会看病,本来,他完全可以让自家的小日子过得殷殷实实。现在顾不上这些了。他每月代课金三十六元,基本上用于学生身上。这几年农业副业收入的一千二百多元也全用在办学上。对那些因家庭困难交不起学费而不能入学的儿童,他实行免费入学。使这里的入学率由原来的百分之五十上升到百分之百。韦造祥是个初中毕业生,为了提高教学业务水平,保证教学质量,他坚持在职自学,参加自治区中师自学考试并已获得了《语文基础》《教育学》《心理学》等单科合格证书。

韦造祥一人教三个班,实行三级复式。学生念完三年级后,要走四五个钟头的山路到中心小学去读四、五年级。家长放不下心,学生也不愿去,往往中途辍学。一九八八年秋季,他增设了四年级。四十五名学生,四级复式,备课、批改作业,工作量多大。韦造祥长期超负荷工作,没睡过一次午觉,没过过一个星期天。有时,他下山开会,他的妻子便放下农活儿,到教室里坐班当“编外”教师。

每周一的早晨,弄甫小学都要举行一次升旗仪式。那面国旗还是韦造祥的妻子亲手缝制的。

迎着初升的朝阳,韦造祥和他的四十五名学生注视着徐徐上升的五星红旗,显得格外的庄严。

这时从学校旁经过，上山干活儿的村民们全都停下脚步，一个个也变得庄严起来。

是啊，这所学校寄托着他们的希望！

这些孩子寄托着他们的希望！

师　魂

一堆黄土，埋着一位年轻教师的魂灵。

虽还不到清明，乡亲们却已纷纷带着纸钱和供果，来到坟前，用最原始却又最真诚的方式，寄托着他们对他——原莲花乡中心小学校长蔡海山的缅怀之情。

大别山的许多孩子上学要“披星戴月”，早晨天不亮就出发，晚上回到家已是繁星满天。况且，深山里还不时有野狼出没。为了让家长们放心，蔡海山任教九年，坚持每天往返三四十里的山路，翻越十六座山岭，风雨无阻接送孩子。

一九八八年六月三十日下午，暴雨连天。蔡海山把三个孩子送到了指定地点，他已经往回走了，可想想他们还小，让人放心不下，又赶回来，准备把他们送到家。谁料在经过一条山沟时，为保护学生，他自己反被暴发的山洪吞噬了。

牺牲时，蔡海山还不到二十八岁。

站在蔡海山的坟头，我们都默默无语，我们都在思索着……

有人说：在中国，最能忍受的是教师；最有良心的也是教师！

请看看这是怎样的一种良心？

康乐县胭脂乡庄头小学校长马希民，教了大半辈子书，教出的学生起码有千把人。但是谁敢相信，他自己的五个孩子，有四个却都先后失学了。

在庄头小学见到马希民时，他听说我是从北京来的，激动得嘴唇都有些颤抖，握着我的手，说：“我没做什么，我不就是教教书嘛，还要劳你这么远来看我。”

他仅仅是在教书吗？

一九八三年秋季开学时，马希民从西坡村小学调到那那亥村小学。那那亥村是个近千人口的大村，可小学却只有一、二两个年级总共八名学生。三间土房算是教室，没门没窗，连课桌椅都没有。

马希民到村里转了一圈，比他想象的还要贫困，心不由得凉了半截。

这一夜，马希民在土屋子里整整坐了一夜。是去是留？苦苦斗争。他知道，如果自己甩手一走，势必连这八名学生也读不成书了。一咬牙，终于留了下来。

首先要把这八名学生给稳住。他使出了浑身的解数，精心组织每一节课，认真辅导每一个孩子，期末，那那亥村小学的成绩列全乡第一名，全县第四名。

然而，一想到村里还有那么多孩子没来上学，马希民的眉心又蹙紧了。

那天，他对学生们说：明天，你们把村上想上学的小伙伴统统喊来。

第二天，一大帮衣衫褴褛的孩子果然涌进了学校里。

马希民问他们：“孩子们，你们想上学吗？”

“想——”孩子们几乎是异口同声地回答。

马希民又问：“那你们为什么不到学校来？”

“爸爸说：家里没钱。”

“我爸说等以后有钱了再上学。”

“我妈说要我在家带弟弟。”

听着孩子们的回答，马希民落泪了，他说：“孩子们，老师一定想办法让你们都来上学。”

走进村民马来太的家，一家五口人正围在锅台边喝棒子面粥，那粥稀得能照出人影子来。

家里连条板凳都没有，马来太尴尬地说：“马老师，炕上坐，炕上坐！”

马希民把马来太十岁的大儿子和八岁的二儿子拉到身旁，说：“孩子都该上学了。你已经不识字，难道还想叫孩子们也不识字？”

马来太苦着脸，“怎不想让孩子念书？可钱呢？每日三顿饭都已经叫我发愁。”

马来太的妻子在一旁直抹眼泪。

马希民叹了口气，说：“这样吧，你把两个孩子送来，学费、书本费我来承担。”

马来太抓过了马希民的手，“马老师，叫你来负担，这哪行？”

“别说客气话了，孩子们耽误了是一辈子的事。”

出门时马希民又回头叮嘱了几句：“明天，一定把孩子送来！”

他又来到马东山的家，这是他第三次来马东山家。

马东山的女儿马贵兰九岁了，还不能上学，爸爸妈妈要她留在家里照看六岁的弟弟。马贵兰“馋”读书，隔几天就要到教室外偷偷“听”堂课。

一见马希民又来，马东山主动开了腔：“马老师，真够难为你的。实在是家里腾不出人手来，我和她妈一下地，那小的没人看。”

马希民说：“这回我想好了，明天，你让贵兰带着她弟弟到学校来,她一边上学一边照看弟弟。”

“这能行?”马东山有些不相信。

“只能这样了,要不,就把孩子耽误了。”

第二天,马贵兰带着她弟弟来到学校。

就这样,马希民以他的菩萨心肠感动了一户又一户村民,找回了一个又一个失学的孩子。

那那亥村小学的学生从八名,发展到二十名、四十名、六十名,最多时达到九十名。年级也从一、二两个年级扩展到五个年级。

可是就在这十年间,马希民自己的四个孩子却先后失了学。

马希民一心扑在学校里,家中的一切全靠他妻子一个人支撑着。大儿子读到四年级,由于家中缺少劳力,被他妈拉了回去。二儿子读到三年级,他妈说家里的地种不过来,也被叫了回去。

三儿子好不容易上到初一,却赶上大哥、二哥分家,家里的地等着他回去种。那天,三儿子从学校跑到庄头,刚对马希民说了声“爸爸,我想上学”,就“哇”地哭开了。

“你不想想,你大哥、二哥分家了,你再上学,家里的地谁种?”

“我种、我种……我早晨上学前种、晚上放学后种,星期天种……”三儿子说。

马希民不停地叹息着。

“爸爸,我求求你好不好……”三儿子一下子跪在了地上。

马希民把儿子搂进了怀里,心如刀绞。他何尝不想让孩子继续读下去,可一想到妻子体弱多病,自己又常年顾不了家,实在想不出其他办法。

三儿子终究没能逃脱失学的命运。

至今,一谈起这事,马希民依然是万般内疚,他说:“我这个人大半辈子没做什么坏事,我最对不起的是那几个孩子。当爸爸的是名教师,可自己的孩子却没读成书。现在,每次回家,我都不敢正眼看他们,我觉得欠着他们呢……唉,不说了,不说了……”

马希民把脸侧到了一旁,眼里闪烁着泪花。

第三章 “希望工程”

国家教委主任李铁映一九八九年三月就教育问题答中外记者问时说:我国有二点二亿文盲;在全部二点二亿学生中,三分之一左右只能读到小学,三分之一读到初中,再能读到高中的不到三分之一;全国平均受教育程度不足五年。

而且,我国中小学生流失量近年仍呈上升趋势。据国家统计局一九八九年三月发表的统计数字,一九八八年全国普通教育各级各类学校学生流失数达七百五十七点七万人,比一九八七年增长百分之三十四点五,比一九八六年增长百分之三十八。从一九八〇年到一九八八年,全国中小学流失生达三千七百多万名。尤其令人忧虑的是在每年四百多万名流失生中,有约一百万名学生是由于家庭贫困而辍学的。这些不该成为文盲的孩子,涌进了本来就已触目惊心的文盲大军。

经济落后和沉重的人口包袱,使我国教育的发展步履维艰。我国的在校生,比美、英、法、日和苏联等国在校生的总数还要多。由于绝对值大,尽管政府已经逐年增加教育投资,但按人均计算就捉襟见肘了。以一九八八年为例,国家教育财政拨款三百二十一亿人民币,加上其他渠道筹资一百零二亿,共计四百二十三亿,人均不足四十元。到一九九〇年,人均教育经费仍只有五十二元,约合十美元,而在发达的工业化国家,目前的人均教育经费已以千美元计。

全国的平均水平尚且如此,至于那些尚未解决温饱问题的贫困地区(全国目前由国家和各省、自治区重点扶持的贫困县有三百七十九个,其中,国家重点扶持三百二十八个),基础教育条件之差,则更加令人目不忍睹。

这是块久旱的土地,多少缺水的幼苗,正期待着雨露的滋润!

一九八九年三月,由共青团中央、中华全国青年联合会、中华全国学生联合会和全国少先队工作委员会联合创办的中国青少年发展基金会,在北京正式成立。该会的宗旨是:争取海内外关心中国青少年事业的团体、人士的支持和赞助,促进中国青少年工作、社会教育、科技、文化和福利事业的发展,推动现代化建设的祖国统一,促进国际青少年间的友好关系,维护世界和平。

三月的北京,春天已经迈着急匆匆的步子赶来了。

徐永光、郗杰英、李宁、杨晓禹等工作人员,也是怀着一种急迫的心情,在描绘着基金会这一刚刚出苞的新事物的蓝图。

为青少年服务,该做的工作太多了,应该先捡哪一件办?

他们不约而同地把目光盯在了同一个目标上:教育。

一阵热烈的议论过后,又陷入一阵冷静的思索。

徐永光站在窗前,久久地凝思着。忽然,他觉得一座座若隐若现的山峦在眼前晃动着。像是大瑶山,不错,是大瑶山……

两年前,也是春寒料峭的三月。

团中央组织部部长徐永光带领考察组,前往广西大瑶山少数民族贫困地区考察。

每座大山都在向他们倾诉。

那一天，他们走进金秀瑶族自治县的共和村。站在村中心小学那几间破烂不堪的教室前（有两间的墙壁都塌掉一半），给人的感觉是这里好像刚刚被敌机轰炸过。寒风中，有些孩子就站在稻草团里听课。

这个四千多人的村子，解放后还没有出过一名初中生。有一年县里统考，全校二百五十名学生中，语文、算术两门全科及格率为零，单科及格率仅为百分之四点八。

学校现存的教具只有两件：一只已经转不动的地球仪，一架珠子已掉了一多半的算盘。

前年，郗杰英曾作为中央国家机关赴吉林省讲师团副团长在吉林工作了一年。在贫困的山区里调查，他深切地感受到文化的落后和群众对于教育的渴求。

有一次，到四平伊通县山区，正逢依耽乡的老百姓为在农村执教二十八年的老教师刘深懋送葬。自发组成的三四千人队伍，长达五六里地。人们举着巨幅挽联，上书：

一本教案、一支卷烟、一片深情，五十一岁清白为人，一生何求多富贵；

两间茅屋、两千弟子、两袖清风，二十八年耕耘桃李，平身已是不贫穷。

与其说这是一副挽联，不如说这是贫困山区的人民对教师的礼赞，对教育的呼唤……

李宁、杨晓禹也都曾经在基层工作过，在农村考察过。

就说不久前的那次太行山之行吧，越来越叫人感到沉重。

在桃木疙瘩村，面对那间已经是人走房空的破教室，纵然是铁石心肠，也禁不住潸然泪下。

从韭菜山下来，张胜利、吕成山等十一名失学少年的哀求声一直在耳旁回响着：“叔叔，我们想上学，我们想上学啊！”

……

四个人的目光交汇在一起，他们一致认为：眼前的当务之急是应救助贫困地区那数以百万计的因家庭贫困而失学的少年儿童。

从春天来到了秋天。

十月三十日，中国青少年发展基金会在北京召开新闻发布会，向海内外庄严宣布，建立我国第一个救助贫困地区失学少年基金会，让千千万万因贫困而失学的孩子重返校园。“希望工程”旨在集社会之力，捐资助学，保障贫困地区失学孩子受教育的基本权利。这是一项着眼未来、造福后代、发展我国基础教育的伟大工程。

“希望工程”的资助方式是：一、设立助学金，长期资助我国贫困地区品学兼优而又因家庭困难失学的孩子重返校园；二、为一些贫困乡村新盖、修缮小学校舍；三、为一些贫困乡村小学购置教具、文具和书籍。

“希望工程”的近期目标是：经过三五年的努力，在国家重点扶贫县普遍设立“希望工程”助学基金，以提供助学金的方式，实现救助失学少年的目的。对少数确有培养前途，而家庭又特别贫困的中小学生提供特别助学金，支持他们继续深造，直至中学、大学毕业。

在猎猎飘扬的旗帜上，写着中国青少年发展基金会的信念：

> 中国只要还有一名因贫困而失学的孩子，“希望工程”的崇高使命就不会结束。

蓝天下涌起一片爱潮

北京。后圆恩寺甲一号，原先一个极不起眼的小四合院。

中国青少年发展基金会刚成立时，知道它的人也是微乎其微。

然而，“希望工程”却使这个极不起眼的小四合院成为社会的一个热点，引来了中国乃至世界的关注目光。

这里，每天都在发出同一种呼唤：

“请您为救助贫困地区失学儿童奉献一片爱心！”

“献上一分一角十分爱，助我百万贫困失学童！”

“挽救一个流失生，就是挽救一个未来；保住一个在校生，就是保住一个希望。”

深情、热切的呼唤，犹如一池吹皱的湖水，泛起层层浪花。

从全国各地、从海外汇来的一笔笔捐款，一封封信函，源源不断地送到这里。

基金会办公室主任顾晓今动情地对我说：“在基金会工作是幸福的，我们每天都沉浸在爱的漩涡之中，我们每天都能感受到灵魂在受到净化。”

爱，是人类情感中最高级的一种情感；爱他人、被人爱，又被视为是人类文明程度的尺度。

有人形容这里是一架感情的天平，爱在这里获得了最重的分量；有人形容这里是一个检测站，时时在检测一个民族的素质……

同一个太阳共献一片爱心

基金会宣传部的王宁，给我讲了两个故事：

中国人民解放军总后五一幼儿园离休老医生李静，从报上得知“希望工程”的情况。

春节，孩子们带着孙子、孙女、外孙女回家看望老人来了。

李静把孙子李佳、孙女李蓓、外孙女刘扬扬叫到了身边，给他们讲贫困山区孩子的命运,讲张胜利,讲卿远香。当她讲到卿远香失学后,白天喂猪、砍柴,晚上拿出课本自学,考试在考卷末尾写上“我想上学”时,他们都哭了。

末了,李静说:“往年,过春节奶奶都给你们压岁钱;今年,不打算给了。咱们把钱寄给那些上不起学的小朋友,让他们也上学好吗?”李佳、李蓓、刘扬扬眼里含着泪花,异口同声地说:“好!”

李静把四十元钱送到基金会,基金会用这笔钱救助了河北省完县杨家台乡的齐二敏同学。齐二敏是个品学兼优的好学生,由于父亲双目失明,家庭生活难以维持,不幸失学。

六月二十六日,是李静的生日。老太太提前向儿子女儿打了招呼:“今年过生日,别给我送什么东西了,你们想孝敬我,每人给点钱,我另有用场。”

李静把孩子们给的二百四十元钱,加上自己凑的四十元,共二百八十元,冒雨送到了基金会。她对办公室主任顾晓今说:“我今年都六十七岁了,说不定哪天就突然死了。我想了想,决定不每年交一次了,索性把齐二敏小学连初中的学费都交给你们。如果到时我不死,齐二敏又有考上高中和大学的话,我再接着供养她。”

我来到了五一幼儿园,园领导给我介绍了这位老同志一件件感人事迹。离休十年来,她义务治病三千多人,有些农村来的病人,吃、住全在她家,连药费她都包下来了。

每月离休工资二百多元,自己省吃俭用,花个四五十元,其余的差不多都用来接济别人。人家称她是“四乐老太太”:助人为乐,以苦为乐,知足常乐,自己寻乐。

故事之二——

中国儿童艺术剧院院长、著名儿童剧表演艺术家方菊芬,现在也已经是一名老太太了。

一九九〇年三月，儿艺决定重排建院剧目《马兰花》，献给六一儿童节。困难接连不断，特别是经费差了一多半。

那天，方菊芬无意间发现报上披露的中国青少年发展基金会成立的消息，两眼禁不住一亮，她想：既然是青少年发展基金会，肯定是为青少年服务的。现在剧院排戏有困难，何不去求他们助一臂之力？

儿艺的两位同志来到了基金会，接待她们的是基金部的李宁。

她们介绍了《马兰花》的重排情况，谈到了资金的不足，希望能得到基金会的援助。

李宁有些为难了，他说："你们也是为了孩子，照理我们应该鼎力相助。可我们基金会募捐来的钱，全是用来救助贫困地区那些上不起学的穷孩子的。"说着，李宁向他们介绍起了"希望工程"的实施情况。

听着听着，那两位女同志落泪了，走时，她们说："你们比我们更需要钱。我们不仅没给你们什么支持，还找你们要钱来，实在是太惭愧了！"

回去后，她们向方菊芬汇报了"希望工程"，方菊芬坐不住了，连说两声："实在是没想到！实在是没想到！"第二天，方菊芬在排练场向全体演员宣读了有关"希望工程"工程的材料，演员们的心灵受到了强烈的震撼，他们一致向领导要求：《马兰花》上演后，连续义演五场，所得收入全部捐给"希望工程"。

六月五日，崇文区育风小学千余学生来儿童艺术剧场观看《马兰花》，小观众们每人都收到了一份宣传品，上面写着："亲爱的小观众们：当你们坐在这宽敞、舒适的大厅里，静静地等着演出开始的时候,你们有没有想到,还有许多与你们同年龄的小朋友,此刻正为不能上学而苦恼。他们多想和你们一样坐在窗明几净的教室里读书、写字,可是他们不能像你们这样无忧无虑地上学,因为他们生活在贫困地区……”

在演出前简短的捐赠仪式上,方菊芬代表儿艺全体艺术家将二百盘由儿艺音像出版社出版发行的《孙敬修最后讲的故事》和英雄少年《赖宁》磁带,请中国青少年发展基金会转赠给贫困地区的孩子们。方菊芬表示,以后有机会,儿童艺术剧院一定把《马兰花》送到贫困山区,让山区的孩子们与大城市的孩子们一样,也能享受更多的欢乐。

七月七日,在中央人民广播电台《午间半小时》节目里,播音员用饱含激情的声音,播送了“希望工程”的特写。

这边,基金会办公室电话铃声不断,有来了解情况的,有来打听地址的。一位听众在电话里说,听了广播我仿佛看到贫困地区失学儿童那瘦弱的身躯、愁苦的面容、渴求的目光,让人心潮难平,感慨良多。

冯雪兰——中国农工民主党党员,北京丰台东铁营医院内科主治医生。她是在听到广播后匆匆赶来的。

这位中年知识分子参加工作后,给自己立下一条不成文的规定:每年拿出一百元为人民做一件有意义的好事。她曾经给唐山地震灾区寄过药,给老山前线汇过钱,接济过因生活困难而无钱治病的农民……

冯雪兰含泪将一百元钱交给了基金会秘书长徐永光,她说:“真没想到贫困地区还有那么多的孩子,因为交不起每学期二十元的学杂费而失学。我去年有病,家庭经济不很宽裕,捐一百元太少了，只能帮助两名失学的孩子，实在不好意思……”

徐永光说：“冯医生，你不要小看自己捐的这一百元，它能使两名失学的孩子重新回到自己的校园；它有可能使这两名孩子改变一生的命运，也许这两名孩子都能成为对人类有贡献的工程师、科学家……”

全国政协委员、航空航天工业部高级研究员吴大观，同夫人华国一道，亲自送来了两千元的捐款。

作为一名政协委员，吴大观曾在政协会议上，多次提出，希望国家狠抓国民教育，增加教育经费，挽救贫困地区的失学儿童和青少年，但是，根据中国国情，想要全部由国家来解决这个问题实在是太难了。

吴大观欣慰地对基金会的工作人员说：“‘希望工程’独辟蹊径，走的是另一条路。一个人的力量是有限的，如果百人、千人、万人……大家都来关心那些失学的孩子，就将产生一种了不得的力量！年轻人，感谢你们，你们正在做的是一件关系到民族未来的前程的事业！”

华声特种电器厂是一个以残疾青工为主的福利工厂，当职工们得知“希望工程”后，纷纷要求捐款。

在悬挂着“赞希望工程，走希望之路”横幅的捐款仪式上，职工们坐着轮椅，架着拐杖来了。二十六岁的残疾姑娘贺宁，因为要去医院做双腿矫形手术，特意委托厂长代捐二十元钱，而她自己，每月不多的工资，不仅要养活自己，还要赡养老奶奶。王立梅捐了四十元，在颁发捐赠证书时，她说：“这份荣誉我得亲自领。”坐在轮椅上，她硬是用了一分多钟依靠双拐自信地站起来，全场爆发起热烈的掌声。厂长李佩璋说：“社会给了残疾人很多爱，我们应该回报社会、回报人民,这一千一百多元钱是我们一点小小的心意。”

也是一位残疾人,拄着双拐,差不多跑了半个北京城,满头大汗,气喘吁吁,终于找到基金会。工作人员忙迎上前,搀扶他坐下。

“我们家六口人,每人捐三元。”他从口袋里掏出了十八元钱。

他每月工资只有三十六元,一家人过得十分艰难,加上所在的铝厂不景气,一个月要停产半个月,日子更是难上加难。这十八元钱,是他春节期间替福利公司看大门挣得一笔辛苦费。他说得很朴实:“能让贫困地区的小弟弟、小妹妹重返校园,将来成有用的人,我心里很高兴。我的身体残疾了,我们不能眼睁睁看着那些孩子成为‘文化残疾’人。”

他走了,坚决不留名字,只有双拐拄地发出的“嗒、嗒”声,在震撼着人们的心……

一枚枚闪光的镍币,一颗颗纯真的爱心。

工商银行荆门支行宏图分理处的两位同志,花了整整一个下午的时间,才将航空航天部宏图飞机制造厂子弟小学少先队大队部送来的一堆足有五公斤重的钱币清理出来。

在基金会财务室的捐款收据存根上,还有一些落款处只是这样写着:

一名有良心的中国人;

一名郊区农民;

一个海军列兵;

一商店售货员;

一名退休老工人;

一位也曾失过学的小保姆;

请不要问我是谁,我们都是炎黄子孙;

……

说得真好！我们都是炎黄子孙，面对艰难，只有靠我们自己的双肩担起！

百万爱心行动

一九九二年四月十五日，“希望工程——百万爱心行动”计划出台。

随着“希望工程”的社会影响不断扩大，参与和支持“希望工程”的有识之士日益增加。许许多多的捐赠人已不满足于间接的捐款资助，希望采取一种更直接的方式，与失学少年建立联系，给予定向资助。

江苏盐城八六一八九部队张继军给基金会来信建议：“希望由你们牵线搭桥，使每一个愿帮助失学孩子的人找到自己想直接帮助的对象。这种做法容易使人产生成就感，也容易调动人的积极性，并使捐助者在心灵上产生很大的慰藉。”

基金会的组织者们也清醒地看到，虽然两年来“希望工程”已产生广泛的影响，但被救助的失学儿童不过近四万人。这个数字相对于每年的失学儿童数，实在是微乎其微。要救助千千万万个张胜利、江峰、卿远香那样的失学少年重返校园，必须动员更多的民众，人人奉献一片爱心，携手共筑“希望工程”。于是他们决定开展一项“百万爱心行动”——动员百万人，救助百万失学少年！它的基本做法是，由每一个捐款者直接与被捐助者结成对子，直接联系，直接支援。

四月十六日，新华社、《人民日报》、中央电视台、中央人民广播电台、《中国青年报》等首都十五家新闻单位以及海外新闻机构，均以头条新闻报道了这一消息。

从这一天开始，将要在海内外产生强烈反响的“百万爱心行动”拉开了帷幕。

北京后圆恩寺甲一号，又一次成为爱心融汇的热点……

4033879、4035547，基金会专设的两部热线电话，从上午九点开始便铃声不断。

“中国青少年发展基金会吗？我是邮电工业总公司的……哦，不必问姓名了，就算是一名普通职工吧。这样吧，我马上给你们汇去两百元，请帮助选一名失学的孩子，我包他小学五年……”

“……我刚刚做了孩子的妈妈，我想以我刚出生三天的女儿的名义资助一名失学孩子，最好是女孩子，我的小女儿叫欧阳李艟。我是这么想的，我们这个世界应该多一些爱，我想从小培养女儿的爱心……”

“……基金会吗？这是广州的长途电话，对，我在一家合资企业工作。我们的下一代需要文化，将来的社会要靠他们出来竞争，我资助三名孩子，一包到底！”

“……感谢你们，你们做了件功德无量的事。我们全家商量好了，救助一个孩子，以后他(她)就是我们家庭的一个成员……”

黑龙江、辽宁、江西、江苏……

工人、干部、军人、退休老人……

每个电话都急切地表达着一个共同的心愿：为了孩子，为了未来，拿出一点钱，奉献一份爱！

第一个赶到基金会捐款的是中医学院卫生管理系的青年教师刘新社，刚刚看到报纸便急匆匆地赶来了。

他将二百元交给工作人员，说：“我老家在陕西，过去上学也是非常艰苦的。我救助一名孩子，一方面是对失学孩子的一点心意，同时也是对家乡的一片心愿。我有个正在上小学四年级的女儿，你们最好帮助选择一名失学的女孩，让她们结成对子，互相帮助，共同成长！”

北京同仁医院的一位退休老人，在儿媳和小孙儿的搀扶下，急切地赶到基金会，他说：“看了报纸上的广告，我相信你们是真正为那些上不起学的孩子办事的。这两千元捐给‘希望工程’助学基金，不需结对子；这两百元是我小孙女捐的，她希望和一名失学的女孩子交朋友，让她也了解了解贫困山区的小朋友是怎样生活、学习的。”

北京化工学院的一位老教师，找到基金会，交给工作人员一只信封便走了。大家打开信封一看，里面竟是一条金光闪闪的项链。老教师在留下的纸条中写道：“这是我父亲留下来的唯一一件遗物，现赠给你们，以解失学少年的燃眉之急。”捧着这条沉甸甸的金项链，大家像是捧着一颗金子般的心。

正在东海执行巡逻任务的海军无锡舰官兵，听到了中央人民广播电台的广播后，水兵们纷纷找到舰领导，要求捐款资助。

四月十七日晚，《人民日报》总编室的八位编辑，在编发第二天的“希望工程”专版时，深深被稿件的内容所感动，当即捐款五百五十元，并向领导建议在全社会范围内开展为“希望工程”捐款活动。

中央电视台新闻采访部五十多名职员，以集体名义申请救助边远地区一个班级的失学少年。

《中国青年报》女记者马明洁到甘肃康乐县采访，见到了那位为了攒钱交学费而到砖窑搬砖的小女孩马义梅，当即为她代交了全年的学费，并保证资助她念完小学、初中。

六月七日,星期天。北京广播电台经济台播出了“希望工程——百万爱心行动”特别节目。

上午九时,节目开播不久,许多听众便赶到经济台专设的“百万爱心行动现场报名台”前,要求捐资救助。

面对种种方兴未艾的义举,感慨之余,思绪禁不住纵横古今,中国人民在危难时刻所表现出来的民族凝聚力,每每令人肃然。

第四章　孩子,你们的未来不是梦

这是中国青少年发展基金会最新公布的两组数字:

> “希望工程”实施以来,共收到各种捐款三千多万元,到今秋新学期开学时,将有二十万余名失学儿童得到救助。
>
> 建成(含正在筹建中)“希望小学”十九所。

一片片爱心,一份份深情,一股股暖流,共变成希望的甘露,从北京涓涓流向祖国的四面八方,滋润着失学儿童久已干渴的心田。

幸运的孩子

张胜利,河北涞源县桃木疙瘩村小学。

张胜利哭了,哭得极伤心,泪珠顺着焦黄蜡瘦的脸颊直往下滚——他失学了。

这位正在读小学三年级的十三岁孩子,从没见过高楼大厦,没看过电视,没玩过玩具。不知道山外的世界多幸福,没个比较,自然不知道自己过的日子有多苦,他的唯一乐趣和愿望只是想读书。

桃木疙瘩村坐落在远离涞源县城一百多里的韭菜山上。大山隔绝了人类的文明,隔绝了现代化。全村八户人家三十来口人,人均收入不到一百元,一年打下的粮食不够吃三个月,过着没有笑声的日子。

张胜利一家六口,父亲去年有病,母亲是个哑巴,底下还有两个弟弟、一个妹妹。家里穷得除了一铺土炕、一方泥垒的锅台和一只缺了口的水缸,再也找不到一件像样的家什。

每学期,他母亲都要为孩子的十来元学杂费而操心。张胜利挺懂事,为了减轻家里的负担,什么活儿都干,他甚至把家里人的头发和指甲攒起来拿去卖,可那又值多少钱?

年初,父亲把张胜利叫到了炕前,对他说:“孩子,你念不念书以后也是当农民,家里实在是供不起了,就别念了吧。”

张胜利哀求道:“爸爸,你就让我把小学念完吧,我实在是太想念书了。”

父亲火了,一巴掌打过去:“这么大了,你怎么还这么不懂事?”

张胜利流着泪,说:“爸爸,你打吧,你怎么打都行,就是书千千万万还是让我继续念下去。”

早晨,父亲见他掖着书包往外走,便一把夺过书包扔到灶膛里,张胜利死命从火中抢出了书包,哭着说:“爸爸,我要读书,我要上学!”

放学时,张胜利再也不敢把书包背回家,只得把它悄悄寄放在姨家。

也许意识到自己快读不成书了,他悄悄给两次到山上来过的县政协车志忠副主席写了封信:

车爷爷:

您好!

您家里今年打的粮食够吃吗?我爹他们都不让我上学,

因为家里穷，供不起我上学，可我还想上学，念出书来像您一样做个为国争光的人！

张胜利

四月，父亲病故；不久，母亲改嫁。

家庭的重担落在了张胜利的肩上，挑呀挑呀，实在是挑不动了。没有办法，只好把二弟送给了外乡人，把三弟和小妹妹寄养在哑巴六叔家。

张胜利终于没能逃脱失学的命运。他每天帮邻居干点杂活儿，换口饭吃。

张胜利一失学，三年级只剩下一个吕成山。吕成山也没法念。这中间，由于家庭困难，又流失了七个孩子，村小只好关门了。

离开了教室，不能读书，张胜利像个木头人似的，整天无精打采。那天中午，在山上放羊遇到了吕成山，两个小伙伴说着说着又禁不住泪如泉涌。

他们不知道那个专门为改变穷孩子命运的基金会成立了。

七月，山上来了几位大哥哥、大姐姐，说是来搞什么调查的。

十月初，山下传来消息，说北京的“希望工程”要救助他们。

一九八九年十月十七日，对于张胜利来说，这个日子将是他人生道路上的一个新的重要的转折点——在他失学一年之后，又重新背起了书包。

穿着那套基金会刚刚发给的天蓝色运动服，在《资助就读证》的颁发仪式上，张胜利代表十一名失学儿童讲话。这之前，老师已经帮他准备好了发言稿，他也背得滚瓜烂熟。但是，面对眼前伯伯、叔叔、大哥哥、大姐姐一双双关怀、热切的目光，他激动得全忘了。想了半天，才说了句：“今天，我特别高兴，特别激动，我又可以上学了。”

底下有人提醒他:“你就说说以后该咋办吧。”

张胜利涨红着脸说:“以后,我们一定努力学习,星期天不休息也要读书。”

半年后,即一九九〇年四月十八日,中国青少年发展基金会在北京召开“救助贫困地区失学儿童,实施希望工程座谈会”时,张胜利作为全国第一位受“希望工程”资助学生代表应邀到会。

坐在庄严肃穆的人民大会堂里,张胜利激动得连说话的声音都带着颤抖。

五月的阳光显得格外温暖。

张胜利来到天安门广场,凝望着金碧辉煌的天安门城楼,觉得自己恍若走进了一幅画里……忽然,他的眼前现出一个偏僻的小山村,哦,那不是桃木疙瘩村吗?他的心禁不住一震!强烈的反差,让人心潮难平……

今年元月,我是在涞源县上庄乡中见到张胜利的,他已经是初中一年级的学生。

据班主任介绍,他学习相当刻苦,只是由于几次停学,基础打得不够坚实,还在奋力追赶。

问到将来的打算,张胜利想了想,说:“争取中学毕业后能考上中师。”

我说:“毕业以后想当老师?”

“嗯。”张胜利点点头,“回桃木疙瘩小学当老师。现在,我的弟弟又失学了,还有其他上不起学的孩子。我要是当了老师,一定让他们都能上学。”

但愿张胜利能实现这个小小的愿望!

但愿张胜利真成为桃木疙瘩村小学教师时，村里再也没有失学的孩子……

爱是不能忘记的

今年六一儿童节，广西平果县实施“希望工程”领导小组收到大连石化工程公司团委寄来的一张四千元的汇款单及一封热情的来信。信中说：“这四千元是本公司职工为‘希望工程——百万爱心行动’献出的一份情……”

大连石化工程公司为何从遥远的北方给平果县失学儿童捐款？这里边有一段动人的小插曲。

前年，贫困的平果县被中国青少年发展基金会定为全国实施“希望工程”试点县后，二百五十名失学少年重新回到了校园。

海城乡拥良小学曾三次失学的方元军同学领到《资助就读证》时，开始怎么也不敢相信这是事实，他以为这辈子再也跨不进学校的门槛了。

当晚，方元军满怀激动之情，给救助自己的大连石化工程公司女职工刘淑兰写了封感谢信，信中方元军称刘淑兰为“妈妈”，表示要刻苦学习，以优异的成绩来报答“妈妈”的恩情。

刘淑兰收到信后，感慨万端，她没有想到自己只尽一点微薄之力，却得到如此厚报。从此，她把方元军认作自己的“儿子”，在学习和生活上不断给予关心和支持。而方元军也挺争气，他知道学习机会来之不易，学得特别刻苦。

三月十五日，北京的“妈妈”决定自费到平果县看望南方的“儿子”。公司领导得知刘淑兰这一举动后，颇为赞赏，特派了一名宣传干事和一名女同志陪同，《大连日报》社闻讯，也派记者随同采访。

十九日,拥良小学以最隆重的礼仪迎接刘淑兰一行。方元军一眼便认出了“妈妈”,他跑上前去,腼腆地喊了声“妈妈”,便光是流泪再也不知说什么好。刘淑兰也百感交集,她一边擦着泪水一边说:“今天大家都高兴,不哭了,不哭了。”

刘淑兰一行在平果住了五天,了解到了老区人民的贫困,看到了山区孩子求学的艰辛,她们是洒着泪水踏上归程的。

大连石化工程公司团委将此事在公司内做了广泛的宣传,引起了广大职工的强烈反响。“希望工程”像一根线,把大连石化工程公司和广西平果连在了一起……

有播种一定会有收获,用爱的甘露浇灌的禾苗正在茁壮成长。

据对平果县二百五十名被“希望工程”救助学生的调查,在去年期末考试中,双科及格人数二百三十七名,凤梧乡怀达小学十九名受资助学生,双科目成绩都在七十分以上,及格率百分之百。

平果县实施“希望工程”工程领导小组规定,凡是享受“希望工程”助学金的学生,均应由学校、家长、学生三方签订一份“入学合同保证书”,明确三方责任。学校一方除负责对学生的正常教学外,还要承担学生失学期间的补课任务,保证这些学生能够跟上班级同学的正常学习水平。家长要做出支持孩子上学的保证,保证孩子不缺课、不退学,直至小学毕业。学生则要端正学习态度,刻苦用功。仕仁小学五年级学生韦小雷,过去欠老师的书钱太多,不敢上学,经常缺课。受到资助后,学习成绩明显进步,去年期中考试,他的成绩一跃而为全年级(八十四名同学)第四名。

失学少年被救助后,怎样才能让他们学得好,留得住,进步快,这是整个管理的重点。四川旺苍县根据农村工作的特点,把加强各级政府对该项工作的领导同具体实施的单位个人有机地结合起来,形成了工作的制度化。

他们建立《被救助学生跟踪调查表》,对每一名学生都建立学籍档案和学习档案。双汇小学学生张天成,被救助后,由于在家里待了一段时间,缺了一些课怕赶不上,便偷跑回家。校长黄培远立即派教师倏树蓉两次到张天成家家访。在家长的支持下,三天内张天成又回到学校,通过一个学期的帮助,张天成还担任了班长。贯子小学、鹿渡小学、汶水小学,对被救助学生实行了"三多"政策,要求社会、学校、家庭多给流失生一些关照,多给他们一点学习时间,多给他们一些鼓励,使他们自尊、自信、勤奋学习。

他们还制订了"旺苍县实施希望工程经费管理办法",要求务实施点,必须保证"希望工程"的资金全部用作救助失学少年,并建立专门账户,任何单位和个人,不得以任何方式挪用或乱用这笔经费。

当一笔笔资金汇到中国青少年发展基金会时,群众也在关心一个问题:他们是如何使用和管理这些资金的?

中国青少年发展基金会是经中国人民银行批准成立、由民政部登记注册的。依照国务院颁布的《基金会管理办法》开展筹资和资助活动,接受中国人民银行的稽查和民政部的监督管理。

基金会以及全国各地从事"希望工程"的工作人员,其工资、福利完全是由国家支付的。"希望工程"实施中的工作经费有两部分来源:一部分是根据国务院《基金会管理办法》规定,从基金利息中提取;另一部分来源于社会的专项赞助,比如一些广告费、印刷费就是由企业提供的。

"捧出一颗心来,不带半根草去",精心用好"希望工程"的每一笔资金,这是基金会二十三名工作人员,全国二十三个实施省、三百多个实施县的上千名专门工作人员的共同心愿。

有一天,徐永光秘书长走进财务室,看到满桌子汇款单,禁不住心头一热。他拿过一叠汇款单,在手里掂了掂,对财务人员说:"这可是倾注了千百万人的感情和期望呵,同时,也是对我们的最大的信赖。在这里工作不允许有丝毫的疏忽和差错,否则,我们将负天下人……"

中国青少年发展基金会对资金的管理有自己的几个特点:一是所有捐赠者的姓名、单位、金额及捐赠日期,全部实行计算机管理,输入计算机之中;二是凡单位捐款百元以上,个人捐款二十元以上,都将收到被救助孩子的复信;三是定期向社会公布收支情况;四是定期检查各地的资金使用情况。为了保证捐赠资金不被截留挪用,他们制订了一整套规章制度。确定救助对象手续也十分严格,先要学生个人申请,然后由所在小学和村委会共同推荐,最后由县里审批。

第五章　关于明天的话题

据专家预测:"下一个十年中国基本教育将面临学龄儿童急速增长的严峻挑战。至公元两千年,中国小学在校生数为一点三六亿。因此,在二〇〇〇年全国范围内普及初等教育的目标实现有待于全社会的艰苦的努力。""普及基本教育的困难不仅在于学龄儿童的急速增长,还在于中国地区发展的不平衡。农村贫困地区是中国普及基本教育的难点。一九八九年,全国农村人均纯收入在二百元以下的贫困人口还有四千万人,大多分布在西南和西北自然条件恶劣的地区。这些地区社会发展程度低,经济落后,县、乡财政非常困难,如不采取特殊政策措施,很难在本世纪末全部普及小学教育。”

三年的实践证明,“希望工程”符合我国的国情。它为发展我国的基础教育,为解决儿童辍学问题劈开了一条新路。

在“希望工程”实施一周年的记者招待会上,有位记者问:“你们做的是一件非常沉重的事业,明知不可为而为之,精神可嘉!但是,面对每年上百万名失学少年,‘希望工程’能起多大补救作用?”

徐永光这样回答他:“每年救助一百多万名失学孩子,需要资金近千万美元。如果我们的事业能得到海内外更多的有识之士、友好团体的理解和支持,我认为做成此事并非可望而不可即。”当时,基金会定下的目标是:经过三五年的努力,在三百二十八个国家重点扶贫县普遍布点实施救助;到一九九五年,每年至少为十万名失学少年提供助学金。现在看来,这个目标已提前实现。我们是个泱泱大国,如果参与这项事业的人更多一些,那么一百万将算不了什么。

“希望工程——百万爱心行动”计划,是“希望工程”向更深层次发展。我们想象一下,如果把贫困山区的一百万名孩子和城里的一百万个家庭结成对子,它给贫困山区带去的不仅仅是支持教育的财力资源,还将通过千万条受、赠双方的联系渠道,吹进改革开放之风,渗透先进的思想、观念和文化。如果真正把这项工作组织好,它所产生的作用将是无法估量的。

一九九〇年九月三十日,联合国世界儿童问题首脑会议通过的《儿童权利公约》,提出了“儿童优先”的原则,要求在本世纪结束的时候,让地球上的每一个儿童都受到基本教育。七十多个国家元首和政府首脑以及数十个国家的外长或常驻联合国代表在《公约》上签了字。中国驻联合国大使李道豫代表这个地球上人口最多的国家的政府签了字,同时也代表了他们的决心。

距二〇〇〇年只有八年了,让我们共同去努力吧。

为了孩子;

为了明天!

1992 年盛夏于北京

(原载《当代》1993 年第 1 期,有删节)

作者简介:黄传会(1949—),浙江苍南人。1969 年入伍。著有报告文学《中国新生代农民工》《中国山村教师》《中国贫困警示录》等。

一个大党和一只小船

梁　衡

中国共产党现在是一个拥有六千五百万党员的大党，是一个掌管着九百六十万平方公里国土、十二亿多人口国度的执政党。可是谁能想到，当初她却是诞生在一只小船上。在建党八十周年之际，我特地赶到嘉兴南湖瞻仰这只小船。这是一只多么小的船啊，要低头弯腰才能进入舱内，刚能容下十几个人促膝侧坐。它被一条细绳系在湖边，随着轻风细浪，慢慢地摇荡。我真不敢想，我们轰轰烈烈、排山倒海的八十年就是从这条船舱里倾泻出来的吗？

因为她是党史的起点，这条船现在被称为红船。一九二一年七月二十三日，中国共产党第一次代表大会在上海法租界的一栋房子里召开，但很快就被巡捕监视上了。不得已，立即休会转移。代表之一的李达，他的夫人王会悟是南湖人，是她提议到这里来开会。八月一日，王会悟、李达、毛泽东先从上海来到嘉兴，租好了旅馆，就出来选“会场”。他们登上南湖湖心岛上的烟雨楼，只见四周烟雨茫茫，水面上冷冷清清地漂着几只游船，不觉灵机一动，就租它一只船来当“会场”。当时还计划好游船停泊的位置，在楼的东北方向，既不靠岸，也不傍岛，就在水中来回漂荡。第二天，其余代表分散行动，从上海来到南湖，来到这只小船上。下午，通过了最后两个文件，中国共产党就这样诞生了。

今天,我重登烟雨楼,天明水静,杨柳依依。这烟雨楼最早建于五代,原址是在湖岸上。明嘉靖年间当地知府赵瀛疏浚南湖,用挖起的土在湖心垒岛,第二年又在岛上起楼。有湖有岛有楼,再加上此地气候常细雨蒙蒙,南湖烟雨便成了一处绝景。清乾隆皇帝曾六下江南,八到烟雨楼,至今岛上还有御碑两通。现在楼头大匾上"烟雨楼"三个大字,是当年的一大代表董必武亲笔所书。

历史沧桑,烟雨茫茫,我今抚栏回望,真不敢想象我们这样一个大党,当初是那样的艰难。那时百姓穷无立锥之地,要想建一个代表百姓利益的党,当然也就没有可落脚之处。列宁说:群众分为阶级,阶级有党,党有领袖。当时这十二个领袖是何等的窘迫,举目神州,无我寸土。

我眼看手摸着这只小船,这些小桌小凳,这竹棚木舷。我算了一下,就是把舱里全摆满,顶多只能挤下十四个小凳,这就是现在有六千五百万党员的中共一大会场吗?但这个会场仍不安全,王会悟是专管在船头放哨的。下午,忽有一汽艇从湖面驶过,她疑有警情,忙发暗号,船内就立即响起一片麻将声。他们是一伙租了游船来玩的青年文人啊!汽艇一过,麻将撤去,再低声讨论文件,同时也没有忘记放开留声机作掩护。但不管怎样,工农的党在这条小船襁褓里诞生了。距南湖不远是以大潮闻名的钱塘江,当年孙中山过此,观潮而叹曰:"世界潮流浩浩荡荡,顺之者昌,逆之者亡。"共产党在此顺潮流而生,合乎天意。于是党的肤体里就有了船的基因,党的活动就再也离不开船。

宋人潘阆有一首写弄潮儿的词,其中几句为:"来疑沧海尽成空,万面鼓声中。弄潮儿向涛头立,手把红旗旗不湿。"共产党就是敢立于涛头的弄潮儿。

一大之后，毛泽东一出南湖便买船西行到湖南组织农民运动。“大革命”失败，他振臂一呼，发动秋收起义，上了井冈山。这时全国正处在白色恐怖之中，许多人不知革命希望在何方。他挺立井冈之巅大声说道：革命高潮“是站在海岸遥望海中已经看得见桅杆尖头了的一只航船”。这时，周恩来也领导了南昌起义，兵败后南下广州，只靠一只小木船，深夜里偷渡香港，又转道上海，再埋火种。谁曾想到，惊涛骇浪中，这只小木船上坐着的就是未来共和国的总理。

蒋介石曾希望借中国大地上的江河阻灭革命，但革命队伍却一次次地利用木船突围。天险大渡河曾毁灭了石达开的十万大军，但是当蒋介石尾追红军于此，只见到几只远去的船影和留在岸上的一双草鞋。抗战八年，共产党在陕北聚积了力量，然后东渡黄河，问鼎北平。而东渡黄河靠的还是老艄公摇的一条木船，船仍然不大，以至于连毛泽东心爱的白马也没能装上。中国革命的整个司令部就这样在一条木船上实现了战略大转移。不久就有百万雄师乘着帆船过大江，解放全中国。中国历史上秦皇汉武们喜欢说他们是马上得天下，中国共产党真正是船上得天下。是船上生，浪里走而夺得天下的啊！

英雄造时势，时势造英雄。历史长河的巨浪也颠簸着最早上船的十二名领袖。第一个为革命牺牲的是何叔衡，红军长征后，他在一次突围中，为不连累同志跳崖后而死。以后脱党的有刘仁静，叛党的有陈公博、周佛海、张国焘。毛泽东则成了党长期的领袖。十二个人中只有董必武再回过故地。毛泽东一九五八年到杭州时，专列经过南湖，他急令停车，在路边凝望南湖足有四十分钟。想伟人当时胸中涛翻云涌，其思何如。

中国古代有一个著名的关于船的寓言故事:刻舟求剑。是讲不实事求是,不会发展地、辩证地看问题。我们不讳言曾犯过错误,也曾做过一些刻舟求剑的事。曾急切地追求过新的生产关系,追求那些在本本里看到的模式,硬要在我们自己的刻舟之处去找主观上想要的东西。因此也曾有几次尽兴放舟,争渡、争渡,“误入藕花深处”。最危险的一次是“文化大革命”,险些翻船。但是我们也敢于承认错误,改正错误。这时中国共产党早已是一条大船,都说船大难调头,但是邓小平成功地指挥它调了过来。在我们干社会主义数十年后,又敢于重新问一句什么是社会主义,敢于说社会主义初级阶段至少需要一百年。这勇气不下于当年在南湖烟雨中问苍茫大地,船向何处。

红船自南湖出发已经航行了八十年。其间有时“春和景明,波澜不惊”;有时“阴风怒号,浊浪排空”。八十年来,党的领袖们时时心忧天下,处处留意行船的规律。历史上第一个以舟水关系而喻治国理政者是荀子,后来魏征又把这个比喻说给唐太宗。他说,水可载舟,亦可覆舟。当我们这只小船航行到第二十四个年头,时在一九四五年七月一日,中国共产党开过七大,胜利在即,将掌天下。民主人士黄炎培赴延安,与毛泽东有一次著名的谈话。黄问:如何能逃出新政权“其兴也勃,其亡也忽”的周期律。毛泽东答:靠民主,靠人民群众监督政府。是的,依靠人民群众,我们打造出一只共和国的大船。后来,红船航行到第七十一个年头,一九九二年,邓小平南方谈话,再指航向:“逆水行舟,不进则退”“发展才是硬道理”。我们扬起有中国特色社会主义的风帆,又一次勇敢地冲上浪尖。浪里飞舟八十年,心忧天下几代人。我们的事业蒸蒸日上,兴旺发达,中国共产党已是一个伟大的、成熟的党。

南湖边上现在还停着这只小小的木船，烟过雨停，山明水静。游人走过，悄悄地向她行着注目礼。这已经是一种政治的象征和哲学意义的昭示。六千五百万党员的大党就是从这里上岸的啊！从贫无寸土，漂泊水上，到神州万里，江山红遍。党在船上，船行水上，不惧风浪，不忘忧患，顺乎潮流，再登彼岸。

（原载2001年6月21日《人民日报》，作者有改动）

作者简介：梁衡（1946— ），山西霍州人。著有散文《大无大有周恩来》《晋祠》《跨越百年的美丽》《壶口瀑布》《把栏杆拍遍》等。

沿着雪线走

裘山山

一、飞向高原

飞机很大，是空客340。整个机舱满满的，座无虚席。我环顾四周，发现有不少外国游客，成群结伙的。内地游客当然更多。接近立夏，气候已经比较宜人了。正是西藏热闹的时候。何况来之前看电视上的报道，中国正在重新测量珠峰的海拔高度，我估计有不少人是冲那个去的。办登机手续时，我看见很多人除了大包小包外，还有长长的行囊，看上去像帐篷，显然是打算住宿野外的。

但我敢断言，像我和Y这样去西藏边关的，这架飞机上没有第三人了。我们是受西藏军区C大校的邀请，走边防的。

我曾和朋友说，我第一次进藏就已经三十岁了，而且有了一个两岁的儿子，否则我会申请调进西藏工作的。至少十年。我喜欢那个地方，喜欢那里透彻的阳光、清朗的天空、绵延的雪山、博大的静谧、深远的神秘。如果我说我和西藏相见恨晚，是一点儿也不过分的。只是很多人都这样说了，我就不再说。我只跟我自己说，我只跟我自己后悔。

我也不甚清楚，西藏为何对人们有如此大的吸引力，令如此多的男男女女着迷。

其实你可以用最简单的文字描述西藏:它位于中国西部,北纬26度50分至36度53分,东经78度25分至99度06分,它的平均海拔在四千米以上,境内海拔七千米以上的高峰有五十多座,其中八千米以上的有十一座。气候寒冷、气压低、空气稀薄,与印度、尼泊尔、锡金邦、不丹和克什米尔接壤。素有“世界屋脊”之称。

但凡是去过西藏的人,没有一个会用这样的文字去概括它。他们会搜尽所有美好的词汇形容它,再搜尽所有热情的词汇表达对它的爱。我从与人们的交谈中,从一些散文随笔中,从网上网友们的聊天中,从行走途中的耳濡目染,都能深切地体会到人们对西藏的那份儿热爱。尤其是近几年,随着旅游的升温,西藏已经不是热,而是烫了。人们说到西藏,总喜欢用“向往”这个词,或者“梦想”这个词,令西藏之旅在尚未启程时,就已涨满浪漫和激情。

而且,人们在走进西藏后,都会变得纯净、善良、坚强,变得感情丰富,变得浪漫。困顿的生命也会在那一刻挣脱束缚,自由灿烂地绽放。高原的神奇不是反映在人们的眼里,而是反映在人们的血液里、心灵里。

我还发现,真的喜欢西藏的人,是不用言语的,而是用行动,就是说,他会一而再,再而三地去。不似别的地方,去过了,说两句赞美的话就了了。西藏会让人产生难以割舍的爱。

这真的很特别。我虽然去了多次,也没想清楚这个问题。连我自己到底为什么喜欢西藏,也不甚清晰。我只是觉得,那里令我感到亲切,那里令我安宁,那里有一种熟悉的气息环绕着我,让我有回到故乡的感觉。每次离开那里回到原处,总有很长一段时间会无所适从。

那个离太阳最近的地方,那个有雪山有森林有大江大河的地方,那个天荒地老日月同辉的地方,真的是我们这些凡夫俗子的灵魂故乡吗?我不敢确定。

我只知道,西藏,与我的梦境相吻合。

这是我第十次进藏了。

虽然是第十次,也依然兴奋。也依然惶惶不安。

四五天前我就开始收拾东西。这是我的习惯,把箱子打开,想起一样往里丢一样,箱子一天天满起来,我的不安却怎么也放不进去,只能随身揣着。不过这种不安除了我自己,谁也看不出来。

儿子是在我的一次次西藏之行中长大的。

我自己,也在一次次的西藏之行中成长。

这一次,二〇〇五年四月,距我第一次进藏已过去了十六年。其实十六年进藏十次,对一个成都军区的军官来说,实在不算多,实在很平常。你在成都军区随便一找,都能找到一个进藏十次以上的人。昨天我见到一位机关的部长,他随口说,他这两个月里就已经进去三次了。我想我之所以被关注,可能是因为我是个女人,女文人。

难道就没人发现,爱上西藏的,多是女人吗?

二、爱西藏的男人

其实我想说,爱上西藏的男人更多。

一般人爱西藏,都多多少少能说出自己的原因。西藏的确是个充满魅力的神奇的地方,诗人能在那里寻找到梦一般的意境,画家能在那里发现诗一般的色彩,歌唱家能在那里唱出天籁般的声音,舞蹈家在那里能找到飞翔的感觉。

可是我知道,有一群人,他们爱西藏没有理由,他们走进西藏不是选择。他们对西藏的爱,不是源于感情,而是源于责任。他们是一群特殊的男人。

就讲三个爱西藏的男人。

三十八年前,有位西藏军区的领导病倒在工作岗位上,他是边修路边进军、爬雪山数十座、趟冰河数十条,历经千难万险、流血牺牲走上高原的英雄群体中的一个。进藏后,他办矿厂,办农场,办皮革厂,拼命工作,活生生的给累垮了。医生和领导都以为他不行了,连忙让他的妻子孩子进藏看他,当年徒步走进高原的他,被担架抬了出来,送到北京治疗。

他的儿子,一个正读高一的青年学生,看到父亲被抬上飞机的时候,一种使命感油然而生,他要继承父亲的事业,在西藏当兵!说到做到,这个儿子就没再出来,义无反顾地留在了西藏。在那片土地上一干就是二十五年,从一个士兵,成长为一名大校军官。

三十多年后他跟我说,那时我真的是一腔热血,万丈豪情,毫无保留地爱上了那片土地。我为父亲自豪,也为自己自豪。那时我父亲还在军区当领导,但我从来没有想过要依靠他,一切都靠我自己,我就是想硬生生地证明我能行。作家马原在西藏时就认识他,称他为"骠骑兵上尉"。

我认识他的时候,他已经离开西藏,调到了内地部队。但是他跟我说的一段话,我至今难忘。他说,每次我离开西藏回到内地,要不了多久,心情就会像一块皱巴巴的烂抹布,我就会很烦躁,渴望回到西藏。只要一回到西藏,在西藏的阳光下晒一晒,皱巴巴的心立即就被熨平了,重新变得舒展开朗。所以当有人说,西藏军人做出了牺牲、需要理解时,我就说我不需要。因为他们不知道,西藏给予我们的,多过我们给予西藏的。我们从西藏获得的心灵愉悦、灵魂的跃升,没人能知道。我终生感激西藏。

我想他爱西藏,是真爱,爱到了骨子里。

西藏让他成为一个理想主义者,但他的理想却不断地被现实击碎,虽不能说头破血流,至少也是伤筋动骨。我很为他感到遗憾。但同时,我非常敬重他,因为他依然不折不挠地在自己有限的天地里挣扎,他在被派到一个边远的军分区工作后,居然将那个分区的信息化水平提高到了让人难以置信的程度,全分区二百八十三个乡镇全部连通,他为此一直工作到退休前的最后一个小时。

无论结局怎样,我都敬重他曾经的理想、曾经的奋斗、曾经的执着。他不愧是十八军的后代,不愧是在西藏成长起来的军人。

我又想起他说的那句话,我就是想硬生生地证明自己能行。

这是六七十年代的西藏军人。再说个八十年代的。

一九八二年,有个来自山东农村的小伙子从军校毕业,因为成绩优异,学校让他留校。他跑去找校长,他说我考军校难道是为了当老师吗?不是的,我是为了戍边卫国。校长说,你要不愿意留校,现在只有两个方向的部队还有名额了,一个是西藏,一个是新疆,你去吗?他毫不犹豫地说,我去,去西藏。

就这么着,这个十九岁的年轻人,凭着年轻气盛,凭着初生牛犊的劲头,毅然把自己的一生,和西藏连在了一起。

没料到这个选择给他的父母带来了极大的痛苦。当时他的家乡发生了一件事:一个被分派援藏的地方干部,因为害怕西藏艰苦拒之不去。那个年代，还是个谈藏色变的年代。于是人们纷纷传说，西藏是个非常可怕的地方，不仅缺氧、寒冷，还荒无人烟。他的母亲知道他要去西藏后，一气一怕之下，重病卧床。他感到很内疚，但还是义无反顾地踏上了高原。

踏上高原后，他就像西藏的山一样稳稳地站在了那里。当排长时，他是全旅最优秀的排长；当连长时，他把一个连带得呱呱叫；当营长时，他被评为西藏军区军事训练先进个人。后来被提拔到团长的岗位上，年仅三十四岁，是全军区最年轻的团长之一。

但事业上的成功并没有减轻他对父母亲的愧疚。他的妻子孩子都在拉萨，每次探亲，他都要拿出大部分时间回农村老家看望父母，而且总是选择农忙季节。回家一放下行李就开始干活，将父母亲积攒下的重体力活全部干掉，起猪圈、劈柴火、上房换瓦、割麦子翻地，两天干下来就满手血泡。村里人都说，你这哪还像个团长？简直是个地道的庄稼汉啊。

他是我采访过的一位团长。我当时问他，你爱西藏吗？他说，没想过。我又问他，想过要离开吗？他仍说，没想过。

那是一九九七年。如今八年过去了，他依然在西藏。我不知道如果我今天再问他，你爱西藏吗？他会怎样回答。也许他仍会说，没想过。

他无须用言语表达。

再讲个九十年代的年轻军官吧。

小伙子是北京兵，从军校毕业被分配进了西藏，而且一下分到了最边防的一个哨所，在那里当排长。他的同学亲人朋友都对他的分配深表同情，他们甚至用了“发配”这个词。他自己也情绪不高。只是因为是个热血男儿,没有当逃兵。

到了哨所,他和排里的一帮兄弟一起执勤,学习,生活,想家。日子到底怎么过的,我不知道。我想说的是,他最初是那样不情愿地去那里,只盼着有机会就调走,后来感情是怎么变化的,连他自己也没察觉。一年后他该探家了,他兴高采烈,甚至是迫不及待地回到了北京。北京多好啊,不仅是他的故乡,还是首都,还是繁华的都市。父亲母亲,哥哥嫂子,还有舅舅,姑妈,总之他身边的所有亲人,都像迎接劳苦功高的英雄那样迎接他。他们一致决定要好好地为他接风,隆重地为他洗尘。瞧瞧他那两颊的高原红,瞧瞧他那一身军装的尘土。亲友们看他的目光,充满了同情和怜悯。

于是在一家高档酒楼里订了包间,众星捧月地将他围在中间。他也很兴奋,换了一身笔挺的西装,陶醉在聚会的中心。已经有多长时间没有过这样的生活了?有多长时间没有吃过生猛海鲜了?有多长时间没看见漂亮小姐站在身边倒酒了?

父亲端起酒杯,像对待朋友那样,给他敬酒。众亲戚们也纷纷端起酒杯站了起来,他一口喝下酒,笑吟吟地说,谢谢大家,我太高兴了。我……我今天……

突然,真的非常突然,眼泪一下盈满了他的眼眶,他说不出话来。他垂下头,盯着桌面。母亲关切地问,你怎么了。他哇的一声,哭出了声。他一边哭一边说,我在这里吃这么好的东西,我坐在这么温暖明亮的地方,可是我的那些兄弟,他们还在哨所待着,他们连电视都看不到,他们住在屋里结冰的地方,他们好多人从来没吃过海鲜,他们的嘴唇和牙龈老是出血,他们的指甲都凹陷了,我想他们,我吃不下啊……

一顿洗尘的宴会就这样被他的泪水淹没了。所有的人都红了眼圈儿,所有的人都在那一刻,挂念起了他们素不相识的遥远的西藏。母亲说,别哭了,等你回去的时候,我给你买好多好吃的东西,你带回去给他们还不行吗?你想要什么我都给你买,好不好?

后来,小伙子提前结束休假回到了西藏,回到了他的哨所。他提着满满两大包东西,全是好吃的。他看到他的那些兄弟围着他乐呵呵的样子,心满意足。

我想如果我问他,你爱西藏吗?他也许会说,我爱我的那些守在西藏的兄弟。

当西藏被越来越多的人喜爱,当西藏被越来越多的人向往,这三个男人,和他们所代表的群体,却始终特别。他们奔赴高原,不是为了好奇,不是为了风景,不是为了丰富自己的阅历,不是为了写作,不是为了舞蹈,不是为了绘画,不是为了音乐,不是为了自己的任何愿望。甚至,他们奔赴高原并非己愿。但他们一旦去了,就会稳稳地站在那里,增加高原的高度,增加雪山的高度。他们从不表达他们对西藏的爱,因为他们和西藏融在一起。

他们就是西藏军人。

三、空港故事

一次次的进藏,或飞机,或汽车,也吃了些苦头。而且还有个奇怪的现象,好几次临到进藏时我就病了。一次是感冒,打完针进去的;一次是胃病发作,疼痛难忍,一路吃着药进去的;还有一次是慢性阑尾炎发作,吃了三天大剂量的口服青霉素才压下去;其中还突发过一次全身过敏。但都没有大碍,进去之后就好了(这也算是我和西藏有缘)。无论怎样,今天进藏,比起当年走进西藏的女兵们，已是天壤之别了。且不说有了现代化的交通工具，关键是，可以吃得饱饱的，穿得暖暖的。若走陆路，沿途可以睡在很好的房子里，还可以吸氧。坐飞机就更不用说了，舒舒服服地喝一杯茶，就到高原了。

有时候我从飞机的舷窗望下去，望着身下那连绵起伏无尽的山脉，总是难以置信，当年那些年轻的十八军女战士，就是靠她们的双脚翻越我们身下那些起伏的雪山的么？就是靠吃得半饱的身体顶过严酷的寒冷的么？她们的生命怎么会那么顽强、那么坚毅啊？

我曾从陆地进藏三次。当然都是借助交通工具。青藏线那次，沿途住各铁路工程局的招待所；川藏线的两次，均住在沿途兵站，条件也不错。我曾在每个兵站的门口留影，以示走过。其实是路过。不管怎么说，从陆地进藏，还是要艰辛一些。我为此写了些文字，如《遥遥远远的路》。而飞进去的旅程，常被忽略和遗忘。

就说说我的空港故事。

几乎所有飞进西藏的航班，都是在早上。所以在我记忆里，进藏就是摸黑起床，睡梦中启程。一九九八年夏天，我带着十几个作家去西藏办笔会。本来人多就事儿多，何况是去西藏。我感觉压力很大。那天早上我起得更早了，等把大家从招待所的房间吆喝下来，却不见送机场的客车。连忙打电话到车队，说是送我们去机场的客车司机睡过头了，幸好及时叫醒他，他脸也没洗，睡眼惺忪地就跑来了，搞得我好一阵紧张，也没敢指责他。

总算按时赶到了太平寺军用机场，天还没大亮。其实作家们很配合，但我的精神始终紧绷着。托运行李时，那些骄傲的空军小伙子与我们的作家发生了冲突。事情很简单，有个女作家行李超重，他要罚款，一男作家说，我们都是一起的，行李一起算肯定不会超重。那个兵不肯。这显然有些不讲理。男作家来气了，一时间气氛紧张。我赶紧上前好言调解，息事宁人，赶紧办理了手续。等终于把全体弄上飞机坐下时，我感觉自己精疲力竭，然后身上就不对劲儿了。我预感自己的老毛病犯了。果然，到拉萨时，我已全身过敏，模样十分可怕，脸都肿了，肿到睁不开眼。少女时代我是个很爱过敏的人，每年都发病。成年后比较少了，就忘了这个茬，根本没带过敏药。没想到突然间回到少女时代，狼狈不堪。

幸好同去的一位作家带了息斯敏，赶紧给我吃了两粒。人体的过敏源至今是个医学难题，而我那次，肯定是精神过于紧张引起的。我知道终会过去的，就耐心地躺在床上等，等着那些来无踪去无影的红斑消退。等到下午五点多，它们果然消退了，就跟机场的那些兵一样，吓唬吓唬我又走了。于是我爬起来，按时参加了军区政治部欢迎我们的晚宴。

肿着一张脸飞进西藏，印象自然深刻。

我独自一人那次，也很难忘。

是十一月里，连成都也很冷了。我当时的领导，创作室主任杨景民，考虑到我一个人进藏，又是个女人，就起了个大早，亲自把我送到太平寺军用机场。

杨主任是从西藏出来的，他的青春岁月在那里度过，他对西藏没有向往，只有回忆。有时他会在办公室给我们讲西藏。讲他的当兵生涯。我记忆中比较深的一个细节，是他说他入伍时带着小提琴，分到西藏某工兵团后，有天早上他刚把小提琴拿出来摆开架势，班长就走了过来，从他肩上取下小提琴，换成一把镐头，说，走吧，上工地去。他就扛着镐头和班长去工地了。他所在的工兵团，参与了拉萨到贡嘎机场道路的修建。

那个早上杨主任把我送到机场后，就回去了。他直打哈欠，还没睡醒。确实太早了。冬天的凌晨六点啊。所有飞往西藏的航班都是在早上七八点起飞，也许因为这个缘故，在我的感觉中，飞西藏，就是往天亮的地方飞。

我办好手续，一个人在简易的候机室里坐着，看许多脸颊黑红黑红的西藏军人在排队办理登记手续，有军官，有士兵。军人中间，还夹杂着拖儿带女的家属。没有喧哗，也没有说笑声。大家似乎都和我一样，还没完全从睡梦中醒来。一个孩子忽然哭了，他的母亲顾不上哄他，只是把他往怀里搂了搂。我知道军人假期到了必须回去，不管是什么季节，我想不通的是家属们为何要在寒冷的冬天进藏？还拖着年幼的孩子？他们受得了吗？一个跟我儿子一般大的小男孩儿，被他的母亲背在背上，脑袋耷拉着熟睡。等他一觉醒来，就到了另一个天地。不知他能否呼吸顺畅？

太平寺军用机场总有浓浓的西藏气氛，有时我会觉得到了太平寺军用机场，就已经到了西藏。

这时，大门口传来刹车的声音，接着出现一辆北京吉普，上面下来一男一女。男的很帅，女的挺漂亮。女的把水果递给男的。男的说，你回去吧。女的说，那就祝你一路平安了，遂上车走掉。我把这一幕看进眼里，继续发呆。几分钟后，我一扭头，突然发现那个男的就坐在我身边。他笑着问我，你进藏探亲吗？

那是一九九〇年，我军刚改文职没两年，文职没有军装，我穿着绿白两色的羽绒服，围着白色羊毛围巾。大概很像探亲的部队家属。我说不是的，我是去采访，我也是军人。他很高兴，说我也是军人。他当时穿一件黑色风衣,里面裹着军服。我看出来了。他怕我不信似的,马上掏出军官证给我看,是个营长,中校军官。我们交谈起来,然后一起上飞机,一起飞拉萨——军航上不对号入座,也没有空姐。到机场后,接我的人还没有来,他就陪我等,还给我喝他的兵带给他的滚烫的红参水,让我觉得拉萨的冬天没有那么冷……

这个开头,后来被我用在了我的小说《天天都有大月亮》中,几年后,小说改编为电影《遥望查果拉》。据说已成为西藏军区新兵必看影片。遗憾的是,拍得不够好。他们把我的严寒拍成了色彩斑斓的夏日,把许多艰苦生活的细节省略了,用一些豪言壮语代替,让我看了很不安,很怕观众以为西藏军人真是那样的。

那个冬天,我在西藏待了整整一个月,独自奔波采访,吃了不少苦头,也收获不小。正是那一次,我第一次知道了五十年代初女兵进藏的事,心里落下了《我在天堂等你》的种子。

一个月后我结束采访,准备出藏。正是年底,赶上了一年一度的老兵退伍,机场无比拥挤。许多航班都去执行送老兵的任务了。加上天气不好,我买的那趟航班被推后到第二天。我很着急,在西藏已经一个月了,儿子还小,又不能通电话。关键是如果走不成的话,还得返回拉萨,而送我到机场的车已经走了。正在我焦虑不安时,我遇见了进来时在机场认识的那位营长。他来送他们部队的老兵。听我说了情况,当机立断,给我换了一张当天航班的头等舱。

等飞机时,我看到到处都是流泪的场面,许多老兵毫不掩饰地哇哇哭着。其中有几个女兵,脸庞像藏族姑娘似的黑里透红,她们紧紧抱成一团，鼻涕眼泪互相蹭在对方已经脱去了领章帽徽的军衣上。她们无声地呜咽着，不愿抬起头来。她们在为她们不寻常的青春流泪，在为她们患难与共的姐妹流泪。我相信，她们在西藏从军的三年，所付出和所得到的，将超过以后的三十年。

我被离情包围，亦产生了浓浓的不舍之情。我想我对西藏的感情，是从那次开始的，也就是第二次。而第一次，我浑然不觉。

一个人和一个地方的感情，与一个人和一个人的感情是相似的，有一见钟情的，也有日久生情的。我对西藏，属于日久生情。

四、爱西藏的女人

又回到拉萨。

汽车驶入西藏军区大院，觉得非常亲切。士兵依然肃立挺拔。大道依然整洁干净。老柳树依然郁郁葱葱。

想起上次进藏，刚进军区大院就吃惊地发现，路边的柳树全被砍了头，只剩下木桩子般的树桩。当时把我急得直嚷嚷，干吗啊，干吗这样啊？干吗砍树啊？没人理我。后来有人跟我解释说，砍了会长得更好。我不信，我真怕它们就此牺牲了。

还好，这次一进大院，我看到它们依然活着，木桩上抽出了新的枝条。但老实说，没有原来的好看了。我还是觉得不该砍，该让它自由生长。乱有乱的活力。

C 大校开会结束来看我们，亲切握手，寒暄，然后让我们试穿他为我们准备的行头：迷彩服，羽绒背心，大衣，棉皮鞋，帽子，等等。穿好后一一让他审看，好像我们是两个刚入伍的新兵。

我试穿完毕，开始犯晕了。知道这是正常反应，没在意，只是告诫自己少说话,少激动。但晕的程度依然在增加。回头看Y,她也是小脸发黄,正在高原反应中。

中午想好好睡一觉,却没睡着,激动吗?不应该啊。已经是老西藏了。下午坐在那儿继续犯晕,看见电视里的人载歌载舞,很奇怪,想,这些人怎么不怕喘啊?还这么折腾?后来一转念:人家又不在高原,又不缺氧,当然可以唱歌跳舞了。

反应开始迟钝了。

坐那儿发晕的时候,接到一条短信,是一位青岛朋友发的,邀请我五一长假去青岛玩儿。我立马打起精神给她回复说,我在拉萨呢,我又进藏了。她马上回复道:好羡慕你啊。

这也是个爱西藏的女人。我们原来素不相识,她读了我的小说《我在天堂等你》后,无比向往西藏,去年夏天请了假,独自一人背着行囊踏上了进藏的路。路过成都时,经朋友介绍我们见了一面。她告诉我她打算先飞进去,再坐车出来。我跟她说,这要看你进去后的感觉,是否适应,是否喜欢。半个月后她出来了,还是飞出来的,没能实现走陆路的愿望。她很喜欢西藏,可高原反应一直缠绕着她,两条腿都肿了,走路一瘸一拐的。她还是坚持跑了几个地方,以瘸腿的方式,留下了她在西藏的足迹。出来后她告诉我,回青岛后她要好好锻炼身体,以便再次进藏。

我发现喜欢西藏的女人,都是爱做梦的女人。

昨天在电视上看到那位高原生态学家徐凤翔,亦是一位充满梦想的女人,可敬可爱,为了西藏的环境保护和生态研究,她在四十岁以后毅然进藏,在西藏一待二十年。被人们称为"森林女神"。黄宗英为此写了报告文学《小木屋》,轰动一时。如今年届七十岁的徐凤翔虽已离开了西藏，但依然在从事西藏的环保工作，在北京集资修建了一个专门宣传西藏环保的小木屋。我在电视上看到她说着一口南方口音的普通话，笑眯眯的，穿着绣花的中式服装，女人味儿十足。我一下就喜欢上了她。我想如果今后有机会，我一定去北京她的小木屋看看。

我相信我们很容易沟通，有西藏这座桥梁。

再说一个爱西藏的女人，诗人马丽华。

我到西藏，总爱带着马丽华的诗，薄薄的一本，《我的太阳》。我迄今认为，在西藏读马丽华的诗，是件很美的事，很舒心的事。

作为一个作家，我这辈子最遗憾的是第一不会写诗，第二不会写话剧，而这两样都是我最喜欢的。话剧还有可能弥补，诗是肯定不行了。年轻时激情满怀时都写不出来，何况如今？

不会写诗却喜欢读诗。早在没去西藏之前，我就读到了马丽华的长诗《我的太阳》，当即被迷住了。我托人向她要了本诗集。可以说，我第一次进藏，稍微明确一点儿的目的，就是想见见马丽华。

很巧，与我们一同飞进西藏的兰州军区《西北军事文学》主编贺晓风，就是专程去拉萨给马丽华开作品研讨会的。当时马丽华的长篇纪实散文《藏北游历》刚问世，发表在《西北军事文学》上。

拉萨的夏天很爱下夜雨，白天太阳大大的，夜里就淅淅沥沥雨个不停。我们伴着雨声坐在招待所的房间里聊天。有人敲门，马丽华来了，普普通通的一个女人，唯有脸颊上的两团红色，昭示着她的高原身份，还有不太明显的山东口音，表明着她是汉家女儿。她和拉萨的夜雨一起，出现在我面前。

贺主编为我们作了介绍。我有些拘谨，向她表达了我对她诗歌的喜爱，和对她本人的敬意。她笑着说谢谢，并拿出新书来签名送给我们。坐了一小会儿，她就走了。那一夜，我便在拉萨的夜雨声里，通读了《藏北游历》。

第二天，马丽华的作品研讨会就在西藏军区招待所的会议室召开。印象中没有从内地来什么评论家和作家，都是在西藏在拉萨工作的文化人。大家都非常诚恳非常认真地谈了感受，讨论会开得很实在。就半天。下午，我们应马丽华之邀，去她家做客。

在西藏文联的院子里，我们走进一座小楼。马丽华的家就在小楼里。西藏自治区对作家们还是很优待的。

那一天，我在马丽华家里见到了很多西藏的文人，见到了马丽华的丈夫老Z，见到了那些与她一起奔赴高原，与她一起为西藏激动，为高原奉献诗情的朋友。其中一位，就来自藏北草原。马丽华曾在诗里这样写到：

后来你说，在小小的高原之上
还有一片大大的草原
我的兄弟！你去草原
去了整整五年
季风已修改了你的性格面容
眼角被刺出了作为草原人的纹章
你以盘膝而坐的牧民姿势
给我描绘从此属于我的草原
……

这样的诗，这样的诗人，这样的诗中人，都是那时的我无比向往和热爱的。我置身他们的中间，感觉如梦一般美妙。

马丽华包饺子招待我们,一个很大的盆子已经搅好了肉馅儿,老Z正在和面。收录机开的声音很大,放着热烈的音乐。朋友们说说笑笑的,非常开心。我们喝酒,跳舞,唱歌。交谈中马丽华告诉我,她最喜欢的颜色是大红大绿,她最喜欢听的音乐是大合唱。总之喜欢一切热烈奔放的东西。

我当时听了想,这像她。这像我喜欢的诗人。

后来应贺主编之约,我写了一篇马丽华的印象记:《你是那无花的草原》。马丽华看了后说,你把我写得太好了。

我没法不把她写好。我崇拜她啊。那么勇敢地进藏,为了诗歌,为了爱情,为了梦想。而且她的那些诗,那些写西藏的诗,至今是我最喜欢的。《总是那草原》《我是太阳》《五冬六夏》,等等。

我是先读了这些诗,还有诗一样的《藏北游历》。然后才去藏北的,所以感受特别不一样。当汽车在漫漫的藏北高地上行驶时,我脑海里不停地浮现出马丽华的诗句,比如《五冬六夏》:

穿越季节河,岁月解冻
折叠成美而又美的涟漪
大草原一年一度青绿

羚羊与旱獭的草原
鹰笛与牛角胡的草原
阳光瀑布千秋万岁的奔泻
荒野因我的祝福与爱光彩照人

清冽的风款款流过
牦牛裙裾与长尾飞扬如帆

独行的狼优美地驻足张望
一朵杯形紫花兀自低语
又拘谨又浪漫叫人怜爱
一棵乔木也没有,一蓬灌丛也没有
只有在遥遥远远的地方
有株可望也不可及的白旗檀

如海洋如星空的草原啊
如牧歌如情人的草原啊
深入并且辽阔
并幻想能在最为动人的那刻死去
化身为大草原的守护神
每当清风悠悠瑞雪纷纷
便是我足迹所致
——但为了什么终于不能

请马丽华原谅,我在这里这么大段地引她的诗。

当然,马丽华最著名的,是那首《我的太阳》。很长,我就不再抄了,只说其中两句我难忘的:“从未相许的是我的太阳/永不失约的是我的太阳。”谁在太阳面前有这样的自信?

每次进藏,我都会抽时间去马丽华那儿,听她聊聊近期的见闻和感想,如果碰巧有朋友来,那就更好了。我喜欢她和朋友在一起谈西藏的那种氛围。

有一回我去,刚坐下门就被敲响了,来了两位面色黧黑的男人。马丽华给我介绍说,他们是四川大学的青年学者,刚从阿里考察出来。自三年前起,他们每年都进藏考察,主要是考察阿里方向。每次进来都要待上大半年。我从他们两人的脸上,完全可以想见他们吃了多少苦。他们和我打过招呼后,很快进入正题,开始讲他们考察的收获。马丽华边听边记,还提出各种问题,显得很入迷。我虽然不大懂,也产生了浓厚的兴趣。没想到在我看来荒无人烟的阿里,有这样深厚的文化根基。显然我们的人类祖先早已在那片土地上生息繁衍过了,劳动创造过了。也许那时这片土地还没有崛起为高原,不缺氧也不奇寒;也许那时的阿里有树木有河流,有峡谷有湖泊……

当然,让我感兴趣的是人,是他们三个人。当时是一九九五年,内地正是经济浪潮席卷每个角落的时候,股票,房地产,下海经商,这些词汇挂在每个人的嘴上,他们却一头扎进遥远的寂寥的阿里,潜心做他们的学问。

在拉萨午后的阳光下,我们四个人聊了整整一下午。那真是一个让人享受的下午,一个与世隔绝的下午。离开的时候,天完全黑了,还下起了小雨。马丽华把我送到门口,看我上了一辆三轮车,才挥手告别。我在独自返回的路上,心里充溢着温暖和愉悦。

现在马丽华已经离开西藏了,但我进藏仍喜欢带上她的诗,在旅途中读给朋友们听。几乎所有的朋友都喜欢。可惜我不会写。人家说到了北京才知道自己官小,到了广州才知道自己钱少,我是到了西藏才知道自己无才,哪怕心里激情荡漾澎澎湃湃,笔下也无一字诗。所以只能读别人的诗了。

能有诗读,也很幸福啊。

五、出发,从纪念碑下

早上突然醒来,一看表八点了,吓一跳,赶紧爬起来,慌慌张张地洗漱,慌慌张张地收拾东西。终于出发了。尽管状态不够好,高原反应仍在继续。

Y举着摄像机朝着车窗外边拍边解说:今天是四月二十七日,我们工作组从拉萨出发,前往山南。

尽管脑袋有些昏,我还是从窗外掠过的街景中,一眼看见了矗立在街头的川藏公路和青藏公路纪念碑。它挺立在高原的阳光里,挺立在拉萨河的北岸,一如我前几次看到的一模一样。我的心在那一刻又疼了一下。每次都如此,每次我都会在那一瞬间,举行我自己的默哀仪式。

也许这座纪念碑立在这里,已经被大家熟悉得不能再熟悉了,熟悉到感觉不到它的存在了。所谓熟视无睹,就是这个意思吧。二十多年了,恐怕连它自己都习惯了,每天默默地看着身边来来去去的各种车辆,大货车、小卧车、越野车、马车、三轮车,车轮滚滚,成千上万次地碾过路面,腾起的灰尘一次次落下,落满肩头……可是我一看到它,依然会心疼、难过,依然会想起牺牲在筑路中,尤其是牺牲在川藏线上的那些烈士们。我总是想,那些在修路中死去的人和活着的人,他们的灵魂一直在注视着这条路吗?

纪念碑的碑文,有如下字句:

川藏公路东至成都,始建于1950年4月;青藏公路北起西宁,动工于1950年6月。两路全长4360公里,1954年12月25日同时通车拉萨。

世界屋脊,地域辽阔,高寒缺氧,雪山阻隔。川藏、青藏两路,跨怒江,攀横断,渡通天越昆仑,江河湍急,峰岳险峻。十一万藏汉军民筑路员工,含辛茹苦,餐风卧雪,齐心协力,征服重重天险。挖填土石三千多万立方,造桥四百余座。五易寒暑，艰苦卓绝。三千志士英勇捐躯，一代业绩永垂青史。三十年来，国家投以巨资，两路已经改建。青藏公路建成沥青路面。高原公路，亘古奇迹。四海闻名，五洲赞叹。

这其中说“三千志士英勇捐躯”，实际上据我所知是不止的，仅川藏公路就有四千之多。我曾在书中写到具体数字，我想再一次把它写下来，即在修筑川藏线的三年时间里，牺牲的官兵为4963人。

六、无湖的无名湖

在煎熬中颠簸了近四百公里后，我们终于从拉萨经山南经错那，抵达了L。对我来说，“终于”这个词尤为重要。我已经两天没吃东西了，一路眩晕着呕吐着，完全是在毫无知觉的状态下被拉到L的，怎么翻的山，怎么过的河，一概不知。

L是一条沟。海拔比亚东和察隅还要低，就两千四百米。树木葱郁，空气清新，雨水充足。满山遍野都是绿。高原苔藓，荆棘灌木，针叶林阔叶林，一层层一叠叠地覆盖着同样的西藏的山。对我们这些从海拔五千米的雪山上下来的人说，这里就是天堂。如果换个说法，这里就是氧气瓶。

但这里依然是边境线。在这条边境线上，有个著名的边防点，叫无名湖。

关于无名湖，我听到过许许多多关于它的故事。新世纪的那个春节，在有几亿人观看的春节联欢晚会上，有位西藏军官就代表无名湖哨所给全国人民拜年。我想之所以把拜年的地点定在那里，就是因为它的重要和艰苦都相当著名吧。

我想讲一讲C大校告诉我的无名湖。

C大校将无名湖定义为整个一线哨所最艰苦的地方。它的海拔为四千四百六十米,我知道海拔一旦上了四千,对人的生存就是一种挑战。但无名湖的艰苦还不在海拔上,而在它与外界几乎隔绝的环境上,在它极其艰险的道路上,在它极其恶劣的气候和自然条件上。

C大校去过那里,他非常肯定地告诉我:"你肯定不行。上不去也下不来。"曾经有个女记者,坚决要去,走到一半时受不了了,精神和体力都支撑不住了,后来是战士们把她背上去的。上无名湖没有路,从下面的边防连WD上去,需要攀援三处绝壁,跨越两处深涧。绝壁分别是六十度和八十度,有绳索固定在那里,分六次才能攀援上去(或分六次才能跳跃下来)。深涧上横枕着两棵放倒的大树,中间钉上铆钉就算桥了。尽管它到WD的直线距离只有八公里,但其海拔落差却是一千多米。于是这八公里的距离,就形成了完全不同的两个世界:WD有树有水,有花有鸟,而无名湖,除了二十四小时不停地刮大风,就什么都没有了。

无名湖名不符实,不但没有湖,连水都没有。也许很久很久以前,那里是有湖的,就和错那的情况一样,不但有湖,可能还有金鱼,有白色的天鹅。但是现在,无名湖最著名的是风,又大又冷又硬的风,长着大魔爪的风,挥着利剑的风,吹着石头满山跑都不算了,还经常把连队的房顶掀掉,扔进山沟里,或者撂到边境那边去。为了固定住哨所的房子,官兵们在每个铁皮屋的四角,都用铁丝拴着大石头坠着。成为一道独特的景观。别看事情简单,还需要点儿技术呢,那些石头重了不行,铁丝容易断,轻了也不行,抗不住风,一定要恰到好处。

C 大校告诉我,他那年去无名湖的时候,还没有任何能通车的道路。他就从 X 出发,步行了十五公里(耗时四个多小时),抵达了无名湖。在无名湖工作结束后,他要去 WD。他就问战士们从无名湖下到 WD 需要多长时间,战士们说,只需要四十分钟。C 大校就给自己暗中预定了两个小时的时间。他想自己年纪大了,又从来没走过,肯定得比战士多花两倍的时间才行。

可没想到两倍都不够,他花了三个半小时才走下去的,而且到最后是由战士们搀扶着的。整整三个半小时,人就在那些龇牙咧嘴的岩石上跋涉,没有一米的平地,只能一点点拽着绳子慢慢往下走。

他说,不瞒你说,到后来我的腿简直就不像自己的了,根本控制不了了。刚开始,我还假装拍照片,停下来站一站,歇口气。可是根本无法站稳,双腿抖个不停,得靠两个兵扶住我的腿,另外两个兵扶住我的肩,我才能举起相机。后来我也就不再假装了,走五分钟,就坐下来呼哧呼哧大喘气,再走。

由此一想,驻守在那里的战士真是了不起,他们不但忍受住了艰苦的生活,还锻炼出了超凡的体格和胆量。他们从无名湖下到 WD 只需四十分钟,从 WD 上到无名湖,也只需一个多小时。

关于无名湖哨所,C 大校还讲了两个细节。

第一:由于上山的路太陡,给他们运粮食的马总是走得满身大汗,汗流马背,然后一滴滴地渗到装米的麻袋里去。由此,每一袋米都充满了马汗的味道,无论怎样淘洗都洗不掉,在那里吃的米饭,全是这种味道。当然,C 大校说这样的情形在其他一线哨所也有。

第二个细节:C 大校和工作组离开连队时,连队派了好些兵护送他们。C大校说,不要去那么多人了,下去上来的,太辛苦了。不想连队干部小声告诉他,这对战士们来说,是美差,都争着想去。虽然爬上爬下很累,可毕竟能走出他们成天蜗居着的小天地,能看到树,看到溪水,能新鲜一阵子啊。

我听了之后,又犯女人心软的毛病,就问,为什么不能把这个点往下移八公里呢?那战士们不是好过得多?

话一出口我就知道自己太幼稚了,不,是太愚蠢了。

C大校简洁地说,不行。我们的哨所只有在那个高度上,那个点上,才能很好地监控对方情况,才能应对敌人的不断蚕食。再说了,无论哪个哨所都艰苦,都不可能享受的。WD也有WD的苦。

我说WD能苦到哪儿去呢?环境那么好。

C大校说,我只跟你说一点,WD晒不到太阳。一年有三百天的大雾,潮湿得不得了。你知道不知道,WD连队有个特殊编制,就是晒被员。

"晒被员"?这让我好奇。后来一位参谋告诉我,WD常年大雾,难见太阳。战士们虽然住在吊脚楼里,也躲不过潮湿的浸入。雾是无孔不入的,即使不开窗户,它们也会从一些墙壁的缝隙中涌入。墙壁渗水珠,房顶上也滴滴答答地往下滴水。官兵们洗了衣服从来没有晾干过,只能用火烤干。盖的被褥更是常年潮湿阴冷。每天晚上睡觉,不是被子温暖身体,而是身体烘烤被子。烤干了,第二天又被雾水浸湿。所以WD的兵,几乎个个都有关节炎。所以WD的连队,就有一名晒被员。

晒被员可不好当,必须动作麻利、反应敏捷,抓住太阳突然出现的那一刻,把连队所有的被子都抱出去,抱到有阳光的地方铺开来。再在太阳离开前迅速将所有被子收回去,免得雾气来了白辛苦。WD 连队就发生过晒被员为了赶着晒被子和收被子,累昏过去的事情。

所谓镇守边关,在他们那里是非常具体,非常感性的。体现在每一个白天,每一个夜晚,体现在吃什么样的饭喝什么样的水。过什么样的日子,是天天吹风的日子,还是天天下雨的日子,在他们是不可选择的,只能接受和面对。

离开 WD 时,我再次遥望对面那郁郁葱葱的山峦。遥望那个我看不见的艰苦哨所,遥望那个在地图上没有名字、小而又小的地方。我为自己不能上去看一眼感到遗憾,感到歉意。我只能在这里,在纸上,向他们致以遥远的但却是非常真诚的敬意。

七、孤岛墨脱

L 这个山沟,总让我想起林芝、米林、察隅,还有亚东。回到成都后,我把一张我拍的 L 的照片作为电脑桌面,看见的朋友问,这是青城山吗?的确,你待在这样葱绿的山沟里,根本感觉不到是在西藏。

连绵的雪山,寸草不生的荒原,那是一般人脑海里的西藏。事实上,西藏什么样的地形地貌都有,非常之全。雪山荒原不必说了,也有原始森林,也有大草原,也有河谷平原,也有湿地,也有沙漠,也有冰川,也有土林,还有郁郁葱葱的青山。就气候来说,有典型的高山气候,如错那,有高原亚寒带气候,如藏北,有亚寒带湿润气候,如林芝米林,也有温带、亚温带气候,如拉萨山南。最有意思的是,也有亚热带气候,想不到吧?那就是墨脱。

墨脱是西藏一个很特别的地方,位于西藏的东南角,面积只有三万多平方公里，平均海拔只有一千多米。待在那种地方，你说感觉不到西藏，那是真的。

十六年前，我跟随我们军区摄制组坐直升机飞进墨脱时，中国人知道墨脱的没几个。不要说别人，就是我们成都军区，进过墨脱的人也屈指可数。我因此很骄傲，常常向人吹嘘，自己去过墨脱，是坐在直升机上的，具体地说，是坐在大米袋上飞进墨脱的。在飞进墨脱的半个小时行程中，我看见了春夏秋冬四个季节的景色，看见了雪山，看见了山林，看见了沙漠，看见了河流，最后看到了郁郁葱葱的亚热带景色。

那个雪山，便是多雄拉雪山，海拔四千八百米。它像一道坚实的屏障，挡住了西藏高原的严寒和风雪，也挡住了墨脱与外界的通道；而在墨脱的南面，与印度接壤，孟加拉湾的热气流令它有了温暖湿润的亚热带气候。

我当时是十二月份飞进去的，穿着毛裤羽绒衣，一下飞机简直热坏了，连忙轻装。一眼看见营区的房前屋后，到处开着蔷薇花，真感觉到了世外桃源。四周山上的树木郁郁葱葱，我们去门巴人聚集的背崩乡走访，一路看见树上挂着无人采摘的黄澄澄的柠檬，还有芭蕉丛、橘子树。走进村里，房屋多为木头搭建，家家门前堆着高高的柴火，炊烟袅袅，鸡鸣狗吠，很是热闹。一些孩子看见我们的记者扛着摄像机，也拿起木棍扛在肩上学样子。妇女们围着井台在洗头洗衣服，见到我们有说有笑的，一点儿不拘谨。因为日照厉害，她们在井台上盖了个凉棚。那气候，那植被，那感觉，简直有点儿像西双版纳。

墨脱可以种水稻，岂止是水稻，它四季如春，雨水充足，阳光也充足，种什么长什么。可惜由于交通闭塞，墨脱的发展非常缓慢，至今县城里没有汽车,也没有自行车,所有的交通工具就是两条腿,不要说走出墨脱,就是从墨脱下面的乡走到县城,也得翻山越岭好几天。

墨脱的确如孤岛般孤独。

可是今天我上网一检索,关于墨脱的文章,竟然有八万多篇,很多人不光是知道,还走进走出。仅仅是记录走进墨脱的文章,就有几千篇。现在这些旅行者可真是厉害。显然墨脱已无法安宁了,无法“藏在深山人未识”了,我也没什么可炫耀的了。

不过我还是想讲讲墨脱。

我相信那些去过墨脱的探险者、旅行者,恐怕很少想到一个问题,那就是墨脱不仅仅是孤岛,还是边境线。有边境线,就得有人守卫,就会有我们的边防军人。

墨脱的海拔落差很大,最低处七百四十米,最高处四千八百米。这样一个落差,便是很难修通公路的主要原因了。要进墨脱,那路完全没有一寸平缓的地势,悬崖峭壁重叠,急转弯一个接一个,加上著名的雅鲁藏布大峡谷主体段都在该县境内,急流险滩处处。走这样的路,人要借助手,骡马得来回倒腾它们的蹄子,稍不慎,就可能跌下深渊。有人说,鲁迅先生关于“路是人走出来的”那句名言,在这条路上无效。千百年来,有多少人踩马踏,它仍成不了路。

除了危险,还有非常可怕的蚂蟥区。有位连长带着狗去巡逻,经过蚂蟥区时,狗竟被蚂蟥活活咬死了,光鼻孔里就拽出二十多条。他自己也伤痕累累。战士们行军经过蚂蟥区,衣服被咬成网是常事。除了蚂蟥,还有毒蛇和毒蚊。曾经有两位去墨脱演出的西藏军区文工团的演员,因被毒蚊叮咬感染而死,还有一位战士夜里站哨,被眼镜蛇袭击而死。

那不是路,是鬼门关。

这样的“路”,对探险者来说,也许是刺激,对守卫在墨脱的边防军人来说,意味着什么?

意味着他们在正常的训练巡逻生产戍边外,每个人都必须冒着生命危险行走那条不是路的路。据统计,墨脱的每个战士在服役期间,平均每人每年要在那条路上往返十四次,而且负重五十斤左右。

不管那条路有多么难走,他们所有的粮食供给,都要从那条路进来,而且官兵探亲,上学,开会,等等,也都必须从那条路出去。上级领导检查工作,记者们采访,也都必须从那条路进去。他们所吃的苦头不用我写,随便一想都能知道。

C大校告诉我,林芝分区参谋长的李光志,就多次走过那条路,多次去墨脱蹲点。有人对他往返墨脱数次而安然无恙表示诧异,说他有“特异功能”,这位黑瘦的参谋长听了大声说:

“胡球扯!我这副脚板,是靠向共产党叩长头的信念给磨出来的。在这个地方当官,走不了墨脱路跟雄不起来差不多,丢人!不要以为墨脱路边上随处可见的白骨都是壮士留下来的,没那回事儿,也有相当部分是懦夫的尸骸!”

很精彩。可惜我没见过这位好汉。

我那次去墨脱,见到了边防营李营长。黑黑瘦瘦的,话不多。记者们告诉我,他已经在墨脱干了十几年了,是个墨脱通。当时我来不及采访他,只在营房前与他合了影。在我走后的第二年,他的妻子儿子来探亲。按以往,是他走出墨脱到林芝分区与妻子儿子团聚。可当时正赶上训练，他脱不开身，分区司令员就特许他的妻儿搭乘直升机飞进墨脱。不想进去容易出来难，返回时，怎么也等不到飞机了，李营长只好带他们走出墨脱。儿子才六岁，只能背着。妻子边走边哭，哭了一路，说，你在这里太苦了，跟我们回家吧。李营长就反复说，对不起，让你们受苦了。以后会好的。再苦，这里也是我们祖国的土地啊。

一九六二年解放军到墨脱时，墨脱一座桥都没有。悬崖峭壁尚可攀登，大江大河怎么飞越？百姓们只能靠牛皮筏子或者空中藤索过河，每年都有很多人葬身河谷。一九六三年，解放军决心在雅鲁藏布江上建钢索桥。十二根长三百米、直径四厘米的主钢绳，是靠七十五名身强力壮的战士扛进墨脱的，整整走了一百天。怎么把钢索牵引过江？又是一个难题。当时负责修建大桥的副团长李春想出一个办法，用大炮打。选用八十二门迫击炮，卸去弹头的引信，经过准确计算，将牵引用的粗麻绳一根根打过江去，再结成网，然后借助绳网将钢索牵引过江，再铺上木板，拉上两侧的保护网，恐怕众多的桥梁工程师都没听说过吧？一九六四年国庆节，墨脱的第一座钢索桥建成，命名为解放桥。之后，墨脱官兵用同样的办法在境内修了十二座这样的钢索桥，还架设了八十六座小桥。

我想这样的建桥法，应该写入建筑史。

由于不通公路，墨脱驻军的粮食供给如果完全靠空运的话，每斤大米比肉还贵，得十六元一斤，副食得十八元一斤。若靠民工骡马队运输，也很昂贵，何况还常常发生人死马亡的事。

墨脱官兵于是自己动手，生产粮食。一九八八年第一次开荒，就在百姓们称为“狗熊窝”的地方，开垦出了六十亩荒地，当年就种出水稻两万斤。后来又开垦出五十亩荒地，种出水稻、玉米等粮食六万余斤。另外还种了大量的蔬菜，栽种了果树，还养猪养鸡。大大减少了运输量，也改善了生活。

一九八五年中国军队大裁军。消息传到墨脱时，百姓们着急得不行，生怕墨脱的驻军会被裁掉。门巴族、珞巴族、藏族，都推选出有威望的老人，举着火把连夜赶到县城，要求县政府打报告，把解放军留住。妇女和孩子成群结队地来到营区，眼泪汪汪地拉着官兵的手恳求他们不要走，来软的；那些年轻力壮的小伙子则来硬的，扛着斧头，提着弯刀，在桥边日夜守候，一旦解放军撤离，就砍桥断路，强行拦住解放军……

百姓们如此信任解放军，依赖解放军，那都不是无缘无故的，是几十年来点点滴滴积累成的。军队修路架桥，教百姓科学种粮，帮百姓办学校。墨脱县的干部，三分之二都是部队小学毕业的。县长就是第一届毕业生。

还有，常年为百姓看病。在西藏，为当地百姓看病治病，是驻藏部队的一个重要任务，它在军民关系和藏汉团结上起到了非常重要的作用。这里我想披露一个惊人的数字，西藏军区每年贴补藏族群众看病的医疗费，数额巨大，仅驻拉萨的西藏军区总医院，每年就要贴补三百五十万之多。加上驻在下面各地区的其他陆军医院，以及各个边防部队的医院，甚至各个边防点的卫生队和医疗所，每年合计贴补在民族医疗这一块儿的费用，我估计得上千万。

我没有对此做具体的采访，我想那应该是一个很大的专题。我只是简单地披露一下这个数字。我想不用我多说什么，大家就会明白，这样一笔投入，对于西藏部队意味着什么，对于藏族人民意味着什么。

过去老人爱说，你只要诚心诚意地攥着，一块石头也能攥得热乎乎的。那何况人心呢？

以心换心，外人也是可以成为亲人的。

八、有一种狗叫军犬

下午三点左右，我们到达SM某步兵营。

C大校与工作组一行即开始工作；我和Y二人四下里参观。一如所有的部队，这个部队也非常整洁干净。宿舍，食堂，都一尘不染，直线加方块。操场上，有几个战士在拔草。食堂的留言簿上，有战士们坦率的留言，我喜欢，就拍了下来。有一条说，近来饭菜花椒太多。还有一条说，食堂的物品摆放不够整洁。看得出今天的兵与过去的兵，已有很大不同。

院子里和其他连队一样，有很多狗。Y追着去拍它们，一不小心撞到脚下的一条，激起群狗怒，吓得她尖叫。战士们把狗撵开，给我们介绍，狗有一个班，爸爸是条黑色的藏獒，妈妈是条黄色的土狗，孩子们的颜色自然丰富多彩，而且按照遗传学观点，它们一定聪明。我们不敢靠近，就趴在墙头看它们，爸爸妈妈偎在一起，一群孩子在旁边玩儿。幸福的一家。

原先我很怕狗，五岁那年被狗咬过。一条白色的狗从围墙的洞里钻进院子，迅猛地扑向我，我竟以为是块大石头滚过来了，还疑惑这石头怎么滚得这么快？及至它咬到我的小腿我才明白是狗。真笨傻到家了。后来一听见狗叫我就心慌意乱，跟做贼似的。但自从五年前家里养了条小狗后，我再也不怕狗了，一见到狗，哪怕是很大的狗，也忍不住凑跟前去打个招呼，好像已经和狗世界沟通无限。

在西藏的边防部队行走，与狗相遇是家常便饭。几乎所有的边防连队都养了狗，少则三两条，多则一个班。虽然它们不是那种品种高贵的、经过特殊训练的、有档案有军龄的军犬，但对于战士们来说，它们的重要性不亚于军犬，它们的可贵也不亚于军犬。它们是他们不穿军装的战友，是他们军旅生涯最好的伙伴。

所以，我愿意把所有边防连队的狗，都叫做军犬。

尤其在那些偏远的哨所，狗不仅帮战士们看门守院，更重要的是给他们单调的生活带来许多乐趣。狗因此很得战士们的宠爱，经常有战士把自己好吃的东西省下来给它们吃，探家回来的，都不会忘记给狗狗们带些好吃的回来。每条狗都有自己的名字，每条狗也都有自己的职责。我跑川藏线时，走进每个兵站都先看到狗。只要是穿军装的，不管男女，也不管官大官小，不管穿的是八七式夏常服还是迷彩服，它一律放行。反之，没穿军装的，哪怕是只鸡从门口过，它们都要狂吠几声，以示其威力。白天，它们懒懒地躺在那儿，闭目养神晒太阳，天一黑，不用战士们说，全都各就各位了，上自己该趴的地方趴着，大门口、宿舍、仓库、围墙下、炊事班，等等，凡重要的地方全都把守好，让战士们放心睡觉。即使下雨，它们也不会离开，完全遵守部队的条例条令。

在西藏，我听过很多狗的故事，这里转述两个。

一个叫阿黄，是某部边防四连的。阿黄每天早上听着起床号起床，起来后的第一件事就是去菜地，看有没有牛羊牲畜进入菜地糟蹋战士们种的菜，如果有，就一阵狂吠将它们撵出；然后它就等着连队饲养员把猪圈的门打开，将四十多头猪赶上山去放牧。西藏许多连队的猪都是在山上敞养的，真正的绿色猪。到了傍晚，它再把它们赶回来。有一回下暴雨，阿黄把猪赶回圈后发现少了四头，又冒雨去山上找，非常之尽职。阿黄还会唱歌，连队集合唱歌，值班员一起音它就张嘴大声歌唱，完全跟战士们的节奏合拍，声音很响亮。

还有一条哨所的狗，我不知道名字，它每天从下面连队给山上的哨所送饭，一日三餐都送。它用嘴叼着篮子，里面装着饭菜，送上去后，就蹲在那里等，等两个站哨的兵把饭菜吃了，它再把装着空碗的篮子叼回来。这样的工作，它干了十几年，直到去世，安葬在哨所。

它不该叫军犬吗？

再讲一条叫肉头的狗。肉头是头藏獒，在乃堆拉哨所“服役”，极通人性。跟战士们一起巡逻，一起站岗。如果哨所有家属来探亲，肉头会去迎接，在雪地里一扑一扑地开道。它曾用这样的方式，救过一个昏倒在雪地里的士兵，它把雪刨开，用牙齿一点点地拖，硬是把那位士兵拖回到哨所。

乃堆拉的兵非常喜欢肉头，他们对肉头就像对自己的亲兄弟，甚至比亲兄弟还好。他们总是把上级发的罐头省给肉头吃，还给肉头冲奶粉喝。冬天下雪的日子，实在太冷了，肉头会钻到战士们的被窝里去，也没人舍得把它撵出来。

由于哨所离边境线很近，它难免会越界，战士们经常告诉它不能过去，它听明白了，有时候去追什么野物，过去了，会迅速回来。但对方的狗若是过来了，肉头会毫不客气地实施打击，一直把对方撵咬得屁滚尿流，有时人家都撤回本国了，它还追上去，咬人家一嘴毛。

关于肉头,有个神奇的传说。有段时间,对方的侦察机老在我们头上盘旋,肉头看战士们生气,它也生气,就每天冲着天空狂吠,连续三日,第四日,那飞机竟栽下来了!栽下来后,肉头再也不叫了。至今,这还是个谜,是个战士们喜欢的谜。

可惜,这条可爱的狗,却死了。而且死于“非命”:它总是去咬哨所的猪。在乃堆拉哨所,猪很难养活,很难长肉,有时一年也长不到一百斤。但在乃堆拉,养活猪非常重要,因为有半年封山的日子,得依靠哨所自己养猪供给肉食。肉头它不知为什么,总是去咬住猪,一咬一死,一头又一头,严重影响了哨所战士们的给养。连支部不得不开会做出决议,处理掉肉头。

所有的战士都哭了,但他们还是执行了决议。

现在,肉头的墓地,还在乃堆拉。

当我想念西藏时,除了想念那里的阳光和蓝天,想念那里的雪山和湖泊,想念那里的军官和士兵,也包括想念那些陪伴着战士们的可爱的狗。

九、千山万水传遍

关于电话,在西藏有太多的故事了。

我第一次进藏时,不要说手机,就是有线电话也很难打。除了在拉萨勉强可以用军线和家里通个电话外,其他地方几乎不可能。所以一进藏,我就和家里不再联系了,直到回去。好像那个时候也没那么牵挂。电话不通,信也很慢很慢,我在西藏给儿子写的明信片,都是我回去之后才收到的。一走二十多天。

关于信的故事,在西藏也多得不行,可以写上几万字。我从拉萨发个信都要半个月，你想那些在边防的，得多长时间？有时信到了团部或营部，因为大雪封山，送不上去，所以很多边防连队经常半年收不到信，一收就是几麻袋。但是，许多事，许多情，在收到信时，都已成为过去。由此发生的悲剧，数不胜数。特别是像墨脱那样的地方，情况更加严重。墨脱是中国两千一百多个行政县里，唯一不通邮的县。不通邮对当地百姓来说可能不是个什么问题，但对从全国四面八方去那里当兵的人来说，就是件非常痛苦的事了。因为通信障碍，发生了多少心酸悲痛的事情啊。

说几个特别的例子吧。有个新兵，在送来的几麻袋信里都没找到属于自己的一封，就忍不住哭鼻子了。当兵离家，本来就有些不习惯，又在偏远的哨所，又与外界隔绝。好不容易盼来了信，却没有自己的，是我，我也会哭一场。排长和班长轮番来劝他，安慰他，都没用。他就是难过。后来排长想出个办法，动员那些信多的战士，每人贡献一封给新兵看，而且指定要那种“好看的”，即情书一类。有的人一下收到几十封呢。战友战友亲如兄弟，那就贡献呗。几封甜甜美美的情书，总算把那个新兵给逗乐了。

在西藏连队，情书公开是常事，我都参与过。一九九八年去查果拉哨所时，我曾给战士们读过排长李春的情书，李春不但不生气，还幸福得脸色黑里透红。

还有个比较奇特的例子，发生在哨所军医志翔身上，当他得知他要去的哨所通信困难时，就事先写了数封交给在山下的战友，让战友每月帮他发一封，其中包括关于妻子晋级的，关于孩子教育的，还有给父母贺寿的内容。他的家里一直没有察觉，直到后来妻子进藏探亲才知道真相。

更有甚者，一位叫许光富的副指导员，在封山的半年时间里，给妻子写了一封长达七万五千字的信，妻子收到后，读了七个晚上才读完。我不知道这可不可以进入吉尼斯纪录？

现在，都市里已很少有人写信了。听邮局的同志说，现在写信的主要是两类人，一类是打工仔，一类是士兵。打工仔还有可能买个磁卡往家打电话，而士兵，尤其是边关的士兵，写信仍是他们与家人保持联系的重要方式，仍是他们情感世界最重要的支撑。

一九九〇年我在采访西藏女军人时，得知她们感到最最痛苦的，不是生活艰难、工作辛苦，不是寒冷缺氧，而是精神的寂寞，感情的寂寞。只要一进藏，基本就不能和家里联系了。特别是做了母亲的女军人，把幼小的孩子丢在内地，常常因为想孩子而痛哭，哭得撕心裂肺，也不能打一个电话。有的女军人为了缓解思念之情，就在探亲的时候，把孩子说的话和哭声笑声录下来，带回到西藏，在失眠的夜里一遍遍地放出来听，边听边流泪。可以说仅仅因为这个原因，就令很多人难以在西藏坚持下去。

后来有了卫星电话。那个电话有很大的回音，你讲一句，必须停顿一下，等电话里回响一次你的声音，你再讲下句。很慢很慢。即使如此，也很难打通。通常要拨无数次才能通一次。那个时候在西藏的邮电局里，长途电话机，最先坏的总是重拨键，因为人们要一遍一遍地按它，直到按通为止。

当然那个时候，内地的电话也不甚普及，不是家家都有。特别是一些年轻军官，成家不久，家里没电话。或者家在农村，连周边都没有电话。为了能通上一次电话，他们想了种种办法。比如先写信，约好时间，约好地点，在亲戚家等，或者在村长家等，然后再由西藏这边打过去。打电话成了他们生活中的一件大事。

一位连长告诉我，他曾和妻子约好，中秋节打电话。可是到了中秋那天，连里有事，他怎么都走不开。他妻子一大早就去亲戚家等了，从早等到晚，到吃晚饭时间还没等到，实在不好意思坐下去了，只好离开。等他忙完工作赶紧跑去打，妻子已经走了。他就跟亲戚说第二天再打。第二天妻子又来等，他总算有了时间。可是线路不好，怎么都拨不通，他妻子在那边等得忧心如焚，他在这边拨得忧心如焚。天快黑时总算拨通了，他妻子喂了一声，就开始止不住地哭，一直哭到他放电话。

有很多军人告诉我，他们打电话，听到最多的，是妻子的哭泣。

由于通信联络的落后，造成了许多夫妻间恋人间的误解，还有家人的担心和惊吓。这还不是主要的，最主要的是，一些部队与上级的联系都很困难，只能靠电报。我曾采访过一个炮团，团里只有内部电话，没有与外界联系的电话，给工作带来很大的不便。

自从一九九七年兰西拉光缆工程完工后，这一切就改变了。西藏终于也有了光纤电话，也有了移动电话。所以那年我去西藏采访兰西拉光缆工程时，真的很激动。只有经历了过去，才会对今天的变迁有深刻的感受。

人们把兰西拉光缆线称之为西藏的第三条生命线，我想是当之无愧的（第一条生命线是川藏、青藏公路，一九五四年开通；第二条生命线是格拉输油管道，一九七六年开通）。它的确赋予了西藏高原以新的生命。

现在的西藏，不仅到处可以看到直拨电话，还有了移动电话。不只是大城市，只要不太偏远的地方，都可以通电话了。连孤岛墨脱，都可以通手机了。有了光纤，上网也渐渐普及，你可以通过座机上网,也可以通过无线网卡上网。今年六月我们办了个业余作者培训班,西藏军区来了好几个作者,几乎个个带着手提电脑。其中一位的手提电脑就可以上网,比我这个待在大城市的人还先进,后来我还是在他的帮助下,才安了无线上网卡的。

真是今非昔比,变化巨大啊。

不过,在一些边防连队、边远哨所,打电话依然不是件容易的事。在那些偏远连队,不管到了什么时候,不管话费降得多么低,不管自己在内地的家有多少电话,他们想和家里通电话依然不容易。所以才会有那样的奇事,一个战士去县城,其他战士就把自己家里的电话号码告诉他,他拿着写满电话号码的纸条和需要告诉家里的事情,一个一个地拨打电话,逢父亲接电话就叫爸爸,逢母亲接电话就叫妈妈,哪怕这爸爸妈妈从未见过。

那样的情形,我想起来就想落泪。

什么时候,哨所的声音,也能万水千山传遍?

十、昨日硝烟

我们从L的山沟里上来,翻过格金拉山口,准备去X。那里也有我们的一个著名的边防连。不想爬到一半,却被厚厚的大雪挡住了去路,积雪形成的高墙高达我们的车顶,我们无法前行了。

其实我们被堵住的地方,到前方的X,也就三十多公里了,但大雪让这三十多公里的路程变成天堑。当然,不是绝对不能去,也可以走过去,用自己的脚翻过山去。

一位在西藏从军三十八年的将军告诉我,当年他当新兵的时候,就是靠双脚翻过这座山的,而且还背着几十斤重的行囊,而且还发烧三十九度，翻过山到达边境后，他度过了他十八岁的生日。

这位将军姓王，他是我所知道的在西藏从军时间最长的军人，整整三十八年，除了探亲和学习，没离开过西藏。在西藏，他从一个战士，成长为一名将军。他也是西藏军区唯一一个经历了从第一任司令到现任司令的人，可谓名副其实的老西藏。

二〇〇三年，我们军区话剧团将《我在天堂等你》搬上了话剧舞台。王将军一连看了七遍，每一遍都热泪盈眶。由此可见他对西藏那片土地的深厚感情。

王将军给我讲故事的日子，正是他入伍的日子。一九六二年七月，他穿上了军装。当时我们国家周边的形势都不太安稳，东南沿海紧张，西藏方向也有情况。为了更好地保卫边疆，西藏军区在北京招收了一百名高中毕业生，准备进行外语培训后，分配到驻藏各部队。那是我军第一次大面积地招收学生兵。他便是其中一名。

七月十二日，当时的西藏军区司令员张国华接见了他们，做了动员。七月十三日，他们就离开北京前往兰州。在兰州，又与另外一百名从西安招收的学生一起，参加了一个月军训，之后就前往格尔木，从格尔木经青藏线入藏。那时候，他们坐的是大卡车，苏联产的大道奇，坐在自己的背包上，晚上则打开背包睡兵站。那时的兵站连干打垒的土房子都没有，只有帐篷。这样一路风餐露宿到达拉萨。

到拉萨时已九月，他们刚刚分班编队准备开始学习，边境硝烟突起：印军打死我方一名军官和两名士兵，随即又进入我防区修筑工事，并且向我部队开枪开炮，造成三十三人伤亡。面对印军一而再再而三的挑衅，西藏部队立即投入了战斗，进行还击。这就是我们现在很少说到但人所周知的“中印边境自卫反击战”。

王将军一当兵，就赶上了这场战争。战争一打响，他们也不可能再安静读书了。他们虽是学生，更是战士。王将军第一个咬破手指写了血书，要求上前线去。其他学生也纷纷请战，那时的青年，单纯而热情，一心想为国家和人民效忠。于是他们这些学生兵，很快被分配到各个部队。王将军与十六个同学一起，被分配到正在错那方向棒山口作战的某边防团。

那时候，从错那县城出来没几里路，就不通车了。他们就下车行军。背着背包，包括大衣、雨衣、毛皮、鞋、帆布、水桶、脸盆之类，还背着干粮，背着枪支弹药，每个人负重都是七八十斤，在一个中尉的带领下翻山越岭赶赴战场。离开错那时，王将军就在发烧，高烧到三十九度多。但照样和大家一起走。由于翻山，浑身大汗淋漓，衣服湿透了，但竟然就这么退了烧！人的生命有时真的很神奇。照我们现在的说法，若是到西藏感冒了，那是要送命的。可是王将军不但发烧，还翻越了海拔五千米的雪山，还是步行，还负重。真让人难以置信。

只能归结为年轻了。或者，命大。

从波山口到X，三十七公里路，他们从上午九点出发，走到第二天早上七点，整整二十二个小时。夜间都没有停止。一方面是为了赶时间，一方面也是气候太冷，不敢睡。十月底的西藏，相当冷了。翻过雪山后，他们沿着河谷地带前进。鞋子干了又湿了又干，早上七点太阳升起的时候，他们终于达到了X。

“当看见炊烟，看到部队的帐篷时，那种喜悦，简直无法表述。”

王将军马上被编入了战斗班。十一月十五日，第二战役打响了，他们的部队奉命前往BDL，在边境上行军七天七夜。行军中不断地遭到敌人炮击，有两次炮弹就在离他几十米远的地方炸开，他只挨了些土石而没受伤。真可谓命大。

“我那个时候是新兵，从没打过仗摸过枪，多少有些紧张，我就紧紧跟在班长后面。班长叫蔡佑军。保佑的佑，军队的军。”

之所以那么清楚地记得班长的名字，实在是这个班长太好了，让他终生难忘。在整个参战过程中，班长时时处处都想着他保护着他。刚开始行军时，他穿着新胶鞋新袜子，满脚打水泡。到了驻地，班长就烧开水让他烫脚，让副班长给他挑水泡。他感动得说不出话来。而一旦有敌情，总是班长第一个跳起来摸起枪就向前冲。有一回班长正洗头，他在给班长淋水，突然发生了战斗，班长马上跳起来拿上枪就冲了出去，他也跟着冲了出去。那时他们的任务是守卫一个桥，敌军派人来破坏那个桥，见他们冲上来，敌人夺路而逃。班长一头水淋淋的湿发就追上去，钻进杜鹃丛里捕获了两个俘虏。

王将军说，那个时候，我们部队有着非常好的传统，老兵爱护新兵，班长爱护战士。你到日喀则的烈士陵园去看看，你就会发现，在那场战争中，牺牲的都是老战士。很少有新兵。

而一场战斗，也让他这个新兵，成了老兵。

整个战斗结束后，班长立了二等功，他受到团嘉奖。

王将军给我讲完这段故事后我问，你和你的班长后来还有联系吗？他说没有，仗打完后，他调到内地部队去了，我去西藏步兵学校读书，就失去了联系。但我还是非常想念他。

我说，你也很想念西藏吧，出来五年了。

他说可不是。前两天我让人带了些西藏的黄瓜和西红柿给我。你看变化多大，现在不是往里带，是往外带了。今天早上我吃了个西藏的西红柿，真是好吃。我跟我侄儿说：“Such nice tomato appears only in Tibet!”（只有西藏才有这么好的西红柿！）

真不愧是我军培养的外语干部，现在还说得这么溜呢！

十一、军嫂

想专门写写西藏的军嫂。

可以说，西藏军人的家属都很了不起。特别是早几年，西藏的各方面的条件都很差，气候恶劣，通信落后，交通不便，工资也不高，样样艰难。可照样有很多好女人，勇敢地做了西藏军人的妻子，坚强地站在丈夫的身后。

我曾在昌都军分区独立营，参加过一个婚礼。那天我们作家画家去独立营采访，刚好赶上了婚礼，便接受邀请欣然前往。婚礼就在食堂里举行，除了大红喜字，没有更多的装饰。

这些年我参加了不少隆重的婚礼，气氛热烈，场面浩大，亲朋好友无数，搞笑花样百出。可是，至今还没有一个婚礼，像那个高原婚礼那样让我感动，让我难忘。

新郎是独立营的司务长，叫仲云，新娘是四川姑娘，叫田益。我就不说具体过程了，只说三个细节：

一个是，当主持婚礼的教导员说，请新郎新娘向双方的父母大人鞠躬时，他们的面前是四个小凳子，他们用那四个小凳子来象征双亲，他们很认真地向那四个小凳子鞠躬。在场的人很安静地看着他们，没有一点儿笑声。第二个细节，证婚人问新娘，你为什么要嫁给西藏军人？新娘说，我觉得他可靠，比守在身边的那些人还可靠。第三个细节，婚礼上有个游戏，让新郎新娘各说出十个对自己爱人不同的称呼，新娘说了亲爱的、老公、当家的、孩子他爸，等等，最打动我的是，当兵的。

对了，还有个细节，战士们出了个节目，让新郎背着新娘在食堂里跑，他们在他的“跑道”上设置了很多障碍，后来我们的作家又给他增加了难度，要他一边跑一边唱：咱老百姓，今儿个真高兴……新郎毫不犹豫地背上新娘就跑，边跑边唱，满食堂开心大笑，差不多要掀翻屋顶了，就在那个时候，我特别想流泪。

我们全体笔会成员，凑了个六百六十元的份子，装在信封里，然后在信封上留下了我们每个人的名字，送给了新郎新娘，祝福他们平安幸福。

转眼五年过去了，我也无法打听到他们现在的情况，只能在这里，衷心地祝福他们。

再讲两个军嫂探亲的故事。

察隅某边防团指导员范连科的妻子小张进藏探亲，她先从成都坐飞机飞到昌都，到昌都后，被告知到察隅的路断了，走不了。她就住在招待所等，一等半个月。好不容易说可以走了，连忙从昌都出发，翻越了好几座海拔五千米以上的雪山，趟了无数条湍急的河流。那条路我是走过的，极其艰辛，好不容易翻过最后一座雪山德姆拉，却在山脚下被德姆拉河拦住了。原来正逢雨季，连日大雨，河水泛滥，将桥冲垮了，怎么都过不去。范连科早已等在河边，眼见妻子到了河对岸却无法相拥。妻子看着丈夫，眼泪哗哗的，比河水还汹涌。河并不宽啊，也就二十多米，可是河水凶猛，没有桥，人是不可能趟过去的。夫妻俩就这么隔河对望，隔河落泪。又等了一天，河水仍没有回落的迹象。小张的假期到了，她光是奔波到这条河边，就用了三十五天的时间，没法再等了。可是她给丈夫带了那么多好吃的，她太想把这些东西交给丈夫了，她就试着往河对岸扔，但毕竟是河啊，东西落进河里，一瞬间，就被河水卷走了……

这是很多年前的故事了。不知道今天的他们，一切可好？

还有位军嫂，四川人，她的丈夫从当排长起，就一直在最艰苦的地方待着，用调侃的话讲：一直“居高不下”：先在查果拉当排长，后到无名湖当指导员，又到岗巴当副教导员，再到萨嘎当副政委。这些地方不仅海拔高，而且非常艰苦，连喝的水都会让人掉头发。但无论丈夫在哪儿，她每年都要进藏看望丈夫，每次看望丈夫，她必带两样东西：一大包中药，一大束鲜花。她说，不是有一首歌叫“鲜花献给查果拉”吗？我就要把鲜花献给我守卫查果拉的丈夫。她的丈夫因为有她做坚强后盾，在西藏部队干得很好，多次立功受奖。

这位军人叫曹彤明，可惜我没打听到他妻子的名字。曹彤明如今因身体太差已离开了西藏。我在这里衷心祝愿他和他妻子生活幸福。

我在小说里多次写过西藏军人的妻子，《天天都有大月亮》那个进藏离婚的妻子，《传说》里那个进藏找恋人的女人，《我讲最后一个故事》里那一群去探亲被困在招待所的家属，她们，都是有真实原型的，都不是我杜撰的。其实还有很多更惨烈的，我没有写。

比如去边防探亲，很多地方不通车，只能走路。高原走路不比内地，非常消耗体力，到后来实在走不动了，女人们就坐下来往山下滚，浑身磕碰得青紫流血；再比如，在探亲路上遇到塌方或泥石流，翻车遇难的；还有一些家属，因为到高原后反应厉害，得了肺水肿脑水肿,就病死在边防的……

很多很多。

在岗巴营的档案里,记载着这么几行字:

张玉菁:副营长王海的妻子。一九九五年十月八日,从广州到岗巴探亲,次日,因患急性肺水肿在岗巴病逝,终年三十二岁。

刘燕:战士黄颂的妻子。一九九七年三月十日,从四川到岗巴完婚。三月十二日晚,因感冒导致肺水肿在岗巴病逝。年仅二十一岁。

看到这几行字,我真的感到心痛。

十二、严酷的冷

我因为曾在冬天进过西藏,也曾在冬天去过那曲,所以逢上有人跟我说哪里哪里冷时,我会说,那能有西藏冷吗?

似乎有那么一点资格说冷了。

西藏的冷让我刻骨铭心。那个时候我住在政治部边防军人接待站,很简陋的一个招待所。每天太阳一落山,我就赶紧灌上热水袋进被窝,再把另外床上的被子全抱过来,底下垫两层,上面盖两床。也没电视可看,就那么窝着看书,手还是冻,戴上手套看。早上太阳不出来不敢起床。看到太阳亮晃晃的在窗户那儿了,就起床,拿个小凳子跟着太阳跑,太阳晒这个墙角,我就坐这个墙角儿,太阳移到树下了,我就移到树下。十点以后,才开始正常活动。

看照片上,我那时可谓全副武装,羽绒衣,毛裤加牛仔裤,大头毛皮鞋,围巾手套,有时还加上大衣。但依然是冷。从没暖和过。

洗了一次衣服，两手就红肿了。记得有天晚上，我从一个护士家采访出来回招待所，走了没两步，就冻得胃痉挛了，疼得直不起腰来，只好弯腰去敲一个刚刚认识的女医生的门，让她给我找点儿药吃。她让我吃了颠茄，又给我下了碗热面条，我这才缓过来。

说到吃，我记忆最深刻的是，那天医院欢送老兵，菜摆好了之后，领导讲话，老兵讲话，其实也就十来分钟，菜全部凉了，上面白花花的一层，是凝固的猪油。我因为胃疼，一口也没敢吃。

医生送我回招待所，路过一个水管，我听见流水声，一看是水龙头没关紧。就习惯地走过去关掉，医生又赶紧去把它打开，跟我解释说，不能关，关了明天早上就拧不开了，冻住了。

我去通信总站采访那些女兵，女兵告诉我，她们洗了头，必须马上擦得很干很干，不然头发上就会结冰碴子。我去医院采访女护士，护士说，她们给病人打针，必须随时保持针管和针剂的温度，否则还没注射就冻住了。女兵们值夜班，穿上棉衣再穿上大衣，再在腿上盖一件大衣。就只露个脑袋了。

可能有人会说，西藏的年平均气温，不会比东北低多少，为什么会冷成这样？其实原因非常简单，在西藏，没有取暖的条件。屋里屋外一样冷，女兵们值夜班的机房，女护士值夜班的护士站，还有招待所，食堂，办公室，哪儿哪儿都没有暖气，木柴，煤炭，电，气，一切可以取暖的能源都短缺。

这几年条件好些了，而且，由于全球气候转暖，冰川萎缩，雪线升高，对地球来说不是好事，但就西藏而言，冬天要好过一些了。总算没那么冷了。

但藏北依然很冷很冷。四季无夏，冷透全年。不知是不是因为它的海拔太高，藏北的平均海拔是四千五百米。年平均温度为零下五摄氏度,最冷的时候达到过零下四十八摄氏度。即使在八月,白天太阳晒得够戗,等太阳一落山,风就跟刀子似的,直刺肌肤,刺得我生疼,过"肤"不忘。有年春节我接到在藏北任职的朋友吴斌役的电话,我问他,很冷吧?他说还好,这几天气温升上来了,没那么冷了。我说升上来是多少啊,他说,零下二十摄氏度吧。我吓一跳,问,那前两天呢?他说前两天是零下三十多摄氏度。我说房间里呢,他说房间里不冷,我一天都开着电暖器,可以保持在零度。

在成都有人叫唤冷的时候,我经常说这个段子。

藏北的冷,应该用上"严酷"这个词。

仅仅是冷倒罢了,当地人都习惯了,连我们的官兵也习惯了。怕的是灾,雪灾。那就不是冷的问题了,是寒,是冻,是僵,是对生命的杀戮掠夺。

全国人民都知道,一九九八年长江中下游地区发生了特大洪水,但很少有人知道,就在那年年初,那曲发生了特大雪灾——持续四个月的 69 场大雪,将那曲地区十一个县的 38 万平方公里土地盖得严严实实,26 万藏族牧民和 554 万头牲畜陷入绝境。

当时前往藏北采访的我们军区新华社记者刘永华告诉我,西藏部队当即派出三千名官兵,几百台车辆前往灾区救灾。大雪封山塞路,一百台性能优良的火炮牵引车和推土机开道,装载救援物资的卡车紧随其后,一直深入到海拔五千多米的藏琼玛地区,其间翻过五座雪山三条冰河,历经千难万险……

那一年我在《西南军事文学》当编辑,曾编发了一篇反映某山地旅奔赴藏北救灾的报告文学。因为我认识带队的刘廷华政委,所以留下了深刻印象。我从照片上看到,车队在雪原上前行,根本看不到路,路都是官兵们在一米多厚的雪原上用双手铲出来的。他们边走边开道,跟当年的十八军一样,历经十五天,打通了一百多公里的冰雪通道,将七十吨糌粑、十万公斤燃料送到了柴尽粮绝的群众手中。看到那么多官兵的脸庞都被雪地的反光灼伤,脱皮红肿,那些藏族群众抱着他们不由得失声痛哭。

全体救灾部队经过近四个月的苦战,开辟出数条通往各县各乡的冰雪通道,及时将三千多吨救灾物资,吃的烧的穿的盖的,送到了灾民手中,所有受灾群众无一死亡。部队三月初撤离时,藏族同胞们扶老携幼赶来送行,他们拉着官兵的手不愿松开,个个泣不成声,车开了就跟着车跑。场面非常感人。仅从一个数字就可以看出藏族同胞的感激之情:救灾部队收到哈达 16587 条。

69 场雪,26 万牧民,554 万头牲畜,3054 名官兵,无一人死亡,16587 条哈达。这些数字不该忘记。

十三、风雪高原

我们到达帕里镇。

从日喀则出来,到帕里跑了二百七十公里。一点儿不觉得累。也许是一路好风光,还有一路的歌声,还有一路的回忆。

我们在帕里拐弯儿,上山。

ZM 山口。四千七百米。老天忽地又阴了。阳光来过又走了,好像急着把天空让给雪花。雪花细细的,却冷到极致。气温大约在零下五摄氏度左右。对我来说,已经是冻了。

下车,看见山上早已站了很多兵,在警戒。这是按规定布置的,我们不能发杂音。可是站岗的兵都穿着夏常服,脸和手都冻得通红。而他们的大衣,放在一排排的凳子上,大概是为我们预备的。我就想说点儿什么。

我问两个站在地图边上的兵,冷吧?他俩一起说,不冷。

那怎么可能?我正想"干涉"一下,让他们把大衣穿上,忽听C大校一声吼:把大衣都给我穿上!

兵们得了长官的命令,纷纷跑来,把大衣穿上,再跑回到哨位上。站得更直了。

这里距边界仅仅五公里,五公里之外,对方部署了不少兵力。故我们也不能掉以轻心。C大校率工作组开始工作,Y跟拍,我就找战士聊天。两个扶着地图的战士,一个是重庆长寿人,一个是贵州人。都十九岁。仅比我儿子大一岁。我心里有说不出的感慨。在他们的脚下,我看见几朵蓝紫色的小花和黄色的小花,从薄薄的雪里探出头来。我在查果拉的山坡上也见过这样的小花,我不知道他们的名字,只知道属于蕨类,生命力很顽强。那么高的山,那么冷的山,那么干涸的山,它们依然能存活,并且开花。它们就像这些兵。兵就像这些花。

在我们聊天的当儿,有个不丹商人背着背囊从我们身边走过。他看我们一眼,没有笑容,有一小点儿谨慎。战士告诉我,这里常有对方的人进入或出去。不丹商人到帕里镇做生意,只要在镇上公安部门办理简单的手续即可。每年春、夏、秋季,大约有一千五百多人次的不丹商人来到这里,他们带来了炒米、手表、草药等货物,来交换热水瓶、胶鞋、调料等日常用品。只要他们守规矩,我们都不会干涉的。我们的边境政策历来是"与邻为善,以邻为伴","睦邻,安邻,富邻"。

两个兵始终有些拘谨,话不多。我就找话说,我说,这地图不是有支架吗？你们干吗还扶着啊？他们回答说，风一来就会吹倒的，山口的风很大。

哦，我把风忘了。别看它没影儿，却是威力无穷。风雪高原，风排在前面呢。若没有风，仅仅雪，高原不会那么冷的。一旦有了风，风搅动雪，雪渗进风，顿时天寒地冻，肃杀一片。有多少人就在这样的风雪中献出了生命。

帕里有个叫堆那的村庄，有一年，六个年轻军人，就是在从堆那前往边境的路上遭遇了雪灾。

当时他们探亲返回连队，车到堆那时，忽然下起了大雪，大得不得了，完全看不清路了。当时也就十月，在内地还是金秋。可那场大雪，却像是腊月里的。他们坐的车不能再走了，他们就下车来步行。他们不想超假，而且他们还觉得，不是就二十多里路吗？花个半天时间就能走到。他们低估了高原的风雪，当然若没有风雪，肯定是没问题的。更长的路也没问题。

或者他们也估计到了风雪，但想以青春和热血与之抗衡。他们就开始走，或者叫跋涉，越走越艰难，深一脚浅一脚，每一步都需要付出全身的力气。在茫茫雪原上，他们变得越来越渺小，越来越脆弱，体内的热量渐渐耗尽，寒冷更猖獗地向他们进攻，更猖獗地包围他们，吞噬他们，最后，他们终于倒下了……两位牺牲，另外四个人严重冻伤，后来分别做了截肢手术，有的是脚指头，有的是脚后跟，最厉害的一个是截了小腿。

冻伤的，毕竟还留下了性命。还有多少人，就在一瞬间被风雪高原所吞没？我们军区记者站的记者胥晓东告诉我，他有一回从亚东出来到帕里，雪很大，跟在他们后面的一辆空军的车就翻了，车上一家三口，加上司机，全部遇难。

男的是亚东某空军部队军官,他的妻子和孩子进来探亲。也许是太冷了,孩子幼小的肺经受不了高寒带来的极度缺氧,想出去,也许是妻子假期到了,回单位超假了要挨领导的批评,想出去,也许是家里有老人,老人害怕儿女不在身边时的孤独,等着他们回去团圆,总之,他们急于走,却因为大雪,一直不敢走。那天看见胥晓东他们的车出发了,他们就跟了上来。想有个伴儿,一起走。胥晓东为了关照他们,还让他们走前面。在雪地上开车,有经验的司机都知道,前面好走,因为雪是松的,不滑。但那位空军军官谦让,让他们走前面。两家彼此推让了好一阵,最后还是胥晓东他们走在了前头。谁承想,走在后面的他们,真的发生了不幸!车子坠下了悬崖……

胥晓东说,我当记者,出过多次车祸,不下十次吧,但这一次是最难过的。我老是感到内疚。到现在一想起来还是内疚。如果那天我不急着走,他们也许就不会走。唉!

我不知道那家人叫什么名字,是哪里人,孩子多大,孩子的母亲是做什么的,我也不知道他们为什么急着走,一切都只能揣度。我只知道,那是个军人的家庭,那个家庭就那样葬在了高原。

还有那位司机,那个年轻的士兵,他也留在了高原。从此,在仰望高原的目光中,又多了几双含泪的眼睛。

还有一个关于风雪高原的故事,与两位年轻士兵的生命有关。

有一年春节前,驻守在 X 的边防连,派出五人前往团部领过年物资,一个排长,带着四个兵。他们高高兴兴地去了,领了很多东西,还有这一段时间积压的报纸、信件,又高高兴兴地往回走。车到格金山时,大雪把路封死了,车过不去。就像我们今天这样。我们在等推土机开道,他们不可能。他们想,就是三十多里路嘛,车过不去就走回去吧，全连官兵等着我们呢，等着我们带回东西一起过年呢。

于是他们五个人就背着东西开始走，不想没走出多远，又一场更大的雪从天而落，风雪交加，天昏地暗，简直看不清道路，气温降得更低了，寒风刺人骨髓。他们走了大半天，也没走出去几里路。一个战士先病倒了，急性肺水肿，发高烧。当时天已经黑了，排长和三个战友就把他放在中间，他们三个背靠背挤着他，暖和他。可是到了早上，那个战士还是没暖和过来，身体僵硬，停止了呼吸。

排长难过不已，立即做出决定，自己和一名战士守着过年物资和牺牲的战士，让另外两名战士回连队求救。两个回连队求救的战士，在风雪中跋涉，一天没吃东西，身上一点热量也没有，很快，又一名战士病倒，完全走不动了，他的战友就架着他，拖着他。他知道自己快不行了，他不想连累战友，就推说自己要方便，躲到一个雪坑里藏了起来，任战友怎么喊也不答应。剩下的那一个，就一个人继续走下去，到最后，是爬回到连队的，他的一只脚严重冻伤，后来截了肢。连里的官兵急忙赶到山上去救援，那个藏在雪坑里的战士，已经牺牲……

我不知道那一年X的春节是怎么过的。

而那一年的春节，我对这一切一无所知。所有的人都一无所知，在欢欢喜喜地过年。

他们守在那里，正是为了让所有的人欢欢喜喜地过年。毫无感觉的欢欢喜喜。我想起那首美国歌曲，鲍勃·迪伦写的：一个人要走完多少路，方才能称作人？白鸽要飞越多少大海，才能在沙冢里安眠？炮弹还要呼啸多少回，才能永远销毁？我的朋友，这答案就在风中。

在此行的途中，我经常想，一个人要在高原站多久，才能算真正站稳？一个人要在风雪中坚持多久，才能算抵御住了严寒？一个人要在西藏行走多少路，才能懂得高原？

我的朋友，这答案就在风中。

十四、牺牲

从雪山下来，还是在雪山上。

站在山腰往山下看，视野里依然是皑皑白雪，再往远处看，皑皑白雪波浪般起伏，那不是海，那仍是山。白色的山。

白色，视野里全是白色，白到了极致，纯洁到了单调。没有赤橙黄绿青蓝紫，没有一丝色彩。就是红太阳照到这儿，也变成了耀眼的白色光芒。平日里常听人说喜欢白色。不知那些喜欢白色的人，如果是生活在这里，会作怎样选择？如果是我，我会重新选择说，我喜欢大红大绿，我渴望浓烈的五颜六色。

忽然想，藏族人民真的很了不起，他们生活在这白色世界里，生活在这白到了残酷的环境中，并没有被白色吓着，他们依然崇尚白色，他们最珍贵的哈达是白色的，他们心中最庄严的宫殿布达拉宫，墙的主体也是白色的。在他们的心目中，白色象征着幸福、纯洁、和平、安宁。白色就是他们心中的五颜六色。

不过，他们的衣着，身上的饰品，还有房屋的门窗，却是非常鲜艳。我常常在路上看见身着大红衣服的藏族同胞，不光是姑娘，也有大男人，老人。他们渴望将自己从这白茫茫的世界里凸现出来。

我抬头，看见在比我更高的一处山顶上，站着两个绿色的身影，他们是这白色世界里唯一的色彩，他们也以色彩的方式从这白茫茫的雪世界里凸现出来，那是我们的兵。他们与藏族人民一样，终年生活在雪的世界,与白色共存不是他们的选择,是他们的责任。

忽然就想到了好几位在大雪中牺牲的人。

那空军的一家三口,那六个探亲回来的年轻军官,那四个背年货回连队的X站的兵,还有许许多多我尚不知道的人,风雪毫不留情地要了他们的命,不管他们情愿与否,都将他们留在了白色世界里。雪山处处埋忠骨。

还有一位乃堆拉的指导员,都要出去休假了,走的头天晚上他一个班一个班去告别。一是因为新兵刚下连他不放心,嘱咐他们不能感冒了;二也是兴奋,他已经两年没休假了,本来儿子出生前他就要回去的,没走成,现在儿子满月了,他急着赶回去当爸爸。他跟战士们一一叮嘱,一一告别,还答应给他们带儿子满月的糖回来。走完最后一个班返回宿舍时,已是凌晨,天空飘起了雪花,他一脚踩空,掉下悬崖。第二天早上发现时,人已冻僵。

指导员姓穆,叫穆忠明。在他死后的两个月,家里的一封信寄到了哨所,里面有一张儿子满月的照片。那是一个永远失去了父亲的儿子,一个西藏军人的后代。他的父亲长眠在了雪山脚下。他要在许多年后上学读书才会懂得,那叫牺牲。

牺牲。我想起了许许多多牺牲在西藏的人:张贵荣司令员,张国华司令员,高明诚团长,任致逊和马景然,还有杜永红,他们牺牲在岗位上,死得让人景仰。

还有那对探亲路上出车祸的军官夫妻,两位在那曲军分区病故的年轻女军官,两位去岗巴营探亲患脑水肿死在那里的军属,他们死在寻常的日子里,死得让人心痛。

牺牲的情形各不相同,但都是牺牲。

古时候,牺牲这个词是名词,专门用在祭祀中。指的是献给神的供品。我不想这样来解释我们的官兵，无论是什么样的神，他们都没有资格拿走我们官兵的生命。但他们也是牺牲，他们把自己供奉给了这个雪世界，供奉给了他们的理想，他们的责任，他们自己心中的神。

西藏军区每年的非正常死亡人数很多，而在这些故去的人中，有些情形是你完全不能想象的，比如巡逻途中，被山上滚下来的石头砸死，或者被泥石流冲下河淹死，甚至在原始森林中被突然断裂的枯枝砸中身亡；还有，年轻轻的，正在打篮球，猝然倒地而死；还有，在高海拔哨所中站哨，被雷电击中而死；还有，在蔬菜大棚中劳动，被强烈的阳光暴晒中暑而死；下大雨，电线漏电触电而死；还有，去机场接自己的妻子，翻车而死。有四名战士的死因更让人心痛：在部队水库中抢修电站机组，两个玩耍的孩子不知情，将水闸打开放水，四个战士无一幸免……

太多太多了，多到我不忍心细写。

军人的职业原本就有牺牲的意味，而坚守在高原上的军人，令这种牺牲更多了一份悲壮。即使不在战时、灾时、乱时，他们也需要付出生命，他们也需要时刻做好牺牲的准备。那是一种看不见的默默无闻的牺牲。

我手头有一份西藏军区这十年来的牺牲情况。从一九九五年到今年，十年间，据不完全统计，仅仅因车祸而亡就有近百人，占死亡人数的35%，因各种疾病及冻亡的，也有几十人，占32%。就是说，仅仅这两项就占了近70%。我可以肯定这两项的百分比，一定超过了其他军区，不因为别的，就因为他们在高原。

我还发现，各分区伤亡的情况都各有特点，比如日喀则分区和山南分区，因寒冷而死亡的特别多；林芝分区、昌都分区，以及驻守在那里的部队，因各种车祸在路途中牺牲的特别多；而那曲分区，因为海拔太高，患各种疾病死亡的特别多，包括猝死。由此不难看出，他们的牺牲和他们所站的位置，有着非常大的关联。

我的朋友吴斌役也在那曲，他告诉我，从他调到那曲，他们分区每年都有人因高原疾病死亡。他本人的身体也明显差了。调进去之前他去体检，四十六项指标全部合格，但半年后再体检，毛病全出来了：心脏肥大，心动过速，血压偏高。后来又出现了心脏闭合不全，血液轻度回流，并由此导致血压偏低，心跳过慢。

对他们来说，牺牲不是一句豪言壮语，是实实在在的生活，牺牲不是一种选择，而是一种必须。当他们走向高原时，在他们的心里，就已经做好了这样的心理准备。

C大校曾跟我说过这样一句话，对军人的最大考验不是战争而是和平。在和平时期依然能站直了不趴下，那才是真正的军人。

我把我所知道的西藏边关的艰苦和牺牲告诉给大家。我不指望每一位读者能理解，或被感动。我只希望，在大家舒适的日子里，在大家氧气充足的生活中，能偶尔想起他们来，想起那些站在世界屋脊、雪山顶上的官兵，想起那些被寒冷和寂寞包围着的官兵，想起那些长眠在雪世界永不归来的官兵。

为他们祈祷，为他们祝福。

（原载《当代》2006年第1期，有删节）

作者简介：裘山山（1958— ），女，浙江嵊州人。1976年入伍。著有长篇小说《我在天堂等你》《春草开花》，小说集《白罂粟》《一路有树》等。

中国第一朵蘑菇云里的英雄传奇

徐　剑

这是第二炮兵原司令员李旭阁夫人耿素墨向我讲述的一个故事，装在我心中多年了，每每想起，感慨不已。

那是上个世纪八十年代中期，“两弹一星”功臣邓稼先罹患癌症去世后，他的夫人许鹿希，一直沉浸在高贵爱情里的世家之女，无法自拔。不仅原封不动摆放着邓稼先生前家里所有物品、书籍和纸条，任其岁月烟云褪色，尘埃落下，而且开始做一件事情，追踪当年到过核试验爆炸中心的“两弹一星”功臣的身体状况。时间不知不觉地过去了十几年，当首次核试验的主要指挥者和核科学家陆续去世后，她发现，他们中间的不少人都是因为身患肿瘤而逝。

这似乎成了到过爆心的勇士们一个命运的咒符。但是也有人例外，那就是时任第二炮兵司令员的李旭阁中将。首次核试验后第二天，李旭阁曾坐直升机飞过原子弹铁塔上空，久久盘旋，观察铁塔的毁伤情况，当时的爆心核沾染极强，如果要算吃的核辐射最多，非他莫属。但他的身体一直很好，是一个异数。

二〇〇一年四月，一个不幸的消息传来，李旭阁老司令在解放军总医院被确诊为肺癌。这一年李旭阁将军正好七十四岁，所幸癌症发现得早，切除了左肺，手术做得很成功，治疗跟进及时，病情稳定下来了。

有一天，许鹿希与耿素墨见面了。她握着老耿的手说，以前我曾听张爱萍夫人李又兰大姐说，李旭阁司令员是所有到过首次核试验爆心人员中的“漏网之鱼”。可当得知他患了肺癌后，我又一次陷入沉重的悲怆之中，他们这代人为我们中华民族挺起脊梁，付出的实在太多了。

一个光荣与梦想的年代，一个创造了奇迹的英雄群体。当我抚摸这段英雄传奇时，奔突于心的是一种壮怀激烈的感动和钦羡。

那个让我们景仰的英雄年代啊！

钱学森教授未曾想到，当年听他《导弹概述》的将校中间，竟然出了一个中国战略导弹部队司令员

二〇〇四年四月，上海交通大学钱学森纪念馆的筹备工作即将开始。

有一天，钱学森秘书接到一个电话，是李旭阁夫人耿素墨打来的，说家里整理书房时，发现一个笔记本，是一九五六年元旦钱学森在为我军高级将领讲《导弹概述》的记录稿。

一九五五年，在美国长岛被幽禁五年的钱学森，经冯·卡门学派师生的奔走，以及新中国政府的多方交涉，终于获准回国。

赤子归来，印证了美国海军次长金布尔将军的判断：一个钱等于五个美国海军陆战师。归国后的钱学森受到毛泽东、周恩来的接见，并被任命为国防部五院院长。家还未安顿好，钱学森就开始向从战争中走来的高级将领描绘中国战略导弹的发展和未来。

一九五六年元旦的第一场春雪刚刚落下。那天上午，在中南海居仁堂办公的总参作战部空军处参谋李旭阁，被处长杨昆叫进办公室,递给他一张入场券,说下午三点总政排练场有个秘密报告,规格很高,你去听听!

北京城郭一片雪白。李旭阁骑车而去,中南海到新街口总政排演场大厅路并不远。他匆匆步入会场,环顾左右,已座无虚席。令他吃惊的是在座的几乎都是清一色的将军,他们都是三总部和驻京军兵种的领导,许多人都是他所熟悉的。主席台上,摆着国防部副部长陈赓大将的名牌。蓦然回首,满堂高级将领,唯有他一个人年纪最轻,职务也最低,佩戴少校军衔。

刚刚落座,电铃就响了。陈赓大将率先走出来,身后跟着一位穿中山装的学者。两个人坐下,陈赓大将便介绍说,这位就是刚刚归国的钱学森教授,世界上大名鼎鼎的空气动力学家,今天由他给大家讲世界上最先进的尖端武器——导弹。顿时,全场掌声雷动。

钱学森教授站起来鞠了一躬,然后走至黑板前,挥笔写了一行字:“关于导弹武器知识的概述”。

李旭阁在一个崭新的笔记本上记这一行字,这是他第一次听到关于世界上最尖端武器的介绍。他聚精会神地听,一丝不苟地记,什么导弹结构用途,美国、苏联导弹发展现状等等。特别是钱学森饶有意味的一番话,深深印在他心里:“中国人完全有能力,自力更生制造出自己的火箭。我建议中央军委,成立一个新的军种,名字可以叫‘火军’,就是装备火箭的部队。”以后,钱学森又于一九六〇年三月二十二和二十三日在高等军事学院讲授火箭和原子能的运用,李旭阁再次前往听课,钱学森深入浅出、引人入胜的讲解,至今让他记忆犹新。

二〇〇四年四月份,李旭阁在整理过去的资料时,意外地发现了自己当年的笔记本,打开一看,竟是一九五六年元旦听钱学森讲课的手记，他记了厚厚一个本子。钱学森的儿子和秘书得知情况后，立即专程来到他家，将原件拍照和复印，准备放到上海交大钱学森纪念馆展出。

二〇〇五年十一月十二日，钱学森归国五十年座谈会在北京召开，在出席的嘉宾中，钱学森夫人蒋英特意加上李旭阁的名字。会上，蒋英握着李旭阁的手说，钱老让我转告你，他未曾想到，在当年听他课的高级将校军官中间，最年轻的那位少校，成了他当时建议成立的“火军”中国战略导弹部队的司令员。

李旭阁笑了，说从听钱老课的那一天，我的命运便与中国战略导弹事业连在一起了。

周恩来总理当面叫张爱萍搜口袋，带没带保密文件，并吩咐李旭阁编首次核试验的暗语密码

时至傍晚，一抹斜阳泄在紫光阁的总理会议室。

一个重要会议还没有结束，周总理在做首次核试验的空中和地面布防，他对贺龙和罗瑞卿大将说，为防止敌人动核手术，西北一线，要调飞行师和高炮部队进去，形成对空防线和火力网。总理犹有意味地提醒大家，要防止破坏，防止响了以后被人报复，当然也不一定。但总是要有些准备，防空、公安保卫，总得有几道防线。由国防科委、二机部商量，向总参提出来，如何搞，另外部署，试验场本身是没有防护的。

作为首次核试验办公室主任，李旭阁坐在工作人员席认真记录。这时，副总参谋长张爱萍站了起来，向周总理告假，说今晚外交部安排一个外事活动，要提前告退。

总理仰起头来，对外交部有关人员说，下不为例，以后再不要安排爱萍同志的外事活动。

张爱萍副总长站起身来，刚准备离去，周总理突然从沙发上一跃而起，说爱萍请留步。

李旭阁见总理走了过来，堵住了张爱萍的去路。周总理关切地说，爱萍，你带核试验的文件了吗？

张爱萍摇了摇头，说总理，没有带啊！

周总理指了指张爱萍的衣兜，说搜一搜，看看里边有没有纸条，你参加外事活动，首次核试验的只言片语都不能带出去。

李旭阁第一次感受到了周总理的处事缜密。在总理的督导下，张爱萍真的将自己几个衣兜都掏了一遍。没有搜出什么，总理才如释重负地说："保密无小事啊！首次核试验除了中央政治局常委外，书记处也只有彭真知道，范围很小。一旦泄露出去，就会捅破天的。我上次小病，传得很广，外国媒体也舆论纷纷。我老婆是老党员、中央委员，她就不知道我们要搞核试验，我从不对她讲。"

在座的人员喟然感叹，总理保密观念如此之强，真是一代楷模。

暮霭涌起，紫光阁里的光线渐次黯然下来。将所有预想的事情都布置完了，总理向坐在后排的李旭阁招了招手，说李参谋，你过来。李旭阁从后排站了起来，走到总理跟前，询问道，总理有什么指示？

"到了马兰后，你们与中央联系，全部用暗语密码。今晚就制订场区与北京通话的暗语，北京也就是我、贺总、罗总三人抓。你回去向爱萍副总长报告。"

晚上张爱萍副总长参加外事活动回来，李旭阁报告了总理的指示，张爱萍副总长说，旭阁，按总理的指示办。

随后，李旭阁与二机部办公厅主任张汉周，二机部部长刘杰的秘书李鹰翔，国防科工委的处长高建民一起编暗语。也许因为首次核试验的原子弹是圆形，李旭阁提出，将原子弹取名为“邱小姐”，此议一出，大家连声称好，说形象隐秘。于是便将装原子弹的平台叫“梳妆台”，连接火工品的电缆线像头发一样长，叫“梳辫子”。李旭阁写完了，便送给了张爱萍，密码对照表上规定：正式爆炸的原子弹密语为邱小姐，原子弹装配为穿衣，原子弹在装配车间，密码为住下房，吊到塔架上的工作台为住上房，原子弹插火工品，密码为梳辫子，气象的密码为血压，起爆时间为零时。有关领导也有相应的代号，周总理的代号为82号。张副总长看了后连声说：“旭阁，编得好，既形象生动又隐秘难猜。”于是，九月二十四日正式报给了周总理、贺龙和罗瑞卿，作为核试验场与北京电话联络的暗号和密码。

两架军用专机接力送一位密使回京向毛主席报告，李旭阁的文件包里装着共和国一个天大的秘密

离首次核试验的零时，只剩最后一周了。

罗布泊的天气仍令人琢磨不定。时而晴空万里，时而沙暴肆虐，黄沙铺天盖地。气象成了首次核试验指挥部最揪心的事情。

张爱萍一行离开北京时，周总理亲自交代，以后罗布泊与北京之间就专线暗语密码联络，现场的事情，由张副总长拍板，若有重大决策，爱萍你就不要回来了，让李旭阁送回来就行，我再呈报主席。

一九六四年十月九日，首次核试验指挥部根据场区的天气预

报，建议正式试验时间选在十五至二十日之间。

十月十日凌晨三时，李旭阁将首次核试验的准备工作情况及试验时间的绝密报告草拟抄好后，送到张爱萍总指挥的帐篷里。张爱萍坐在箱子上签署后，仰起头来说，旭阁，你飞一趟北京，将这份绝密报告呈送总理和主席。

“是！张副总长。”李旭阁答道。

张爱萍指了指帐篷一角的贝壳、鱼虫化石说，将这些罗布泊的化石带上，送给叶帅，我离开北京时，他曾说要来看首次核试验，你代我去请他。

李旭阁将绝密文件收入文件包时，张爱萍又叮咛了一句：天亮了就走，赶到马兰机场，空军成钧副司令员已经调专机过来接你。

“明白！”

罗布泊的清晨一片死寂，唯有风的呼号。第二天早晨出发时，李旭阁心里一片愕然，环顾左右，这样天大的事情，只派他一个人去做密使，再没有第二个人。而且空军一架伊尔-14 专机，也只送他一个人，可谓空前绝后。但是张副总长定的事情就得义无反顾地执行。李旭阁将文件包抱在怀里，径自登上一辆嘎斯吉普，对司机说，出发，去马兰机场。

浩瀚的罗布泊，曾是一片干涸的大海，海水沉没，海底凸露出来，黑茫茫的一片阔空。李旭阁坐在车中极目远眺，望不见地平线尽头。沙尘掠过，让人不辨东西。瀚海本无路，唯有空留在河床上的车辙通向机场。几个月往返于核试验场上的每个点，他已经熟悉了。可是那天仍然险象环生，吊诡迭出。他坐的吉普车头天刚保养过，车况不错，然而在一望无边的戈壁滩上疾驶时，河床凸凹不平，颠簸起伏，突然一声巨响，吉普车遽然倾斜，连车带人差点栽了一个跟斗。李旭阁下车一看,一个车轮早已飞掣入苍茫。李旭阁与司机在荒原上茫然四顾,到处寻找,东西南北绕了几个圈,终于将轮子找了回来。重新换上去,已耽搁了很长时间。驱车赶到机场,太阳西斜了。空军作战部恽前程副部长神情焦急地问道:“李主任,你怎么才来啊!”

李旭阁苦笑着说:“我们在戈壁滩上将吉普车的轮子跑飞啦!”

3241 号机组飞不了夜航。恽前程指着停泊在机场跑道上的伊尔-14 军用飞机说:天黑之前你赶不到北京了。李旭阁才发现恽副部长的焦急事出有因。

那怎么办?张副总长说主席和总理都在等待这份绝密报告,务必今晚送到。

第一站先落包头吧。恽前程副部长说,我马上请示成钧副司令,再派一架专机到包头接你。

很快,成钧副司令员打电话与空司联系,另一架专机马上飞往包头机场等候,接力送李旭阁飞往北京西苑机场。

李旭阁登上伊尔-14 飞机,在云层中颠簸了好几个小时。傍晚时分,飞抵包头上空,恰好是一场雨后,草原上田鼠横窜,猎鹰乘机出来捕食。飞机在半空盘旋,然后朝着跑道俯冲近地,只见一只猎鹰朝着飞机迎面飞来,咣当一声响,撞在了驾驶舱的玻璃上。飞机一阵剧烈抖动摇晃,幸好飞行员牢牢把住操纵杆,才避免了一场灾难。飞机降落到包头机场时,天色渐渐黑下来,飞行员把那只被撞死的鹰拾了回来,翅膀特别长,足有一米多。

李旭阁走下飞机,发现空军调来的另一架里-2 飞机已经停在包头机场待命。晚上九点多钟,他再度登上里-2 专机,朝着北京的夜空翱翔而去。夜里十一时,军用专机在北京西苑机场降落。

上交文件后，李旭阁抱着两个哈密瓜径直赶回家里。

第二天早晨刚起床，他就接到电话通知，马上到总参参加罗瑞卿总参谋长主持的核试验场防空会议。而他送来的那份绝密文件，当天深夜由周恩来审阅后，直呈毛泽东和刘少奇。

防空会议一结束，李旭阁就驱车前往军事科学院，看望叶剑英元帅，给他带去罗布泊捡来的海底化石。他在场区时，已为叶帅来看核爆炸准备了住的地方，并代表张爱萍副总长正式邀请。

"谢谢爱萍，我身不由己啊！中央不同意去。"叶帅遗憾地说。

"这是张爱萍副总长托我带给你的纪念品。"李旭阁将罗布泊海底化石递了上去。叶帅爱不释手，大加称赞。

李旭阁简要汇报了核试验场的准备情况。

叶帅说好啊，我在北京静候你们震惊世界的巨响。

告别叶帅，李旭阁在北京等待总理办公室的消息。过了一天，总理的军事秘书王亚志打来电话，说报告已由总理上报毛泽东主席和刘少奇主席了，林彪、邓小平、彭真、贺龙、聂荣臻都已经圈阅，总理说有些问题与张爱萍电话谈过了，你可以走了，但不要带什么东西。

第二天，李旭阁又由专机送回罗布泊。

东方巨响惊动世界，首次核试验第二天，李旭阁乘坐直升机盘旋爆心上空，将中国军人的英雄虎胆留在罗布泊

一个古老民族仰起高傲头颅的时刻到来了。

十月十五日十八时三十分，张爱萍下达命令，原子弹开始装配，李旭阁向总理办公室发了第一个暗语：邱小姐住下房。

好事多磨啊！从十月十二日起，首次核试验指挥部的指挥员和专家都在仰望天空，祈盼一个好天气。可是一连两天，罗布泊风云变幻，诡谲难测，狂风呼啸，沙暴遮天，让气象专家难下决断。当时国家气象局和总参气象专家预报十五、十六日是好天气时，唯有马兰基地年轻气象员朱德品“瀚海我独行”，坚持预报十四日晚间将有大风，风势要到十五日上午十时之后才会渐次减弱。可是人微言轻，开始没人相信他的气象判读。到了十四日晚间，突然大风起兮，黄沙滚滚，遮天蔽日。指挥部专家和将军们望天长叹，翘首以盼须晴日。到了十五日十时许，风力果真小了，天象被朱德品言中。李旭阁又安排了四次天气会商，张爱萍直到十六日凌晨三时最后一次天气会商时最终拍板，首次核试验零时定在十月十六日十五时。

十六日凌晨四时，罗布泊一片寂静，深邃的天穹巡弋着一种罕至的神秘和沉默。原子弹于早晨运到了铁塔架前进行交接。张爱萍再度下达命令，八点钟插火工品。李旭阁又向总理办公室发了第二个暗语：邱小姐在梳妆台，八点钟梳辫子。火工品插好后，原子弹徐徐调上塔架。李旭阁给总理办公室发第三个暗语：邱小姐住上房。

铁塔兀立，像一个金刚，将第一颗原子弹高擎入云间。一切都安排妥当了，张爱萍对李旭阁说：“旭阁，走，回主控站。”

吉普车从塔架下刚开出了十米，张爱萍突然叫停车，坐在后排的李旭阁问：“张副总长，有什么事情？”“开车吧，没事！”素来果断的张爱萍犹豫了一下，将手中的照相机放了下来，挥了挥手，“走吧！”李旭阁明白了，上将想在原子弹铁塔前拍照留念。张爱萍是一位将军摄影家，从战争年代起，便深爱此道，颇有造诣。徜徉塔架前，他多想给自己拍一张照片，留下历史性的纪念。可是他在许多场所都要求部队保密，不准拍照，自己也不能破了这个规矩，于是悻然而去，此事成了他一生的遗憾。

李旭阁跟随张爱萍到了主控站，只见九院院长李觉将军已将主控站的起爆钥匙交到负责主控室指挥的张震寰（时任国防科委副秘书长）手里，张爱萍满意地点了点头。这时，李旭阁接到周总理办公室的电话，传达总理指示：“零时后，不论情况如何，请张爱萍立即与我直接通一次电话。”

十四时三十分，李旭阁跟随张爱萍来到距离爆心六十公里的白云岗。观察所设在一个土坎堆前，李旭阁环顾周遭，发现他们请来的新疆军区与自治区领导人皆在场，而核科学家王淦昌、彭桓武、郭永怀、邓稼先、朱光亚等一批人已在零时前几分钟，走进了观察所的掩体里。背对核爆心，向背而卧。

李旭阁曾说，为了看到原子弹爆炸的瞬间，可以豁出去一只眼睛，也在所不惜。张爱萍摇了摇头说，旭阁，勇气可嘉，但不可蛮干，通知所有人坚决不许面向爆心。

这时，李旭阁再次摇通总理办公室的电话，握在手中，屏住呼吸，等待那震撼世界的历史性一刻的降临。

倒计时秒表在嚓嚓作响，李旭阁的心禁不住一阵狂跳。随着指挥员10、9、8、7、6、5、4、3、2、1的倒计时报数，只听一声起爆口令，死寂的戈壁滩上遽然掠过一片耀眼的白光，远处传来一声轰隆隆的雷霆巨响，大地震颤了，遥远的天边，一个火球缓缓裂变，红云般的蘑菇浮浮冉冉，冲天而起，扶摇苍穹，飓风天地。一会儿红色蘑菇云在半空中漫漶翻卷，次第成乳白色。白云悬空，美丽的毒蘑菇绽放天地之间。李旭阁欣喜如狂，却没有忘记将手中的电话递到张爱萍手中，说：“总理就在电话旁，他在等你报告情况。”

猝然不惊的张爱萍此时却难以抑止内心的激动，说：“总理，首次核爆炸成功啦！”

“是不是真的核爆炸？”周恩来在电话里问张爱萍。

张爱萍扭头问身边的核科学家王淦昌：“总理问是不是真的核爆炸？”

“是核爆炸！”王淦昌肯定地回答。

张爱萍立即向总理作了报告。周恩来说：“很好，我代表毛主席、党中央、国务院，向参加首次原子弹研制和试验的全体同志表示热烈祝贺！毛主席正在人民大会堂，我马上去向他报告。”

李旭阁站在张爱萍身边，将这历史性的一幕铭刻于心。

首次核试验尘埃落定，核爆铁塔究竟毁伤成什么样子，张爱萍总指挥仍放心不下。当天晚上，庆功宴过后，张爱萍忧心忡忡地说，旭阁啊，也不知那铁塔炸成了什么样子？

李旭阁沉吟片刻，主动请缨道：“张副总长，我明天坐直升机飞到爆心，从空中看看铁塔倒塌的真实情况，回来向你报告。”

“不行！太危险。”张爱萍摇了摇头，“现在爆心核辐射和核沾染超标千万倍，对身体危害太大！”

“科学家们说没事，只要防护得当。”李旭阁毫无畏惧地说，“我穿上防护服，戴上防毒面具，问题不大！再说舍不得孩子套不到狼！”

在李旭阁再三请求下，张爱萍副总长同意了，叮嘱他，一定要防护好自己。

核爆后的第二天，爆心废墟上仍旧弥散核尘埃，探试仪器指针未进核心圈，便指向尽头，蜂鸣器突突地叫得人心慌。李旭阁穿上防化服，戴上防毒面具，与马兰基地一位摄影员，登上直升机，鹞然而起，往六十多公里外的爆心飞去。十几分钟后，飞抵核爆炸的铁塔上空,李旭阁让飞行员在空中悬停,自己探出半个身子朝下俯瞰。核爆过后,铁塔扭曲变形成了一堆麻花,倒成一片,化成铁水,凝固于地。他请飞行员从不同方向,飞掠铁塔上空,让摄影员选最佳角度拍摄。一直在爆心上空盘旋了十多分钟后,完成了所有观察和拍摄,才安全返航,降落到洗消站进行洗消。随后李旭阁抽下防毒面具,穿着防护服,伫立直升机面前,留下了一张照片,也留下了中国军人的勇气和豪情。回到指挥所,他向张爱萍总指挥汇报了塔架毁伤状况,张爱萍上将长长地舒了一口气。当晚,李旭阁挥笔填词一首《西江月·塔架》抒怀:"为了科学试验,粉身碎骨何惜,雷声鸣时体化灰,为国扬眉吐气。"

雷鸣化作火焰和灰烬的壮烈,正是当时所有参加首次核试验人员的精神写照。很多像李旭阁一样的中国军人将英雄虎胆留在了罗布泊。

留给过去与未来一片英雄的天空。

(原载2009年9月9日《解放军报》)

作者简介:徐剑(1958—),云南昆明人。1974年入伍。著有报告文学《大国长剑》《东方哈达》《金青稞》等。

闪着泪光的事业

——和谐号:“中国创造”的加速度

蒋　巍

为什么我的眼里常含泪水?

因为我对这土地爱得深沉……

——艾青

引　子

二十世纪七十年代,一位西方政要访问中国时登上长城,他看到一个古老大国的沉雄奇伟,也看到一个民族的封闭与落后,归国后他发出一句这样的感慨:“一个停滞的民族是没有前途的。”

一九七八年那个静悄悄的雪夜,地球似乎突然晃了晃,整个世界都感觉到来自东方大陆的震动。一位在政坛上曾三次东山再起的中国老人靠在中南海的沙发上,他目光深邃,沉思良久,毅然做出这样一个判断:中国不改革开放,不发展经济,不改善人民生活,只能是死路一条。

从此,中国进入了改革开放的新时期。从此,中国铁路也进入了一个崭新的历史阶段……

八九十年代,铁道部挥师鏖战,先是“南攻衡广,北战大秦,中取华东”，后来又“强攻京九、兰新，速战宝中、侯月，再取华东、西南”，铁路版图的红色箭头有了强劲的延伸。

二〇〇八年六月二十四日，“中国速度史”上一个闪闪发光的日子。那天有雨，乌云密布，但耀眼的闪电不在空中而在地上，那就是中国铁路最新的“形象大使”——造型优美时尚的乳白色“和谐号”。司机李东晓身着笔挺制服，口袋里装着“中华人民共和国铁道部 CRH3 型动车组第 0001 号驾驶证”，号称“中国一号司机”。他手握操纵杆，稳稳上推，列车渐渐加快，城镇绿野飞速向后掠过。铁道部的负责同志屏息注视着驾驶室内闪烁不停的屏幕，显示时速的数字不断跳跃冲高，人们的心跳也不断加速：150，200，250，300，350……394.3！

“今天天气不好，不要冲了！”铁道部总工程师何华武大声对司机李东晓说。他的声音激动得有些喑哑，但这句话已被淹没在热烈的欢呼声和掌声中。394.3 公里——由国产动车组创造的中国高铁最高时速纪录诞生了。

这样的速度，插上翅膀就可以起飞了！

笑声和掌声中，在场所有的铁路人都泪光闪闪。

“中国高铁速度”的第一座里程碑昂然崛起！

29 分 43 秒，“和谐号”抵达天津，比开车从北京的东直门到西直门还快。后来北京市长对天津市长笑说：“看来我是你的北郊了。”天津市长笑答：“不，我是你的海边了。”

三十年河东，三十年河西。从牛背上的中国到高铁上的中国，最伟大的变化就是：“速度”。“中国速度”已成为中国发展的代名词。“和谐号”诞生的速度和它创造的速度，让整个世界为之震惊。大洋彼岸的白宫就被惊动了，奥巴马总统在他的第一部国情咨文中这样表述了他的心情:“我们没有理由让欧洲和中国拥有最快的铁路。”

涌动的人潮:“中国之梦”和“中国之痛”

仿佛一夜之间,南国一个贫穷破败的小渔村忽然变成梦幻般绚丽的大都市。那是世界上最年轻的大都市。

就是它创造的“深圳速度”,唤醒了亿万农民的渴望与梦想:打工去,赚钱去!农民们扛起简单的行李卷,从乡村的泥泞小路跋涉到长沙、贵阳、成都、郑州等中西部的大小车站,然后坐在行李卷上茫然四顾。其中很多人没有预定的目的地,只要买到向东向南的车票,扛起行李就出发。于是在改革开放的中国,形成人类文明史上一个前所未有的奇观:范围最广、规模最大、持续时间最长的人口大流动。三十年来,亿万脸色苍黑的农民工汇集成全球最壮阔的“候鸟群”,一年一度,春节前“回巢”,春节后“南飞”,在中国版图上像海浪一样潮涨潮落、涌来涌去。他们在追寻和创造文明的同时,也领悟和接受着文明。

这是二十世纪八十年代以来充满诱惑与生机的“中国之梦”。但是,或许没有多少人意识到,正是这个令人振奋的“中国之梦”,同时造就了一个范围最广、规模最大、持续时间最长的“中国之痛”。

你听到了吗?多少年来,延伸在全国各地的两条钢轨一直在颤抖和呻吟!你看到了吗?那么多铁路员工在谈到自己和同事的辛劳、付出和牺牲时,谈到家庭、老人和孩子时,眼里都闪着泪光。新时期以来,在中国,大概没有任何一个行业,像铁路这样承受着巨大的压力，付出极大的努力，却又遭受着无尽的责难。他们半委屈半幽默地说：“我们累个半死，又给骂个半死……”

中国铁路无愧于“国脉”的光荣称号，它仅占世界铁路营业里程的6%，却承载了世界铁路25%的运输量。全国85%以上的木材和石油，80%以上的钢铁和冶炼物资，60%以上的煤炭和大部分三农物资，都是通过铁路运输的。但是，国门打开之初，当我们好奇地张望这个陌生世界的时候，让一些人最眼热、最心跳的不是铁路，而是民航、高速公路和互联网——民航更快，高速公路更便捷，有了互联网就不用出差了——这才叫信息化和现代化！至于叮当作响、老旧不堪、趴在轨道上“喘粗气”的火车，一些人认为它已经沦为“夕阳产业”，未来只有等着进博物馆了。

一批批从欧美购入的飞机在各大城市间翱翔起落，一条条高速公路在大江南北迅速延伸，但穿行于群山荒野和城市里隔着斑驳老墙的铁路，似乎成了“被遗忘的角落”，延伸在蒸汽机车喷出的团团白雾之中……

但是，国脉依然在艰难地、坚忍地默默运行着。因为亿万民工和普通百姓需要它！日夜不停地运往全国各地的煤炭、矿石、木材和石油需要它！来自城镇乡村并享受半票优惠待遇的大学生们（这在世界上是独一份）需要它！在冰冻灾害、汶川地震、玉树地震等大灾大难中，驰援军队、救灾物资、运送伤员需要它！现代文明史上一年一度的人口大流动、中国最独特的社会景观——“春运”需要它！

那一幕记忆犹新——

咣当，咣当……飞驰的冬夜和冷风中，刚刚参加工作的列车员小曾（现为广铁集团干部）抱着一位旅客发高烧的一岁女儿落泪了,他一筹莫展。他服务的是棚车,俗称"闷罐车"。二十世纪八九十年代春运期间,因客车数量不足,只好临时用货运棚车来装人,一节车厢里塞进二三百人,挤得像沙丁鱼罐头。地板上铺些稻草,角落处打个洞就算"方便"的地方。列车员的"服务工具"主要是手电、钳子和铁丝。入夜,小曾一定先用手电检查一下旅客的安全和状态,再用铁丝把大铁门拧死,以免中途有人想透透气被甩下去。因为车厢人太多,想"方便"都无法移动,大家只好在黑暗中就地解决。小曾只能站着喊着,或者像走过瓜地一样,跨过席地而坐的旅客们的脑袋进行服务,等到中途有人下车了,他才能在稻草铺上歇歇……

那一幕惊心动魄——

二〇〇八年春,冰冻灾害席卷南国,广州地区聚集了三百五十万等待回家的旅客大军。春节前十天,仅广州站就涌入两百万人。站前广场上,每平方米平均站八个人以上,体重轻的脚都悬空了,几昼夜动弹不得,想出都出不来。有的孩子被挤晕了,旅客们就高举双手组成长长的"天桥",把孩子传出来。时间长了,人海昏昏欲睡,浪潮般东倒西歪。铁路人员和部队、武警派出上万人,手挽手在外围组成六道铁壁铜墙。一会儿,半睡半醒的几十万人一齐向南歪倒,过一会儿又向北歪倒,只要外围用血肉组成的"长城"顶不住,一旦被冲垮,多少人将被踩踏……有时,心情焦灼的几十万旅客激动亢奋起来,一起高喊着"回家!回家!"向站前候车室潮涌而去,咆哮的人浪、声浪、气浪如怒海狂涛,难以遏止。"长城"们被撞得头破血流,但他们仍然手挽手肩并肩,好言劝解、屹立不倒。登车而去的旅客们可以吃喝和睡觉了,而"血肉长城"不吃不喝不睡,夜以继日挺立在人民的周围,守护着生命的价值!以至于铁道部不得不下达了一道死命令:“让大家轮流休息,每人每天不得少于两小时!”

客运员高惠英刚做过心脏搭桥手术,每天引导十几万旅客排队上车,春运结束回家后,鞋子被踩得变了形,袜子只能用剪刀一块块剪下来,因为和血肉模糊的脚粘在一起了。

电路中断,信号灯失灵,张权林顶着严寒,手挥信号旗在风雪中挺立了整整十八个小时。第二天接班的李建强赶到时,浑身凝着霜雪的“冰制信号灯”张权林砰地摔倒在地,已不能弯曲的手仍然保持着举旗的姿势,李建强抱着严重冻伤的战友大哭不止……

二月六日大年三十儿上午,集中在广州站的两百万旅客终于被全部安全送走,站前广场空空荡荡,只有旅客扔下的行李和被踩掉的鞋子堆积如山。一些筋疲力尽、依然守在广场上的工作人员歪靠在栅栏上就睡着了,很多媒体的年轻记者目睹这一幕都掉了泪。他们说:“你们创造了世界铁路史上的奇迹!”

那一幕令人心痛——

因风雪阻隔,西安至广州的L307次列车被困在湖南益阳境内的一个小站望城。断水断电断粮,乘务员的进餐停了,休息车的供暖停了,自备的厚衣服给老人和孩子披上了。没水,十九名列车员带上水桶和脸盆,冒着风雪,在列车和农家小院的三百米距离之间组成一条传水人链;黑夜,厨师杨大伟带人摸索到附近村庄,总算买到三百五十斤大米和一些面条、蔬菜(一棵白菜卖到二十元啊!)四个小时后扛回列车。一批盒饭做好了,两天两夜没有进餐的列车人员一盒未动,而是像押送钞票一样,前面乘警开路,车长负责殿后,中间列车员护送着一车水一车盒饭,他们宣布:“首先保证老人和孩子进餐!”

受阻第四天,旅客们的忍耐力已经超出极限,哭声喊声叫骂声响成一片。他们觉得,两条轨道好端端地摆在那儿,火车不动,就是列车长“怕出事,磨洋工”。一群人围住车长发泄着满腔怒火,制服被撕碎了,帽子被掀掉了。几位女列车员冲过去,用身体挡住那些失控的拳头,她们哭着喊:“你们以为就你们想家啊?我们车长的两岁女儿已经生病住院了,我们厨师刚刚接到岳母病危的电话,为了大家能吃上饭,我们乘务员已经两天没吃一口饭了!你们怎么能这样?”

车长的眼圈也红了,他平静地说:“其实,我们大家都是同样的心情,如果有什么不同,那就是我们肩上还有一份责任!如果你们觉得打我一下骂我一句就能解气、就能回家的话,那就打吧,骂吧。”

铁路人坦率地说,春运对他们而言就是一场“灾难”,年年躲不过。为尽可能缓解春运期间“一票难求”、“黄牛党”倒票的问题,从电话订票、团体订票、上门送票,再到二○一○年在广州、成都试行的“实名制”,中国铁路人绞尽脑汁,想尽了一切办法,同时他们给自己制定了严格的管理制度:售票员的手机禁止带入工作室;禁止内部人“走后门”购票等。二○○九年春运,广铁一位售票员为亲戚从内部购买了一张全价票,上午发生的事,下午她就被警告处分并调离现职。她是哭着走的。

承受着世界上最大运输压力的中国铁路人不愧为一支“铁军”。他们是一群把“家”安在轨道上的人。他们是送人民回家过年,而自己不能回家过年的人。他们是扛着压力、咬碎委屈,而把微笑送给群众的人。他们从事的是“闪着泪光的事业”。

从“加快”到“跨越”：中国等不及了！

一个人口最多、发展速度最快的大国，坐在两条脆弱而行驶缓慢的轨道上，那不就是“大象走钢丝”吗？二〇〇二年，中国火车平均时速只能跑五十多公里。全国铁路日装车需求量最高达到三十万辆，铁路只能提供十万辆左右。中国铁路处于“四面楚歌”之中。无论铁路人付出怎样巨大的辛劳与牺牲，赔上多少委屈的笑脸，但是只要“一票难求、一车难求”的现象不能从根本上加以扭转，人们怨气冲天甚至跳脚骂娘就是不可避免的。

现实不相信眼泪，需求不相信眼泪，市场不相信眼泪。

历史已经到了这样的时刻：站在新世纪的大幕前，望中华大地风起云涌，千帆竞发，百舸争流，积重难行的中国铁路究竟向何处去？铁路人必须做出选择，必须向人民、向时代提交出自己的答卷了。

要加快发展，要跨越发展，中国已经等不及了！国家需要重如山，人民利益高于天。为实现铁路的跨越式发展，两百万“铁军”誓师出征，开始了一场排山倒海的大决战。

提速，提速，再提速！

从一九九七年四月到二〇〇七年四月，中国铁路共进行了六次大提速。十年间，纵横全国的主要干线时速相继提升到一百二十公里、一百六十公里乃至两百公里以上，催逼得国人走路似乎也快了许多。登上流线型的“和谐号”，人们忽然有了许多新鲜感和愉悦感。看来，“老土”的铁路人终于和时代接轨了，“一站直达”“朝发夕至”“夕发朝至”“旅游专列”等等，成了那几年的流行语，女列车员们的服务与微笑也变得分外温情和靓丽。曾是第六次大提速京津既有线时速两百公里动车组首列列车长，后又担任京津城际铁路时速三百五十公里动车组第一任列车长的徐颖，见证了中国铁路从提速到高速的巨大变化。徐颖身材高挑，容貌姣美，服务细致入微，是网上的明星级人物，人气极旺，堪称中国铁路的“形象大使”。“和谐号”驶过的第一个母亲节，她和同事们向所有“母亲旅客”赠送了五千朵康乃馨。旅客们高兴地对她说：“姑娘们和空姐绝对有一拼了，我们就叫你们‘动姐’吧！”

天上有空姐，地上有动姐，我们的生活变得分外美丽了！

但是，没多少人知道，在六次大提速的背后，铁路人付出了何等艰辛的努力！在遍及高山平原、穿越江河峡谷的线路上，所有客货列车都在紧张地运行，所有时限都不得突破。因此，沿线换枕、换轨、换岔和线涵桥隧的整治工程、电气化改造工程，大都必须在下半夜，在列车行驶的间隙当中插空进行。数十万建设大军就这样默默无闻，夜战数年。一列列灯火通明的客车风一样掠过，没人知道他们的名字，甚至没人看到过他们的身影。

为适应大提速，必须精简铁路沿线层层叠叠的管理机构。二〇〇五年三月十八日，那是个悲壮的日子。在全路电视电话会议上，铁道部正式宣布，从即日起撤销四十三个铁路分局，由四级管理改为三级管理。一夜之间，数万名科以上干部进入“待业”状态，许多对政治前途抱有热望的青年干部和“后备干部”，自此加入“等待重新分配工作”的行列。但他们是经过“铁律”训练出来的人。他们忍下巨大的痛楚与失落，需要继续在岗位上尽责的，就默默守在岗位上；不需要的，就默默清理好自己的办公桌，走上新的岗位。经历了涉及人数如此之多、牵动面如此之广的体制性“大手术”，那个夜晚，中国铁路安然无恙，稳如泰山，安全正点！

二〇〇二年，中国铁路营业里程为七点二万公里，人均铁路长度仅为五点五厘米，新华社记者形容说："还不如一根香烟的长度。"如此严峻的现实意味着，仅靠现有铁路提速是远远不够的，必须加快速度，建设更多的大运量、低能耗、占地少的现代化高速铁路！那是大决战的前夜。那是几间堆满国内外资料的"暗无天日"的房间——全世界的"铁路"从最落后到最现代的都装在里面了。铁道部精英云集，全员出动，茶杯里泡着让人亢奋的浓茶，烟缸里插着不睡觉的烟蒂，墙上挂着巨大的中国地图。历经几个月智慧与勇气、激情与思考、技术与梦想的激烈碰撞，房间里云遮雾绕，火花四射，键盘山响，图纸纷飞，墙上的中国地图用红蓝铅笔画了那么多穿山越岭、粗重有力的线条……

入秋，铁道部和国家发展改革委将一份关于铁路发展规划的建议送达国务院。二〇〇四年一月七日，国务院常务会议讨论并原则通过了《中长期铁路网规划》。这是大力推进铁路建设的纲领性文献。

号角已经吹响，道路已经指明。空前规模的铁路建设大潮澎湃而起，中国铁路实现"陆地飞行"的历史时刻已经到来！

中国"高铁模式"：没有失败的大国博弈

二〇〇四年一月，四十九岁的何华武出任铁道部总工程师。

他的家乡是四川资阳一个宁静的小镇，每天走在上学路上和夜里做梦，他能听到的最嘹亮的声音，也是小镇唯一来自工业文明的声音，就是成渝线上隆隆而去的火车，那雄壮的汽笛声仿佛是对他青春之梦的召唤。因此上大学读硕士，他都毫不犹豫地选择了铁路。接受高铁任务的那个夜晚,何华武对身患胃癌多年、体质极为虚弱的妻子说,以后工作会比现在更忙了,我恐怕抽不出多少时间来照顾你了,孩子也在读大学,我们都伸不上手,你可要照顾好自己啊!妻子泪水盈盈默然无语,末了说,你去忙吧,我理解,我会照顾好自己的……

何华武唯一能做的,就是给妻子备下一些方便食品,然后毅然走向紧张繁忙的高铁建设现场。从选址到组织重大工程攻关,从主持关键技术试验到论证各种建设方案,何华武全身心投入到崭新的高铁事业之中。京津城际铁路通车之后,何华武专门陪妻子登上"和谐号",让妻子体验一下今日中国的"高铁速度"。同为铁路工程师的妻子兴奋得两眼炯炯闪光,那驾风驭电的速度是丈夫的梦想,也是她的梦想啊……

在北京城市建设规划中,北京南站原本没有如此宏大的规模。正是京津城际铁路和京沪高速铁路建设,催生了京南这座富于流线美、闪耀着人文光辉的椭圆形建筑。能容纳上万人的宽阔候车区,进出方便快捷的无障碍通道,能发电、采光、保温、隔热的五千七百块太阳能板,把城市地铁、轻轨、公交、出租全部纳入"体内循环"以实现旅客"零换乘"的精妙设计……这一切都闪耀着"以人为本"的熠熠光辉,使北京南站成为中国高铁耀眼的"皇冠上的明珠"。当然,还有新建的武汉站、广州南站、上海虹桥站……在迅速延伸的高速线上,一座座各具特色、造型优美的现代化建筑拔地而起,犹如五线谱上一个个华美的音符,共同汇聚成一首"凝固的交响乐",而"作曲者兼指挥家"就是铁道部总规划师郑健和他的团队。郑健白面长身,性情儒雅,平时话很少,人们很少看到他为什么事情激动或大笑。只有通过那些矗立在大地上的"凝固的音乐”,我们才能发现他的内心世界原来如此绚丽、浪漫和辽阔。

二〇〇四年四月,国务院召开专题会议,就发展高速铁路和机车装备问题提出一个重大指导方针:“引进先进技术,联合设计生产,打造中国品牌。”在“中国铁路”这个世界最大的棋盘上,一场需要深谋远虑、大智大勇的大国博弈开始了。

中国决定海纳百川,博采众长,走“引进消化吸收再创新”的技术道路。于是,掌握和代表着当今世界高铁技术制高点的四大跨国集团:德国西门子、法国阿尔斯通、日本川崎重工和加拿大庞巴迪纷至沓来,进入中国的旋转门。红地毯上出演了真诚而热烈的美酒加咖啡的欢迎仪式,中国东道主们个个西装革履,彬彬有礼——因为他们都是地道的“学生辈”。改革开放以来,铁道部的诸多领导和高层技术人员都曾多次到这几个国家或留学、或考察访问、或参加相关学术会议。那时他们还年轻,坐在西方的高速列车上,风一样的速度让他们眼界大开,激动不已——火车原来可以跑得这样快呀,“火车跑得快、全靠车头带”的模式原来可以改变,牵引动力可以分散到各个车厢啊!他们不断向东道主表达着真诚的敬意,同时又觉得脸上一阵阵潮红,中国的火车何年何月才能赶上西方的速度啊?

可以肯定,当时他们谁都没有预料到,这个激动人心的时刻来得这样快,这个伟大的历史使命竟然是在自己的手上完成的。改革开放,为他们缔造人生辉煌提供了千载难逢的机遇!

那是二〇〇四年初夏的早晨,学生和老师分坐在谈判桌两侧。中国“学生”们注意到,座中的德国老师们不仅鼻子最高,神情也相当倨傲。他们确实有恃才傲物的资本——德国高铁堪称世界一流,他们的精密制造技术也一向是称雄世界、无可匹敌的。

中方郑重表示，希望引进各国高铁机车车辆制造的先进技术，不过，铁道部明确表示：“参观过故宫的外国朋友都知道，进入中国大门是有门槛的。我们的门槛就是：整个市场只有一个入口，不搞‘诸侯混战’。整个中国只有一个买主，就是铁道部。从整车技术到任何一个零部件，都由铁道部代表中国政府，统一招标、统一向制造商下订单。要想进入中国铁路市场的外国朋友，必须实行关键技术全面转让，必须使用中国品牌，实行本土化生产，必须价格合理……”

行事谦恭的日本人频频点头，性情浪漫的法国人报以灿烂的微笑，表情深沉的加拿大人不动声色，只有盛产哲学家的德国人保持着“哲学式”的孤傲。在他们看来，一流的德国高铁技术是中方非买不可的。万万没想到，两个月后，铁道部一位小科长严肃而又不失幽默地对西门子公司谈判代表说：“你们德国人长着方脑袋！”

连德国人都不好意思地笑了，那笑容分明含着几丝苦涩——因为他们出乎意料地出局了。

那些日子，长春客车公司同时拉住法国阿尔斯通和德国西门子分别谈。那意思很明白，谁的价格优惠就跟谁合作。但过于自信的德国代表根本没把法国对手看在眼里，也完全不考虑中方意愿，“方脑袋”和大鼻子挺得高高的，就是不肯圆通，咬住每列原型车单价三点五亿元人民币、技术转让费三点九亿欧元的天价，死不松口。

他们的一口价就是“底线”，天下哪有这么做生意的？

所有谈判进程当然都在铁道部的密切关注之中。开标前夜，即二〇〇四年七月二十七日，双方依然没有达成协议。关键时候，必须由总工何华武出面了，话说得语重心长和直截了当：“作为同行，我对德国技术是非常欣赏和尊重的，很希望西门子成为我们的合作伙伴，但你们的出价实在不像是伙伴，倒有点半夜劫道、趁火打劫的意思。我可以负责任地表明中方的态度：你们每列车价格必须降到二点五亿元人民币以下，技术转让费必须降到一点五亿欧元以下，否则免谈。”

德方首席代表靠在沙发椅上，不屑地摇摇头：“不可能。”

何华武坚定地说：“中国人一向是与人为善的，我不希望看到贵公司就此出局。何去何从，给你们五分钟，出去商量吧。”

“方脑袋”确实像个撬不开的钱匣子，商量回来，脑袋仍然很“方”，没有一点圆通的余地。中方翻译都忍不住了，他瞅瞅何华武的眼色，然后礼貌地说：“各位可以订回程机票了。”

第二天早晨七时，距铁道部开标仅有两个小时，长客宣布，他们决定选择法国阿尔斯通作为合作伙伴，“双方在富有诚意和建设性的气氛中达成协议”。大梦初醒的德国人呆若木鸡。早餐桌上，得意洋洋的法国人品着香甜的咖啡，还不忘幽了德国哥们儿一默：“回想当年的滑铁卢之战，今天可以说我们扯平了。”

“德国人从中国的旋转门又转出去了”，消息传开，世界各大股市的西门子股票随之狂泻，放弃世界上最大、发展最快的中国高铁市场，显然是战略性的错误。西门子有关主管执行官递交了辞职报告，谈判团队被集体炒了鱿鱼。

不过，西门子知道，他们还有一棵“救命稻草”，即中国北车集团唐山轨道客车公司。富有戏剧性的是，在铁道部这次招标中，雄心勃勃的唐车和野心勃勃的西门子同时“流标”，被关在中国高铁事业的大门之外。

唐车，始建于清末的一八八一年，迄今横跨三个世纪，被誉为

"中国机车车辆工业的摇篮"。中国第一台蒸汽机车"中国火箭号",供慈禧太后乘坐的第一辆专列"銮舆龙号",就诞生于唐车。共和国成立后,唐车青春焕发,贡献卓著,但在一九七六年唐山大地震中遭受重创。厂房大面积坍塌,员工和家属死伤过半,并遗留下由工厂扶养的"八百孤儿",活下来的员工也大都深陷丧亲之痛。老厂长说,"八百孤儿"进入结婚年龄以后,他作为唯一的"家长",参加过的婚礼不计其数,每次都让他喜笑颜开又老泪纵横。大地震之后的唐车似乎再没恢复过元气,干部职工每月只能领到二三百元的最低生活费,许多人被迫流落到社会上打工,或者蹲街头卖羊肉串儿。

二○○三年,山雨欲来风满楼,唐车人嗅到浓烈的临战气息。他们搜集了大量国外高铁资料进行学习,并主动送到部里以期引起重视。他们勒紧腰带,组织力量清理环境,翻新厂房,准备迎战。他们还自筹经费造了一辆"高速样板车",欢天喜地、披红挂彩地拉到北京,让部里看看他们是多么的干劲冲天,志在必得。听说世界高铁技术四大巨头的谈判代表到了国内,他们立即派人联系游说,期望合作。但那时唐车困难重重,老外根本不理睬他们。倔强的唐车人不甘心,"没有门就跳窗户,没窗户就撞墙!"开标之前,他们费时数月,精心制作了一套一尺多厚的投标书递了上去……

二○○四年七月二十八日,铁道部开标之日,气氛空前紧张。凌晨三时,眼睛熬得血红的唐车老总王润(后出任北车集团副总工),对结果已经有所预感,他命手下给西门子总部发了一份传真,大意是:如果贵公司在这次招标中出局,我们愿意与你们精诚合作,争取下次机会。颇有点惺惺相惜、同病相怜的意味。不想放弃中国市场的德国人很快回了一份传真,算是给自己留了一条

"后路"。

这个夜晚,聚集在北京的三十多位唐车人无事可干又都没有合眼。睡不着,"我们就像等待宣判的囚犯一样",工程师出身的党委副书记孔学云说。上午,派到现场的工作人员终于打来电话,声音极为沉重:"流标了!"

所有的努力付诸东流,梦破碎了。守在房间里的唐车人全哭了。王润铁青着脸跟大家说:"你们在北京哭个够吧,不过绝不能把这种情绪带回厂里!"过后,王润依然干劲十足,要求全厂振奋精神,不可松懈。他说:"我们还是大有希望的,其一,现在引进的高铁技术时速是两百公里,中国的雄心绝不会停止在这个水平上;其二,西门子掌握的高铁技术是有优势的,只要价格合理,铁道部的大门对它还是敞开的,我们只要抓住西门子就有希望……"

孔学云嘲笑他:"你就天天给我们画饼吧!"

二〇〇五年,铁道部启动第二次招标。唐车与西门子同时意识到,对方是自己必须抓住不放的最后一棵"救命稻草"。这回,西门子终于放下身段,同意以每列原型车二点五亿元人民币、技术转让费八千万欧元的价格与唐车合作。

一举中标!

与德国人第一次出价相比,中方节省了九十亿元人民币采购成本,但中国的"高铁模式"没有失败者,德方也获得一份巨额订单和广阔的中国市场——双赢!

德国人的脑袋其实还是很圆的。

"山高我为峰":一个民族的雄心与胸怀

高速铁路自一九六四年在日本发端,首开时速二百一十公里的纪录，此后在西方国家走过四十多年漫长的发展道路，运营时速一直在二百五十公里上下徘徊。这显然与他们民航和高速公路比较发达，高铁缺少紧迫而巨量的市场需求有关系。而在中国，辽阔的疆土、广阔的市场、人民的需求和高速发展的国民经济，一切让铁路人疲于奔命、泪光闪闪的巨大压力，都转化为助推高铁事业呼啸猛进的强大动力！

天下英雄，舍我其谁！现在来看看中国高铁令人目眩的发展速度：

——从二〇〇四年、二〇〇五年相继引进日本、法国、加拿大和德国的高铁技术，到二〇一〇年三月，中国投入运营的高速铁路长达6552公里，时速和里程都冲到世界第一的位置。

——时速高达三百八十公里的动车组日前刚刚下线，这是“中国创造”的高铁运营速度的更高纪录，同时意味着世界上更快的京沪高铁将很快投入运营。

——时速四百公里的检测车、五百公里的试验高速动车组及相关路网、信号配套系统，正在紧张的研发之中。

前后不过六年，中国一举跨过发达国家高铁四十年的发展道路，创造了后来居上、自主创新、领跑世界的奇迹！

一个国家的雄心，会激发出全民族巨大的精神能量。回望高铁六年征程，我们看到，众志成城的举国体制和闻风而动的统一政令，展现出强大的动员力和凝聚力。五十多名院士，十五万科研人员，一百五十多家核心企业，数百家产业链上的企业，两百万铁路大军，数十万筑路民工，全国各行各业的有识之士和支援团队，一呼百应，呵气成云，攻坚克难，所向披靡……

辉煌就这样被创造出来并在祖国大地上迅速延伸。

集中力量办大事,一心一意谋发展——中国特色社会主义制度的优越性又一次得到验证。

毫无疑问,中国高铁超乎寻常的发展速度,首先源于我国综合国力的迅速提升,源于几代铁路科研人员的技术积累。但是,还有一个重要的助推力是我们不应当忘记的:那就是发达国家近半个世纪的科学探索和技术研发,给我们提供了一飞冲天的平台。“山高我为峰”——那是因为我们站到巨人的肩膀上了。

按照合作协议,青岛四方、唐山客车曾分别派出一批青年工人,到日本和德国学习铝合金车体焊接技术。洋师傅们对中国工人普遍友好,认真负责传授了相关的知识和技术。所有这些工人回国后,无一例外,全部成为企业的技术骨干。青岛工人离开日本时,日本师傅与他们紧紧拥抱,相约再见,洒泪而别。

张雪松,唐车工人技师,两获“全国技术能手”称号,“河北省十大金牌工人”之一。他从钳工转入数控机床操作,再转入装调维修,每次都成为行内“状元”。这样一位优秀的专家型工人,他勇于探索的积极性,有一次却遭到德国工人的严厉批评。那天,他趴在焊接机器人下面的地上,正在为排除故障冥思苦想时,耳畔传来一句生硬的德语。张雪松爬出来抬头一看,一个高高瘦瘦的西门子工人紧皱眉头站在面前。德国人看张雪松没有听懂他的话,于是招手叫来一名翻译。

翻译对张雪松说:“他问你在设备下面干什么?”张雪松说:“设备坏了,我在修设备。”德国工人又问:“你有维修焊接机器人的资质吗?”张雪松摇摇头:“我是负责数控设备维修的……”德国工人严肃地说:“如果你没有维修资质,你就不能维修这台设备,请离开吧。”

“谢谢你!”面红耳赤的张雪松脱口而出。那是他发自内心的声音,那一刻让他深刻认识了德国式的“一切都有规矩,一切都按规矩办”的严谨作风。正是这些看来似乎过于“刻板”的规定和纪律,培育了德国精密制造在世界上的崇高声望。

唐车因此在全厂展开一个学习运动,要求广大员工全面学习、模拟和落实德国严格、严谨、严密的工作方法和工作作风。

日本川崎重工的专家和技术工人进入青岛四方以后,也让四方人耳目一新,深受震动。过去中国工人把机车线路接上头并保证无差错,就算完活了,日本专家却要求线路配管一定要“横平竖直”。日本工人到达工作点,首先铺开一块布,把工具按顺序排好,工作结束,再按顺序裹起来带走,一样不会丢失。而中国工人用一个大背兜,用什么掏什么,干完稀里哗啦一装,走人。一把钳子就这样遗忘在动车组车厢里。为此,日本专家石野主动召集中国工人开了个班组会,他严肃地说,把工具忘记在产品里,“就像医生做手术把钳子刀子遗忘在病人肚子里”。深受教育的青岛四方,为此在全厂轰轰烈烈开展了一场长达半年的“向不良习惯说不”的运动,厂报记者每天抓拍中方工人随意、粗放的行为表现,登报示众,进行点评。工人们说,平时没感觉,登报一对比,“真是惊出一身冷汗”!

在长期的合作中,中国工人和外国专家结下深厚的友谊,过年过节,德国专家被请到家里一起包饺子,法国人、加拿大人被请到联欢派对上跳舞唱歌。在青岛四方工作的日本专家归国后,有些人借休假之机,还自费到青岛来看望他们的中国“师兄弟”。看到中国工人夜以继日地奋战,德国专家布拉赫激动地跑进唐车领导人办公室,强烈要求安排工人休息。看到中国工人那么辛苦,一些德国工人不计报酬,和中国工人一起加班……

唐车建厂一百二十九年,青岛四方建厂一百一十年,都是中国民族工业和产业工人的“摇篮”。但是,面对西方数百年工业文明打造的科学精神、优良素质和严谨作风,中国企业领导人和工人阶级看到自己的巨大差距并用心学习、奋起直追,这无疑是我们更为重要、更具长久意义的收获。

和平、发展、合作是当今时代的主题。谈判桌上的讨价还价、唇枪舌剑都是“各为其主”,不必苛责。虚怀若谷,海纳百川,始终保持清醒的头脑,善于学习借鉴世界各国的文明成果和发达国家的先进经验,这才是一个伟大民族的胸怀和希望所在。

让闪电掠过大地:中国铁路人在行动!

引进消化时速两百公里动车组技术——自主研发时速三百五十公里动车组——创新研制时速三百八十公里动车组。六年时间,中国高铁完成了惊人的“三级跳”。

高铁是当代新技术、新材料、新工艺集大成的产物,除了没有翅膀(却多了两条信息化、现代化的轨道),其复杂程度几乎与航空航天技术不相上下。让中国高铁冲到世界第一的速度,没有强大的自主创新能力是不可能办到的。

——那个夜晚,在千里冰封、万里雪飘的塞北大地,长客副总工程师赵明花冻成了“冰棍儿”。二〇〇七年冬,京哈线上的一列动车组在行驶中因突然断电而停车。赵明花立即带领一批专家赶往现场了解情况。旅客安全“摆渡”登程之后,浓浓夜色中,只剩下孤零零、空荡荡的动车组。这位身体单薄、性情文静的朝鲜族女性与同事们一起登上车顶,查找故障原因,测试各种数据,最后认定:速度飞快的动车组从北京到哈尔滨,经历了急剧变化的温差,造成车顶出现冷凝水,导致电路短路。赵明花和同事们意识到,“这肯定不是偶然的事情,如果不从内部结构上加以防范,在高寒地区有可能经常发生!”由赵明花主持的一个设计团队迅速组成,几个月之后,一项动车组电器内部构造的创新设计完成了,从根本上杜绝了冷凝水断电故障。一个看似偶然的事故,激发出一项中国创新!

二〇〇九年圣诞节前夕,穿越英吉利海峡海底隧道的“欧洲之星”高速列车遭遇大雪天气,进入隧道后因冷凝水浸漫导致断电,五列车被堵在隧道里动弹不得,“欧洲之星”被迫停运三天——赵明花看到这则新闻,感慨地对同事们说:“幸好我们早有发现、早做预防了!”

——高铁“水土不服”的难题就是多。北方有冰冻,南方又多雨。飞驰在武广线的动车组,面临着长时间的雨季漏水和潮湿浸润的问题,在唐车副总工程师杜会谦的主持下,又一项防雨防潮的创新设计诞生了。

南辕北辙,各有高招!

——赵秀丽“叫板”两条大汉的故事,是高铁建设工地上的一段佳话。二〇〇五年七月,京津城际铁路开工建设,中铁六局丰桥公司承担了14910块无砟轨道板的预制任务。轨道板是无砟轨道结构体系中最基本的支撑物,是高铁轨道核心技术之一。按德国工艺要求,轨道板必须用超细水泥制作,而国内尚无厂家能够生产,如果全部进口,不仅价格昂贵,工期也很难保证。

一个受制于人的大难题横在高铁人面前。赵秀丽跑遍华北各大水泥厂,动员游说厂方进行试制。一次次试验的失败,令多家水泥厂先后告退，只有一家还在犹豫不决。厂长是个膀大腰圆的汉子，赵秀丽对他说:“你一个大男人，还不如我坚强吗?”几个月后，符合国际标准的高规格水泥终于试制成功，实现了原材料国产化的重大突破，仅此一项，为丰桥公司节约资金一千五百多万元。

但是，赵秀丽的思考与探索没有停止。超细水泥不仅成本过高，而且耐久性差。能不能用改进的国产普通水泥替代呢?她和同事们废寝忘食，反复研究试验，寻找最佳配比和路径。京沪高铁开工以后，赵秀丽找到山东一家水泥厂，厂长一听她对水泥成分的新要求，吓了一跳，连连摇头说:“我们的产品已经达标，不愁市场。你的要求我们做不到，算了。”赵秀丽向他介绍了中国高铁的宏伟计划，说:“高铁市场这么大，要是把新型国产水泥搞出来，将带来源源不断的效益，你连这点雄心壮志都没有吗?”

这位山东大汉热血沸腾了。经过数百次反复试验，又一项创新成果——国产新型“绿色高性能水泥”问世，世界一流的无砟轨道板诞生了，为企业节省投资七千万元，更为今后中国高铁大发展提供了充足可靠的材料保障!

——中国幅员辽阔，地形、地质之复杂是国外同行不曾遇到的。郑州至西安路段，是全世界唯一铺设在黄土地带的高铁，何华武说:“黄土缺少支撑力，遇雨就沉降变形，像水浸过的面包一样。”高铁路基架在这样的土质上，如果固化不好，轨道就变成“面条”了。十几位院士和一批专家汇集到黄土高坡上“集体会诊”。就凭着这样的集体智慧和创新勇气，郑西线的湿陷性黄土地基，武广线的岩溶地基，广深港和甬台温的淤泥地基，合宁的膨胀地基，哈大线的高寒软土地基等等，都被中国铁路人一一攻克，并实现了“零”沉降!

再来看看空中的创新。

二〇〇九年十二月九日，在武广线试运行过程中，中国动车组以“双弓重联”的方式，创造了时速 394.2 公里的速度，这是又一项世界级的新纪录！

所谓“双弓重联”，就是将两列动车组，共十六节车厢联挂运行，上部同时升起两个受电弓，从空中的接触网导线获取动力。这种大编组联挂，无疑会大大提高运输效率。但这绝不是“1+1=2”的简单等式，因为列车前弓高速冲击接触网后，会引起接触网的振动，使后弓与导线的“密贴跟随性”（专业术语称之为“弓网耦合”）大为降低，剧烈的振动有可能造成后弓离线、撞线，产生大量火花，严重的时候可能会出现烧线、刮弓，酿成重大事故。此前，仅有西门子在西班牙高速铁路上做过“双弓重联”试验，尚未在正式运营中应用。

中铁电气化局年轻的副总工程师董安平率领他的团队，承担了攻克“双弓重联”这一世界性难题。回忆这段艰辛的历程，董安平感慨良多，他说，中铁电气化局是个老企业，搞了几十年电气化铁路建设，过去把导线一挂，平直度差个一两厘米无所谓，只要不出现波浪弯和扭面，跑起来不打火就算完事大吉。武广高铁建设按欧洲标准，导线在一米长的范围内平直度不得超过零点一毫米。中国这些架线老手必须从零开始，在上千公里的线路上，那些粗糙的大手仿佛在一针一线地“绣花”。经检测，武广线牵引导线的平直度平均达到零点零五毫米，比头发丝还细。这不仅是工程质量、技术水平的质的飞跃，更是中国工人在素质、理念、作风上的跨越性进步！

高铁系统对导线性能的要求是极高的：一是要有足够的硬度，

受电弓几十万次与它高强度、高频率的摩擦,硬度不够,耐磨性低是不行的;二是必须有很高的导电率。但在金属材料学中,强度和导电率恰恰是一对矛盾:强度越高,导电性越差;导电性越高,强度越差。比如铜比铁软,导电性却比铁高。

那么,能不能找到一种新的合金材料,两种性能都能得到足够的保证呢?董安平知道,八十年代,日本研制出一种性能良好的PSC导线,于是他向日本有关方面表示,希望引进这个技术。日方专家经过严肃认真的内部讨论,最后以"我们的技术还不成熟"为由,拒绝了中方要求。毕竟,中国曾是远远落后于他们的角色,如今突然变成强大的竞争对手,他们必须小心提防了。

中国高铁发展的前景,又一次遭遇受制于人的瓶颈。董安平的心情久久不能平静,他和同事们开始探寻自主创新之路。一个偶然的机会,他们与浙江大学金属材料研究所所长、博士生导师孟亮教授遇上了。窗外一弯月,桌上几杯茶,海阔天空聊起高铁上的导线,孟教授说,中国航天器上用过一种新材料,他进行过专题研究,还发表过论文。

董安平大喜过望,双手把桌子拍得山响,茶杯都跳起来了。电化设计院总工程师王立天迅速飞往浙江,在孟教授的实验室看到一小块样品,那一刻,他激动得眼泪都涌出来了!"我们成立个合资公司怎么样?"王总当即提议。铁路系统的河北一家制造商闻讯自愿加盟,十几天后合资公司正式启动。

试验过程中,年近六旬的孟教授有胃病,天天靠冷水吞药片顶在第一线;董安平瘦了十几斤,笑称"攻关就是最好的减肥运动";项目经理何劲松三十五岁时才要孩子,为了高铁事业,妻子怀孕五个月时他"离家出走"。孩子渐渐大了,会认爸爸了,妻子只能抱着孩子到公司大厅的光荣榜前，指着何劲松的照片说：“那是爸爸……”

“中国导线”终于在千里武广线上横空飞架，牵引着“和谐号”高歌猛进。

通信信号是铁路的“神经系统”。从当年“李玉和式”的手摇信号灯，到今天集成创新的数字技术控制，与共和国同龄的中国铁路通信信号集团做出重大贡献。研发中心总工程师江明今年刚刚三十二岁，他的话可以代表所有高铁科研人员的心声：“我们的工作很有干头，因为我们解决的都是前人和别人没有解决的问题。”他还有一句更牛的话：“什么难题我们都能找出办法来，主要是时间不够用。唉，人类为什么要睡觉呢？”

在迅猛前进的高铁事业中，还行进着一个默默无闻的庞大群体——中国新一代知识化、专业化的产业工人。他们全是“八〇后”甚至“九〇后”，个个朝气蓬勃，英姿勃发。就是这些被父辈视为“掌上明珠”的独生子女一代，构成了中国新一代“铁军”。

——“五朵金花”坐在我面前，谈起这些年的艰辛与劳苦，全哭了。她们是青岛四方的“女焊花”：史秀华、曲先华、孙国华、于延伟、崔恩霞。

“和谐号”工程上马之初，还没有机械化焊接设备，由她们负责焊接铝合金车体。从接受任务的第一天开始，她们就成了一群“不要命也不要家的女人”，被不叠、衣不洗、锅不刷了，化妆品扔抽屉里了，几乎天天踏着晨露上班，顶着星光回家，一进家门骨头就散架了。吃奶的孩子，狠狠心断了奶，扔给老人。上学的孩子，经常一连几个星期见不到妈妈的影子。那天曲先华半夜回家，丈夫去上夜班了，她一进门就听三岁女儿在梦中喊“妈妈”。黑暗中，曲先华坐在床头热泪长流，哽咽不止。

她们无数次答应过孩子:"等妈妈忙过这阵子,就带你去公园、看电影。"可她们从未实践过自己的诺言。读小学的孩子批评说:"你是最不守诚信的妈妈!"上大学的孩子说:"放假我再也不回家了,你们都在厂里忙,剩我一个人守着空房子有啥意思!"

背过身,妈妈怎么也抹不尽滚滚而下的泪水。

终于有一天不加班了,史秀华乐疯了,脱下工作服就往家跑,跑到家门口才发现自己忘乎所以,拎包和钥匙都锁在工具箱里忘带了,只好敲门。孩子上学,老公在单位,家里只有瘫痪在床多年的老母亲。老母亲挣下床,在地板上爬了近半个小时,才颤巍巍支撑起来把门打开。门开的那一刻,史秀华抱起母亲,一边往屋里走一边哭……

——一列动车组有几万个接线头,接线工必须成年累月以跪蹲方式进行工作,那大概是世界上最枯燥的劳动,一天忙下来眼花缭乱,夜里做梦,满脑子仍然飞舞着五颜六色的线头。唐车接线工高向丽,文静柔弱,走路和说话都是轻轻的。因为长时间跪蹲工作,第一次怀孕不幸流产。但就是她,以惊人的定力创造了两万根接线无差错的纪录。唐车所有接线工都保持着极高的无差错纪录,德国专家说,你们已经超过西门子的水平。

——身材高挑、容貌秀丽的孙斌斌,是唐车选送到德国培训的首批青年焊工之一,家里三代都是唐车人。新中国成立初期,唐车制造出第一辆火车头,上面的毛泽东像就是她爷爷亲手刻制的。好家风培育了一个意志坚定、好学上进的好女儿,孙斌斌在德国顺利通过"国际焊接教师"的资格考试——成为全球第一位获得此项资格的女性。她受邀走上讲台,为西门子培训德国学员——她又成为"中国第一人"。因为她授课耐心细致,德国学员们把好几位本国教师赶走了，说："你们能上哪儿就上哪儿吧，我们只让中国老师教！"

在唐车动车组奋战的第一代优秀青年焊工，都是孙斌斌一手"克隆"出来的。

——女工吕开香，地震中两个姐姐不幸遇难，她成了父亲唯一的"掌上明珠"。唐车决定送她去德国培训时，父亲老泪纵横，不愿意女儿跑到那么远的异国他乡去，但她还是扔下两岁的女儿，和同厂的丈夫一起踏上征途。从她离家那天起，女儿每天夜里都抱着妈妈的枕头睡觉，而且不允许任何人碰那个枕头，因为枕头上有"妈妈的味道"。

说到这里，吕开香泣不成声。

世界上的女人是水做的，中国高铁女工们是汗水和泪水做的。但她们无比骄傲和自豪，她们说："我们做出了世界上最好最快的动车！"

截至目前，中国南车和北车集团已经出口轻轨动车组成套设备达二十三亿美元。

无论多么绚丽的梦想，无论多么伟大的设计，当最后一道工序完成时，站在旁边默默擦汗的一定是一群工人。他们是中国高铁真正的钢轨和基石。他们如同春蚕，用自己的爱和生命，默默吐出一条流光溢彩的钢铁的"丝绸之路"。

尾　声

二〇〇九年九月，新中国成立六十周年大庆前夕，北京南站披红挂绿，热闹非凡。铁道部组织全路上万名劳模，登上京津"和谐号”城际列车，以领略中国高铁的建设成就。伴随着速度显示屏上节节上升的红色数字，劳模们站立起来，激动地挥动双臂，齐声高喊，仿佛不是接触网上的巨大电流，而是他们的喊声在推动列车飞速前进。那是“中国创造”的加速度，那是几代铁路人的梦想与追求，那是中华民族走向伟大复兴的激越步伐啊！两鬓飞霜的老劳模老泪纵横，气宇轩昂的青年劳模热泪盈眶……

是泪花，也是骄傲与自豪，在他们的脸上闪闪发光。

十六大以来的八年，中国铁路谱写了自己辉煌壮丽的篇章：从世界上最快的“和谐号”到地球上最高的青藏铁路，从六次大提速的技术集成创新，到运煤专线大秦线（大同至秦皇岛）创造的世界重载最高纪录——那可是壮观到令人震撼的景观啊！第一位上线的万吨重载货运列车司机程利甫是西北汉子，英眉朗目，虎虎生威。他告诉我，大秦线上每天飞驰着九十五对重载列车，年运量达四亿吨。一列重载列车最高载重达两万吨，编组两百多节车辆，总长二点五公里，最高时速一百二十公里，这意味着大秦线平均每秒飞过去十三点七吨煤，如同一条波澜壮阔的煤河每天源源不断地从大同流到秦皇岛……

中国铁路人终于在大地上画出最新最美的图画。高速、高原、重载、既有线提速等创新成就一鸣惊人，傲立于世，并在国际上一举打响“中国创造”的最优品牌。目前美国、俄罗斯、巴西、沙特、土耳其、波兰、委内瑞拉、印度、缅甸、柬埔寨等几十个国家都希望我国参与他们国家铁路项目的合作，有些项目已经开工建设。

“火车一响，黄金万两”，这是国人对轨道交通价值意义最通俗也最精到的概括。到二〇一二年，随着京沪、京广、京哈、沪汉蓉、沪昆等“四纵四横”高速铁路网的建成，闪闪发光的高铁将如一条条彩带，把北京和各省会城市紧密联系起来,从“一小时生活圈”到“八小时生活圈”,再到西部边疆省区的“一日生活圈”,五十六个民族组成的“中华大家庭”载歌载舞,仿佛都聚汇到辉煌壮丽的天安门广场……

横空出世、光彩熠熠的高铁,成为中国递给世界的一张亮丽名片。国际铁路联盟高速铁路部总监说:“中国正成为全球领跑者,世界铁路的未来在中国。”一位曾在广州车站当过春运志愿者的大学生,在经历和目睹了太多的崇高和感动之后,写下这样一首温情的小诗:

有一种车次,千百趟的终点
都是同一个站名——家
有一种运送,千百趟的目标
都是同一个向往——团圆
有那么一群铁路人,日夜工作
都是同一个希望——让您回家团圆
因为他们的坚守,因为他们的温暖
这个除夕不太冷

中国铁路人以对国家和人民的勇敢担当、艰难奋斗和炽热情感,在中华大地建立起一座以“无私奉献”命名的历史丰碑。

面对这座丰碑,我们充满敬意。

(原载2010年6月11日《人民日报》,作者有改动)

作者简介:蒋巍(1947—),黑龙江哈尔滨人。著有报告文学《人生环行道》《在大时代的弯弓上》等。

建党百年
百篇文学短经典